ROUGE BRÉSIL

JEAN-CHRISTOPHE RUFIN

ROUGE BRÉSIL

roman

ÉDITIONS FRANCE LOISIRS

Édition du Club France Loisirs,
avec l'autorisation des Éditions Gallimard.

Éditions France Loisirs,
123, boulevard de Grenelle, Paris
www.franceloisirs.com

ISBN : 2-7441-5374-5.

J'ay eu long temps avec moy un homme qui avoit demeuré dix ou douze ans en cet autre monde qui a esté decouvert en nostre siècle, en l'endroit où Vilegaignon print terre, qu'il surnomma la France Antarctique...

Montaigne
Essais, I, XXXI.

I

DES ENFANTS POUR LES CANNIBALES

CHAPITRE 1

— Imaginez un instant, monseigneur, ce que peut ressentir un homme qui voit bouillir devant lui l'eau où il va cuire.

Sur ces mots, le matelot jeta vers les braises un regard lugubre.

— Menteur ! Menteur, cria l'Indien en se redressant.

— Comment donc ? Menteur ! Vous ne mangez pas vos semblables, peut-être ? Ou est-ce la recette que tu contestes, malandrin ? Il est vrai, monseigneur, poursuivit le marin en s'adressant de nouveau à l'officier, que les Brésiliens ne procèdent pas tous à la manière de ceux qui m'ont capturé. Certains de ces messieurs « boucanent », voilà le fait, c'est-à-dire qu'ils rôtissent ou si vous préférez qu'ils fument. Le contesteras-tu, pendard ?

Le marin, de sa force malingre mais résolue d'ivrogne, avait saisi l'Indien au pourpoint et collait devant lui son nez luisant. La confrontation dura quelques secondes, chacun perdu de haine dans les yeux de l'autre. Puis, soudain, le matelot relâcha son étreinte, ils partirent tous les deux d'un grand éclat de rire et se serrèrent bruyamment la main. Huit heures sonnaient à la grande tour de la cathédrale de Rouen et le cabaret faisant face au vénérable édifice trembla de toutes ses poutres à chaque coup.

L'officier, avec son long corps maigre et son visage osseux, paraissait accablé. Ces retrouvailles ne l'attendrissaient nullement. Il avait une mission à remplir et s'impatientait. L'année 1555 était en son milieu et si l'on dépassait trop le mois de juin, les vents ne seraient plus favorables. Du plat de la main, il frappa sur la table.

— Nous sommes au fait, prononça-t-il de sa voix égale, tendue d'une froide menace, du danger des côtes où nous allons aborder. Cependant, notre décision est arrêtée : nous appareillerons dans huit jours pour aller fonder au Brésil une nouvelle France.

Le matelot et l'Indien se redressèrent sur leurs escabelles. Un reste de rire et les images ineffables que le seul mot de Brésil mettait au fond de leurs yeux persistèrent à leur donner une mimique d'ironie qui n'était peut-être que de songe.

— Nous n'avons pas de temps à perdre, ajouta sèchement l'officier. Oui ou non, acceptez-vous, l'un et l'autre, de rejoindre notre expédition pour y servir d'interprètes auprès des naturels ?

Le matelot, qui appréciait d'être régalé et entendait faire durer ce plaisir, tenta de ruser.

— Monseigneur, susurra-t-il de sa voix d'ivrogne, je vous l'ai dit : des interprètes, vous en trouverez sur place. Cela fait trois générations que nous autres, Normands, allons là-bas chercher ce fameux bois rouge qui donne sa couleur aux toiles des frères Gobelins. Il faut toute l'effronterie des Portugais pour affirmer avoir découvert ce pays quand la vérité est que nous y trafiquons depuis plus longtemps qu'eux.

Comme nul ne l'interrompait, il s'enhardit.

— Vous n'aurez pas abordé depuis deux jours sur ces côtes que vous verrez accourir vers vous vingt gaillards natifs de tous les bourgs d'alentour et qui s'offriront à faire le truchement pour vous.

— Dois-je vous répéter, prononça l'officier avec lassitude, que le chevalier de Villegagnon, qui est le chef de notre expédition, ne veut rien hasarder. Nous emmenons tout ce qui est nécessaire pour fonder un établissement. Nous voulons avoir nos propres interprètes et ne dépendre de personne.

Toute l'attention de l'auberge était fixée sur le couple grotesque du frêle matelot et de l'Indien. Le marin reprit courage le premier, sans doute parce qu'il était accoutumé aux brusques changements d'amures.

— Vous nous dites quand vous partez, monseigneur, cela est beau. Mais vous devriez plutôt nous annoncer quand vous comptez retourner.

— Jamais. Il s'agit de peupler une autre province pour le roi. Ceux qui s'embarquent avec nous finiront leurs jours outre-océan. Nous les pourvoirons de tout à profusion mais le mot de retour ne devra plus avoir de sens pour eux. Ils seront simplement de France et la France sera là-bas.

— Êtes-vous déjà allé dans ce pays ? demanda le matelot, les yeux plissés de malice.

— Pas encore, concéda l'officier en mettant du défi dans son regard. Mais j'en connais bien d'autres, en Orient.

Le marin se leva, suspendant à son étroite mâture d'os le peu de chair que la vie lui avait épargné. Il prit un air grave pour déclarer :

— Moi aussi, j'ai navigué en Orient. Une plaisanterie ! Nous y sommes comme chez nous. Les Amériques, c'est autre chose. Quatre fois j'ai fait ce maudit voyage. Toujours vers ce Brésil dont vous parlez de faire une nouvelle France. J'ai tout connu : les fièvres, les cannibales auxquels j'ai finalement échappé par miracle et maintenant ces chiens de Portugais qui nous coupent les mains et les pieds quand ils saisissent nos navires à l'abordage. Où croyez-vous que j'aie puisé la force d'endurer tout cela ?

D'un geste large du bras, qui porta heureusement sa chope jusqu'à ses lèvres, il écarta un invisible argument.

— Ne me parlez pas de richesse ! L'or, les perroquets, les teintures, tout cela engraisse nos armateurs, qui ne bougent pas d'ici. Mais les simples marins, regardez-les : la vie est le seul bien qui leur reste, et encore… Non ! monseigneur, la seule idée qui nous donne le courage de passer tous ces tourments — et, ce disant, il jeta un regard subreptice vers l'Indien comme si le pauvre eût été la cause de tout ce qu'il avait enduré aux Amériques —, c'est l'espoir de revenir ici.

Posant les deux poings sur la table, le marin mit toute sa force dans le dernier morceau de sa péroraison.

— Je suis bien marri de vous décevoir, conclut-il. Mais tant vaut que vous entendiez tout de suite ma réponse catégorique : je ne partirai pas.

L'officier se mordit la lèvre. En d'autres circonstances, il aurait rossé ce coquin buté. Mais s'il le faisait, tous les hommes libres de l'équipage tireraient leurs grègues dès le lendemain. Restait donc l'Indien. Celui-ci comprit, avec retard, à quelle fureur il allait être livré par ce premier refus. Tous les regards étaient maintenant tournés vers lui.

Malgré la chaleur de cette fin de printemps, il tenait strictement fermés tous ses boutons jusqu'au ras du col et aux manches. Cette précaution n'était ni de confort ni de coquetterie mais naissait d'une crainte secrète : celle de ne pas savoir jusqu'où la bienséance autorisait à se dégrafer. Pendant les mois qui avaient suivi son arrivée en France, le malheureux s'était rendu coupable de plusieurs audaces en cette matière, dévoilant en public ses parties les plus intimes avec l'innocente intention d'y apporter de la fraîcheur. On s'était beaucoup moqué de lui.

Les cœurs charitables auraient pu lui trouver des excuses. Capturé par ses ennemis tandis qu'il combattait dans les forêts du Brésil, il avait été racheté par des marins français au nombre desquels figurait celui qui était aujourd'hui assis à ses côtés. Dans l'idée d'honorer le roi Henri II, qui avait annoncé sa prochaine visite en Normandie, des négociants de cette province l'avaient expédié jusqu'en France en compagnie d'une cinquantaine de ses semblables. Sitôt débarqué à Rouen, on lui avait demandé de danser devant le roi et la reine, couvert des seules plumes dans l'appareil desquelles il avait été capturé. S'étant montré nu devant un roi, il avait mal compris dans la suite pourquoi on lui commandait de se couvrir en présence de l'ordinaire des Français.

— Eh bien ? demanda rudement l'officier pour rompre le silence que l'Indien peuplait d'un halètement indécis.

Le malheureux était livré à un terrible combat. L'évocation du Brésil ramenait en lui des images de forêts, de danses et de chasses. La couleur du ciel d'Amérique, de ses feuillages et de ses oiseaux lavait son âme de tout le gris dont le quotidien de Rouen l'avait saturé. Et pourtant il était amoureux de cette ville depuis ce premier jour où il avait dansé devant les souverains sous une pluie aigrelette de printemps qui se mêlait voluptueusement à sa sueur. Captif, il s'était cru mort. Ensuite, il avait éprouvé, dans une France qui se parait elle-même de ce joli mot, une Renaissance. Libéré, avec ses congénères, sur ordre de Catherine de Médicis, il avait erré par les rues à Rouen. Un après-midi, allongé à l'ombre de la tour Nord, il avait été remarqué par une robuste Normande dont le père était un barbier prospère. Elle fit tant que ses parents acceptèrent de recueillir l'Indien, le vêtirent, le nourrirent. Et un beau jour, on les maria, en compagnie de quatre autres couples de même nature, que leur exemple avait contribué à former.

L'image de sa douce femme, avec ses joues rouges de santé, apparut à l'esprit de l'Indien et vint lui donner la force d'écarter la séduisante idée d'un retour dans ses forêts.

— Non ! prononça-t-il simplement.

C'était sobre, et la mauvaise pratique qu'il avait du français ne lui permettait guère d'en dire plus. Mais l'ardeur qu'il avait mise dans ce seul mot, son air soudain farouche montraient assez que rien ne le pourrait fléchir.

L'officier, épuisé par ces mois de préparatifs, voyait avec accablement se dresser cet ultime obstacle. Il n'était pas loin d'être saisi par le découragement, et son maintien, le dos voûté, un bras pendant, la tête basse, en était la claire expression.

L'auberge était tout occupée par cette affaire. Il s'y comptait des marins en grand nombre et tous avaient suivi en silence la conversation ; des discussions à voix basse marquaient le désir que chacun avait d'émettre son avis sur le sujet. Tout à coup, d'une table située près du fond, dans le coin le plus obscur et le plus froid, un homme seul auquel personne n'avait pris garde rompit d'un coup le clapot des murmures et planta au milieu de la scène les quatre mots qui allaient décider de tout.

— Emmenez donc des enfants, dit-il.

L'officier se déhancha pour voir derrière lui celui qui avait prononcé ces paroles. Des chaises pivotèrent en grinçant sur les carreaux du sol. Tout le monde cherchait à distinguer dans l'ombre les traits de l'interjecteur. Pour mieux se découvrir, celui-ci fit glisser sur sa table une chandelle jusqu'à la placer devant lui et révéler son visage. C'était un petit personnage voûté, ses cheveux gris semblaient comptés et leur maigre frange était retenue par une calotte de taffetas. Une courte moustache, guère plus fournie, ourlait sa lèvre mince et exagérait, en se retroussant aux extrémités, le court sourire qu'il avait formé sur sa bouche. Il attendait, immobile et benoît, que l'assistance repue de son inoffensive personne fût revenue à son sujet.

— Des enfants, monsieur ? Que voulez-vous dire, s'exclama l'officier, avec la voix trop assurée de celui qui s'adresse à un fantôme, pour se convaincre qu'il existe.

L'intrus fit un petit salut de tête pour marquer qu'il en était quitte avec le respect.

— Monseigneur, chacun sait que l'enfant a le don des langues. Mettez un adulte captif en terre étrangère, il lui faudra dix ans pour avoir l'usage de quelques mots familiers. Un enfant, en autant de semaines, saura parler couramment et sans y mettre d'accent.

Ce dernier commentaire fit remarquer à tous que l'inconnu avait lui-même une intonation étrangère. Quoiqu'il parlât excellemment le français, une pointe méridionale le rendait à la fois sympathique et suspect. On ne pouvait en dire la provenance : prononciation naturelle d'un Provençal ou léger dépoli traduisant la perfection presque complète d'un Italien lettré.

— Et peut-on savoir, monsieur, d'où vous vient pareille certitude ?

— Mais il me semble que c'est le sens commun et tout cela reste bien en dehors de ma personne. Puisque, néanmoins, vous me faites l'honneur de me demander en somme qui je suis, je vous dirai que mon nom est Bartolomeo Cadorim, et que je viens de la république de Venise.

Il est des éclaircissements qui assombrissent. La présence dans ce port et en ce moment de ce Vénitien aux airs d'ecclésiastique sentait l'espionnage. Mais l'homme semblait plus amusé que troublé par la sourde hostilité et les murmures de l'assistance.

— Capitaine Le Thoret, chevalier de Malte, précisa à son tour l'officier. Aux ordres du chevalier de Villegagnon, vice-amiral de Bretagne.

Le Vénitien se leva à demi pour exécuter derrière sa table une manière de révérence sans quitter le fin sourire qui mettait tout le monde si mal à l'aise. Puis il poursuivit avec naturel :

— Nous avons beaucoup d'expérience dans cette matière des truchements car la république de Venise entretient depuis longtemps des relations de commerce avec les extrémités du monde. Celles de nos caravanes qui ont emporté des enfants vers l'Orient en ont fait les meilleurs interprètes dont nous ayons jamais disposé avec la Chine ou le Levant. D'ailleurs, les Espagnols procèdent eux aussi de la sorte. Au Mexique, par exemple, alors qu'ils n'avaient d'abord pour se faire entendre des Aztèques que cette femme indigène que l'on appelle la Malinche, ils sont parvenus, grâce à des enfants, à constituer de vastes réserves de truchements pour tous leurs usages.

— Et à quel âge, selon vous, doit-on expédier ces jeunes élèves ? demanda Le Thoret que l'homme avait intéressé.

— Cinq ou six ans est excellent.

— Impossible ! s'exclama l'officier. Le sieur de Villegagnon a donné des ordres formels pour qu'aucune femme ne soit embarquée dans nos navires. À l'âge que vous dites, des enfants ont encore, ce me semble, besoin de mère ou de nourrice.

— Plus âgés, il conviennent encore, reprit le Vénitien. À vrai dire, ce don des langues paraît ne leur être ôté que par la formation du corps.

Il s'apprêtait à faire d'autres commentaires sur ces étranges correspondances des organes et de l'entendement mais il se ravisa en voyant que le militaire avait rougi.

— Encore faut-il en dénicher qui soient en condition de partir et pas trop vauriens, dit pensivement Le Thoret.

Le recrutement de la future colonie n'avait pas été sans mal. On n'avait guère trouvé de volontaires, même avec l'assurance de recevoir une terre à vie. L'exécrable rumeur qui courait à propos des sauvages mangeurs d'hommes remplissait même les gueux de plus de terreur que d'espoir. Ces ignorants préféraient toutes les formes de mort certaine auxquelles les condamnait la pauvreté plutôt que la chance incertaine d'être dévorés par leurs semblables. Et voilà qu'il allait maintenant falloir chercher des enfants. Pourtant nul doute que c'était la meilleure idée et que Villegagnon, dès l'instant qu'on la lui présenterait, l'adopterait.

— Ainsi, ce que l'on dit est vrai, reprit le Vénitien en s'efforçant au naturel, vous partez pour Rio. Vous entendez bel et bien pondre cet œuf dans le nid des Portugais ? Pourtant le pape lui-même leur reconnaît, paraît-il, seule autorité sur le Brésil.

— Qu'un pape espagnol ait jadis partagé le Nouveau Monde entre les Ibériques nous importe peu, répondit l'officier en se frottant les yeux tant il était las de répéter depuis deux mois la même antienne. Nul ne nous a jamais montré le testament d'Adam, par quoi il eût privé la France de la jouissance des Amériques.

— Bien dit ! hurla le matelot en levant sa pinte.

Toute l'assistance des buveurs n'attendait qu'un signe pour laisser éclater une bonne humeur que l'air glacial de l'officier avait jusque-là contenue. Il mit fin aux rires en levant sa main osseuse à laquelle manquait un doigt tranché jadis d'une arquebusade.

Dévisageant le marchand avec méfiance, il parut soudain se souvenir qu'il avait affaire à un étranger.

— Inutile d'en demander plus, monsieur. Le roi n'entend pas que cette affaire soit publiée et elle ne concerne que la France.

Neuf coups d'horloge, en faisant trembler les chopes sur les tables, vinrent opportunément mettre fin à cette indiscrète conversation. Le Vénitien paya son assiette de bouillon, et se retira à pas menus en souhaitant bon voyage à l'officier avec un étrange sourire. Le matelot s'était endormi. L'Indien partit rejoindre sa femme. Le Thoret, en sortant sur la grand-place, frissonna sous la pluie fine qui s'était mise à tomber. Il avait espéré prendre un peu de repos pendant cette courte semaine qui séparait encore du grand départ. Et voilà qu'au lieu de cela, ils allaient devoir maintenant courir les orphelinats…

CHAPITRE 2

Une interminable ligne de saules, plantée comme un rang de hallebardiers, retenait à grand-peine la joyeuse glissade des prés vers les falaises. La mer, tapie à leurs pieds, n'était pas autrement perceptible que par le vague bruit d'un invisible ressac. Le vent du large tard levé faisait bâiller de gros nuages et laissait paraître un soleil tout blanc qui ne séchait pas l'herbe.

Sur le vert du pré, le cheval bai, presque immobile, paissait calmement. Il donnait de temps à autre de grands coups de queue pour chasser les mouches qui agitaient cette interminable éclaircie après la moiteur des orages.

— Regarde, chuchota Just, c'est lui.

— Comment le sais-tu ? demanda avec crainte la fille étendue à ses côtés.

— Balzane de trois, cheval de roi, répondit-il avec impatience.

— Balzane ? hasarda-t-elle.

— Oui, répondit son frère avec impatience. Ces bottes blanches, au-dessus des sabots : il en a trois. Cheval de roi.

— Cesse de faire le savant, et ne me traite pas comme une enfant parce que tu as entendu un mot en traînant avec les laboureurs.

— Plus bas, Colombe ! Tu vas nous faire remarquer.

Mais le cheval continuait de paître sans avoir l'air de les entendre.

— De toute façon, bougonna la fille, balzane ou pas, il n'est pas bien difficile de reconnaître l'étalon de M. de Griffes.

Just s'impatienta en entendant le nom détesté de ce voisin riche sur les terres duquel ils étaient entrés en cachette.

— Ne parle pas de lui, veux-tu !

Il regardait toujours le cheval avec envie.

— Tu as raison, opina Colombe. Disons que c'est… Gringalet, tiens !

— Gringalet, le palefroi de messire Gauvain ! reprit Just en riant.

Au lieu d'agir, ils restaient songeurs l'un et l'autre, allongés sur le sol, immobiles, malgré l'herbe mouillée qui leur trempait le ventre et les pointes de colchiques qui appuyaient de méchantes boules sur la peau à travers leurs chemises de toile.

Le cheval se redressa, huma l'air salé qui l'avait piqué d'on ne sait quel fumet de crabe ou d'oiseau mort, et, un instant, eut l'air d'écouter le lointain roulement des galets.

— Sûr que son maître lui parle à l'oreille, dit Colombe. Il écoute.

À l'évocation de Gauvain, le chevalier sans attache, l'éternel errant, neveu victorieux et galant du roi Arthur, le héros de leurs lectures pendant ces interminables journées de Normandie, les yeux noirs du garçon prirent un éclat vif. Il fit comme un imperceptible bond en avant, tout étendu qu'il restât encore.

— Eh bien, vas-y maintenant ! l'encouragea Colombe.

Just parut s'éveiller de son rêve, la regarda, assura la corde dans sa main droite et, toujours sans dire un mot, se redressa lentement.

— Allons, pense que tu es Bel Hardi et que je suis ta dame. Fais-le pour moi.

Elle avait énoncé son ordre à voix haute avec autorité. Un instant, le garçon crut que le cheval les avait entendus et pourrait fuir. Il vit le danger et, sans plus hésiter, s'élança.

En adroits coureurs de garennes, les deux jeunes guetteurs s'étaient placés sous le vent de l'animal afin de ne pas lui causer d'alarme. Pour l'approcher, il fallait profiter de la surprise mais sans brusquerie. Sitôt debout, Just avança vers le cheval avec lenteur et décision. Il tenait la corde dissimulée derrière son dos. La bête le laissa approcher sans abaisser les oreilles ni écarquiller l'œil. Quand il fut à la toucher, il étendit paisiblement la main vers l'encolure encore fumante de pluie et la besogna de fortes caresses. Il atteignait environ l'épaule du cheval qui était haut au garrot. Il s'approcha et entoura le col de ses bras.

Just avait senti une authentique sympathie pour cette bête, non seulement parce qu'elle était — peut-être — Gringalet, le cheval de Gauvain, mais surtout parce que, avec ses crins sombres teintés de feu, tout semblables à sa propre tignasse sans ordre, elle lui était familière. Le lien assuré autour de l'encolure, il porta l'une des extrémités de la corde vers le chanfrein et acheva sans hâte de nouer ce simple licol sur le côté de la bouche. L'étalon n'eut pas un geste d'impatience. Lorsqu'il saisit l'autre bout et le tendit comme une courte longe, le garçon sentit avec plaisir que l'animal était désormais solidaire de ses mouvements. Il se mit en marche et leurs deux silhouettes brunes firent une large volte sur le pré. Une lame de mer, à l'horizon, séparait le vert du sol et le ciel noir où s'accumulaient de nouveau les grains. Just fit encore un peu tourner l'animal pour ne pas le laisser face aux dangereux éclats de soleil que renvoyait l'herbe mouillée. Puis d'un bond, en saisissant la crinière, un pied en appui sur la jambe du cheval, il se hissa sur le garrot. Il donna des talons et la bête obéit à son nouveau maître.

— Colombe, cria-t-il, tu peux venir !

Just se tenait bien droit, mais à sa fierté se mêlait un peu de crainte. Il n'était habitué à monter que les rosses efflanquées du domaine. Son visage étroit s'efforçait à l'impassibilité, bien qu'il y eût du rire dans ses yeux et qu'un tressaillement des lèvres marquât un visible effort pour ne pas hurler sa joie. Il tenait à peine la simple rêne au bout de ses longues mains. Ce relais presque invisible, unissant sa volonté à la force du cheval, paraissait superflu tant étaient naturellement accordées les élégances contraires de l'énorme bête et du cavalier de quinze ans.

Colombe accourut, indifférente à sa robe collée d'eau, radieuse de cette victoire.

— Bravo, s'écria-t-elle, maintenant fais-moi monter.

— Monter ? Non, tu es une dame et les dames ne montent pas les palefrois.

— Cesse donc cela, Just. Ce n'est pas un palefroi mais le cheval de M. de Griffes. Allons, tire-moi par le bras.

Les cheveux blonds de Colombe, obscurcis et défrisés par la pluie, étaient plaqués le long de son visage. Mais ses cils, tout trempés qu'ils fussent aussi, restaient pâles. Ils bordaient son œil d'un godron d'or qui, en éclairant son regard, le remplissait d'ironie et d'énigme. Elle avait tôt appris à user avec discernement de ses yeux, tant ils avaient la puissance d'exciter l'intérêt et le trouble. Lorsqu'elle les braquait sur quelqu'un, comme elle le faisait à l'instant sur Just, c'était avec l'intention de briser jusqu'à ses dernières résistances.

— C'est bon ! céda-t-il, accroche-toi à mon bras.

Colombe le saisit à la saignée du coude et il la fit monter. Quoiqu'elle eût deux ans de moins que Just, elle était presque aussi grande que lui mais plus étroite et plus frêle.

Avec légèreté, elle se rétablit sur la croupe du cheval et l'enfourcha avec agilité. Puis elle entoura de ses bras nus la taille de Just avec naturel.

— Bel Hardi, murmura-t-elle à son oreille, si c'est bien Gringalet, il doit pouvoir nous emmener vers des pays fabuleux.

Mais Just donna prudemment des jambes et fit avancer le cheval au pas. Il était inquiet car il sentait l'animal hors de la confiance qu'il lui avait d'abord manifestée. Bien qu'il eût toujours l'air lointain, abîmé de rêves, presque assoupi, Just était sensible à l'extrême aux bêtes, au végétal, à tous les êtres muets qui composaient la nature. Il sentait que le cheval vibrait d'une confuse angoisse, peut-être à cause des cris de Colombe. Elle, au contraire, dont le regard était sans cesse en mouvement, qui savait si bien comprendre tous les signes humains et jusqu'aux plus imperceptibles nuances de l'âme, montrait beaucoup d'indifférence à l'endroit des êtres ou des choses qui sont réputés ne pas en avoir. Elle continuait de rire et de crier de sa voix aiguë.

— Allons à la barrière ! Fais-le sortir sur le chemin.

Just avait tout autant qu'elle envie d'emmener leur monture aussi loin qu'elle pouvait les porter. Mais il était envahi de crainte. Parvenu à l'entrée du pré, Colombe, impatiemment, fit sauter du bout du pied la branche mal équarrie qui servait de porte. Le cheval fit un écart qui faillit les démonter.

— Doucement, Colombe !

L'animal, de lui-même, s'engagea au pas sur le chemin qui menait au petit bois. Ils furent bientôt au milieu des hêtres débonnaires, dont les premières branches poussaient si haut que le sous-bois était clair et sans alarme. Le cheval parut se calmer. Le chemin montait et, au bout du bois, ils parvinrent à un tertre d'où l'on dominait l'étendue de la vallée et les champs qui l'entouraient. Dans un creux au loin, ils distinguaient le nouveau manoir de M. de Griffes, tout hérissé encore de perches de bois. Les couvreurs mettaient la dernière main aux toitures des poivrières et du grand escalier.

— Ne restons pas là, ses gens pourraient nous voir, dit Just pour justifier de pousser le cheval et peut-être cacher à sa sœur l'émotion qu'il ressentait toujours en voyant ce palais en construction.

Tout ce qu'ils aimaient de l'Italie, les grandes fenêtres ouvertes sur la lumière, les colonnades torses des balcons, l'ornementation à l'antique des façades, était acquis comme de grasses prébendes à cet ignoble de Griffes. Magistrat, négociant, usurier de surcroît, le conseiller de Griffes connaissait de l'Italie ce qu'on voulait bien lui en vendre. Tandis qu'eux, élevés pendant leur petite enfance sur cette terre des arts, dans l'étourdissant sillage d'un père qui s'y était dévoué aux armes et à la conquête, ils vivaient désormais dans une caserne féodale.

Ces idées les avaient rembrunis et, tandis qu'ils poursuivaient le même chemin, ils étaient restés silencieux. Toujours en hauteur, la route, tout à coup, découvrit Clamorgan, leur vieux domaine.

Jadis, le château avait été très fameux : il comptait donjon, remparts, pont-levis. Hélas, quand on en approchait, on voyait que les fossés n'étaient pas en eau, que le pont n'était plus du tout levis. Quant au donjon, il avait remis son destin entre les doigts d'un gigantesque bouquet de lierre qui, tout en le retenant de choir, l'étouffait.

De loin, Clamorgan avait encore belle allure. C'est comme cela que Colombe et Just préféraient le voir. Mais les terres immenses du domaine, à rebours de celles de De Griffes qui recevaient les soins de métayers habiles, étaient à l'abandon ou presque.

— Plus vite, pique des deux, Bel Hardi, s'écria Colombe

que la vue du château fort avait ramenée au fantastique de cette cavalcade.

Mais Just ne voulait pas brusquer le cheval. Le ciel avait refermé la dernière lucarne derrière laquelle le soleil avait un instant agité les bras. Il faisait sombre et froid tout à coup. Le cheval encensait, redoutant l'orage.

— Ramenons-le, objecta le garçon en faisant exécuter un demi-tour à la bête.

— Non ! cria Colombe. Pour une fois que l'on trouve à s'amuser ici.

Elle enrageait surtout de se voir désobéie. Mais Just lui tournait le dos : elle n'avait plus la ressource d'user de son regard sur lui. Elle se mit à tambouriner sur ses épaules. Cependant ses poings frêles rebondissaient sur la robuste charpente du garçon et il continuait à mener paisiblement l'étalon sur le chemin du retour. Colombe allait se mettre à pleurer quand, tout à coup, elle avisa une branche de saule qui pendait au-dessus de la route. En passant à sa hauteur, elle l'attrapa et la brisa sans bruit. Les feuilles ôtées, elle fit une badine tout à fait convenable. Alors, prenant son élan, tenant la chicotte d'une main et la chemise de Just de l'autre, elle frappa d'un coup sec l'arrière-train de l'étalon. C'est la peur, plus que la douleur, qui fit prendre le galop à la bête. En agrippant la crinière des deux mains, Just réussit à ne pas tomber mais il lâcha le licol qui se mit à battre les joues du cheval, augmentant d'autant la terreur de la bête et le rythme de sa galopade.

Ils dévalèrent ainsi vers le château puis, comme le chemin s'incurvait de nouveau vers la mer, s'en écartèrent et prirent la direction d'une pièce de jachère qui longeait un mur. Incapable de rien faire, Just mettait le peu de conscience que lui laissait la peur à s'efforcer de ne pas tomber. Le chemin, un peu plus loin, allait traverser un ruisseau ; il se dit qu'ils devraient lâcher prise juste avant et amortir leur chute dans le cours d'eau boueux. Mais le cheval ne lui laissa pas le loisir d'attendre jusque-là. En passant près d'une fontaine devant laquelle était un perron, le coursier fit un écart et précipita ses deux cavaliers à terre. Le garçon roula sur un talus d'herbe grasse et n'eut rien. Colombe, plus légère, alla jusqu'à la borne et la heurta de la tempe. Elle resta étendue sur le dos, le haut du visage saignant un peu. Quand Just arriva auprès d'elle, il la trouva sans connaissance.

Il prit doucement sa tête, lui parla, l'embrassa, la berça. À mesure que les instants passaient, il n'entendait plus que, très lointain, le galop fou du cheval emballé et, trop proche, assourdissant dans le silence, le clapot solitaire de la fontaine. Alors, Just, noble héritier des Clamorgan, Just tout simplement mais dont sa jeune sœur avait fait Bel Hardi, reprit ses esprits pour de bon. Et Colombe ne s'éveillait toujours pas. Il poussa un grand cri, un cri rauque, déchiré par la mue d'une enfance encore proche. Il écouta son cœur : il le trouva battant. Elle vivait. Il la prit dans ses bras, eut le temps de penser qu'elle était légère et trempée et qu'il lui manquait une chaussure. Puis il partit en courant, les yeux pleins de larmes fixés sur son fardeau toujours sans conscience.

— Amour, amour, gémissait-il entre ses pleurs, ne meurs pas ! Ne meurs jamais ! Je serai toujours auprès de toi.

CHAPITRE 3

La France, en ces années, faisait la guerre sans la vivre. Depuis la fin du siècle précédent et les songes orientaux de Charles VIII, elle avait choisi l'Italie comme champ clos de ses capitaines. Ils s'en retournaient pleins de gloire, fût-ce dans la défaite. Prenant plaisir à y conquérir des royaumes pour les perdre tout aussitôt, ils montaient des alliances qui semblaient faites exprès pour se rompre et battre à l'envi les cartes maîtresses, rois, dames, cavaliers, de ce jeu sans règles. Cette chevauchée galante de papes cuirassés, de princes épris d'art et de conquérants étourdis par les complots avait un grand mérite pour le royaume de France : elle lui donnait la paix et l'emploi lointain de ses armées. Rien, pas même la déroute de Pavie, n'avait troublé l'ordre revenu depuis la fin de la guerre de Cent Ans. Les greniers étaient gorgés de récoltes, par tout le pays ruisselaient les étoffes et les vins, les épices et l'ouvrage délicat des artisans. Les rois vagabonds venaient à la rencontre de leurs sujets et de leurs vassaux : la noblesse vivait sur ses terres, elle les faisait prospérer. Partout s'élevaient des châteaux teintés d'antique et des couleurs d'Italie.

Dom Gonzagues faisait pour lui-même ces réflexions tandis qu'il regardait par le carreau du monastère. La pluie fine de Normandie tombait silencieusement sur le pré gras, d'un vert qui navrait l'œil. Toute cette paix de bœufs ronds, de chèvres, de vaches au pis tendu, de pommiers couverts d'épaisses grappes de fleurs éreintées de pluie et qui promettaient pour plus tard une récolte miraculeuse, accablait malgré lui l'âme du vieux soldat. Sa vie, depuis vingt ans qu'il avait revêtu la croix de Malte et suivi le chevalier de Villegagnon, n'avait été qu'estoc, faim au ventre et marches forcées. Il avait combattu les Turcs devant Alger, puis en Hongrie, battu avec gloire mais sans profit les impériaux en Milanais, les Anglais à Boulogne et perdu finalement Tripoli. Et pendant qu'il souffrait les batailles, endurait les flammes, la vermine et les mauvais vivres, ce pré, là devant lui, n'avait jamais dû connaître le moindre répit dans sa verdure.

Dire qu'il aurait pu, au lieu de cela, couler une vie de paix dans sa châtelainerie de l'Agenais. Tout cadet qu'il fût, ses frères lui auraient concédé une pièce de terre bien à lui où il eût été simplement heureux. Ce genre de pensée le tenaillait presque chaque jour depuis qu'il était arrivé dans ces régions de pluie. Heureusement, deux séquelles d'arquebusade, l'une à l'aine et l'autre au creux de l'épaule, venaient le tirer de ce mol abandon de l'esprit et l'aiguillonner, par le souvenir du combat passé, vers les délices des combats futurs. Tout bien pesé, il n'avait que faire des vaches…

La voix douce d'une religieuse, en l'appelant par son nom, conclut pour de bon cet assaut, à demi réprimé déjà, de la mélancolie.

— Dom Gonzagues de La Druz ?

— Moi-même, ma mère !

Courtaud, rondelet, l'œil vif et une barbe si pointue qu'elle semblait avoir taillé elle-même, par son tranchant, une balafre qu'on lui voyait au bas du col, dom Gonzagues était tout chargé d'épées et de dagues quoiqu'il ne fût point en guerre. Le cliquetis de ces armes résonna dans la salle voûtée de pierre quand il prit le garde-à-vous en rougissant. La raideur du soldat fit sourire la mère supérieure. Elle vit clairement que le vieux capitaine était moins troublé par la religieuse que par la femme. Nul ne pouvait jurer qu'elle n'en fût pas secrètement flattée.

— J'ai reçu votre courrier d'hier, dit la mère supérieure en se tenant à trois pas de dom Gonzagues et sans lui faire la grâce d'ôter de sa personne son beau regard bleu. Ainsi vous cherchez des orphelins pour les emmener aux Amériques ?

— Oui, ma mère, bredouilla le soldat qui protestait en dedans, avec force jurons adressés à lui-même, que Dieu ait retenu pour son service une religieuse aussi belle.

— Sachez, capitaine, et faites savoir au chevalier de Villegagnon, que nous avons la plus grande envie de l'assister sur ce point. Vous faites œuvre pie en allant porter la parole du Christ sur ces terres nouvelles. Si Dieu n'avait pas décidé d'un autre destin pour moi, j'aurais été la première à vous y accompagner.

C'était le genre de déclaration le plus propre à faire désirer au malheureux Gonzagues d'être déjà parmi les sauvages : il ne pouvait concevoir qu'ils eussent l'emploi d'une plus grande perversité que celle-là. Pourtant, il trouva le courage de retrousser quelques poils de ceux qu'il avait sur le visage, en sorte qu'ils parussent mus par une ébauche de sourire.

— Revenons au fait, reprit la supérieure, vous voulez des orphelins. En d'autres temps nous en avions pléthore, les plus anciennes parmi nous en gardent le souvenir. Mais le pays est désormais si prospère qu'il pourvoit à tout. Nous avons encore quelques pauvres, certes. Nous n'en sommes heureusement pas au point où le chrétien serait empêché de gagner le paradis faute de pouvoir exercer sa charité. Mais d'orphelins, plus guère, capitaine, plus guère…

Ce disant, la nonne secouait sa belle tête aux traits doublement parfaits par l'harmonie et la sainteté.

— Est-ce à dire que vous n'avez personne à nous proposer ? prononça dom Gonzagues qui n'avait jamais longtemps ployé sous le feu — quoique face aux armes des femmes, il se fût toujours montré plus faible et plus démuni.

Il se jugea habile d'être parvenu, par cette question précise, à mettre la conversation tout près d'une issue. Mais la mère supérieure n'entendait pas se laisser vaincre. Dans l'épais silence de ces murs de pierre, un ennui tenace devait lui faire désirer de prolonger les occasions qu'elle avait de parler et peut-être de rire. Elle se tut, réfléchit et pour accompagner ses pensées fit à pas lents un tour dans la pièce qui la mena jusqu'à la fenêtre.

— Si, capitaine, nous en avons, rassurez-vous, dit-elle en faisant tomber cette fois sur un pommier la foudre de son regard.

Dom Gonzagues lâcha une exclamation qui marquait sa satisfaction et il se félicita d'avoir arrêté d'un coup de langue le « mordiou ! » qui lui était venu sur les lèvres.

— Nous en avons, reprit-elle, parce que le péché est toujours là et que les désordres de la chair font encore concevoir des enfants hors des sacrements. De pauvres filles tentées par les sens ont la seule ressource de les exposer et les paroisses nous les amènent. Mais de plus en plus, il semble que les familles s'accommodent de ces enfants qui insultent Dieu. D'ailleurs, poursuivit-elle sur un ton de confidence, les curés les y encouragent. Savez-vous qu'en certains villages de la côte où les marins sont sujets à de longues absences en mer, les prêtres ont persuadé leurs fidèles que la grossesse peut durer plus ou moins longtemps selon les femmes. On m'a rapporté avec le plus grand sérieux l'exemple d'un enfant né au terme d'une gestation de dix-huit mois. Tout le village louait la sagesse de la nature qui l'avait fait ainsi patienter jusqu'au retour de son père. Et le pauvre homme, évidemment, jugea que le petit lui ressemblait…

Silencieux, les yeux baissés à l'évocation par une femme de l'horrible mécanique de la conception, dom Gonzagues était submergé d'indignation. Son maître, le chevalier de Villegagnon, avait bien raison de dire qu'il fallait réformer cette Église de France que la prospérité avait éloignée de la raide loyauté des temps anciens. Jamais il n'aurait imaginé que la corruption ait pu atteindre un tel degré pendant qu'il combattait, lui, pour faire reculer l'infidèle et les ténèbres. Et cette religieuse qui ne quittait pas son demi-sourire ! Elle paraissait même se divertir de l'indignation qu'il croyait pourtant si bien contenir — mis à part le cliquetis de cette maudite épée que sa rage de Gascon faisait trembler contre sa jambe.

— Je suis déterminée, monsieur, à ne rien vous dissimuler, reprit la religieuse. Nous avons à cette heure huit orphelins en notre institution. Quatre sont des filles, et vous me dites dans votre lettre qu'il n'en faut pas. Parmi les garçons, l'un n'a pas sa tête : il est né contrefait et sujet à des crises de déraison. Les trois autres sont très jeunes : ils ont quatre et six ans car deux d'entre eux sont jumeaux.

— En ce cas, ma mère, dit promptement dom Gonzagues en soufflant comme au terme d'un long effort, il me reste à vous remercier bien sincèrement et à prendre congé.

Il en était à son troisième monastère. Le Thoret, avec qui il partageait sa besogne, avait dû en voir autant. Chaque fois, c'étaient les mêmes réponses et, hélas, la constatation des mêmes désordres — quoiqu'il n'ait jamais vu tant d'insolente provocation qu'en cette damnable supérieure.

Mieux valait ce prompt refus et qu'il pût faire encore une visite ce soir — il en restait deux sur la liste.

— Un instant, capitaine, dit la religieuse en posant sa longue main sur la manchette du soldat. Vous êtes proche du départ. Ce n'est pas une raison tout de même pour ne pas m'écouter jusqu'au bout.

Dom Gonzagues, au contact de cette main vipérine, se figea dans l'immobilité révulsée d'un supplicié.

— Vous m'avez demandé des orphelins et si je pouvais vous dénicher quelque enfant de gueux, dit doucement la religieuse, je vous ai répondu que non. Mais peut-être la question n'était-elle pas complète. Vous désirez ces enfants pour en faire des truchements auprès des naturels du Brésil, est-ce bien cela ?

Dom Gonzagues grava méchamment dans l'air un petit huit avec la pointe de sa barbe.

— Vous ne cherchez des misérables qu'en raison de la plus grande facilité avec laquelle vous imaginiez de les trouver ?

Un autre huit marqua l'approbation muette du capitaine.

— Mais vous ne seriez pas opposé à emmener des enfants de meilleure condition si l'on vous en présentait ?

Un nouvel hochement de tête signa la reddition du vieux soldat.

— En ce cas, monsieur, suivez-moi.

*

À marche forcée, derrière cette diablesse de mère supérieure qui trottait avec aisance, dom Gonzagues traversa toute la longueur du couvent.

Ils croisèrent plusieurs professes et novices. Si elles n'étaient pas toutes jolies, elles portaient néanmoins leur habit avec une liberté que le chevalier de Malte ne jugea pas d'un honnête aloi. Il flottait de trop gais sourires sur leurs lèvres. Cette présence aimable en un monde voué au service de Dieu était à ses yeux un péché. À cela se joignait la chaude odeur de cire qui montait des tomettes du sol, un luxe de bougies allumées et qui n'étaient pas toutes de célébration. Par des portes ouvertes se laissaient apercevoir de voluptueuses armoires, pleines comme des nourrices, qui regorgeaient des biens de confort à quoi ces filles de Dieu avaient pourtant fait vœu de renoncer. Dom Gonzagues garda pendant tout son chemin le regard bien droit de celui qui entend résister à la tentation et d'abord ne pas la voir. Ils entrèrent enfin, par quelques degrés de pierre, dans une galerie construite sur un pont.

— En poursuivant jusqu'au bout, dit la mère supérieure, montrant l'autre extrémité de ce couloir éclairé de fenêtres, on sort sur l'autre rive, vers la forêt et le village. Nous prenons ce chemin parfois pour nous rendre à des messes.

Sans dire un mot, dom Gonzagues fulmina contre cette porte trop évidemment coupable. Il lui semblait voir en pensée, comme s'il se déroulait devant lui, tout le commerce qu'un tel accès rendait possible.

Au milieu de la galerie, ils s'arrêtèrent. Un petit cabinet était construit en saillant au-dessus d'une des piles du pont. La religieuse ouvrit une porte et fit pénétrer le soldat dans ce réduit. Deux hautes croisées donnaient sur les eaux. Par un carreau ouvert, la rumeur du courant emplissait le petit espace et rendait le lieu propice à des conversations qui ne devaient pas être entendues. Une table triangulaire à pieds tournés et trois escabelles étaient les seuls ornements de la pièce. La mère supérieure prit un siège et fit signe au soldat de s'asseoir. Dom Gonzagues s'y employa assez laborieusement, moins embarrassé du fardeau de ses armes que raidi par une sincère alarme spirituelle.

— Ce ne sera pas long, dit la religieuse avec ce même sourire qu'elle semblait avoir répandu en ce lieu en dépit de sa vocation d'austérité.

Ils demeurèrent muets, bercés par le bruit du flot. Des trilles d'oiseaux, venus des berges, faisaient sursauter le vieux guerrier habitué aux embuscades et aux roucoulements félons dont usent les soldats dans les bois. Deux minutes n'avaient pas passé que la porte s'ouvrit. Une autre femme entra et vint silencieusement s'asseoir sur le troisième siège. Elle salua la mère supérieure et son hôte d'un simple mouvement de tête. Dom Gonzagues ne sut pourquoi mais, alors qu'elle n'était pas en habit de nonne, elle lui parut plus modeste et plus pieuse que toutes les joyeuses étourdies qu'il avait croisées dans ces murs. C'était une femme qui, comme lui, semblait avoir bataillé sans répit jusqu'à cet âge de la cinquantaine où le combat cesse d'appeler le combat et met sur le visage une expression de lassitude et de sérénité. Les fines rides de son visage, que dom Gonzagues vit comme parentes des balafres que la guerre avait semées sur le sien, étaient atténuées par un habile et prudent usage du fard, une coiffure stricte qui ordonnait sa chevelure en un double rempart de nattes et une toilette austère mais recherchée. Deux petits brillants aux oreilles équilibraient par leur minuscule éclat la sobriété de la robe noire à manches longues, à peine soulignée au col et aux poignets par un rang de dentelle. Dom Gonzagues sentit bondir en lui une sincère reconnaissance pour cette femme qui, par sa bienséance, rachetait tout le reste. Il ne marqua cet enthousiasme que par un larmoiement nerveux de l'œil droit qu'un discret geste de manche évita de faire dégénérer en larmes.

— Madame, dit la mère supérieure, qui, hélas, ne s'était pas évaporée devant cette apparition, voici dom Gonzagues de La Druz, chevalier de Malte.

— Capitaine, reprit la dame avec une voix bien en harmonie avec sa personne, par son timbre austère et sa lenteur, je suis très honorée de vous voir. Et je vous remercie, ma mère, d'avoir bien voulu vous faire l'instrument de cette rencontre.

— C'est une simple chose et nous vous la devions bien, dit la mère supérieure en s'obstinant à rire. Vous êtes la bienfaitrice de ce couvent depuis tant d'années...

— Oui, murmura la dame, secouée d'un fin tremblement. Nous avons toujours rendu grâce à Dieu de ses bienfaits. Nous nous sommes soumis à ses décrets quand ils étaient favorables sans ignorer que nous devrions nous soumettre avec la même patience si, un jour, ils ne l'étaient plus. Et ce jour, hélas, est venu.

La fuite était un mot que dom Gonzagues avait banni de son vocabulaire militaire. Mais dans de telles situations, il s'y serait volontiers résolu, si elle avait été honorable.

— Jamais, capitaine, prononça la dame, connaissant votre prochain départ, je n'aurais pris la liberté de vous troubler par le récit bien peu considérable de nos malheurs. Mais sœur Catherine m'a informée de votre requête lors de ma dernière visite : vous cherchez, paraît-il, des enfants pour aller prendre souche aux Amériques ?

— Oui, madame, corna dom Gonzagues en faisant disparaître une boule d'humeurs dans son mouchoir.

— En ce cas, je pense que vous ne perdrez pas votre temps en écoutant ce que j'ai à vous dire. Je tâcherai d'être brève.

Elle baissa un instant les yeux puis les releva jusqu'à fixer les petits losanges en verre coloré de la croisée.

— Eh bien, reprit-elle, voici le fait. Le frère cadet de mon mari est un soldat. Il a combattu en Italie au service du roi de France puis de divers princes. Depuis trois ans nous n'en avons plus de nouvelles. Or, avant de disparaître, il avait ramené d'Italie deux enfants. Nous ne connaissons rien de leur mère à supposer qu'il n'y en ait qu'une et qu'il fut bien lui-même le géniteur. Mais passons. Je n'ai pas à juger de la vie des soldats. Ils ont leur gloire et leurs faiblesses.

Nombreux étaient les capitaines qui avaient eu en effet des faiblesses en Italie. Certains étaient même tombés sous l'empire de créatures qui avaient vaincu les plus grandes bravoures. Dom Gonzagues avait eu sa part de ces folies mais il avait su se garder de trop dévorantes passions — à moins qu'il eût été incapable de les susciter, ce qui, quand il y réfléchissait, le rendait parfois mélancolique. En tout cas, évoquées par cette dame, ces folies lui paraissaient aujourd'hui haïssables. Il n'osa pas demander le nom de ce soldat, de peur, s'il le connaissait, d'être associé à ses turpitudes.

— Dieu m'est témoin que ces deux enfants, lorsqu'ils ont été confiés à mon mari par son frère, ont trouvé chez nous la sécurité et beaucoup d'indulgence au regard des coupables circonstances de leur conception. Hélas, notre domaine, qui est à quelques lieues d'ici, a été frappé par les coups de la Providence. Nous avons eu à subir toutes les pestes qui se peuvent imaginer pour ce qui regarde le végétal et le bétail. On dirait que les plaies d'Égypte sont pour nous. Si le mois d'août est aux orages, ce sont nos champs, d'abord, qui seront gâtés par la pluie ; nous avons été envahis par la vermine, les sauterelles, la grêle a haché nos récoltes. Par trois fois, de surcroît, nous avons été attaqués par des bandes de bohémiens. Ils ont pillé ce qu'ils ont pu trouver de meubles et de numéraires. Bref, capitaine, quelque illustration qu'ait eue cette famille dans les temps passés, elle est aujourd'hui éprouvée d'un malheur qu'il faut savoir nommer : la pauvreté.

Dom Gonzagues en voulait plus que jamais à ses armes non seulement de ne lui servir à rien mais de faire autant de bruit tandis qu'il remettait son mouchoir dans sa poche.

— Et voilà maintenant qu'un dernier coup vous est porté, reprit la mère supérieure qui s'était épargnée jusque-là et montait en première ligne pour l'ultime assaut. Le mari de madame, ce noble seigneur, après une vie d'efforts et de revers, a subi une dure attaque en son corps, il est mort voilà trois mois.

À l'évocation de ce deuil, la dame émit deux larmes et, d'une main fébrile, entreprit moins de les essuyer que de s'en barbouiller le plus complètement possible le visage.

— Vous avez devant vous une femme, capitaine, poursuivit la religieuse, qui, au milieu de ses malheurs, s'accable d'un surcroît de responsabilités. Dans la ruine et la solitude, elle sait que notre maison l'accueillera toujours et lui rendra jusqu'au terme de sa vie les faveurs que sa famille a eues si longtemps pour nous. Mais pour autant, elle refuse de se désintéresser des enfants qui lui ont été confiés. Or, que deviendront-ils ? Leur père, qui ne laissait jamais passer un mois sans une missive, ne donne plus signe d'une vie que probablement il a quittée. Le domaine sera bientôt dispersé ou vendu. Quel est, dites-le-moi, l'avenir de ces deux jeunes âmes ? Les ordres ? Ils ne marquent aucune inclination dans ce sens. On ne peut leur en faire tout à fait grief, eu égard à la débauche qui a entouré leurs vies. Jésus-Christ les trouvera bien un jour, où qu'ils soient. Mais on ne peut, sous peine de rébellion, les attacher à Lui avant qu'ils en marquent le désir.

— Sœur Catherine a raison, renchérit la dame. Mais mon souci va plus loin. Je voudrais que ces enfants, dont la famille n'existera bientôt plus — si jamais ils en ont fait vraiment partie —, aient au moins la chance d'en fonder une. Il leur faut repartir à neuf et commencer une autre vie, propre à leur faire oublier la première et ses rudesses. Voilà pourquoi le mot de « Nouveau Monde » a attiré mon oreille. Je suis venue vous implorer, capitaine, de bien vouloir assurer l'avenir de ces malheureux en les prenant avec vous.

L'espoir renaissait dans le cœur de dom Gonzagues. Fendant les ténèbres glacées de ces confidences, il entrevoyait une brèche et peut-être l'issue. Ce qu'on voulait de lui était clair et simple. La possibilité de faire le bien avait toujours été à ses yeux la vertu suprême et le guide : il ne disputa pas. Se fût-il rebellé que les regards si beaux des deux femmes, l'un de larmes contenues, l'autre de sensuel renoncement, auraient emporté ses dernières batteries.

— Quel âge ont-ils ?

— Sans le savoir précisément, répondit la dame en marquant une hésitation, je dirais… onze et treize ans.

— Fort bien, approuva le capitaine.

Puis, après une hésitation de pudeur, il ajouta, un ton plus bas :

— L'aîné n'est-il pas… formé ?

— Il a un duvet sur la lèvre et comme il est fort brun on le voit. Mais leur gouvernante est formelle : il n'est point homme.

— Consentent-ils à ce voyage ?

On en était aux questions qu'elles avaient préparées et les réponses venaient avec aisance et naturel.

— Ils sont déterminés à quitter le domaine. Les pauvres ont seulement l'espoir confus de revoir leur père — qu'ils connaissent à peine — et, pour peu qu'on leur laisse le cultiver, ils iront où l'on voudra.

C'était un discours bien embrouillé pour la rude mémoire du vieux soldat.

— Êtes-vous seulement consciente, madame, qu'ils se fixeront là-bas pour jamais et y demeureront jusqu'après leur mort ?

— Je n'ai pas de plus grande ambition pour eux que de les voir conquérir de nouvelles terres comme leurs ancêtres ont conquis jadis celles que nous allons perdre.

— Allons, madame, s'écria dom Gonzagues en se levant

dans un grand fracas d'acier et de bottes, délivrez-vous de ce souci-là. J'en réponds.

Suivit un long instant d'émotion, d'action de grâces et de remerciements que le chevalier traversa comme une dernière épreuve ; il craignait toujours, de la religieuse en particulier, quelque ultime attentat à la décence.

— Eh bien, dit-il enfin avec bonhomie, montrez-les-moi, maintenant. Où sont-ils ?

— Capitaine, fit la mère supérieure en s'approchant de dom Gonzagues, et il faut croire que la traîtresse avait compris qu'il ne savait résister à son parfum d'amande douce, comprenez qu'avant de les alerter, nous devions vous présenter d'abord l'affaire : ils sont encore sur le domaine, à plusieurs lieues d'ici. Maintenant que vous êtes engagé à les prendre, ils vont se préparer et vous rejoindre sur le point de votre embarquement.

Dom Gonzagues marqua une dernière hésitation : ne pas les voir avant... Il soupesa ce scrupule et le trouva bien léger en face de cette femme honnête dont il évanouissait la douleur. D'ailleurs, sa parole était déjà donnée.

— Nous partons dans trois jours du Havre-de-Grâce.

— Une voiture les conduira à vous dans ce délai, assura la religieuse.

Ils sortirent dans la galerie. La dame, après un dernier remerciement plein de retenue, partit du côté du bois, où devait l'attendre une monture. Dom Gonzagues traversa le monastère à grands pas, pressé de se retrouver à cheval. Il n'avait pas pris le galop depuis cinq minutes qu'il rageait.

Je ne lui ai même pas demandé son nom, pensa-t-il.

Puis, chassant cet ultime tracas, il s'écria dans le vent mouillé :

— Bah ! À quoi bon. C'est certainement une famille honorable.

CHAPITRE 4

Clamorgan, quand ils vivaient en Italie, était pour Just et Colombe un nom de rêve, la terre fabuleuse des origines. Il avait fallu que leur père en fût réduit à la dernière nécessité pour qu'il prît le risque de les y envoyer et qu'ils connussent la triste réalité de leur cher fantôme. Le soldat n'avait heureusement pas été témoin de cette déception : il était à cette époque en malgrâce avec le roi de France et n'avait pu accompagner ses enfants lui-même. Ils avaient fait seuls, quatre ans plus tôt, le chemin jusqu'à Rouen en coche avec une enseigne. Puis une charrette les avait conduits à Clamorgan.

Leur oncle était déjà très faible. Il se claquemurait dans la seule pièce où il y avait encore des tentures et que l'on pouvait chauffer. Le pauvre homme était resté au Moyen Âge : il avait mené son domaine comme aux temps féodaux, c'est-à-dire à la ruine. Refusant de rien vendre ni de rien acheter, il ne remplaçait pas une ardoise tombée d'un toit et laissait aux paysans à peine de quoi se nourrir. Tout le surcroît pourrissait dans des greniers, décourageant le travail, incitant les manants à l'exode. Ce n'était pas de sa part avarice mais sens excessif de l'honneur en un temps où le négoce avait pris la relève de la chevalerie. Puis, un jour, il était mort.

Une gouvernante, qui avait été nourrice, avait recueilli les deux enfants dans sa maison. Couverte de chaume, c'était une vétuste longère noircie au-dedans par la fumée et ornée sans esprit de décoration de tous les instruments nécessaires, poêles, râteaux, paniers, suspendus au plafond et aux murs.

C'est là que Just avait conduit Colombe inanimée. Il l'avait déposée près de l'âtre, dans un grand lit à matelas de paille. Elle gémissait et se plaignait de la tête. Un vieux berger qui avait le talent de guérir, au moins les moutons, était venu en soufflant par les fondrières et avait ordonné pour elle une décoction de simples.

— Elle vivra, avait-il dit.

Just comprit seulement par ces mots qu'elle aurait vraiment pu mourir. Il se fit répéter l'heureux augure par Émilienne, la gouvernante. Elle était aussi satisfaite de le dire à haute voix que lui de l'entendre et il fit quatre fois le sourd. Toute molle et brûlante, Colombe but avec une grimace le liquide sombre et fumant où flottaient des copeaux de champignons. Puis elle se rendormit.

Just prit sa garde au pied du lit. Il était épouvanté de voir sa moitié de vie vaciller comme une flamme de chandelle. Aussi loin qu'il se souvenait, leur existence d'avant n'était qu'un chaos de nuits d'exode, d'auberges froides, de longues marches, tout cela mêlé sans ordre ni raison à de lumineux souvenirs d'Italie et de batailles. Tout avait toujours bougé autour d'eux sans qu'ils comprissent bien pourquoi. Ils ne se connaissaient pas de famille hors de leur père, dont l'image, depuis quatre années qu'ils étaient à Clamorgan, s'était brouillée dans leur mémoire.

Mais cette immense rotation des gens et des événements avait eu un pivot : ils étaient l'un pour l'autre ce qui ne changeait pas quand tout changeait, ce qui était fidèle quand tout vous abandonnait. Dans les plus lointains souvenirs de Just, il y avait Colombe.

Ils partageaient les mêmes épreuves et les mêmes rêves, avaient appris dans les mêmes livres : l'Arioste, Virgile, Homère qu'ils lisaient dans le texte ; ils jouaient les mêmes airs, elle à la flûte, lui à la mandoline. Cette petite brassée de vers et de mélodies faisait tout leur bagage tandis qu'ils cahotaient avec l'ordinaire des soldats. Mais pour l'heure, il n'y avait plus de rêve. Tandis qu'il jetait dans le foyer des bûches d'orme qui fumaient, Just pensait à tous les fabuleux noms qu'elle lui avait donnés et surtout au dernier : Bel Hardi ! Il s'essuya le nez sur sa manche et se jura une fois de plus de ne jamais la quitter, fût-ce dans la mort. C'est un âge où l'on fait facilement ce serment mais il semblait à Just que personne avant lui ne l'avait prononcé si gravement, ni n'était pareillement résolu à l'exécuter.

Au matin, Colombe repoussa son édredon. Elle était en nage mais il semblait que la fièvre était tout entière passée dans le sac de plumes. Avant midi, elle ouvrit les yeux et appela. Il y eut des cris de joie, des larmes de nouveau. Dans cette Normandie où le temps change à chaque heure, il semblait que les âmes aussi avaient leurs subites éclaircies.

Malgré la disparition de la fièvre, Émilienne commanda à la malade qui avait une grosse bosse sur le côté du front de garder le lit, si elle ne voulait pas que l'épanchement tournât en apostume. Mystérieuse comme une formule de magicien, cette sentence suffit à faire tenir la patiente couchée. Mais elle reprit ses espiègleries, faisant à Just force grimaces.

L'après-midi était bien avancé quand un bruit d'essieux parvint jusqu'à eux. Émilienne était à son potager. Avec tant de maisons désertées sur le domaine, elle avait tout loisir de choisir le meilleur de ces lopins abandonnés : elle allait chercher ses carottes près de la pièce de chaume, là où on en trouvait de bien grosses. Les enfants se turent à l'approche de la voiture car il en passait rarement par là. Quand ils l'entendirent s'arrêter devant la porte, Colombe se redressa et dit :

— Va voir, Just !

Mais il n'avait pas eu le temps de bouger qu'une silhouette d'homme s'encadrait dans la porte. Ils reconnurent Belloy, le dernier valet du château. C'était un petit homme trapu, au visage faux, qu'ils craignaient. Dans ce domaine sans maître, il commandait à sa guise et traitait les deux enfants rudement, comme pour les dissuader de prétendre jamais avoir quelque droit à faire valoir sur leurs biens.

Voyant qu'il plissait les yeux, aveuglé par l'obscurité, ils eurent la tentation de se dissimuler. Mais ils n'en eurent pas le temps car Belloy s'avança à tâtons jusqu'au lit et les cloua sur place de sa forte voix :

— Sortez ! mauvais drôles.

Et lançant son bras à l'aveuglette, il toucha Just qui se laissa saisir sans résister.

— Où est ta sœur ?

— Ici, répondit Colombe d'une voix mauvaise car elle n'entendait pas être mieux traitée.

— Venez, tous deux, madame la conseillère vous veut.

Just eut beau protester que Colombe était malade, ils durent s'habiller en hâte, sortir et monter dans la charrette. Le valet commanda un demi-tour. Ils étaient déjà au tournant du chemin quand ils virent Émilienne au loin qui courait, en agitant les bras.

*

Cependant la charrette était arrivée devant le château. Belloy fit claquer sa langue pour encourager le cheval à passer le pont-levis branlant. Ils virent au-dessus de leurs têtes la herse de fer bloquée par le mécanisme rouillé. Deux dogues gras, attachés à une chaîne, constituaient désormais toute la garde de l'ancienne forteresse.

Ils entrèrent dans le donjon. Belloy les arrêta dans la pièce des gardes. C'était une haute salle aux murs de pierre, voûtée en ogive. La cheminée monumentale, propre à dévorer des troncs d'arbres, était vide et froide, n'ôtant rien à l'humidité de l'air. Le sol était jonché de paille, de poussière et d'éclats de bois. Un énorme coffre de chêne, poussé contre la muraille, faisait avec un vieux fauteuil tout l'ameublement. Ils attendirent en silence, ruminant par-devers eux le châtiment qu'on leur réservait pour avoir fait échapper l'étalon.

Ils entendirent tinter le harnachement de ses chevaux quand la litière de leur tante franchit le pont-levis. Elle d'ordinaire si vivement parée, portait ce jour-là une simple robe noire qui les surprit. Ils ne pouvaient savoir qu'elle l'avait choisie tout exprès pour rencontrer dom Gonzagues au monastère le matin même.

Il y eut un instant de silence pendant lequel elle les dévisagea l'un après l'autre. Elle semblait rapprocher leur apparence de quelque secret emploi qu'elle avait l'intention de réserver pour eux. Malgré leurs tignasses en désordre, leurs vêtements de pauvres, la boue séchée qui faisait encore des plaques sur leur peau, elle parut satisfaite de cet examen. Belloy approcha un fauteuil où elle s'assit délicatement tandis qu'ils restaient plantés devant elle, attendant toujours qu'elle abordât la mauvaise affaire du cheval égaré.

— Mes chers enfants ! commença-t-elle sur un ton qui démentait aussitôt l'affection supposée par ces mots.

Colombe serra sa main autour du bras de Just.

— Malgré tout l'attachement que vous avez pour Clamorgan, reprit la conseillère, je sais que vous nourrissez d'abord le désir légitime de revoir votre père.

Les enfants gardaient un visage fermé tant la méfiance que cette femme leur inspirait pouvait difficilement se rompre.

— Eh bien, réjouissez-vous, ce désir va être comblé.

Puis, prenant le temps d'une réflexion, elle ajouta :

— Au moins pour l'un d'entre vous.

Ils se raidirent. Sous les branchages débonnaires courait la vipère et elle venait de faire entrevoir ses crochets. Ainsi on voulait les séparer.

— Messire Just, vous êtes bientôt un homme. Votre père fera de vous un guerrier aussi brave que lui. Nous allons vous donner les moyens de le rejoindre. Êtes-vous satisfait ?

— Non, madame, prononça Just, les yeux bien droits mais regardant au-dessus de sa tante car il croyait ferme en ses pouvoirs de magicienne.

— Non ? Et pourquoi, je vous prie ? Ne voulez-vous pas retrouver votre père ? Avez-vous peur de combattre, peut-être ?

— Non, madame, répéta Just qui sentait la provocation et se gardait d'y céder.

— Eh bien ?

— Je ne veux pas abandonner ma sœur.

Sa sœur ! La conseillère sourit. Ainsi ces bâtards conçus au gré des routes, dont on ne connaissait pas les mères et dont les mères sans doute ignoraient précisément le père, étaient assez prétentieux et sots pour se regarder le plus sérieusement du monde comme frère et sœur. C'était perdre son temps qu'essayer de les détromper et d'ailleurs cette folie l'arrangeait assez.

— Pensez-vous que le genre de vie auquel vous appelle votre père soit le comptant d'une pucelle honorable ?

— Nous l'avons déjà vécu, dit Colombe qui s'inquiétait

de la maladresse de Just et qui attendait impatiemment d'entrer en scène.

La conseillère la dévisagea. Elle vit toute la beauté de la jeune fille, sur laquelle elle n'était guère prête à la complimenter. Elle vit aussi l'ardeur de son caractère qui créerait mille complications si elle tentait de la mettre au couvent après le départ de son frère. C'était la confirmation de ses craintes. Elle avait vu juste en annonçant à dom Gonzagues qu'il recevrait deux enfants. Restait à tirer parti de cette menace de séparation pour obtenir ce qu'elle voulait. Elle se leva et s'éloigna à pas lents.

— Je suis très contrariée par votre entêtement, dit-elle enfin en revenant devant eux. Il traverse les plans raisonnables que j'avais élaborés dans votre intérêt.

Elle se rassit et fit l'effort de peindre sur son visage un sourire presque tendre.

— Toutefois, je vois que vous vous aimez l'un et l'autre. Je n'aurais pas le cœur de vous séparer. C'est une bonté que je prends sur moi mais qui peut me coûter fort cher. Il faut m'aider.

Les enfants restaient crispés l'un contre l'autre, guettant de nouveau quelque piège.

— Approchez-vous car ce sont des secrets que je vais vous dire.

Ils firent deux pas en avant, demeurant encore à distance. La conseillère, qui ne tenait guère à être incommodée par leur odeur de bouseux, n'insista pas pour qu'ils vinssent plus près d'elle.

— Écoutez d'abord ceci : votre père, vous le savez, est un grand capitaine. Dans les guerres d'Italie où se sont nouées maintes alliances, il a servi plusieurs princes et tous se disputent la gloire d'être défendus par un homme aussi vaillant.

Just avait les yeux brillants en entendant parler ainsi de

son père. Mais Colombe sentait tout le miel qui enrobait ces propos et elle restait sur ses gardes.

— Cette fois, reprit la femme en noir, il s'est mis au service d'une puissance plus lointaine.

— Il n'est plus en Italie ? s'écria Just.

— L'Italie, mon enfant, n'existe pas. C'est, si l'on veut, un damier d'États et de principautés. La nouvelle terre où s'illustre votre père est l'une d'elles mais plus lointaine.

— Serait-il chez le Turc ?

L'alliance inattendue que François Ier avait contractée plus de vingt ans auparavant avec les Turcs, ennemis de la chrétienté depuis les croisades, avait frappé tous les esprits. Jusqu'au fond des campagnes, on entendait parler du Turc. Just, auquel ne parvenaient guère de nouvelles du monde, se faisait là l'écho de la rumeur populaire.

— Le Turc ! se gaussa la conseillère. Non, mon garçon. Cependant, si je vous dis le nom de sa résidence, il ne vous évoquera rien car je ne le connaissais pas moi-même auparavant. Sachez seulement qu'il faut prendre un navire pour s'y rendre et que la croisière sera longue.

— Un navire ! s'écria Just, oh ! quand partons-nous ?

Au grand dépit de sa sœur, il paraissait tout à fait conquis.

— Doucement, mon enfant. Nous avons encore quelques points à régler. L'expédition à laquelle vous allez prendre part ne compte aucune femme. Votre sœur ne peut donc pas vous accompagner.

Elle fit mine d'hésiter.

— Cependant, hasarda-t-elle en se tournant vers Colombe, vous n'êtes pas encore pourvue des formes par lesquelles se reconnaît notre sexe : je pourrai donc dire, mais ce serait de ma part une hardiesse et vous ne devez pas me le faire regretter, que vous êtes l'un et l'autre des enfants. Ce mot masculin couvrirait de son voile la différence qui existe entre vous.

— Oh, merci, madame, merci ! s'exclama Just, tout à fait gagné par la conviction que sa tante était finalement meilleure qu'il ne l'avait cru et heureux de n'avoir pas à soutenir trop longtemps l'idée de la méchanceté humaine.

— Toutefois, poursuivit-elle en s'adressant à Colombe dont elle sentait la résistance plus obstinée, je ne ferai ce mensonge que si vous acceptez de vous conformer à cette fable et de lui donner vie à chaque instant. Dès aujourd'hui, vous devrez couper vos cheveux l'un et l'autre identiquement, à la manière des pages, vous vêtir de même et nous y pourvoirons. Bref, quoiqu'il n'y ait guère entre vous de ressemblance — et ce disant, elle eut un mauvais sourire —, au moins serez-vous apparentés par la vêture et les manières.

Puis, en fixant toujours Colombe, elle ajouta :

— Vous devrez prendre un nom de garçon et il me semble que Colin est le plus propre à masquer les erreurs qu'un relâchement de l'attention peut à tout instant faire commettre. Vous y engagez-vous ?

— Oui, madame, s'écria Just à qui la question n'était pourtant pas posée.

Colombe marqua un silence de réflexion puis donna son accord.

— Fort bien, lui dit la conseillère, mais rappelez-vous qu'une fois entrée dans cette fable, il vous en coûterait la vie de vouloir en sortir. Aussi devrez-vous celer votre état de fille avec constance, aussi longtemps que la nature ne prendra pas le dessus pour vous dénoncer. Espérons que vous y parviendrez.

— Est-il en bonne santé ? Vous a-t-il confié une lettre ? interrompit Just qui était tout acquis à ces détails pratiques et ne pensait qu'à son père.

— Non, répondit avec humeur la conseillère. C'est un messager qui nous a fait tenir ses volontés. Mais continuez, je vous prie, de m'écouter : vous devez vous engager à répondre aux questions qu'on vous fera avec la plus extrême cautèle, surtout en ce qui regarde vos âges. Pour tout le monde, Just doit avoir treize ans et Colin onze, est-ce clair ?

Ils opinèrent, un peu vexés cependant de perdre chacun deux ans et de se voir ainsi rétrogradés dans la dignité de l'âge.

— Maintenant, mes enfants, voici un dernier avis.

Ils reprirent leur alarme tant il était à craindre avec une telle femme que le venin soit dissimulé dans l'extrémité.

— Les gens que vous allez rencontrer pendant ce voyage sont de toutes sortes. Il en est parmi eux qui recherchent votre père pour se venger de lui et l'occire. Vous devez donc vous garder absolument de révéler votre nom ou le sien, ce qui est la même chose.

Cette dernière mention montrait assez qu'elle ne s'était jamais tout à fait résolue à accepter que son cousin ait égaré le nom de Clamorgan sur des bâtards.

— Et comment parviendrons-nous à retrouver notre père, objecta vivement Colombe, si nous ne pouvons point dire qui nous sommes ?

— C'est lui qui vous recherchera, grâce aux indications que je lui ai adressées en retour par le messager qui m'a envoyé de ses nouvelles.

Elle leur fit répéter ces consignes, s'assura qu'ils avaient bien compris et leur fit des adieux presque émus.

— Je vous recommande à Dieu, pour qu'Il vous garde.

À force de voir en Italie les armées de France brandir des croix pour affronter des soldats du pape et tout ce monde prétendre venir du même Dieu, Just et Colombe avaient jugé prudent de ne pas trop s'avancer sur cette matière religieuse. Tant qu'à former des vœux pour l'avenir, ils préféraient s'en remettre chacun l'un à l'autre et leurs mains qu'ils tenaient toujours unies se serrèrent.

La conseillère partie, ils rentrèrent chez eux ficeler leurs hardes en faisant mille cabrioles de joie parce qu'ils allaient revoir leur père, reprendre la vie qu'ils aimaient.

— Tu as vu, s'écria Just, elle n'a même pas parlé de Gringalet !

CHAPITRE 5

Quelque part dans leur mémoire, Colombe et Just gardaient l'impression rassurante d'avoir déjà voyagé en bateau. Ce devait être entre Marseille et Gênes, avec un régiment.

Mais ce voyage presque oublié s'était effectué sur une galère et la Méditerranée avait bien voulu rester étale pendant qu'ils y naviguaient. Le long vaisseau plat se haussait à peine à la surface de la mer. Il avait de petites voiles d'appoint qui ne faisaient pas peur. Son moteur était cet étage obscur au ras de l'eau d'où sortaient des souffles rauques et des coups. Ils étaient encore trop jeunes pour imaginer ce qu'il s'y dissimulait d'horreurs et de malédictions. Ils avaient donc conservé de ce premier voyage un bon souvenir. Cette fausse sécurité ne les préparait guère au choc qu'ils allaient subir.

La voiture conduite par Belloy allait grand trot depuis Clamorgan. Ils étaient tassés derrière, vêtus l'un comme l'autre d'une chemise et d'un pantalon neufs que leur tante avait fait coudre à la hâte. Just, un bissac sur les genoux, se tenait contre Colombe, le bras passé autour de son cou. Comme toujours lorsqu'ils voyageaient, ils ne faisaient qu'un, mêlant leur peu de chaleur et leurs tignasses. Ce dernier désordre ne leur était même plus permis puisqu'on leur avait coupé les cheveux. Mais chacun sentait encore contre son oreille frotter la mèche drue de l'autre, quand la voiture sursautait.

Placés comme ils l'étaient, ils regardaient vers l'arrière et voyaient fuir le paysage. Les objets devenaient petits puis disparaissaient ; il n'était plus certain qu'ils eussent jamais existé. Ils virent ainsi s'évanouir le donjon de Clamorgan.

— Je suis sûre qu'elle nous a menti, dit Colombe en pensant à la silhouette noire de leur tante qui s'était plantée sur le pont-levis pour leur dire adieu, mais je ne sais pas encore sur quoi.

Au détour du bois de hêtres, ils virent bondir Émilienne. Elle se mit à courir en soufflant pour leur faire passer un panier. Mais ils ne parvinrent pas à le saisir et tout son bon contenu de pommes et de pain blanc finit dans une ornière. Le soir précédent, ils avaient pleuré leur content avec la pauvre femme. Elle ne se consolait pas de perdre avec eux ses derniers enfants et gémissait que cette fois le domaine était bien mort. Mais, dans leur hâte de partir, ils conservaient à peine la trace de cette sinistre veillée et furent presque étonnés de voir surgir la vieille femme hors des bois. Ils en avaient fait pleurer tant d'autres, à qui on les avait confiés auparavant ! Leur destin semblait vouloir qu'ils fissent éternellement le malheur de ceux qui avaient la faiblesse de les aimer.

Ensuite, ils longèrent le bord de mer puis traversèrent des landes pâles d'herbe salée. Le Havre-de-Grâce était une ville trop récente pour avoir déjà des faubourgs. On quittait la campagne pour rouler tout de suite entre les chèvres de charpentiers et les échafauds de maçonnerie. Ils eurent à peine le temps de se rendre compte qu'ils étaient entrés en ville que la voiture se rangeait le long du grand quai. Un quart de tour du cheval les plaça face au débarcadère et ils poussèrent un cri en voyant soudain les navires.

Les trois monstres faisaient autant de murailles de bois noirâtres. Les énormes châteaux de poupe, sculptés de dieux antiques rouge et or, se haussaient très au-dessus des maisons. Cerclés de fer, les mâts tenaient suspendus dans les airs de lourds balanciers de funambules, certains droits, d'autres obliques qui semblaient vouloir s'abattre incontinent sur les ponts. D'innombrables cordages enveloppaient ces apparitions dans un filet dont toute cette agitation de bois tendus ne pouvait les délivrer.

Filles des petits horizons, les galères avaient l'élégance fragile des scènes intimes et des brèves, quoique parfois mortelles, étreintes de la mer. Les trois navires, eux, étaient taillés pour l'océan. Ils portaient en petit et immobile toutes les violences de cet espace infini dont il s'agissait pourtant d'atteindre les limites.

Jamais les deux enfants ne s'étaient sentis aussi minuscules ni, par contrecoup, aussi grands. Car en regard de tels mastodontes, ils n'étaient guère différents de ceux qui se paraient du titre, ici ridicule, de grandes personnes.

— Écoute, chuchota Colombe en serrant le bras du garçon.

Elle n'avait pas osé l'appeler Bel Hardi tant ce nom de bravade et d'ailleurs tous les affiquets de la chevalerie perdaient leur force et jusqu'à leur vie en face de telles apparitions.

Just tendit l'oreille et perçut à son tour ce qui rendait la scène si tenaillante : le quai était empli d'un grand silence. On entendait seulement le bruit de gigantesques amarres, larges comme l'encolure d'un cheval, qui se tendaient au gré du lent oscillement des bateaux.

— Allons, leur cria Belloy, descendez, vous deux !

En vérité, il avait parlé à voix basse mais dans le calme général cette apostrophe avait résonné comme un cri. Ils sautèrent sur le pavé, les yeux toujours fixés sur les navires.

C'est en se retournant qu'ils découvrirent que le quai, malgré son silence, était rempli de gens. Il y en avait devant eux, debout entre des gabions d'osier, des grues figées, des ballots de jute. Il y en avait aux fenêtres et sur les galeries des bâtiments de commerce. Il y en avait perchés sur des bittes, agrippés aux mâts d'éclairage, en équilibre sur des charrettes dételées dont les limons oscillaient dangereusement sous le poids. Et tous regardaient dans la direction opposée.

— Suivez-moi, commanda Belloy.

Il commença à se frayer un chemin dans la foule qui, heureusement, n'était pas très compacte. Ils se faufilèrent à sa suite sans trop d'encombre. C'est à peine si quelques personnes, les yeux toujours perdus au loin, grognèrent quand, dans leur hâte, ils leur marchèrent sur les pieds. À mesure qu'ils remontaient ce flot de gens serrés entre la double rive des maisons de commerce et du flanc des bateaux, Belloy ralentissait. Ce n'était pas qu'il rencontrât plus d'obstacles mais il dévisageait maintenant ceux qu'il rejoignait et paraissait chercher quelqu'un.

Tout à coup, à quelque mystérieux signe qui se répandit en silence parmi la foule, tout le monde s'agenouilla. C'était un mouvement lent, une houle, qui répondait à celle, aussi puissante, qui agitait les bateaux. Grâce à cette immense prosternation qui les haussait du coup au-dessus des têtes, car ils étaient restés debout, Just et Colombe découvrirent ce que tout le monde regardait. Au loin, dans les abords de la grand-place que dominait le fronton plat de la cathédrale, était dressée une estrade couverte d'un dais pourpre. Un prêtre dont on voyait briller la chasuble célébrait une messe.

— Regarde, Bel Hardi, ils se préparent pour la bataille.

Just avait eu au même instant la même idée. Les seules messes auxquelles ils fussent allés étaient celles qui préparaient l'assaut des armes en Italie. Elles dépassaient tout en ferveur. On y voyait des hommes au visage couturé par les combats ruisseler de larmes. D'autres, tout jeunes, à peine ombrés de barbe, se préparaient à faire don d'une vie qui n'avait pas duré assez mais qu'on n'aurait su remplir davantage. Aujourd'hui, ils lisaient sur les visages cette même présence extraordinaire de la mort et de l'espérance, dans cette muette assemblée d'hommes. Car, hormis sur les balcons et aux croisées, tous ceux qui étaient sur le quai étaient des hommes. Pris par la puissance de cette oraison muette, les deux enfants tombèrent eux-mêmes à genoux et joignirent les mains pour prier sans trop d'ailleurs savoir comment.

Mais Belloy vint les saisir par le col et les relever rudement.

— Allons, que faites-vous, mauvais drôles ? Debout !

Il y eut des « chut », des grognements. Mais Belloy, suivi de ses deux novices, continua à se frayer un chemin, profitant de la génuflexion collective pour se diriger droit vers l'autel. Ils arrivèrent aussi près qu'ils le purent d'un groupe central, placé contre l'estrade et formé de chevaliers arborant la croix blanche de Malte. Ils attendirent la fin de la cérémonie. Les enfants autant que Belloy regardaient avidement autour d'eux. Sans s'être concertés, ils sentaient l'un comme l'autre que ce spectacle était plein du souvenir de leur père. Ils ne pouvaient s'empêcher de chercher déjà son visage.

La messe dite, le silence ne se rompit pas tout de suite. Il fallut d'abord que le prélat, une croix de vermeil à la main, bénisse l'homme qui avait suivi tout le sacrement juché sur l'estrade avec lui. Seul à connaître cet honneur, il était resté constamment à genoux pour montrer avec quelle humilité il accueillait cette élévation. Le prêtre bénit ensuite la foule, en faisant de grands gestes vers le ciel, comme s'il lâchait des oiseaux.

L'homme de l'estrade s'était relevé et le prêtre, sa mission accomplie, lui laissa la place. D'où ils étaient, trop près du dais et cachés à sa vue par le rang compact des chevaliers de Malte, les enfants distinguèrent à peine celui qui était sur la scène. Il leur sembla que c'était un colosse car le prêtre était tout à fait caché par la foule debout, quand lui la dominait encore. Ils entendirent sa voix puissante au timbre de basse.

— À la gloire de Notre-Seigneur, lança-t-il, embarquons-nous, mes frères ! La France des Amériques nous attend. Vive la chrétienté, vive le roi !

Une ovation salua ces paroles. Il était difficile de comprendre comment tant de silence pouvait se muer d'un instant à l'autre en un tel bruit. La clameur se prolongea, chacun y allait de son invocation. Le colosse avait sauté à bas de son échafaud et se frayait un chemin dans la foule, entouré de ses chevaliers de Malte, déclenchant sur son passage les cris de : « Vive Villegagnon ! Vive l'amiral ! À nous le Brésil ! » Belloy se mit à la remorque de ce groupe. En s'agrippant à l'un des chevaliers, il parvint enfin à obtenir les renseignements qu'il cherchait. Il se dirigea péniblement vers un homme rondelet portant une barbe pointue.

— Monsieur de La Druz ! cria-t-il.

Le soldat n'entendit pas, tout occupé qu'il était à suivre les longues enjambées de Villegagnon. Enfin, Belloy parvint à lui saisir un bras et à l'arrêter. Dom Gonzagues y consentit avec humeur.

— Voici les enfants, lui déclara Belloy tandis que le vieux capitaine semblait prêt à lui demander ses témoins. Il était visiblement fort loin de cette affaire. Quand enfin la souvenance lui en revint, il s'empressa.

— Ah ! les neveux de Mme…

Ce début était invitation : il croyait que Belloy, peut-être, l'éclairerait sur le nom qu'il n'avait pas eu l'esprit de demander.

— … de Mme… ? répéta le vieux soldat.

Mais Belloy, buté comme il l'était et décourageant les questions, dit seulement :

— Celui-ci est Just, le plus grand. L'autre est Colin. Ils ont ce qu'il faut dans leur bissac. Au revoir, capitaine !

Et avec l'agilité qui l'avait rendu si redoutable à Clamorgan, lui qui paraissait et disparaissait quand on s'y attendait le moins, Belloy s'évanouit dans la foule.

— Attendez donc ! s'écria dom Gonzagues qui se voyait bien en péril avec ces deux béjaunes sur les bras. De plus, il s'avisa que Villegagnon et sa garde étaient loin maintenant, à cause de cet incident. Il entraîna les enfants avec lui mais sans pouvoir rattraper son maître et il en conçut une vive contrariété. Le quai était aussi bruyant et désordonné qu'il avait été figé dans la paix de la prière. Des hommes couraient en tous sens, s'interpellaient, portaient des faix sur l'épaule, charriaient des coffres. Dom Gonzagues hésita sur ce qu'il devait faire, puis, s'avisant qu'il n'avait pas encore examiné les deux futurs truchements, il les poussa jusqu'à une maison ouverte. Il les conduisit à l'étage dans une galerie déserte ornée de médaillons en majolique qui représentaient des profils antiques.

— Voyons comme vous êtes, dit le capitaine en les dévisageant tour à tour.

Just crut qu'il allait les visiter et découvrir le travestissement de sa sœur. Mais c'était supposer à dom Gonzagues plus de liberté en ces matières qu'il n'en avait. L'idée que l'un des deux pût ne pas être mâle ne lui traversa même pas l'esprit. Il était seulement occupé de savoir s'ils n'avaient pas passé l'âge convenable pour leur emploi. Le grand ciel brumeux du port sur la galerie ouverte lui permit enfin de bien voir leurs visages. Celui de Colombe était lisse et il en fut satisfait. Mais c'est Just, au contraire, qui lui causa une alarme.

— Qu'est ceci ? se récria le vieux soldat en palpant rudement la trop large épaule du garçon et en le faisant tourner devant lui. Tu as le menton couvert de poils ! Quel âge astu donc ?

— Treize ans.

— Treize ans ! Sacredieu ! Ou tu es en avance pour ton âge ou tu me mens. J'ai mené à combattre des gaillards moins vigoureux que toi et qui avaient bien leurs dix-huit ans.

Just était bien aise du compliment. Il avait une furieuse envie de confesser à ce vieux capitaine son désir de porter dès à présent des armes. Il sut heureusement se contenir car à l'admiration allait succéder chez dom Gonzagues une vive colère.

— J'aurais dû m'en douter ! trépigna-t-il. Comment ai-je été assez bête pour croire cette damnée religieuse sur parole ? Et il ajouta en regardant rudement Just : que vais-je faire de toi, maintenant ? Sans ton maudit cocher qui a disparu, sauras-tu au moins retourner d'où tu viens ?

Colombe vit qu'ils risquaient de nouveau la séparation et intervint. Son regard blême et troublant pouvait être braqué sur quiconque sans qu'on eût l'idée de l'accuser — maintenant qu'elle était un homme — d'impudeur ni d'audace. Elle mit ses yeux dans ceux de dom Gonzagues, et le tint en respect, lui disant doucement :

— Monsieur l'officier, mon frère n'a jamais eu que deux ans de plus que moi. Puisque j'en ai onze, comme bien le voyez, il n'en peut avoir que treize. Voilà six mois à peine qu'il a commencé de grandir. Notre père est de haute taille et puissamment bâti. C'est sa nature qui parle.

Dom Gonzagues haussa les épaules mais sembla s'apaiser

un peu. Il se tut et détourna les yeux en direction du port. De la hauteur de ce balcon, on apercevait tout juste les ponts des bateaux qui se remplissaient lentement. Les centaines d'hommes des équipages, comme des fourmis chargées de leurs brindilles, formaient de longs chapelets sur les passerelles de bois qui montaient vers les coupées. Les plats-bords étaient déjà tout chargés de voyageurs. L'embarquement serait terminé sous peu. Il fallait se hâter.

Dom Gonzagues revint aux enfants, évitant le regard du plus jeune, et dit avec humeur en désignant Just d'un mouvement de barbe.

— Tout de même, cette religieuse m'a joué... Sœur Catherine ! La peste soit sur elle. Je m'en souviendrai. Et l'autre, votre tante, comment se nomme-t-elle déjà ?

Fallait-il accepter de livrer son nom ? Elle ne leur avait rien dit sur ce point.

— Marguerite, dit prudemment Colombe.

Marguerite comment ? Personne ne voulait donc lui dire comment s'appelait cette dame ! Dom Gonzagues s'apprêtait à protester mais il n'en fit rien : ce doux nom de Marguerite l'emplissait d'une aise qu'il ne se sentit pas d'humeur à troubler par d'autres questions. Malgré la gêne qu'il avait éprouvée en face de la dame en noir, il gardait un souvenir bien clair et pas tout à fait mauvais de son beau visage et de son parfum. Il serra cette Marguerite dans quelque précieux retrait de son esprit. Il se réservait le plaisir d'aller l'y quérir un jour, quand l'âme lui reviendrait de faire des vers.

— Allons, conclut-il, j'aurais dû vous voir avant d'accepter. Mais il n'est plus temps de revenir sur ce qui a été dit. Au moins, êtes-vous bien volontaires pour ce voyage ?

— Oui, répondirent-ils d'une seule voix.

— Eh bien, grogna dom Gonzagues en les poussant devant lui, il ne s'agirait pas maintenant de manquer le départ.

CHAPITRE 6

Dans la bousculade qui précédait l'embarquement, un marin semblable en apparence à tous les autres s'affairait sur le port. Il marchait pieds nus, aussi sale et mal vêtu qu'on peut l'être quand on a coutume de dormir sur le sol et de ne se débarbouiller que les jours de tempête. Mais un détail le rendait singulier : il traînait sur ses talons deux géants écossais tout droit sortis de leurs brumes, drapés de tartans et armés de lourdes guisarmes. Le matelot pouvait aller de droite ou de gauche, les deux Calédoniens ne le quittaient pas d'une semelle. Il leur fit faire ainsi plusieurs détours, remonta au pas de course une ruelle encombrée de cordages neufs, passa sans écouter son boniment devant un vendeur d'oublies… Enfin, il les mena jusqu'à une grande maison carrée, découpée par quatre rues et qui servait d'auberge. Mais quand il y voulut entrer, l'un des Écossais lui saisit le bras et fronça le sourcil.

— Moi voir mon vieil oncle ! expliqua le matelot dans une langue qu'aucun de ses acolytes n'entendait et qui était le dialecte vénitien. Lui dire adieu. Mon oncle, mon pauvre vieil oncle.

Avec force gestes et des sourires, bras arrondis, le pouce serré contre les autres doigts et secoué comme pour tirer l'invisible cordon d'une petite sonnette, le matelot, pour crasseux et mangé de barbe qu'il fût, parvint à irradier de toute sa personne la bonne foi, l'affection et l'innocence. Il répétait qu'il voulait seulement prendre congé de son oncle et mimait les baisers que l'on donne respectueusement à un vieillard. Le spectacle énigmatique de ces pantomimes fit croire aux Écossais tout autre chose. Ils rougirent un peu, regardèrent l'établissement et jugèrent qu'il n'était pas dans leur mission d'interdire à un homme partant au loin et pour si longtemps un dernier réconfort de chair. L'un d'eux fit le tour de l'auberge, confirma qu'elle n'avait qu'une porte. Ils y laissèrent pénétrer l'Italien et prirent la garde à l'extérieur en croisant leurs lances.

Dans cette ville neuve qu'était le Havre-de-Grâce, construite par François Ier pour donner à la France une grande porte sur l'Atlantique, proche de Paris et des Flandres, les maisons étaient encore blanches, fraîchement plâtrées et leurs poutres neuves sentaient plus l'arbre que le bois. Rien de tout cela n'était approprié pour créer le chaud climat d'une auberge de marins. De fait, dans la grande salle blanchie où dansait un feu clair, quatre gabiers lugubres attendaient le retour de la nuit en buvant dans des chopes de faïence trop bleues, qui leur rappelaient horriblement la mer.

L'Italien, sans s'y arrêter, monta à l'étage par un escalier de bois et pénétra dans une des pièces qui donnaient sur le palier. C'était une chambre dallée de carreaux rouges qui brillaient de cire. Un lit, rideaux tirés, et une grosse bonnetière de chêne faisaient tout l'ameublement. La croisée était ouverte et laissait voir le port sous le blanc soleil de la matinée. Dans l'épaisseur des murs, de part et d'autre de la fenêtre, était réservé l'espace d'un banc de pierre que, dans la hâte de l'emménagement, on n'avait pas encore couvert de coussins.

Cadorim, le marchand vénitien, était assis là et il fit signe à son compatriote de prendre place en face de lui. Avant de s'exécuter, celui-ci vérifia en se penchant que les deux gardes étaient toujours en bas. Il aperçut leurs pompons de laine et s'apaisa.

— Vous m'avez mis dans de beaux draps, commença le matelot, l'air accablé.

— Que dites-vous là ? fit Cadorim en prenant l'air étonné. Je vous ai tiré de prison.

— Pour me mettre à la garde de ces deux arlequins.

— Ils vous laissent aller et venir, ce me semble ?

— Sans me quitter d'un pas.

— Croyez-vous, demanda Cadorim d'une voix plus basse, qu'ils vous réservent un traitement particulier, je veux dire qu'ils se méfient ?

— Pour cela non ! C'est le sort qu'ils réservent à tous les condamnés dont on a remis la peine pour qu'ils s'embarquent. Ils ont bien trop peur qu'on leur fausse compagnie avant le départ.

Il soupira.

— N'y avez-vous pas songé ? dit Cadorim avec un fin sourire.

Le matelot le regarda en haussant les épaules. Silencieusement, le vieux Vénitien agita son index avec malice comme pour gourmander un enfant.

— De toute façon, soyez sans crainte, dit le matelot, nous partons tout à l'heure.

L'un et l'autre, à ces mots, regardèrent le port. Bien au-dessus de tous les esquifs de pêche et de commerce, les trois navires en partance pour le Brésil dominaient les quais de leurs grands mâts chargés de vergues et de cordages.

— Tout de même, souffla Cadorim, c'est bien beau !

Le matelot, à ces mots, dit avec un accent de mauvaise humeur :

— Beau pour celui qui reste à quai.

Puis il cracha par terre. Cadorim prit un air dégoûté.

— Allons, mon ami, pour cela, il y a la fenêtre.

— Et sous la fenêtre, il y a des Écossais, repartit l'autre en grognant.

— Eh bien, contenez-vous, Vittorio, vous aurez toute l'étendue de l'océan dès demain pour recueillir vos excrétions.

Impressionné par ce ton d'autorité, le marin changea de mimique d'un seul coup comme il savait si bien le faire. C'est ce don qui lui avait donné l'espoir de devenir un simple escroc de terre ferme. Mais le destin voulait qu'on le livrât derechef au grand large, dont il avait si peur.

— Ah ! monseigneur, gémit-il, je vous en supplie, tirez-moi de là. Mais pour de bon. Vous savez que je préférais encore la prison à cet embarquement. C'est seulement votre promesse qui…

— Je ne l'ai pas oubliée, coupa Cadorim en sortant une bourse de sous la cape qui l'enveloppait. Cinq cents sequins, comme dit.

— Bien sûr, continua Vittorio sur le même air lamentable et en feignant de ne pas prendre d'intérêt à la bourse. Mais qu'en ferais-je si je dois demeurer chez les sauvages ? Pensez-vous que j'aurai là-bas le moindre emploi de ce métal, qui d'ailleurs en provient ?

— En ce cas… fit Cadorim, et il enfouit prestement le petit sac.

Vittorio tendit le bras mais trop tard.

— J'ai bien fait de vous soustraire à la compagnie des larrons, dit Cadorim en riant. Vous ne valez rien comme tire-laine.

— Monseigneur ! s'écria le matelot.

Au comble de l'imploration, il tomba à genoux sur les tomettes, non sans éviter adroitement de choir à l'endroit qu'un instant plus tôt il avait souillé.

— Allons, ricana Cadorim, vous êtes meilleur comédien et c'est pour cet emploi que je vous ai engagé. Relevez-vous.

Il lui tendit la bourse et, cette fois, Vittorio ne la manqua pas.

— Parlez-moi plutôt de la compagnie avec laquelle vous allez voyager. Quel genre de gens est-ce là ?

— Tous des fous, grommela le marin cependant qu'il s'efforçait de faire entrer la bourse dans un petit sac malpropre qui pendait par des cordons autour de son cou.

— J'en ai vu quelques-uns, confirma Cadorim, et ils m'ont paru en effet bien peu instruits de ce qu'ils entreprennent. Mais je suis un simple marchand, je ne puis m'approcher sans éveiller des soupçons. Vous qui les avez fréquentés de près, dites-m'en davantage.

— Jamais vu un équipage pareil ! pesta Vittorio.

— Un ramassis de malandrins sortis des geôles, à ce qu'on dit ? hasarda Cadorim avec un sourire ironique.

— Ceux-là sont les moins mauvais, repartit le marin sans s'arrêter à cette agacerie. Au moins, ce qu'ils veulent est-il clair. Mais, en ouvrant les geôles, ils n'ont pas trouvé que d'honnêtes bandits, croyez-moi. Pour un ladre bien ordinaire, ils ont élargi dix illuminés que frère Luther a rendus fous en leur mettant en tête d'aller y voir par eux-mêmes dans la Bible.

Cadorim sentit qu'il allait cracher et l'arrêta d'un geste de la main.

— Ainsi, reprit Cadorim avec intérêt, vous dites qu'il se compte beaucoup de huguenots parmi ces marins ? Sont-ils organisés ? Seraient-ils en mission pour une Église hérétique ?

— Je ne le crois pas. Chacun de ces fous prétend connaître la meilleure manière de servir le Christ et en veut à mort à tous ceux qui en prêchent une autre. Ces agités sont épars, aucune communauté ne les réunit. En vérité, pour la plupart, ils se détestent entre eux.

— C'est assez bien observé, Vittorio. Tu me parais avoir des dons pour ce à quoi je te destine.

— N'oubliez pas, monseigneur, fit le marin en prenant soudain un air de dignité, que je suis un ancien novice et que si l'on ne m'avait pas injustement chassé…

— Je sais, Vittorio. Poursuis. Des illuminés qui sortent de prison et quoi encore ?

— Eh bien, toute cette troupe de chevaliers de Malte. Avec leurs croix blanches sur le ventre et leurs grands airs, ils vivent encore comme au temps des croisades. Je suis bien sûr qu'ils confondent le Brésil avec Jérusalem.

Cadorim rit à gueule-bée.

— Et Villegagnon, leur chef, l'as-tu vu ?

— De loin. C'est le plus fou de tous, à ce que je sais.

— D'où le tiens-tu ?

— D'un marchand normand qui a fait commerce au Levant et parle assez comme nous pour que l'on s'entende.

— Et que dit-il ?

— Que toute cette idée de colonie est venue de ce Villegagnon. Les Normands, qui naviguent au Brésil depuis cinquante ans, n'ont jamais rien demandé de tel. Ils font du commerce à la barbe des Portugais et souhaitent seulement que le roi de France les protège. Mais ils se contenteraient de quelques patrouilles et d'un fort. Au lieu de cela, voilà que ce Villegagnon a conçu de transporter tout ce pays par-delà les mers. Figurez-vous, monseigneur, qu'il a fait mettre dans le ventre de ses navires une espèce de tout ce que la civilisation a inventé ici : des boulangers et des laboureurs, des cardeurs, des ébénistes, des vignerons, des chapeliers, des relieurs et des couvreurs. Des âniers quoiqu'il n'y ait pas d'ânes et des chanteurs de rues quand il n'y a pas de rues. Il m'a même montré un pauvre bougre qui est faiseur d'aiguillettes. Comme si l'on avait besoin de se braguetter quand on vit au milieu de gens qui vont nus.

Les mouettes sur la grand-place traçaient leurs arcs en riant et faisaient écho à la gaieté de Cadorim qui se tapait sur les cuisses.

— Et à côté de cela, dit-il pour renchérir sur le marin, ils n'avaient pas même songé à se procurer des truchements ! Ils ont le superflu mais pensent au nécessaire à la dernière minute.

— Pour les truchements, ce n'est pas très étonnant. Leur expédition n'est pas seulement l'arche de Noé. C'est la tour de Babel. Les quelques Français que l'on compte dans cet ordre de Malte traînent après eux toute une foule de gens qu'ils ont ramenés pendant leurs campagnes. J'en ai rencontré qui disent descendre des chevaliers teutoniques. D'autres sont des Turcs renégats, des captifs arrachés aux barbaresques, et puis ces damnés Écossais, parce que Villegagnon, à ce qu'on m'a dit, est allé combattre par là.

— Et comment tout ce monde s'entend-il ?

— Pour un qui parle le français, cinq doivent se faire comprendre avec les mains.

— Eh bien, mon cher Vittorio, s'écria Cadorim qui avait toujours les yeux mouillés de rire, vous devez y être à votre aise et je suis bien heureux de vous y avoir envoyé.

À ces mots, le matelot se rembrunit, tout recroquevillé et noiraud comme une bûche à moitié charbonnée et refroidie.

— Monseigneur, ces fous partent pour ne pas revenir. C'est leur affaire. Mais si j'ai accepté d'échanger ma peine de prison contre cet embarquement, c'est à la condition expresse que vous me rapatrieriez. J'y compte absolument.

— Et vous avez raison, Vittorio. Mais cela repose sur vous seul.

— Sur moi ! s'exclama le marin. Est-ce à dire que vous m'abandonnez ?

— Non, cher ami, de grandes forces iront à votre secours. C'est pourtant de vous seul que dépendra qu'elles vous sauvent.

— Comment cela ? jeta le Vénitien.

Ses yeux considéraient rapidement la porte puis l'étendue ouverte de la place où était la liberté. Il se voyait soudain perdu et cherchait une issue, si désespérée fût-elle.

— Ah ! j'aurais dû m'en douter, s'écria-t-il. Vous n'avez pas le moindre moyen de me tirer de là. Vous vouliez un espion, c'est tout, et maintenant, marche, pauvre bête ! Aussi comment ai-je été assez stupide pour croire que Venise pût faire quoi que ce soit pour moi aux Amériques quand nos galères ont déjà du mal à revenir saines et sauves de la Grèce.

— Laissez notre pauvre patrie en paix. Si quelqu'un peut vous aider, ce sont les Portugais et nuls autres.

— Voilà qui est mieux ! s'écria Vittorio en peignant tout aussitôt un grand sourire lumineux sur son visage de charbon. C'est pour eux que vous travaillez. Et cet or... Je comprends tout.

— L'essentiel, pour être heureux, est de le croire, remarqua finement Cadorim.

— Mais, dites-moi, le pressa Vittorio, quand les Portugais nous arrêteront-ils ? Feront-ils un abordage ? Oh ! quel plaisir de voir ces pourceaux de chevaliers de Malte taillés en pièces.

Comme Cadorim ne disait rien, il poursuivit ses hypothèses en parlant de plus en plus vite :

— À moins qu'ils ne nous laissent parvenir jusque là-bas et qu'ils ne choisissent de réduire sur place tous ces maudits Français en esclavage ! Alors, dites-leur que j'en prendrai dix, dix pour moi que je crèverai au travail dans une mine d'or, avant de revenir ici habillé comme un prince.

Cependant qu'il parlait, des bruits de portes et des éclats de voix montèrent de la salle. Cadorim se pencha promptement par la fenêtre.

— Un de vos Écossais n'est plus là !

— Il doit être en train de me quérir, bâilla le marin. Nous avons tardé. Les bateaux vont partir.

— En ce cas, le pressa Cadorim, laissez-moi vous dire ce dernier mot qui est l'essentiel. Je ne sais ni quand ni où, mais vous devez me croire absolument, quelqu'un viendra vous voir de ma part. Parlez-lui avec autant de confiance que vous venez de le faire. C'est ainsi que vous serez sauvé.

— Et qu'ils seront pendus ! ajouta Vittorio avec gaieté tant il était rassuré par ce serment d'un compatriote.

Puis, saisi d'une dernière idée, tandis que les lourdes bottes de l'Écossais résonnaient dans l'escalier, il ajouta :

— Mais comment saurais-je… ?

Cadorim sourit d'un air énigmatique et, se penchant légèrement en avant, il dit à voix basse :

— Celui qui viendra vous sauver devra vous donner un mot convenu.

— Lequel ?

— « Ribère ».

Le marin blêmit : ainsi celui qui l'avait délivré porterait en même temps le souvenir de son crime jusqu'aux extrémités de la terre. Car « Ribère » était le nom de l'homme qu'il avait tué.

Mais le moment n'était plus aux hésitations. Le garde arrivait au palier. Vittorio se jeta sur la porte. Il la franchit avec une aisance de chat et la referma si vite derrière lui que l'Écossais ne put rien apercevoir de la pièce.

CHAPITRE 7

Des trois navires, le dernier qui portait le nom de la *Grande-Roberge* devait accueillir Villegagnon, vice-amiral de Bretagne avec sa cour de chevaliers et de savants. Dom Gonzagues avait sa place sur ce vaisseau et ne l'aurait lâchée à aucun prix.

Il accompagna Just et Colombe au pied d'un autre navire, amarré en tête. La *Rosée* était un bâtiment de commerce auquel on avait ajouté quelques canons. Plus petit que les deux autres, il devait être surtout chargé du matériel et des bêtes. Un grand soldat balte interdisait l'accès du bord à quiconque ne figurait pas en toutes lettres sur son rôle. Comme il lisait avec peine le français, un attroupement nerveux se pressait autour de lui. L'équipage, les repris de justice et les soldats avaient embarqué les premiers. Restaient, pour l'heure, les artisans que le Balte appelait par corps de métier en écorchant les mots.

— Chetemande les pouchés ! hurlait-il.

La foule se faisait répéter, hésitait puis corrigeait.

— Ah ! Il demande les bouchers.

Cent voix cherchaient alors ces malheureux qu'un dernier adieu éparpillait sur le quai dans des bras de femmes et d'enfants.

Dom Gonzagues, l'air digne, la barbe pointée en rostre,

se fendit un chemin jusqu'au garde et annonça d'une voix claironnante en désignant les enfants :

— Les truchements. Est-ce ici ?

Malgré le désir visible qu'il avait d'obéir, le soldat ne parvenait pas à mettre dans ses yeux grands ouverts plus d'intelligence que n'en exprime un ciel d'aube, l'hiver, sur la Baltique. Dom Gonzagues lui saisit le rôle des mains et entreprit de chercher lui-même.

— Voyons, truchements... truchements...

Just, penché sur son épaule, repéra le mot sur la liste, bien qu'il en ignorât le sens. Il pointa du doigt vers la ligne correspondante.

— Tu sais donc lire ! s'étonna Gonzagues. Un bon point, qui te disposera peut-être malgré tout à ton emploi. En tout cas, c'est bien ici. Montez. Nous nous reverrons à la première escale.

Il les plaça l'un derrière l'autre sur les deux planches jointes qui faisaient passerelle.

— Présentez-vous au premier maître, là haut. Il vous conduira à votre place. Allez, et que Dieu vous garde !

Et, tout aussitôt, il fila vers l'embarquement de la *Grande-Roberge*, pour rejoindre l'amiral de Villegagnon.

Colombe refusa que Just la tînt par la main et ils montèrent avec précaution jusqu'à la coupée sans trébucher. Une fois sur le pont, ils attendirent, comme l'avait ordonné dom Gonzagues, que quelqu'un vînt leur adresser la parole. Mais personne ne s'occupait d'eux. Tous ceux qui avaient embarqué s'agglutinaient le long du bastingage du côté du quai, criaient, agitaient les bras.

Les marins, pieds nus, tiraient sur des manœuvres, grimpaient dans les haubans, s'affairaient autour des amarres. Depuis le pont supérieur, un gros homme barbu et ridé hurlait des ordres en mettant les mains en cornet.

Just et Colombe attendirent un peu puis firent comme

tous ceux qui arrivèrent après eux : ils se mirent à déambuler à leur guise sur le pont. N'ayant aucun adieu à faire du côté de la terre, ils allèrent s'accouder au plat-bord qui donnait sur la mer, où il n'y avait personne. Depuis leur promontoire flottant, le Havre-de-Grâce apparaissait comme une besace naturelle enfouie dans le littoral, fermée par un double couvercle de digues toutes neuves. De l'eau noire et du ciel plombé, un acide d'infini s'égouttait sur les terres et ne tarderait pas à les dissoudre. Cette imminence de l'inconnu aurait dû leur faire éprouver du trouble. Ils se sentaient au contraire pleins de la confiance qu'ils accordaient d'instinct à leur père. Il avait toujours voulu leur faire partager son émerveillement devant la beauté du monde, et ce sentiment était presque plus fort en eux que le souvenir qu'ils avaient de sa personne.

Cependant, on avait achevé l'embarquement et retiré les passerelles. Les amarres amenées péniblement, la *Rosée* se mit à prendre de plus larges oscillations.

— Écoute ! dit Just en levant le doigt.

Il avait perçu comme un éveil vivant du navire. Tout ce que les cales et les entreponts comptait de vaches à lait et de mules, de moutons à viande, de poules pondeuses, de chèvres, de mâtins de chasse, éveillés par la vibration de leurs stalles, se mit à brailler tout ensemble.

Au même instant, des matelots, perchés au milieu des mouettes, lâchèrent la voile de misaine. Elle se déplia dans un murmure d'étoffe. Le vent, qui avait jusque-là déambulé en sifflotant parmi les espars et les cordages, buta violemment contre l'obstacle dressé devant lui. La voile émit sous cette charge un cri de géant frappé au ventre.

Just et Colombe, d'où ils étaient, risquaient de manquer le spectacle du démarrage. Mais le pont arrière leur était interdit et le plat-bord du côté du quai tout entier occupé sur deux rangs par des hommes qui, pour rien au monde, n'auraient cédé leur place.

— Viens par ici, commanda Colombe en tirant Just par la manche.

Elle avait repéré sur l'avant deux mousses qui étaient montés sur la poutre du beaupré en se tenant à un cordage. Avant que son frère n'ait eu le temps de l'arrêter, elle s'était faufilée jusqu'à eux. Profitant de sa légèreté, elle les avait même contournés pour prendre place à califourchon sur l'étroite pointe de bois qui surplombait l'eau. Just eut du mal à convaincre les mousses de le laisser passer car il était plus large et risquait de les précipiter à la baille. Il y parvint enfin et découvrit que le poste où s'était installée Colombe, pour dangereux qu'il parût, ne laissait pas d'être confortable. Plusieurs manœuvres d'étoupe convergeaient à cet endroit et formaient comme une nacelle où ils purent s'asseoir l'un sur les genoux de l'autre.

La *Rosée* étant le premier vaisseau démarré, ils ne voyaient devant eux que l'étendue libre de la baie, semée de minuscules embarcations de pêche. Trois autres voiles étaient maintenant larguées et, sous la poussée du vent, le navire achevait de s'éveiller. Comme un animal de bât qui reprend de mauvaise grâce son travail, il dérouilla tous ses membres engourdis. Des craquements marquèrent la brusque tension des mâts et des vergues tandis que le bâtiment s'écartait du bord.

Six cents voix d'hommes lancèrent des cris d'adieu auxquels répondit, venue du quai, une plainte aiguë de femmes et d'enfants. La troupe pitoyable des familles se mit en mouvement en même temps que les bateaux, courant sur toute la longueur du quai puis empruntant la digue afin d'aller crier son adieu jusqu'à l'ultime pointe de la terre ferme.

La *Rosée* tendait maintenant le nez vers le large et,

comme si elle eût découvert l'odeur qu'elle cherchait, elle se mit à suivre sans hésiter la piste de l'Atlantique.

Quand les vaisseaux eurent doublé les phares et furent en mer libre, ils se regroupèrent et prirent le cap de conserve. Les cris n'allaient plus vers la côte mais cette fois d'un navire à l'autre, dérobés par les bourrasques. Le vaisseau amiral prit la tête et les enfants virent se balancer devant eux les deux Neptune qui ornaient sa poupe. Le vent rabattait par instants une mélodie de cornemuse sonnée pour l'honneur par la garde écossaise de Villegagnon.

Puis le calme se fit et, mouillés d'embruns, Just et Colombe crurent un moment que les solennités du départ avaient pris fin. Mais les bouches de bronze des pièces d'artillerie lâchèrent vingt boulets par les sabords. Ils avaient oublié ce terrible et délicieux vibrato de la canonnade. C'était la dernière soutache qui manquait à leur uniforme de liberté. Colombe mit la tête au creux des bras de son frère et ils pleurèrent de joie l'un contre l'autre.

C'est à peine s'ils entendirent, contrariée par le sifflement du vent, la voix furieuse du soldat balte qui les rappelait sur le pont.

*

Après l'apparent désordre du démarrage, maître Imbert, le capitaine, avait ordonné que tous les passagers fussent conduits à leur place. Les préparatifs avaient duré plus que prévu. On était déjà tard dans l'après-midi. Une troupe d'orages approchait à l'horizon comme une charge d'aurochs. Maître Imbert n'en attendait rien de bon.

Les entreponts, pendant ces derniers calmes, étaient tout agités d'installations bruyantes. Chaque homme tentait de pendre son hamac de la façon la moins incommode, selon l'idée qu'il se faisait du confort dans cet espace obscur où l'on tenait à peine debout. Et l'on sentait que de ces premières et minuscules victoires dépendaient pour chacun des mois de traversée plus ou moins pénibles.

Just et Colombe n'eurent pas le loisir de prendre part à ces combats : le soldat qui s'était enquis d'eux les mena par trois escaliers jusqu'à la place prévue pour les truchements. Supposés être des enfants, donc de petite taille, on leur avait réservé un réduit aveugle dans la cale, près de la cambuse, dans le voisinage du bétail.

— Zortir interdit ! leur cria méchamment le Balte, qui désespérait d'être compris sur ce navire sans hausser la voix.

Just se baissa pour pénétrer le premier dans le boyau. À tâtons, il sentit qu'il était bordé d'un côté par un empilement arrondi de barriques, de l'autre par une cloison de bois de caisse ; il y récolta une écharde. Ce terrier allait en s'évasant et devait être plus large au fond, là où il touchait le bordage. Mais avant d'y parvenir, Just buta sur une masse. Une forte voix jaillit de l'obscurité.

— Halte-là ! Maraud ! Ne vois-tu pas qu'il y a du monde ?

Les nouveaux venus comprirent que le réduit, si étroit qu'il fût, était déjà occupé. Il leur faudrait se contenter du maigre espace libre, près de l'entrée. Ils s'assirent l'un à côté de l'autre, appuyés aux barriques, les genoux entourés de leurs bras.

— Pardon, demanda Just aux inconnus, savez-vous combien de temps il nous faudra rester ici ?

De méchants ricanements saluèrent cette question.

— Écoutez-le, vous autres, s'esclaffa la même voix qui les avait accueillis.

Et elle se mit à contrefaire l'accent de Just, qui mêlait des rudesses normandes à une intonation chantante venue d'Italie.

Les rires redoublèrent. En tendant l'oreille, il parut à Just qu'ils devaient provenir de trois personnes. Une faible lueur, venue d'une lanterne située à l'avant, commençait à percer l'obscurité. Ils attendirent en silence qu'elle s'accrût et leur permît d'en savoir plus sur leurs voisins.

— J'ai soif, chuchota Colombe à l'oreille de son frère.

Une écœurante odeur où se mêlaient la poix du calfatage, un fumet de salaisons et la forte toison des bêtes flottait dans l'air confiné. Ils avaient la bouche pâteuse.

— Il va falloir t'y faire, intervint la voix, car rien de ce qui était murmuré dans ce réduit ne pouvait être ignoré des autres.

— N'y a-t-il pas un tonneau ? demanda Colombe.

— Ha ! ha ! un tonneau. Voyez où ils se croient ! Pourquoi pas une fontaine, pendant que tu y es ?

Pour gouailleuse et mâle qu'on voulût la faire paraître, cette voix restait rauque et voilée par la mue. Colombe jugea que celui qui parlait devait avoir à peu près le même âge qu'eux.

— Comment faire, alors ? insista-t-elle sur un ton naturel et sans crainte.

— Attendre, voilà tout !

— Eh bien, c'est tant mieux, conclut Colombe avec douceur. Cela veut dire que la traversée sera courte.

Une explosion de quolibets salua cette remarque.

— Courte ! répéta la voix quand le rire se fut assez calmé pour lui laisser reprendre haleine. Bien courte en effet et je te conseille d'attendre l'arrivée pour boire.

On y voyait un peu mieux maintenant. La pénombre découvrait deux masses recroquevillées, tassées près du fond et, devant elles, la silhouette d'un grand garçon dont la tête touchait presque le plancher supérieur. Il faut croire qu'il les vit aussi et fut satisfait de leur air pitoyable car il reprit avec condescendance, pour souligner la grâce qu'il leur faisait de les placer sous son autorité :

— Vous devrez vous contenter de ce qu'un matelot apportera deux fois par jour en fait de boire et de manger. Et mieux vaut ne pas en perdre une miette car ce n'est guère copieux.

— Quand passera-t-il ? demanda Just.

— Pas avant demain, maintenant. Vous n'étiez pas là tout à l'heure quand il nous a servis pour la nuit.

La nouvelle était mauvaise : ils n'avaient rien mangé depuis le départ de Clamorgan. Le panier d'Émilienne leur manquait bien et ils avaient encore sous les yeux les belles miches qui flottaient dans l'ornière. Heureusement, le roulis commençait de les barbouiller.

— Êtes-vous aussi des truchements ? demanda Just un peu plus tard car il ruminait ce mot et ne parvenait pas à en découvrir le sens.

— Tout autant que toi, compain ! ricana leur voisin. Nous le serons d'abord qu'on nous aura mis au milieu des sauvages.

— Dans ce cas, nous allons certainement descendre avant vous, fit Just en secouant la tête. Car nous n'allons pas chez les sauvages.

— Et où allez-vous donc ? insinua le garçon dont ils voyaient maintenant briller le blanc des yeux.

— Retrouver notre père.

Les rires allaient reprendre mais le chef des ombres les retint d'un geste.

— Calme, vous autres ! fit-il et avec une intonation de forain qui annonce un saut périlleux, il ajouta : la situation est grave.

Il pointa un doigt en l'air.

— Attendu que ce navire va aux Amériques chez les cannibales ; attendu qu'il y ira tout droitement et sans toucher d'autres terres ; attendu que ceux-ci nous disent qu'ils vont rejoindre leur père ; j'en conclus... que leur père est un cannibale !

Relâchant la laisse de ses dogues, il se joignit alors au concert de leurs aboiements.

Mais Just, rapide comme quand il chassait les grives à l'arc dans les bois de Clamorgan, avait sauté jusqu'à celui qui venait de parler et le saisissait à la gorge.

— Notre père, prononça-t-il sous son nez, est un grand capitaine et un homme d'honneur. Tu devras me répondre de l'avoir insulté.

La surprise avait laissé un instant le rieur sans défense. Mais il rassembla promptement ses forces, repoussa Just et, à son tour, se jeta sur lui. Leurs deux corps roulaient sur le plancher gluant d'huiles et de sanies. Quelle que fût sa rage, Just ne pouvait avoir le dessus face à un adversaire rompu, semblait-il, aux luttes fangeuses et qui abattait sur lui ses poings carrés, lourds comme des billots. Les deux autres gamins, plus petits, s'étaient dressés sur leurs genoux et encourageaient bruyamment leur champion. Colombe hurlait en tentant de séparer les adversaires. Ce tapage, joint aux coups de pied qui résonnaient dans les barriques, attira un matelot. Il se pencha par l'ouverture, et la lanterne qu'il tenait à la main éclaira vivement le misérable combat. Just, la chemise déchirée à une manche, essuyait sa lèvre qui saignait. Son adversaire rassembla dignement ses haillons et recula vers les deux petits. Quoique plus jeune sans doute que Just, il avait toutes les forces et la lourdeur du campagnard. Des cheveux coupés ras où blanchissaient des plaques de teigne et un nez aplati furent tout ce qu'ils virent brièvement de lui.

— Restez tranquilles, là-dedans ! brailla le marin. Si vous tenez à être secoués, attendez un peu : on va vous en servir.

Il disparut avec la lumière. Un long silence suivit pendant lequel chacun faisait le compte de ses navrures. Ce calme leur fit remarquer par contraste l'agitation du bateau. À la lente houle du début s'était ajoutée une trépidation de vagues courtes sur lesquelles cognait l'étrave. L'attache des tonneaux auxquels ils étaient adossés grinçait sous la tension. Un formidable gargouillement d'entrailles montait des fonds du navire, où gémissaient les bêtes malades.

— Tu paieras, lança le garçon qui avait combattu.

Just répondit avec assurance qu'il n'avait pas peur. La trêve risquait de peu durer.

Mais l'écœurement qu'insinuait le roulis les calmait quoiqu'ils en eussent. L'étrange ivresse du mal de mer affaiblissait leurs membres, engourdissait leur esprit. Ils avaient la sensation que les barriques leur avaient déjà roulé sur la poitrine. Les paroles du matelot se frayaient enfin un chemin jusqu'à leur entendement affaibli : la tempête était là, décidée à venger Dieu sait quel outrage commis par les hommes.

Toute la nuit, elle fit courir les navires à la cape dans les gorges menaçantes de ses creux, dans le roulement des lames déferlantes. Les gros vaisseaux ronds encensaient dangereusement dans des murs d'eau, gîtaient jusqu'à risquer de s'abattre sur le flanc. Heureusement, le lest des cales pleines et l'eau qui ruisselait vers les fonds les empêchaient de chavirer tout à fait.

À bord, le tumulte des mugissements et des cris avait fait place à un lugubre et nauséeux silence, troublé seulement par le sifflement du vent et les craquements formidables des espars rompus.

Mais, pour redoutable que fût la mer en tempête, le danger venait surtout de la côte trop proche encore. Toute la nuit, maître Imbert était resté attaché à la barre, qui ne répondait plus, et guettait dans l'obscurité le signe funeste qui eût indiqué la présence de récifs ou d'îlots.

L'aube se leva sans que ce danger ait paru. Le calme revint et un littoral providentiel attendit la fin de la matinée pour dessiner ses collines à l'horizon.

CHAPITRE 8

Le matin fut d'abord un moindre tumulte. Just s'éveilla le premier la tête douloureuse, le dos tout empreint des aspérités du plancher. Il faisait toujours aussi sombre dans le réduit mais d'étroits rais de lumière laiteux épinglaient des confettis blancs sur les bois noirs. Just avait la bouche pâteuse, collée de soif. Il regarda Colombe dormir puis avisa l'amas de toile près du bord et eut le vague souvenir d'une querelle à vider sans trop se rappeler son détail.

La nuit n'était dans son esprit qu'une confusion de roulements, de chocs, de sifflets. Le mal de mer l'avait plongé dans une complète et douloureuse inconscience. Il avait la vague impression d'avoir entendu des cris, des bruits de poursuite et même des coups de feu. Mais dans quel ordre, il l'ignorait. Pour l'heure, le bateau semblait tout à fait immobile, comme si la lutte eût disposé de ses dernières forces. Doucement, Just passa la tête hors de l'étroit cagibi. La cale était dans un désordre complet. Des hamacs déchirés pendaient aux membrures, plusieurs caisses de vivres s'étaient détachées des réserves et des cruches de grès éventrées livraient aux mouches leur contenu luisant. Une lumière blafarde venait du pont et achevait de désoler ce décor. Le plus inquiétant était le silence. Just rentra dans son trou et réveilla doucement Colombe. Des mouvements de conscience agitaient aussi les trois fantômes qui gisaient sous leur toile.

— À boire ! gémit Colombe.

Just l'aida à sortir du réduit et la guida à travers les amas d'ordures.

— Montons voir, dit-il. Je ne comprends pas ce qui se passe.

Elle avançait en se tenant la tête et il dut la soutenir pour grimper les échelles. L'entrepont était aussi désordonné et vide que la cale, hormis deux matelots étendus près d'une pièce d'artillerie et qui geignaient. La lumière était plus vive et Colombe reprenait ses esprits.

Au débouché de la dernière échelle, Just dut mettre ses mains en visière. Le ciel était uniformément gris mais brillant comme si le soleil, sous ce dépoli, eût été partout à la fois. La *Rosée* mouillait dans une baie qu'entouraient des collines molles. Les deux autres navires du convoi étaient à l'ancre aux alentours.

Colombe saisit le bras de Just.

— Regarde, s'écria-t-elle, nous sommes arrivés.

Derrière eux, ils entendaient monter leurs mauvais compagnons de la nuit et Colombe s'apprêtait à leur annoncer la nouvelle en riant. Mais elle sentit Just la tirer par la manche.

— Que font-ils tous là-bas ? demanda-t-il.

Elle se retourna et découvrit le singulier spectacle. Tous les passagers civils de la *Rosée* étaient regroupés à la proue du navire et tassés sur le gaillard d'avant.

Un rang de gardes les tenait en respect, épée en main. Deux arquebuses, le canon posé sur une fourche, visaient la petite foule. Quelques marins vaquaient librement. Deux d'entre eux lavaient le pont autour du mât principal. Ils poussaient dans un seau un amas louche de verre brisé et de fragments d'espars sur lesquels rutilait un enduit rouge tout semblable à du sang.

— Tiens, s'exclama quelqu'un au-dessus d'eux et ils sentirent tout à trac une forte main qui les saisit au col. Les truchements ! On les avait oubliés.

— Amène-les par ici ! cria maître Imbert qui se tenait parmi les soldats, face au premier rang des passagers captifs.

Le matelot entraîna ses deux proies à travers le pont.

— Mais ils étaient cinq. Où sont vos semblables, coquins ? demanda maître Imbert.

Avec son double menton, ses badigoinces débonnaires, le pilote pouvait être rude à loisir : il n'avait pas l'air méchant. D'ailleurs, il ne l'était pas et accordait d'avance aux faiblesses humaines le pardon de ceux qui les comparent aux infinies cruautés de la mer.

Colombe, en passant devant lui, eut assez de confiance pour tomber d'un coup à ses genoux :

— Capitaine, s'écria-t-elle en joignant les mains. Donnez-nous à boire, pour l'amour du ciel. Nous mourons de soif.

— N'ont-ils point mangé ni bu ? s'enquit maître Imbert.

Le matelot qui avait la charge de cette corvée répondit la mine basse.

— Avec la tempête…

— Eh bien, qu'on les nourrisse et les abreuve. Je les veux propres à leur nouvel emploi. Tiens, au fait, voilà les autres.

Deux misérables silhouettes pendaient aux bras d'un matelot comme à un gibet et la troisième clopinait derrière. La curiosité eut un temps raison de la soif et Just leva le nez de son gobelet pour dévisager ceux qui avaient insulté son père. Car, avec le grand air et l'eau fraîche, il se souvenait de tout. Les deux plus petits, à l'évidence, étaient des malheureux : avec leurs têtes trop grosses et leurs membres gonflés, ils avaient dû pousser dans la rue comme des plantains entre les pavés. Mais le grand savait ce qu'il faisait et lui non plus, apparemment, n'avait rien oublié. De plus haute taille que Just, il était vêtu d'une camisole tachée et de culottes lâchées aux genoux. Dans les lueurs de la nuit, il était bien reconnaissable, avec son air de dogue et l'épatement de son nez. Au grand jour, ces traits n'étaient plus aussi effrayants et, n'eût été l'insulte à venger, Just aurait volontiers montré de la compassion pour un être que la vie semblait avoir projeté dès sa naissance contre un mur de violence et de pauvreté.

— Donnez aussi de l'eau à ces drôles, dit maître Imbert.

Il paraissait très satisfait et regardait les truchements en riant.

— Tout à fait ce qu'il me fallait, dit-il en hochant la tête.

Le bruit lointain du canon, répercuté en écho par les reliefs de la côte, mit une fin brutale à cet attendrissement. Le coup avait été tiré depuis le vaisseau amiral au-dessus duquel on voyait s'élever un petit panache de fumée.

— Le signal ! s'écria maître Imbert. Allons, prenez votre bout de pain et joignez-vous aux autres. Nous devons nous hâter.

Il recula de quelques pas et monta sur un coffre pour s'adresser aux passagers que les soldats tenaient toujours en respect.

— Où sommes-nous ? chuchota Colombe, serrée avec Just au milieu de la troupe hirsute et malodorante.

Il haussa les épaules pour indiquer qu'il l'ignorait.

— Pauvres enfants ! murmura à leur oreille un petit homme triste auquel ils étaient accotés. Ils ne savent même pas où ils sont…

— Écoutez-moi tous, commença au même instant maître Imbert qui mettait ce qu'il pouvait de menace dans sa bonne voix.

— La côte que vous voyez est l'Angleterre, chuchota le petit homme. La tempête nous a drossés là cette nuit…

— Le navire va appareiller, criait le capitaine, et j'espère bien que cette fois-ci est la bonne.

— C'est encore loin, où nous allons ? demanda Just un peu déçu de ne pas être encore à destination.

— Pauvres enfants… N'est-ce pas une honte qu'on vous en ait dit si peu, marmonnait le petit homme en prenant une mine encore plus triste, s'il était possible.

— Mais en tout cas, braillait maître Imbert en tenant son ceinturon à deux mains, ne croyez pas que les autres ont eu plus de chance que vous. Ne le croyez surtout pas… Ils ont filé, c'est leur affaire, continuait le pilote. Mais ils n'iront pas loin. J'en ai abattu moi-même quatre.

Jugeant sans doute ce chiffre insuffisant pour marquer les esprits par la terreur, maître Imbert se reprit :

— Non, six. N'est-ce pas, les gars ? Six exécutés par ma main, sans compter ceux dont se sont chargés mes hommes. Ajoutez à cela les noyés et ceux que les prévôts anglais auront rattrapés à terre — pour les envoyer aux galères —, vous voyez ce qui reste ?

— Les pauvres ont eu tellement peur avec cette tempête qu'ils ont préféré se jeter à l'eau plutôt que continuer un tel voyage, dit gravement le voisin de Just qui semblait toujours marqué de désespoir.

— Donc, vous qui êtes encore à bord, vous n'avez rien à regretter, poursuivait maître Imbert. Vous savez ce qui nous attend si cela devait se renouveler ! Heureusement cela m'étonnerait que nous rencontrions encore un grain pareil. Foi de marin, cela fait longtemps que je n'avais rien vu de tel.

— Nous ne sommes pas arrivés, mes pauvres amis. Nous ne sommes tout simplement pas partis. Et nous n'arriverons pas avant des semaines, des mois. Si nous arrivons.

En disant cela, des larmes brillaient aux yeux du petit

homme. Just et Colombe, émus par ce spectacle, se sentirent d'un coup beaucoup plus forts que ce malheureux qui les avait pris en pitié. Ils accueillirent cette nouvelle avec plus d'optimisme que lui.

— Bon, maintenant, il m'en faut choisir plusieurs parmi vous qui remplaceront les gredins qui se sont sauvés. Car l'équipage se battait contre le vent pendant que vos amis ne pensaient qu'à rejoindre la terre. Et j'ai huit hommes qui sont passés par-dessus bord.

Pour le coup, ce fut maître Imbert qui essuya une larme.

— Donc, brailla-t-il derechef, on va les remplacer. Je commence : les mousses !

Son regard, qui se tenait haut sur la ligne d'horizon afin d'embrasser son auditoire complet, s'abaissa soudain vers le premier rang.

— Il me semble que nos truchements feront bien l'affaire, comme mousses. Les trois plus grands, en tout cas.

Il fit signe à Colombe d'avancer. Elle se planta devant lui et il la toisa.

— Pas bien solide encore, tu t'occuperas des manœuvres sur le pont. Ton nom ?

— Colin.

Puis il appela Just et le garçon au nez écrasé.

— Mieux, déjà, ces deux-là. Vous n'avez pas l'air d'avoir peur de grand-chose. Vous grimperez aux huniers. Vos noms ?

— Just.

— Martin.

Il leur fit signe d'aller rejoindre leurs postes sans attendre.

*

L'heureuse chaleur et les ciels lumineux leur vinrent à mesure qu'ils prirent le cap au sud. En passant devant la

Grande-Canarie, ils reçurent une volée de couleuvrine tirée du fort espagnol. Un des boulets perça la coque de la *Rosée* à l'avant, découpant un trou bien rond et très haut que le charpentier du bord eut peu de mal à refermer. Colombe s'en moquait en disant :

— Ce n'est que cela.

Tout de même, c'était un baptême et Just ressentait une fierté de combattant.

Les nuits d'été allongèrent mais comme ils allaient vers la ligne d'équinoxe, elles se réduisirent de nouveau. Pour autant, elles n'étaient ni menaçantes ni froides : de belles nuits tièdes et paisibles qu'ils passaient allongés sur le pont encore chaud du soleil vespéral car ils avaient obtenu le droit de se coucher où ils voulaient. Le jour, ils couraient au grand air pour exécuter les ordres de maître Imbert. Colombe montrait un peu d'envie à l'endroit de son frère : il était devenu tout à fait habile à l'escalade des haubans. Il y avait acquis un surcroît de force et un hâle qui dorait son beau visage. Leurs journées étaient bien différentes. Colombe s'ennuyait un peu : elle essayait de parler aux matelots du pont et aux passagers qui s'y promenaient. Mais ces conversations n'allaient pas très loin. Elle revit souvent le petit homme qui leur avait parlé le lendemain de la tempête. Elle apprit qu'il se nommait Quintin. Il avait été condamné pour sa religion et tenait toujours un livre à la main. Colombe, à qui la lecture manquait, avait obtenu la promesse qu'il lui prêterait des ouvrages.

Just, dans son monde de funambules, rêvait beaucoup. Il lui arrivait de prendre la vigie et de se laisser porter par les désirs que peut faire naître l'horizon quand il vous encercle.

Le soir, quand ils se retrouvaient, serrés l'un contre l'autre pour dormir, ils se racontaient ce qu'ils avaient pensé dans la journée. À mesure que les jours s'écoulaient, il leur semblait de plus en plus extraordinaire que leur père eût fait un aussi lointain voyage. À certains moments, ils y croyaient et se demandaient seulement s'il avait connu, comme eux, la tempête et le mal de mer, s'il avait joui de ces douceurs tropicales. Ils l'imaginaient tour à tour maître du bord comme Villegagnon ou passager captif dans les soutes. D'autres fois, ils se disaient qu'ils avaient été trompés, que jamais leur père n'aurait été courir si loin de ce qu'il aimait. Ils regrettaient alors de n'avoir pas filé le soir de l'orage avec les repris de justice et tous ceux à qui la terreur avait fait préférer l'aventure de la fuite à ce voyage. Chaque fois qu'apparaissaient des côtes, ils formaient le plan d'y trouver refuge, si le navire en approchait.

Mais ces rêves se confondaient avec les autres, fabuleux, qui leur faisaient imaginer les pays de monstres et de magie qu'ils rencontreraient sur les confins. Mieux renseignés sur le Nouveau Monde, grâce à Quintin en particulier, ils commençaient à y placer leur curiosité.

Si bien que les jours qui passaient, puis les semaines, quoique l'eau des barriques fût devenue verte et la nourriture écœurante, les bercèrent d'une routine heureuse qu'ils n'avaient guère envie de quitter.

Leur seul véritable motif d'inquiétude était ce Martin, qui rôdait comme eux dans les espars et sur les ponts sans se départir de son regard mauvais qui promettait la vengeance. Just nourrissait d'ailleurs tout à fait les mêmes idées, et Colombe se désolait de voir son frère ruminer lui aussi un combat qui laverait son honneur. Encore, lui, voulait-il une explication publique, en forme de lutte ou de duel, loyale et conclue par la merci du vainqueur. Martin préparait tout autre chose. L'hostilité qu'il leur marquait était sournoise et muette. Elle s'épancherait certainement dans l'ombre et non point au grand jour, au moment où Just marquerait une faiblesse qui le rendrait vulnérable.

Colombe craignait particulièrement la nuit et elle entourait Just de ses bras pendant son sommeil, comme pour lui servir de cuirasse.

Les navires filaient plein sud. De gros nuages couvraient toute l'étendue du ciel, gardant au chaud la soupe frémissante de la mer qui exhalait une vapeur moite. Ils étaient presque au bout de leurs réserves d'eau douce. Du vaisseau amiral vint l'ordre de mettre le cap sur la terre.

Ils mouillèrent en face d'une côte au relief marqué où l'on pouvait espérer découvrir des ruisseaux convenables pour l'aiguade. Les chaloupes revinrent à la tombée de la nuit avec une eau boueuse presque jaune dans les barriques. Encore n'avait-on pu en remplir que la moitié car des troupes de Noirs qui marquaient une grande hostilité étaient venues interrompre l'opération.

Le bruit se répandit dans l'équipage qu'on était le long de l'Afrique. Les matelots se mirent à maudire ceux du vaisseau amiral qui, avec leurs instruments compliqués et leurs airs savants, étaient incapables de mener le convoi là où l'instruction de maître Imbert l'eût conduit bien sûrement. Instruits de leur erreur, les pilotes du navire de tête virèrent de bord et prirent le cap à l'ouest. Il était bien temps.

Signe qu'ils étaient, enfin, sur la bonne route, ils revirent des voiles passer à l'horizon. Ces rencontres donnaient lieu chaque fois à de grandes alarmes. Villegagnon avait interdit les abordages : ils laissèrent donc passer sans les inquiéter plusieurs navires espagnols qui faisaient route tout seuls et qu'il aurait été bien agréable de piller. Mais un matin, la vigie signala un groupe de voiles au nord-ouest et ils découvrirent peu à peu qu'il s'agissait d'un convoi portugais de six bateaux. Quoiqu'ils ne fussent pas encore, et de loin, en vue des Amériques, il était clair que les navires français faisaient route vers le Brésil. Cela suffisait à les désigner comme ennemis.

À la distance où ils étaient, on pouvait difficilement savoir si les Portugais allaient chercher le combat. Il fut jugé prudent, quoi qu'il arrivât, de s'y préparer. Sur les ponts de la *Rosée* se fit une bousculade de marins, de soldats et de civils, ces derniers ayant été commis par le capitaine au chargement des canons. Il fallut manœuvrer les trappes des sabords, ouvrir les coffres où étaient les arquebuses et hisser toute la voilure pour tirer de la bonne brise qui soufflait la plus grande vitesse possible.

Colombe avait la charge de tenir le pont propre et libre, en prévision d'un éventuel abordage. Elle allait de la poupe à la proue sans s'économiser. En passant sous le mât d'artimon, elle vit Quintin qui se tenait immobile, bien droit, les bras croisés.

— On ne vous a pas assigné de tâche ? lui dit-elle avec surprise.

— Si, je dois nettoyer les bouches à feu.

— Et vous avez déjà terminé !

— Non, je ne le ferai pas.

Colombe qui s'était employée fébrilement jusque-là saisit cette occasion de souffler un peu. D'autant que son agitation avait plus pour objet de la calmer que de ranger un pont qui était pour l'heure parfaitement ordonné et propre.

— J'ai entendu dire, interrogea Colombe, que si les Portugais capturent un équipage, ils le mutilent et le laissent mourir de soif sur son navire à la dérive.

— Moi aussi, on me l'a dit, fit Quintin dont le visage maigre et pâle ne quittait pas l'expression lugubre qu'ils lui avaient vue le premier jour.

— Eh bien, cela mérite tout de même de se défendre.

— Non, affirma Quintin, les bras toujours croisés.

Couvrant le silence du grand large, le vent sifflait dans l'immense voilure. Les navires penchés, parés de tous ces jupons, tabliers et fichus, ressemblaient à trois vieilles filles partant au bal.

— Ainsi, reprit Colombe, il faut se laisser dépiauter.

— Mon enfant, coupa vivement Quintin en se tournant vers elle et en lui prenant les mains, les hommes ne se donnent licence que pour le mal. C'est la seule passion à laquelle ils ne mettent point de limites. Moi, j'ai prêché le contraire et l'on m'a condamné.

— Le contraire ?

— Je veux dire de ne pas mettre de frein à la bonté, à l'amour, au désir.

Ce disant, il lui pétrissait les mains. Ses yeux brillaient d'un éclat qu'elle n'avait jamais vu, mélange d'appétit, de fièvre et de désespoir. Elle fut heureuse qu'une clameur, venue du château arrière, en se répandant sur le tillac, mît fin à cet échange incongru : les Portugais passaient leur chemin.

Des cris de joie fusaient tout alentour. Des bonbonnes de vin, conservées pour les grands jours, passaient de main en main, où chacun buvait à longs traits.

Le capitaine ordonna d'amener plusieurs voiles et Colombe essaya de voir Just qui s'affairait dans les mâtures. Elle ne le put et s'agenouilla silencieusement comme tous les autres pour une action de grâces. La *Rosée* ne comptait pas d'aumônier : le seul ecclésiastique du convoi n'avait pas manqué de se placer alentour du pouvoir, sur le vaisseau amiral. Chacun priait donc à sa manière et s'adressait à un Dieu qu'ils avaient à la fois en commun et en propre. Les matelots au rude visage de forbans appelaient de douces images de Vierges et d'Enfants nus tandis que d'innocents passagers aux mains blanches, tirés des prisons pour motifs de culte, dressaient leur fin visage vers un Dieu de sang et de châtiment.

C'est au milieu de ce silence qu'éclata la première violence dans les airs : un cri, le bruit d'une voile déchirée, d'une chute. Le soleil qui brillait à travers les vergues ne laissait guère apercevoir du pont ce qui se passait. Colombe pouvait d'autant moins le deviner que Just, pendant toutes ces journées, lui avait soigneusement caché les menaces dont il était en permanence l'objet. Martin, depuis leur altercation, ne cessait de l'épier tandis qu'ils étaient accrochés l'un et l'autre dans les hautes œuvres du navire. Avec régularité et froidement, il lui adressait des malédictions, des insultes et lui promettait d'essuyer sa vengeance. Just répondait en le défiant en combat singulier. Mais il était clair que l'autre ne s'y risquerait pas et qu'il recourrait plutôt à quelque lâche attentat.

La voltige à laquelle les mousses devaient s'adonner requérait déjà beaucoup de vigilance : il en fallait encore plus à Just pour se garder d'une malveillance. Il finissait les journées épuisé. Mais ce jour-là, la faible gîte du bateau, l'air tiède et une troupe d'épaulards dont il observait les sauts distrayèrent son attention pendant qu'il était appuyé à la grande vergue de misaine.

Le bois verni de l'espar servait d'appui à son ventre tandis que ses bras d'un côté et ses jambes de l'autre le faisaient tenir en équilibre. C'est dans cette position qu'il reçut dans le flanc la tête nouée d'un cordage lancée à toute volée. Just cria, perdit l'équilibre. Fort heureusement, il tomba du côté plein de la voile et eut l'esprit de se rattraper des deux mains sur le bord épais de la toile. Il resta un long instant dans cette position, le côté endolori, sidéré par sa chute et plus encore par sa survie. Puis tout lui revint d'un coup : la nécessité de se redresser au plus vite, ce qu'il fit en saisissant un coulisseau de fer et en se rétablissant sur la bôme ; le souvenir du cordage qui l'avait frappé et pendait maintenant le long du mât, preuve que quelqu'un en avait fait usage comme d'un balancier ; les menaces de Martin. Il n'eut pas à le chercher longtemps : l'autre l'observait d'un hauban situé plus en hauteur.

Toute cette partie de la scène échappa à Colombe. Elle aperçut seulement Just à l'instant où il s'élançait vers son agresseur et grimpait jusqu'à lui.

— Ils se battent ! cria-t-elle.

Et quand elle saisit que les autres, autour d'elle, n'avaient encore rien compris, elle alla donner l'alerte parmi les groupes, et jusqu'à maître Imbert qu'elle tira par la manche.

— Arrêtez-les, capitaine ! Regardez : ils se battent.

Les bruits de lutte tombaient amplifiés des hauteurs mais on ne voyait presque plus les combattants. Ils étaient au corps à corps sur le plancher du tonneau de vigie.

Une dizaine de matelots s'élança en même temps dans les haubans et maître Imbert jugea plus convenable pour son autorité de leur en donner l'ordre en hurlant, quoiqu'ils fussent déjà parvenus à mi-chemin. Martin se battait avec beaucoup de force mais sans audace ni adresse. Just, au contraire, aurait pu faire valoir ces dons qu'il avait en surcroît, si l'exiguïté de leur champ clos ne l'eût entravé. Il avait reçu de rudes coups quand les matelots séparèrent les adversaires. Just eut le sentiment d'avoir été contraint à une lâcheté en interrompant là un duel qu'il voyait seulement se conclure par la mort. C'est cette honte, plutôt que la crainte du châtiment, qui lui fit baisser les yeux devant maître Imbert.

Celui-ci avait plus de goût pour la tranquillité que pour la justice. En matière de rixe sur les navires, et Dieu sait s'il en avait vu, il avait pour règle de ne jamais chercher un coupable.

— Mettez-les aux fers tous les deux, cria-t-il.

— Non ! s'écria Colombe, prête à se jeter à genoux.

Mais maître Imbert la regarda avec tant de colère qu'elle se figea. Un mot de plus et il les faisait enfermer tous les trois. Si elle voulait être utile à Just, plaider sa cause, hâter sa délivrance, elle serait mieux à même d'agir en restant libre. Elle se tut et le vit disparaître toujours tenu par ceux qui l'avaient délivré de Martin.

La vie à bord reprit tout aussitôt. C'était une de ces journées des tropiques où les bleus semblent vouloir montrer qu'ils sont assez nombreux pour se partager l'univers : bleu-blanc du ciel, bleu-vert de l'horizon, bleu-violet de la mer et bleu-gris de l'écume. Il fallait tout le génie des hommes pour inventer la captivité au milieu de cette immensité ouverte au bonheur. Colombe, assise à la poupe près d'un canot, pleura silencieusement.

Elle pensait que Just était blessé, qu'il aurait faim, qu'il serait mal traité dans un caveau noirâtre comme celui qu'ils avaient connu d'abord. Puis elle pensa à sa propre solitude au milieu de cet équipage étranger. Mais cet apitoiement dura peu et aussitôt l'écœura. Avec cette aptitude à remplacer le malheur par la volonté qui faisait toute la force des Clamorgan, elle se dit qu'elle était Colin, mousse libre, point sot et qui trouverait bien un moyen de faire libérer son pauvre frère.

*

À mesure que durait la traversée, de petits groupes s'étaient formés parmi les passagers, les soldats, l'équipage. Les minuscules trafics touchant à la nourriture, à l'eau douce ou au mince savoir que chacun tentait d'enrichir quant au trajet du bateau et aux intentions de l'amiral, alimentaient la méfiance de chaque groupe envers les autres.

Colombe avait fait équipe avec son frère. Cette proximité leur suffisait mais aujourd'hui elle était seule. Les groupes se méfiaient des autres ; personne ne voulait d'elle. Certes, elle pouvait toujours aborder quelqu'un et en tirer deux mots. Mais sitôt sa réponse faite, le quidam courait jusqu'à son ouvrage quand il en avait un ou jusqu'à ses amis à qui il racontait l'incident en chuchotant. Car dans l'ennui de la traversée, tout devenait un événement.

Colombe était presque découragée quand elle se souvint de Quintin. Elle s'avisa qu'il avait disparu depuis plusieurs jours. Elle l'épia dans la queue, à midi, pour la distribution de la soupe. Il ne se présenta pas. Un seau à la main, faisant mine de nettoyer, elle fouilla l'entrepont et finit par le découvrir enroulé dans un hamac tendu au-dessus d'une pièce d'artillerie. Elle mit les pieds sur le tube de bronze et écarta les deux lèvres du filet. Quintin était couché sur le dos, les yeux ouverts, et il semblait compter les nervures des barrots.

— Que faites-vous ici ? demanda Colombe avec un peu de crainte.

— Je prie, tu le vois bien.

— Les autres jours, cela ne vous empêchait pas de monter sur le pont.

Le petit homme se redressa en s'agrippant à la toile. Il plissa les yeux, secoua la tête et regarda alentour comme s'il revenait à lui.

— C'est la méditation qui m'emporte, dit-il avec une mimique d'excuse qui ressemblait presque à un sourire. Je suis tout entier dans la compagnie de l'Esprit-Saint.

Il semblait revenir d'un long voyage.

— Où est ton frère ? demanda-t-il en reconnaissant Colombe.

Elle lui raconta la vengeance de Martin et le châtiment qui s'était ensuivi. Quintin, avec les mouvements d'un insecte qui se débat dans une toile d'araignée, entreprit de s'extraire du hamac. Il s'en fallut de fort peu qu'il ne tombât sur le canon. Une fois debout, il redonna du volume à la dentelle mitée de son col et tira ses bas de chausses. S'étant rendu cet air de dignité, il prit Colombe par la main et lui dit :

— Allons aux nouvelles.

Était-ce sa solitude, son austérité, sa perpétuelle tristesse, Quintin, qui n'appartenait à aucun groupe, était accepté par tous. En sa compagnie, Colombe fut admise dans l'intérieur de ces semblants de familles. Les regroupements s'étaient moins opérés sous l'empire d'une sympathie que d'une détestation partagée de tous les autres. Une fois dépensée l'énergie pour se protéger de l'extérieur, il restait à ces tribus de longues heures de grognements, de soupirs ou de jurons élevés au rang de conversation. La rareté du vin — le capitaine réservant les dernières gouttes pour l'arrivée — achevait d'alanguir ces réunions. Grâce aux dés en corne et aux osselets, ce silence humain était malgré tout rempli par le minuscule martèlement du sort.

Quintin mena d'abord Colombe parmi un groupe d'artisans où il lui désigna un boulanger, deux charpentiers, un vendeur d'orviétans qui se faisait passer pour apothicaire. Ce groupe-là, dont les membres circulaient à peu près partout, accepta à la demande de Quintin de chercher Just, de lui faire tenir ce dont il aurait besoin et d'en savoir plus sur son état.

Ils virent ensuite un attroupement de matelots que Quintin connaissait grâce à sa bible. Villegagnon avait fait savoir dès avant le départ que, si chacun pouvait prier à sa guise à bord, toute prédication était interdite. Mais en l'absence de prêtres, les marins normands cherchaient des aliments pour leur rude foi. Ils étaient perdus de superstition et croyaient ferme que des œuvres pieuses, invocations, messes, chapelets, dépendaient le calme de la mer et l'heureux retour de leurs vaisseaux. Quintin n'approuvait pas cette idolâtrie mais il n'avait pas vocation non plus à la contredire. Il croyait, lui, à la simple force de l'Écriture. Il faisait donc de longues lectures des Évangiles et de la Bible à ces rudes marins que le mugissement de la tempête laissait froids, tandis que la crainte de l'enfer les plongeait dans la terreur.

Quintin leur demanda de préciser pour Colombe le but, la durée et la destination de la traversée.

— Je ne sais ce qu'on vous a raconté, lui dit-il avant qu'ils ne commencent, mais quand tu me parles de ton père et de l'Italie, il me semble que tu ne comprends pas bien où cette navigation va nous mener.

En effet, Colombe, tout comme Just, si elle avait entendu le mot Brésil souvent dans les conversations du bateau, ignorait où se trouvait cette contrée. Son père leur avait parlé à Gênes de lointains voyages accomplis par les pilotes de cette ville qui joignaient par des routes étranges l'Occident à l'Orient. Mais elle persistait à penser que ces terres nouvelles n'étaient que des étapes vers la seule destination possible, quelque détour que l'on fît pour y parvenir : la Méditerranée, avec son Italie, son Espagne, sa Grèce et ses terres barbaresques.

Les matelots lui expliquèrent comme ils le purent, en traçant sur le sol poussiéreux la figure du globe terrestre, ce qu'était le Nouveau Monde en général et en particulier ce Brésil où ils allaient s'établir.

Colombe, à ce récit, ne douta plus que son père n'ait pris une part héroïque à la conquête de ces terres. Elle ne saurait qu'en le voyant pour quelle pertinente raison il avait préféré faire voyager ses enfants dans l'anonymat de sa gloire. Tout de même, cela n'allait sûrement pas jusqu'à les livrer à l'infamie des fers. Et son esprit revint douloureusement à Just.

Elle interrogea les marins sur le châtiment qui l'attendait. Ils dirent à Colombe que maître Imbert n'avait pas pour habitude de faire durer longtemps la captivité, surtout quand ceux qui la subissaient pouvaient être utiles.

— Il préfère, ajoutèrent-ils, une bonne séance de fouet et l'on n'en parle plus.

— De fouet ! s'écria Colombe.

Elle pensa « sur un Clamorgan ! ». Mais elle se garda, comme on l'en avait prévenue, de révéler ce nom à des inconnus.

— Est-ce l'un d'entre vous, demanda Quintin aux matelots, qui doit l'appliquer ?

— Non, pour tous les actes de force, Villegagnon a désigné un exécuteur dans chaque bateau. Ici, c'est le Balte.

Quintin fit la moue. Il connaissait quelques soldats mais le Balte restait à part et nul ne savait comment s'adresser à lui.

Le soir, il conduisit Colombe vers son hamac, autour duquel était installé un dernier groupe de passagers. C'étaient des hommes hâves, les cheveux blonds laissés longs, vêtus de blouses de lin. Ils tenaient sur leurs lèvres un permanent sourire d'extase, comme s'ils eussent capté dans le silence quelque mélodieuse voix divine qui eût chanté pour eux des cantiques.

— Ne le répète à personne, mais ceux-là sont des anabaptistes hollandais, avait prévenu Quintin en chuchotant et en prenant garde que personne ne pût entendre cette confidence. Ils rêvent de se séparer du monde, dont ils croient la fin proche. Point n'est besoin pour eux de la Bible ; ils suivent leurs inclinations.

— Ce sont des bienheureux, dit Colombe en regardant

de travers ces faces de paysans illuminés auxquels, sans savoir pourquoi, elle n'accordait aucune confiance.

— Des bienheureux ! Les pauvres. Ce sont les hommes les plus persécutés de la terre. Ils ont voulu mettre à bas les rois, les Églises, toutes les coutumes. Certains d'entre eux veulent vivre comme Adam. À vrai dire, tout le monde les déteste et c'est un miracle que ceux-là aient échappé au bûcher.

— Pourquoi dormez-vous avec eux ? Faites-vous partie de leur secte ?

— Moi ? se récria Quintin. Jamais ! Je vénère la Bible.

Puis il ajouta mystérieusement :

— Nous avons seulement certaines choses en commun.

Les anabaptistes firent bon accueil à Colombe et, dans un patois allemand que Quintin comprenait, ils apportèrent leurs nouvelles. Le plus étonnant était que ces ennemis du monde étaient parfaitement informés de ce qui se passait sur le bateau et même sur les autres, ce qui était encore plus fort. Certaine dispute, selon eux, avait surgi à bord du vaisseau amiral entre Villegagnon, le cosmographe et les pilotes sur le point de savoir où se trouvaient exactement les navires. Certains voulaient tirer plus au sud et d'autres remonter au nord. On était encore loin d'arriver et les réserves s'amenuisaient.

La *Rosée* était le mieux loti des trois bateaux car les défections y avaient été nombreuses pendant la tempête. Mais sur le navire de commandement, ils avaient à peine de quoi nourrir tout le monde. L'eau avait croupi et une mauvaise peste torturait les ventres.

— D'après eux, traduisit Quintin, il est possible que l'on transfère une partie de l'équipage de la *Grande-Roberge* à notre bord.

Colombe fit grise mine. Cela risquait de rendre Just et son agresseur moins indispensables et d'inciter à les laisser méditer en cale.

Tout cela était bien compliqué. En attendant, il faisait nuit, Just n'était pas là et elle allait devoir se coucher seule. Deux anabaptistes avaient déjà commencé à préparer leur couche.

— Où dors-tu, matelot ? lui demanda Quintin.

Colombe haussa les épaules.

— Je ne sais pas. Sur le tillac, dans un coin.

— Reste avec nous. Veux-tu partager mon hamac ?

L'offre n'était pas inhabituelle. Pour charger davantage le navire en denrées périssables, on avait limité les effets personnels. Les hamacs étaient rares et beaucoup y dormaient à deux ou trois.

Colombe mit un instant à penser qu'elle était un garçon et que cette offre devait être accueillie avec naturel. À vrai dire, l'idée de se serrer contre l'austère Quintin, avec son air désolé et sa face blême, ne devait pas plus la réjouir que l'inquiéter. Au moins, elle ne sentirait pas si cruellement le manque de Just à ses côtés.

L'hygiène du bord était l'affaire de chacun. Certains groupes se lavaient bruyamment en hissant des seaux d'eau de mer. D'autres procédaient à des ablutions discrètes. D'autres encore, en particulier les matelots, s'en remettaient à l'humidité de l'air pour dissoudre leurs humeurs. Ledit Colin, comme chaque soir, à la nuit tombée, se retira près du gaillard d'arrière et se débarbouilla dans une barrique aussi furtivement qu'une souris.

Colombe trouva à son retour Quintin déjà couché, dans la même position hiératique que l'après-midi. Elle eut une hésitation puis grimpa à son tour dans le sac de toile, secouant en tous sens le gisant.

— Tu ne pries pas Colin ? demanda-t-il.

— Eh bien, si… mais en silence.

— Dieu nous aime, Colin.

— Je… je le sais.

Deux anabaptistes ronflaient et Colombe regrettait déjà de ne pas être restée sur le plancher. Elle tourna le dos à Quintin et se recroquevilla, heureuse quand même de sentir une chaleur près d'elle. En fermant les yeux, elle vit Just et lui sourit.

— Il bénit chacun de nos désirs. Tel est le secret, prononçait gravement la voix de Quintin.

Mais Colombe ne l'entendait déjà plus car elle dormait.

CHAPITRE 9

Tous ceux qui, sur l'avant, incrédules que la terre fût une boule, guettaient le gouffre et les monstres qui l'annonçaient reprirent espoir. Le bleu tropical s'assombrit. Des familles de nuages échevelés, grands et petits mêlés, traversaient l'horizon en courant. Le matin, de lourdes brumes couvraient la mer qui sentait le poisson mort. Plus tard, dans l'après-midi, les vents se mirent à tourner si vite qu'il fallut naviguer au trinquet. Maître Imbert prit la barre lui-même, ce qui n'était jamais bon signe. Il ordonna de charger quatre pièces ; si la brume s'épaississait, il faudrait pouvoir appeler les autres bateaux au canon.

Mais c'est la pluie, finalement, qui vint. Elle tomba d'un nuage si noir qu'il glaçait l'air. Il rendait obscur ce qui était proche tandis qu'un cercle de lumière continuait d'illuminer de vert pâle tout l'orbe des lointains.

Colombe alla goûter la pluie, debout près du grand mât, les bras écartés, frissonnante et ravie. Les gouttes étaient visqueuses et froides mais c'était quand même de l'eau douce : Colombe eut l'instinct d'ouvrir la bouche et d'avaler de grands paquets d'air mouillé.

— Ne bois pas cela, lui dit en passant un des matelots que lui avait présentés Quintin, ce sont des miasmes.

La pluie tomba toute la journée et continua le soir.

Colombe fut requise pour dormir sur le pont car maître Imbert voulait qu'on restât en alerte, prêt à la manœuvre et il avait doublé les quarts. Elle claqua des dents toute la nuit sous une bâche. Au matin, les intempéries avaient cessé ; le soleil tiédissait les vêtements mais, comme l'avait prédit le marin, les chairs macérées commençaient à montrer des purulences.

L'apothicaire dut préparer une gamelle d'onguent que l'équipage, à la queue leu leu, vint faire étaler sur ses bourbillons.

De mauvaises nouvelles venaient du vaisseau amiral. Voguant bord à bord, les capitaines échangèrent force cris et signes convenus puis mirent en panne. Quand Colombe vit descendre une chaloupe à la mer, sur le flanc de la *Grande-Roberge*, elle se dit que les anabaptistes étaient décidément bien renseignés. Pourtant, elle les voyait déambuler sans ordre toute la journée, souriant à leurs apparitions et ignorant le monde tout autour d'eux.

— Voyons qui ils nous envoient, lui susurra Quintin, qu'elle n'avait pas entendu venir.

Dix soldats, armés de pied en cap et dont on observait la grande croix blanche sur le ventre, descendirent l'un après l'autre de la *Grande-Roberge* par une échelle de corde et s'assirent prudemment dans la barque. Suivirent un homme d'Église en soutane, puis trois individus vêtus en bourgeois.

— Ma parole, il faut que la situation soit grave, s'écria Quintin, c'est l'élite qui se réfugie chez nous.

Les rameurs firent un effort tous ensemble pour donner de l'élan à leur barque et la décoller de la caravelle. Ensuite ils n'eurent guère de mal à fendre le clapot court jusqu'à s'accoter à la *Rosée.* Tout l'équipage attendait respectueusement l'arrivée des nouveaux venus. C'est le prêtre qui franchit le premier la coupée.

Maître Imbert le salua avec empressement et l'entraîna à l'arrière dans son carré.

— L'abbé Thevet, commenta Quintin, religieux de l'ordre des cordeliers et cosmographe du roi.

Colombe ne sut pas dire d'après son ton s'il y avait de l'admiration ou du mépris dans l'énoncé de ces titres.

Le savant avait à peine disparu que se bousculaient déjà les gentilshommes et les chevaliers. L'un d'eux, victime d'une vague traîtresse au moment où il avait saisi l'échelle, arriva trempé. Il refusa avec hauteur les égards sur sa personne et exigea seulement un panneau sec pour essuyer son épée. Colombe reconnut dom Gonzagues.

Après les longues journées de traversée, le navire était soudain dérangé par l'abordage de ces intrus. L'équipage et les passagers s'étaient écartés d'instinct, le dos au platbord opposé, comme s'ils eussent reculé devant une menaçante apparition.

Cependant la chaloupe retournait vers la *Grande-Roberge*. Silencieusement, tout le monde observa l'opération suivante.

— Villegagnon, sans doute ! prédit Quintin à voix basse.

Mais si l'on voyait s'agiter l'équipage sur le pont du navire amiral, personne ne se décidait à emprunter l'échelle. Soudain, une forme carrée, sombre et massive, fut péniblement haussée par-dessus la muraille du navire. De bruyants ahanements raclaient l'air immobile. La masse noire maintenue par des cordes, oscilla, puis commença à descendre.

Toute la *Rosée* se rapprocha pour voir et le bateau pencha vers bâbord sous le mouvement brusque de cette charge.

La forme noire avait atteint la barque et quand elle s'y posa, elle l'agita dans tous les sens, en faisant naître force cris. Les rameurs reprirent prudemment leur place. Enfin, la chaloupe se détacha lentement et mit le cap sur la *Rosée*.

Alors, un long instant, Colombe incrédule et tous ceux qui restaient silencieux autour d'elle, virent osciller sur la houle, en ce quelque part de l'Atlantique, son milieu peut-être, à moins que l'on ne fût déjà au voisinage des Cyclopes qui gardent l'extrémité du monde, un grand buffet de bois sombre. La chaloupe, avec ce cabochon noir sur le dos et ses six rames, ressemblait à un gros hanneton rampant sur le sol beige de la mer à cette heure du crépuscule.

Le meuble accoté à la *Rosée*, il fallut encore un long moment pour le hisser à bord. Enfin, il trôna au beau milieu du tillac. C'était un cabinet à secrets avec tiroirs, abattants et pieds tournés. Les autres bois, des pauvres planches du pont blanchies de sel jusqu'aux poutres grossières des mâts dégouttantes de vernis, s'humilièrent devant l'élégance racée de cet ébène marqueté.

Tous approchèrent prudemment du meuble qui se dressait seul sur ses pattes au milieu du bateau. Des incrustations d'ivoire sur le devant figuraient une double corne d'abondance, surmontée d'une couronne. Le travail était si fin que, pour la plupart, aucun des hommes du bateau n'en avait jamais vu de semblable. Mais, à Colombe, il fit venir incontinent un souvenir d'Italie. C'était l'automne, elle avait sept ans peut-être. Une dame lui parlait, accoudée à un meuble tout semblable. Mais où ? Elle cherchait mais ne trouvait pas.

Cependant, trop attirés par le gros insecte qui venait de se poser sur leur navire, les occupants de la *Rosée* n'avaient pas pris garde à la chaloupe qui était retournée à la *Grande-Roberge* et en revenait.

Aussi tout le monde sursauta en entendant une énorme voix s'écrier :

— Corps-saint-jacques ! Il est bien là.

Ses deux grosses mains sur le plat-bord, Villegagnon souriait de toutes ses dents en regardant le cabinet d'ébène.

*

Dominant d'une tête tous les autres, le cheveu court, poivre et sel, aussi cabré que le reste de sa personne, le chevalier Nicolas Durand de Villegagnon arpentait son nouveau domaine. Il ne lui fallut que quelques enjambées pour sauter du château de proue au gaillard d'avant en tenant maître Imbert par l'épaule.

— Déjà la *Grande-Roberge* me semblait petite… Bah ! Ce sera comme là-bas : nous finirons bien par nous y faire.

À vrai dire, ses compagnons s'y étaient aisément habitués. Ce nous était un moi généreux, prompt à en abriter d'autres.

— C'est une hécatombe, là-bas ! reprit l'amiral d'une voix qu'il voulait basse mais qui retentissait néanmoins d'un bord à l'autre.

Il regardait la *Grande-Roberge* qui remontait sa chaloupe.

— Sur dix hommes, huit sont touchés. Nous avons eu déjà deux morts. Dont mon barbier, ajouta-t-il en passant avec mélancolie une main sur son menton couvert de poils noirs. Espérons que nous n'apporterons pas cette peste avec nous ici.

Après ce bref accès d'inquiétude, il revint à lui et, se retournant vers l'équipage et les passagers toujours immobiles, il jugea qu'ils attendaient de lui une harangue. C'est un bienfait dont il n'était point avare. Il alla se planter près du cabinet sur lequel il posa dignement une main et déclara :

— Mes amis ! Notre voyage se déroule au mieux. La nouvelle France est proche, je vous le dis. Nous n'allons pas tarder à la voir. En attendant, vous allez avoir l'honneur de servir le vaisseau amiral. Ce n'est pas parce que je m'y trouve qu'il devient amiral. En vérité, c'est lui qui vous confère ce privilège.

Il désigna le cabinet et frappa du plat de la main sur son flanc. Le meuble accusa le coup en laissant bruyamment tomber son abattant, comme un lutteur saisi au ventre, qui ouvre la bouche. Derrière la planche de bois apparurent douze tiroirs incrustés d'écaille de tortue et de filets de bronze.

— Vous tous, reprit Villegagnon en exhalant un souffle si puissant qu'appliqué à une voile il aurait été capable de la remplir, voyez cet ouvrage de bois : il renferme l'Esprit-Saint de notre expédition. C'est en lui que sont serrées les lettres du roi Henri II par lesquelles nous sommes fondés à prendre autorité sur ces nouvelles terres américaines. Notre notaire, M. Amberi — où est-il ? —, consignera chaque arpent conquis sur un document qui prendra place dans les tiroirs que voici. Quand ce cabinet retournera en France, il apportera à Sa Majesté les titres de ce nouveau royaume du Brésil que nous allons tous ensemble lui offrir.

Une acclamation générale salua ces paroles.

Tel était l'effet des discours de Villegagnon. Si les passagers de la *Grande-Roberge* en étaient repus, au point d'en avoir perdu la continence de leurs tripes, sur la *Rosée* ils étaient encore neufs et soulevaient l'enthousiasme. Les marins bombaient le torse et les passagers retrouvaient enfin le but premier de leur embarquement, qu'ils avaient oublié peu à peu. Même les anabaptistes, qui haïssaient les royaumes et n'avaient de cesse que de les abattre, semblaient heureux à l'idée d'en avoir un nouveau à se mettre sous la dent.

— Hardi, maître Imbert ! s'écria l'amiral pour que sa péroraison se conclue en apothéose. Lâchez les grands-voiles et donnez à tout le convoi le signal du départ, puisque vous en êtes désormais le chef.

Les matelots, tout irrités de pustules qu'ils fussent encore, mal nourris et affaiblis, se découvrirent brutalement des ailes pour grimper dans la mâture.

En quelques mots, Villegagnon, ce géant, tout semblable au meuble d'ébène, avec sa barbe et ses yeux noirs sertis d'un nez long comme une quille d'ivoire, avait redonné vie d'un coup à ce vaisseau plongé dans la torpeur, grignoté de jalousies et de basses intrigues. Quand il partit s'enfermer dans le château arrière, Colombe avait les larmes aux yeux.

Quintin, qu'elle retrouva dans l'entrepont un bol à la main, ne partageait pas son excitation.

— Tout de même, disait-il en hochant la tête d'un air désapprobateur, c'est un homme de guerre.

Leur souper avalé, ils firent le tour des groupes qu'ils connaissaient. Tout le monde commentait l'arrivée du chevalier. Mais, en outre, les matelots avaient des nouvelles pour Colombe.

— Jacques a vu ton frère, lui glissa l'un d'eux.

Ledit Jacques n'était pas encore là. Il arriva un peu plus tard, pestant contre la troupe de Villegagnon.

— Cela commence mal ! grommela-t-il. Ces messieurs sont à peine ici qu'il faut obéir à leurs quatre volontés. Le cordelier fait le singe avec ses instruments pour mesurer la hauteur des étoiles ou je ne sais quoi du même genre. Et j'ai dû lui porter sa lanterne pendant deux heures.

— Tu as rencontré Just ? l'interrompit Colombe.

— Oui, fit Jacques en crachant par terre. Cette semaine, je suis de corvée pour lui apporter sa soupe.

— Comment est-il ?

— Aussi bien qu'on peut l'être avec les pieds dans des anneaux.

— Ah ! le pauvre, il souffre, il est malade.

— Tu veux dire qu'il fait du lard ! Pas d'exercice, pas de fatigue ; il ne tient pas la lanterne aux cordeliers, lui.

— Celui qui l'a frappé est-il avec lui ?

— Ma foi, ils sont côte à côte et ils ont l'air de s'entendre comme deux frères.

C'était une bonne nouvelle mais Colombe ressentit une pointe de désagrément à l'évocation de cette proximité.

— T'a-t-il rien dit pour moi ? demanda-t-elle.

— Rien.

Elle fut un instant traversée par l'idée qu'elle était peut-être plus à plaindre que lui.

— Iras-tu encore demain ?

— Matin et soir.

— Pourrais-je t'accompagner ?

— Non, maître Imbert m'a fait jurer qu'ils resteraient au secret. Et avec tous ces nouveaux soldats qui rôdent…

Colombe obtint seulement la promesse qu'il ferait tenir à Just un message disant qu'elle allait bien et qu'elle l'embrassait. La suite de la soirée se passa pour elle à élaborer des plans pour faire libérer son frère. Elle parvint à la conclusion que le meilleur moyen était d'en appeler à l'arbitrage de Villegagnon lui-même. Le peu qu'elle avait entrevu de lui l'avait convaincue de son équité. Il fallait seulement observer ses habitudes et découvrir le moyen de s'adresser directement à lui, sans être arrêtée par un de ses sbires ou par maître Imbert.

Ce soir-là, pour que tout le navire pût fêter avec allégresse son arrivée, l'amiral avait fait extraire de la cambuse trois dames-jeannes qui circulèrent dans les ponts. La chaleur avait madérisé le vin. Colombe, qui aimait ce goût sucré, ne se fit pas prier pour en reprendre quand les matelots lui tendirent la grosse bonbonne gainée d'osier et Quintin l'aida à la soulever.

Ce breuvage, après la mauvaise nuit sur le pont, la fit plonger dans un sommeil lourd chargé de rêves dès qu'elle fut installée dans le hamac de Quintin. Si bien qu'au matin, elle gardait des souvenirs confus de la nuit et se demanda quelle était la part de songes et de vérité dans ce qu'elle croyait avoir vécu. Elle était tentée de douter. Pourtant, le fait qu'elle se fût réveillée par terre et non dans le hamac semblait affirmer l'authenticité de ses souvenirs.

Tout s'était passé dans la lueur bleutée de la mer tiède qui reflétait la pleine lune. Les sabords restaient désormais grands ouverts pour soulager un peu la moiteur de l'entrepont et dissiper les odeurs de plus en plus rances que dégageait la cargaison.

Colombe, en voulant changer de position, avait été contrariée par un obstacle ; elle eut l'impression d'étouffer et ouvrit les yeux. Quintin était collé à elle, son visage triste contre le sien, et il la regardait en souriant. Il avait ôté sa chemise et ses deux bras nus passaient au-dessous de la casaque de Colombe. Elle sentait les longues mains de l'homme qui lui caressaient le dos. L'heure était si tardive et les nuées de sommeil si épaisses qu'elle n'eut pas l'instinct de sursauter.

— Que faites-vous ? murmura-t-elle.

— Je te tiens contre moi, répondit Quintin d'une voix troublée.

— Et pourquoi ?

— Parce que j'en ai le désir.

Elle se sentait confusément en devoir de résister mais les gestes de Quintin étaient très doux et il faut beaucoup de force pour appliquer soi-même la violence en premier.

— Allons, gémit-elle, c'est mal.

Quintin continuait de promener ses mains sur tout son corps que la chaleur du tropique défendait peu.

— Ce ne peut être mal, dit-il, puisque c'est l'amour qui me guide. Dieu a mis dans la créature ce sens infaillible du Bien. Rien de ce que nos désirs nous portent à faire n'est mauvais, si l'amour en est le guide.

Ce prêche, trop long, alerta Colombe plus que les caresses : elle reconnut la lugubre péroraison de Quintin et ses interminables gloses sur la Bible. Elle y puisa l'énergie de repousser ses mains.

— Ce sont vos désirs, peut-être, mais non les miens.

Quintin ne chercha pas à appliquer la force. Il n'en avait d'ailleurs aucune et Colombe qui maniait des cordes de caret toute la journée en serait venue aisément à bout. Mais il n'y eut rien de tel. Tout en bâillant, les yeux mi-clos, Colombe sortit laborieusement du hamac et alla se coucher contre un canon.

Le lendemain matin, elle vit à Quintin un visage si naturel, triste et grave comme à son ordinaire, qu'elle fut tentée d'abord de croire qu'elle avait rêvé. Mais à midi, quand elle fut pour manger son dîner en appuyant le bol sur le plat-bord — seul moyen de laisser au vent le soin d'ôter à sa pitance l'odeur de pourriture qui l'infectait —, Colombe sentit Quintin la frôler en s'installant à son côté. Il regarda de droite et de gauche que nul ne fût près d'eux et pût les entendre. Il lui dit de la voix inquiète et désespérée qu'il avait eue lors de leur première rencontre :

— Quel malheur ! Qui a pu te forcer, ma pauvre, à t'embarquer, seule de ton espèce, contrainte de celer ta nature de fille ?

Colombe reçut d'abord avec colère cette confirmation des souvenirs qu'elle avait mis en doute.

— Et qui vous a donné licence de la découvrir ?

Elle pointa avec une rage visible ses yeux dans ceux de Quintin qui se détournèrent. Elle craignait un combat, quelque odieux chantage peut-être. Mais tout aussitôt, elle changea d'avis en voyant le malheureux ployer si aisément. À l'évidence, il n'était pas de ces brutes qui agissent sous l'empire d'une sensualité qu'ils imposent aussi violemment qu'ils la subissent. Chez Quintin, tout procédait de la tête : il se conformait, avec méthode et presque regret, à cet évangile d'amour qu'il avait cru lire dans les Écritures ; il jetait, pour nourrir le feu de cette démonstration, le peu d'appétits que la nature avait mis dans son être parcimonieux.

— Pour quel crime aviez-vous été condamné, Quintin ? demanda Colombe avec douceur.

— J'étais tailleur de loupes à Rouen, commença-t-il lugubrement. Nul n'était plus respecté que moi, du moins tant que je n'ai pas tenté d'instruire les autres dans la vérité. Et elle ne m'a été révélée que depuis trois ans.

— Par qui ?

— Un voyageur qui venait d'Allemagne où il avait beaucoup souffert, soupira-t-il. Je l'ai caché chez moi jusqu'à ce qu'il s'embarque pour le Saint-Laurent.

Colombe regardait devant elle, dans le sillage de houle que laissait traîner nonchalamment la *Grande-Roberge*, comme une reine déchue.

— C'est alors que j'ai vu clair d'un coup et que j'ai troqué mes pauvres verres contre la grande loupe universelle à travers laquelle tout est si net et si beau.

Ce disant, il tapa sur sa petite bible avec tendresse.

— Il faut croire que mes prêches ont su rendre mon enthousiasme. Car je suis devenu aussitôt familier de plusieurs dames de Rouen qui m'ont recommandé à d'autres de leurs amies. Tant est que je passais mes nuits et mes jours à faire retentir dans ces cœurs l'écho de l'amour infini que Dieu nous a témoigné.

— Comme vous avez voulu le faire retentir cette nuit dans le mien ?

— Oui.

Colombe se tourna de nouveau vers Quintin, jugeant impossible qu'il fît un tel aveu sans sourire. Mais rien n'entamait sa gravité.

— On vous a dénoncé ?

— Non ! se récria-t-il. Je l'ai été par mes œuvres. Car la sainteté de nos désirs ayant été comprise si bien par ces dames, elles s'en sont faites elles-mêmes les prosélytes. Ce fut au point que je pus croire un instant que toute la ville n'allait plus être que caresses et louanges.

Colombe pensa, sans cesser de regarder Quintin, qu'il était simplement fou.

— Dans ce cas, il y a toujours de mauvais larrons qui s'alarment ; ceux qui vivent du malheur et tiennent à le perpétuer : ce clergé d'imposteurs qui réserve son faux amour à Dieu, ces magistrats bornés, cette ignoble police…

Laissant le petit homme se lamenter, Colombe s'étonna de ne pas sentir d'inquiétude. Quintin était à plaindre, non à redouter. Qu'il partageât désormais le secret de son travestissement était même de nature à la soulager. Avec Just, elle jouait son rôle sans effort car ils étaient depuis toujours partenaires de comédie. S'il lui arrivait de relâcher son attention, il lui rappelait la nécessité d'être Colin pour tous les autres. Seule, elle se sentait souvent sur le point de se trahir.

— Jurez-moi, Quintin, que vous me regarderez désormais comme convertie.

— Vraiment ? dit-il en lui saisissant les mains.

— Je veux dire suffisamment, et elle ôta ses mains en souriant, pour ne jamais plus opérer sur moi votre prêche.

— Oh ! je te le jure et je ferai tout ce que je pourrai pour que nul ne découvre ce que tu es.

Elle ne savait si le bonheur qu'il lui témoignait était dû à la nouvelle de l'avoir convertie ou au soulagement de ne pas l'avoir contrariée.

En tout cas, cette amitié ne lui serait pas de trop pour mener à bien le périlleux projet qu'elle avait formé.

CHAPITRE 10

Le cachot n'était équipé que pour trois prisonniers. Just et son adversaire Martin y trouvèrent en arrivant un vieux rémouleur qui avait tenté de s'échapper en Angleterre. L'homme occupait seul la conversation car les jeunes combattants, attachés vis-à-vis par des bracelets de fer et reliés par une chaîne à la cloison, ruminaient leur ressentiment en silence.

Le vieil homme racontait interminablement pourquoi il était parti. Une dispute avec son cousin qui était en même temps son associé l'avait conduit, sur un coup de tête en somme, à s'embarquer pour ce voyage. Il leur parla aussi de sa femme, qu'il voyait vieillir. Lui qui se sentait vert et aimait la chair s'était pris à rêver de sauvagesses accueillantes. Mais aussitôt qu'il avait livré cette confidence, il se traitait lui-même de rêveur et de sot, regrettait son ancienne boutique, les bières bues le soir à l'auberge avec son cousin et surtout la compagnie de sa femme et de ses deux filles dont il n'évoquait pas les noms sans fondre en larmes.

Au bout de deux jours, les nouveaux prisonniers auraient donné n'importe quoi pour que cessât cette ritournelle où paraissaient tour à tour la lubricité, le remords et la bêtise. Avec cela, le rémouleur ronflait comme un pourceau.

Combien qu'ils regrettassent cette présence indiscrète,

elle eut le mérite de les détourner de leur propre querelle et même de les unir contre un tiers. Quand arrivèrent les pluies infectes, maître Imbert s'avisa que les armes du bord, sabres d'abordage, coutelas, haches, étaient attaquées sur leur fil : il élargit le rémouleur et le fit mettre face à un tas de ces ferrailles, une pierre à affûter à la main, afin de leur rendre leur tranchant.

Just et Martin se retrouvèrent seuls et le soulagement qu'ils en éprouvaient les disposait moins à reprendre les hostilités. Un matin, ils entendirent gratter derrière la cloison et, par un interstice entres les ais, quelqu'un glissa un saucisson. Martin le saisit et commença de le dévorer avec des mimiques d'aise.

— Un de mes petits frères travaille à la cambuse ! dit-il la bouche pleine.

Manger tout seul devant un affamé n'est pas un plaisir complet. Martin ne détestait rien comme la solitude : il lui fallait partager ses émotions quelles qu'elles fussent. Aussi n'est-ce pas sans égoïsme qu'il lança la moitié de son saucisson à son rival.

Mais Just la laissa tomber par terre et se détourna.

— Comment ? s'écria Martin, tu préfères crever de faim !

— Tu as souillé mon honneur !

— Son honneur ! s'indigna le jeune mendiant. Mais où te crois-tu donc ?

— Je suis gentilhomme, affirma dignement Just qui ne pouvait cependant s'empêcher de lorgner vers la saucisse.

— Et voilà ce qui te coupe l'appétit ! Crois-tu que les gentilshommes bouffent leur honneur ? Mon cher, regarde-toi : tu es attaché comme un veau dans un réduit puant, on t'emmène chez les sauvages et d'ici peu tes dents vont commencer à tomber une à une. Ce n'est pas en te battant contre moi que tu vas te sortir de là, ni toi ni ton frère.

Or, Just pensait au même instant à Colombe qui restait

seule sur le navire, exposée à tous les dangers. Il dut admettre que son intransigeance, légitime s'il avait été seul, mettait en péril celle qui, croyait-il, dépendait de lui.

— Je vais te faire une confidence, continua Martin en dépiautant voluptueusement l'entame de sa charcuterie. Moi, je suis fils de prince.

— Toi ! s'écria Just.

— Oui, moi, fit Martin en prenant la pose de celui qu'un copieux souper a repu.

Just haussa les épaules.

— Comment, tu ne me crois pas ? sursauta l'autre en imitant la mine vexée de son compagnon. Ah ! Mais alors, attention, tu m'insultes. Tu attentes à mon honneur. Je vais t'en demander raison.

— Eh bien, dit Just en réprimant un sourire, raconte.

— Toi d'abord, l'ami. J'aime savoir en général à qui je m'adresse. Comment se fait-il qu'un autre gentilhomme se retrouve dans cette geôle ?

Just, à contrecœur d'abord, puis devant la bienveillance de l'auditeur, plus volontiers, raconta son histoire. Avec naturel, il s'était même saisi de sa part de saucisse au cours de cet exposé et Martin souriait d'aise à le voir mordre à son tour dans la grasse salaison.

— À toi, maintenant ! conclut Just, en terminant le récit qu'il avait fait de sa vie.

— Oh, moi, fit Martin, c'est tout simple. On m'a trouvé emmailloté devant une église le jour des Rois. D'où il procède que je suis un prince.

Il dit cela avec une feinte gaieté que son gros nez cassé rendait bien drôle. Just et lui partirent d'un grand rire qui fut comme le premier sang versé de leur duel, par quoi il était suffisant qu'il se conclût.

Martin, né à Rouen, confié à un orphelinat, avait pris le large à dix ans, vivant à Honfleur avec d'autres marauds. Il s'employait sur les quais à chiper la nuit dans les entrepôts. Tant qu'il était enfant, il grimpait à bord par les amarres et fouillait les cales. Ensuite, il s'était associé avec les deux petits, qu'il appelait indûment ses frères et qui faisaient cette besogne pour son compte. Il savait tout sur les équipages, les ports, les cargaisons. Il était très au fait du Brésil car une vingtaine de bateaux français faisaient la traversée chaque année.

— Si je n'avais pas commis l'erreur de quitter Honfleur, je serais encore en train de mener cette belle vie-là, gémit-il.

Attiré par la nouvelle renommée du Havre-de-Grâce, il s'y était aventuré. Mais dans la ville neuve, les gens de son acabit étaient vite interpellés. La prévôté les avait fait conduire de force, lui et ses supposés frères, dans un orphelinat. Le malheur avait voulu que Le Thoret les y trouvât la veille même du jour où ils avaient prévu de s'évader.

Just le fit parler du Brésil ; l'autre était intarissable sur les bois de teinture, les cannibales et il évoquait avec force clins d'œil la bonne fortune qui les attendait avec les Indiennes nues et lascives que les matelots lui avaient décrites. Martin, qui avait fréquenté les ports, laissait entendre qu'il en savait long sur ces sujets et Just le voyait avec dégoût se gratter l'entrejambe tandis qu'il s'animait par ces souvenirs.

Prudemment, et puisque leur différend était réglé, Martin fit parler son compagnon de ce père qu'il prétendait retrouver.

Avec tout le tact que, malgré tout, sa grossièreté avait épargné, Martin émit des doutes raisonnables sur cette histoire. Jusqu'ici, le Brésil n'avait connu que des expéditions de marchands. Il y avait donc peu de chances pour que le père de Just y eût pris part, à moins qu'il ne se fût fait corsaire ; certains gentilshommes étaient en effet devenus des aventuriers de mer, retrouvant sur leur navire les risques et la gloire de la grande époque des vraies croisades.

Ils échafaudèrent tant d'hypothèses que le doute, à la fin, les saisit tous les deux. Martin se dit qu'en vérité tout était possible et qu'un capitaine égaré pouvait avoir cherché fortune là-bas. Tandis que Just, apprenant qu'il n'y avait en ce pays ni palais, ni courtisanes, ni chapelle Sixtine, ni vertes campagnes semées de cyprès et de vestiges romains, bref, rien de ce qui avait toujours constitué les passions de son père, doutait de plus en plus qu'il fût allé s'égarer dans cette direction.

— De toute manière, conclut Martin, il y a des bateaux marchands tous les mois qui retournent en France.

Ainsi l'arrivée au Brésil cessa de borner l'horizon de Just. La tristesse qu'il pouvait ressentir à l'idée de ne pas y rencontrer son père était allégée par l'espoir de continuer à le poursuivre ailleurs.

Les jours passèrent dans la geôle flottante, égayés de quelques autres saucissonnades. Dans la touffeur de ce réduit, les heures s'écoulaient lentement, qu'ils remplissaient de leurs récits. Martin avait mille histoires en mémoire, recueillies à la source vive des mendiants, des voleurs et des filles. Il faisait entrer Just dans un monde qu'il avait frôlé en Italie sans jamais lui appartenir, puis dont l'avaient éloigné les longues années de Clamorgan. Lui, quand venait son tour, contait les interminables aventures d'Amadis de Gaule.

Leurs cheveux pouvaient bien grouiller de poux, leurs gencives saigner, leurs ventres crier dans le vide, ils avaient l'éclatante santé des rêveurs.

*

L'arrivée de Villegagnon sur le pauvre navire de ravitaillement avait fait subir au vaisseau une complète révolution. L'esprit avait pris possession de la matière. La grâce volatile des arts, des sciences, de la pensée, défendue avec toute la vigueur du chevalier, avait repoussé aisément les lourdes barriques, le reste du troupeau, tout le puant désordre vivandier. Les salles du château arrière, jadis transformées en entrepôt dans lequel maître Imbert et son second dormaient sans façon, redevinrent un appartement clair, où le soleil, réverbéré par la mer, entrait par la large ouverture des sabords d'arcasse.

Colombe et un autre mousse furent commis à cirer les planchers. Puis on y disposa les effets que deux autres allers-retours de la chaloupe avaient apportés dans des coffres. Des tentures turques rapportées par Villegagnon de Hongrie, étalées sur les murs de flanc, cachèrent les membrures et l'appareil trop visible du bordage. Le cabinet d'ébène prit place dans cet écrin d'écarlate ensoleillé. Villegagnon lui-même suspendit à la cloison restant libre, près de la porte, un tableau italien encadré de bois noir verni qui représentait une madone et son enfant. Hormis ce sanctuaire, le chevalier ne se montra pas difficile : il tendit son hamac dans un réduit attenant et les personnages qui l'accompagnaient firent de même en désordre. Seul le cordelier insista pour dormir par terre dans une espèce de cercueil ouvert, dont il avait pris le modèle en voyageant au Levant.

Colombe eut d'abord la crainte que le groupe des nouveaux venus restât claquemuré dans le château arrière et ne se laissât pas approcher par les autres passagers. Sans doute eût-ce été le comportement naturel des plus courtisans d'entre eux, qui marquaient volontiers leur différence avec hauteur. Mais Villegagnon, avec sa force habituelle, crevait ces bubons de vanité. Sitôt levé, il arpentait le tillac, descendait à l'entrepont, visitait les pièces d'artillerie. Il avait besoin d'espace et le remplaçait par une circumgiration menée au pas de charge. Il avait besoin de travail, d'effort, d'adversité, et le toucher du bronze des couleuvrines semblait lui transmettre l'écho des grands combats qui tordent le monde : les éruptions de volcan, les conquêtes humaines, les batailles… Ensuite, il grimpait au hauban de misaine et prenait la place de la vigie pendant une heure. On l'entendait déclamer d'une voix grave des virelais et des odes latines. Puis, ayant porté son salut aux quatre points cardinaux, vers le zénith aussi bien que dans les profondeurs d'un nadir obscur et métallique, il prenait sa place parmi les hommes. La pièce où trônait le cabinet d'ébène était seulement réservée aux conversations secrètes, ainsi qu'à l'ordinaire des jours de mauvais temps. Mais ils étaient de plus en plus rares. Une brise régulière, tiède et moite, poussait les bateaux qui la recueillaient à pleine toile. Les mâts chargés de toutes leurs voiles répandaient sur le pont une ombre fraîche comme celle des peupliers au printemps. Villegagnon avait fait démonter une des portes de ses appartements et on l'avait étendue dehors sur des barriques pour faire une table. Il se tenait là sur une escabelle et sa journée se déroulait à la manière d'un roi, sous le regard de tous. On le voyait se vêtir, se laver. Certains jours, il plongeait tout son corps pelu dans une barrique d'eau de mer et se frottait à la cendre. On le voyait manger et la dignité qu'il mettait à la manducation devait plus, sans doute, aux vertus purificatrices du bénédicité qu'à l'odeur de plus en plus surie des aliments du bord. On le voyait lire, bien droit, immobile, de grands ouvrages apportés de la *Grande-Roberge*. On le voyait même écrire et, dans l'impossibilité de faire tenir à quiconque une correspondance, il était clair que les distiques qu'il déclamait à haute voix s'adressaient aux mystérieux inconnus, hommes, dieux ou femmes, qui peuplaient son empyrée.

Colombe épiait tout cela, et quand ses corvées la distrayaient de cette observation, Quintin prenait le relais pour elle.

Hors ces activités solitaires effectuées en public, Villegagnon s'informait des affaires du bord, en général avec maître Imbert mais parfois aussi, au gré de ses fantaisies, avec tel ou tel passager ou marin qu'il interpellait. Quoique Colombe eût tenté d'user sur l'amiral des mystérieuses vertus de son regard, elle ne put jamais accrocher le sien. Elle se demanda d'ailleurs s'il n'était pas affecté d'un défaut de vue car il lisait de fort près et ne reconnaissait pas toujours ses interlocuteurs.

Dans la régularité des journées de Villegagnon, il apparut vite que le temps essentiel était le début de l'après-midi. La chaleur à son acmé, le soleil roulé en boule tout en haut du mât dans les voiles de perroquet, Villegagnon, amiral de grand air, de pleine lumière et de canicule, disposait de toute sa force pour débattre avec son état-major des questions essentielles.

La grande affaire pour l'heure était de savoir où l'on était. Depuis qu'ils avaient croisé, le 10 octobre, les îles Saint Thomas, près de la terre de Manicongo devant l'Afrique, ils n'avaient vu que la haute mer tout autour d'eux. Leur latitude diminuait. Bien qu'ils fussent toujours dans la demi-sphère du sud, ils approchaient de nouveau de la ligne équinoxiale, qu'ils avaient doublée une première fois en longeant la côte africaine. Mais, sans chronomètre, il était impossible de connaître sa longitude. On en était réduit à de savants calculs qui faisaient le produit pondéré des jours écoulés et de la vitesse estimée du bateau.

L'homme qui avait autorité en cette matière était l'abbé Thevet. Au naturel, il était simple et peu impressionnant ; sa taille moins que moyenne, sa complexion malingre, ses yeux sans flamme, tout cela joint à quelque invisible obstruction du nez qui le contraignait à garder sans cesse la bouche bée, ne disposait guère à le remarquer. Rien n'était plus intolérable pour lui que cette obscurité à quoi sa conformation semblait le destiner. Le moyen qu'il avait trouvé d'en sortir était de devenir savant. Il pouvait ainsi en remontrer à ses semblables, et jusqu'aux plus grands, quant aux mystères d'une nature qui l'avait pourtant si peu favorisé. Cosmographe du roi, célèbre pour avoir publié la relation de ses voyages en Orient, Thevet avait acquis la réputation de tout savoir. Elle lui valait beaucoup d'admirateurs et encore plus d'ennemis. Mais il jouissait autant des attaques que des louanges. L'essentiel pour lui était qu'on ne pût l'ignorer.

— Monsieur l'abbé, lui demandait Villegagnon chaque jour à cette heure grave où, le point étant fait, il fallait débattre de la proximité des terres, montrez-moi donc où nous naviguons aujourd'hui.

Le cordelier clopinait jusqu'à la table, posait son arbalestrille, saisissait une plume et s'abîmait dans un calcul douloureux. L'assistance gardait un pieux silence pendant la consommation de ce sacrement. Enfin, Thevet se redressait, tendait la main vers le globe terraqué qui reposait sur la table dans son berceau de méridiens et montrait du bout de son index à l'ongle ras un point quelque part sur le rivage des Indes occidentales.

— La terre ! s'exclama ce jour-là Villegagnon.

Sa force contenue, sa voix presque douce montraient combien l'amiral aimait s'annuler devant les infinis. Ceux qu'il rencontrait en poésie, sous la plume d'Hésiode ou de Du Bellay, lui arrachaient des larmes. Quant au génie d'un savant, il lui livrait par avance sa poitrine découverte, afin d'en être percé d'admiration.

— Oui, confirma le géographe avec cette autoritaire modestie qui le faisait entendre des grands et haïr des gens ordinaires, d'après mes calculs, nous devrions déjà être en terre ferme.

— Et pourtant nous sommes sur l'eau, intervint dom Gonzagues qui assistait à l'entretien.

— Croyez-vous que je l'ignore ? rétorqua le cordelier, aussi dur avec le subordonné qu'il était simple avec le maître.

— Laisse monsieur l'abbé développer sa pensée, trancha Villegagnon.

— Eh bien, amiral, c'est tout simple, reprit Thevet avec onction. Puisque nous devrions être à terre, c'est que nous y sommes ou presque. Nos méthodes nous placent au regard de ces phénomènes dans la posture même de Dieu et quand mon doigt frôle ce globe, il embrasse de sa pulpe l'étendue d'une île comme la Sardaigne. À cette erreur près, nous sommes à terre.

Il fallait toute l'habileté de Thevet pour travestir une erreur humaine en myopie divine.

— Entendez-vous, maître Imbert. Êtes-vous prêt pour l'accostage ?

Le marin, devant Thevet, ressentait la double morsure du mépris et de la crainte : il savait qu'il lui en coûterait de contredire le savant. Pourtant son expérience l'entraînait à se moquer de ses prédictions dérisoires. Depuis longtemps qu'il naviguait, maître Imbert savait d'instinct reconnaître les paysages de la mer. Il s'était rarement égaré et, dans cette immensité atlantique, il distinguait le goût particulier de chacun des terroirs d'océan. Mais quant à l'expliquer, il ne le pouvait. La hauteur des oiseaux, les qualités de la lumière à l'aube et au crépuscule, certaines couleurs de l'eau, dans le registre infini du bleu sombre et des noirs, par où se révélait le relief des fonds, rien de tout cela ne valait les singeries de Thevet.

— Nous avons peut-être encore un peu de temps, hasarda maître Imbert.

— Du temps pour quoi ? Pour nous précipiter sur des

rochers que nous n'aurons pas vus ? Tenez le cap à l'ouest et ne doutez pas.

Cette réplique de Thevet était administrée pour solde de tout compte. Il était inutile de lutter.

— Eh bien, je vais doubler les quarts et faire dormir mes hommes sur le pont, capitula le marin tout en se promettant de maintenir le cap au sud, comme le lui recommandait son instinct. Mais je vous préviens : si nous devons manier la toile rapidement, il me faudra du monde pour grimper dans les vergues.

— Votre équipage ne suffit pas ? demanda Villegagnon.

— Nous avons perdu beaucoup de monde en Angleterre, vous le savez. La plupart des passagers ne sont bons à rien en mer : trop âgés, trop peureux, pris de vertige d'abord qu'ils mettent le pied sur un hauban.

Villegagnon prit intérêt à ces plaintes. Il flairait la décision nécessaire et le besoin qu'on allait avoir de son autorité.

Quintin pour sa part, qui avait suivi la conversation comme chaque jour, accoudé en badaud au bastingage, courut chercher Colombe.

— C'est le moment, lui dit-il en la tirant par la manche.

Quand ils rejoignirent la table, maître Imbert tendait un document à Villegagnon qui l'étudiait en y collant son long nez.

— Sur ce rôle vous aviez dix-sept hommes.

— Moins les fuyards : restent treize. Moins ceux que la nourriture a rendus malades : huit. Ôtez l'homme de barre, la vigie et moi, cela fait cinq pour manœuvrer sur le pont et dans les trois mâts. Comptez qu'il faut trois hommes pour carguer une grand-voile…

— Que devons-nous faire ? s'écria Villegagnon. S'il le faut, je monterai là-haut pour vous donner la main.

Pris d'un scrupule et pour qu'on ne pût pas lui reprocher

d'avoir attenté volontairement à la dignité de l'amiral, maître Imbert livra une dernière précision.

— Pour être tout à fait exact, je dois vous dire que j'ai encore deux mousses aux fers.

Quintin serra le bras de Colombe.

— Aux fers ! Et pour quelle raison ?

— Ils se sont battus dans les mâts, au péril de se jeter l'un l'autre par-dessus bord. Faute de démêler qui a commencé, je les ai fait mettre au cachot tous les deux.

— Bien, approuva gravement Villegagnon. Mais vous pouvez peut-être les en sortir. N'y a-t-il pas un autre châtiment, plus bref, à leur appliquer ?

— À vrai dire, je comptais les faire fouetter avant que vous n'arriviez.

— Excellent. Combien de coups ?

— J'aurais dit… vingt chacun, fit maître Imbert qui pensait dix mais ne voulait pas paraître trop mol devant Villegagnon.

— Parfait, voilà qui les rappellera à leurs devoirs. Et après une bonne nuit, vous les enverrez sécher leurs croûtes au grand air.

Cette gaillarde cruauté surprit Colombe qui faisait fond sur l'humanité de Villegagnon. Pour autant, il n'était plus temps de reculer. Prenant de court les graves assistants de ce colloque, elle fendit l'espace jusqu'à l'amiral et tomba à ses pieds. Gardant à l'esprit qu'elle ne devait pas cesser de fixer les yeux sur lui, elle s'écria :

— Monseigneur, épargnez au moins l'un de ces malheureux qui est innocent !

Le chevalier adressait volontiers la parole aux plus humbles mais il fallait qu'il y ait d'abord consenti. Rien ne lui déplaisait comme cette rupture d'étiquette qui le soumettait à l'apostrophe d'un importun. Il détourna vivement la tête, l'air furieux, et gronda :

— Qui est-ce ?

— Un mousse, dit maître Imbert.

Cependant, deux soldats s'étaient saisis de Colombe et l'éloignaient.

— Mon frère n'a fait que défendre sa vie ! Justice, monseigneur, justice !

Elle hurlait pour l'honneur de ne pas renoncer et peut-être pour rejoindre Just dans le châtiment, car il était clair que la partie était perdue. L'amiral contenait à grand-peine une terrible colère.

— Vingt coups ne suffiront pas, trancha-t-il, passez à quarante, maître Imbert. De tels coquins ne se corrigent pas à moins.

Colombe continuait à crier. Un des soldats voulait la bâillonner de sa main. Elle était moins furieuse de son échec que de s'être trompée sur Villegagnon. Il n'était finalement qu'un homme de caste. La compassion, s'il en éprouvait jamais, passait pour lui après les nécessités de l'ordre. C'est sous l'emprise de ces pensées confuses que Colombe, sans réfléchir plus outre, lâcha ces mots :

— Prenez garde, monseigneur ! Vous allez faire fouetter un gentilhomme.

Le soldat redoubla de violence pour la faire taire et elle, en se débattant, parvint seulement à hurler :

— Un Clamorgan !

Toute à sa résistance, elle ne sentit pas d'abord que quelque chose changeait. Villegagnon, roide, s'était tourné vers elle et avait ordonné d'un geste de la relâcher.

— Qu'as-tu dit ? demanda-t-il en la dévisageant.

Il était planté à deux pas de Colombe tandis qu'elle, toute meurtrie par la poigne des soldats, se frottait douloureusement les bras.

— Quel nom as-tu prononcé ? répéta Villegagnon d'une voix si forte qu'on l'entendit jusque dans la cale.

Alors, comme un combattant désarmé qui découvre une épée tombée à sa portée, elle durcit son regard et le leva vers Villegagnon.

Les cils blonds de Colombe, brillant sous cette lumière d'équateur, faisaient de ses yeux comme deux soleils entrouverts, traversés d'un feu de colère plus ardent encore.

En même temps, elle sourit et répéta avec un parfait naturel :

— J'ai dit que vous alliez faire fouetter un gentilhomme.

— Tu as donné un nom ? insista l'amiral mais sans plus de dureté.

— Clamorgan, répéta Colombe un peu à contrecœur.

Elle avait usé sans y penser de ce sésame dans la dernière extrémité. L'avertissement de la conseillère lui revenait maintenant à l'esprit et elle craignait, pour conjurer le mal, d'avoir convoqué le pire.

Elle renforça d'autant la prise de son regard. Villegagnon approcha son visage de myope pour mieux envisager le petit personnage qui l'apostrophait. Il reconnut, sous la crasse du voyage, cette beauté juvénile, androgyne et pure, que célébraient les Anciens. Or, pourvu qu'il fût retenu à la considérer, Villegagnon était incapable de mépriser la beauté, car elle représentait pour lui bien plus qu'une apparence.

— Clamorgan, répéta-t-il songeur. Et où as-tu trouvé ce nom ?

— Je ne l'ai pas trouvé, monseigneur. C'est le mien. Mon père me l'a donné ainsi qu'à mon frère Just que vous vouliez faire fouetter.

Désormais que le lien était créé, Colombe n'avait plus peur. Elle peignit sur son visage un sourire d'aise et d'insolence. Le géant était à sa main.

Villegagnon se redressa et regarda autour de lui l'assistance pétrifiée. On entendait des murmures de vent et de vagues amortis par la tiède langueur de l'air. Le nez du chevalier se plissa comme celui d'un limier qu'alerte une odeur de gibier. Dans ce maudit bateau où il ne se passait rien que de prévisible et où la terre ne se décidait pas à paraître, voilà que surgissait enfin une affaire intéressante. Il fit signe à Colombe de se relever et la poussa devant lui jusqu'à l'appartement, sur le gaillard d'arrière.

CHAPITRE 11

En voyant Villegagnon s'enfermer avec l'un des jeunes truchements qu'il avait acceptés à bord, dom Gonzagues prévit des complications.

Le pauvre homme, un peu plus tôt, à l'époque où, par exemple, il arpentait le monastère avec sœur Catherine, eût été transporté de gasconde énergie à l'idée de devoir se justifier. Mais ces semaines de navigation l'avaient rendu méconnaissable. Il était amaigri par la dysenterie, rosi par un soleil qu'il supportait mal et toutes les fatigues de sa vaillante carrière se liguaient pour un dernier assaut. Il regardait fixement son bol, comme ses compagnons — les repas, en cette interminable fin de voyage, étaient plus redoutés que la faim qu'ils devaient apaiser. Le cuisinier raclait pour constituer les pitances des fonds de saumures poisseuses. Tous les animaux de bouche avaient été abattus. Restaient les mulets mais ils étaient eux-mêmes si maigres qu'on ne pouvait guère en attendre de profit. Le plus préoccupant était l'eau douce. Dom Gonzagues, qui préférait d'ordinaire des breuvages plus corsés, n'avait jamais pensé faire un jour des rêves si violents, où il se battait à mort pour conquérir une fontaine.

Personne n'accordait de crédit aux prédictions de Thevet et rien ne laissait encore espérer que la terre fût proche. Les plus jeunes et ceux que les fièvres avaient épargnés supportaient assez bien ces interminables privations. Mais dom Gonzagues sentait qu'il partirait l'un des premiers. Aussi, pour lui, l'inquiétude relative aux truchements était-elle plutôt une heureuse diversion qui détournait ses pensées du spectacle de sa propre agonie. Quoiqu'il n'eût rien à en attendre d'agréable, il sentit un frisson de bonheur au moment où Villegagnon le fit appeler à l'arrière.

Quand il arriva dans l'appartement où le chevalier conférait avec Colombe depuis deux heures, dom Gonzagues fut surpris par le calme et le naturel de la scène. L'amiral se tenait debout près des vitres et regardait le sillage agité d'écume, en contrebas de l'étrave. Le jeune truchement était assis sur un tabouret près du cabinet d'ébène. Un reste d'étiquette, dont il ne se déferait décidément qu'avec la mort, fit juger à dom Gonzagues que le jeune ladre se tenait mal : en effet, Colombe avait posé un coude sur l'abattant ouvert du secrétaire et soutenait sa tête de côté avec la main.

— Est-ce bien toi qui as fait venir ces deux mousses ? demanda Villegagnon sans regarder dom Gonzagues.

— C'est moi.

— En ce cas, parlons-en. Retourne sur le pont, Colin, et attends que l'on t'y rappelle.

— Mon frère ?...

— Plus tard.

Colombe montra sa contrariété et sortit.

Villegagnon saisit le tabouret qu'elle avait laissé vacant et en désigna un autre à dom Gonzagues. Ils s'assirent sous la grande tenture orientale à motifs de grenades dont la soie chatoyait dans la pénombre orangée.

— Je comprends que tu as encore cédé à une femme... chuchota Villegagnon avec un malicieux sourire dans sa barbe noire.

Dom Gonzagues, plus sec que jamais, hocha la tête.

— Je parierais, insista l'amiral, que tu as fait des vers pour elle.

Était-ce la faim ou la honte, dom Gonzagues sentait la tête lui tourner. Il confirma encore du menton.

— En français ou en latin ?

— En français, avoua-t-il, la bouche aussi sèche que s'il eut mâché du parchemin.

— Tu as raison, s'écria Villegagnon qui avait tourné le dos à la tapisserie et s'appuyait maintenant contre elle. Je commence à me convaincre que ce bandit de Du Bellay est dans le vrai. On peut faire des chefs-d'œuvre en français.

Il soupira.

Dom Gonzagues, moins affaibli, l'aurait sommé de quitter ces préliminaires odieux et d'en venir au fait. Il dut subir encore de longues considérations sur le sonnet, invention italienne mais lieu de rencontre, peut-être, du latin et des langues romanes.

— Allons au fait, coupa finalement dom Gonzagues qui haletait de fatigue, je suis coupable : ils sont trop vieux pour faire des truchements, d'accord. Je ne les ai pas vus avant et c'est mon grand tort.

— Comment cette dame t'a-t-elle dit qu'elle s'appelait ?

— Qui cela ? Ah !... Marguerite.

— Marguerite comment... ?

Dom Gonzagues baissa les yeux.

— Je ne lui ai pas demandé. C'est la tante des deux jouvenceaux.

— Leur cousine, prononça Villegagnon d'une voix forte et en se levant. Elle se faisait appeler leur tante mais en vérité, c'est leur cousine.

Il déambula dans l'appartement, jugea qu'il était temps de tout révéler et se planta devant le vieux soldat.

— Elle est la fille d'une défunte sœur aînée de leur père

et de leur oncle. Compte tenu de la différence d'âge, ils l'appellent tante. Elle t'a dit qu'elle avait leur garde : c'est faux. Puisque tu ne sais pas le nom de cette Marguerite, je vais te l'apprendre, moi : elle s'appelle Mme de Griffes, car elle a épousé un certain conseiller de Griffes, voisin du domaine de ces enfants.

L'amiral fit encore une volte dans la pièce, les mains derrière le dos.

— Son mari et elle, poursuivit-il, ont tout fait pour abattre le vieil oncle qui avait la charge de ces deux enfants. Ce ne fut pas difficile, car il ne s'y entendait guère en affaires. De Griffes a fait si bien qu'il l'a ruiné et qu'il en est mort. En faisant partir les enfants, de Griffes et ta chère Marguerite ont écarté les derniers prétendants à l'héritage du domaine de feu l'oncle. Me comprends-tu bien ?

Dom Gonzagues tremblait du menton et sa barbe effilée jouait du fleuret dans l'air.

— De Griffes, grâce à toi, résuma Villegagnon, va s'enrichir des terres qui devaient revenir à ces enfants. Les terres de Clamorgan.

— Clamorgan ! s'écria dom Gonzagues.

— Oui, confirma l'amiral, voilà le nom que cette dame a tout fait pour te cacher et qu'elle a recommandé aux enfants de ne pas prononcer. Mais le fait est là : François de Clamorgan est leur père.

— C'est impossible ! protesta dom Gonzagues en se levant mais un vertige d'inanition le contraignit à se rasseoir.

Dom Gonzagues se remémorait le visage de Clamorgan. Il tentait de le comparer aux apparences si différentes des deux truchements et conçut d'abord un doute.

— C'est ce garnement qui t'a raconté cette histoire ? demanda-t-il en fronçant le sourcil.

Mais l'amiral était catégorique.

— Je l'ai reconstituée d'après ce qu'il m'a dit et j'ai tout recoupé avec soin. Il ne ment pas.

— Eh bien, en ce cas, j'ai été joué ! s'écria avec colère dom Gonzagues. Il faut faire justice à ces enfants, les renvoyer en France, leur faire attribuer l'héritage qui leur revient…

— Doucement, coupa Villegagnon le dos tourné, tenant entre ses deux bras écartés le secrétaire d'ébène, en sorte de sentir contre toute sa personne la rude et délicate paroi qui vibrait de pouvoirs et de secrets.

Il affectionnait de se tenir ainsi pendant ses méditations.

— Tu sais ce qu'il est advenu de François de Clamorgan ?

— Bien sûr, confirma dom Gonzagues.

— Eh bien, pourquoi ne pas considérer que ce voyage est une chance pour ces enfants ? Le procédé qui a été utilisé contre eux est ignoble, c'est entendu. Mais s'ils retournent en France, que va-t-il leur arriver ? Leurs terres ne seront plus à eux. Il leur faudra des années pour se les voir restituer. Qui les accueillera pendant ce temps ? Qui les fera vivre ? Qui mènera la procédure contre ce roué de conseiller de Griffes, qui est assez riche pour acheter tous les parlements de France ? On pourrait certes espérer une intervention du roi. Mais pour les fils de Clamorgan, il n'en sera jamais question…

— C'est tout juste, opina dom Gonzagues, mais son indignation n'était pas retombée. Pour autant que feront-ils au Brésil ? Les pauvres pensent y retrouver leur père…

Le nez tordu par la gêne, dom Gonzagues ajouta :

— … et j'ai eu la faiblesse de ne pas démentir cet espoir.

— Tu as bien fait, coupa l'amiral. J'y ai réfléchi. Le mieux est de les laisser vivre pour le moment dans la sécurité de cette fable. Je vais les garder auprès de moi : ils savent le latin, l'italien, un peu d'espagnol. J'en ferai mes secrétaires et, sur la colonie, ce petit état-major me sera précieux. Ils oublieront leur père. Peu à peu, la nouvelle France leur offrira des destins propres et ils y feront leur vie. Quand ils seront riches, ils pourront toujours retourner à Rouen faire valoir leurs droits. On les leur accordera d'autant plus volontiers qu'ils seront en mesure de les acheter.

Ce programme était évidemment le meilleur et dom Gonzagues sentit naître, comme tout soldat, une émouvante reconnaissance pour ce chef qui se montrait bien digne de l'être.

— Fais rentrer le plus jeune et va délivrer son frère.

Dom Gonzagues, soulagé de cette faute, sentait moins la faim. À part quelques mouches brillantes devant ses yeux, il se mit debout sans encombre et sortit en proférant au-dedans de lui de terribles et tendres malédictions contre Marguerite.

Colombe rentra dans l'appartement et resta plantée près du tableau de la madone.

— Votre père vous a-t-il jamais menés à Venise chez ce peintre ? demanda Villegagnon.

Elle détailla avec attention ces fonds de rose soutenu et ces couleurs frottées, l'expression surprise des visages, comme si la toile eût ouvert brutalement une fenêtre sur leur intimité.

— C'est le premier Titien, je gage, dit Villegagnon, qui va entrer dans le Nouveau Monde.

Colombe regarda la madone, ses yeux baissés, sa chair tendue, son air de douceur et de secrète connaissance propre à tenir en respect la rudesse ignorante des hommes. Elle se dit qu'elles étaient au moins deux femmes dans cette traversée et cette compagnie lui fit éprouver un vif plaisir.

En cet instant, trois coups frappés à la porte annoncèrent le retour de dom Gonzagues. Elle s'écarta de côté, si bien que Just entra à la suite sans la voir.

Le temps qui s'était écoulé depuis son emprisonnement

avait été assez bref. Mais ces quelques jours avaient suffi, en leur ôtant la familiarité qu'ils avaient depuis si longtemps l'un de l'autre, pour qu'ils se sentissent changés en se retrouvant.

Just, amaigri, semblait grandi d'autant et la carence de ses chairs soulignait la force et l'ampleur de sa charpente. Il se tenait les jambes un peu écartées, comme un alité qui reprend la marche et cette faiblesse campait sa stature avec une paradoxale assurance. Sa barbe, aux joues, n'était plus décolorée par le sel et sculptait son visage amaigri.

— Ah ! s'écria Villegagnon, mais celui-là est tout à fait un homme. Ton frère m'a assuré que tu n'avais que quinze ans. Je t'en aurais donné deux de plus.

En disant « ton frère », Villegagnon avait pointé Colombe du menton. Just se retourna, la vit et courut vers elle.

Tant qu'ils s'étaient vus comme des enfants, ils se jetaient dans les bras l'un de l'autre sans épargner baisers ni caresses. Fût-ce à cause de l'indiscrète exploration de Quintin ou simplement parce que après avoir été séparés ils se regardaient autrement, ils mirent en tout cas une retenue nouvelle dans leur embrassade. Elle n'était pas moins chargée d'émotion, au contraire, mais à la joie de la délivrance s'ajoutait cette fois le trouble nouveau de se sentir différents. Villegagnon prit cela pour la réserve virile bien naturelle entre deux garçons et il échangea avec dom Gonzagues un coup d'œil attendri.

— Mes enfants, déclara l'amiral dès qu'ils furent séparés, nous avons bien connu votre père. Il était à Cerisolles avec nous.

— Nous y étions aussi, bondit joyeusement Colombe. En tout cas, c'est ce qu'il nous a dit. Combien de fois nous a-t-il raconté cette bataille. Il paraît qu'il nous avait couchés dans le foin, à quelques lieues de là, et que des paysans nous gardaient.

On n'évoque pas une victoire, l'eût-on vécue dans le foin, sans émouvoir les soldats qui y ont combattu. Les yeux baissés, la moustache vibrante, dom Gonzagues éprouvait le seul confort que procure la soif : celui de ne pas pouvoir pleurer. Mais Just, en entendant ce récit, baissa les yeux et montra une gêne mêlée de colère que Colombe ne s'expliquait pas.

— Père va-t-il nous attendre, là où nous allons arriver ? demanda-t-il avec la plus grande dureté dans la voix.

— Non… bredouilla Villegagnon qui ne s'attendait pas à être serré de si près. Vous devrez sans doute patienter avant de le trouver.

— Les Français sont-ils si nombreux là-bas ? insista Just.

— Pas encore mais… les Amériques sont immenses. Votre père, pour son devoir, peut être appelé aussi loin du point où nous allons accoster que Constantinople l'est de Madrid.

Colombe comprit, en voyant Just écouter ces réponses avec un visage hostile et fermé, que sa colère ne tenait pas à ce qu'elle avait dit tout à l'heure ni à rien de ce qui concernait leur père. Just marquait seulement à Villegagnon une défiance persistante que n'avait pas dissipée sa libération.

— Suis-je libre ? demanda-t-il insolemment au chevalier.

— Mieux que cela : je vous prends tous deux à mon service. Vous serez mes secrétaires et mes aides de camp.

— J'y mets une condition, objecta Just.

Tout en manifestant sa surprise, Villegagnon ne parut pas autrement outragé par ce ton de fermeté, tant il était revenu vers les deux enfants dans des dispositions d'indulgence.

— Je ne veux pas être traité autrement que celui avec lequel je me suis battu, expliqua Just, ni obtenir sur lui une victoire déloyale. Il se nomme Martin et il est encore aux fers.

Ces points d'honneur étaient familiers au chevalier et il les comprenait. Mieux, même, il se réjouissait de découvrir là une ressemblance entre le père et le fils, que leur apparence ne montrait pas.

— Eh bien soit, je libérerai ce maraud et s'il te cherche encore querelle, tu te défendras comme tu l'entends.

Pendant tous ces débats, l'heure avait tourné. Le sillage du vaisseau se colorait de mauve et d'indigo tandis que s'allumait dans le ciel d'orient une étoile immobile. En cette heure ultime du jour, les vents marquaient souvent une pause, les voiles s'affaissaient et le navire, baigné de silence, semblait se recueillir pour une invisible vêpre. Or, tout au contraire, ce fut le moment où parvint dans le carré, assourdi par les tapisseries, un grand tumulte venu de l'avant.

Villegagnon se précipita au-dehors et les autres à sa suite. Tout l'équipage et nombre de passagers se tenaient à la proue le nez en l'air. D'autres arrivaient encore en courant, montant de l'entrepont et des cales. Villegagnon se fraya un chemin jusqu'au beaupré. L'horizon devant eux était rouge à l'endroit où le soleil finissait de disparaître. On ne voyait aucune terre ni, quand le ciel s'assombrit, aucun feu. Les vigies, d'ailleurs, n'avaient pas crié. À vrai dire, rien n'était perceptible sauf une odeur étrange, tout à la fois faible et immense. Faible parce qu'il fallait concentrer toute son attention pour en discerner la pointe dans l'air tiède ; immense parce qu'elle envahissait toutes les directions, entourait le bateau et paraissait s'étendre sur toute la surface de la mer.

Pourtant, elle ne lui appartenait pas. Le nez, de science aussi certaine que la vue ou l'ouïe, affirmait que c'était bien une senteur de terre.

Il est des terres qui exhalent l'herbe, le bétail, la pourriture, les labours. Cette odeur-là n'évoquait rien de tel. Elle était acidulée, juteuse, turgescente, printanière. En fermant les yeux, on avait envie de dire qu'elle était colorée, rouge, peut-être orangée.

Soudain quelqu'un découvrit le mot juste et cria que cela sentait le fruit.

En effet, c'était bien une essence subtile de pulpe qui se répandait en vapeur sur toute l'étendue de la mer, une immense odeur de fruit mûr. Une île se voit mais elle n'a pas ce parfum lointain et puissant. Seul un continent peut jeter aussi loin sur la mer ses fragrances végétales, tout comme l'océan envoie dans la profondeur du littoral ses embruns salés et ses senteurs de varech.

Villegagnon pleurait de joie dans son poing fermé et tous, autour de lui, s'embrassaient.

Il leur fallut encore naviguer deux jours pour être en vue de la côte.

Trois mois et demi s'étaient écoulés depuis leur départ du Havre.

II

GUANABARA

CHAPITRE 1

Une terre peut-elle s'être cachée de la Bible, avoir été ignorée d'Alexandre et de Jésus-Christ, de Virgile comme d'Attila, sans que la cause d'un tel bannissement fût une grave malédiction ?

Sur le ponton des caravelles, la question hantait les esprits. Une étonnante horreur envahit les plus désireux de revoir la terre, quand parut à l'occident la masse noire du relief, teintée des froids bleutés du matin. La mer, qu'ils avaient d'abord tant redoutée, était devenue peu à peu comme un écrin protecteur. Le doigt de montagnes qui écartait lentement les valves lisses du ciel et des eaux annonçait une gigantesque rencontre dont ils ne savaient ce qu'il fallait attendre. Pour certains, c'était l'espoir : toujours friands de cataclysmes, les anabaptistes dansaient sur le tillac, en prévision d'éruptions à venir au feu desquelles rôtirait le vieux monde qu'ils abhorraient. Les simples soldats, nourris de certitudes populaires déduites de Ptolémée, gémissaient en pensant qu'ils allaient payer leur audace d'avoir voulu atteindre le bord du monde. Les silhouettes de moines géants ou de guerriers en chasuble, qui se découvraient, mal visibles encore, à mesure qu'ils approchaient de la côte, étaient sans doute celles d'exécuteurs mandés par Dieu pour les précipiter dans le vide.

D'autres, plus armés de religion, pensaient atteindre soit l'enfer, soit le paradis selon leur optimisme naturel et leurs mérites. Thevet, lui, maniait fébrilement le bâton de Jacob afin de mesurer la déclinaison du soleil. Mais un tremblement l'empêchait de faire le point avec netteté et d'assigner à ce lieu inconnu une place bien ordinaire sur son planisphère de parchemin.

Colombe et Just, quant à eux, ne savaient quoi penser. L'un pour l'autre, ils évoquaient à voix haute les fabuleuses découvertes du temps du roi Arthur, les îles peuplées de chevaliers sans visage. Mais ils avaient du mal à y croire. Cette longue traversée, qui les laissait intacts dans leurs corps ou presque, avait touché cet invisible muscle de l'âme qui permet de bondir hors du monde sensible. Les seuls chevaliers auxquels ils crussent désormais n'étaient plus sans visage : c'étaient les compères de Villegagnon avec leurs trognes de sbires, une épée mangée de sel au côté et la croix de Malte sur le ventre. Aussi n'idéalisaient-ils le rivage que pour s'épargner l'un l'autre la cruelle certitude qu'il appartenait bien au monde ordinaire.

Le journée se passa ainsi, à tirer lentement des bords vers la terre. Dans la nuit, ils ne virent toujours aucun feu et avancèrent prudemment. Mais maître Imbert connaissait assez les lieux pour qu'au petit matin, ils s'éveillassent à l'entrée de la baie.

Le traditionnel conciliabule de l'après-midi devant la carte fut avancé, en raison des circonstances. Thevet s'y rendit en majesté. Il était fier d'avoir prédit l'arrivée. En réalité, maître Imbert, au lieu de suivre le cap qu'il avait recommandé, avait piqué au sud, faute de quoi ils seraient toujours en haute mer.

— La baie de Guanabara, annonça Thevet, comme s'il l'eût créée de ses propres mains pendant la nuit. C'est ainsi que les indigènes la nomment. Les Portugais y sont entrés il y a cinquante ans, un jour de janvier. Ces ignorants croyaient qu'il s'agissait d'une rivière : ils l'ont nommée la « rivière de janvier », Rio de Janeiro. Nous en avons tiré Genèbre. Or, notez que Genèbre paraît aussi procéder de Guanabara… Voyez comme tout cela est plaisant !

Ses doigts boudinés lissaient les trois poils de barbe dont la traversée lui avait décoré le menton.

— Genèbre, s'exclama Villegagnon les yeux attendris par le spectacle de cette arrivée, sonne aussi comme Genève.

— Et, en effet, confirma Thevet, on se croirait tout à fait au milieu du lac des Alpes qui porte ce nom, quoique les montagnes y soient plus escarpées.

— Oui, je l'ai traversé une fois en revenant d'Italie, renchérit Villegagnon en approuvant de la tête.

Mais Thevet tenait à garder le dernier mot dans ces assauts d'érudition.

— Et moi quatre ! objecta-t-il vivement.

Puis, montrant qu'aucune rambarde ne le retenait jamais sur le bord de la cuistrerie, il ajouta :

— Admirons combien de secrets sont dissimulés dans l'étymologie ! Un seul nom unit le hasard calendaire des Portugais, le vocable bestial des sauvages et la parenté de deux paysages destinés à la France : l'un parle déjà notre langue et l'autre va bientôt se soumettre à notre autorité.

La baie de Genèbre formait comme une immense boutonnière dans la ligne continue du littoral, ourlée de caps et de criques. Large de plusieurs lieues, on aurait dit l'embouchure d'un fleuve, à cela près que l'eau n'y était pas douce. L'automne austral était chaud et sans nuages. Quand le soleil fut tout à fait levé, il fit un tableau de bleus denses dans le ciel. À travers les eaux violettes ne se voyait aucun fond, cependant elles étaient d'une si grande pureté que l'étrave des navires s'y découvrait jusqu'à la quille.

Sitôt franchie l'entrée de la baie, Villegagnon ordonna

qu'on suivît la rive sud. Maître Imbert objecta prudemment que les marchands français étaient accoutumés à faire le contraire.

— Raison de plus ! trancha Villegagnon avec humeur.

Les vents étaient réguliers dans la baie et les bateaux bien manœuvrables. Ils approchèrent de la côte et passèrent presque au pied de l'immense silhouette qu'ils avaient vue de la mer.

Ni capucin de pierre ni chevalier infernal, le rocher, d'apparence lisse et bombée, évoquait plutôt pour ces Normands un pot de beurre et, pour les plus riches, un pain de sucre. À son pied grimpait un tumulte de grands arbres qui cherchaient à échapper au corps à corps végétal des basses terres. Le long de la côte, ce n'était qu'une débandade de branches torses, de racines aériennes, de lianes, sans la rémission d'une clairière ni d'un pré. D'autres rochers, aussi gros que le pot de beurre, d'un gris brillant sous le soleil, émergeaient de la forêt dense. Quand un navire les doublait, il paraissait si petit qu'on prenait la mesure surnaturelle de ces dents de pierre. Toute la côte semblait résulter d'un combat violent, d'une farouche résistance de la terre à l'heure de la création. Le Grand Ouvrier avait brisé ses outils sur cet ouvrage et la violence du lieu gardait la trace de cette grandiose défaite.

Toutefois, pour monstrueux qu'il fût, ce chaos n'était pas sans harmonie. Le caressant travail de la mer calmait ces terres en rébellion en tirant sur leur fouillis les traits réguliers de ses plages. À certains endroits, la terre ferme, en mangroves, en marécages, en falaises abruptes, plongeait directement dans les eaux. Mais, sur de longues étendues, des armées de cocotiers s'interposaient, en rangs serrés, pour préserver la sérénité de la mer et laisser jouer les jeunes vagues sur d'immenses esplanades d'arènes et de sablons.

— Par le diable, que fait-il ? bougonnait Martin à la proue, qui suivait la manœuvre en se mordant les poings. Ce n'est pas de ce côté-là que sont les Français.

En effet, sur toute l'étendue des terres visibles, ne se distinguaient ni habitations ni volutes bleutées qui eussent laissé deviner la présence de foyers. De légers crépitements, tels qu'un pas en provoque sur la paille, parvenaient de temps en temps de la terre, mais c'était la brève agitation du vent dans l'entrelacs des palmes et des feuillages. Des cris d'oiseaux et de singes auxquels l'air silencieux n'offrait aucune résistance tombaient des hauteurs comme des pierres qu'on eût lancées sur les navires.

— Armez les pièces à tribord, hurla Villegagnon debout sur le pont arrière.

Il avait fait déployer un grand pavillon royal, blanc à fleurs de lis, sur la hampe de poupe. Tant valait, si les Portugais rôdaient dans les parages, qu'ils sussent à qui ils avaient affaire. Mais il n'y avait aucune voile dans la baie. À moins que la rive ne dissimulât des tireurs, ce qui était toujours possible, la voie semblait libre.

— Gageons qu'il va faire le tour et remonter vers les établissements normands, dit Martin au comble de l'agitation.

Just le regardait sans bien comprendre encore. Colombe, elle, passait d'un groupe à l'autre, glanant des bribes de conversation pour constater finalement que personne ne savait grand-chose.

La *Rosée*, qui menait le convoi, avait mis le cap sur un îlet plat qui faisait face à la rive. Perdu dans cette pataugeoire de titans, on ne pouvait juger de sa taille. Sous le vent du pot de beurre, ils avançaient doucement. Le navire aspirait les risées comme un coureur épuisé. Il fallut deux grandes heures pour qu'ils parvinssent près du rocher. Il s'avéra minuscule. De près, ils virent même qu'il était sans doute submergé par les eaux en cas de tempête : tout son relief était jonché d'écorces et de débris de cocotiers.

Villegagnon ordonna de dépasser l'îlet mais laissa les bateaux longer la côte.

En doublant le rocher, ils furent bientôt en vue d'un saillant du rivage, plus étendu et escarpé. Colombe avait finalement décidé de pousser jusqu'au château arrière afin d'apprendre de Villegagnon lui-même ce qu'il comptait faire, s'il voulait bien s'expliquer.

Depuis la libération de Just, il était entendu que les deux supposés frères ne dépendaient plus que de l'amiral. Ils allaient et venaient à leur guise sur le bateau. Officiellement, ils étaient élevés au rang de secrétaires mais cette dignité, à l'heure où il n'était question que d'accostage et de navigation, leur donnait davantage de liberté que de contraintes. Colombe en profitait plus naturellement que son frère, qui continuait de nourrir une grande méfiance à l'égard du chevalier.

Assis sur un tabouret, les coudes posés sur une petite écritoire de bois, Thevet trônait sur le gaillard d'arrière. Ses yeux allaient de la côte vers laquelle ils faisaient voile lentement au cahier déchiré, noirci et maculé, qu'il tenait entre les mains.

— Voyons… Viegas parle de trois îles de ce côté-ci. Cette côte que nous apercevons serait donc l'île qui est au milieu des deux autres, entre le Ratier que nous venons de dépasser et cette autre plus montueuse qu'on voit au fond…

Cependant Colombe s'était glissée derrière lui et regardait le livre de pilotage par-dessus son épaule.

— Gare ! s'écria Thevet quand il s'en avisa.

Couvrant la relique de ses deux mains, il en appela à Villegagnon.

— Ces documents portugais sont des secrets d'État. Êtes-vous sûr de vos gens, amiral ?

Le cordelier regardait Colombe comme si elle eût été un serpent venimeux. Villegagnon lui fit signe de s'écarter et de venir près de lui.

— Votre bréviaire mentionne-t-il s'il y a des récifs alentour ? demanda tout à coup maître Imbert qui tenait toujours la barre.

L'approche de cette côte par le sud ne lui disait rien de bon.

— Dans ces formations de volcan, prononça Thevet avec un docte mépris, il est de règle que les rochers qui émergent soient fort pointus. Ils sortent tout seuls des eaux, comme le ferait en somme ce pot de beurre si la mer arrivait au voisinage de son sommet. Donc : pas de récifs alentour. Vous n'avez rien à craindre.

Maître Imbert fit une moue et continua de scruter l'écume.

— Prenez un cap circulaire dès que vous serez près de la côte, ordonna Villegagnon. Nous verrons si la mer entoure bien cette île de tous côtés.

— Pourquoi n'abordons-nous pas carrément sur la terre ferme ? demanda Colombe en regardant Villegagnon.

Les autres frémirent en pensant ce qu'une telle apostrophe allait déclencher de colère chez l'ombrageux chevalier. Mais Colombe souriait sans marquer de crainte ni baisser les yeux. Pendant l'entretien libre qu'elle avait eu le premier jour avec l'amiral, elle avait senti que, sous son apparence rugissante, Villegagnon montrait des failles par lesquelles il était facile de s'en rendre maître. Il voulait en faire un page mais elle avait compris que c'était d'un fou qu'il avait besoin.

— Il y a sans doute des dangers, sur cette côte, que nous ignorons, répondit-il tranquillement, avec des intonations bienveillantes de père. Une île est le lieu le plus sûr pour se fortifier, comme mon ordre l'a fait depuis deux siècles à Rhodes, puis à Malte.

— Mais si les Indiens nous font bon accueil ? insista Colombe.

— Ils seront d'autant plus enclins à se conduire de la sorte qu'ils nous verront forts et protégés. Il ne s'agit pas pour nous d'en faire des alliés mais des sujets.

Ces mots de politique sonnaient étrangement à la vue de ces jungles opaques et de ces plages désertes.

— Pierres à tribord ! cria soudain la vigie.

Maître Imbert donna un coup pour abattre et éviter un récif à peine visible à la surface de l'eau.

À mesure qu'ils avançaient, ils en découvraient d'autres. La côte de ce qui était peut-être une île était hérissée de ces rochers à fleur d'eau.

Le cosmographe, dont la science venait d'être aussi manifestement contredite, n'en parut pas ébranlé. Il griffonna des notes sur un carnet qu'il portait toujours avec lui.

— Nous corrigerons Viegas, dit-il avec un sourire satisfait.

Thevet ne cessait en vérité d'aller et venir entre savants et hommes du voyage, entre cartographes et marins. Il en remontrait aux uns avec la science des autres et vice versa. Son ridicule avec maître Imbert était vengé à l'avance par l'humiliation qu'il ferait subir au retour à ses doctes contradicteurs, en leur démontrant l'existence de récifs autour des îles volcaniques.

Le danger de la côte décida Villegagnon à fairc carguer les voiles et à descendre une chaloupe pour explorer la côte. Elle revint au bout de deux heures. Maître Imbert qui avait été du voyage remonta tout heureux à bord.

— C'est bien une île, amiral. Elle est semée d'écueils tout à son pourtour. Mais, vis-à-vis la terre ferme, il s'y creuse une petite rade qui fera un bon port pour les chaloupes.

— Parfait, dit Villegagnon en regardant avec satisfaction cette nouvelle Lutèce. Jetez l'ancre ici et assurez-vous un bon mouillage. Demain matin, nous commencerons de débarquer.

La nuit tombait au moment où les ordres furent exécutés. Elle était déjà très noire quand Villegagnon fit assembler les hommes sur le gaillard d'avant. Grimpé sur un hunier, il leur adressa une ultime harangue avant le souper.

— Compagnons ! beugla-t-il avec émotion, nous voici au terme de ce voyage. Cette terre que vous voyez est la nôtre.

Hâves, les gencives saignantes, la bouche collée de soif, les passagers de la *Rosée* suivirent le doigt impérieux de Villegagnon et tournèrent la tête vers la côte désolée de l'île où les vagues noires mouraient sur le sable bleu. La lune grosse enfarinait une première ligne bruissante de végétaux et laissait les profondeurs dans une obscurité totale, silencieuse et menaçante.

Les menuisiers, boulangers, chapeliers et autres cardeurs qui avaient rejoint l'expédition — certains fuyant, d'autres venus de leur plein gré — avaient presque tous prêté foi, malgré leurs craintes et leurs doutes, à la promesse d'un nouveau monde. Jamais ils n'avaient imaginé qu'il fût à ce point question de désert.

En regardant l'île, ils prenaient brutalement conscience que la traversée n'était pas encore le châtiment. Ils étaient en vérité condamnés à la plus inimaginable des peines : celle qui précipite un homme du haut de la pyramide laborieusement construite de la civilisation, tout comme Adam et Ève ont été défenestrés du paradis terrestre. Ils se voyaient rejetés au milieu du monde sauvage, moins heureux que des bêtes puisqu'ils avaient leur conscience pour souffrir d'être dépouillés, vulnérables et hors de toute pitié.

— Soyez sans impatience ! s'écria Villegagnon tout à son propre enthousiasme. Dès demain, vous prendrez possession de votre nouveau domaine. Le fort que vous y bâtirez sera le premier monument édifié à la gloire de notre roi Henri II.

Il s'interrompit un instant et son public anéanti crut qu'il avait perçu sa détresse.

— J'avais bien pensé appeler notre établissement Henriville, reprit-il avec l'air d'un courtisan modeste qui prépare une flatterie, mais ce n'est pas assez pour un souverain. Quand nous serons maîtres de tout le pays, nous bâtirons une capitale entre ces môles et il sera temps de lui donner ce nom royal. Pour l'heure, c'est une redoute que nous allons édifier. Appelons-la Fort-Coligny en hommage à M. Gaspard de Coligny, grand amiral de France, qui a favorisé notre entreprise.

On sentait qu'il mettait autant de respect mais moins de tendresse à prononcer ce nom.

— Vive Fort-Coligny ! hurla-t-il en levant les deux bras.

Un double coassement venu des palmes obscures de l'île peupla lugubrement le silence de l'équipage.

— Eh bien, gronda Villegagnon, me laisserez-vous seul à faire ce vœu. Allons, tous ensemble : vive Fort-Coligny !

Ils mirent autant d'enthousiasme à prononcer ces mots que s'ils eussent été tirés à coups de pied du plus profond sommeil. Villegagnon jugea prudent de s'en contenter.

Seule au milieu de tout l'équipage à ne pas partager le désespoir général, Colombe se sentait étrangement heureuse. Peut-être était-ce la tiédeur de la nuit, son immobilité caressante, humide comme une haleine poivrée venue de la forêt, elle éprouvait de la volupté à suivre, assise au pied du mât, le lent balancement du bateau arrêté. Elle sourit à Just qui vint la rejoindre mais il avait l'air plus sombre encore que l'après-midi, et Martin, l'air furieux, était sur ses talons.

— Es-tu convaincue maintenant ? demanda Just lorsqu'il fut assis à son tour sur l'étambrai.

Elle le regarda sans comprendre.

— Penses-tu, précisa-t-il en tendant le bras vers la côte, qu'il y ait la moindre chance de retrouver Père parmi les bernaches et les canards sauvages ?

C'était l'évidence même. Pourtant, elle ne sut quoi répondre ; en vérité, elle ne pensait plus depuis longtemps à ce qui était pourtant le but premier de leur voyage. Elle en ressentit de l'étonnement et un peu de honte.

— Ah ! oui, Père, fit-elle.

Puis elle se tut.

— Foi de moi, gronda Martin, même s'il faut traverser cette damnée baie à la nage, je vous donne ma parole : il ne se passera pas trois semaines que je n'aie rembarqué dans l'autre sens.

CHAPITRE 2

Cadorim, dès qu'il posait le pied sur le ponton de la place Saint-Marc, était saisi d'une terrible mélancolie. Il aimait passionnément sa ville : la dentelle de brique du palais des Doges, la tour carrée de la place, les ors de la basilique lui tiraient des larmes. Hélas, le destin voulait que, pour servir cette cité, il n'y demeurât jamais. La République le comblait à la fois d'honneur et de désespoir en le comptant parmi les soldats de l'invisible armée de diplomates et d'espions qu'elle mobilisait dans tout le monde connu. Venise, faible, trouvait sa force dans le savoir immense que lui conférait cette toile d'hommes lointains qui avaient mis leur loyauté dans la félonie et faisaient profession de tout trahir, pour qu'elle pût rester fidèle à elle-même.

Quand Cadorim rentrait, c'était pour renseigner le doge et le Grand Conseil. En y mettant un peu de mauvaise volonté, cela prenait un mois, deux peut-être, pour tout raconter de ce qu'il avait vu, entendu, deviné.

En attendant, il déambulait dans cette ville aimée mais qu'il avait chaque fois du mal à reconnaître. Il retrouvait ses enfants grands, méconnaissables ; sa femme lui était toujours plus étrangère. Quant à son palais, il semblait se déplacer sans cesse tant ses abords étaient percés de chantiers. Des maisons nouvelles, des ponts inattendus et de surprenants projets d'églises déroutaient l'œil. De sa fenêtre, désormais, Cadorim voyait les façades toutes neuves de Santa Maria Formosa et du Palais Vendramin émerger d'une forêt de pieux. C'était ainsi que naissaient les joyaux, dans ces bras de lagune : en perçant un beau jour leur bogue d'échafaudages et en exposant au soleil d'admirables roses de vierges, des blancs immaculés, des ocres délicats et pourtant destinés à l'éternité. Cadorim adorait cette cité de limon et de gemmes mais, à peine avait-il eu le temps d'être de nouveau mordu par cette passion, que sonnait l'heure d'un nouveau départ. Des fantômes de routes poussiéreuses, de mauvaises auberges, de mensonges et de triste compagnie remontaient le Grand Canal et venaient l'envelopper la nuit, au point qu'il finissait, pour leur échapper, par se résoudre à partir pour de bon.

Il en était là, en ce matin d'août et dans toute la ville qu'éclairait déjà un grand soleil d'été ; son esprit était le seul lieu qui demeurât obstinément sombre. Pour honorer son dernier rendez-vous, il devait traverser une vingtaine de canaux et d'innombrables petites places. Par un terrible retour de sentiments, plus il éprouvait d'agrément au spectacle des gondoles, des marchés en plein air et des mille petites scènes de la vie vénitienne du matin, plus il souffrait de savoir qu'il allait bientôt perdre ces plaisirs pour longtemps. Enfin, il arriva vis-à-vis le palais tout neuf qu'occupait son interlocuteur du jour. En y entrant, Cadorim eut l'impression d'être de nouveau sur les routes : l'intérieur de l'édifice, encore en travaux et exhalant les plâtres frais, était déjà meublé de manière fort peu vénitienne. Des coffres de bois des îles, d'absurdes fauteuils lourdement ouvragés et même un mur d'azulejos traduisaient la volonté d'imprimer à cette petite enclave la marque du Portugal. Cette prétention dérisoire, loin de prouver la grandeur de celui qui la manifestait, sentait la richesse trop fraîche et les usurpations de noblesse. Cadorim était coutumier de cette barbarie, déchaînée dès qu'on passait le Milanais. Il soupira en prenant place dans une énorme chaise curule, aussi inconfortable que ridicule et qui, en dépit de son apparente robustesse, branlait.

On le fit attendre un long moment puis une porte s'ouvrit, laissant apercevoir une chapelle dorée du sol au plafond, et l'évêque parut.

— Mes très respectueux hommages, Votre Sainteté ! s'écria Cadorim en fondant sur l'anneau du prélat.

On ne se trompe jamais en conférant à quelqu'un le grade qu'il n'a pas atteint. Celui qui bénéficie de cette erreur est tout prêt à la pardonner, en pensant que le flatteur a simplement un peu d'avance.

— Allons, dit le Portugais avec une feinte confusion, relevez-vous et pas de Sainteté, je vous prie. Je ne suis pas encore pape.

La modestie gourmande de cette remarque montrait assez qu'évêque à quarante-cinq ans, le père Joaquim Coimbra se voyait tous les avenirs.

Quelques paroles de bienvenue, l'inévitable visite des pièces d'apparat, que tous les barbares se croyaient tenus de faire subir à leurs visiteurs vénitiens, puis un accommodement sur le balcon du palais, face à face, assis sur des fauteuils en pierre d'un flagrant mauvais goût, et Cadorim fut conduit finalement au seuil de son sujet.

— Ainsi, commença le nonce en croisant les doigts sur son ventre, vous avez été jusqu'à ce nouveau port par où les Français préparent des entreprises hostiles contre mon pays ?

— Je suis allé au Havre-de-Grâce, Votre Sainteté.

Un petit claquement de langue vint rappeler que pas encore...

— Notre roi, dit l'évêque, est fort reconnaissant à Venise

d'avoir accédé à sa demande. Nous savions que nous ne pourrions être mieux renseignés qu'en passant par votre entremise. Et qu'avez-vous appris concernant les intentions de ces Français aux Amériques ?

Dès son arrivée, plus de trois semaines auparavant, Cadorim aurait pu faire au prélat le récit de ce qu'il savait. Mais il avait fallu d'abord que la République négocie le prix de ce service. Les Portugais n'étaient pas les alliés de Venise et, par leur absurde acharnement à ouvrir leur propre route vers les Indes, ils avaient contribué à briser le monopole que la cité des Doges avait si longtemps conservé en Orient. Toutefois, il fallait remettre chaque événement dans sa perspective. Pour nuisible qu'il fût, le Portugal faisait un contrepoids à l'Espagne, c'est-à-dire à l'un des piliers de l'Empire de Charles Quint, dont Venise devait se défier. Ces rustres de Portugais ne pouvaient donc être négligés. Et s'il était possible de leur rendre un service, la charité commandait de ne pas les en priver, à condition qu'ils le payassent au prix fort. Informé la veille que ce préalable avait été satisfait, au terme d'un long marchandage, Cadorim pouvait désormais conter de bonne grâce tout ce qu'il avait vu au Havre.

— Trois navires, dites-vous, réfléchit l'évêque après l'audition de ce récit. Il fronça le sourcil. Et armés en guerre, de surcroît. C'est fort fâcheux.

Un dais rouge, tendu au-dessus du balcon, leur apportait de l'ombre pendant que les eaux du Grand Canal renvoyaient l'éclat de lumière de mille duels, à leur surface ensoleillée.

— Quand nos gens rencontrent des bateaux isolés ou de petits convois sans armes, reprit l'évêque, ils savent leur persuader qu'ils ne doivent pas se rendre au Brésil, qui est nôtre.

Le prélat soupirait avec attendrissement à l'évocation de

ses compatriotes en train de morigéner les égarés. Qu'ils leur coupassent par surcroît bras et jambes et qu'ils les fissent mourir de faim n'étaient que des détails inutiles à évoquer. Et d'ailleurs on n'aime pas bien si l'on ne châtie pas en proportion…

— Mais nous n'avons aucune force dans ces mers capable de s'opposer à trois navires de guerre résolus.

Faute de moyens humains, le petit Portugal conférait à ses représentants des charges multiples. Quoiqu'il fût en Italie pour remplir sa mission ecclésiastique, dom Joaquim n'en faisait pas moins office d'ambassadeur. Il s'abîma dans une réflexion politique qui lui fit peindre sur les lèvres une moue de gourmandise. L'esprit de Cadorim, ravi par ce silence, en profita pour s'évader. Déchiré de nostalgie en regardant les barques sur le Grand Canal, il se demandait où diable on allait cette fois l'envoyer se perdre.

— Leur destination, selon vous, est bien Rio de Janeiro ? interrogea l'évêque d'une voix forte, propre à tirer l'espion de sa rêverie.

— Rio, oui, bredouilla Cadorim.

Et il ajouta pour montrer qu'il était bien là :

— Y avez-vous une garnison ?

— Hélas ! gémit dom Joaquim, ce Brésil est si grand et notre Portugal si petit… Nous avons du monde à São Salvador de la Bahia, mais c'est aussi éloigné de la baie de Rio que Lisbonne l'est de l'Angleterre. Et puis nous avons un petit poste au sud à São Vicente, mais très insuffisant pour mener une attaque.

Il réfléchit et saisit une coupe de vin de Madère devant lui. Il but lentement puis la reposa soudain avec force.

— Mais nous trouverons le moyen de faire respecter notre autorité ! s'écria-t-il en perdant toute onction sacerdotale. Quelle que soit la difficulté, nous monterons une expédition depuis Bahia, le Cap-Vert ou même, s'il le faut, depuis Lisbonne.

Puis il se calma.

— Enfin, le roi décidera.

Cadorim avait adopté une mimique protectrice : il plissait les yeux, pour éviter d'être aveuglé par la réverbération du soleil sur la lagune. Et à l'abri de cette grimace, il rêvait.

— Il faudra seulement bien représenter à Sa Majesté l'état présent de la situation européenne, prononça le prélat en gardant les yeux froids et lointains, comme devant une apparition. Car le moment d'agir est venu. La France s'épuise à résister à l'empereur : elle regarde vers l'est. Le champ de bataille où elle jette toutes ses forces, c'est la Picardie, c'est le Hainaut. Si on lui dispute aujourd'hui un malheureux comptoir américain, on peut parier qu'elle ne réagira pas. Il n'y a pas de temps à perdre.

Il fit tinter trois fois son anneau sur le gobelet en vermeil, ainsi qu'on fait pour marquer la fin d'une élévation.

— Je ne devais rentrer à Lisbonne que le mois prochain, s'écria-t-il tout en fièvre, mais je vais anticiper mon départ. Il me faut convaincre au plus vite Sa Majesté. Dieu me viendra en aide, j'en suis sûr !

Cadorim regardait à l'horizon vers Murano et la terre ferme.

Troublé par cette exclamation, il reprit ses esprits. Les Portugais… oui, oui. Tout lui revenait.

— Au fait, Votre Sainteté, intervint-il alors que le prélat semblait résolu à conclure l'entretien. S'il vous prenait l'envie d'attaquer tout de même cette colonie de Français, j'ai pris la précaution de vous y acquérir un homme.

Son ton enjoué disait assez « tout cela est inclus pour le même prix ».

— Fort bien, fit l'évêque et pour le coup ce fut lui, mais en conspirateur, qui plissa les yeux.

Cadorim lui décrivit Vittorio sous des traits plus flatteurs qu'il ne le méritait.

— « Ribère »… ricana l'évêque avec un visible plaisir. Ribère ! Mon Dieu, quelle ingéniosité ! Vraiment, quel extraordinaire peuple d'intrigants vous faites !

Un fin sourire sur les lèvres des deux hommes leur permit d'afficher qu'ils tenaient l'un et l'autre ces mots pour un compliment. Cependant, l'orgueil de Cadorim était un peu piqué. Il n'en était plus à s'indigner qu'on admirât moins Venise pour sa civilité que pour sa corruption. Mais tout de même, le respect…

CHAPITRE 3

L'idée venait de Quintin. Il l'avait répandue de groupe en groupe à sa manière insinuante et modeste. Selon lui, ce monde où ils allaient débarquer n'avait rien de nouveau. Il était bien ridicule de croire que les hommes avaient pu l'ignorer jusque-là. C'était au contraire un continent de mort, une de ces terres maudites qui ont eu raison de toute vie, en particulier l'humaine. Et il citait vingt passages obscurs de la Bible qui, selon lui, en attestaient.

Quand les premières chaloupes, au matin, arrivèrent sur l'île, c'est à peine si les hommes eurent le cœur d'en débarquer. Pleins des prophéties de Quintin, ils ne doutaient pas que cette poudre blanche si fine, étendue en longues plages, ne fût de la poussière d'os. Ce qu'ils avaient pris pour des troncs d'arbres se révélait de plus près être des cous grêles de squelettes, des empilements de vertèbres desséchées par le vent. De sinistres craquements sortaient de ces feuillages raides comme des côtes de pendus, et des bouquets de crânes y étaient suspendus.

Quand ils se résolurent, sous les cris des matelots, à sauter dans l'eau tiède et claire et à fouler finalement le rivage, l'illusion se dissipa. Mais il resta dans les esprits une terreur inexplicable, tandis qu'ils se groupaient, ébahis et parcourus de frissons, dans l'ombre à peine fraîche des premiers cocotiers. Ils étaient presque trois cents, à l'heure de midi, débarqués des navires par la noria des six chaloupes, serrés les uns contre les autres et roulant des yeux fous.

— Je me damnerais pour avoir des bottes, pestait Martin.

Il avait marché pieds nus toute sa vie. Pourtant le contact gluant des algues lui arrachait des cris et plus encore les grosses boules fibreuses éparses dans le sable.

— Ma parole, ce sont des mulots crevés ! gémissait-il en évitant de piétiner ces débris végétaux.

Just qui sauta d'une autre barque n'avait pas la ressource d'être distrait par ses pieds. Il ne pouvait détourner les yeux du cercle montagneux de la baie, avec ses murailles sombres et le vert brillant de la végétation sauvage qui les enserrait. À rebours de ceux que le vide de l'île effrayait, il était aveuglé par l'évidence d'un grouillement invisible de vie. D'innombrables êtres leur imposaient en silence un encerclement plus menaçant que ne l'eût été la solitude. Et quoiqu'il fût terrassé par l'inquiétude, Just ne pouvait s'empêcher de voir dans cette présence mystérieuse un somptueux défi à son courage.

— Cesse de bayer aux corneilles, lui cria un matelot en le tirant de sa rêverie. Aide-nous plutôt à décharger ces malles.

Aux chaloupes qui accostaient chargées de passagers, s'ajoutait maintenant un radeau de poutres sur lequel étaient empilés des bagages. Just, plongeant dans l'eau jusqu'à mi-corps, s'employa volontiers à ce débarquement qui dérouillait ses muscles et faisait diversion à ses pensées.

— Agrippe-toi bien au radeau, criait le matelot.

Des vagues irrégulières venaient parfois rouler jusqu'au rivage, agitant les embarcations. Accroché de tout son poids à la charge flottante, Just ne parvenait pas à lutter contre le flux devenu plus intense. Par deux fois déjà, les matelots avaient échoué à tirer le radeau sur le sable quand la vague était au plus haut. Cette fois encore, il leur échappa et partit violemment dans le rouleau. Le contenu du bagage se répandit d'un coup à la surface de l'eau.

— Rattrape tout cela ! hurlaient les matelots.

Just ne savait par où commencer. Un désordre d'étoles, de bas-de-chausses, de cahiers s'égaillait dans tous les sens. Le fond avait beau descendre en pente douce, il atteignit une zone où seule sa tête dépassait des eaux et il craignit d'être emporté. Certains objets coulaient, d'autres s'éloignaient irrémédiablement.

Au même instant, une chaloupe amenait Villegagnon, sa garde et Thevet, qui avaient préféré attendre confortablement sur le bateau et débarquer les derniers. Colombe était avec eux. Cette arrivée tardive devait avoir valeur d'apothéose. Villegagnon, sitôt sur le sable, en saisit une poignée, la laissa retomber en poudre sur le sol et déclama avec solennité :

— La terre de France !

Le Thoret se tenait derrière lui avec le drapeau. Il en tendit la hampe à son chef qui brandit dans la brise tiède le soyeux panneau fleurdelisé. La suite du protocole prévoyait qu'il allât dans cet équipage jusqu'au point le plus haut de l'île pour y installer le pavillon. Hélas, ce programme fut interrompu par les cris aigus de Thevet. Le cordelier au désespoir avait reconnu sa malle, qui flottait comme un bouchon à distance du rivage.

— Mes livres ! hurla-t-il. Mes collections !

Courant jusqu'au bord, il saisit, mêlé à du sable, le tas informe d'étoffes et de papiers que Just avait laborieusement extrait des vagues et poussa un cri de bête abandonnée.

— Mes vêtements ! Mes chasubles !

Tous les officiers s'étaient précipités et, devant l'extrémité de la situation, Villegagnon lâcha l'étendard et prit la tête de la troupe. Ils étaient six maintenant, avec Just, à repêcher ce qu'ils pouvaient.

— Le ciboire de vermeil ! se lamentait Thevet qui était tombé à genoux.

Ce qu'il perdait le désespérait mais ce qu'on lui rapportait l'égarait encore davantage : ses cahiers étaient trempés jusqu'au cœur, l'encre ruisselait sur les pages. Toutes les notes, les documents qu'il avait rassemblés pour le voyage, ses instruments de mesure étaient perdus par les fonds ou détruits.

Villegagnon, qui avait voulu honorer le cosmographe en faisant débarquer ses effets avec lui, était mordu de remords.

Quand il fut bien clair que rien d'autre ne serait sauvé, ils revinrent à la rive, tout ruisselants d'eau de mer.

— Mon père, je ne sais comment réparer, s'écria Villegagnon presque au bord des larmes, pour vos habits sacerdotaux !

— Et tous mes documents de science ! renchérit Thevet qui paraissait surtout affecté de cette perte.

Il fallut le consoler, le soutenir. Le cortège se reforma, l'un mouillé de larmes et les autres trempés par leur bain, mais il avait perdu de sa splendeur. Colombe avait hérité du drapeau. Elle le tint d'abord enroulé, puis, quand elle fut rejointe par Just, elle s'amusa à le laisser flotter au vent.

Suivant toujours Villegagnon et son groupe, ils montèrent en direction du sommet de l'île, tandis que la foule des passagers, toujours muette, leur emboîtait le pas.

La chaleur était forte car on approchait de midi. L'air abandonnait de son humidité à mesure qu'on s'éloignait de la mer. Le sol devenait plus dur et croûteux et s'élevait doucement. Aux cocotiers avait succédé un semis aéré de grands cèdres. Colombe voyait bien la mine épouvantée des arrivants et sentait Just, grave et tendu, à son côté. Rien de tout cela ne parvenait à la détourner du sentiment de volupté qu'elle éprouvait dans ce lieu. Tout, la chaleur brûlante du soleil comme l'apaisement de l'ombre, le feulement de la brise dans les ramures des conifères, le vert émeraude de la mer tout alentour de l'île, lui procurait un plaisir inattendu. À part l'étonnement d'être la seule à l'éprouver, rien, ni inquiétude ni regret, ne troublait cette pure sensation d'aisance et de bonheur.

— Eh bien, ce drapeau ! s'impatienta Villegagnon tandis qu'il arrivait sur le plateau qui s'élevait au centre de l'île.

Colombe courut le lui remettre. Écourtant la cérémonie prévue, l'amiral cala l'oriflamme entre des pierres, non sans devoir la redresser deux ou trois fois car le vent était fort. Thevet, sur sa requête, marmonna une prière. Villegagnon braillait des « amen » en invitant la foule à les entonner en chœur. Malgré ses efforts, la troupe des arrivants put tout juste prendre la mesure du silence qui l'écrasait.

L'amiral, après cette brève célébration, rentra le discours qu'il avait préparé et dispersa tout le monde. Il fallait hâter le débarquement et procéder à l'exploration de l'île. Just, par curiosité, se mit à la remorque des chevaliers qui s'engageaient en troupe derrière Villegagnon pour arpenter leur domaine. Comme Martin s'était joint à lui, Colombe préféra ne pas les accompagner. Elle appréciait de moins en moins le jeune mendiant qui parlait trop fort à son goût. Elle pensait lui garder rancune de sa première brutalité avec eux. Mais la véritable raison de son antipathie était ailleurs.

Elle se mit à l'ombre de grands arbres, qui poussaient en face de la baie. Leurs minuscules feuilles vert tendre créaient au sol une ombre fine. Elle s'endormit, bercée par le mouvement qu'imprimait à la terre le manque de celui du bateau.

Une heure plus tard, Just revint et s'assit près d'elle.

— Pas d'eau, annonça-t-il lugubrement. Ni source ni ruisseau, rien.

— Que fait-on ? demanda anxieusement Colombe.

— On reste. Villegagnon dit qu'il suffira de creuser des citernes et de remplir des barriques sur la terre ferme.

Colombe éprouva comme un soulagement à savoir qu'ils ne partiraient pas tout de suite et s'en étonna elle-même.

— À part le plateau où nous sommes, poursuivit Just, il y a deux petites élévations à chaque bout de l'île. Villegagnon veut les fortifier.

Devant eux, à mesure que le soleil tournait, ils voyaient les couleurs de la baie se contraster. Le bleu assombri de la mer rafraîchissait l'œil. Des trois vaisseaux au mouillage montaient un désordre de cris et des bruits de palan. Le déchargement battait son plein.

Martin les rejoignit, toujours aussi soucieux de regarder où il marchait. Il tenait dans chaque main des noix de coco dont un pôle était tranché.

— J'ai dû me battre pour les avoir, croyez-moi, dit-il en les leur tendant.

Just et Colombe burent à grandes gorgées le liquide doux. Ils avaient presque oublié ce qu'était un breuvage pur.

— Il faudra regarder cette nuit, reprit Martin en fixant intensément le fond de la baie encore épaissi d'une brume de chaleur. S'il y a des feux, c'est que la direction est bonne.

— La direction de quoi ? fit Colombe, qui tenait la pulpe blanche et fraîche de la noix de coco appliquée contre sa lèvre.

Martin haussa les épaules.

— Mais des comptoirs normands, pardi !

La nuit, Martin et Just restèrent debout à fixer l'obscurité de la baie, que la mer emplissait d'un régulier soupir. Mais ils ne virent aucun feu et Colombe s'endormit heureuse.

*

— Les cannibales ! Les cannibales !

Au matin, les cris qui les éveillèrent venaient du petit port où étaient amarrées les chaloupes. Égaillés sur l'île pour dormir, les passagers dévalèrent jusqu'à la plage. Martin fut sur ses pieds le premier car son ancien état de mendiant lui avait appris à ne dormir que d'un œil. Just et Colombe le rejoignirent en bâillant.

Toute la plage de l'île, en face de la terre ferme, était occupée par les voyageurs. Soldats, matelots ou simples civils se tenaient debout sur le sable, à la limite de l'eau et regardaient fixement la côte. Le bras de mer qui les en séparait était assez étroit pour qu'on vît bien distinctement, étalés en ligne sur le rivage d'en face, une troupe de naturels qui pouvait compter deux cents guerriers.

La monstruosité cannibale avait rôdé, immense, dans plus d'une tête pendant cette première nuit sur les terres anthropophages. Elle crevait comme une vessie percée maintenant que les Indiens étaient là.

— Avez-vous débarqué les pièces de toile et les patenôtres ? demanda Villegagnon à Le Thoret.

— Oui, amiral.

— Eh bien, faites quérir un coupon de drap rouge et un seau de ces babioles. Préparez la plus grande chaloupe, vous autres, dit-il aux matelots.

— Faut-il sortir les arquebuses ? demanda dom Gonzagues.

— Oui, mais vous les disposerez ici, chargées et pointées. L'abbé dit que ces sauvages sont les amis des Français, mais on ne sait jamais. Les tireurs, surtout, ne devront obéir qu'à mon signal.

Cependant, les rameurs avaient pris place sur la chaloupe. Villegagnon regardait autour de lui pour composer sa délégation. Thevet était volontaire quoique encore inconsolé du naufrage de ses effets. L'amiral désigna cinq Écossais de sa garde et Le Thoret. Puis il appela Just car il entendait se présenter avec un page et souhaitait emmener le plus vigoureux des deux, au cas où il faudrait user de la force.

Tout ce monde monta dans la chaloupe, Villegagnon debout à l'avant, droit comme un i, le nez aussi menaçant qu'un rostre de galère.

La chaloupe eut vite fait le trajet jusqu'à la terre ferme. Les Indiens la regardèrent approcher sans bouger. Villegagnon ordonna de présenter l'embarcation de flanc, afin qu'elle fût prête à s'en retourner si un incident survenait. Cette disposition avait l'inconvénient de faire sauter les passagers dans une eau relativement profonde. Ces contorsions et le désagrément de se sentir mouillé jusqu'au pourpoint furent vite étouffés par l'amiral. Il s'avança bien raide sur le sable, aussi noble qu'un roi en chemin vers un lit de justice. Les Indiens le laissèrent approcher sans broncher. Ils étaient tous à peu près semblables, à première vue : de taille moyenne, conformés comme les humains de par deçà, sans compter plus de bras, de jambes ni de têtes. C'était d'ailleurs cette normalité qui rendait gênante leur complète nudité. Rien dans leur apparence ne permettait de les comparer aux bêtes, que l'on est accoutumé à voir paraître au naturel de leurs poils. Seule la pensée de l'Antiquité pouvait rendre cette licence compréhensible et même admirable. La comparaison s'imposait d'autant plus que les sauvages, loin de montrer de la crainte ou de la gêne, prenaient des poses altières et nobles, rivalisant de mâle assurance avec Villegagnon.

— Français ! cria Villegagnon en mettant une forte sincérité dans cette protestation.

— *Mair !* intervint Thevet, présentant le mot dont il avait lu qu'il était dans la langue des Tupi la traduction de « Français ».

Ce souvenir lui mit dans le cœur plus de nostalgie que de fierté car il lui rappelait ses cahiers perdus et toute la science engloutie avec eux.

Les naturels échangèrent à ce mot des commentaires dans leur langue. L'un d'entre eux, jeune et vigoureux, les cheveux rasés sur le front et une grosse pierre plate fichée dans la lèvre inférieure, s'avança. Il déclama un discours incompréhensible mais de tonalité aimable.

— Ils n'ont pas l'air hostiles, souffla Villegagnon à Le Thoret.

Mais celui-ci, ancien des campagnes d'Italie, blessé à La Mirandole, restait sur ses gardes, toujours prêt à tirer l'épée. Il savait par expérience qu'un ennemi a souvent bonne mine et n'en est pas moins cruel.

Après avoir conclu son discours, le jeune Indien prit la direction de la jungle et le groupe des autres sauvages, enveloppant Villegagnon et sa petite escorte, les entraîna dans la même direction. S'éloigner de la mer était un risque. Ils ne seraient plus sous la protection des arquebuses. Pourtant, l'amiral ne balança pas. Résister eût été se conduire en captif, montrer qu'on pouvait être vaincu. Le nouveau maître que Villegagnon était légitimement, en vertu des patentes du roi, ne pouvait rien craindre ni se sentir étranger en quelque point de cette terre qui désormais lui appartenait.

En cette partie de la côte, la plage était étroite. Ils furent tout de suite sous le couvert épais de la forêt avec ses multiples étages d'arbres. L'ombre dense conservait à ce sous-bois une fraîcheur inattendue. Ils n'eurent pas fait cent pas qu'apparut, dans une trouée des plus grands arbres, une longue maison de palmes devant laquelle couraient des enfants nus.

Sitôt que parut Villegagnon et sa garde, des cris aigus retentirent dans toute la clairière. Les arrivants sursautèrent et l'amiral, voyant qu'il ne s'agissait pas d'une embuscade, crut que l'apparition des Écossais, avec leurs coutelas au mollet et leurs airs de diables roux, avait effrayé la marmaille. Mais les Écossais n'y étaient pour rien. C'était bien lui qui déclenchait ces gémissements de douleur poussés par toutes les femmes de la maisonnée.

L'ayant identifié comme chef à son air d'autorité et pressentant que Thevet, avec sa longue robe, devait être un autre dignitaire d'importance, les sauvages les conduisirent tous les deux vers un hamac et les y firent asseoir. Là, malaisément installé sur cette balancelle, Villegagnon côte à côte avec le capucin continua de recevoir pendant plusieurs minutes l'hommage éploré et hurlant des femmes indiennes. Elles étaient une quinzaine à venir s'accroupir devant les hôtes, la tête dans les mains, pleurant et gémissant comme si les êtres les plus chers leur eussent été ravis. Entièrement nues, tout comme les hommes, elles brandissaient, au milieu de ces fontaines de larmes, tout un étalage de seins, de cuisses, de sexes livrés aux regards épouvantés du chevalier de Malte et de l'ecclésiastique. Pour tentés qu'ils fussent par la fuite, les deux hommes n'en durent pas moins supporter cette épreuve avec courage. L'immobilité des Indiens mâles, au pourtour de la scène, et leur gravité sereine montraient assez que cet accueil étrange était pour eux une forme normale de civilité.

Villegagnon s'alarma seulement quand il vit cette bête de Thevet, ému par le chagrin général et mal consolé de la perte de ses effets, fondre à son tour en larmes à ses côtés. Cet attendrissement partagé redoubla les cris des femmes et les fit reprendre de plus belle.

Enfin, le vacarme s'apaisa peu à peu. Un grand Indien, plus âgé que ceux qui les avaient reçus, couvert aux hanches et dans le dos d'un fin duvet de plumes collées par de la poix, s'avança vers Villegagnon et le salua. La lèvre entravée par la même pierre qu'y portaient sertie tous les hommes, il entama un long discours de bienvenue.

L'amiral se releva, laissant Thevet pleurer comme un veau dans son hamac, et fit signe à Just.

— Avez-vous débarqué les présents ? lui souffla-t-il.

Just courut aux chaloupes et, avec un matelot, rapporta le coupon de drap et le seau de pierreries. Il les posa aux pieds de Villegagnon qu'il trouva à la fin d'une puissante harangue.

— ... et c'est pourquoi, concluait-il, le roi de France se réjouit d'avoir pour nouveaux sujets des guerriers aussi vigoureux que vous. J'ajoute qu'ayant exhibé devant nous les instruments par quoi se peut juger votre virilité, il conviendra désormais de ne plus en imposer la vue à des inconnus. Cette pièce de drap fin, que je suis heureux de vous offrir, pourra servir à vous habiller. Quant à ces bijoux, ils rehausseront l'élégance de vos femmes, d'abord qu'elles auront consenti à se vêtir.

Le chef prit le coupon et le posa sur un billot où des enfants commencèrent en riant à le dérouler dans la poussière. Le seau de verroteries, qu'il déposa à terre, fut entouré par les femmes qui y puisèrent à pleines mains. Personne ne pleurait plus et tous manifestaient maintenant une souriante fraternité. Les guerriers serraient les mains des arrivants, leur donnaient l'accolade, leur faisaient dons de plumes et d'os taillés. Pour ne pas contrarier cette bonne humeur, les Français se laissaient dépouiller en riant de leurs toques, de leurs épées, de leurs ceinturons avec lesquels les naturels se paraient en riant.

L'autorité que Villegagnon entendait conserver était passée par des phases périlleuses depuis l'embarrassante sortie de chaloupe. Mais jamais il ne désespéra de la recouvrer comme au milieu de ce tumulte joyeux où plus personne ne paraissait faire attention à lui.

Aussi, malgré la surprise, fut-ce avec soulagement qu'il vit arriver un homme dont la vue fit taire instantanément les Indiens. À en juger par son costume, il pensa que c'était un de leurs chefs mais quand il s'avança devant lui, il se détrompa.

— Bienvenue, chevalier, dit l'homme dans un français sans accent.

Et tous se rendirent compte avec horreur qu'il était blanc.

CHAPITRE 4

À contre-jour, l'homme qui venait de faire irruption dans le village indien avait tout à fait l'aspect d'un gentilhomme. Casqué, vêtu d'un pourpoint à crevés et de hauts-de-chausses bien coupés, il portait une longue épée au côté. Mais quand Villegagnon se déplaça légèrement pour ne plus être incommodé par le soleil qui perçait la clairière, il eut la surprise de découvrir l'étrange apparence de cette vêture familière. Le morion de l'homme, quoiqu'il eût tout à fait la forme circulaire relevée en pointe devant et derrière des casques de l'époque, était fait en cuir de vache mal tanné. Des poils noirs et blancs s'y attachaient encore. Un premier coup d'œil laissait penser que son pourpoint était en velours gris. En vérité, il était formé de minuscules plumes liées par des fils de coton avec beaucoup d'art. Quant à l'épée, elle ne requérait pas la protection d'un fourreau car elle était tout bonnement en bois.

Malgré la singularité de cet accoutrement, l'homme prenait des poses de courtisan. Villegagnon dans sa hâte avait débarqué en chemise, et sale de surcroît. Il se jura que dans ce lieu où les hommes nus, comme ceux qui étaient couverts de plumes, montraient une grande noblesse de manières, il saurait à l'avenir redoubler de soin pour paraître.

L'homme lança quelques mots aux Indiens dans leur langue. Ils se reculèrent et ceux qui s'étaient saisis des effets de leurs visiteurs les leur rendirent en silence.

— Gaultier, dit « Le Freux », annonça l'homme en s'inclinant alors devant Villegagnon.

Son large visage était glabre, si obstinément rasé que des squames rouges couvraient sa peau. Entre plumes et poils, elles semblaient représenter les poissons.

— Êtes-vous donc français ? demanda l'amiral avec la perplexité de celui qui cherche à classer une feuille dans son herbier.

— Ne le serais-je point, Excellence, que vous m'auriez trouvé dans le ventre d'un de ces drôles. Notre nation est la seule qu'ils épargnent, car ils nous tiennent pour leurs amis.

Villegagnon, apaisé par l'accueil des naturels, avait un peu oublié leur détestable coutume et il jeta vers eux un œil mauvais.

— À vrai dire, nous ne vous attendions pas par ici, reprit Le Freux, et cela explique mon retard. Quand nous avons vu vos navires entrer dans la baie, nous avons cru qu'ils se dirigeaient vers l'autre rive, comme ils font tous. Êtes-vous ici pour une escale et comptez-vous rejoindre les établissements ?

— Non, coupa Villegagnon en se résolvant à engager une conversation. Nous allons demeurer dans l'île vis-à-vis cette côte.

— On ne pouvait mieux choisir, commenta suavement Le Freux. Elle est déserte.

L'amiral regardait toujours les Indiens avec méfiance.

— Quant à ceux-ci, interrogea-t-il, vous nous dites qu'ils sont apprivoisés ?

— Ils ne mangent plus les Français, cela est sûr. Pour le reste, ils sont fort insolents et voleurs. Vous apprendrez vite à les connaître. Bien qu'ils soient à la remorque de toute civilisation et aussi faibles d'esprit que des enfants, ils ont le toupet de se croire nos égaux. Il faut s'en faire respecter.

Pendant qu'il parlait, Le Freux avait jeté les yeux sur le coupon de drap que les enfants avaient en partie déroulé au sol. Il se baissa et s'en saisit.

— Superbe étoffe, dit-il en la frottant entre deux doigts. Je me permets d'espérer que ce n'est pas à ces sauvages que vous la destiniez ?

Villegagnon se troubla :

— On m'avait dit…

— Fort bien, Excellence, intervint Le Freux pour ne pas prolonger cet embarras. Vous avez tout à fait raison : ils en feront grand profit. Mais à condition qu'on leur en montre l'usage. Ce côté-ci de la baie est un peu à l'écart et les naturels y sont moins familiers de notre industrie. Ils peuvent tout apprendre à condition qu'on sache les enseigner. Quant à cette pièce de drap, rassurez-vous : je m'en charge.

L'amiral le remercia de bonne grâce. En détaillant de nouveau l'ouvrage de plumasserie que l'homme avait sur le dos, on ne pouvait douter qu'il sût tout obtenir des cannibales.

— Êtes-vous ici depuis longtemps ? demanda l'amiral tandis que l'homme s'employait à enrouler proprement le coupon de tissu.

— Dix années bientôt. Et il ajouta pour précéder une question plus précise : j'ai fait naufrage.

— Vous vivez dans le voisinage ?

— Par ici, par là, fit évasivement Le Freux. Là où me mènent mes affaires.

Il parlait comme un commis des Fugger et l'on en oubliait presque qu'il était coiffé d'un scalp de vache.

— Avez-vous une femme, des enfants ?

Villegagnon était attendri par ce malheureux.

— Les femmes ne manquent pas, par ici. Quant aux enfants, sans doute…

Le Freux avait fait cette réponse avec bravade, en jetant des coups d'œil gaillards autour de lui. De fait, plusieurs soldats s'esclaffèrent. Mais Villegagnon et Thevet prirent une telle expression d'indignation qu'il jugea prudent de changer de sujet.

— En quoi puis-je vous être utile ? Vous allez certainement avoir besoin de faire venir beaucoup de choses de la terre ferme…

— De l'eau claire, dit Villegagnon. Pouvez-vous nous indiquer un lieu commode pour remplir des barriques ?

— Rien de plus simple.

— De la nourriture. Nous sommes six cents.

Les yeux du naufragé brillaient d'excitation.

— Eh bien, dit-il précipitamment, on vous approvisionnera en poisson séché, en farine, en fruits, en ce qu'il faudra en somme. On trouve tout ici… Pourvu qu'on y mette le prix.

— Le prix ? se récria l'amiral. Mais cette terre est française, désormais. Ce qu'elle porte est à nous.

— Ah, je l'entends bien ainsi, gémit Le Freux avec une grimace fausse. Mais ces sauvages ont la tête dure. Tant que l'on n'est pas en mesure de la leur briser, il faut compter avec leur mauvaise volonté. Ils sont gourmands, les mâtins !

Villegagnon regardait les guerriers nus, trois jarres de terre éparses, la maison de palmes, et il se demandait où diable ces naturels pouvaient bien cacher les richesses dont ils étaient, à entendre Le Freux, si avides.

— Nos navires sont chargés de biens de valeur que nous pourrons leur échanger, concéda Villegagnon qui se rendait provisoirement au rapport des forces.

— Comptez sur moi pour tout vous avoir au meilleur prix.

Un vol de perroquets passa au-dessus du village en caquetant et cette animation soudaine du ciel vint rappeler à l'amiral la présence sauvage de la forêt. La pyramide du pot de beurre émergeait entre les arbres. Vue de là, avec sa calotte de verdure posée de travers à son sommet, la montagne se laissait aisément prêter une âme et semblait un guetteur indiscret et gigantesque penché sur les émissaires du roi de France.

— Les Portugais sont-ils loin ? demanda Villegagnon.

D'un geste du bras, Le Freux indiqua la direction du sud.

— Les plus proches sont à São Vicente, dans la terre du Morpion. C'est à dix jours de marche d'ici. Mais leur plus gros poste est au nord, à Salvador, dans la baie de tous les Saints.

— Viennent-ils quelquefois par ici ?

— Rarement. Il s'égare de temps en temps des marins. Tiens, pas plus tard que l'an dernier, il y en avait six sur votre île et ceux-ci les ont mangés.

Il fallait toute la légitime déférence qu'on marque à un compatriote pour porter créance à une telle accusation : les coupables, debout parmi leurs huttes, avaient l'air si débonnaires.

— Nous avons l'intention dès maintenant d'édifier un fort sur l'île, annonça Villegagnon pour reprendre contenance. Pouvez-vous envoyer une centaine de ces Indiens pour nous aider aux tâches les plus pénibles ? Il y a parmi nous beaucoup de gens mécaniques qui ne sont pas si robustes que ces primitifs.

— Travailler ! N'y comptez pas. Aucun Indien ne l'acceptera jamais.

— Et pourquoi donc ?

— C'est tout à fait contraire à leur honneur.

— Corps-saint-jacques ! hurla Villegagnon qui, cette fois, n'en pouvait plus. Leur honneur désormais est celui du roi de France. Il ne peut pas leur en faire un plus grand que de les commettre à construire le premier monument de son nouveau royaume.

Le Freux baissa les yeux et laissa Villegagnon défier les Indiens du regard. Thevet, d'instinct, recula de deux pas et vint se placer au milieu des Écossais.

Les guerriers indigènes, quoiqu'ils ne comprissent rien aux paroles qui s'étaient dites, se raidirent, leurs mains se tendirent vers les massues de bois, un silence rempli de défiance s'étendit sur le village. À la lisière des palmes, d'autres Indiens, avançant dans la lumière, montrèrent leur silhouette menaçante. Le cri d'un ara dans le voisinage du pot de beurre sonnait un glas lugubre venu de l'aube des temps.

Le Freux laissa cette menace emplir l'air un temps suffisant pour que Villegagnon prît conscience des limites de son autorité.

— Mais soyez sans crainte, Excellence, reprit-il, il y a d'autres solutions.

Les sauvages se détendirent et la garde écossaise qui s'était crispée sur ses lances respira.

— Ils sont en guerre incessante les uns contre les autres, poursuivit le truchement. Ils vous vendront volontiers leurs prisonniers comme esclaves. Et ceux-là ont perdu l'honneur qui les empêcherait de crever à la tâche.

Ces mots marquaient une heureuse conclusion et Villegagnon se souciait peu de devoir affronter une nouvelle fois une telle alarme. Il s'engagea sur le chemin de la plage. On convint que Le Freux « et ses associés », comme il les nommait très sérieusement, viendraient le lendemain visiter les bateaux et voir ce qu'ils pourraient fournir pour prix de ce qu'ils contenaient.

L'amiral suivi de Thevet et de sa garde marcha dignement jusqu'au rivage. Dans la chaloupe, ils regardèrent silencieux approcher la petite île, solitaire et vulnérable, au milieu de l'immense baie et de ses menaces.

— Êtes-vous absolument sûr que l'endroit soit bien choisi ? hasarda Thevet que ce passage sur la terre ferme avait achevé d'épouvanter.

— Cette île ? ricana Villegagnon en regardant la douce ligne de ses crêtes. Dans six mois, vous ne la reconnaîtrez pas.

*

Amberi, le notaire, était si désoccupé pendant la traversée qu'il avait consigné sur un cahier le nombre de dents perdues par chaque passager sur la *Grande-Roberge*. Peut-être pensait-il qu'un jour les victimes seraient récompensées à la mesure de leur sacrifice, c'est-à-dire à proportion des molaires abandonnées en chemin. Lui-même avait payé tribut de ses incisives et pouvait en concevoir de grandes espérances.

Un mois avait passé depuis leur arrivée dans la baie. L'eau de noix de coco et les fruits apportés de la côte avaient apaisé les gencives du notaire et il s'était ragaillardi comme tous ses compagnons. Hélas, il n'avait pas profité de cette convalescence car Villegagnon ne lui laissait pas une minute de répit. Il lui faisait rédiger des procès-verbaux de tout, depuis la visite aux cannibales — dont il avait enregistré soigneusement la muette allégeance au roi de France — jusqu'aux accords passés avec Le Freux lors des fréquentes visites de celui-ci à bord des navires pour en inspecter les cales.

À cela l'amiral avait ajouté un travail titanesque : l'établissement d'un cadastre de l'île. Colombe avait été désignée pour l'aider dans cette tâche de confiance, en équipe avec Quintin. La chaîne d'arpenteur à la main, ils couraient dans la nature, mesurant les bosquets et les palmeraies, tirant des repères sur les récifs, pataugeant dans les roseaux d'un petit marécage. Amberi suivait en portant son écritoire et consignait tout avec autant de sérieux que s'il se fût agi de dents égarées.

À présent Colombe connaissait chaque recoin de cette île et ne l'en aimait que davantage. Elle ressemblait à un jardin où eussent été disposées en ordre les essences qui s'entrelaçaient sur la terre ferme. Les colons, en débarquant, étaient restés groupés d'instinct sur des aires presque aussi petites que les bateaux. Si bien que l'île offrait encore des espaces déserts et sauvages où l'on pouvait dormir à l'ombre aux heures chaudes sans voir ni entendre personne. Cependant, ces solitudes devenaient plus rares de jour en jour. Même les plus couards et les convalescents s'étaient enhardis à faire le tour de cette terre accueillante.

Colombe, comme bien d'autres, regardait désormais la côte avec envie car l'île lui avait donné l'appétit de la découvrir sans la rassasier. Mais elle voyait avec regret que Just ne partageait pas cette curiosité. Il était de plus en plus dans les vues de Martin et cherchait avec lui les moyens de s'enfuir. Colombe n'était pas accoutumée à concevoir des projets sans son frère et elle s'était faite à l'idée de le suivre s'il découvrait une manière de rentrer en France. Mais dans ce lieu isolé et inconnu, les difficultés s'accumulaient et rendaient cette occurrence assez lointaine et encore improbable. Colombe comptait bien employer le temps qu'ils resteraient au Brésil pour en découvrir les agréments. Elle continuait donc à attendre le moment où elle pourrait explorer une aire un peu plus vaste que cette île minuscule et brutalement surpeuplée.

Mais Villegagnon refusait obstinément de laisser quiconque aller librement sur la terre ferme. Il exerçait un contrôle étroit sur les relations entre l'île et le continent. Mis à part les rameurs des chaloupes et quelques marins chargés de convoyer les marchandises de Le Freux, personne n'avait le droit de quitter l'île. Colombe ne s'était pas découragée. Après tout, elle avait été emmenée pour servir un jour de truchement et l'amiral finirait peut-être par s'en aviser. À moins qu'elle ne pût profiter d'une autre occasion. Ainsi, le jour où Amberi jugea que son cadastre était terminé, elle insista pour assister à la présentation qu'il en ferait à Villegagnon, au cas où il déciderait d'élargir sa mission à un relevé de la zone côtière.

À mi-côte de la colline qui occupait le centre de l'île, l'amiral avait fait aplanir une large terrasse. Des pieux de bois y soutenaient un quinconce de toits en palmes d'assez belle allure. Eu égard à son élévation et à la nature alentour, l'édifice faisait un gouvernorat acceptable. La saison étant au sec, Villegagnon n'avait pas balancé à y faire disposer son cabinet d'ébène, les tentures du carré et tout un assortiment de coffres et de meubles tirés des autres bateaux. Le plus impressionnant était un lit à colonnes pourvu de rideaux. La chaleur des nuits était telle que l'amiral préférait dormir sur un hamac. Mais pour combiner ce confort avec l'intimité que lui apportaient les rideaux du baldaquin, il l'avait fait tendre en diagonale entre deux des colonnes qui soutenaient le ciel de lit.

Quand Amberi se fit annoncer, portant le cadastre roulé avec autant de précautions qu'un ostensoir — Colombe toute soumise sur les talons —, un attroupement bruyant occupait la partie de paillote que l'amiral réservait aux audiences.

— Ramenez au moins la chaloupe, conclut bruyamment l'amiral. Je vais prendre des dispositions pour la suite.

Sur ces mots, les assistants se calmèrent et sortirent dignement, conduits par deux Écossais. Deux autres gardes, au même instant, introduisaient le notaire et son aide. Tout cela se passait dans le plein air de ces paillotes ouvertes à tous les vents mais avec un protocole digne des cabinets les plus feutrés. Villegagnon avait l'air en rage mais il se contint pour saluer poliment le notaire. Avec l'air de démailloter un nourrisson, ce dernier étendit la carte sur la grande table qui faisait face au petit port et au pain de sucre.

La vue des contours de l'île, nettement tracés sur le papier, détendit les traits de l'amiral. Depuis que le débarquement était achevé, celui-ci disposait d'un barbier pourvu de beaux outils. Il s'était fait tailler une barbe régulièrement courte qui lui donnait un air d'apprêt plus en harmonie avec le baldaquin qu'avec la forêt vierge. Colombe remarqua qu'il portait une bague de topaze dont il n'avait pas fait usage pendant la traversée. Mais tous ces soins et même son parfum à la giroflée n'ôtaient rien au colossal désordre de sa personne, toute embarrassée d'os, d'impatience et de nez.

— Ah, s'écria l'amiral, l'Idée de l'île !

Et en effet, sur ce plan, la sauvage beauté de ses collines et de ses criques prenait la forme d'un petit serpent de crayon qui se mordait la queue sur le papier. Villegagnon, que l'étendue des mers ou des forêts laissait prosaïque, était gagné d'enthousiasme à peine voyait-il une œuvre humaine : un livre, un tableau, une carte.

— Regardez, disait-il l'œil brillant, ici s'élèvera la première muraille du fort.

Sa main glissait sur les espaces blancs du cadastre.

— Là une redoute, là les magasins. Ici la jetée. Les voyez-vous ? Ah ! Amberi, l'Idée, l'Idée. C'est la beauté, la puissance. La divinité.

Cet envol le tint quelques instants en élévation. Puis il retomba et, tout en grommelant, replia la carte qu'il alla porter dans le secrétaire.

— Fort bien, Amberi. Je vais étudier cela. Disposez, je vous prie. Toi, reste !

Colombe, un peu surprise, regarda l'amiral sans crainte. Il s'assit devant la table et, peut-être à cause de sa nouvelle installation, Colombe n'osa faire de même.

— Qu'attends-tu pour t'asseoir ? Je t'ai connu moins empoté.

Colombe sourit et se posa près sur une chaise raide tapissée de cuir.

— Je ne te vois plus guère.

— J'étais avec maître Amberi.

— Et ton frère ?

— Moi non plus, je ne le vois plus beaucoup depuis que je cours dans l'île.

— Tu me l'enverras. Maintenant que j'en suis à répartir les tâches, je veux lui confier de l'ouvrage. Et pour l'aîné des Clamorgan, crois-moi, j'ai quelques bonnes idées.

Colombe crut que c'était tout. Elle se levait quant Villegagnon lui dit :

— Et pour toi aussi.

L'amiral la dévisageait en parlant, tout en évitant de croiser son regard qu'il n'aimait pas.

— Tu es le plus jeune ici, c'est à n'en pas douter. Quoiqu'il n'ait rien compris à ce qu'il faisait, ce brave Gonzagues a vu juste en t'embarquant comme truchement. Il me semble qu'il ne faut pas en démordre : c'est à cela que tu peux être le plus utile.

Colombe n'en croyait pas ses oreilles.

— Vous allez m'envoyer chez les Indiens ! s'écria-t-elle.

Il se méprit sur cet empressement et le prit pour de la crainte.

— Tu n'as rien à redouter ; ils ne mangent pas les Français. Ce sont des simples. Ils sont doux et beaux comme des dieux antiques. Toute l'humanité de nos pères est là : ce sont des bergers d'Homère, à quelques excès près.

Il toussa. Colombe le tira de son embarras par un grand sourire.

— Bon, tu as l'air de t'y faire, grogna l'amiral.

Puis il ajouta d'un air bonhomme :

— D'ailleurs, tu sais que je ne te mettrai pas en péril. Tu ne partiras pas seul. Je compte que tu accompagnes une escorte qui va partir en terre ferme à la recherche de six misérables qui viennent de s'enfuir avec une chaloupe.

La description que Villegagnon fit des fuyards laissa Colombe entrevoir qu'il s'agissait des anabaptistes.

— Ce sera un bon prétexte, poursuivit-il, pour visiter d'autres villages que ceux où nous a conduits ce truchement appelé Le Freux. Dès qu'avec l'escorte tu auras découvert un camp d'Indiens où l'on te fait bon accueil, restes-y un peu, apprends des rudiments de langue. Tâche d'en savoir le plus que tu pourras sur les tribus et reviens m'en informer. Il faut que nous parvenions à nous délivrer de la dépendance où nous sommes de ces maudits truchements. Je suis bien convaincu qu'ils nous volent. Il faut voir le prix que Le Freux nous fait payer pour nous envoyer leur mauvaise farine et des poissons à moitié pourris.

Il serait possible à Colombe de revenir quand elle le voudrait. Des chaloupes allaient et venaient maintenant plusieurs fois par jour entre l'île et la terre. Le plus difficile fut de la retenir de partir sur-le-champ.

CHAPITRE 5

Vittorio sursauta. Depuis plus d'un mois qu'ils étaient arrivés sur l'île, il avait passionnément attendu ce moment. Il finissait par croire qu'il ne se produirait jamais.

— Est-ce bien toi le Vénitien ? lui demanda l'homme dans un dialecte padouan qui se laissait assez bien entendre.

— Moi-même, répondit Vittorio avec des larmes dans la voix.

Il en laissa presque tomber sa pioche. Il faut dire que, sans égards pour son savoir-faire de malfrat, Villegagnon et ses sbires l'avaient affecté de force à ces travaux indignes. Il était temps qu'on vînt l'en tirer.

— À ta santé, pays ! dit le nouveau venu en tendant à Vittorio une gourde de cuir.

La bonne nouvelle était que cet homme providentiel ne venait pas s'ajouter à la longue file des terrassiers mais qu'il se montrait libre de ses mouvements et fort indépendant de manières.

— Je suis un des associés de Le Freux, précisa-t-il fièrement.

Le truchement était devenu un personnage sur l'île. On le voyait en compagnie de Villegagnon qu'il traitait de puissance à puissance. Il venait de la terre ferme avec sa propre embarcation indienne faite dans un gigantesque tronc d'arbre évidé où s'efforçaient dix pagayeurs debout. Il repartait toujours chargé de lourdes marchandises tirées des bateaux et nul ne savait ce qu'il en faisait.

— Mon nom est Egidio, dit le négociant.

Tout comme son associé et maître, mais plus simplement, il était accoutré à l'européenne mais au moyen de matériaux tirés de la nature la plus sauvage. Un bonnet pointu, qu'il portait rabattu vers l'avant, taillé dans la peau d'un animal inconnu, lui donnait l'air débonnaire d'un paysan de montagne.

Vittorio, tout frémissant, attendait la suite. Il invita son visiteur à s'écarter du groupe des terrassiers afin qu'il conçût moins de gêne à prononcer le mot de passe attendu. Ils allèrent s'asseoir au pied d'un palmier qui attendait patiemment la hache.

— Quel travail ! dit Egidio en regardant la ligne des terrassiers qui piochaient le sable croûteux de la colline.

Tous les artisans, quelle que fût leur habileté à coudre des chaussures ou à cuire le pain, étaient commis à cet emploi rudimentaire de leurs bras qui consiste à lever une pioche et à la laisser retomber. Vu de leur palmier, on eût dit un rang de paysans occupés à une absurde moisson de roc.

— Ce Villegagnon est fou, affirma Vittorio pour montrer qu'il avait saisi toute l'ironie cachée sous la feinte admiration de son compatriote.

— Au moins, j'espère qu'il vous paie bien.

— Nous payer ! s'écria Vittorio qui n'avait pas perdu sa mauvaise habitude de cracher à tout propos. Il n'en a jamais été question. Il nous traite en esclaves, voilà tout. Tu as vu les dix Indiens que Le Freux a amenés, des prisonniers paraît-il. On les reconnaît bien parce que Villegagnon a fait coudre pour eux des chasubles rouges, de crainte qu'on ne voie leurs fesses. Ce sont des prisonniers que les tribus indigènes nous ont vendus comme esclaves. Eh bien, je t'affirme que nous sommes tout à fait leurs égaux.

— Tout de même, insista Egidio qui cherchait à forcer les confidences, Villegagnon vous pourvoit de tout. Vous êtes nourris. Vous avez le boire et le coucher.

— Nourris ? De racines réduites en farine et de poisson fumé. Tu appelles cela nourris ?

Entre Italiens qui savent ce que la cuisine veut dire, cette description était une métaphore de l'enfer. Vittorio, pour apaiser sa rage, but un grand trait de la gourde. La tête lui tournait déjà un peu à cause de ce breuvage et, quoiqu'il fût doux, il en sentait la force courir dans ses veines.

— Voilà un fameux alcool, dit-il en regardant la gourde. D'où cela vient-il ?

— C'est du cahouin que les Indiens fabriquent pour leurs cérémonies. Je peux t'en procurer si tu veux.

— Hélas, fit Vittorio soudain méfiant car cet inconnu n'avait pas à savoir qu'il avait de l'or, je n'ai pas les moyens d'en acheter.

— Pour toi, pays, ce sera gratis.

— Tu es trop bon. Tiens, nous ne serions pas si puants, je t'embrasserais.

Egidio parut à la fois flatté de cet élan et heureux qu'il eût été entravé. Ils levèrent simplement leurs gourdes.

— Mais les autres, à ton avis, dit le négociant, en désignant les terrassiers du menton, ont-ils de quoi en acheter ?

— Pour sûr ! Tels que tu les vois, ils sont tous les maîtres d'une petite somme qu'ils ont cachée sur eux ou dans leurs effets et qu'ils surveillent jour et nuit. Ils n'ont pas bu une goutte de quelque chose qui ressemble à de l'alcool depuis des mois et je suis bien sûr qu'ils donneraient n'importe quoi pour s'en procurer.

Dans le soleil de midi, on voyait les hommes s'interrompre tous les dix coups de pioche et porter la main à leur front comme s'ils eussent voulu calmer leur rage et leur épuisement.

— Je te laisse deux flacons de cahouin, dit Egidio, tu le leur fais goûter. Ils te passent commande. Je peux t'en avoir à quatre testons d'argent la barrique. Et pour chaque tonneau de vendu, ce sera deux deniers pour toi.

— Trois, dit Vittorio qui connaissait le commerce.

— Affaire conclue.

Ils se serrèrent la main. La douce consolation du cahouin embellissait encore le moment et faisait danser le pain de sucre et toutes les montagnes de la baie.

— Et les femmes ? demanda Vittorio qui, en affaires, voyait toujours large.

— Avec toutes les fatigues de la traversée, crois-tu qu'ils en aient envie ? plaida Egidio avec malice.

— Tu devrais entendre les conversations la nuit autour des feux de camp.

— Les Indiennes seraient-elles à leur goût ?

— À leur goût ? Mais quand ils en voient passer au ras de l'île, les seins au vent, dans leurs damnées pirogues, tout exprès pour nous narguer, c'est à peine s'ils ont la force de ne pas se jeter à l'eau, quoique aucun d'eux ne sache nager.

Egidio hocha la tête comme pour blâmer avec indulgence la folie des hommes.

— Il me semble, dit Vittorio, que si rien ne change, même les perroquets femelles seront objet de convoitise.

Puis il continua un ton plus bas :

— Je sais même que certains rameurs forment le projet, contre argent bien entendu, d'emmener de nuit ceux qui le voudraient afin qu'ils puissent courir après des sauvagesses.

— Malheureux ! Qu'ils n'en fassent rien ! On croit que ces Indiennes sont libres parce qu'elles montrent à tous ce que l'on a garde de dissimuler, mais c'est faux. On ne comprend rien à leur parentèle. L'une va mener un jour une vierge à son mari pour qu'il la prenne dans sa couche mais une autre va déchaîner la vengeance de sa famille contre son mari qui l'a trompée. Tout cela est imprévisible. Je te le dis : on court de gros risques à frayer avec les Indiennes des tribus sans les connaître.

Vittorio marqua sa déception.

— Mais, heureusement, assura Egidio d'une voix suave, nous qui sommes ici de longtemps, nous avons la disposition de belles et bonnes esclaves qui ne feront d'ennuis à personne. Autant ils en voudront, autant nous pourrons leur en fournir.

Vittorio avait la gorge nouée. Moyennant la promesse d'être du premier voyage et d'en avoir deux pour lui seul, il entra dans les plans d'Egidio qui visaient à faire de lui le grand ordonnateur de ce trafic auprès de ses compagnons.

— Dis-moi, Vittorio, fit le truchement d'un air songeur, il faut quand même qu'il soit riche, cet amiral, pour mener une telle entreprise. A-t-il de l'or ?

— Il faut croire, fit Vittorio encore tout à son explosion de sève.

— Tu n'en es pas sûr ? Il vous aurait embarqués dans cette aventure avec pour seule monnaie d'échange les pièces de drap et les amusements pour sauvages qu'il nous a montrés dans ses cales. Allons, il doit y avoir autre chose ?

— J'ai vu transporter un coffre fermé qui avait l'air fort lourd et qu'il a fait mettre sous son lit.

— Sous son lit, répéta Egidio avec intérêt. Ce n'est pas une place bien sûre, avec tout ce qu'il traîne de ladres dans cette île.

Vittorio tressaillit. Ladre voulait dire prison ; prison voulait dire crime et crime pour Vittorio voulait dire Ribère. Il s'attendait d'un instant à l'autre à recueillir enfin le précieux signal. Mais rien ne vint.

— Que t'ai-je dit de si bouleversant ? s'étonna Egidio. Tu en restes bouche bée.

— Non… je pensais… de quoi parlions-nous ? Ah ! oui, du coffre sous le lit : eh bien, il est en lieu sûr, en vérité. Les quatre Écossais qui sont à la garde de l'amiral et dont j'ai pu éprouver moi-même la vigilance se relaient devant cette chambre tout au long de la journée et de la nuit.

Egidio, sans avoir l'air d'y prendre trop d'intérêt, notait tous ces détails dans sa tête. Comme il désespérait de l'entendre parler de Ribère, Vittorio, qui voyait qu'on le cherchait sur le chantier, prit rendez-vous pour le soir même et s'en retourna piocher la terre avec de nouvelles espérances.

*

Trois chaloupes quittèrent l'île, en ce petit matin de janvier, chargées de ceux auxquels Villegagnon avait confié une mission en terre ferme. Il n'avait pas voulu se priver de sa garde écossaise ni des chevaliers de Malte qui jouaient sur les chantiers de l'île le rôle de contremaîtres. Aussi avait-il fait rassembler une petite escouade d'une vingtaine de soldats dépareillés. On y trouvait le Balte qui avait voyagé sur la *Rosée*, deux renégats dénichés chez les Ottomans et un Hongrois d'une effrayante maigreur, tout en pommettes, et qui n'était plus que la moitié de lui-même depuis qu'on l'avait amputé de son cheval. Cette troupe, pour peu martiale qu'elle fût, avait le mérite d'être silencieuse par la force des choses — aucun ne comprenant les autres — et aguerrie aux poursuites, aux embuscades, à la survie dans les milieux les moins hospitaliers. Ils avaient ordre de remettre la main sur les anabaptistes et de les ramener enchaînés dans l'île. Villegagnon les fit répartir en deux groupes.

Le premier partirait vers le fond de la baie. Il comptait huit soldats et Martin qui, à force d'intrigues, était parvenu à se faire désigner comme apprenti truchement. Il espérait bien, avec ou sans les soldats, selon qu'ils entreraient dans ses vues ou pas, pousser le plus loin possible et découvrir un chemin qui le menât jusqu'aux comptoirs de l'autre rive. Il fit à Just avant de partir le serment qu'il reviendrait le chercher. L'autre groupe devait progresser dans l'autre sens, c'est-à-dire vers l'embouchure de la baie. Il était entendu qu'ils rejoindraient d'abord l'endroit, plus en aval, où les fuyards avaient abandonné leur embarcation. Ils remonteraient ensuite dans la forêt, en direction du pain de sucre, essayant d'atteindre les crêtes et même de les contourner.

Colombe qui accompagnait ce second groupe avait toute licence pour choisir une loge indienne accueillante et point trop souillée, s'il était possible, par l'influence de Le Freux et de ses sbires. Nantie d'un cahier et d'encre, elle collecterait le plus qu'elle pourrait les mots du dialecte des indigènes afin de pouvoir communiquer avec eux.

Just avait tout fait pour la dissuader de partir mais il était impossible de faire revenir Villegagnon sur des ordres formels quand il les avait annoncés. Colombe s'employa à rassurer son frère jusqu'à l'ultime moment où elle embarqua sur la chaloupe. Quand elle l'aperçut, de plus en plus lointain sur la plage, avec ses grands cheveux noirs au vent, elle se sentit tout émue de le voir ainsi déchiré, plein de tendresse et d'inquiétude. Il restait l'être au monde qui comptait le plus pour elle. Mais tandis que l'amour que Just lui portait requérait la présence, elle, au contraire, avait atteint ce degré de certitude où l'on peut conserver le sentiment intact et même le renforcer tout en allant et venant. D'un coup, sur cette chaloupe, elle se jugea, au regard de ses passions, plus grande et plus forte que lui.

Mais la traversée était courte et, sitôt qu'elle eut les pieds dans l'eau, elle fut toute au plaisir de découvrir cette terre ferme qui l'avait fait rêver.

La troupe s'engagea en file indienne dans une trouée de mangroves qui faisait face au mouillage des anabaptistes en fuite. Le petit matin était silencieux et frais ; il semblait à Colombe qu'ils surprenaient indiscrètement la nature à son lever. Dans la gigantesque chambrée du sous-bois, des haleines de plantes et de bêtes, oubliées dans le sommeil, saturaient l'air d'amertumes parfumées. La peau moite des ébéniers, des bras arrondis d'euphorbes, les grosses têtes des calebassiers s'étalaient sans pudeur ni conscience sur des replis d'humus et de fougères géantes. Bien au-dessus des têtes, la grande ramure des jacarandas couvrait ces abandons de son ombre.

Dans cette zone de forêt dense, ils marchèrent plusieurs heures sans rencontrer de village. Le soleil était maintenant bien haut. Il lardait le sous-bois de flèches lumineuses dont la pointe faisait éclater des verts criards dans le feuillage et des plaies rouge vif sur les troncs. Le silence des marcheurs leur permettait de percevoir des frôlements de serpents dans les lianes, des échappées de phacochères et le vol zigzagant de petits oiseaux de couleur. À mesure qu'ils prenaient de l'altitude, ils découvraient entre les feuilles, en se retournant, l'étendue livide de la baie sous le soleil au zénith et l'île en forme de barque près de laquelle étaient amarrés les bateaux.

Les anabaptistes s'étaient évanouis dans la jungle et il paraissait de plus en plus improbable de les retrouver jamais. Après avoir mangé des poissons séchés que le Balte tenait dans son sac et bu de l'eau des gourdes, les marcheurs prirent un peu de repos sous un cèdre. Colombe, la tête sur une branche rampante, s'endormit. La forêt était si dense et si calme qu'ils ne prirent pas la peine d'établir une garde. Aussi furent-ils empêchés de faire quoi que ce soit lorsque, en s'éveillant, ils se virent entourés d'une vingtaine d'Indiens armés de massues et d'arcs aussi hauts qu'eux.

Colombe n'avait encore jamais considéré aucun de ces naturels de près. Elle savait, par les conversations égrillardes entendues sur l'île, qu'ils étaient nus, mais elle n'y avait vu qu'un détail pittoresque. En découvrant devant elle ces hommes silencieux que ne couvrait aucune étoffe, elle n'en fut nullement choquée. Leurs seules parures, colliers de vignots et bracelets de coquillages, ornaient leurs poignets ou leur cou sans dissimuler quoi que ce soit des organes que la pudeur européenne destine à l'obscurité. Comme les arbres qui tendent leurs fruits avec naturel, ces êtres nés dans la forêt et qui en épousaient la féconde simplicité, rendaient à la forme humaine une plénitude familière. Quand le soldat balte se releva en tremblant, couvert de ses guenilles puantes, c'est lui plutôt qui parut à Colombe ridicule, emprunté, aussi absurdement travesti qu'elle se sentait tout à coup l'être elle-même.

— Mair, bredouilla le Balte, en exécutant avec terreur les maigres consignes que Villegagnon lui avait fait entendre.

— Mair, mair, reprirent tous les autres soldats de l'escouade sans chercher à se servir de leurs armes qui gisaient encore sur le sol.

L'un des Indiens répondit par une longue phrase. Une langue inconnue se laisse voir plutôt qu'entendre : elle était colorée d'innombrables voyelles, entremêlées comme dans ce sous-bois de forêt vierge, et l'on y reconnaissait un relief tourmenté de consonnes, qui dominaient la mélodie de leur dureté abrupte.

— Mair, répéta le Balte pour faire croire qu'il avait compris quelque chose.

Ce mot déclencha le rire chez les Indiens car il montrait que les étrangers n'avaient aucune intelligence de ce qu'ils avaient voulu leur dire.

Cette hilarité, jointe au fait que les Indiens replacèrent leurs arcs à l'épaule, calma l'alarme des soldats. Ils se mirent en marche à la suite de leurs nouveaux guides en direction d'un étroit chemin tracé dans les herbes.

Colombe cheminait derrière un Indien guère plus grand qu'elle et ne pouvait quitter des yeux la mécanique de sa musculature. Jamais elle n'avait imaginé qu'un être humain fût ainsi fait de cordages tendus et de muscles gonflés comme des voiles. Tout à coup, elle prenait conscience du mystère de ses propres mouvements, de l'affleurement, à la surface du corps, de forces communes à l'univers des minéraux et des bêtes. Et elle sentait dérisoire l'obstination que mettent les hommes de par deçà à n'exprimer l'intelligence que par les minuscules mouvements de leurs visages quand ceux, amples et superbes, de leurs corps les reflètent si parfaitement.

Ils parvinrent au col d'où peuvent s'embrasser d'un côté la baie de Guanabara et de l'autre l'espace ouvert de l'Atlantique. Un vent humide montait de ce versant et substituait à l'odeur de chambre des végétaux, des acidités marines piquantes de sel et d'algues. La végétation changeait, devenait moins haute, faite de bosquets odorants semblables à des rhododendrons et des buis.

Un moment, l'étroit sentier s'élargit, invitant à la confiance. Mais les Indiens firent signe de se garder d'avancer en son milieu. L'un d'eux, au moyen d'une des longues flèches qu'il portait au côté, montra aux soldats que le sol, à cet endroit, était formé d'une claie de bambous recouverte d'herbe. S'y fussent-ils aventurés que le piège les aurait tous précipités dans une fosse hérissée de pieux.

Ils suivirent les Indiens le long d'une sente qui contournait cet obstacle et n'avaient pas marché cinq minutes qu'ils entrèrent dans un village. Il était formé, comme celui qu'avait visité l'amiral, d'une unique maison de paille où cent personnes pouvaient se loger.

La même cérémonie larmoyante les y attendait mais comme l'un des soldats l'avait déjà subie lors du débarquement de Villegagnon, ils s'y prêtèrent de bonne grâce. Tout dans cet accueil était propre à rassurer Colombe : la gaieté des enfants nus qui jouaient par terre, l'attention des hommes qui installèrent les nouveaux venus sur des hamacs et leurs présentèrent des calebasses pleines de nourriture, la senteur d'aromates des feux sur lesquels cuisaient des jarres.

À l'instant où elle se sentait envahie par le bien-être de cette arrivée, survint pour elle une alarme inattendue. Les femmes, nues comme tout le reste des indigènes, vinrent l'entourer avec des rires et des exclamations attendris. Caressant ses cheveux, saisissant ses mains, elles l'entraînèrent gaiement à l'écart. Les yeux des soldats stupéfaits se dessillèrent d'un coup et ils comprirent qu'elles avaient reconnu Colombe pour une des leurs.

CHAPITRE 6

Just, ce matin-là, en descendant jusqu'à la plage, pieds nus dans la poussière accumulée sur cette terre abandonnée, eut la pensée que Colombe était partie depuis quinze jours pleins et qu'il n'en avait aucune nouvelle. Il était d'humeur très sombre lorsqu'il prit la file pour recevoir son déjeuner. Un cuisinier aux mains sales lui tendit une dorade trop cuite qu'il alla mâcher au pied d'un cocotier.

La seule alternative à ses noires pensées était le vert fade des eaux de la baie. En Normandie, il avait passionnément aimé la mer ; quand ses rêves ne l'emportaient pas vers les errances de la chevalerie ou les campagnes d'Italie, c'était à courir l'océan qu'il pensait. Un cœur noble pouvait se nourrir à satiété de ces vents orageux, de ces houles et de ces marées qui appelaient au combat sans plus d'aman que les joutes sur la carrière. Mais pouvait-on donner le nom de mer à cette soupe inerte des tropiques ? Just regardait le friselis de l'écume ourler le sable comme une pauvre dentelle de chambrière. Misère ! sur plusieurs encablures, l'eau était si peu profonde et si calme qu'on eût dit une vitre grossière posée sur la peau ridée d'un monstre. Tout, dans ce lieu désolé, accablé de soleil et de chaleur, montrait assez que la vie des hommes n'y était pas la bienvenue. L'effort, l'énergie, la sombre volonté que mettent dans l'âme les froidures n'avaient pas leur place dans cette étuve propre à faire croître une vermine de serpents, d'insectes velus et d'oiseaux peints comme sur soie.

Just s'accrochait à une seule idée, comme le naufragé qu'il se sentait être : le retour. Ce n'était pas un accomplissement mais un préalable. Il ignorait ce qu'il ferait à son arrivée en France. Son horizon se bornait à la rendre possible dans les meilleurs délais. C'est bien dans cette vue qu'il avait cultivé son amitié avec Martin. Le jeune brigand n'avait guère d'autre chose en commun avec lui. S'il avait intéressé Just par ses récits de coups de main et de bouge, c'était en raison de ses talents de conteur, de sa gaieté. Just ne se voyait pas épouser jamais cette vie de criminel, quoique l'autre le lui eût proposé. Il aimait trop la lumière, l'honneur, la beauté du combat pour pratiquer lui-même l'art obscur du guet-apens. Mais, dans les circonstances extrêmes où ils étaient, Martin était un allié précieux. Just ne doutait pas qu'il ne revînt de son expédition en terre ferme avec de promptes perspectives d'embarquement.

Avec cette idée de terre ferme, lui venait la pensée de Colombe. Et c'était comme un fâcheux surcroît de coïncidences au moment où il en avait fini avec la maigre chair du poisson et se piquait les gencives sur ses arêtes. L'amour qu'il ressentait pour sa sœur était toujours aussi vif et l'idée du retour n'était pour lui qu'une autre manière de former des plans avec elle. Restait qu'il se sentait étrangement partagé. Il était rassuré de la voir heureuse avec des riens, faisant front face à ce climat étouffant et à ces terres sauvages. Elle était encore assez enfant pour s'en amuser : c'est la seule explication qu'il voyait à sa passion pour ces paysages et à son envie de visiter la terre ferme. Pourtant, il se demandait si cet exil qu'elle acceptait trop bien, ce travestissement forcé, cette vie déchue et de mensonge n'allait pas la priver à jamais de ce qui, selon lui, et bien qu'il ne sût pas exactement de quoi il pouvait s'agir, constituait ce matériau de pudeur et d'innocence, de vertu et de douceur qui fait une femme. Surtout, il ne supportait pas l'idée de la savoir au milieu de sauvages qui lui exposaient leurs attributs.

Just jeta l'arête au loin, s'essuya la bouche. L'envoi de Colombe sur la terre ferme était encore une idée de Villegagnon ! Il appliqua sur sa souffrance le baume du ressentiment qu'il nourrissait contre l'amiral. Gagné par cette apaisante rumination, il remonta doucement jusqu'au chantier.

L'île, depuis bientôt deux mois qu'ils y avaient débarqué, était méconnaissable. Les haches avaient beau mordre mal le bois des cocotiers et rendre des coups mats dans leurs corps fibreux, plusieurs centaines étaient maintenant abattus. On voyait leur moignon de tronc sortir de la plage et c'était autant de tabourets qui évitaient de s'asseoir dans le sable. De longues grumes jonchaient le sol de l'île et c'étaient partout des bruits de houes, de scies, des ahans accompagnant la traction des poutres vers l'ébauche de mieux en mieux visible du fort. Les bois précieux étaient débités et embarqués sur la *Grande-Roberge*, que Villegagnon comptait renvoyer promptement en France afin de vendre sa cargaison. Sur l'île poussait peu de bois Brésil, qui était l'essence la plus recherchée. Mais Le Freux avait accepté, pour un prix exorbitant, d'en faire abattre sur la côte. De la taille d'un chêne et très vert de feuillage, cet arbre propre à la teinture est pourvu d'un tronc si dur qu'on dirait du bois mort. Une vingtaine d'esclaves, munis — grâce aux Français — de haches, de houes, de crochets et autres ferrements, avaient la terrible charge d'abattre ces arbres dans les endroits escarpés et dangereux où ils poussaient, puis de les équarrir. Les dépouilles de ces nobles bois, apportés par pirogue, gisaient en désordre sur la plage de l'île en attendant leur embarquement. À ce massacre s'ajoutaient des gabions remplis de sable, serrés les uns contre les autres comme des tonneaux qui, tant que le fort n'était pas construit, dressaient aux points faibles un premier rempart contre une éventuelle attaque des Portugais…

Just rejoignit son poste de travail : il était affecté à la carrière. Elle était située dans un escarpement rocheux sur la façade de l'île qui donnait vers la baie et elle fournissait des pierres de construction d'aspect médiocre mais solides. Des tailleurs, en tablier de cuir, rompaient le front de roche et tâchaient à donner une vague forme aux blocs qu'ils extrayaient. Une chaîne humaine les acheminait jusqu'à la première redoute. Des esclaves indiens fournis par Le Freux remplissaient les emplois de porteurs. On les avait vêtus de tuniques confectionnées à la hâte par deux tailleurs de l'expédition. Just avait reçu la charge de décoller les blocs de pierre à l'aide d'une longue barre de fer, telle qu'on en utilise dans les mines, et de surveiller le travail sur ce chantier. Mais il avait aussi l'ordre exprès de veiller à ce que les indigènes conservassent leurs oripeaux quoi qu'il advînt. Le soir, en effet, ces malheureux, trempés de sueur, cherchaient un repos sans entraves ; ils avaient l'instinct de découvrir les régions les plus échauffées de leur corps sans concevoir qu'elles fussent les plus honteuses. Il se comptait plusieurs femmes parmi ces esclaves. Quoiqu'elles fussent fort laides et usées, Just sentait bien que leur nudité faisait luire l'œil des travailleurs venus d'Europe, au point de pouvoir créer des désordres. Mais pour autant, il n'aimait guère cet emploi de garde-chiourme.

Cependant, pour la facilité d'une évasion future, il lui importait que l'île demeurât exempte de violence et conservât la surveillance débonnaire qu'on y connaissait pour l'heure.

Ce matin-là, comme il montait au chantier, Just vit dom Gonzagues qui venait à sa rencontre.

— Je te trouve ! s'écria le vieux soldat et il mit sa patte au collet de Just.

Celui-ci n'appréciait guère ces manières familières. Il ne pouvait oublier que dom Gonzagues avait été l'instrument de leur exil. Certes, il l'avait fait sans penser à mal et leur témoignait désormais beaucoup d'attachement. Pourtant, Just ne pouvait tout à fait lui rendre son affection.

— J'ai fait un poème, confia dom Gonzagues. Il sortit un bout de papier chiffonné et, en le tenant à bout de bras, commença : « Marguerite… » Un nom au hasard…

— J'ai de l'ouvrage, Gonzagues…

— Non, écoute, je t'en prie, c'est fort court :

Marguerite, dans mon île comme en un nid
Je caresse votre nom ma mie
Ainsi l'oiseau couve sous son aile
La souvenance de sa belle.

Just, accablé, secoua la tête et, par un reste de charité, ne souhaitait rien répondre.

— N'est-ce pas beau ? insista dom Gonzagues.

— Il manque des pieds.

— Des pieds ! Mais qui te parle de pieds, espèce d'âne. Bon, au fait. Va voir l'amiral. Il te veut chez lui ce matin.

C'était une mauvaise nouvelle. Just se tenait aussi loin que possible de Villegagnon. Quand l'urgence des fortifications avait requis la participation de tous les hommes vigoureux, Just en avait profité pour se porter volontaire et échapper à l'emploi de page que l'amiral lui réservait.

En arrivant au gouvernorat, comme on disait désormais,

la garde écossaise le conduisit séance tenante auprès de l'amiral qui, en effet, l'attendait. Il se leva en voyant Just, lui prit les mains et le contempla un instant. Avec ses grands cheveux noirs ondulés, dressés d'épaisseur et de vigueur, sa barbe en désordre mais finement dessinée, traçant une accolade bien nette sous la lèvre inférieure, c'était indubitablement le plus beau garçon de l'île. Sa noblesse, qui ne s'employait à rien, prenait le temps de visiter chacun de ses gestes, et semblait défier le monde — mais sans hauteur — de lui donner jamais épreuve à sa mesure.

Villegagnon parut très satisfait de cet examen. Il le relâcha et le fit asseoir près de lui.

— Clamorgan, commença-t-il avec une tendre rudesse, je t'ai laissé jeter ta gourme sur ce chantier où l'on avait besoin de toi. Maintenant, je manquerais à mon devoir si je n'entreprenais pas ton éducation de gentilhomme.

— Mais… le fort ? protesta Just.

La perspective d'un commerce régulier avec Villegagnon révoltait Just malgré lui. Il était convaincu que l'amiral l'avait joué. Sans en avoir démêlé la machine, il soupçonnait un accord entre la conseillère, les religieuses et Villegagnon pour leur faire croire qu'ils allaient retrouver leur père et les éloigner à jamais de Clamorgan.

— Tu peux t'employer au fort tous les après-midi si tu le désires. Mais le matin désormais, tu te rendras d'abord ici pour recevoir mes leçons. Où te loges-tu ?

— Sur le chantier.

— Dans une cabane ?

— Non, à l'air.

— En ce cas, je vais dire aux Écossais de te trouver un recoin dans ce palais. La saison sera bientôt aux pluies et je ne veux pas que tu laisses traîner les livres que je vais te prêter.

L'idée de lire causait un vif plaisir à Just et il pensa que

Colombe en serait encore plus heureuse que lui. Après tout, même s'il n'aimait pas Villegagnon, autant tirer profit de sa sollicitude avant de lui fausser compagnie. Cela ne hâterait ni ne retarderait l'échéance.

— Qu'as-tu lu jusqu'ici ? lui demanda brusquement l'amiral.

Just fit remonter de sa mémoire une liste hétéroclite de poètes latins et grecs. Il cita Hésiode, Virgile et Dante. Puis, ces gages donnés au sérieux, il avoua Perceval et les Amadis.

— Voilà pour les classiques et la chevalerie, opina Villegagnon. Il me semble que tu en sais là-dessus suffisamment. Mais, vois-tu, nous sommes dans un temps d'idées nouvelles. Elles nous sont aujourd'hui livrées par de grands esprits qui honorent Dieu autant que le genre humain. As-tu lu Érasme ?

— Non, confessa Just sans remords ni fierté.

— Eh bien, voici l'*Enchiridion*, sa plus belle œuvre selon moi, repartit Villegagnon en sortant un petit livre d'un coffre dressé qui lui servait de bibliothèque. Lis-moi cela cette semaine et tâche de t'en pénétrer car je t'interrogerai sur son contenu. C'est écrit dans un latin très aisé pour un familier de Virgile.

Just éprouvait un plaisir inattendu à serrer contre lui le petit volume couvert d'un maroquin beige fort usé.

— Autre chose, ajouta Villegagnon en se levant brusquement. Sur le bateau, tu as fait preuve de bravoure avec tes poings ; c'est bien, mais il importe que tu saches user à l'avenir d'armes plus nobles. Nous descendrons à la plage chaque matin après l'aube et tu me rendras les coups à l'épée.

Apprendre l'escrime était un des plus chers désirs de Just. Mais jamais il n'avait imaginé en être gratifié dans de si étranges conditions. Villegagnon, comme chaque fois que ses paroles risquaient de provoquer une émotion embarrassante, avait terminé sa phrase en tournant le dos.

Just sentait qu'il devait prendre congé mais il était trop inquiet pour Colombe.

— Amiral, avez-vous des nouvelles de mon frère ? demanda-t-il.

— Pas encore, mais ils ne sont partis que depuis deux semaines et d'ailleurs les soldats non plus ne sont pas rentrés.

Ces paroles se voulaient rassurantes quand le ton, lui, ne l'était guère. Just se leva mais hésitait à sortir, comme s'il pensait que Villegagnon réservait pour ces derniers instants la révélation de sa véritable pensée. Cette attente aurait pu durer si un tumulte inattendu n'était venu de la paillote voisine qui servait d'antichambre. Derrière la claire-voie de palmes, s'éleva la voix brutale des Écossais et, plus fort, des glapissements menaçants qui ne pouvaient venir que de Thevet.

— Va voir ! ordonna Villegagnon.

Just ouvrit un semblant de porte et le cordelier s'y engouffra. Il tenait de la main droite un coutelas et de la gauche un gros fruit brun jaunâtre surmonté d'une touffe de feuilles pointues.

— Vite, un plat, amiral ! s'écria-t-il.

Avisant une assiette d'étain sur la table, il y posa le fruit et le trancha d'un coup décidé. Une chair jaune vif parut, semée de fibres.

— Goûtez-moi, je vous prie, ce délice.

Dextrement il avait découpé un quartier de pulpe et le tendait à Villegagnon à la pointe de son couteau. La surprise aidant, le géant n'osa pas résister et, saisissant le morceau entre ses dents, le mâcha, l'avala puis déclara, pour solde de tout compte :

— C'est bon.

— Ah ! ah ! ricana le cordelier, au moins ! Excellent, dirais-je plutôt, amiral, si vous me le permettez. Les truchements m'ont apporté ce fruit de la terre ferme. Il me faut le vérifier mais je crois bien qu'il n'a pas encore de nom savant. Les indigènes le désignent par le mot « ananas ».

À l'excitation de sa voix, on comprenait que sa gourmandise venait moins de la saveur de ce végétal que de la perspective de le féconder bientôt de son nom, dûment latinisé pour le rendre universel.

— Monsieur l'abbé, dit Villegagnon avec une lassitude si aiguë qu'elle trancha vif cette satisfaction, veuillez vous asseoir, je vous prie.

Il avait oublié Just qui se tenait toujours près de la porte et n'osait bouger. Le cordelier s'assit et posa à regret son tranchoir.

— Nul ne peut se réjouir plus que moi des découvertes qui font progresser la science, commença l'amiral. Cependant, dois-je vous rappeler que vous êtes seul ici à pouvoir célébrer les sacrements. En un mot, je vous demanderai simplement ceci : quand avez-vous l'intention de dire enfin la messe ?

Le cordelier se renfrogna.

— Je n'ai plus aucun ornement.

— Le Christ, ce me semble, a montré l'exemple de la pauvreté. Vous pouvez consacrer le lieu le plus humble par la prière.

Villegagnon, qui avait combattu les armées du pape, fréquenté les humanistes et même, en Italie, d'audacieux esprits qui se prononçaient pour la Réforme, était indigné jusqu'au tréfonds par tout ce qui pouvait ressembler à un attachement à la pompe. Il croyait en une Église invisible et gratuite, réunissant les hommes que la grâce divine a touchés, quels que fussent leurs œuvres et leurs gestes.

— Ne comptez pas sur moi, contre-attaqua Thevet, pour

évangéliser ces sauvages tant qu'ils n'ont pas acquis une connaissance élémentaire de nos langues et de nos usages.

— Je me soucie bien des sauvages ! objecta Villegagnon. Qui vous parle d'eux ? Leur tour viendra. Mais ce sont nos sujets ici même qui s'égarent faute d'un rappel à la morale et à la foi. On me rapporte chaque jour qu'ils se dissipent davantage. Le travail n'avance plus. On en surprend chaque matin qui sont ivres morts et ne peuvent se tenir debout.

Il plissa les yeux, approchant son gros visage effrayant du cordelier, qui se détourna sous son haleine, et ajouta :

— Je crois même que se répandent des commerces plus graves qui touchent à la chair.

Il prononça ce mot d'une voix si grondante et si forte qu'un Écossais passa la tête par la porte.

— Qu'on me laisse ! cria Villegagnon.

Puis, avisant Just qui était demeuré près de l'entrée, il le chassa sévèrement :

— Que fais-tu encore ici, toi ? Disparais et ne laisse jamais savoir un mot de ce que tu as entendu.

Just sortait quand il entendit Villegagnon revenir au cosmographe et lui dire :

— Voyons maintenant ensemble, monsieur l'abbé, quelles mesures prendre pour arracher ces mauvaises racines.

CHAPITRE 7

C'était une imprudence, bien sûr. Mais il est des plaisirs auxquels on se laisse entraîner parce que les refuser serait commettre un crime contre soi-même. Lorsque Colombe se sentit entourée par les femmes indiennes, caressantes, éclairées de rires et tout empressées d'un babil qu'elle comprenait sans en saisir pourtant les mots, elle ne chercha ni à leur résister ni à les démentir : elle avait l'impression d'être délivrée d'un fardeau. Un instant plus tôt, elle était encore indifférente à son travestissement d'homme, si bien dressée à ne pas se dire femme qu'elle n'était même plus sûre de vraiment l'être. Pourtant, son corps s'était transformé durant la traversée et il avait fallu la diète forcée du bateau pour ne pas lui donner son ampleur d'adulte. Le régime de l'île avait rompu cette digue et elle prenait des rondeurs que cachaient à peine ses hardes.

Il suffit que les Indiennes l'entraînassent avec elles pour qu'apparut aux soldats ce que seule l'habitude ne leur avait pas permis de remarquer. Le Balte et sa turme virent avec un mélange en part égale d'admiration et d'épouvante paraître aux yeux de tous, sa pauvre veste ôtée sans résistance, les deux seins tendus de Colombe, qui ne devaient plus rien à l'enfance. Quand elle s'avisa de leur présence et du reproche de leurs regards, elle s'avança vers les soldats sans chercher à se couvrir et leur dit crânement :

— Maintenant que vous savez mon secret, soyez assez lâches pour aller le rapporter à qui vous voudrez ! Moi, je dois rester ici. Ce sont peut-être les derniers ordres de l'amiral qu'il me sera donné d'exécuter.

Le Balte poussa un grognement et emmena les autres à l'écart. Après s'être restaurés dans des plats de bois offerts par les Indiens, ils reprirent la piste des hérétiques. Deux guerriers s'offrirent à les guider.

Colombe resta seule et le départ des soldats emplit le camp de ce qui lui parut être un grand silence. Il lui fallut un moment pour comprendre la raison de ce calme étrange. Les Indiens se mouvaient sans aucun bruit. Le village prenait place au cœur de la forêt sans que la présence des êtres humains se marquât plus bruyamment que celle des oiseaux, des serpents ou des insectes.

Quelques feux de bois Brésil brûlaient sans fumer. Ôtant à Colombe son reste de costume, les femmes marquèrent par des gestes de doigts leur répulsion devant sa saleté. En même temps qu'elle se dépouillait de son vêtement, Colombe éprouva le vif désir d'être délivrée de sa crasse qui était comme une doublure intime. Les Indiennes l'emmenèrent joyeusement à leur suite vers un petit torrent qui coulait dans la forêt. Par quelques degrés de basalte, elles atteignirent deux minuscules cascades qui alimentaient une retenue d'eau. Là, l'une des femmes, se plongeant la première, montra à Colombe qu'elle n'avait pas à craindre de perdre pied. Elle descendit à son tour et toutes, autour d'elle, la frottèrent avec des poignées de végétaux qui ressemblaient à de la mousse et enduisaient sa peau d'une écume blanche.

Elles rentrèrent un peu plus tard, Colombe, nue parmi les autres, ne sentant ni crainte ni pudeur, même lorsqu'elles reparurent en troupe devant les hommes.

La pénombre venait. Elles s'installèrent autour des feux et comme Colombe n'était pas habituée à la fraîcheur du soir et frissonnait, les Indiennes, en souriant, lui jetèrent sur les épaules un large tissu de coton blanc.

C'est à ce moment, dans la tiédeur des braises et du châle, que Colombe, en massant ses pieds bleuis par l'eau froide, prit conscience de sa détresse.

Les soldats ne mettraient pas huit jours à rentrer et la dénonceraient sur-le-champ à Villegagnon. Si d'aventure ils s'en dispensaient, elle serait à la merci d'odieux chantages et devrait tout avouer elle-même. La confiance de l'amiral était donc irrémédiablement trahie. Just en subirait aussi les conséquences, pour avoir menti avec elle.

Quel châtiment leur imposerait-on ? Elle l'ignorait, mais pressentait qu'ils seraient sans doute séparés. Un animal désir de se blottir contre Just la saisit pendant qu'elle frissonnait de plus belle. Une sensation d'injustice et de malheur emplissait ses yeux de larmes. En ce moment délicieux où la révélation de son sexe lui faisait rejeter toute illusion et tout mensonge, elle considérait sans fard la cruauté de sa vie : l'errance, l'abandon et maintenant l'exil.

L'antidote à ces poisons, le rempart de sa vie, Just qu'elle adorait, n'était même plus désormais un refuge d'amour : lorsqu'elle paraîtrait devant lui en femme, elle serait privée à jamais du naturel de leur tendresse d'enfants, qu'une gêne subtile avait déjà troublée ces derniers temps.

Elle eut envie d'appeler Émilienne. Puis à mesure que ses larmes coulaient, elle sentait la raideur de la forêt, tout obscure déjà tandis que le ciel était encore bleu. Deux Indiennes vinrent lui apporter un bol de soupe. Un enfant courut vers elle en agitant une petite branche. Une vieille femme, portant une sébile pleine d'une poix rougeâtre, s'agenouilla devant elle et traça sur son visage des signes qui l'apaisèrent. Un quart de lune, glissant entre les jacarandas, fut la dernière image qu'elle emporta dans son nouveau sommeil de femme.

*

— Garde-toi, grand âne, criait Villegagnon en se fendant.

Le plastron de cuir que Just avait revêtu était lardé de son quatrième coup.

— C'est qu'en même temps…

— Justement, braillait l'amiral. C'est *en même temps* que tu te bats qu'il faut répondre. Allons, engage et récite : « Si tu vois ton prochain souffrir, pourquoi ton âme ne souffre-t-elle pas ? »

— « Parce qu'elle est morte. » Chapitre 1.

— Bien, redresse-toi ! Pied en arrière. Là. Et à qui ne dois-tu pas t'adresser pour renaître à la vie chrétienne ?

— « Aux moines qui sont haineux et… irascibles et trop… gonflés de leurs…

— … mérites. » Chapitre 2. Touché, mais à la fin, c'était mieux.

Just était trempé de sueur. Ses pieds nus s'enfonçaient dans le sable fin de la plage et il lui fallait faire de grands efforts pour bondir hors de portée de ce diable d'amiral. Une vingtaine de colons, assis sur des souches, suivaient la leçon de loin et accompagnaient chaque assaut de cris.

— En garde ! Où pouvons-nous donc trouver le salut et notre nourriture spirituelle ?

— « Dans la loi divine telle qu'elle nous est révélée par les lettres sacrées et les profanes », chapitre 4.

— C'est-à-dire ?

— « Saint Paul, saint Augustin, Denys l'Aréopagite, Origène…

— Et ?

— … Platon. »

— À la bonne heure, redresse-toi. L'homme est-il bon ?

— « Oui, puisqu'il est œuvre de Dieu. »

— L'homme est-il libre ?

— « Oui, puisqu'il est à l'image de Dieu. »

— Parfait ! Touché ! Suffit pour ce matin.

Villegagnon avança vers Just, lui reprit son épée et le plastron et, en le saisissant par le bras, il remonta avec lui vers les paillotes. Au sommet de l'île, sur les terrassements, commençait à paraître le dessin du fort.

— Tu as lu Érasme comme il faut et je vais te donner un autre ouvrage. Dis-moi seulement…

Il s'arrêta et fixa Just de son regard redoutable.

— Pourquoi tout cela ne t'intéresse-t-il pas ?

— Quoi donc ?

— Ce que je te fais apprendre.

— Cela m'intéresse, protesta Just sans conviction.

L'amiral le retint par le bras et le secoua :

— Ne mens pas.

Aux yeux sombres qui le scrutaient, Just ne chercha pas à se dérober. Il prit un air fier et de défi.

— Tu ne ressembles pas à ton père, grommela Villegagnon en lâchant prise et en reprenant sa marche. Mais c'est tout lui quand même. Cet orgueil !

Just sentit son cœur battre plus fort qu'un instant plus tôt quand il bondissait l'épée en main. Il brûlait du désir de savoir, d'écarter tout scrupule et de poser les questions qui l'occupaient, mais le mot d'orgueil…

— La dernière fois que je l'ai vu, dit l'amiral d'un air songeur, c'était à Venise, chez Paul Manuce, le fils d'Alde, qui avait repris l'imprimerie de son père. C'était en 1546, je revenais de Hongrie où j'avais combattu les Turcs.

— Et lui ? lâcha Just qui n'y tenait plus.

— Tu vois comme tu es autrement curieux quand le sujet

t'intéresse, fit Villegagnon en lui jetant un regard de coin. Lui, il était en route vers Rome, où je suis allé moi-même peu de temps après. Mais il était au service des Médicis tandis que j'étais un homme des Strozzi. Il s'en est fallu de peu que nous nous battions. Voilà la vérité, comprends-tu ?

— Oui, répondit Just.

— Eh bien non, tu ne comprends rien.

Ils étaient arrivés à la limite des cocotiers et l'alignement des souches, sortant du sable gris, évoquait un cimetière de tombes gigantesques. Villegagnon s'arrêta.

— Tu ne peux pas savoir comme j'ai admiré cet homme...

Le géant tenait toujours embrassés contre lui les épées et le tablier de cuir.

— Je suis arrivé en Italie à trente ans et, crois-moi, j'étais encore tout plein de la vieille tradition de notre chevalerie où l'homme est ruiné par les veilles et les prières, cousu de cicatrices et ne s'accorde aucun soin. Mon premier choc, je l'ai reçu à Florence, en voyant le *David* de Michel-Ange et le *Baptême du Christ* de Sansovino. Ainsi, malgré la trahison d'Adam, l'idée de Dieu était toujours présente dans l'homme et il suffisait de la cultiver. L'homme idéalement beau, chef-d'œuvre de son créateur, l'homme de bien qui excelle aux armes et aux arts, l'homme bon, calme, serein, élégant, maître de lui pouvait devenir un idéal.

Pour suivre ces pensées, Villegagnon regardait au loin, dans la direction d'un lointain nuage rond, immobile dans le ciel.

— Le second choc que j'ai reçu, c'est quand j'ai rencontré ton père. Car je n'ai jamais vu personne qui ait approché à ce point de ces perfections, au point de les atteindre presque.

Il parut tout à coup revenir à lui et jeta un coup d'œil sur Just.

— Je dis presque parce qu'il n'était tout de même pas

exempt de défauts, comme la suite devait le prouver. Mais c'est une autre histoire. Pour le moment, je veux te dire simplement ceci : quoi que tu aies cru, je ne suis pour rien dans ton embarquement vers les Amériques.

En quelques phrases, il lui conta ce qu'il savait des sombres manœuvres de famille qui avaient abouti à leur départ de Clamorgan.

— Et maintenant, pour répondre à la question que tu brûles de me poser mais que ton orgueil te fait taire, entends cette simple vérité : tu ne trouveras pas ton père ici car il n'y est pas, n'y a jamais été et n'y sera jamais.

— Pourquoi nous avez-vous menti ? se récria Just que la rage avait gagné en recevant confirmation de ses pressentiments et qui ne trouvait à l'épancher que sur Villegagnon.

— Ôte ce mot, veux-tu ? tonna l'amiral. J'ai seulement choisi le moment convenable pour t'annoncer la vérité. L'aurais-je fait sur le bateau que tu n'aurais eu que le spectacle de la mer pour te consoler. Maintenant, regarde autour de toi.

Villegagnon écarta les bras et désigna du sud jusqu'au nord toute l'étendue somptueuse de la baie avec sa luxuriante jachère de forêts et toute la majesté de ses mornes.

— Tu as devant toi la France antarctique. Tout est à construire, tout est à conquérir.

Puis, penchant son long nez vers le jeune homme, il ajouta :

— Tout est à toi.

— Il est mort ? demanda Just.

— Oui.

La touffeur, déjà, montait de la jungle avec le vent du sud et de grandes sternes blanches.

Just regarda vers la terre ferme. Le mystère qui se mêlait à ces escarpements de forêt s'était dissipé comme une vapeur. Les couleurs étaient plus nettes et plus crues. Pour peuplés qu'ils fussent de vie, ces espaces appartenaient désormais à la solitude. Villegagnon s'était tourné pour ne pas voir ses larmes et peut-être dissimuler les siennes. Puis, après une accolade bourrue et maladroite, il s'éloigna.

— Va travailler et passe avant la nuit chercher le *Commentariolus* de Copernic.

Just regarda s'évanouir la grande silhouette voûtée, un peu torse. Il resta un moment hébété, écoutant absurdement la mélodie chuintée des courtes vagues. Just était étonné de sentir qu'ayant acquis soudain tant de nouvelles raisons de vouloir partir, il en avait perdu, en même temps, le désir.

*

La vie indienne était la moins secrète qui fût. Chacun vivait nu, dans une maison commune, et les activités se déroulaient dans l'espace découvert du camp. Pourtant, il fallait une longue observation pour saisir ce qui pouvait animer cette communauté d'êtres humains tant elle paraissait immobile. Tout, de l'expression des sentiments aux gestes quotidiens, de l'ordinaire de la vie jusqu'aux exceptionnels moments de fête, se présentait sous des dehors alanguis, feutrés et mystérieux.

Colombe s'emplit naturellement de tout cela. Elle mit du temps, d'abord, à s'effacer elle-même. Sa présence d'Européenne, quoiqu'elle la voulût calme et discrète, rompait par des brusqueries l'harmonie indienne. Le plus aisé, en vérité, était le langage des mots. Les femmes l'initièrent à des rudiments de conversation qui lui furent assez vite familiers. Mais combien plus difficile était la grammaire des corps. Tout son instinct de sentir les émotions humaines était dérouté dans ce nouvel univers. L'expression prenait chez les Indiens une ampleur déconcertante. Des frémissements de muscles, des postures de membres et jusqu'aux subtils changements d'inflation du sexe des hommes, tout était sens, à la fois évident et dérobé, lisible aussi clairement qu'un livre et aussi mystérieux, quand la langue en est inconnue.

Colombe comprenait également qu'en elle, les Tupi percevaient des signes et des correspondances qui étaient propres à leur pensée et à leurs croyances. Dès le premier jour, bien sûr, ils étaient venus voir ses yeux. La pâleur naturelle de ses cils les remplissait d'admiration. Ils lui donnèrent le nom simple d'« Œil-Soleil ». Quand elle comprit mieux la langue, elle sut que son visage leur évoquait également un rapace de la forêt qui portait selon eux les esprits des morts. Lorsqu'un guerrier croisait le regard de cet oiseau, l'énergie de toute sa parentèle défunte lui revenait et le remplissait de forces nouvelles. Aussi les hommes prirent-ils l'habitude de venir devant Colombe pour qu'elle les regardât un long instant, avant de s'élancer dans les incessantes expéditions qui les menaient dans la forêt pour chasser ou observer leurs ennemis.

Les filles et femmes du camp, chaque matin, l'emmenaient avec elles au bain. Elles semblaient n'avoir pas de plus grand plaisir que de se plonger longuement dans les eaux. Le torrent voisin du camp n'était qu'une commodité. Si elles en avaient le temps, elles préféraient aller plus loin, dans des cascades, de petits bras de rivière. Elles restaient là pendant toutes les heures chaudes à s'asperger d'eau, à se peigner et à s'épiler complètement à l'aide de petites pincettes de bois dur. Rien n'échappait à ce traitement : ni les sourcils ni les poils amatoires. Œil-Soleil, qui venait juste d'en être pourvue, les abandonna avec regret à cette coutume à laquelle il n'était pas question de se soustraire.

Un jour, elles partirent tôt et tirèrent jusqu'à la côte qui se voyait en contrebas, de l'autre côté du pot de beurre. C'était une immense plage vierge, ouverte sur l'Atlantique où d'énormes rouleaux de vagues éclataient en gerbes. Le souffle du vent était si fort qu'il faisait voler les cheveux et frissonner de fraîcheur. Mais le sable était tout cuisant de soleil. Colombe resta longtemps plantée face à l'horizon teinté de jade. En esprit et si improbable que cela fût, il lui semblait distinguer, au plus lointain de cette mer au dos rond, la ligne des côtes de l'Europe et les grises landes du rivage de Normandie. Ce n'était pas une nostalgie, bien au contraire, seulement l'effort pour réunir les deux berges de sa vie, le passé et le présent, sans savoir encore de quel côté finirait par rouler le dé de l'avenir.

Mais cette plage déserte que les Indiens appelaient Copacabana n'était pas sûre et, de tous les lieux où se rendaient les femmes, c'était la seule où plusieurs guerriers les accompagnaient. Ils assuraient, pendant qu'elles restaient dans l'eau, une silencieuse faction, les yeux tournés vers la forêt.

Dans le groupe des Indiennes, Colombe s'attacha vite à l'une d'entre elles, qui se nommait Paraguaçu. C'était une jeune fille de son âge ou à peu près. Elle riait plus que les autres et faisait montre, à l'égard du groupe, d'une ironie parfois bouffonne où Colombe reconnut sa propre inclination à se moquer. Paraguaçu lui fit don de deux bracelets tissés de coquillages et d'un collier de nacre en forme de croissant. C'est elle qui, le matin, s'emparait du peigne de bois et coiffait son amie Œil-Soleil.

Dans la vie régulière du village survenaient parfois d'incompréhensibles alarmes. Colombe craignait des assauts de tribus ennemies et se voyait déjà captive, réduite en esclavage. Mais dans le voisinage du camp, elle comprit vite que rien de tel n'était à redouter. Les dangers qui menaçaient les Indiens étaient d'autre nature. Paraguaçu qui, sur ce point, était grave et sérieuse, lui représenta que des démons étaient la cause de ces alertes. D'imperceptibles signes venus de la forêt, un cri suspect, l'ombre d'une bête menaçante, manifestaient la présence de ces esprits hostiles. Les Indiens sortaient d'une petite case des calebasses emplies de coquillages et l'un d'eux, qui tenait emploi de caribe, c'est-à-dire de magicien, faisait parler ces maracas en les secouant. Le rythme, le son, le mystérieux grelot de ces instruments donnaient à comprendre aux indigènes ce que les esprits exigeaient d'eux. S'ensuivaient des cérémonies où chacun s'enduisait rituellement de la couleur noire du génipat, de rouge de roudou et d'une variété de terres blanches. Puis avaient lieu des danses, des chants nocturnes, tout un artifice de fêtes dont Paraguaçu, malgré ses efforts, ne parvenait pas à rendre le sens intelligible. Le cahouin bien fermenté tiré de grosses marmites de terre faisait tourner les têtes des buveurs. De gros bâtons de pétun répandaient de bouche en bouche leur fumée savoureuse. Colombe s'accoutuma à ces ivresses et se prit même, le calme revenu, à souhaiter bientôt leur retour. Jamais encore elle n'avait connu un sommeil si plein de visions et de mouvements, quoique la forêt qui en était le témoin ne cessât pas d'être un puits de silence et d'obscurité.

La nuit, Colombe couchait dans la grande paillote commune où l'ombre bruissait de souffles, de craquements, de murmures. Toutes les impressions de la journée lui revenaient. Sans éprouver de gêne, des couples, parfois tout proches, s'étreignaient et laissaient entendre des gémissements, des halètements, des râles. Au matin, les liens se dénouaient mais Colombe ne pouvait plus voir ces corps d'hommes et de femmes sans penser que, par le détour lumineux de la journée où ils étaient dissemblables, ils ne faisaient que se préparer à cette fusion nocturne qui les mêlait.

Paraguaçu, elle-même, comme les autres filles non mariées, prenait la liberté de se donner à des hommes de la tribu. Elle dormait souvent avec l'un d'entre eux, qu'elle semblait tenir en particulière affection. Il se nommait Karaya et était de plus petite taille que les autres guerriers. La pierre qui lui perçait la lèvre inférieure était différente et semblait un disque de terre. Il avait autour du cou un collier de coquillages blancs plus arrondis et nacrés que les autres. Un soir de fête, comme elles avaient bu du cahouin et fumé à tour de rôle un gros rouleau de pétun, les deux amies évoquèrent leurs désirs et leurs espérances.

— Aujourd'hui, je m'amuse, dit un jour Paraguaçu, et après j'épouserai mon oncle.

— Moi, répondit Colombe en cherchant ses mots, aujourd'hui je suis sage. Et après, j'épouserai mon frère.

Elles rirent de ces confidences comme elles riaient de mille autres choses dans la journée. Mais à l'heure de dormir, dans la touffeur de la grande hutte, Colombe pensa avec effroi à son étrange aveu. La forêt, tout autour, lui était devenue familière. Mais c'était pour exercer sur elle son oppressante influence. Il lui semblait que, désormais, ses branches et ses racines s'infiltraient au cœur de son esprit, y faisant paraître des démons, des signes, des désirs pleins d'attraits et de dangers. Elle s'endormit en gémissant dans ces lianes, et s'éveilla deux fois prise d'étouffement. Elle avait crié et une vieille femme vint lui toucher la main.

Le lendemain matin, ces tourments avaient cessé mais tout était bien clair à ses yeux : elle devait rentrer dans l'île au plus vite. Quoi que pût dire Villegagnon, elle affronterait sa colère. Ce long détour indien — elle ne se souvenait même plus depuis combien de jours elle était là —, s'il l'avait enrichie, lui donnait maintenant la nostalgie de l'autre vie, celle de la rive opposée de l'Atlantique, de l'amiral, des bateaux, de Quintin, des parures de l'Europe, de l'ordre de sa pensée, de la liberté d'une langue clairement parlée, et surtout de Just.

Quand elle eut fait part de sa décision aux Indiens, ils consultèrent les maracas et organisèrent une grande fête. Les hommes, pendant deux jours, se parèrent de plumes sur le dos, les bras et les fesses, en les collant à l'aide d'une poix. Paraguaçu fit cadeau à son amie d'un hamac fraîchement tissé. Au matin, Colombe remit les habits avec lesquels elle était arrivée et que les femmes avaient soigneusement lavés. Elle fit couper ses cheveux court, pour laisser à Paraguaçu le souvenir précieux de ses mèches d'or.

Trois hommes l'accompagnèrent jusqu'à la côte vis-à-vis de l'île. L'un d'eux était Karaya, à qui Paraguaçu réservait si souvent sa tendresse.

Le chemin était long. Colombe qui pouvait désormais se faire comprendre bavarda avec les hommes. Ils lui parlèrent des autres tribus, des truchements normands qu'ils semblaient craindre plus que tout. Quand ils furent en vue de la plage, ils s'assirent dans le sable pour manger, en attendant de voir paraître la barque qui faisait la navette.

À un moment, l'un des guerriers fit à Karaya une remarque que Colombe ne comprit pas. Le jeune homme rit et entreprit de dénouer le collier qu'il avait autour du cou. Il fit alors glisser un des coquillages hors du fil, renoua le collier et jeta la perle ôtée dans le sable.

— Que fais-tu ? demanda Colombe.

— C'est aujourd'hui la pleine lune, répondit le garçon avec beaucoup de naturel, je dois ôter une pierre de mon collier.

— Karaya est un prisonnier, dit en s'esclaffant un des guerriers. Chaque lune, une pierre en moins ; quand plus de pierres, on le mange.

Ils rirent tous ensemble et Colombe, saisie d'horreur, fut bien heureuse de voir au même instant paraître une chaloupe qui approchait du rivage.

CHAPITRE 8

— Les mains sur la tête et ne t'avise pas de faire un geste !

Le coup d'arquebuse, répercuté en double écho par la forêt, avait éclaboussé de plomb le panache d'un cocotier. Il était difficile de dire si le tireur avait visé volontairement trop haut ou si une vague, en imprimant un mouvement à la barque, avait dévié le coup. Colombe qui s'avançait avec confiance sur la plage resta pétrifiée.

— Allons ! hausse les bras et avance.

La voix qui venait de la chaloupe ne lui était pas inconnue. Elle hésita un instant et se dit qu'elle avait peut-être une chance de s'échapper en courant vers la forêt. Mais les Indiens, certainement, auraient disparu et elle aurait le plus grand mal à retrouver son chemin. L'embarcation était chargée de six hommes dont un seul était armé. Mais le temps qu'elle pèse sa décision, il avait déjà rechargé et la tenait de nouveau en joue.

— Je ne croyais pas qu'ils en seraient arrivés là, pensa-t-elle.

Elle s'attendait bien à être châtiée, dès lors que Villegagnon aurait appris son mensonge. Mais de là à la faire abattre comme une bête sauvage.

Le silence se prolongea, dans le murmure des vagues. Chacun — elle de la plage et les rameurs du bateau —

s'observait de loin et tentait d'identifier l'adversaire. Enfin, Colombe entendit un grand cri, prononcé le dos tourné et qui s'adressait à l'équipage de la chaloupe.

— Calme, mes amis et ne tirez plus ! Je l'ai reconnu.

Et au même moment, Colombe, mettant un nom sur cette voix, cria :

— Quintin !

Le petit homme sauta à l'eau et pataugea jusqu'à la plage. Colombe se précipita vers lui, et sans plus craindre ni arquebuse ni châtiment, se jeta à son cou.

— Mon enfant ! gémit-il en tenant ses maigres bras serrés contre elle. Tu es vivante ! Quel bonheur ! Dieu m'est témoin que je n'ai jamais désespéré.

Ses maigres larmes suivaient les deux rigoles familières que le flot de leurs semblables avait creusées sur ses joues depuis tant d'années. La chaloupe, cependant, se balançait à quelques encablures. L'un des rameurs mit ses mains en cornet et cria :

— Que faisons-nous ?

— Allez charger les barriques au ponton et revenez nous prendre au retour.

La barque s'éloigna.

— Laisse-moi dire une prière, dit doucement Quintin en se tournant vers Colombe.

Tombant à genoux dans le sable, il marmonna une action de grâces en levant les yeux vers son Dieu. Machinalement, Colombe suivit son regard. Le ciel, après la grouillante présence des esprits dans la forêt, lui parut étrangement vide et comme mort.

Quintin se releva et saisit les mains de Colombe.

— Où étais-tu passée ? Cela fait plus d'un mois… ton frère est comme fou.

— Les soldats ne vous ont donc rien dit ?

Colombe ne se souvenait pas d'eux sans colère. Elle

voyait encore l'air indigné du Balte quand elle avait ôté sa tunique.

— Rien dit ? Les pauvres ! Ils n'étaient pas en condition de le faire quand on les a retrouvés.

— C'est-à-dire ?

— Mais comment se fait-il que tu n'aies rien su ? Tu étais pourtant avec eux.

— Non. Ils m'avaient laissée dans un village indien.

— Ah ! je comprends, s'écria Quintin et, sur le papier mâché de son visage ramolli par les pleurs, il réussit à pétrir une ébauche de sourire : Quel bonheur ! Quel grand bonheur !

Colombe se demandait si la folie du petit homme ne s'était pas aggravée.

Mais il reprit sa gravité familière pour ajouter :

— Ils sont morts, mon amie. Tous morts. Et toi, tu es là.

Les larmes revenaient.

— Morts ! Où ? Comment ?

— Un crime affreux. Quand on les a retrouvés sur la plage, un peu plus haut qu'ici — et Quintin tendait son doigt maigre en direction du pot de beurre —, ils étaient… Oh ! tu es bien jeune pour entendre cela…

— Parlez.

— Décapités et leurs têtes, percées d'outre en outre, étaient enfilées sur une amarre comme un horrible chapelet.

— Qui a pu faire une chose pareille ? s'écria Colombe qui, du coup, avait honte de ses pensées de vengeance.

— On a cru d'abord que c'étaient les Indiens. Mais à côté des corps, il y avait ces mots inscrits sur le sable et à demi effacés : « *Ad majorem dei gloriam.* »

Une véritable fontaine inondait maintenant les yeux de Quintin.

— Est-ce assez horrible ! gémit-il en joignant les mains.

— Les anabaptistes… prononça Colombe en regardant vers la forêt.

— Jamais je ne les aurais crus capables… sanglotait Quintin.

Et Colombe le voyait encore, impavide sur le bateau, suspendu dans son hamac au-dessus d'un canon pendant que ces six misérables dormaient autour de lui.

— Quand était-ce ?

— Il y a huit jours. Depuis, nous avons tout envisagé. Villegagnon voulait monter une expédition pour les retrouver et ton frère, le pauvre, était prêt à souffrir mille morts pour te venger. Car nous ne doutions pas que les misérables t'avaient gardée… pour leur usage infâme.

Colombe, en pensant à ses jours d'insouciance chez les Indiens, aux bains avec Paraguaçu, aux nuits de fête, sentit à la fois un immense remords d'avoir oublié le reste du monde et la nostalgie de cette paix.

Une autre barque, qui rentrait vers Fort-Coligny, se présenta. Quintin la héla et ils embarquèrent.

*

L'île était méconnaissable. Colombe, en y posant le pied, eut un instant de doute : était-ce bien le même lieu où ils avaient débarqué trois mois plus tôt. Un massacre de troncs remplaçait les ramures de palmes et tous les cèdres avaient expiré. Tondus aussi les bouquets de cannes et même les roseaux. Le relief régulier de l'île était arasé de terrasses et de murs en construction. Deux redoutes en bois, sur les mamelons nord et sud, étaient achevées. On voyait s'y déplacer des sentinelles.

Le gouvernorat, où ils allèrent tout droitement, s'était lui aussi étoffé. Un toit de bardeaux couvrait les pièces principales en prévision des pluies imminentes. Des cloisons en nervures de palmes montaient jusqu'à hauteur d'homme et empêchaient de voir l'intérieur.

Ils trouvèrent l'amiral avec Just dans la salle principale où trônait le cabinet d'ébène avec les livres. Entrant dans cette pénombre, Colombe fut aveuglée par l'effraction de la lumière du midi à travers la claire-voie. Just se leva si brusquement que son escabelle tomba en arrière. C'est dans un contre-jour qu'elle le vit et son ombre lui parut plus grande et plus large que dans son souvenir. Le désir qu'ils avaient eu de se retrouver n'était pas à la mesure des moyens qu'ils avaient de le manifester. Ils paraissaient hésiter au seuil d'une embrassade qui aurait moins de force que leur immobilité frémissante. Ils surent gré à Villegagnon de s'opposer à des effusions qu'ils redoutaient en levant le bras.

— Où étais-tu ? prononça-t-il d'une voix trop forte, destinée à expédier le sanglot qui pesait sur sa gorge.

— Chez les Indiens, comme vous me l'avez commandé.

Toute bigarrée de la lumière qui passait à travers les palmes, Colombe se sentait plus Œil-Soleil que jamais.

Villegagnon cilla.

— Ces chiens d'anabaptistes ne t'ont pas fait de mal ?

Colombe raconta comment elle avait laissé les soldats.

— Pourquoi es-tu resté si longtemps ?

Elle se souvint de ses craintes et se rendit compte tout à coup que Villegagnon ne savait rien de son secret. Elle eut l'instinct de fermer son col, qu'elle avait négligé de serrer sur sa gorge car elle avait d'abord cru inutile de jouer désormais cette comédie.

— J'apprenais la langue, fit-elle.

— Et tu la sais ?

— Un peu.

— Au moins, cela n'aura pas été inutile.

Just la fixait toujours intensément. Il la voyait changée,

lisse, douce, tendue, la gorge formée, la beauté délivrée de ses limbes d'enfance. Il se demandait avec effroi comment il serait encore possible de faire accroire à Villegagnon qu'elle était son frère.

Mais l'amiral était déjà tourné vers la contemplation des grandes images qui l'habitaient. Il les suivit un long instant en silence puis tapa du poing sur la table.

— La France antarctique est en danger ! rugit-il en se levant. Six de mes soldats viennent de mourir. On est sans nouvelles des autres, qui étaient partis en même temps mais dans l'autre direction. Une troupe de mécréants écume le rivage. Et ici, tout est livré à la luxure.

Il jeta un coup d'œil à travers le croisillon de palmes.

— Regardez-les ! Ils s'enivrent. Ils forniquent. Ils vont à terre à tout propos et je sais bien pourquoi, corps-saint-Jacques ! Ces damnés truchements leur vendent des garces auxquelles ils ne savent résister. Et pendant ce temps-là, l'ouvrage ne se fait pas. Les pluies vont venir, rien n'est couvert. Rien n'est défendu. Que les Portugais nous attaquent et c'en est fini !

Il s'affala sur un fauteuil raide.

Son regard parcourut la pièce, affolé comme une bête qui cherche une issue pendant la traque. Il se posa un instant sur la table encombrée de livres puis sur Colombe, revint à Just, au cabinet d'ébène et de nouveau au-dehors.

— Tout cela, gronda-t-il, c'est à cause de la Femme.

Colombe tressaillit mais il ne la regardait pas.

— La Femme corrompt tout, reprit-il lugubrement. Il est temps que vous sachiez cela et Clamorgan, votre père, aurait été bien inspiré de s'en souvenir.

Just et Colombe échangèrent un regard interrogateur.

— La Femme, s'emporta Villegagnon en redressant le torse, est l'instrument de la Chute, le véhicule de la Tentation et du Mal. Pensez-y sans cesse et détournez-vous de la chair lorsqu'elle paraît sous les espèces de la licence et du contentement.

Une bande d'ouvriers descendait du fort et on les entendait chanter pendant qu'ils marchaient vers leurs cabanes. Une expression de dégoût et d'horreur se peignait sur le large visage du chevalier. Mais tandis que son regard, de nouveau, embrassait la pièce, il rencontra le tableau de Titien, la tendre carnation de la Vierge et son mouvement protecteur vers l'Enfant.

— Heureusement, proclama Villegagnon en s'éclairant, Dieu a voulu que cet abîme de péché, cette créature de jouissance et de perdition soit aussi…

Il sourit tendrement à la Vierge du tableau.

— … la grande voie du salut.

Colombe aurait donné n'importe quoi pour interrompre ce soliloque, prendre Just par la main et aller jusqu'à la plage lui raconter combien il lui avait manqué. Mais Villegagnon était parti sur son idée et n'entendait pas l'abandonner en chemin. Le plus étrange était que Just semblait l'écouter avec respect et même l'approuver.

— Plus j'y pense, déclara l'amiral, et plus je comprends que le sacrement principal, dans notre situation, est le mariage. C'est lui et lui seul qui sanctifiera ces unions et fera rentrer ces débordements dans l'ordre. Qu'ils prennent des femmes, qu'ils aillent chercher ces sauvagesses de force, qu'ils les paient, qu'ils les violent s'ils le veulent, mais que tout cela soit consommé devant Dieu !

Il peignit tout à coup sur son visage mangé de barbe une expression angélique. En fixant les chevrons de palmier, il semblait contempler plutôt le Saint-Esprit.

— Alors, fit-il d'une voix céleste et flûtée, de beaux enfants peupleront cette France antarctique et chanteront à la gloire du roi. Point ne sera besoin de convertir laborieusement les sauvages puisque, en engrossant leurs femmes, on fera naître de petits chrétiens.

Il s'abîma un instant dans cette évocation puis revint brutalement à Colombe.

— Tu parles l'indien, me dis-tu ?

— Oui.

— Eh bien, prépare-toi à en faire usage. Car je vais m'en prendre dès aujourd'hui à ces damnés truchements. Nous avons trop subi de ce Le Freux qui nous vole et nous trahit. Leur exemple a tout corrompu ici. Désormais, c'est moi qui vais fixer les conditions. Et s'ils résistent, nous saurons les briser. Laissez-moi, maintenant, je vais rédiger une proclamation.

*

Quand Just et Colombe se retrouvèrent dehors, Quintin était déjà parti. Ils marchèrent côte à côte en direction du fort. Le chantier était désert en cette fin d'après-midi, à l'exception des baraques où se tenaient certains ouvriers. Colombe regardait ces tas de pierres et de poutres avec désolation. Elle n'était montée jusqu'au fort que pour revoir la vue qu'elle aimait, vers le pain de sucre et la baie. Just, lui, considérait ces saignées de terre avec la fierté de celui qui a payé une œuvre de son sang.

— Ici, disait-il, ce sera un chemin de ronde. Et les couleuvrines seront disposées comme ceci, dans les créneaux du rempart, pour couvrir tous les azimuts.

Pendant qu'il parlait, Colombe se surprenait à chercher, dans le couvert déjà sombre de la forêt, le village où vivait Paraguaçu.

— Tout de même, dit-elle en interrompant Just dans ses explications, tu m'as manqué.

— Il faut croire que non. Tu serais revenue plus vite.

C'était un reproche peu sincère et il avait répondu de la sorte pour ne pas paraître en reste. Il avait sans doute eu très peur de la perdre mais n'avait pas éprouvé autant qu'elle la douleur d'en être éloigné. Elle se dit qu'il pensait désormais comme un homme.

— La conseillère nous a menti, prononça-t-il d'une voix sourde. Père est mort. De Griffes a volé Clamorgan.

Colombe bondit.

— J'en étais sûre ! Qui te l'a dit ?

— Villegagnon. Il a connu Père en Italie.

À vrai dire, Colombe s'était faite à l'idée qu'elle ne reverrait jamais leur père. Elle en gardait peu de souvenirs et souffrait moins de cette perte que du désespoir de renoncer, du même coup, à savoir jamais qui ils étaient. Leur origine, leur parenté même, restait un mystère et qui gouvernait plus l'avenir que le passé. Cette idée la troubla et elle revint à la pensée de la conseillère.

— Il ne faut pas la laisser nous dépouiller, dit-elle avec rage. On peut se battre contre de Griffes, à la fin. Nous avons des droits. Cela prendra dix ans, peut-être, mais…

Elle s'interrompit. Just, silencieux, avait haussé les épaules. Elle porta son regard, comme lui, au-delà de la côte, vers l'occident tout barbouillé de taches roses. Avec le temps de pluie qui venait, les couchers de soleil sur la baie perdaient leur pureté fondue d'aquarelle. Ils se veinaient de stries et de loupes comme des bois fruitiers.

Le silence de la baie, rompu de rires et de voix d'hommes du côté du port, pesait sur le cœur de façon douloureuse. Colombe se tourna vers Just, écarta les bras qu'il gardait inertes, et quelque gêne qu'il en conçût, se blottit contre lui pour pleurer.

CHAPITRE 9

Il pleuvait désormais plusieurs heures chaque jour, des pluies chaudes qui éclaboussaient comme un chien qui s'ébroue. Elles laissaient tout le monde hébété. Ensuite, pendant de longues heures, il ne se passait rien. Le soleil trouvait le moyen de traverser le barrage des nuées. Tel un laquais qui ne veut pas abandonner son maître à l'agonie, il s'employait à éponger le plus gros des flaques où pataugeaient les habitants de l'île.

Chaque matin, peu après l'aube, Villegagnon avait désormais imposé une prière, devant le gouvernorat. Ce n'était pas une messe, plutôt une courte série d'oraisons que Thevet dirigeait d'assez mauvaise grâce. Le cosmographe s'y rendait en fumant un bâton de pétun. Depuis que les truchements lui avaient fait connaître cette plante, il ne cessait d'en explorer les vertus médicinales. Il s'en trouvait si bien qu'il ne pouvait plus passer une heure sans en tirer quelques bouffées. Mais pour favorable que ce traitement eût été sur sa santé, il ne l'avait pas guéri de sa mélancolie. Hormis la réunion de ses collections de curiosités, qui atteignaient maintenant des proportions considérables, le cordelier marquait la plus grande répugnance à tout ce qui regardait son sacerdoce. Une fois sur deux environ, il ne se levait pas, et Villegagnon assurait seul la prière. Pour lui donner plus de solennité, il s'était adjoint les services d'un ménétrier employé jusqu'ici, comme tout le monde, à charrier des pierres mais qui avait le don de jouer à merveille de la saquebute. Cette manière de clairon, outre qu'il rendait, dans l'air immobile de la baie, des sons surnaturels et proprement célestes, avait le mérite de persuader ceux que la prière aurait assoupis qu'il était bien l'heure de se réveiller.

Villegagnon était très fier de cette nouvelle institution qui rappelait à chacun, dès l'aube, les devoirs qu'il devait à Dieu. Il regardait ensuite avec attendrissement monter sa troupe de terrassiers vers les murailles en puissance du fort Coligny. Bien peu étaient officiellement dispensés de cet esclavage. Les soldats y participaient comme surveillants et parfois mettaient la main à la pâte. Les vrais esclaves indiens, au nombre de cinquante, se montraient incapables d'initiative et ne venaient qu'en supplétif des travaux les plus pénibles. Villegagnon tolérait seulement que les artisans indispensables (cuisiniers, bouchers, un tailleur et un coiffeur, deux boulangers) fussent dispensés de maçonnerie. À mesure que le fort s'élevait, on pouvait voir l'ambition de ce projet, et même sa démesure au regard de la main-d'œuvre mal outillée qui devait en assurer la construction.

Les gabions de sable, sur la côte orientale de l'île, ramollis par la pluie, formaient des pâtés de guingois entre lesquels il était possible de se cacher. C'est là que Vittorio, sitôt la prière dite, venait se réfugier pour échapper aux corvées. Ceux qui le cherchaient savaient qu'ils le trouveraient là, assis sur une pierre à compter des pièces d'or ou à affûter son tranchoir. Il ne fut pas surpris, ce matin-là, de voir Egidio paraître entre les plots.

— Salut, compain.

— Salut.

— Le Freux veut te voir tout de suite.

Les ordres du truchement valaient ceux de Villegagnon sur l'île et même étaient mieux écoutés, car il maniait le double registre des plaisirs et de la peur tandis que l'amiral s'échinait en vain à faire vibrer les cordes détendues du devoir et de l'idéal.

Ils se levèrent, longèrent la plage jusqu'au port des chaloupes. Sur un signe de Vittorio, deux rameurs de la corvée d'eau laissèrent leur place. Le Vénitien, sans le montrer, était gonflé de fierté. Bien sûr, cette réussite avait l'inconvénient de faire de lui une personnalité dans un endroit qui était nulle part. Mais tout de même, c'était agréable d'être craint et de pouvoir récompenser. Car il était l'homme qui louait des femmes et il jouissait pour cela de la paradoxale liberté que lui procuraient ces captives.

Arrivés sur la terre ferme, les deux Vénitiens montèrent jusqu'au village indien où Villegagnon s'était rendu le premier jour. En le contournant, un sentier de forêt menait à une petite hutte isolée, qui servait de repaire à Le Freux. Des armes étaient pendues au pilier de bois de la cabane ; quelques Indiennes accroupies dans un coin et enchaînées par la cheville regardaient craintivement les arrivants. Le Freux faisait les cent pas et un grand garçon au nez épaté se balançait dans un hamac. En approchant, Vittorio reconnut Martin, qui avait disparu de l'île en même temps que Colombe.

— Cela ne peut plus durer ! éclata Le Freux en voyant la compagnie au complet avec l'arrivée des Italiens.

Il leur fit signe de prendre place sur des billots de bois Brésil.

— Avez-vous vu la proclamation de Villegagnon ? demanda Le Freux.

— Oui, répondit Vittorio avec respect. Il veut que les Blancs de l'île se marient s'ils fraient avec des indigènes. Il est fou.

— En effet, confirma le truchement. Mais ce n'est encore rien. On pouvait s'y attendre. La vraie nouvelle est encore plus incroyable et, apparemment, vous l'ignorez encore.

Le Freux fit un tour en laissant ses bottes claquer sur le sol boueux.

— Ce forcené veut aussi que MOI, je me marie.

La stupéfaction passée, les deux ladres éclatèrent d'un rire mauvais semé de quintes.

— Le vice-amiral de Bretagne, reprit le truchement en décidant de pousser la charge bouffonne, gouverneur de la France antarctique, m'a convoqué, figurez-vous, et il m'a déclaré : « Monsieur Le Freux, pourquoi ne me présentez-vous pas votre femme ? »

La parodie de Villegagnon était bonne, avec son style militaire et élégant, la voix rude et modulée.

— « Ma femme ! » s'écria innocemment Le Freux s'imitant lui-même.

Toutes les plumes de son pourpoint s'étaient dressées pendant ce sursaut. Il tenait son morion de vache à la main, comme un paysan intimidé devant son propriétaire.

— « Mais, monseigneur, lui ai-je dit, laquelle ? »

Les rires redoublèrent.

Le Freux y mit fin par la gravité de sa mimique.

— C'est alors qu'il m'a saisi au col, vous entendez. Ce fou m'a saisi, MOI, au col et menacé. « Monsieur Le Freux, m'a-t-il dit, je vous somme d'amener ici votre femme, peu m'importe laquelle ni de quelle race, à condition qu'elle soit unique et d'âge nubile, et de me produire les preuves que vous êtes unis devant Dieu. Si vous n'en disposez pas, ce que je peux comprendre, l'abbé Thevet, ici présent — le maraud fumait un tronc d'arbre à son côté —, célébrera votre mariage dans les formes appropriées. »

— Et si tu refuses ? s'indigna Vittorio.

— « Si vous refusez, monsieur Le Freux, il sera inutile, à

compter de votre décision, de vous présenter jamais plus sur cette île ni d'y envoyer aucun de vos amis. Nous nous passerons de vos services. » Le gueux ! « Nous nous passerons de vos services. »

— Il a perdu la raison, opina Egidio.

— Pour sûr, il ne se rend pas compte, confirma Vittorio. Puis il demanda : que vas-tu faire ?

Le Freux, planté sur le sol écarlate de la cour, dit suavement, en montrant une des captives terrorisée.

— Eh bien, je vais prendre une de ces demoiselles, nous lui ferons coudre une belle robe blanche à traîne et je passerai devant M. le curé pour promettre de n'aimer qu'elle toute ma vie.

— Sérieux ? hasarda Egidio, attendri malgré tout.

Le Freux ouvrit des yeux comme des sabords et y fit paraître deux bombardes.

— Imbécile !

Saisissant son épée taillée dans un pieux de bois et guère moins redoutable qu'une arme métallique, le truchement se mit à faire de dangereux moulinets.

— Je vais étrangler ce Villegagnon et sa troupe, voilà ce que je vais faire ! Dès demain, nous cesserons de fournir quoi que ce soit à cette île. Ni farine, ni poissons, ni venaison. Rien. Nous verserons deux sacs de poudre indienne dans l'eau qu'ils viennent tirer et quand ils auront compris qu'elle est empoisonnée, ils n'y reviendront plus. Je ne donne pas quinze jours pour que ce chien d'amiral ne vienne m'implorer pardon et miséricorde. Et c'est moi, Le Freux, ce jour-là, qui le marierai à ma manière.

Cette forte tirade avait soulevé l'enthousiasme des deux sbires. Ils ne doutaient pas d'avoir obtenu à peu près tout ce que Villegagnon et les colons pouvaient rendre : les soutes des navires étaient vides, les économies des émigrants à peu près consommées par l'achat de cahouin et de femmes.

Restait la mystérieuse cassette de l'amiral, à laquelle il ne désirait pas toucher. L'idée de faire valoir une bonne fois pour toutes leur force les séduisait.

— C'est bien parlé, dit une voix qui venait du hamac. Mais il me semble que tu aurais tort d'agir de la sorte.

Martin s'extrayait lentement de ses toiles. Les autres le regardèrent avec étonnement car ils l'avaient un peu oublié.

— Explique-toi ! éructa Le Freux.

— Eh bien, comme tu sais, commença Martin en se levant péniblement, je rentre des établissements normands de l'autre rive.

— Oui, et je me demande bien pourquoi tu n'y es pas resté. Je croyais que tu avais l'intention de retourner en France.

— Je l'ai toujours, en effet. Ce qui m'a quitté, c'est le goût de rester pauvre.

— Réjouis-toi. Quand l'amiral rendra gorge, tu auras ta part.

— Je ne le pense pas.

— Mettrais-tu ma parole en doute ? se récria Le Freux.

— Non, ta méthode seulement. Je crois bien que tu me donneras ma part mais ce ne sera que la part de rien. Car Villegagnon ne rendra pas gorge... à moins qu'on aille la lui trancher.

— Crois-tu que je n'aie pas les moyens de l'asphyxier ?

— Mon cher Le Freux, dit Martin en mettant une perceptible ironie dans sa voix, tu es l'homme le plus puissant sur cette rive de la baie, c'est entendu. Mais il y a d'autres Français de l'autre côté et ils ne sont pas tous tes amis. Si Villegagnon leur demande des secours, ils ne les refuseront pas.

— Ah ! ah ! Tu imagines sans doute qu'il traversera la baie pour aller chercher de l'eau.

— C'est la saison des pluies et il doit avoir achevé les citernes.

Vittorio le confirma à contrecœur. Le Freux était ébranlé.

— Et que ferais-tu, toi ?

— J'attaquerais.

— Six cents personnes dont une troupe de chevaliers armés en guerre ? ricana Le Freux.

Martin bondit à son tour sur l'arène ensanglantée de la cour.

— Écoute, Le Freux, tu as été mendiant, moi aussi. Mais apparemment, tu as oublié les principes du métier. L'adversaire est *toujours* plus fort. Nos armes, c'est la surprise, la vitesse, la ruse.

Avec sa masse et ses gros poings, le garçon parvenait à incarner ces vertus avec naturel tant il était leste, vif et transpirait une intelligence mauvaise.

— Nous avons huit jours pour agir.

— À cause de mon mariage ! s'esclaffa Le Freux.

— Non, à cause du bateau.

— Quel bateau ?

— La *Grande-Roberge.* Elle est pleine de bois Brésil, ils achèvent d'y monter les cages de sagouins et de perroquets et dans huit jours, elle appareille. Pourquoi laisser échapper cela ? Tant qu'à en finir, il faut prendre tout.

Le Freux resta un instant silencieux. Puis, avançant fraternellement la main, il serra l'épaule de Martin.

— Regarde comment tu es attifé ! C'est bon pour courir la jungle mais je pense qu'avec un de mes pourpoints tu serais plus digne d'être mon associé.

Ils rentrèrent dans la case pour régler cette affaire d'élégance et causer.

*

Vittorio et Egidio mirent près de deux jours à passer de groupe en groupe pour solder les comptes. Partout, c'étaient des gémissements.

— Vraiment, je vous dois autant ? Ne pouvez-vous me faire crédit un peu plus ?

Les Vénitiens soupiraient.

— Ah ! mon ami, nous le regrettons autant que toi. Mais il faut t'adresser à Villegagnon. C'est lui et non pas nous qui a fait crier une proclamation pour interdire le cahouin et les femmes.

Certains, accrochés à leurs plaisirs, proposaient de payer plus cher. Mais la réponse était toujours la même :

— Si tu tiens à être pendu, libre à toi. Mais nous préférons ne pas chatouiller trop ce forcené car il est capable de faire ce qu'il dit. Et il a promis la hart à ceux qui désobéiraient.

Aussi parmi les matelots, les artisans, les repris de justice et même les soldats qui faisaient la clientèle de Le Freux pour leurs plaisirs, montait un grondement hostile qui prenait l'amiral en malédiction. Vittorio affectait un air modeste et s'offrait même parfois le luxe de quelques mots de commisération pour le pauvre Villegagnon. Venaient alors des paroles de haine qui montraient assez qu'en cas de péril, le chevalier ne trouverait pas grand monde pour se battre à ses côtés.

À la fin, chacun payait. Les émigrants avaient tous de petites économies qu'ils tenaient sur eux ou cachaient dans des trous. Mais il fallait prendre garde, dans cette île en perpétuelle excavation pour les chantiers, que son trésor ne reste pas trop longtemps sans surveillance. De plus, il était difficile de creuser sans être vu. La cache de ses pièces devenait une activité presque permanente.

Vittorio et Egidio recueillaient leur dû dans un sac de toile qu'ils tendaient aussi lugubrement qu'un lacrymatoire. À ceux, il s'en trouvait, qui ne pouvaient pas payer en numéraire, ils assignaient des dettes en nature qui dépendaient de leur métier. Les artisans se voyaient confier des tâches à la mesure de leur savoir-faire. Un chapelier reçut commande de quatre toques coupées dans du velours que les Vénitiens lui dénichèrent. Ils le tinrent quitte pour cela.

Chaque fois, c'était l'occasion d'instiller encore davantage de poison dans les âmes de ces malheureux.

— Dire qu'un homme habile comme toi est employé à casser des pierres ! insinuaient les Vénitiens quand ils voyaient un artisan taper sur des cailloux. Quelle honte ! Si cette île n'était pas gouvernée tout à l'envers, il y a longtemps que tu serais prospère et que ceux-là de la terre ferme t'auraient fait riche.

La côte vers où se repliaient désormais les femmes, le cahouin et l'espoir prenait toute la place dans les esprits, au point que l'idée de défendre l'île était devenue objet de négligence ou même de révolte.

Vittorio suait à l'ouvrage.

— Mais, disait-il à son compère quand ils passaient d'un débiteur à l'autre, force est de reconnaître que nous faisons du bon travail.

Ils avaient presque terminé. Il restait sur leur liste quelques isolés qu'ils devaient traiter un par un.

— Holà ! Quintin, cria Vittorio, en voyant justement passer l'un de ceux-là.

— Que puis-je pour vous, mes frères en Christ ? répondit le petit homme sombre auquel l'idée de trouver quelqu'un antipathique déplaisait — il se rappelait ainsi lui-même à l'ordre en se persuadant que tous les hommes sont frères malgré tout.

Vittorio consulta sa liste et Egidio l'aidait de son mieux quoiqu'il ne sût pas lire.

— Quintin ! s'écria le barbu. Voilà ! Pas de cahouin mais quatre femmes trois fois la semaine.

Vittorio eut un sourire de laquais flatteur et prit une expression attendrie.

— Bravo, dit-il sobrement.

Quintin, raide et plus décharné que jamais, ne cilla pas.

— Cela fait six livres, un sol et deux deniers, annonça Egidio qui avait de meilleures dispositions au calcul.

— Je ne vois pas ce dont vous parlez, lâcha Quintin avec mépris, et il fit mine de continuer son chemin.

Mais la route lui fut promptement barrée par les deux sbires qui lui parlaient maintenant dans le nez.

— L'argent, ordonna Vittorio en faisant sonner le sac.

— Ces femmes, lâcha dignement Quintin, je les évangélise.

— Eh bien, appelle cela le denier du culte si tu veux, ricana Vittorio en faisant glapir de joie son compère.

— N'avez-vous point entendu parler de la gratuité du salut ?

— Rien n'est gratuit chez nous. On te fournit des femmes, tu paies. Voilà tout. Charité bien ordonnée... si tu veux des citations.

— Oh, je me doute, fit Quintin en prenant une grande inspiration spirituelle qui mena son regard vers le ciel, que ces malheureuses ont connu bien des épreuves. Mais désormais, elles ont été présentées à l'Évangile. Je suis le seul, m'entendez-vous, le seul ici à me préoccuper d'annoncer la bonne nouvelle aux indigènes. Même ce prêtre ne s'est pas risqué à leur faire subir ses singeries de messes.

Les Vénitiens s'impatientaient mais, comme Quintin fouillait dans sa poche, ils attendaient qu'il en sortît des espèces.

— Moi, ces quatre malheureuses, je les ai émues aux larmes avec la passion de Notre Seigneur. Ma méthode en trois mots : Dieu est amour. Cette vérité les a pénétrées de toutes parts.

— Hé ! hé ! ricana Egidio.

— Il suffit, glapit Quintin, vos esprits obscènes ne peuvent continuer à tout souiller de la sorte !

Et d'un geste définitif, comme pour abaisser le rideau sur une tragédie, il tira de sa poche ce qu'il y avait cherché : un grand mouchoir à carreaux.

Vittorio, au comble du dépit, se précipita sur Quintin et pointa rudement une lame sur son cou.

— L'argent maintenant.

— Je me plaindrai au gouvernorat, s'indigna Quintin.

— L'argent ! te dis-je.

— Villegagnon ne tolérera pas ce chantage.

— Laisse Villegagnon où il est, il n'en a plus pour longtemps, s'énerva Egidio.

Quand il était en colère, sa voix aiguë et éraillée portait loin. Un groupe de soldats qui allaient vers la redoute sud, passa non loin et l'un d'eux se retourna. Vittorio cacha le poignard.

— Je te donne jusqu'à demain au souper, lança-t-il à Quintin d'un air mauvais.

— Six livres, un sol, deux deniers, rappela Egidio.

— Sinon…

Vittorio fit le signe d'égorger un mouton. Sur ce, ils s'éloignèrent. Quintin, immobile, resta un moment à rêver puis, courant derrière eux, il s'écria :

— Si vous voyez ces jeunes filles avant moi, dites-leur à toutes de revenir vite… Et que je les aime…

Les Vénitiens hâtèrent le pas pour s'en débarrasser.

*

Les orages redoublaient les menaces qui semblaient peser sur la baie. Leur ombre rendait le pain de sucre glacé et noir. La forêt, luisante d'eau, prenait des teintes de verre pilé et la mer, couleur d'améthyste, se figeait dans une immobilité minérale trop précieuse pour durer.

Villegagnon tournait en rond dans son gouvernorat, guettant les fuites du toit de palmes, déplaçant les livres au gré de l'apparition des gouttières. Depuis qu'il avait entamé l'épreuve de force avec les truchements, un silence inquiétant avait envahi l'île. Le travail, dans la journée, était plus mou encore qu'auparavant : on n'entendait plus guère de bruit de masses ou de houes. Les conversations se faisaient à voix basse. L'allée et venue des chaloupes était interrompue. La nuit, aucun éclat de voix ne sortait plus des campements. Le tonnerre qui se réverbérait sur les mornes rompait moins ce silence qu'il ne le soulignait. Par son roulement venu du large, il annonçait l'imminence d'une foudre dont on ne savait si elle serait lancée du ciel ou de la terre.

Villegagnon, pour le moment, avait renoncé aux leçons d'escrime qu'il donnait à Just car ils avaient trop souvent été interrompus par des averses. Inquiet pour ses livres, il ne souhaitait pas qu'ils fussent emportés hors de la salle où il pouvait les surveiller. Just et Colombe étaient donc autorisés à lire sur place. Leur présence muette, attentive, apaisait un peu l'amiral qui faisait les cent pas en contemplant l'horizon.

L'ultimatum lancé aux truchements expirait dans quatre jours, lorsqu'un curieux petit personnage arrêta Just, comme il montait au fort un après-midi pour surveiller le chantier. L'homme était appuyé sur une pelle et ne paraissait guère en avoir fait d'autre usage depuis le matin. Tout autour de lui, ce n'était que boue détrempée, chaos de pierres, bref l'ordinaire du fort depuis que les pluies s'étaient mises de la partie.

— Messire Clamorgan, appela doucement le terrassier tandis que Just passait à sa hauteur.

— Oui.

— Puis-je vous demander humblement une faveur ?

Le ton n'était pas hypocrite mais seulement commercial, à la manière des fournisseurs dans les grandes maisons.

— Voilà le fait : je suis chapelier de mon état.

— C'est honorable.

— Merci, quoique, vous voyez…

Il leva les bras, montra ses hardes et le bas boueux de ses jambes nues.

— À mes heures perdues, j'ai confectionné quatre toques de velours. Ceux qui me les ont commandées m'ont expressément ordonné de m'adresser à vous pour les leur livrer.

— Et où se trouvent-ils ?

— Sur la terre ferme.

C'était une heure d'exception où le soleil, bousculant les nuages, était revenu fouiller la baie comme un promeneur qui remonte un instant chez lui chercher un objet dont il a oublié de se munir. Une vapeur s'élevait de la zone des cascades, là où ils allaient remplir les barriques d'eau. Des sifflements d'aras griffaient le silence.

— De qui s'agit-il ? demanda Just.

— Je l'ignore, c'est une commande.

Il était clair que l'homme ne savait pas tout. Quel piège pouvait bien se cacher derrière cette proposition ? Aller seul sur la côte, c'était s'exposer à des violences. Mais ne pas y aller, c'était négliger, peut-être, une négociation. Villegagnon n'aurait pas accepté. Mais Just pensa que c'était précisément pour cela, sans doute, que l'on s'adressait à lui.

Une surveillance était établie désormais qui empêchait une chaloupe de faire la navette avec la terre sans motif et sans une escorte de soldats.

— Cette nuit, dit le chapelier, dès l'apparition de la lune,

une pirogue indigène passera le long de la côte de récifs qui finit face à la redoute ouest. Elle vous embarquera.

*

La nacelle, faite d'un long arbre creusé par le feu, tenait dix personnes. Just prit place au centre avec facilité malgré l'obscurité car, en cheminant sur la bordure de récifs, il était arrivé presque de plain-pied à la barque. Les rameurs, des hommes et des femmes, étaient nus, aucunement incommodés en apparence par la fraîche humidité de la nuit. Des éclairs d'orage zébraient l'horizon au ponant.

Just pensait à Villegagnon, auquel il avait simplement parlé d'une promenade sur la plage. Colombe avait marqué plus de résistance : elle avait senti quelque chose d'anormal. En lui avouant ce qu'il allait faire, Just avait eu bien du mal à la convaincre de ne pas l'accompagner.

Le reflet de la lune voilée vernissait l'eau d'un peu de gris, que le clapot des rames semblait vouloir dissoudre. Just n'était plus ressorti de l'île depuis ce premier jour où ils avaient rendu visite au village indien. Il était familier de tous les détails des chantiers, connaissait les plans à venir de la France antarctique et même les projets les plus audacieux de ville et de royaume que caressait en lui-même le chevalier. Vu de ce tronc creux, dans les formidables solitudes de cette baie entourée de sauvages silencieux, nus comme aux premiers âges, Just prenait la mesure de la volonté de Villegagnon. Surhumain, le rêve de cette France à venir l'était à tel point qu'on pouvait seulement le tenir pour fou ou admirable. Villegagnon, avec ses outils de guerre, attaquait le bloc opaque de la nature brute avec l'enthousiasme de l'artiste qui se met face au marbre de carrière, pour en tirer une pietà. Dans leurs longues conversations, sur l'Italie, l'art, le mouvement des idées qui retournait toute l'épaisseur des anciennes erreurs gothiques, Villegagnon avait souvent usé de cette comparaison devant Just. Mais c'est pour la première fois qu'il la comprenait.

La pirogue filait si vite qu'en un temps très bref ils entendirent dans la nuit silencieuse le chuintement des rouleaux sur la plage. Just sauta dans l'eau et gagna le rivage. Un sifflet lui parvint de l'ombre des arbres. Il marcha dans cette direction et soudain sentit une large main saisir la sienne. Just avait passé une dague à sa ceinture. Il raidit ses doigts sur le manche.

— Doux ! Tu n'as rien à craindre.

Just reconnut la voix rauque et juvénile de Martin. Il marcha à sa suite jusqu'à un étroit campement. Il se composait d'une petite case dont une mèche d'huile jaunissait l'entrée. Ils s'assirent sur des billots. Martin proposa du cahouin ou du jus de fruits. Il alla puiser lui-même dans une jarre de terre deux bols d'un liquide clair qui sentait l'ananas.

— On te croyait mort, dit Just qui, malgré le plaisir qu'il avait de revoir Martin, sentait une gêne en sa présence.

— On m'enterre toujours trop vite…

— C'est à cause des soldats qui ont été tués de l'autre côté.

— Ouais, j'ai su cela. Mais quelle idée aussi de courir après ces rustres d'anabaptistes. Nous, nous sommes allés sagement vers les comptoirs normands. Et mes braves soldats y sont à cette heure-ci bien tranquilles.

— Alors, pourquoi es-tu rentré ?

Martin marqua un léger silence qui était chez lui l'espace suffisant du choix et du mensonge.

— Crois-tu que j'aurais abandonné mes amis ?

— Quels amis ?

Martin battit ses genoux de ses larges paumes.

— Quels amis ? Écoutez-le ! Voilà comme on est récompensé. Je traverse toute cette damnée forêt pour revenir te chercher et tu me dis : quels amis ?

— Tu es rentré pour cela ?

Just avait un fond de méfiance à l'endroit de Martin. Mais son désir de croire en la bonté humaine était si vif qu'il ne voulait pas perdre la moindre chance d'en obtenir confirmation. Martin baissa les yeux car il négligeait les victoires trop faciles, surtout quand elles assassinent la vertu.

— Où est ton frère ?

— Dans l'île.

— À la bonne heure. Crois-tu qu'il puisse te rejoindre cette nuit, si je renvoie la pirogue ?

— Me suivre, mais où ?

— N'avez-vous plus envie de revoir la France ? Je connais le chemin des établissements, maintenant. Vous pouvez être libres.

Just, un instant, vit Clamorgan, la Normandie puis tout l'espace jardiné de la France, les plaines de l'Italie, son rivage de pins parasols et d'oliviers.

— Allons, réponds-moi, le pressa Martin, c'est ce soir qu'il faut se mettre en route, demain au plus tard. J'ai négocié nos places sur un bateau qui part dans dix jours et il en faut bien huit pour se rendre là-bas.

Just tressaillit en entendant ces paroles et comprit soudain ce qui le gênait. Il n'avait pas renoncé à rentrer en France mais il ne voulait pas que ce départ prît ainsi la forme d'un abandon. Il se sentait assez de confiance désormais en Villegagnon pour lui demander bien droitement à embarquer sur un des bateaux qui rentraient. Si Colombe le souhaitait, ce serait même le prochain, qui était prêt et allait appareiller. Mais il ne voulait pas de trahison.

— Nous préférons rester ici, prononça-t-il.

Martin eut un tic de visage. L'envie de prendre ce bâtard

au collet et de lui ôter d'un bon coup de poing ses grands airs et ses idées creuses le pressait. Il eut la tentation de lui dire tout de go qu'ils n'avaient pas le choix et que s'il refusait la fuite…

— Tu as jusqu'à demain soir pour y penser, dit-il avec humeur. Si tu changes d'avis, prends un fanal et fais un signal de trois éclairs à la pointe ouest.

— Tu ne vas pas venir sur l'île pour te présenter à Villegagnon ?

Accablé par la naïveté de cette question, Martin haussa les épaules, serra la main de Just et le raccompagna jusqu'à l'orée de la plage. Au retour vers la cabane, il retrouva Le Freux, qui était sorti de l'obscurité.

— Dommage, dit sobrement celui-ci.

— Après tout, murmura Martin, comme s'il s'adressait à lui-même, tant pis pour lui. Au fond, j'ai payé ma dette : je lui devais la liberté, pas la vie.

CHAPITRE 10

Rupert Melrose, garde écossais et joueur de cornemuse, avait voué son existence à Villegagnon depuis huit ans. Cette passion était le fruit d'un hasard extraordinaire auquel il ne pensait jamais sans avoir les larmes aux yeux.

C'était au temps où Marie Stuart, à six ans, était déjà presque mariée deux fois. Le roi d'Angleterre la voulait pour femme afin de s'emparer de l'Écosse. Henri II de France la destinait à son fils, le dauphin ; il entendait ainsi sauver en Écosse le parti catholique. La pauvre enfant était recluse avec sa mère au château de Dumberton, soumise au blocus de ses sujets protestants révoltés.

Rupert, pauvre lancier des Highlands, faisait partie des fidèles qui arpentaient les quais fortifiés qui longeaient la Clyde. Comme tous les soldats catholiques commis à sa garde, Rupert était amoureux de la petite princesse brune. Il la suivait avec attendrissement pendant sa promenade du matin sur les remparts. Qu'une enfant pût être à la fois le centre d'autant d'intrigues et si rayonnante d'innocence était pour lui un troublant mystère. Dans cette tiédeur du mois de mai, il arrivait que la petite fille, tout en conservant son vertugade, parût au grand air les bras nus. Rupert eût souffert mille morts pour que nul ne souillât jamais semblable trésor.

Hélas, la terrible pression des luthériens refermait le piège sur les captives. L'hiver revenu, nul doute que la forteresse tomberait. Ce dernier printemps d'avant le drame était plus fleuri et plus triste que tous ceux que la sombre Écosse avait jamais portés.

En dehors d'admirer la petite Marie, Rupert n'avait qu'une passion : il jouait de la cornemuse. C'était un instrument qui l'avait jusque-là contenté. Il avait appris ses mélodies en regardant le doigté de son oncle et rien ne lui paraissait plus harmonieux qu'un duo de bombardes soutenu par la ligne arrondie des bourdons. Il avait été mortifié d'apprendre de son capitaine que la petite reine n'aimait pas le son de la cornemuse et même le redoutait comme un présage funeste. Rupert, en ses loisirs qui étaient rares, reçut donc l'ordre de ne pas jouer, à moins qu'en marchant sur les rochers, il ne parvînt à s'éloigner suffisamment sous le vent du château pour jeter ses notes dans l'oubli du large.

On savait, même parmi les soldats, que le roi de France avait dépêché une armada pour délivrer l'enfant et sa mère Marie de Guise. Mais en matière navale, les Anglais étaient redoutables. L'amiral Strozzi qui commandait l'escadre française était empêché de rejoindre l'Écosse et, à moins de se risquer à un combat où il n'aurait pas le dessus, il n'avait aucun moyen de forcer le barrage britannique.

Les gentilshommes français qui entouraient la petite reine passaient leurs journées à scruter le sud-ouest à la lunette. Mais Strozzi n'arrivait pas.

Les grappes de glycines bleues glissaient sur les façades, les saulaies étaient argentées de feuilles nouvelles, au bout des brindilles de rouvre pointaient des bourgeons verts. Rupert, avec le double registre de sa cornemuse, rendait ces allégresses sur un fond tragique de graves. Il jouait à la pointe d'un promontoire de granit battu par les flots, à l'est de la forteresse, d'où on le voyait à peine. C'est là, par un matin de la mi-mai, qu'il reçut le choc dont toute sa vie n'allait plus être que l'écho.

Trois galères fines filaient sur l'eau de toute la vitesse de leurs rames. Sur la mer calme, elles approchaient rapidement. Rupert distingua bientôt leurs pavillons : elles étaient françaises. Il eut un instant d'égarement, en cherchant la direction du soleil. Mais il n'y avait aucun doute possible : les vaisseaux, si incroyable que cela parût, venaient bien du nord-est.

Tenant sa cornemuse par les bois, comme on saisit un lièvre aux oreilles, le *piper* courut jusqu'au château donner l'alerte. Les enfants jouaient sur les terrasses du donjon : Marie Stuart avec ses trois amies Marie : Seton, Fleming et Livingstone. Elles accoururent à la rambarde, du côté opposé à celui qu'elles avaient si souvent scruté en vain. Les trois galères, dont on entendait maintenant les tambours, prenaient l'estuaire et ralentissaient pour l'abordage des quais. Stupéfaits, croyant à une ruse, Français de la garde et Écossais avaient d'abord pointé à la hâte leurs arquebuses vers les bateaux. Mais à mesure qu'ils approchaient, on voyait sur les ponts une foule de soldats agiter leurs casques et brandir leurs épées en signe d'allégresse. À peine apontée, la première galère vomit un flot braillant de Français en liesse. À leur tête, et nul ne se serait avisé de lui ravir cette place, un géant hilare, le nez rouge de larmes, une grande croix de Malte sur le ventre, courait sus à la forteresse. La porte en était fermée et, en attendant son ouverture, le chevalier fit face à ses hommes, les agenouilla et récita une prière en latin d'une voix si forte que tous les rochers de la côte, qui formaient une conque, résonnèrent de cette oraison. De petits crabes roses sortaient de leurs trous pour voir cette arrivée. Enfin, les gonds grincèrent, la porte s'ouvrit et, devant la reine régente qui parut, Nicolas

Durand de Villegagnon beugla son nom dans un sanglot et se jeta par terre avec une idolâtre maladresse.

C'est du haut de la muraille que Rupert suivit la scène ; là qu'il vit pour la première fois ce diable d'homme qui avait mené cette expédition. Seul, Villegagnon avait convaincu Léon Strozzi de lui laisser accomplir ce que personne n'avait fait auparavant en guerre : contourner toute l'Écosse par le septentrion, tracer une route dans les îles du Grand Nord pour déjouer la surveillance anglaise. Et avec une mauvaise carte de Nicolas de Nicolay, dérobée par espionnage aux Anglais, il avait accompli ce prodige.

La cour d'Écosse embarqua le soir même et Villegagnon eut le bonheur insigne de tendre deux de ses gros doigts à la petite reine pour qu'elle prît pied sans encombre sur la *Réale*. Quelques jours plus tard, elle était à Morlaix, en sûreté.

Tout cela se passait en 1548. On était en 1556 : depuis ce temps, Rupert n'avait pas quitté Villegagnon. Il faisait partie de sa garde écossaise et même, au sein de ce corps d'élite, du quarteron le plus rapproché qui se relayait à la porte de l'amiral. On ne l'eût pas touché sans que Rupert, d'abord, ne jetât sa vie dans le combat.

La fidélité est un sentiment qu'on contente aisément. Il suffit de le tolérer. Tant que Rupert pouvait suivre son maître, il était heureux, au Brésil comme ailleurs. Son seul regret, quoique léger, était que l'amiral, pas plus que Marie Stuart, n'aimait la cornemuse. Il s'écartait donc pour en jouer.

Comme il était commis, ce jour-là, à accompagner la chaloupe qui allait remplir les tonneaux, il en profita pour prendre avec lui son instrument. Il restait à peine deux jours pour l'expiration de l'ultimatum lancé à Le Freux par l'amiral. Tout était plus calme et immobile que jamais. On ne voyait personne sur le rivage.

Rupert n'était pas un homme d'imagination. Pour lui, le calme était le calme et il ne fallait pas chercher plus loin.

Les matelots amarrèrent la chaloupe au ponton construit en face des cascades et commencèrent de débarquer les barriques. Rupert s'éloigna vers l'ouest en suivant un moment la ligne des cocotiers. Il ne quittait pas la barque de vue et ne manquait donc pas à son devoir. Mais il ne résistait pas au petit plaisir de rejoindre cet endroit de la plage où s'était échouée une baleine. Le gros animal était là depuis quelque temps déjà. Sa peau avait séché au soleil et commençait à se fendiller. Il était facile, en s'agrippant aux fanons, de grimper sur la tête. Rupert aimait jouer là, sur cette manière de rocher noir. Il regardait la baie et pour peu qu'il évitât la trop reconnaissable silhouette du pain de sucre, il se croyait presque en Écosse. À cette saison, les brumes noires imitaient assez bien l'été de chez lui. Il commençait par une mélodie d'Aberdeen qui reprenait une comptine de son enfance.

Il fallait longtemps pour charrier toutes les tonnes jusqu'au petit bateau. Depuis la crise avec les truchements, plus personne, à terre, n'aidait à ces manœuvres. Quand les matelots entamèrent le remplissage de la dernière barrique, la nuit tombait.

Rupert était heureux d'avoir pu jouer tout son soûl. Il lâcha le bec de la cornemuse et s'apprêtait à le démonter quand deux mains vigoureuses le renversèrent en arrière. La dernière vision de Rupert dans le ciel fut un gros choufleur blanc qu'il ne mangerait jamais. Au même instant, une lame experte lui tranchait la gorge.

La nuit était bien noire quand, de la chaloupe, des sifflets appelèrent l'Écossais à se rembarquer. Il le fit au dernier instant, la tête dissimulée dans son châle de tartan. Il n'y avait pas encore de lune, le matelot qui barrait tenait à la main une lanterne sourde. L'Écossais prit place à l'autre extrémité de la barque, qui restait dans la pénombre. Personne ne parla pendant le trajet de retour car la fatigue, l'inquiétude et la désespérante certitude de n'avoir plus jamais la consolante compagnie du cahouin et des Indiennes renfrognaient les visages.

L'île était sombre ; on avait abusé des chandelles dans les premiers mois et désormais la vie s'organisait à la lueur de ce que le ciel voulait bien pourvoir en matière de luminaire. Dans la nuit orageuse, sans étoiles ni lune pour le moment, chacun était réduit à son ombre et se couchait dès la disparition du soleil. Les matelots de corvée rejoignirent leur hamac et le faux Rupert, bien renseigné, prit la direction du corps de garde. Une clepsydre sur un pilier permettait à la sentinelle qui gardait la porte de l'amiral et disposait d'une petite lampe de mesurer la durée de son quart. Quand il l'eut retournée deux fois, l'homme bâilla, se leva et alla appeler « Rupert » dans le corps de garde. La relève se fit en silence comme il convient entre gens endormis et qui n'ont rien à craindre.

C'est ainsi qu'à une heure de la nuit, Martin, en tenue de *piper* écossais, se retrouva comme prévu à la porte de la chambre de Villegagnon. Par la cloison à claire-voie qui donnait sur la plage, il attendit que la clarté de la lune fût suffisante et, après une silencieuse adresse au dieu des voleurs auquel il croyait ferme, il ouvrit lentement la porte de la chambre.

Le plan des bandouliers était simple : isoler Villegagnon puis l'abattre. La première partie de ce programme était réalisée. Une écrasante majorité des immigrants était découragée et révoltée du travail ingrat qu'on lui faisait accomplir. Le chevalier de Malte était accablé de toutes les fautes et surtout de la dernière, qui privait les malheureux des seules compensations qu'ils eussent trouvées à leur infortune. Dans la partie de bras de fer qui opposait l'amiral aux truchements, la sympathie des immigrants allait à l'évidence à ces derniers. Ils admiraient leur liberté, leur luxure et, dans cette atmosphère inconnue du tropique, il semblait que ce fût là une forme à la fois unique et suprême d'accomplissement. En cas d'assaut, on pouvait donc tabler sur leur neutralité et même peut-être sur leur aide.

Restaient les soldats. Pour une grande part, ils étaient aussi gagnés par l'abattement, à l'exception de la garde écossaise qui semblait ne devoir jamais se décourager de rien. Cependant, des plus vaillants aux plus débandés, tous étaient faits sur le même mode militaire : il leur fallait des ordres. Les attaquants devaient donc commencer par les en priver.

Martin, en ouverture de ce drame, avait la charge d'atteindre mortellement le chef suprême ; tout devait par la suite procéder de cette élimination. Il était maintenant à deux pas du lit avec sa lanterne. Les rideaux en étaient tirés. On voyait, attaché autour d'un des montants, le toron du hamac que Villegagnon tendait en travers. Frapper dans le rideau ou l'ouvrir est un vieux dilemme de meurtrier auquel Martin n'avait pas songé auparavant. Bien des filles de port lui avaient parlé de ces deux catégories d'hommes : ceux gardant la lampe allumée pour faire l'amour et les autres qui préfèrent l'éteindre. Lui-même s'en moquait bien : il prenait ce qu'on lui donnait. Cette pensée le fit sourire dans le noir et comme il aimait provoquer, il se dit que, pour une fois, il choisirait : il tira le rideau d'un grand coup sec.

Le hamac était vide.

Il regarda fébrilement dans le lit et dessous, là où était le trésor de guerre de l'amiral, dont il ne devait se saisir que quand tout serait fini. Mais le coffre n'y était pas. Arrachant d'un coup son écharpe de tartan qui l'étouffait, Martin, extrêmement lucide comme au plus dur d'une embuscade, se mit à scruter l'ombre en levant la lanterne. Il ne vit personne dans la pièce et se sentit pris au piège. Il était l'heure de rassembler son courage et d'en appeler à tout ce qu'il avait d'instinct face au danger. Le voleur, en lui, vint au secours du conspirateur. Et comme pour marquer ce changement par un geste, Martin saisit machinalement le cadre doré d'une miniature qui brillait sur la table du gouvernorat. Il fourra l'objet dans sa poche et, désespérant de s'emparer de l'autre trésor, il ressortit. Hélas, en le voyant ainsi brandir sa lampe devant la porte, ses complices, tapis dans l'obscurité et gagnés par les alarmes de la nuit, crurent qu'il émettait le signe convenu et se lancèrent à l'attaque. Un brandon jeté dans la paillote des chevaliers de Malte en embrasa les palmes. Le Freux qui commandait le groupe des assaillants fit tirer à travers les cloisons enflammées. Deux arquebuses laissées à Martin par les soldats déserteurs et une troisième dérobée par Egidio faisaient tout l'arsenal des truchements. Mais sur des adversaires pris par surprise, ils comptaient bien que cette artillerie ferait un feu redoutable. En effet, du corps de garde bondirent des Écossais désarmés et à moitié nus, qu'il fut facile de mettre en joue.

Les attaquants crurent à une victoire complète. Mais Martin la jugeait trop rapide et même étrange. Aucun cri ne montait du casernement en flammes des chevaliers. Hormis la poignée de gardes écossais, personne n'était sorti des baraques.

Tout était silencieux, hors le crépitement des flammes. Par instants des lueurs d'orage, loin à l'est, découpaient sans bruit la masse menaçante du pain de sucre. Martin flairait le piège. Il humait l'air comme un dogue et soudain, d'instinct, brisa sa lanterne. Un coup d'arquebuse venu du fort retentit presque au même instant. Mais faute de lumière, le tireur l'avait manqué.

D'autres coups suivirent et des cris de douleur s'élevèrent de la masse obscure des assaillants.

Martin comprit en un instant que ses plans avaient été prévenus et que l'amiral leur avait tendu à son tour une embuscade. Réfugié dans le fort avec ses chevaliers, il déchargeait sur les attaquants un feu nourri. La panique s'emparait d'eux. Il y eut des bruits de débandade, de chute. Les Écossais avaient profité de cette diversion pour se vêtir à leur mode d'une pièce de tissu autour des reins et, ce préalable accompli, n'hésitaient plus à se lancer furieusement dans la mêlée. Depuis le chantier du fort, la troupe de Villegagnon descendit en courant vers la plage, en sorte qu'ils barraient la retraite aux truchements. La voix de l'amiral tonnait au milieu des combats.

La seule partie du plan d'attaque qui se révélait juste était la neutralité des artisans. Terrés dans leurs cantonnements, ils assistaient à tout sans bouger.

Les pirogues qui avaient amené les hommes de Le Freux avaient accosté en deux endroits : à la pointe sud de la plage et, de l'autre côté, vers la baie, en se faufilant entre les récifs. Les fuyards se précipitèrent lourdement dans les embarcations, menaçant de les faire chavirer, et les rameurs ajoutèrent leurs cris à ceux des combattants et des blessés.

Martin cherchait une autre issue. Voyant la partie perdue, il retrouvait l'ambition familière, qu'il avait jusqu'ici toujours satisfaite : laisser les autres à leur destin et sauver sa peau.

Il alla vers les chaloupes mais les Écossais l'y avaient précédé et montaient la garde en nombre. Il eut d'abord l'idée de partir à la nage ; il avait depuis longtemps pratiqué cet exercice, en prévision des nombreuses évasions auxquelles il avait rêvé. Mais la côte était trop loin.

Restait une solution. Il remonta au gouvernorat et voulut le contourner pour traverser entre le fort et la redoute nord. Comme il tournait le coin, il vit une ombre le rejoindre, épée tirée. À la lumière du brasier proche, il reconnut Just.

— Ne bouge pas, lui ordonna calmement celui-ci.

— Voyez-vous ! fit Martin. Clamorgan. Et qui me met en garde. Allons, laisse-moi aller. J'ai voulu te sauver, ne l'oublie pas.

— Tu as voulu m'éloigner.

— Et j'avais bien raison, dit Martin, car tu m'as l'air de te battre comme un lion pour ton nouveau maître.

Just le tenait toujours en respect.

— Tu voulais un combat égal, autrefois, reprit Martin sans le quitter des yeux. Ce n'est pas tout à fait cela.

Il avait mis comme à son habitude le doigt sur ce qui incommodait Just. Martin vit son adversaire regarder rapidement autour de lui.

— Tu cherches une arme pour moi ? ricana-t-il.

Et comme l'autre se troublait, il bondit de côté. Just se fendit, le manqua, se retourna. La situation était la même, si ce n'est que Martin désormais n'était plus le dos contre le mur de palmes mais entouré par l'obscurité ouverte.

— Tu fais de l'escrime, le matin, avec Villegagnon, m'a-t-on dit. Décidément, même si j'avais une épée, nous ne serions pas à égalité… monseigneur.

En faisant mine de saluer bas, Martin avait laissé traîner son bras jusqu'à terre et, d'un coup, jeta une grande poignée de sable fin dans les yeux de Just. Aveuglé, celui-ci baissa sa garde, ramena sa main libre sur son visage. Il sentit presque aussitôt le large poing de Martin lui percuter le ventre et s'effondra.

C'est à demi conscient qu'il entendit l'amiral approcher en vociférant. Puis des mains le saisirent, il crut voir Colombe. Et quelqu'un, dans ce semblant de rêve, se plaignait que Martin leur avait échappé.

*

À l'aube, on fit en grelottant le compte des captifs, des blessés et des morts. Pour ceux-ci, ce fut assez vite fait : outre Rupert qui manquait, trois soldats avaient expiré. Du côté des assaillants, on comptait une victime d'arquebusade et deux noyés qui n'avaient pu s'embarquer. Deux autres soldats étaient blessés mais légèrement. Enfin, sur l'esplanade vis-à-vis le gouvernorat, quatre captifs étaient retenus par des bracelets de fer qu'on avait été quérir dans les bateaux. Le Freux, Vittorio et Egidio étaient du nombre avec un quatrième au visage tout couturé, emplumassé comme son maître, édenté et qui ressemblait à un vautour.

Just avait été traîné sur le baldaquin de l'amiral où Colombe le veillait pendant qu'il reprenait connaissance.

Il était l'heure de l'oraison matinale. Villegagnon fit chercher Thevet. On finit par découvrir le cordelier terré dans l'encoignure d'une citerne, sous la muraille de la redoute sud. Il tremblait de tous ses membres et affirmait en bredouillant qu'il n'avait jamais eu aussi peur de sa vie. Il tirait, soi-disant pour se calmer, de courtes bouffées nerveuses d'un énorme bâton de pétun qu'il avait toujours prétendu garder pour les grandes occasions.

— Allez-vous, oui ou non, conduire la prière ce matin ? lui intima Villegagnon.

— Ma décision est prise, repartit Thevet avec le regard rouge d'un mulot traqué. Je rentre en France.

Villegagnon songeait que le savant avait toujours été un fardeau, plus qu'une aide. Il déplorait, évidemment, que la colonie fût ainsi privée d'aumônier mais le pauvre cosmographe avait-il été jamais autre chose qu'un savant ?

— Vous m'entendez, glapit Thevet, à qui la faiblesse de son adversaire donnait un subit courage. J'exige de partir avec l'expédition de la *Grande-Roberge*.

L'amiral eut un sourire pâle et lui répondit avec douceur.

— Embarquez-vous dès aujourd'hui, mon père. Nous saurons bien nous passer de vous.

Puis il retourna vers Just. Le garçon était debout et buvait une soupe de haricots.

— Te sens-tu mieux ? lui demanda l'amiral.

Just fit signe que oui.

— À la bonne heure ! Laisse-moi te dire que tu t'es bien battu.

Colombe embrassa son frère. Qui eût jamais imaginé que les plages de cocotiers seraient le terrain de leurs croisades ? Just était plus beau que jamais avec les longs cernes de cette nuit de veille, la pâleur qui lui revenait en cette saison de moindre soleil et toujours ce port taciturne et noble qui était maintenant tout à fait celui d'un homme.

Villegagnon, pour clore ce final et avant de prendre du repos, sortit sur l'esplanade et alla se planter en face des prisonniers. Il s'arrêta devant Le Freux :

— Ton plan a bien failli réussir, dit l'amiral. Mais les meilleures machines ont leurs imprévus. Sans cet hurluberlu qui est venu me demander d'épouser les quatre femmes que tu as prétendu lui vendre, je n'aurais jamais rien su. Au fait, poursuivit Villegagnon en se tournant vers dom Gonzagues, on peut faire sortir ce diable d'homme de sa cachette. Ces messieurs le laisseront en paix.

Dom Gonzagues clopina jusqu'au cachot creusé dans le fort, où Quintin avait été mis à l'abri.

Cependant, l'amiral, toujours planté devant Le Freux, annonça sa sentence.

— Tu seras pendu, annonça l'amiral en regardant Le Freux. Et toi, continua-t-il en regardant l'autre truchement emplumé, on t'a vu planter un coutelas dans un soldat. La corde aussi !

Tout le monde observait les condamnés, pour voir de

quel côté ils allaient tomber : celui de la veulerie et des demandes de pardon ou celui de la haine toute pure dont ils étaient d'ordinaire si prodigues. D'une façon qui en toute autre circonstance eût été comique, les truchements formèrent tour à tour des mimiques d'épouvante, de mépris, d'accablement et d'insolence. Puis, comprenant sans doute que rien ne fléchirait Villegagnon, Le Freux lança dans sa direction un crachat trop court qui atterrit dans le sable. Et chacun comprit que, pour ces deux-là au moins, l'affaire était faite.

Puis il pivota jusqu'à se mettre face aux deux autres, qui étaient liés de dos à Le Freux par la même corde.

— Et ces deux-là, s'enquit Villegagnon, qui sont-ils ?

— Des innocents, monseigneur, implora Vittorio.

Son compère et lui étaient en larmes.

Le Thoret qui était près de l'amiral dit en désignant le Vénitien :

— Celui-ci est un prisonnier dont la peine a été remise.

— Est-ce donc toujours ton destin d'être dans les fers ?

Vittorio vit dans cette adresse une opportunité de rachat. Après tout, il avait bien écouté jusqu'au dernier moment, lorsqu'ils partaient assaillir l'île : personne ne lui avait jamais dit « Ribère ». Il s'était acoquiné avec des imposteurs et ne voyait pas de raison d'être solidaire de leur chute.

— Ah ! monseigneur, gémit-il, ma faiblesse est de tomber toujours entre les mains de méchantes gens qui me poussent à mal agir. Ceux-ci m'ont fait chanter, pour m'attacher à eux.

Ce disant, il désigna avec la tête Le Freux qui était derrière lui.

— Tu t'es bien attaché tout seul, ricana celui-ci, jusqu'à ce matin en tout cas.

— Tais-toi, pendard ! glapit Vittorio, tu m'as corrompu tandis que j'étais venu ici pour me racheter.

Egidio, voyant la brèche, s'y engouffra et commença lui-même à se plaindre de Le Freux. D'un geste irrité, Villegagnon fit cesser ce concert d'invectives.

— Les a-t-on vus tuer ? demanda-t-il à la cantonade.

Nul ne prétendit en témoigner.

— En ce cas, qu'on leur donne une nouvelle chance. Ils travailleront enchaînés jusqu'à ce que j'en décide autrement.

Le soleil, ce jour-là, parut toute la journée, preuve que les pluies tiraient à leur fin. Une sieste généreuse fut accordée par l'amiral, qui permit à tous d'oublier les frayeurs de la nuit passée. Même les sentinelles s'assoupirent. Aussi quand Martin, qui avait regagné à la nage la *Grande-Roberge*, glissa sur un cordage, comme il avait appris à le faire dans son enfance, nul ne remarqua le léger clapot qu'il déclencha dans l'eau. Silencieusement, il fila dans l'onde transparente jusqu'aux chaloupes, en détacha une, la tira en nageant jusqu'à une encablure de l'île puis, se hissant par-dessus le plat-bord, saisit deux rames et s'employa de toutes ses forces.

Un Écossais ensommeillé le remarqua comme il était déjà presque à la côte. Le temps d'aller quérir une arquebuse et de la charger, Martin avait déjà sauté à terre et disparu.

CHAPITRE 11

Il est des victoires qui désespèrent. Celle que Villegagnon venait d'obtenir en était une. Il s'enferma pour méditer cet échec. De deux jours, on ne le vit pas sortir de la pièce à claire-voie où il travaillait, mangeait et dormait d'ordinaire. À ceci près que pendant ces deux jours, il ne travailla ni ne mangea ni ne dormit, occupé qu'il était à faire les cent pas en gémissant. De temps en temps, il s'arrêtait et lançait, avec un cri, un vigoureux coup de poing contre le plateau en chêne de sa table.

L'œuvre était bonne, corps-saint-jacques ! Apporter les secours de la civilisation dans ces contrées de cannibales était une entreprise juste, glorieuse, nécessaire. Mais pour mener à bien cette grande Idée, sur qui pouvait-il compter ? Sur des couards et des ladres, des repris de justice et de mauvais ouvriers. La nuit même où les truchements avaient été défaits, quatre chaloupes de fuyards avaient conduit vers la jungle une trentaine de ces misérables. Ils préféraient la vie de luxure parmi les Indiens à l'avenir honnête qu'il leur offrait.

Villegagnon avait donné des ordres pour que le campement des civils soit désormais gardé de jour comme de nuit. Une sentinelle dormait aussi au port près des chaloupes. L'ennemi extérieur n'était pas (encore) venu : c'est au-dedans qu'était née la mortelle corruption et toute l'œuvre s'en trouvait menacée. Fallait-il pour autant renoncer ? Le mot même, pour ne rien dire de l'idée, lui faisait horreur. Devant les murailles d'Alger, en 1540, sous la pluie, quand Charles Quint, qu'il avait accompagné sur la requête de l'ordre de Malte, avait donné le signal de la retraite, lui, Villegagnon, seul de vingt-deux mille hommes dont quatre cents chevaliers, était retourné planter son épée dans la porte de la ville. Il y avait gagné une arquebusade, un bras gauche mal brisé et des sarcasmes. Mais qu'importe, il avait crié aux Maures sidérés, qui le visaient du dessus des murailles : « Nous reviendrons ! » Alors, Le Freux…

Lorsqu'il y songeait, Villegagnon se disait que toute l'erreur était d'avoir confié la tâche d'encadrer son troupeau vicieux à Thevet. Le cordelier ne valait rien comme pasteur, il n'avait d'ecclésiastique que l'habit, quand il pensait même à le boutonner. On ne pouvait le blâmer de son indifférence religieuse. Il était à l'image de cette Église de France, tout entière tournée vers les intérêts séculiers : encore les siens n'étaient-ils ni les prébendes ni les femmes mais seulement la science. On pouvait l'en absoudre.

Mais le problème restait entier. L'amiral avait écrit au roi et à Coligny pour demander des renforts en soldats, de nouveaux colons et des fonds. Les lettres partiraient deux jours plus tard avec la *Grande-Roberge* et Bois-le-Comte. Mais quand même lui enverrait-on ce qu'il demandait — il ne se faisait pas là-dessus trop d'illusions — il restait le principal : l'encadrement spirituel de ces gueux, l'échine morale de la France antarctique, l'âme de Genèbre.

C'était le mot le plus tendre par lequel il désignait pour lui-même sa colonie. Genèbre sonnait comme Geneviève, et Geneviève était une jeune fille de quinze ans qui, quand il en avait vingt, n'avait pas voulu de lui. Genèbre, Geneviève, Genève.

Calvin !

Le poing de Villegagnon s'abattit sur le chêne et fit voler la cruche d'étain.

Calvin ! Genève ! Calvin, le réformateur de Genève, Calvin le grand penseur chrétien qui appelait à une réforme de la foi. Calvin l'homme fin, bien différent de ce grossier Luther qui n'avait déclenché qu'anarchie et débauche chez les Allemands et qui, heureusement, était mort depuis dix ans, damnée fût son âme. Calvin, son ami !

Pour différents qu'eussent été leurs destins par la suite, Calvin et Villegagnon avaient été condisciples à la faculté d'Orléans. Car l'amiral n'avait pas d'abord été destiné aux armes. Dans sa petite famille de robe, à Provins, on était naturellement homme de loi. Après des études honnêtes, quoique de droit, Villegagnon s'était inscrit comme avocat au parlement de Paris. C'est à vingt et un ans qu'il avait choisi sa vraie voie. Peut-être à cause des trois épées fichées dans le sable qui figuraient sur son blason, peut-être à cause de ses lectures d'enfant, peut-être à cause de son corps déjà trop grand pour l'espace des plaideurs et qui le rendait moins propre à défendre qu'à exécuter, peut-être à cause de Geneviève, il avait revêtu pour jamais la sopraveste cramoisie à croix de Malte blanche.

Pourtant, quand il revenait sur ce passé, et considérait tous ceux que la vie lui avait donné de rencontrer, c'est vers les hommes d'études, les artistes et les philosophes que Villegagnon dirigeait sa tonitruante admiration. Cicéron, Plutarque, Justinien, Alciat étaient pour lui des dieux. Et Calvin, en publiant l'*Institution de la religion chrétienne* vingt ans plus tôt, avait pris sa place parmi eux.

Sa passion pour lui était d'autant plus intacte qu'ils ne s'étaient jamais revus. S'il pensait à Calvin, Villegagnon voyait l'écolier pâle, penché sur sa copie, le jeune homme maigre et fiévreux qu'une secrète humiliation de famille tendait vers une avide revanche de l'esprit.

Il était d'autant plus surnaturel de penser qu'étaient nées sous sa plume les somptueuses phrases latines de l'*Institutio.* Que l'ouvrage eût provoqué polémiques et anathèmes lui était bien égal. On vivait dans un temps d'idées nouvelles et d'audace. Villegagnon ne doutait pas que Calvin, homme du retour aux simplicités des premiers temps de l'Église, ne fût celui qu'il lui fallait pour armer son troupeau en débandade.

Il alluma une chandelle car, à cette heure du soir, il n'y voyait déjà plus et écrivit une belle lettre à son adresse. Il lui rappelait d'abord le vieux temps de leur amitié, puis il décrivait la colonie sous un jour certes favorable mais point mensonger. Il s'étendait longuement sur les grandeurs à venir de la France antarctique mais ne cachait pas à Calvin qu'il avait besoin d'un secours spirituel pour remettre dans le droit chemin ses troupes en débandade. Combien fallait-il demander de pasteurs à Calvin ? Après y avoir bien réfléchi et laissé d'abord en blanc le chiffre, il se dit que cinq ministres serait convenable pour assurer sur l'île un culte attentif, et mieux valait solliciter le double pour l'obtenir. Il écrivit : dix. Il s'interrompit pour réfléchir, puis revint précipitamment à l'écritoire. Tant qu'à donner carrière à son audace, il ajouta d'une plume ferme que l'envoi de jeunes filles à épouser serait aussi d'une grande utilité pour la colonie. Ce n'était pas que l'entrée du sexe faible dans ce sanctuaire ne lui fît craindre des complications, mais il rendait les armes à l'évidence. Ces hommes brutaux trouveraient toujours ce qu'on voulait leur interdire. Mieux valait que des jeunes filles modestes et de bonne moralité permissent aux mœurs de s'établir correctement. Les premiers mariages seraient ainsi célébrés avec des conjointes envoyées par Genève. Ceux qui n'auraient pas le privilège d'en obtenir une pourraient au moins s'inspirer de ces exemples pour régler leur conduite avec les indigènes. Et si, de surcroît, Calvin trouvait parmi ses Genevois des artisans habiles, de vertueux laboureurs, toutes sortes d'hommes pourvus en abondance de courage et de foi, qui eussent envie de prêter leurs qualités à la grande entreprise brésilienne, qu'il les envoie sans hésiter de conserve aves les ministres et les vierges.

Au moment de mettre un cachet sur la missive, Villegagnon fut pris d'un dernier doute. Il y avait certes peu de chances que Calvin répondît favorablement à cette demande. Il avait bien d'autres charges et ambitions. Mais, à supposer qu'il le fît, qu'en dirait-on à Paris ? Villegagnon qui avait l'amitié des Guise, qui était chevalier de Malte et vice-amiral de Bretagne, n'allait-il pas être accusé de trahison en appelant auprès de lui des hommes que l'Église tenait en suspicion ? Qu'on le voulût ou non et malgré la modération de son enseignement, Calvin était regardé comme un huguenot, mis par ses détracteurs dans le même sac que la peste luthérienne.

Villegagnon marcha encore un peu en rond. Puis, comme les phalènes que l'air humide attirait autour de sa chandelle, il chassa ces objections d'un revers de main. Il se souvint de la cour de Ferrare, où il avait séjourné. Renée de France, fille de Louis XII et femme du duc de Ferrare, faisait régner autour d'elle un esprit cultivé et tolérant où toutes les idées neuves étaient débattues. Des évêques y étaient reçus, et Calvin, pourtant, y était tenu en suprême estime. On disait même qu'il était le confesseur de la duchesse.

Villegagnon se retint de taper encore sur la table car il ne voulait pas perdre sa lumière. Mais voilà ! Voilà ce qu'il voulait faire de Genèbre : un lieu de paix où chacun aurait sa place, où les audaces de l'esprit nourriraient une foi véritable, conforme à la simple frugalité des origines, à quoi les conditions mêmes de la colonie aideraient naturellement.

Il plaça la lettre dans le secrétaire d'ébène avec celles qui seraient confiées à la *Grande-Roberge*. Puis, dans un grand gémissement de tenons et de mortaises rongés d'humidité et de vers, il se jeta dans son hamac en travers du lit et ronfla dans l'instant.

*

Les mauvaises nouvelles vinrent en troupe pendant ces jours d'après la victoire. Tout d'abord, en faisant le compte de ceux qui avaient fui, on vit que, parmi eux, figuraient certains corps de métiers essentiels, tels les charpentiers, les forgerons et un apothicaire. Ensuite, en allant faire aiguade, les matelots furent attaqués et quatre d'entre eux lardés de flèches. Après avoir ramené les corps, il fut aisé de reconnaître le long trait dont usaient les indigènes, fabriqué en roseau, la pointe faite en os ou parfois d'une queue de raie venimeuse. Il était clair qu'il ne fallait plus espérer la sympathie des Tupi, du moins ceux de la côte proche, placés sous l'empire des truchements défaits. La conséquence était que la nourriture fraîche ne serait plus acheminée de la terre ferme. Il faudrait tenir avec les réserves de farine, de manioc et de salaisons que Villegagnon avait heureusement pris la précaution de rassembler. On s'avisa que dans les cales des bateaux, plusieurs barriques de graines n'avaient pas encore été déchargées : seigle, froment, orge, ravette, choux, poireaux. Il y avait de quoi tout planter. Mais l'amiral, dans le choix de fortifier l'île, n'avait laissé la disposition d'aucune terre arable, en dehors du fort et des habitations. Il était bien tard pour y remédier et, du reste, la plupart des semences, quand on alla y voir, étaient gâtées par la vermine et l'humidité. Tous les espoirs reposaient donc sur la mission de la *Grande-Roberge.* Bien négociée, sa cargaison permettrait de pourvoir à tout le nécessaire. S'il fallait tenir six mois en attendant, on se restreindrait et, au besoin, on irait faire quelques achats dans les comptoirs normands du fond de la baie — humiliation que Villegagnon espérait bien éviter à tout prix.

La veille du départ de la *Grande-Roberge,* l'amiral convia ses officiers supérieurs, Thevet et ses deux pages à un dîner d'adieu. Il fallait que la conversation fût gaie pour faire oublier le peu que contenaient les plats et les verres. Villegagnon s'y employa avec succès. Son corps massif et puissant, à l'aise sur les champs de bataille, avait également appris dans les cours princières à se faire l'instrument du charme et de la poésie. Sa grosse voix lui faisait déclamer des vers avec une puissance si maîtrisée qu'elle semblait exprimer les forces immenses qui travaillent l'âme amoureuse. Il excellait à rendre le tragique, le pathétique et, quand tout à coup il se mettait à rire, le comique. En ajoutant à cela qu'il chantait avec une voix de baryton suave et bien soutenue, on comprendra que ce courtisan accompli put faire oublier l'espace de cette soirée la posture désespérée où tous se trouvaient pour l'heure.

Une bouteille de vin qui avait miraculeusement échappé aux périls de la traversée et à la série des épreuves qui l'avaient suivie, fut apportée sur la table par les Écossais, aussi délicatement qu'une relique. Villegagnon la déboucha et, pour l'occasion, fit sortir d'un coffre des verres de cristal. Foin des chopes d'étain pour ce nectar. Il fallait le boire tout à fait, c'est-à-dire d'abord des yeux, en faisant lentement miroiter la chandelle dans son écarlate. Et avant de porter une santé, Villegagnon posa son verre et, en regardant Just, sortit une feuille de sa poche.

— « Monsieur Just de Clamorgan, lut-il, au nom de mon

supérieur de l'ordre de Malte dont les pouvoirs me sont sur ce point conférés, je déclare…

Toute l'assemblée, redevenue grave, un sourire attendri aux lèvres, regardait Just.

— … que durant le combat du 12 février 1556 en la baie de Genèbre, sur le fort Coligny, vous avez fait montre d'une grande vaillance tant pour épier l'ennemi et le traquer que pour charger sus à lui et le repousser. Un déloyal adversaire vous a porté une blessure qui eût pu compromettre votre vie. En conséquence de quoi, je vous accorde l'honneur, pour servir Notre-Seigneur Jésus-Christ, de porter les armes de chevalier. »

C'était une cérémonie inattendue, démodée et qui, en toute autre circonstance, aurait paru bouffonne, mais Villegagnon y mettait une conviction dont seuls font preuve ceux qui s'emploient à transmettre une tradition qu'ils savent déjà morte. Et Just, sans être la dupe de son plaisir, entendait profiter de la suspension du temps en ces terres ignorées des hommes pour se donner l'illusion que cette fable était une vérité. Il se leva, Villegagnon lui mit son épée sur les épaules et sur la tête, prononça quelques formules approximatives et conclut le tout par une franche accolade.

Vint ensuite une acclamation générale, puis on but. L'amertume du vin avait un goût de regret et d'adieu. Chacun en suivit le parcours le plus loin possible en lui-même comme si, en accompagnant ce feu dans les profondeurs, on eût retrouvé à sa suite des lieux chers engloutis et toutes les amours perdues.

— Ton tour viendra, lança Villegagnon à Colombe. Quand tu te seras décidé à avoir de la barbe.

Tout le monde rit sauf elle qui montra un peu de gêne.

— Mes enfants, reprit Villegagnon sans insister, votre valeur n'est pas fortuite. Elle est signe de bonne race. Votre père était un homme d'armes accompli.

Puis il s'assit, signe de réflexion et de contrariété.

— Le malheur a voulu qu'il commençât par une défaite. Il était à Pavie quand le roi François Ier fut fait prisonnier. Et il l'a accompagné en captivité. Tout est peut-être venu de là…

Il s'assombrit, suivit une pensée qu'il ne dit pas. Soudain, il revint à lui.

— Ensuite, reprit-il plus fort, il a fait les campagnes de la Ligue de Cambrai puis Sa Majesté l'a envoyé à Rome négocier le mariage de Catherine de Médicis avec son fils, notre roi d'aujourd'hui.

Just avait les yeux brillants.

— C'est ainsi qu'il est devenu un homme de l'ombre, mes enfants, un négociateur, un émissaire secret, chargé de tâches compliquées et qui n'étaient pas sans risques. Deux agents du roi ont été assassinés sur le Pô en 1544, alors qu'on était en paix.

— Ainsi, fit Colombe avec étonnement, quand il nous emmenait de ville en ville, ce n'était pas pour combattre ?

— Parfois, il combattait avec des armes véritables. Souvent, il en maniait d'autres, plus secrètes ; il préparait la paix ou la guerre.

Il toussa.

Just et Colombe se regardèrent. L'idée que leur père fût quelqu'un d'autre qu'un soldat les déroutait. Et rien ne les surprenait comme d'apprendre qu'il avait pu être une manière de diplomate.

— Je ne peux vous en dire beaucoup plus, conclut Villegagnon sur ce point, car nous ne nous voyions pas souvent.

— Et sa mort ? demanda Just, qui semblait réclamer le paiement d'une dette.

L'amiral baissa les yeux et réfléchit. Autour de la table, Bois-le-Comte, l'officier qui devait commander la *Grande-Roberge*, se tenait raide et sans expression, Thevet dormait et dom Gonzagues était perdu dans une rime introuvable pour Marguerite. Seul Le Thoret suivait avec attention cet échange.

— J'en sais ce que tout le monde en sait, dit Villegagnon avec humeur. Il a été tué à Sienne, en Toscane, l'année qui a précédé notre départ.

— La Toscane n'est-elle pas… espagnole ? demanda Just qui en savait un peu sur l'Italie grâce à ses récentes lectures.

— Si, mais la ville de Sienne s'était révoltée et avait appelé les Français.

Une gêne étrange empêchait Villegagnon de parler aisément. Il échangea un regard plein de méfiance avec Le Thoret.

— Enfin, on s'y est battus, voilà, et votre père est mort.

— J'ai entendu dire, fit Just, qu'il était en disgrâce avec le roi de France.

— En effet, il avait refusé auparavant de rejoindre les troupes qui défendaient le Piémont.

— Pourquoi le roi l'a-t-il envoyé à Sienne, s'il avait refusé de se battre en Piémont ?

— Il ne l'y a pas envoyé, se récria Villegagnon, mais la même gêne l'empêchait de mieux s'expliquer.

Le Thoret le regardait toujours intensément puis portait ses yeux sévères sur les Clamorgan.

— Est-ce à dire, prononça Just en peinant, qu'il était avec les Espagnols ?

— Tout cela est bien confus, coupa Villegagnon hâtivement et il ajouta d'une voix forte : et d'ailleurs je n'y étais pas.

Un long moment sans parole s'ensuivit.

— Et notre mère, la connaissez-vous ? intervint Colombe.

Elle attendait depuis longtemps l'occasion de poser cette question embarrassante. Comme, cette fois, le trouble ne paraissait pas susceptible d'être aggravé, elle se décida.

Le silence qui se fit était si intense qu'il tira dom Gonzagues de ses vers et Thevet de son sommeil.

— Non ! dit seulement Villegagnon, et pour ne pas être pressé plus outre, il se leva d'un coup et porta une santé au nouveau chevalier.

— Maintenant, reprit-il en hâte pour ne pas voir revenir les questions gênantes, mes chers enfants, voici une dernière chose que j'avais à vous dire. Vous m'avez loyalement servi, bien que les conditions de votre départ n'eussent pas été régulières. Mon devoir...

Sur le rebord de la phrase à venir, il s'interrompit et dans son visage noir de crins, on vit tressauter un petit nerf au-dessus du menton.

— ... est de vous dire que vous êtes libres. Si vous désirez vous embarquer sur la *Grande-Roberge* et quoique à l'exception de M. l'abbé, elle n'emporte aucun passager, je vous y autorise.

Just et Colombe frissonnèrent et, s'entre-regardant, ils lurent chacun dans les yeux de l'autre la même perplexité quant à la signification de cette émotion.

— Je ne vous demande pas votre réponse sur-le-champ. Concertez-vous. La *Grande-Roberge* démarre demain après-midi. Jusqu'à ce que la passerelle soit ôtée, vous pouvez vous décider.

*

Just ne dit pas un mot quand ils allèrent se coucher. Le lendemain, il entraîna Colombe à l'écart pour un entretien décisif. Ils longèrent le petit chemin qui, entre les fondations nord de la forteresse et la ligne déchiquetée des récifs, était déjà devenu un lieu de méditation pour les mélancoliques et de complot pour les révoltés.

Just avait préparé un long exposé que Colombe écouta

en marchant lentement près de lui. Il développa franchement toutes les raisons qu'ils avaient de rentrer, le vol de l'héritage Clamorgan, leur avenir, la dignité de Colombe et il mit un point d'honneur à donner à tous ces arguments une force prédominante. Puis il évoqua la position contraire : la posture désespérée de Villegagnon, l'aide qu'ils pouvaient lui apporter, la grandeur de la France antarctique.

Colombe souriait et laissait courir son regard sur la côte lointaine, du côté de la grande île des Margageat que l'on voyait au loin. Le soleil confirmait encore un peu plus son triomphe. Les nuages vaincus rampaient au sol, du côté de l'ouest, agrippés à de lointaines chaînes de montagnes. Gorgée d'un surcroît de vert par les pluies des semaines passées, la nature redoublait de tendresse et de séduction.

Quand Just se tut enfin, Colombe dirigea vers lui son regard lumineux, saturé du bleu que la mer venait d'y jeter, et lui dit en riant :

— Tu te donnes trop de peine, mon Just ! Crois-tu que je ne sache pas déjà depuis longtemps ce que tu veux ?

— C'est-à-dire ? se récria-t-il en rougissant.

Elle le prit par la main et, sautillant devant lui, alla s'asseoir sous le remblai. Les gravats déjà secs réverbéraient la chaleur du soleil. Quelques restes de buissons, blanchis de sel et de poussière, frissonnaient dans la brise.

— Nous resterons, dit-elle, et j'en suis heureuse.

Just était tout secoué d'émotions contradictoires. Il n'aimait pas l'idée que l'on pût lire si facilement dans ses pensées. À ses yeux, un homme, chevalier de surcroît, devait être aussi impénétrable que vaillant. D'autre part, il sentait avec soulagement qu'il n'aurait pas à exposer tout ce qu'il éprouvait et qu'il ne lui plaisait pas de nommer.

Car le devoir auquel il prétendait se résoudre en aidant Villegagnon dans sa périlleuse posture était l'effet de la sincère affection qu'il éprouvait désormais pour le chevalier. L'opportunité politique de constituer une France antarctique n'était que le visage de fortune qu'empruntait pour lui l'idée d'honneur, de gloire et de sacrifice, qui plongeait ses racines dans les plus magnifiques chimères de son enfance.

La *Grande-Roberge* partie, que commanderait Bois-le-Comte, il resterait à Villegagnon pour l'assister Le Thoret et ce pauvre dom Gonzagues que sa santé rendait chaque jour plus apte à faire des vers et moins à toute autre entreprise.

Just sentait qu'il était appelé à l'action et au commandement. Colombe, par son sourire, le dispensait d'expliquer tout le bonheur qu'il en éprouvait.

— Et toi ? demanda-t-il, confirmant par là qu'en ce qui le regardait, la cause était donc entendue.

Elle fut un moment pour répondre. Ce qu'elle voulait n'était pas moins clair mais elle ne procédait pas, comme lui, par déduction d'arguments abstraits. Elle tenta d'analyser clairement ce qu'elle sentait et vit que deux sentiments dominaient. Le premier était le plaisir qu'elle avait de partager le bonheur de Just. Elle n'en voulait rien dire et préférait lui laisser croire qu'elle prenait part aux mêmes rêves. Ce n'était pourtant plus aussi vrai. En réalité, elle se moquait bien de la France antarctique. Elle jetait sur ces grandes idées le même regard ironique qu'elle portait sur Villegagnon, qui prétendait les incarner. En revanche, un second sentiment depuis quelques jours l'envahissait.

— Je veux retourner chez les Indiens, dit-elle.

Le destin de Paraguaçu, toutes ses amies, ce prisonnier qui ôtait ses perles, les jeunes, les vieux, les enfants, les guerriers, toute la tribu lui manquait.

— Les Indiens ! s'écria Just. Mais tu n'y penses pas. Ils sont en guerre contre nous désormais.

— Ceux de la côte, objecta-t-elle.

La réaction de Just l'obligeait à argumenter. Or elle n'avait aucun projet, aucune véritable intention. Elle savait seulement qu'elle voulait connaître encore une fois la grande paix de la forêt, se baigner dans les torrents et s'efforcer de perdre son ombre de bruit jusqu'à marcher dans la nature sans la troubler.

— Je connais une autre tribu, dans l'intérieur, qui pourrait nous aider, peut-être.

Elle improvisait.

— Et je suis la seule parmi nous à parler leur langue, désormais.

Just regardait sa sœur. L'étrangeté de son visage ne l'avait jamais frappé autant jusque-là, ces yeux qui semblaient tout à la fois regarder en dedans et refléter l'âme de ceux qu'ils contemplaient ; cette beauté de plus en plus faite, longue et mince, florentine comme l'avaient représentée les peintres de cette école au siècle précédent.

Ce qui les séparait, pour la première fois, devenait pour lui plus visible que ce qui les avait réunis dans l'enfance. Et tout le trouble attrait de ces différences le remplissait d'un effrayant émoi.

— Oui, énonça-t-il en tentant de se donner une contenance de politique, comme truchement, tu peux être sans doute très utile.

— Et toi, tu peux en persuader Villegagnon, renchérit-elle sans se douter que cette formule sans conséquence serait saisie par le nouveau chevalier comme la base d'un accord, c'est-à-dire, de sa part, d'un serment.

Il réfléchit un long moment.

— Soit, dit-il enfin, je m'y engage.

Et tout surpris l'un et l'autre du tour que prenait leur destin, ils rentrèrent aux chaloupes pour aller voir partir la *Grande-Roberge*.

CHAPITRE 12

— Continue sans moi, je n'en peux plus, gémit Quintin en tombant assis sur une grosse racine.

Le sol montait et manquait de fermeté. Il se dérobait sous les pas. Des fûts de sycomores et de jacarandas haussaient bien loin au-dessus de la terre le triforium des premières branches puis la voûte de la canopée. Le soleil, diffracté par les feuilles comme à travers un vitrail végétal, achevait de donner à la forêt cet aspect ordonné et colossal de cathédrale qui mettait Quintin si mal à l'aise.

— Allons, ce n'est pas le moment de faiblir, dit Colombe avec humeur.

Elle tenait à la main l'un des compas de bateau que Villegagnon avait bien voulu lui prêter pour se repérer dans le couvert.

— Je croyais que tu connaissais le chemin, que tu savais comment prendre attache avec tes amis… ?

— Tout cela, fit Colombe sans cesser de scruter le cadran obscur, c'était pour que l'amiral nous laisse partir.

— Mon Dieu ! souffla Quintin.

Il était moins épouvanté par le danger qu'accablé à l'avance par l'idée de finir sa vie loin des humains et entouré de sapajous.

— Dire que je ne les reverrai peut-être jamais…

« Les » désignait ses quatre compagnes dont il rebattait les oreilles de Colombe depuis leur départ de l'île, trois jours plus tôt.

— Je ne comprends pas, marmonnait-elle, indifférente aux jérémiades du prêcheur. Nous sommes presque à l'épaulement qui sépare la baie de l'autre côte. Or, nous n'avons croisé personne.

— Et qui veux-tu que nous croisions, Seigneur, dans un tel lieu ? implorait Quintin. Il n'est que trop apparent qu'aucun être humain ne s'est jamais aventuré par ici.

C'est qu'il ne connaissait pas les Indiens autrement que pour en avoir loué quatre, afin de les conduire au paradis. Mais Colombe, elle, se souvenait d'avoir parcouru de tels embarras de jungle sans en déranger l'immobilité. Elle savait que les Indiens pouvaient ne rien ôter de ce silence de sépulcre où éclataient de temps en temps de sonores incantations d'oiseaux invisibles ou de singes hurleurs. Qu'aucun humain ne se fût manifesté depuis qu'ils étaient entrés dans la forêt l'avait d'abord rassurée, car elle craignait les tribus hostiles du rivage. Leur isolement, maintenant, était sujet d'alarme pour elle. Elle lui voyait deux explications possibles, également défavorables : soit il n'y avait personne et ils s'étaient égarés. Soit l'animosité contre les colons avait gagné toutes les tribus et ils devaient redouter d'en être d'un moment à l'autre les victimes.

Le nez toujours collé à son aiguille aimantée, Colombe suivait la direction du sud en zigzaguant parmi les troncs, quand, soudain, elle poussa un hurlement.

— Que se passe-t-il ? cria Quintin en se redressant.

Un instant et il était près d'elle, regardant alentour sans comprendre.

— Par terre, bredouilla-t-elle en tendant le doigt.

Un corps nu gisait sur le dos. C'était un Indien de la tribu de Paraguaçu. Son émeraude labiale était bien reconnaissable. La mort, en ramollissant sa bouche, avait fait retomber la lèvre percée sur son nez, comme un clapet de cruche. Les yeux étaient ouverts. La corruption de la forêt commençait de faire grouiller autour du cadavre un halo blanchâtre de larves qui devaient certainement lui emplir déjà les entrailles. Mais la partie de corps qui se montrait aux marcheurs était intacte encore. La peau, qui gardait des traces de peinture rituelle au génipat sur les cuisses, n'était rompue d'aucun accroc, d'aucune plaie. L'homme n'avait pas été tué au combat. D'ailleurs, il était rare que des combattants demeurassent ainsi sur le champ de bataille. Les Indiens mettaient beaucoup de soin à enterrer leurs morts. Quant à leurs ennemis, ils les consommaient, disait-on, sur le lieu même du combat. Or celui-là n'avait été goûté que par les vers.

La pénombre de la forêt ne permettait pas un examen très rigoureux. Mais Quintin, en se bouchant le nez, eut le courage de s'agenouiller pour vérifier, en s'approchant, un détail qui l'avait frappé.

— Regarde ces pustules, dit-il à Colombe qui ne marquait guère d'intérêt pour ce spectacle et le tirait pour s'éloigner. Il en a sur tout le corps. On dirait la petite vérole.

Macabre, la découverte de cette dépouille ne laissait pas d'être cependant encourageante pour Colombe. Elle démontrait qu'ils étaient proches.

— Il n'a pas dû avoir le temps d'arriver jusqu'au village, dit-elle en reprenant la piste.

Quintin ne pensait plus à se reposer. Il la suivit avec perplexité. Une heure plus tard, ils découvrirent un autre corps, marqué des mêmes stigmates.

Malgré tout, Colombe garda sa bonne humeur car elle commençait à reprendre souvenance des lieux. Ils atteignirent la large entrée du village, où était dissimulé un piège dont elle montra joyeusement le mécanisme à Quintin. Ils le contournèrent, virent de loin la grande hutte, et Colombe toute joyeuse courait presque et s'annonçait par des cris.

Mais rien ne rompait le silence. La hutte était vide, son toit à demi enfoncé. La jungle, avec appétit, grignotait les clairières et les cours que les Indiens avaient nourries de leurs feux. À part quelques tessons sur le sol, rien ne subsistait de la vie passée du village. Mais il n'y avait pas non plus de cadavres.

Colombe s'assit sur un billot de bois, prit la tête dans ses mains et se laissa aller à sa déception. Quintin, à qui toutes ces reliques ne disaient rien, voyait seulement qu'ils faisaient halte pour la première fois depuis leur départ dans un endroit convenable ou à peu près. Il sortit son hamac de son sac, le tendit entre deux poteaux et y grimpa pour dormir un peu. Mais le balancement lui fit revenir en tête le supplice de Le Freux, qui devait être pendu à cette heure même avec son malheureux associé. C'était une des raisons pour lesquelles Quintin avait été heureux d'être désigné pour accompagner Colombe. Mais ce souvenir lui dessécha la bouche : il se redressa dans le hamac en portant la main à son cou. Le hasard voulut qu'il aperçût à ce moment précis l'homme qui sortait de la hutte et passait silencieusement derrière Colombe pour tenter de gagner la forêt.

L'individu s'était sans doute tenu immobile et caché pendant qu'ils inspectaient l'intérieur. S'il avait été indien, il se serait par la suite faufilé dans la nature sans effort. Mais c'était un Blanc et malgré l'habitude qu'il avait de la forêt, il prenait de trop longues précautions.

— Arrêtez-vous ! ordonna Quintin.

Il profitait de l'ombre où il se tenait pour laisser croire qu'il était armé. Deux mousquets se mettaient en joue dans sa voix. Hélas, comme à son ordinaire, Quintin n'avait absolument rien à sa disposition pour se défendre.

Par bonheur, le fuyard n'avait pas l'air hostile. Se voyant découvert, il écarta légèrement les bras, fit le tour et vint se placer dans la lumière de la clairière, en face de Colombe.

Il avait ce visage buriné, hors d'âge, de ceux dont on ne sait si le tropique les a vieillis avant l'heure ou conservés au-delà du terme. Des poils blonds, en épi sur le sommet du crâne, l'auraient pour un peu destiné à figurer dans les collections de Thevet, parmi les ananas. Il était vêtu comme les truchements à l'aide de textiles pittoresques mais, à la différence de Le Freux et de ses sbires, il ne faisait aucun effort pour mimer l'accoutrement du gentilhomme. Veste et culottes longues sans forme le rendaient semblable en rudesse à Colombe, devant qui il alla s'asseoir.

— Hello ! lança-t-il paisiblement.

— Vous êtes français ? lui demanda Colombe avec un ton de surprise et presque de reproche, tant il lui déplaisait de retrouver un Blanc dans ce village où elle avait cru revoir ses amis.

— Tout le monde est français, par ici, pour ne pas être mangé. Puis il ajouta avec ce même accent très fort qui le rendait à peine compréhensible. Même moi, qui suis anglais.

— Et que faites-vous dans ce village ? continua Quintin sur le même ton de surnaturel courroux qu'il croyait propre à inspirer la crainte et le respect.

Mais l'Anglais était d'apparence si placide que ces menaces prenaient un air bien ridicule.

— Comme vous, j'imagine. Je me promène.

— Que sont devenus les Indiens ? demanda Colombe.

— D'où venez-vous donc pour l'ignorer ? fit l'homme en la considérant attentivement.

Son étrange et beau regard le frappa mais il ne laissa paraître aucune crainte.

— Ils sont partis en masse à cause de l'épidémie, reprit-il.

Quintin sauta à bas le hamac et, la curiosité l'emportant sur la méfiance, s'avança à son tour dans la lumière.

— De petite vérole, c'est bien cela ?

— Je n'en sais rien. Il n'y a pas de médecin par ici. Vous connaissez les Indiens : ils disent que c'est un esprit malin et ils lui ont donné un nom à eux.

— Sont-ils tous morts ? insista Colombe.

— Tous, non. Mais beaucoup. Vous avez entendu parler de Quoniembec ?

— Non, qui est-ce ?

— Un Indien vaillant, qui avait tué beaucoup d'ennemis au combat et fait de nombreux prisonniers. Son peuple le vénérait comme une manière de roi. Les négociants des comptoirs qu'il visitait de temps en temps lui avaient même enseigné à tirer le canon. Ce qu'il aimait, c'était en placer un sur chaque épaule et les faire mettre à feu sans les lâcher.

L'Anglais se leva et fit mine en riant de décharger deux pièces vers l'arrière, en tournant la tête pour viser. Puis il se rassit lugubrement.

— Eh bien, le pauvre est mort en deux jours, mangé de croûtes.

Quintin secoua la tête. La disparition d'un forcené acharné à la guerre n'était pas pour le désespérer. Mais il pensait à ses quatre Indiennes et reniflait.

— Vous venez des comptoirs ? hasarda l'Anglais.

— Non, de l'île. Nous sommes avec Villegagnon, précisa Colombe un peu vite, car elle était en confiance avec cet homme.

— Malheureux ! s'écria celui-ci en se levant d'un bond.

Elle regretta sa franchise et sentit Quintin qui reculait.

— Si les Indiens vous trouvent, reprit l'Anglais, ne faites jamais cet aveu. Ils ont été convaincus que c'est l'arrivée de votre colonie qui a apporté ces maladies.

— Convaincus par qui ?

— Par les truchements de la côte.

— Vous n'êtes pas l'un des leurs ? s'étonna Quintin.

— Moi ! fit l'Anglais dressé d'indignation.

— Excusez-moi, concéda Quintin, je croyais que tous les Blancs de cette côte étaient des amis de Le Freux.

— Le Freux, prononça l'Anglais avec mépris. Il est vrai que c'est ce bandit qui vous a traités. Et vous en avez été récompensés !

— Lui aussi, à cette heure, objecta Quintin qui, pour cette réplique, était presque heureux que le truchement se balançât désormais au bout d'une potence.

Un silence gêné suivit cet échange.

— N'avez-vous jamais entendu parler de Pay-Lo ? dit l'Anglais.

Colombe et Quintin se regardèrent avec perplexité.

— C'est vous ?

— Non, s'exclama l'Anglais. Moi, je suis tout simplement Charles.

— Quintin.

— Et moi Colin.

Ces présentations faites, tout le monde sourit avec satisfaction. Colombe ne parvenait pas à croire que le même décor, où elle avait vécu avec les Indiens, pût servir à mettre en scène des personnages si différents. L'idée qu'un simple nom pût rapprocher deux êtres et permettre de savoir qui ils étaient aurait paru bien risible aux Tupi qui vivaient là.

— Pay-Lo est le plus grand homme de toute cette baie, dit l'Anglais gravement.

— À quelle tribu appartient-il ? s'enquit Colombe.

Charles rit en montrant les horribles chicots qui avaient survécu à de nombreuses traversées.

— À la même que la nôtre. Ou que la vôtre, plutôt. C'est un Blanc et il était français avant de devenir… ce qu'il est.

— C'est-à-dire ?

Quintin avait posé cette question en faisant une moue, signe qu'il redoutait quelque nouvelle énumération d'exploits guerriers à la manière de Quoniembec ou d'escroqueries, comme Le Freux.

— C'est-à-dire un homme d'une grande sagesse et d'une magnifique bonté.

— Et où vit ce saint ? demanda Quintin avec de l'ironie dans la voix.

Ce qu'il savait de ce pays ne le disposait guère à croire que de telles qualités pussent permettre d'y survivre et d'y être respecté.

— À deux journées d'ici, dans une forêt que les Indiens appellent Tijuca.

— Pourquoi nous avez-vous demandé si nous le connaissions ? demanda Colombe.

— Vous vouliez savoir si tous les Blancs étaient avec Le Freux. Eh bien, j'essaie de vous représenter que beaucoup heureusement ne reconnaissent pas l'autorité de ces brigands.

— Et ce Pay-Lo est en quelque sorte leur chef.

— Ah ! ricana l'Anglais, s'il vous entendait ! Lui, un chef ? Peut-être, après tout, je n'avais jamais envisagé la chose comme cela. En tout cas, c'est un chef qui ne donne aucun ordre, ne punit pas, ne distribue pas de récompenses.

La description attendrie de cet homme qu'ils ne connaissaient pas laissait les nouveaux venus assez indifférents. Colombe, en particulier, était retournée à sa nostalgie indienne et ne se consolait pas.

— Nous avions connu des Indiens ici. Croyez-vous qu'il soit possible de les retrouver ?

— Ce sera délicat, grommela l'Anglais en secouant la tête. Les Indiens ont l'habitude de s'en aller comme cela, en une nuit, parce que leurs maracas le leur commandent pour calmer les esprits. Il paraît que certains sont même allés jusqu'à un grand fleuve qui est à l'ouest et traverse la forêt des Amazones.

Colombe, avec la pointe du pied, faisait jouer dans la poussière deux petits vignots blancs tombés d'un collier. Elle eut un instant l'idée de rechercher de telles traces pour suivre la fuite des Indiens. Puis elle en mesura l'absurdité. Elle soupira.

— La seule personne qui peut savoir quelque chose, c'est Pay-Lo, précisa Charles.

— Vous nous l'avez peint en vieux sage et je me le figurais reclus.

— Il l'est mais c'est miracle, il sait tout. Je suis bien certain d'ailleurs qu'il vous connaît.

— Nous ? Vous voulez dire Villegagnon.

— Vous tous et vous deux en particulier, si vous avez eu des liens avec les Indiens.

Quintin se troubla un instant puis repartit :

— Et pourquoi ne s'est-il jamais manifesté, lui, s'il est si bien informé et si bon ? Pourquoi nous a-t-il laissés dans les griffes de Le Freux jusqu'à ce que mort s'ensuive ou presque ?

— Parce que Pay-Lo sait attendre.

— Ainsi, interrogea Colombe, vous croyez qu'il peut nous aider à retrouver les Indiens ?

— Pensez-vous, surenchérit Quintin sans laisser venir la réponse, qu'il peut aussi aider la colonie à survivre en nous fournissant des vivres frais et de l'eau.

— Pay-Lo, dit l'Anglais avec lenteur et réflexion, n'est

pas un commerçant. Il n'a rien à vendre et ne souhaite rien acheter.

Quintin marqua sa déception par une moue.

— Mais si votre cause est juste et s'il veut vous aider, il peut tout.

Colombe avait formé sa décision et, quand elle se tourna vers Quintin, elle comprit qu'il était dans les mêmes vues.

— Accepteriez-vous, Charles, dit-elle en écarquillant les yeux, de nous conduire auprès de ce Pay-Lo que nous aimerions connaître ?

L'Anglais lui saisit les mains et s'écria :

— Oh, vraiment, j'en serais heureux. Très heureux. Chaque fois que je peux faire connaître Pay-Lo à quelqu'un qui en est digne, il me semble que j'accomplis… une chose utile.

La retenue britannique avait brisé son élan lyrique mais l'émotion était sensible dans sa voix sans le secours des mots.

— Partons ce soir, si vous voulez, reprit-il. Nous sommes encore trop près de la côte à mon goût. Le Freux est mort, c'est entendu, mais il paraît qu'un jeune brigand arrivé avec vous a réussi à s'échapper et se prétend désormais le chef des trafiquants de la côte.

Martin, pensa Colombe.

— Il est, paraît-il, plus dangereux que l'était Le Freux.

Quintin alla plier son hamac. Ils mangèrent deux poissons fumés chacun, burent un peu d'eau et se mirent en route.

Charles les guida à travers la forêt. Ils traversèrent des coteaux plantés de pacos aux larges feuilles et d'odorants buissons de mastic dans des clairières. Ils retrouvèrent de hautes futaies sombres et de larges étendues sèches couvertes de cassiers en fleur.

Sans cesser de monter mais en faisant mille détours

imposés par les rochers ou les cours d'eau sauvages, ils contemplaient par instants la baie de plus en plus lointaine. Et un matin, ils entrèrent dans d'immenses buissons de cotonniers, au lointain desquels on voyait émerger de hauts pins.

— Tijuca, dit Charles en s'épongeant le front. Nous allons bientôt voir Pay-Lo.

III

CORPS ET ÂMES

CHAPITRE 1

Un an avait passé depuis le départ de la *Grande-Roberge* pour la France. L'hiver était revenu, avec ses moiteurs, ses flaques, ses grands ruissellements d'orage. Puis il avait de nouveau laissé sa place à l'interminable été du tropique. En cette année de privations où l'eau était rare, tirée du fond des citernes, le soleil impitoyable avait voulu donner aux malheureux défenseurs du fort Coligny une épreuve supplémentaire : la chaleur était demeurée intense et desséchante pendant des mois. Les hommes n'avaient plus, de jour, la protection de l'ombre, car tous les arbres de l'île étaient abattus. Et, au long des nuits étouffantes, le secours du sommeil leur était également refusé : ils gémissaient dans les hamacs.

Tout suivait un cours ralenti. Amaigris, épuisés, gagnés pour beaucoup par des fièvres, les colons ne se montraient guère empressés à l'ouvrage. Le fort n'avançait plus. Ses murailles à mi-hauteur, loin d'être le signe d'un prochain achèvement, donnaient à chacun le sentiment que l'ambition de Villegagnon était au-dessus des forces dont il disposait. La saison des pluies, en détrempant tout, avait fait ébouler des murs. Ces reculs avaient atteint autant le moral que l'édifice.

Depuis le retour des chaleurs, la terre ferme, sur la côte,

avec ses grasses forêts et son ombre, exerçait un attrait plus puissant que jamais. Malgré des gardes redoublées et une surveillance constante, neuf hommes étaient encore parvenus à s'enfuir.

Just, pendant cette année, avait achevé d'entrer dans l'âge d'homme et s'y sentait bien. Il avait lu tous les ouvrages de la bibliothèque apportée par Villegagnon et se montrait capable de raisonner sur les grands sujets du temps. Les leçons d'armes avaient fait de lui un véritable homme de guerre. La force dont il maniait l'épée ou l'arquebuse était d'autant plus remarquable qu'il était, comme tous les autres, amaigri, mordu de dartres et d'ulcères. Sur son corps déjà fin, ces faiblesses semblaient attaquer la peau jusqu'à la trame et mettre à nu sa charpente d'os. Ses deux yeux noirs dévoraient son visage ; la barbe, qu'il ne pouvait raser par manque d'eau, mangeait le reste. Seuls ses cheveux gardaient toute leur force noire. Villegagnon avait fait de lui son bras droit, à l'égal de Le Thoret, qui commandait les chevaliers.

Just avait la responsabilité du chantier. C'était la charge la plus difficile : il était au contact des hommes et devait les contraindre au travail. Les privations leur fournissaient un prétexte pour s'y soustraire. Mais la véritable raison de la lenteur des ouvriers était d'abord la haine qu'ils ressentaient pour Villegagnon. Ils imputaient tout à son passif : leur déception d'être venus sur cette île, la cruauté de les avoir privés d'alcool et de compagnes, la surveillance dont ils étaient maintenant l'objet. Just, qui épousait désormais les idées de Villegagnon sur la France antarctique, la grandeur de la chasteté, les beautés du sacrifice, ne rencontrait auprès des travailleurs du chantier que sarcasmes et sourde hostilité. Quand il tâchait de leur persuader qu'il fallait terminer le fort avant les nouvelles pluies et surtout lorsqu'il évoquait le danger des Portugais, il voyait s'allumer dans leurs yeux plus d'espoir que de crainte. Tout paraissait préférable à ces hommes plutôt que le maintien de la dictature honnie de Villegagnon. Si les Portugais arrivaient, ils les accueilleraient en libérateurs. Une nouvelle révolte n'était pas à exclure. Les chevaliers et Just dormaient armés et en groupe, assurant des tours de garde. Ainsi les beautés pâles du matin tropical, la mer d'émeraude et le ciel métallique sans nuages, recouvraient tant de terreurs et de haines qu'elles faisaient presque horreur, comme un fard grimaçant appliqué sur la peau d'un mourant par dérision.

Sur la terre ferme, Martin avait repris l'ancienne autorité de Le Freux et l'avait augmentée de son génie. Pour faire pièce aux Normands de l'autre rive, qui étendaient leur activité vers le Cabo Frio, il avait entrepris de tisser un réseau de relations avec les terres situées plus au sud, au-delà de la rivière des Vases, et très au nord, jusqu'à Bahia. On disait même que ses émissaires étaient désormais en contact avec les Portugais de São Salvador. Sa haine de Villegagnon était toujours aussi forte et il rendait très difficile aux colons l'accès à la terre ferme, faisant attaquer les chaloupes, interdisant aux Indiens de leur vendre quoi que ce soit. Pourtant, son influence sur les tribus n'était pas sans partage. Dans leur majorité, sauf ceux du bord de mer qui subissaient directement les violences de Martin, les Indiens restaient fidèles à Pay-Lo, que Colombe avait rencontré à Tijuca. Grâce à l'accord qu'elle avait passé avec lui, l'île avait continué à recevoir du manioc, des poissons séchés et des fruits. Les chaloupes allaient les charger de nuit au fond de la baie, là où un petit groupe d'Indiens, protégés par un saillant rocheux, étaient parvenus à échapper à l'autorité de Martin et de ses truchements. Ainsi l'amiral n'avait-il jamais eu besoin d'avoir recours pour subsister aux Normands de l'autre rive.

Colombe, après ce succès, avait été chargée de se rendre

régulièrement avec Quintin chez Pay-Lo. Just n'appréciait toujours pas ces dangereuses routes en terre indienne mais il en comprenait l'utilité. De surcroît, il devait se réjouir que sa sœur fût la seule parmi les immigrants à conserver une éclatante santé, puisée aux eaux claires de la montagne, à l'ombre douce des forêts et aux fruits qu'elle cueillait sur les arbres.

Elle était partie depuis un mois quand, en ce dimanche matin de mars, un Écossais commis à la vigie de l'île donna l'alerte avec force cris. Quatre bateaux franchissaient la passe et pénétraient dans la baie. Ce n'étaient pas les premiers, depuis qu'ils étaient installés sur l'île. Chaque fois, c'était d'ailleurs le même branle-bas. Mais jusqu'ici, seuls des navires isolés s'étaient présentés et ils avaient tous pris la direction des comptoirs. Ces quatre-ci pointèrent sans hésitation vers Fort-Coligny. Le vent arrière les y poussait sans qu'ils eussent besoin de tirer des bords et, se présentant par l'étrave, ils ne laissaient pas voir leurs pavillons.

Un long moment, une silencieuse angoisse s'empara de l'île. Si l'armada était portugaise, la défaite était inéluctable. L'alerte, loin de conduire à une démonstration de force, avait étalé devant tous une évidence de faiblesse. Les murailles inachevées s'effondreraient sous les premiers boulets, les canons mal entretenus pendant les pluies ne tireraient que si la poudre n'était pas trop humide. Quant à la troupe, elle était dépenaillée, usée de privations. Une grande moitié des soi-disant défenseurs de l'île risquait d'ailleurs de mettre le peu d'énergie qu'elle avait de reste à planter des coutelas dans le dos de l'autre.

Mais, au contraire, si les navires étaient français, ils étaient sauvés.

Une heure s'écoula sans qu'un seul signe permît d'identifier les arrivants. Les chevaliers se recommandaient à Dieu et les autres priaient le diable de les en débarrasser. La chaleur était suffocante et une troupe de moustiques, sortis du petit marécage où poussaient jadis des roseaux, piquaient les chevilles comme une traîtresse avant-garde.

Enfin, dans sa lunette, Villegagnon put discerner un pavillon. Il était du roi de France.

L'espoir est omnivore : qu'on lui refuse la nourriture qu'il attend et il se contentera d'une autre, pourvu qu'elle l'aide à survivre. Tous ceux qui espéraient la défaite de Villegagnon et l'arrivée des Portugais acclamèrent les Français. Certes, ils épargneraient l'amiral mais, au moins, les sauveraient tous. L'île ne fut plus que cris de joie, bruits osseux d'embrassades amaigries, frottement de museaux barbus. Villegagnon ordonna qu'on démarrât deux chaloupes et prit place dans l'une d'elles afin de servir de pilote aux navires quand ils approcheraient des récifs. Sous le grand soleil du plein midi, il partit sans chapeau, Just à ses côtés, chemise ouverte, debout dans la barque au milieu de cordages jetés en vrac dans la hâte du départ. Quand ils furent sous la muraille du premier bateau, dont le bordage était blanchi de coquillages, ils entamèrent une brève conversation avec le bord. Les chefs de l'expédition voulaient débarquer sur l'heure. Le capitaine fit pendre une échelle de coupée au pied de laquelle les deux barques attendirent sans bouger car la mer était étale. Trois graves personnages descendirent, l'un vêtu en gentilhomme de campagne et les deux autres tout en noir.

C'est dans l'espace sans recul de la chaloupe que se firent les présentations. Les trois hommes étaient en fort bon état pour avoir à peine achevé un voyage de quatre mois.

— Philippe de Corguilleray, sieur du Pont, dit le premier homme, qui portait un pourpoint de velours rouge et des hauts-de-chausses de même couleur.

Il ébaucha un grand salut terrestre qu'une vague interrompit et finit dans les bras d'un des rameurs.

— Pierre Richer, annonça un des hommes en noir sans sourire ni quitter l'air de la plus soucieuse gravité.

Il portait une barbe courte, grise, taillée en pointe. Aucun ornement ne venait égayer son vêtement à manches et jambes longues, noir comme une corneille, en toile épaisse. Montrant qu'il était le chef et qu'aucune opinion ne s'exprimerait hors de la sienne, il désigna d'un geste parcimonieux l'autre personnage vêtu de sombre et dit à sa place :

— Guillaume Chartier.

L'instant d'après, une risée taquina l'échine de la baie et vint faire frissonner l'eau alentour de la barque. Mais Villegagnon n'entendait pas se laisser divertir par cette soudaine houle qui le transformait en pantin.

— Le roi de France vous envoie ? s'écria-t-il, pour savoir vers quelle grande figure tourner ses pleurs de joie et ses actions de grâces.

— Non, fit Richer, agrippé à la tête d'un rameur. Calvin. Nous sommes des ministres de Genève.

Les vagues étaient passées, la barque redevenue calme : c'est seulement la surprise et une brutale commotion au cerveau qui précipitèrent Villegagnon en arrière. Il tomba de sa hauteur dans la barque et faillit bien les envoyer tous par le fond.

*

Transporté sans conscience jusqu'à son lit, l'amiral reprit peu à peu ses esprits. Il donna à Le Thoret et à Just ses instructions pour accommoder les arrivants. Puis, s'autorisant pour la première fois depuis sa lointaine enfance une journée au lit, il s'absorba dans la lettre de Calvin que du Pont lui avait remise.

Cependant, les navires ancrés près des deux autres, voiles

carguées, faisaient une fière armada sous le soleil. Un essaim de chaloupes vomit sur la plage des grappes de passagers. Ce débarquement était bien différent de celui qui, deux années plus tôt, avait déposé sur l'île encore déserte sa première cargaison de Français. Les nouveaux venus, d'abord, étaient en bonne santé. Sans un Villegagnon, à bord, qui avait interdit, lui, tous les abordages, les navires avaient pris le temps de forcer en route quelques proies : navires marchands isolés, convois mal protégés et même bateaux de guerre à condition qu'ils fussent inférieurs en nombre et en armement. Si bien que tout au long de leur route, ils avaient été pourvus du nécessaire et même d'un appréciable superflu. Une nave de vin de Madère, arraisonnée peu après le départ, les avait réjouis. Ensuite, ils avaient eu le secours de vivres frais tirés des soutes d'un anglais qui avait filé si vite depuis Portsmouth qu'il n'avait presque rien consommé. Et pour terminer, avant d'atteindre le Cabo Frio, ils s'étaient rendus maîtres d'un petit navire espagnol chargé de salaisons. Si près de l'arrivée, ils s'étaient offert le luxe de le prendre en remorque, après avoir abandonné l'équipage à son sort sur deux chaloupes. Voilà pourquoi, partis de France à trois navires, ils étaient arrivés à Guanabara en formation de quatre. Réjouis de leur belle croisière, dégourdis par de faciles combats où ils étaient assurés d'avoir le dessus, bien nourris et abreuvés de bons vins, les arrivants, groupés sur la plage, faisaient face avec horreur à la troupe muette de ceux qui les avaient précédés.

Efflanqués, sales, traqués, les anciens de l'île étaient partagés entre la honte et une fierté mauvaise. Honte d'être réduits à l'état pitoyable d'une tribu sauvage, recluse sur une terre qu'elle a saccagée. Fierté de se voir livrer ces proies encore bien innocentes auxquelles il allait falloir inculquer les dures réalités de la colonie. Eux qui avaient tant subi avaient la sinistre consolation de n'être plus désormais l'ultime station de la souffrance : ils pouvaient la reporter sur plus désarmé qu'eux. La prise en main se fit tout aussitôt. Chacun parmi les anciens, guidé par la ressemblance avec ce qu'il avait été, se dirigeait vers son homologue : les soldats vers les soldats et les artisans, métier par métier, vers ceux qui venaient d'arriver.

Faire visiter l'île, montrer où les nouveaux venus seraient logés, c'est-à-dire à même le sol sous des auvents de palmes, transmettre les consignes concernant les horaires et le travail, fut l'occasion de prendre une première attache. La déception des arrivants, leur désarroi permirent de laisser espérer aux anciens des arrangements et d'en évaluer le prix.

Just eut la tâche de conduire vers leur logis les plus importants personnages de la nouvelle expédition : du Pont, Richer et dix artisans protestants, émules de Calvin, vêtus de noir comme les pasteurs et pleins de leur importance. Les ordres de Villegagnon commandaient de faire évacuer les loges des chevaliers pour les leur offrir. Ces cabanes, adossées à la muraille en construction du fort, étaient partiellement élevées en pierre et couvertes de bardeaux. Dans le dénuement général, ces commodités étaient presque regardées comme un luxe. Just, en présentant ces cellules aux arrivants, avait conscience de leur faire un grand honneur. Mais un hoquet indigné fut la réception qu'il obtint, lorsqu'il ouvrit devant du Pont la poterne en bois de caisse qui donnait sur le premier cubicule.

— Est-ce dans ce trou qu'on prétend nous accommoder ? s'indigna le gentilhomme.

Il avait à peu près l'âge de Villegagnon mais sa constitution plus frêle rendait une impression d'usure et de souffrance. Just, pénétré de respect, ne savait quoi répondre.

— C'est ce que nous avons… de plus beau, bredouilla-t-il.

— Comment ! En deux années, avec tous ces hommes de l'art, vous n'avez pas été capables d'édifier de meilleures maisons ?

— C'est-à-dire, fit Just embarrassé, que l'amiral a voulu donner la première importance à la sécurité. Nous avons bâti le fort…

Du Pont leva le nez vers les remparts en construction et le regard de mépris qu'il leur jeta fit mesurer d'un coup à Just tout ce qu'il restait à faire pour les rendre imposants.

— Il me semble avoir vu, intervint Richer d'une voix grêle, vibrante comme un ressort, que M. de Villegagnon se loge, lui, de façon plus honorable. Vous avez trouvé le temps, ce me semble, d'édifier un palais pour lui.

— Non, protesta Just en gardant un ton respectueux, pas pour lui. Il fallait un gouvernorat pour manifester l'autorité du roi sur ces terres.

— Un gouvernorat ! fit du Pont avec condescendance. Admettons, mais en ce cas de quel droit le sieur de Villegagnon serait-il seul à en profiter ?

Il allait s'emporter. Le pasteur Richer lui toucha le bras et par un signe d'intelligence des yeux, lui fit comprendre que l'heure n'était pas à régler cette question.

Du Pont se reprit, toussa et après une inspiration propre à le pourvoir d'air pour toute la durée de sa visite, pénétra dans la première cellule. Les autres prirent chacun possession de la leur, Richer seul, le reste des protestants logés deux par deux. Quand ils eurent déposé leurs effets et furent ressortis, la mine accablée, Just les invita à poursuivre la visite. Il les emmena au chantier du fort.

— L'amiral souhaite, pour éviter les désordres, que le travail reprenne dès demain. Pouvez-vous commander à vos gens de se présenter au chantier après la collation ? Nous les répartirons en escouades. Je vous attendrai moi-même pour vous désigner vos places.

— Nos places ! s'écrièrent les arrivants.

— Villegagnon, se rengorgea du Pont, nous voit donc comme ses terrassiers ?

— Pas les siens, monseigneur, fit Just avec sérieux, ceux de la France antarctique. Nul n'est dispensé de cette tâche. Il est de la plus haute importance que ce fort soit achevé avant les pluies. Jusqu'ici nous avons évité une attaque des Portugais mais…

— Jeune homme, commença du Pont avec hauteur, votre amiral excelle sans doute à l'organisation…

Il échangea un regard ironique avec Richer.

— … mais laissez-moi vous dire qu'il ne paraît guère au fait de la politique. Il est moins que jamais probable que les Portugais se risquent à mécontenter la France aux Amériques. Depuis l'abdication de l'empereur…

— Quoi ! coupa Just. Charles Quint a abdiqué ?

— Depuis dix-huit mois. Se peut-il… que vous l'ignoriez ?

L'étonnement de Just montrait assez ce qu'il en était. Les arrivants jetèrent sur l'île autour d'eux un regard encore plus chargé d'effroi. Ceux qui la peuplaient étaient dans un état de déréliction pire que des naufragés. Ils étaient sans doute les seuls civilisés à ne pas avoir entendu retentir la nouvelle de la chute du plus grand prince du monde.

— C'est ainsi, reprit du Pont avec la patience qu'on emploie pour éduquer un enfant, que l'Espagne et l'empire se trouvent désormais séparés. Charles Quint n'est pas parvenu à tout léguer à son fils Philippe II et son frère Ferdinand a recueilli la couronne impériale. Toutes les puissances européennes ont signé la paix. On voit mal le Portugal venir mettre le feu aux poudres pour…

Il eut un haut-le-cœur.

— … cette île !

Ces nouvelles étaient bonnes mais les derniers mois d'obéissance et d'effort avaient fait de Just un vrai soldat.

— N'importe, dit-il en secouant la tête. Tant que l'amiral n'a rien décidé, il faut continuer le fort et je vous conduirai demain à vos places.

*

La nuit surprit tout le monde dans le désordre de la fin d'après-midi. Des malles gisaient sur la plage, les chaloupes continuaient leur va-et-vient. Comme on pouvait le prévoir, dix parmi les anciens en profitèrent pour s'enfuir sur la terre ferme et l'on s'en rendit compte le lendemain.

Mais les nouveaux venus n'étaient pas habitués au couvre-feu que le manque de chandelles avait imposé aux habitants de l'île. Ils allumèrent force lanternes et même des flambeaux dans les chambres. Chacun brandissait sa lampe ou sa bougie et l'île entière semblait à la fête.

Quand cette illumination eut pris tout son éclat, Richer, un gros quinquet à la main, vint trouver Just et le saisit par la manche.

— Maintenant que l'obscurité s'est faite, lui glissa-t-il, il est temps de débarquer les jeunes filles.

Just le regarda un instant comme s'il se fût agi de reprendre les agissements secrets et damnables de Le Freux. Mais, à la mine austère du pasteur, il comprit que c'était tout l'inverse. Le débarquement supposait des manœuvres d'enjambement et de descente d'échelle qui paraissaient peu compatibles avec la dignité de pures vierges protestantes. En vue de les destiner à des mariages honnêtes, il convenait de ne pas les faire d'abord paraître dans des postures de Circassiennes.

— Qu'avez-vous prévu pour elles, en matière d'hébergement ? demanda Richer.

Comme il avait là-dessus son idée, il ajouta :

— Ne pourrait-on les abriter dans le gouvernorat ?

Just était alarmé à l'idée que Villegagnon cloué au lit fût brutalement confié à la garde de ces créatures. Mais que proposer d'autre ? Il était au désespoir quand une association d'idées vint, de robe en kilt, lui donner la solution.

— La paillote des gardes écossais ! lança-t-il fièrement.

Les pauvres Calédoniens avaient supporté de bien pires sacrifices. On les mettrait tous dans l'antichambre de Villegagnon et il n'en serait que mieux gardé.

Les jeunes filles attendaient dans l'un des bateaux, enfermées dans le château arrière avec leurs gouvernantes. Just accompagna Richer pour les quérir. Quand ils pénétrèrent dans la pièce, ils découvrirent cinq minces silhouettes noires debout et autant de duègnes affalées sur des chaises. La pièce fermée était suffocante de chaleur. À l'entrée de Just, les yeux se baissèrent, prirent un air modeste, ce qui n'empêchait pas les regards de revenir furtivement se fixer sur le beau garçon qui accompagnait le pasteur. Quoique la lumière fût forte dans le bateau comme ailleurs, Just ne reçut pas de ces jeunes filles des impressions très claires. À vrai dire ce qui le frappa ne fut ni les corps ni les visages mais ces fourreaux noirs, ces ampleurs de manches, un parfum de savon mêlé aux senteurs aigrelettes d'une sueur qui n'était pas d'homme.

Le bateau n'était guère confortable. Pourtant Just s'épouvanta à l'idée que ces êtres délicats allaient être impitoyablement soumis aux rudes conditions de l'île. Il ne lui vint pas à l'idée que Colombe y vivait avec lui dans le plus grand naturel et que les Indiennes peuplaient cette terre en égale part avec les hommes depuis l'éternité.

La première émotion passée, une agitation de tissus froissés et des roucoulements joints aux soupirs grognons des gouvernantes s'emparèrent de la pièce. Dix visages passèrent devant Just qui n'en retint aucun, sinon celui, extraordinairement fripé, d'une des caméristes qui lui fit penser à un iguane. Il s'en voulut de cette idée et regarda ses pieds, rouge de confusion.

Cependant les jeunes filles, agacées par la brise plus fraîche, agrippaient en désordre et en poussant de petits cris l'échelle de coupée.

— Aidez-moi à transporter la dernière, fit Richer que Just avait oublié.

À sa suite, il pénétra dans un réduit du château qui était séparé de la pièce principale par une tenture.

— Comment va-t-elle ? s'enquit le pasteur auprès de la gouvernante qui était assise près du lit.

— Je crois qu'il faudra la porter, souffla-t-elle. La fièvre n'a pas baissé.

— Pour celle-ci, qui est souffrante, insinua Richer, il me semble préférable de réserver l'une des cabanes encore vacantes, parmi celles dont vous nous avez gratifiés.

Puis il fit mine de se pencher vers l'alcôve sombre. Mais avec sa frêle musculature, on ne le voyait guère capable d'emporter un corps, même de jeune fille. Just se proposa et le pasteur lui céda la place sans insister. La malade était enveloppée dans une large mante noire pourvue d'un capuchon qui cachait son visage. Just se dit que là-dessous n'importe qui aurait bouilli. Il tendit les mains sous le corps allongé et le sentit tressaillir. Souplement, il le souleva, surpris de sa légèreté.

— Prenez garde, dit Richer.

Puis, pour ôter toute équivoque, il ajouta :

— C'est ma nièce.

Déjà, Just était à la porte et sortait sur le tillac. Un courant d'air autour du mât fit d'un coup tomber la têtière. Deux grosses lanternes, pendues à la bôme, jetèrent indiscrètement leur éclat sur le visage qui apparut. Avec les longues mèches noires qui l'encadraient et deux yeux fiévreux qui paraissaient sourire, il était d'une si grande beauté que Just faillit pousser un cri. Un mince froncement de lèvres l'arrêta et, en rabaissant d'une main la capuche, il se dit qu'on n'aurait pas dessiné autrement une bouche si l'on avait voulu signifier un baiser. L'inconnue ne sortit plus de l'ombre jusqu'à ce qu'il la quittât au seuil de sa cellule.

CHAPITRE 2

Pour Colombe, cette année avait été heureuse. Elle était libre de ses mouvements, allait et venait de l'île à la terre ferme. Elle vivait auprès de Just et c'était un grand bonheur d'avoir ainsi quitté l'enfance pour entrer dans l'âge adulte sans s'éloigner de lui. Elle le trouvait chaque fois plus beau, riait avec lui de mille souvenirs et jugeait que sa nouvelle pose de chevalier vaillant lui allait bien. Il montrait une grande énergie dans ces circonstances difficiles et elle l'admirait pour cela. Il était sévère sans dureté, savait entraîner les hommes, ses yeux brillaient d'idéal. Tout ce qui chez Villegagnon, son modèle, tournait à l'outrance et presque au ridicule, prenait chez lui un équilibre, une heureuse modestie qui faisaient la vraie grandeur. L'amiral prêchait la chasteté en ressassant les mêmes anathèmes contre la Femme, ce que Colombe ne pouvait plus entendre sans dégoût ni révolte. Just, lui, avait adopté cet idéal comme une ascèse et, tout au contraire, conservait une grande douceur à l'endroit des femmes ; il en donnait chaque fois la preuve par la manière humaine avec laquelle il traitait les esclaves indiennes du chantier. Dans cette rigueur, Colombe trouvait aisément sa place. Toute l'île avait deviné maintenant qu'elle était une fille. Mais comme elle était utile par ses voyages en terre ferme, comme également on l'aimait bien, nul n'allait la dénoncer à Villegagnon qui s'obstinait à ne rien voir. Ainsi coulaient des jours de fraternité où, tout en reconnaissant la différence de leurs sexes, Colombe et Just étaient en quelque sorte convenus de ne pas en tenir compte. Ils offraient à leur amour l'espace protecteur et libre de l'amitié chaste, de la camaraderie d'action, bref d'une chevalerie virile qui pouvait s'accommoder aussi d'une Jeanne d'Arc.

Colombe l'acceptait parce qu'elle n'avait pas d'autre choix et que Just s'en montrait heureux. Mais elle l'aurait moins aisément supporté si ses longues absences chez les Indiens ne l'avaient remplie d'un autre bonheur.

Dès qu'elle avait connu Pay-Lo, elle avait su que le monde de la terre ferme était pour elle retrouvé et fidèle, quand elle l'avait cru disparu et hostile. Elle gardait un souvenir inoubliable de cette première rencontre. À la suite de Charles, l'Anglais, Quintin et elle étaient parvenus sur les hauteurs boisées qui dominent la baie au midi. Le pain de sucre paraissait tout petit, vu de là-haut, et le saillant du Corcovado lui faisait une écrasante concurrence. Aux touffeurs de la baie succédait la fraîcheur venue du grand large et piquée des aigreurs d'altitude. Le domaine de Pay-Lo n'était marqué d'aucune limite. On avait conscience d'y entrer parce que aux essences sauvages de bois Brésil et de pin se mêlaient de plus en plus densément des arbres utiles et qu'on pouvait presque qualifier de domestiques : des acajous pleins de leurs fruits, des copayers dont le tronc suait une huile précieuse, des maquis de cotonniers. Nul ne savait s'ils avaient jamais été plantés ou si, sentant peut-être la présence de Pay-Lo, ils s'étaient avancés vers lui tels des rois mages chargés de présents.

À un moment, dans une pinède fraîche, toute crissante d'aiguilles sèches, ils avaient rencontré le début d'un long escalier de rondins. Pendant près d'une heure, ils avaient gravi par centaines les douces marches de bois et de terre meuble qui serpentaient dans la colline couverte d'une somptueuse forêt. Sur ce chemin, des groupes de ouistitis et de perroquets lançaient leurs acclamations. Plus haut, une trentaine de paons tendaient leurs pennons colorés comme des flèches de direction. Les marcheurs avaient croisé une tribu d'Indiens qui descendaient, nus comme il se doit, et souriants.

Enfin, la maison leur était apparue. Il avait fallu que Charles la leur signale car ils ne s'en seraient pas avisés. C'était en vérité un entrelacs de toits de branchages soutenu par les troncs d'arbres vivants. On avait en quelque sorte donné un couvert au péristyle naturel de la forêt et la maison n'était qu'un jeu de cloisons de bois tendues entre ces fûts, soulevées par les croissances, fendues, haussées, pliées par la poussée du végétal auquel ces minces claustras étaient amarrés. Néanmoins, tout cet ensemble était ordonné. Quoiqu'elle ne comportât point de porte, la maison avait une entrée, à laquelle menaient les marches. Au sol, dans ce vestibule, avait été déposé sur la terre battue un carrelage portugais qui figurait en son centre une élégante corbeille de fruits. Un ensemble de jarres, couvertes d'émail aux couleurs de grand feu, meublait cette entrée à son pourtour. Un fouillis de cannes, de vieux fruits, d'ombrelles y était entassé. À la suite de Charles, ils pénétrèrent plus avant dans la maison. Dans sa pénombre, on oubliait la présence des grands arbres qui en faisaient l'ossature. Une odeur de glaise fraîche et de résine rappelait seule que la construction n'était qu'un creux de nature concédé pacifiquement aux hommes. Toute l'adresse de celui qui l'avait disposée était de l'avoir, d'un côté, tapie dans la montagne, en sorte de l'y dissimuler et, de l'autre, de l'avoir largement ouverte sur l'espace imprenable de l'horizon. La vue, de ce côté, dégringolait par-dessus les vagues bleutées de la forêt jusqu'aux lointains de la baie, couleur de lichen pâle. Les grandes convulsions de la côte, ces mornes aigus qui lui donnaient l'allure d'une mâchoire de chien, prenaient à cette hauteur la dérisoire importance des colères d'enfants. Et vers l'ouest, l'espace infini des crêtes de montagnes rappelait que la baie n'était qu'une légère entaille dans un immense continent.

La beauté de cette vue éclipsait quelque peu le spectacle de l'intérieur. Mais quand on revenait à la pénombre des pièces, on n'était pas moins frappé d'étonnement. Elles étaient meublées d'objets à la fois familiers et surprenants : une énorme effigie, arrachée à la proue d'un navire, grimaçante, drapée de rouge et d'or, des coffres de cuir ornés de cabochons de bronze, des émaux de France, une vaisselle d'argent. Tout cela était déposé presque pêle-mêle, livré au désordre et à la familiarité des bêtes. Deux perroquets avaient pris possession d'un haut tiroir, béant sur une crédence. Toute une succion d'insectes reliait ces bois ouvragés avec le sol de terre où couraient des racines et débouchaient des terriers. Et, dès la tombée du soir, des crapauds par dizaines palpitaient en rythme dans la pénombre, comme autant de petits cœurs arrachés vivants de poitrines sacrées.

Lors de leur première visite, Pay-Lo était souffrant. Ils avaient été reçus par sa femme, une longue Indienne grave, entourée d'un châle de coton blanc qui lui donnait l'air d'une patricienne romaine. Beaucoup d'autres femmes allaient et venaient dans la maison, jeunes ou vieilles. Elles riaient et ne marquaient entre elles aucune différence de maîtresses à servantes. Quintin avait les yeux brillants devant tout ce monde à convertir. Colombe dut le rappeler sinon à la raison du moins à la prudence. Des guerriers tupi entraient et sortaient avec un air martial. Ils étaient parfois admis dans la chambre où Pay-Lo était reclus et en ressortaient en méditant ses avis. La construction était si frêle que, malgré l'opacité des cloisons et l'encombrement des pièces, on entendait passer tous les bruits, comme dans une forêt. Des cris d'enfants invisibles indiquaient que le domaine de Pay-Lo devait compter bien d'autres cases, fondues dans le bois, et abriter une nombreuse maisonnée.

La première rencontre avec le maître eut lieu un matin. Charles vint chercher Quintin et Colombe en leur annonçant avec un large sourire que Pay-Lo se sentait mieux. Il les attendait sur la terrasse en rondins qui prolongeait la pièce principale. Construite sans auvent, cette simple avancée de bois tendait sa paume ouverte au beau milieu des troncs de sycomores et de pins, sur le fond rutilant de la baie lointaine. Chaque présence prenait là valeur d'apparition et celle de Pay-Lo était la plus bouleversante qui fût. Tout était frêle en lui : son corps fragile, son cou maigre, ses larges mains et pourtant, comme un assaillant têtu qui résiste aux boulets et aux flèches, on le sentait capable de tenir la mort en respect depuis plus longtemps que son destin ne l'avait prescrit. Pay-Lo n'était pas seulement vieux. Il était l'image même du temps. Tout ce qui apparaît de la vie quand les années l'ont usée jusqu'à en révéler le cœur et l'esprit était lisible sur son visage cousu de rides. Une barbe blanche tenait ces traits orphelins dans le calme berceau de ses boucles soyeuses. Dans leur bourse froncée, deux yeux clairs paraissaient tout heureux d'avoir banni tout reproche, toute amertume, toute haine, pour être seulement limpides de curiosité.

Après avoir salué les deux arrivants, Pay-Lo s'était tourné vers Colombe et, mettant son regard dans le feu de ses yeux blonds, lui avait dit :

— Ainsi, je vois Œil-Soleil.

À ces mots, elle eut l'impression d'être retournée parmi ceux qu'elle cherchait. Même l'intonation de Pay-Lo rappelait Paraguaçu et Colombe n'eut aucun doute qu'il eût appris d'elle son surnom.

Mais avant d'aborder le sujet des Indiens, Pay-Lo, répondant aux questions que Quintin avait méthodiquement préparées, s'était présenté à eux et leur avait parlé de leur mission.

Ils furent d'abord frappés de ce qu'en effet il savait tout. Depuis le débarquement de Villegagnon sur l'île jusqu'à ses plus récents démêlés avec Le Freux et Martin, Pay-Lo était au courant des moindres détails de la colonie. Il s'employa à dissiper ce mystère et à prévenir en eux la méfiance.

— Que voulez-vous, dit-il avec simplicité, les Indiens me racontent tout. Ils me connaissent. Je suis le plus vieil Européen de cette contrée.

— Vous avez fait naufrage, je suppose ? dit Quintin.

— Pour exceptionnel que cela vous paraisse, il se trouve que non. Je suis venu ici volontairement et c'est de mon plein gré que j'y suis resté.

— Vous étiez négociant ?

Pay-Lo, si mince devant le gigantesque tronc des arbres, se frotta les yeux pour chasser un voile de lassitude.

— Pas du tout, répondit-il.

Visiblement, il ne consentait à ces confidences qui forçaient sa modestie que parce qu'elles lui semblaient nécessaires.

— Mon nom est Laurent de Mehun et les Indiens en ont fait Pay-Lo, c'est-à-dire le père Laurent. Mes parents étaient de bonne mais petite noblesse, figurez-vous. Ils m'ont enseigné le quadrivium et je suis devenu docteur en philosophie. Je me suis passionné pour la géographie. C'est en suivant des marchands normands que je suis arrivé ici aux premiers jours de ce siècle.

— Mais, s'écria Quintin, les Portugais ne sont venus qu'en 1501 !

— Tout juste et si vous aviez été ici même deux ans plus tôt vous auriez rencontré l'un des hommes qu'ils avaient laissés sur place. Vous savez qu'ils ont abordé un peu plus haut, vers la Bahia.

Pay-Lo fit un geste du bras vers le nord et avec cette vue qui embrassait le continent, il semblait que des centaines de lieues pouvaient se réduire à de petits écarts de doigts.

— Cabral, qui était le chef de cette première expédition, avait embarqué des repris de justice en masse, parce que personne ne voulait tenter l'aventure. Quand il a touché le Brésil, il a fait dresser une croix sur la plage et il a ordonné qu'on laisse là deux des forçats qu'on lui avait livrés. C'était affreux, les malheureux criaient, s'accrochaient au plat-bord des barques et les matelots durent leur faire lâcher prise à coups de rame. Ils se sont retrouvés sur cette côte inconnue, seuls, terrifiés.

— Et vous étiez déjà là ?

— Depuis un an. J'avais refusé de rentrer avec les Normands. Quand les Indiens ont trouvé les deux Portugais, ils me les ont conduits. L'un d'eux a vécu ici jusqu'à sa mort. L'autre est allé à São Salvador après que les Portugais ont fondé la ville.

— Ainsi, s'écria Colombe, c'est vous qui avez découvert le Brésil !

— Cela n'a rigoureusement aucune importance. Il faut toute la prétention des Européens pour croire que ce continent attendait leur venue pour exister.

Colombe baissa le nez. Elle s'en voulait d'avoir exprimé une opinion aussi naïve.

— Moi, ajouta en souriant gentiment le vieil homme, c'est ce pays qui m'a découvert.

Ainsi était Pay-Lo et ils apprirent, au fil de longs entretiens, de promenades, à le connaître et à l'aimer.

Quand ils lui avaient demandé pourquoi il avait laissé Le Freux prendre son mauvais empire sur l'île au point de parvenir presque à la détruire, il avait répondu :

— Dans les forêts d'ici, le mal combat le mal. Les faibles espèces qui survivent ne peuvent espérer qu'une chose : que leurs ennemis s'entre-tuent. Pourquoi aurais-je plus de sympathie pour Villegagnon avec ses idées de conquête que pour les truchements de la côte, qui sont des bandits, je vous l'accorde ?

Pourtant, lors de leur seconde visite, deux mois plus tard, Pay-Lo avait accepté de les aider à ravitailler l'île. Il avait parlé aux Indiens et obtenu qu'une tribu de la baie mît à leur disposition des produits qu'ils viendraient chercher en se gardant des embuscades de Martin.

— Je le fais pour toi, Œil-Soleil, avait-il dit. Et pour ton frère qui traite les Indiens avec humanité sur votre île maudite. Mais il est bien le seul.

La seule requête à laquelle Pay-Lo avait accédé de bonne grâce était de faire rechercher Paraguaçu et les siens. Sa tribu était passée par là pendant sa fuite, au début de l'épidémie, mais depuis il ne savait pas où elle se trouvait. Et quelque moyen qu'il eût déployé pour y parvenir, il n'obtenait aucun renseignement.

Ils en étaient à leur troisième séjour chez lui et la tribu restait introuvable. Peut-être avait-elle succombé aux fièvres. Peut-être s'était-elle imprudemment enfuie vers des territoires occupés par des ennemis. Plus au sud, des Margageats, alliés des Portugais, attaquaient impitoyablement les Tupi de la baie qui s'égaraient sur leurs terres.

Chaque fois, outre le temps du voyage, Quintin et Colombe consacraient de longues semaines à leur séjour chez Pay-Lo. Sa maison n'avait plus guère de secret pour eux. Ils en connaissaient les recoins, les terrasses, les souterrains. Les meubles les plus bizarres leur étaient devenus familiers. Pay-Lo recueillait là tout ce que les naufrages déposaient sur la côte. Les Indiens, dès qu'un navire était drossé sur les récifs, chargeaient sur leur dos les coffres, les papiers, les objets et les parties sculptées et montaient en théorie chez le vieil homme pour lui en faire l'offrande. S'ils découvraient des survivants, ils les amenaient aussi. Pay-Lo les faisait pourvoir de tout, et sans leur donner aucun ordre, leur montrait sa façon de vivre. Ses fidèles, par la suite, étaient libres d'aller où ils le voulaient. Certains restaient à demeure comme ce cuisinier flamand qui préparait des saucisses et des jarrets braisés à la mode d'Anvers. D'autres s'égaillaient dans la baie et formaient autant de points où s'étendait la douce influence de Pay-Lo.

Outre sa femme actuelle, le patriarche avait eu bien des compagnes, tout à fait à l'imitation des mœurs indiennes et sans jamais déroger aux règles que respectaient les indigènes. Il avait élevé un grand nombre d'enfants et sa parentèle était si nombreuse que partout, dans la baie, des chasseurs tupi pouvaient se proclamer de sa lignée. Il restait de lui, dans la forêt, une trace bleue au fond des orbites farouches de guerriers nus. Jamais, en les voyant, les Européens n'eussent pu imaginer qu'ils étaient si pleins de leur sang.

Quand les navires chargés des protestants arrivèrent dans la baie, Colombe en était à son troisième voyage chez Pay-Lo, toujours en compagnie de Quintin. Il y avait bientôt quatre semaines qu'elle était arrivée et son séjour tirait à sa fin. Elle apprenait à nouer les tissus de plumes avec les femmes quand Pay-Lo, un matin, la fit appeler. En arrivant chez le patriarche, elle trouva deux guerriers tupi auprès de lui, avec leur lèvre fendue et le grand plateau qui la dilatait.

— Mon neveu Avati, commença Pay-Lo en désignant l'Indien. Il vient de monter de Copacabana pour m'annoncer l'arrivée d'un convoi de bateaux. Ils se dirigent vers l'île.

— Les Portugais ! s'exclama Colombe qui soudain crut Just en grand danger.

— Il ne semble pas, fit Pay-Lo en secouant la tête. Ceux-là n'ont pas tiré le canon, d'ailleurs nous aurions entendu jusqu'ici l'écho des combats. Je crois que ce sont plutôt les renforts que Villegagnon a demandés.

Puis en regardant sa main noueuse, il ajouta :

— Hélas.

Quintin arriva à cet instant, tout essoufflé.

— Encore en train de prêcher l'Évangile ? s'exclama le patriarche en riant, car il n'ignorait rien de l'ardeur missionnaire du petit homme et s'en amusait comme tout le monde dans son village.

— Vous préférez peut-être attendre ici de voir comment les affaires tournent, reprit-il. En ce cas, libre à vous.

Mais Colombe dissimulait mal son impatience.

— Si vous voulez partir maintenant, Avati vous conduira. Les truchements sont de plus en plus dangereux sur la côte. Suivez bien ses conseils et il vous gardera de tomber entre leurs mains.

Pour la troisième fois, ils prirent congé du vieillard et plongèrent vers la baie ensoleillée.

CHAPITRE 3

Sitôt remis de son indisposition, Villegagnon avait fait savoir aux ministres et à du Pont qu'il les recevrait officiellement au gouvernorat le lendemain. Ensuite, l'amiral et les nouveaux venus iraient ensemble jusqu'au petit forum où avaient lieu les prières afin qu'y fût célébrée enfin l'eucharistie.

Du Pont se rendit de mauvaise grâce à cette convocation, vêtu d'un pourpoint bleu qu'il avait conservé propre pour cette grande occasion. Villegagnon, de son côté, portait, contrairement à son habitude de désordre, une tunique à croix de Malte impeccablement lavée. Just remplissait son emploi de lieutenant avec dignité, serré dans un gilet de velours cousu la veille par le couturier. Richer et Chartier, les pasteurs, faisaient tache tout en noir.

À vrai dire, la gravité de ces arrivants ne laissait pas de dérouter Villegagnon. Il avait d'abord été mis hors d'état de les recevoir par sa maladie. Mais désormais qu'il était guéri, il manifestait une joie véritable et s'étonnait de ne pas la leur voir partager.

— Mes chers amis, s'écria-t-il en voyant entrer ses hôtes, je vous en prie, asseyez-vous.

Du Pont, à ce mot, recula comme s'il eût été mordu par un venimeux insecte. Il repoussa le fauteuil qu'on lui tendait avec la même énergie qu'il aurait mise à détourner de sa gorge une dague. La conversation se poursuivit donc en pied.

— Comment s'est déroulé votre voyage ? demanda Villegagnon de plus en plus surpris.

— On ne peut mieux, répondit sèchement du Pont.

Il regardait cependant autour de lui et détaillait ce qui lui paraissait être des luxes en comparaison de l'accommodement qui lui avait été imposé : le lit à colonnes, la table et les cruches, les livres... Depuis les attentats, le gouvernorat avait bénéficié de quelques aménagements propres surtout à le rendre plus sûr. Ses murs étaient en pierre, munis de contrevents en bois épais, un sol fait de poutres de palmier aplanies à la houe rendait un effet moelleux sous les pas.

— Et en France, avez-vous pu voir Coligny ? demanda l'amiral.

— L'amiral Coligny, déclara du Pont avec ce même air outré que Villegagnon comprenait si mal, est mon voisin. Ma terre de Corguilleray est dans le voisinage de Châtillon, sa propriété. Il ne nous a pas seulement reçus : il nous a confié mission de venir.

Villegagnon n'y voyait rien à redire, sauf le ton.

— Je suis bien heureux de savoir, dit-il, qu'en France l'heure n'est plus aux persécutions contre les idées nouvelles.

— Depuis deux ans, l'Église de la vérité s'y déploie avec vigueur, intervint Richer.

L'onction qu'il mettait à former les mots patinait sa morgue d'un semblant de douceur.

— Et elle va croître encore mieux dans la France antarctique ! s'écria Villegagnon avec enthousiasme.

Un instant, il eut l'idée de proposer à boire mais il se rappela l'imminence du sacrement et fut heureux de n'avoir rien dit.

— La France comment ? demanda du Pont en plissant les yeux.

— Antarctique. C'est l'idée d'un cosmographe qui était ici, l'abbé Thevet. Il avait proposé équinoxiale et puis s'est finalement arrêté à antarctique.

— Thevet... chercha du Pont. N'est-ce pas celui qui a rapporté cette herbe qu'il fait fumer tout autour de lui ? Il nomme cela l'angoumoisine parce qu'il est natif d'Angoulême et se dispute comme un chien avec Nicot, qui prétend la tenir avant lui des Portugais.

Ce comportement n'accréditait guère le sérieux du personnage. Villegagnon s'en voulut de l'avoir cité.

— Votre lieutenant vous a-t-il annoncé la nouvelle, pour l'empereur ? fit du Pont en désignant Just.

— Son abdication. Oui ! C'est un don de Dieu. Ainsi vous êtes bien sûr que les Portugais...

— Nous laisseront en paix.

Villegagnon eut un bref échange de regards avec le gentilhomme. Il comprit soudain ce qui lui paraissait étrange dans sa présence. Pourquoi, si Coligny ne craignait rien pour la colonie, avait-il envoyé cet homme de guerre et quelle promesse lui avait-il faite ? Une soudaine méfiance s'empara de lui, qu'il s'employa à chasser.

Cependant la vérité ne pouvait l'effleurer. Car du Pont, loin d'avoir été imposé par Coligny, avait en réalité intrigué sans retenue pour que cette mission lui fût confiée. L'ambition y était pour quelque chose mais c'est la nature surtout qui se faisait impérieuse. Le malheureux capitaine était mordu de terribles hémorroïdes qui ne lui laissaient aucun repos. Pour s'en distraire, il était prêt à tous les combats, pourvu qu'il n'eût pas à s'y rendre à cheval. Comme il le disait sans plaisanter, son dernier espoir était de mourir debout.

— Mon père, dit Villegagnon en se détournant vers

Richer, j'ai mené seul la prière pendant cette année. En quelque sorte, je me suis revêtu moi-même de la double fonction de César et de pape. Je vous cède volontiers cette dernière.

C'était une manière ferme de déclarer qu'il entendait conserver l'autre.

— Maintenant, si vous le voulez bien, ajouta-t-il, nous vous suivrons volontiers pour entendre célébrer le sacrement de la Cène.

Villegagnon en savait assez, depuis l'affaire des Placards jusqu'à ses rencontres à Ferrare, pour bannir le mot de messe et employer le terme moderne. Richer fit un signe d'assentiment.

— Vous verrez à quel point, reprit l'amiral, ce lieu est propre à pratiquer une religion pure, conforme aux usages antiques, lorsque Notre-Seigneur la fonda.

Cette apologie de la simplicité, à laquelle les réformés ne pouvaient que souscrire, coupa court aux critiques qu'ils avaient sur les lèvres, concernant leur fruste résidence. Sur son élan, Villegagnon se jeta à la porte, fit entrer le soleil et prenant une grande inspiration de cette clarté, entraîna tout le monde à sa suite dans la lumière.

Sur la place, tous les occupants de l'île attendaient la cérémonie. Les anciens et les nouveaux restaient séparés et se regardaient sans amitié. Le scandale de la maigreur, de la saleté, du relâchement frappait l'esprit des arrivants et ils se juraient de ne jamais s'y laisser porter. Tandis que la santé, la force, l'hygiène de ceux qui venaient de débarquer semblaient aux vieux colons comme une insulte à leurs souffrances qu'ils ne pourraient longtemps tolérer.

L'office convoqua Dieu pour arbitrer ces faiblesses. Et chacun fut surpris de le voir répondre à cet appel. Le noir des ministres, leurs mines graves, l'onction de leurs manières trouvaient tout à coup leur emploi et devenaient les miraculeux appeaux de l'Esprit-Saint. Les plus anciens retrouvèrent la mémoire de la dernière cérémonie qui les avait étreints de ferveur sur les quais du Havre et ils pleurèrent. Depuis lors, ni les étourderies de Thevet ni les oraisons disciplinaires menées comme une charge par Villegagnon n'avaient éveillé en eux le moindre sentiment pieux. Dans le face-à-face avec la nature, c'est elle qui, sans cesse, avait imposé sa force : ils étaient devenus le jouet de son soleil ou de ses pluies, de ses monstres, de ses végétaux, de ses flots salés. Aucun Dieu n'était venu prendre leur parti dans ce combat. Et voilà que, tout à coup, par la grâce de ces pasteurs, Il montrait qu'Il ne les avait pas abandonnés. Les hommes relevaient la tête et regardaient la baie tout autrement. Ses plages muettes, ses jungles étouffantes, ses mornes acérés et d'abord le pain de sucre reculaient craintivement devant le grand éclat silencieux du Créateur qui paraissait. Cette vision mettait dans les regards des appétits de vengeance et des lueurs d'orgueil.

Dans la liturgie des pasteurs, les prières récitées lentement prenaient le ton d'une conversation : il n'y avait pas à crier pour se faire entendre de Celui qui était parmi eux. Tout, dans cette célébration, semblait à la fois neuf et familier. L'usage des textes de la Bible était plus large que dans le catholicisme romain. La Vierge et les saints n'interposaient plus leurs ombres troublantes, ainsi les fidèles pouvaient-ils profiter seuls de leur hôte divin et de son fils.

Quand vint le moment de la communion, elle se fit avec naturel et simplicité, comme autour d'une table. Cependant les deux espèces sous lesquelles elle fut distribuée étaient devenues si rares dans l'île — le pain blanc des hosties et encore plus le vin — que leur consommation agit sur les corps pour leur donner l'assurance qu'une divinité les pénétrait.

Villegagnon suivit toute la cérémonie baigné de larmes.

La joie, l'émotion, le sentiment d'avoir triomphé et d'en devoir tout le mérite à ce Dieu de simplicité et de délices qui lui était rendu se mêlaient pour le soumettre au plus écrasant enthousiasme. Il sut gré aux pasteurs de ne point exiger de prosternations ni de grandes expressions du corps car il n'aurait pas eu la force de se retenir et se serait jeté à leurs pieds en sanglotant. Mais, venue l'eucharistie, il fit tout de même déposer sur le sol un petit coussin de velours amarante, que Just, à sa demande, avait tiré du gouvernorat. Il reçut le pain et le vin à genoux sur ce carreau, moins pour en sentir le confort que pour interposer entre la terre et lui cet écran propre à tenir éloignés tous les maléfices de la nature et à le faire demeurer, si bas qu'il fût, dans le pur espace sacré du ciel.

*

Peu à peu, les populations se mêlaient, sur l'étroit espace de l'île. L'activité y était redevenue si intense qu'elle paraissait même surpeuplée. Les différences tendaient en outre à s'atténuer : les nouveaux venus, mis au régime de la farine de manioc, commençaient à prendre un teint grisâtre et les plus anciens, revigorés par les vins que le convoi des protestants avait capturés, marchaient avec moins d'équilibre peut-être, mais une assurance nouvelle.

Le travail à la forteresse avait repris et les murailles atteignaient maintenant presque la hauteur prévue. Il avait suffi d'une dizaine de jours pour obtenir cette avancée, preuve que beaucoup avait été accompli auparavant et que seul le désespoir des colons leur faisait voir cette entreprise comme impossible.

Le seul accroc à cette régulière étoffe de la vie quotidienne avait été le départ annoncé d'une trentaine des arrivants. Un des bateaux qui les avait amenés devant repartir tout de suite pour obéir au contrat de ses armateurs, ces quelques récalcitrants avaient déclaré qu'on ne les ferait pas rester plus longtemps dans ce lieu. Villegagnon aurait facilement réglé cela mais du Pont avait pris la défense des réfractaires et on les avait laissés partir. C'était un mauvais exemple pour les autres. Cependant, les nouveaux étaient arrivés si récemment et les anciens depuis si longtemps qu'ils étaient tous en deçà ou au-delà de la nostalgie et considéraient ces démissions avec indifférence.

On se remit à l'ouvrage.

Parmi les nouveautés qui marquaient le changement d'époque et rejetaient le premier convoi dans la préhistoire, il y avait la présence des femmes. Ceux qui gardaient en mémoire le temps où Le Freux pourvoyait l'île en captives pouvaient mesurer toute la différence. Celles qui étaient venues de Genève n'avaient rien de la licencieuse nudité des garces soumises. Elles étaient sérieuses et plus qu'habillées. Mais c'était là ce qui décuplait leur charme. Chaque fin d'après-midi, extraites de leur case comme des poussins que la chaleur a fait éclore, elles sortaient au bras de leurs gouvernantes. Un dispositif rigoureux institué par l'amiral permettait de s'assurer que la voie était libre pour leur passage. Les esclaves indiens étaient inspectés afin qu'aucune partie indiscrète de leur personne ne fût oubliée à la vue des passantes. Les terrassiers devaient boutonner leurs chemises. Il n'était pas jusqu'aux petits singes qui cabriolaient sur les remblais qu'on ne chassât à coups de pierres pour qu'ils allassent montrer ailleurs leurs fesses bleues.

Alors paraissaient les jeunes filles. Elles étaient vêtues de robes noires ou grises et cette simple nuance suffisait à les rendre singulières. Pour les colons habitués à la violence des couleurs de la baie, les bleus de la mer, les verts de la jungle, le jaune des perroquets, le rouge de la boue détrempée étaient tous des attributs de l'horreur naturelle dont ils avaient été la proie. Ce noir et ce gris étaient de pures inventions humaines et déchaînaient en eux un immense appétit de civilisation. Aucune de ces jeunes filles n'était positivement jolie, si l'on considérait des canons esthétiques rigoureux. Le refus de recourir à des artifices ornait leur visage de plus de boutons que de fards. De mauvais régimes les avaient amaigries ou boudinées. Bref, dans son particulier, aucune de ces Vénus n'était exempte de défauts. Et cependant, leur perfection sautait aux yeux. Car elles étaient chacune et toutes ensemble encore plus, comme l'aurait dit Villegagnon, l'Idée de la Femme. Qui plus est, l'Idée pure de la Femme pure. Dans ce monde où la nature n'épargne à personne le spectacle de sa corruption, où tout se compénètre, se violente et s'engrosse, elles étaient la virginité, la dédicace unique d'un être à la pureté, en somme des femmes avec lesquelles l'amour pouvait devenir prière.

Rien n'épuisait les terrassiers comme de les voir passer sans pouvoir se jeter sur elles.

Nul ne savait qui avait fixé le programme de leur déambulation. Il était certes difficile de leur offrir un espace désert pour se promener. Mais on n'avait pas pour autant l'obligation de les conduire, comme c'était le cas, sur les sentiers étroits du chantier, contraintes de frôler les malheureux travailleurs de force. On sentait dans cette mise en scène l'intention contradictoire de montrer à tous la modestie de ces jeunes filles mais de rappeler en même temps qu'elles étaient à prendre. Car leur raison d'être là demeurait le mariage et, tant qu'elles n'étaient pas accouplées, elles avaient aussi peu d'emploi qu'un maçon sans sa truelle.

Comme de juste, les demandes affluèrent auprès de Villegagnon. Il s'empressa dès le premier jour de conclure deux engagements, avec des jeunes gens du premier convoi qui lui servaient de laquais. Cela donnerait le temps d'examiner les autres candidatures. Elles étaient nombreuses et pressantes. L'amiral en acquit l'agréable certitude que même les duègnes, pourtant amenées sans intention, trouveraient elles aussi preneurs.

Cependant, des six jeunes filles qui avaient débarqué, l'une d'elles restait invisible. Depuis que Just l'avait portée sur la chaloupe et conduite à terre, elle était recluse dans la paillote qui lui avait été dévolue. Cette défection ne laissait pas d'inquiéter Villegagnon car elle lui donnait la crainte de perdre une des précieuses et rares occasions de mariage qui lui étaient offertes. Just, pour une fois, n'attendit pas les ordres de l'amiral. Au bout de quelques jours, il suggéra qu'il serait bon, peut-être, de prendre de ses nouvelles. Sa sincère alarme lui apparut après coup comme une ruse, lorsque Villegagnon lui confia la charge d'aller s'enquérir lui-même de la jeune fille.

La hutte où elle résidait avec sa gouvernante était la dernière d'une longue série, en direction de la redoute ouest. Jadis, à cet endroit, croissait un bouquet de bambous, et quelques pousses égarées pointaient encore alentour des murs. Quand Just arriva, il demeura un long instant indécis à l'extérieur. La cabane n'avait pas de porte mais un rideau et il ne savait pas trop comment s'annoncer. De l'intérieur lui parvinrent les minuscules accords pincés d'un instrument de musique.

Just toussa et le bruit qui sortit de sa gorge écrasa les notes, fit venir à l'intérieur le silence puis des chuchotements. Enfin la camériste ouvrit la tenture, arborant un air sévère.

— Je viens, bredouilla Just, prendre des nouvelles de mademoiselle.

Puis il ajouta, comme pour brandir un bouclier :

— De la part de l'amiral.

— Elle va mieux, répondit sèchement la matrone, puis elle relâcha le rideau et disparut.

Just se sentait gauche sous cette rebuffade. Il resta un moment planté là, cependant qu'à l'intérieur les chuchotements redoublaient. Enfin, la portière se rouvrit.

— Si vous voulez la voir, fit la duègne avec une grimace aimable.

Just entra. L'étroit espace de la cabane avait été divisé en deux par un tissu. Dans un angle, un virginal était ouvert et au-dessus de son étroit clavier frissonnaient les feuilles d'une partition. Une paillasse, roulée sur un coffre, devait servir à la duègne. Il n'y avait dans cette manière d'antichambre aucune trace de la jeune fille. Mais quand la gouvernante, après avoir jeté un dernier coup d'œil de l'autre côté, ouvrit la cloison de tissu, elle apparut, au milieu de tous ses effets. Des coffres ouverts, une table chargée de livres près de la lucarne, un nécessaire en faïence pour la toilette, quelques robes pendues à une arête de palmier calée dans les pierres des murs pour servir de portemanteau, tout cela formait un agréable décor et faisait oublier le dénuement de la cabane. La jeune fille était assise au bord du lit, les mains sur les genoux, les yeux baissés. Elle laissa à Just le temps de s'imprégner librement et en pleine lumière cette fois de sa beauté. Une harmonie de noir, comme un répons au motif de sa robe, venait de ses cheveux tirés et de ses fins sourcils. Sa peau blanche alternait avec ces touches sombres, comme sur le clavier. Il vit le nez régulier, le fin menton, et ces côtés du front où chez les brunes, un duvet vient dessiner une ombre au-dessus du visage. Comme si tout cela n'eût pas été suffisant, la jeune fille releva les yeux et braqua sur lui les deux bouches à feu de ses pupilles.

— Merci, monsieur, dit-elle avec une voix très soutenue, ronde et presque grave, de ne pas nous abandonner.

— L'amiral, commença Just — car il en avait oublié jusqu'à l'existence du mot « je » —, s'inquiète de votre état de santé.

La jeune fille soupira et, tendant sa longue main vers le rebord du lit, elle lissa doucement un pli d'étoffe.

— Ma santé est meilleure, je vous remercie. Mais…

Just tressaillit. Il lui sembla qu'elle allait pleurer.

— … mais je ne me sens pas encore de sortir d'ici.

— Rien ne vous presse.

Était-ce l'idée de la voir encore seule, Just avait formé cette phrase sans y réfléchir.

— Ah ! monsieur, s'écria la jeune fille en ramenant ses yeux vers lui, et il y vit briller des larmes.

Just ne sut quelle contenance prendre.

— Vous avez l'air si bon, gémit-elle. Il me semble que l'on peut vous parler.

— Certainement. S'il y a quelque chose que je puisse faire…

Elle secoua la tête mais doucement, pour ne pas bousculer ses traits.

— Vous n'ignorez pas, je suppose, dit-elle tout à coup en redressant crânement la tête, pourquoi on veut nous promener ni ce que l'on veut faire de nous. Toute nièce de pasteur que je sois, je ne fais pas exception. Il ne me tarde pas d'être mise aux enchères de la sorte.

— Mais pourquoi avez-vous accepté de venir ? intervint Just qui voyait dans ce désarroi comme un écho à sa propre révolte quand on l'avait fait partir sous l'effet d'un mensonge ignoble. Vous aurait-on caché la vérité ?

— Non, monsieur, on me l'a dite mais je n'ai pas eu le choix. Mes parents sont morts dans des persécutions, voilà dix ans. Je n'ai survécu au bûcher que grâce à mon oncle. Et quand il a décidé de venir ici, il n'était pas question que je demeurasse seule sans lui.

Ayant rôti son admirateur d'un côté, la jeune fille entreprit alors de le saisir de l'autre. Elle changea soudain de ton et d'humeur. Avec un air gai et une voix chantante, quoique sans entamer le respect que son maintien exigeait, elle reprit :

— Mais pardonnez-moi ! Je m'abandonne à des confidences… Je vous lasse, peut-être. Et je ne me suis même pas présentée. Mon nom est Aude Maupin, native de Lons-le-Saunier ; ma camériste est Mlle Solange.

L'une et l'autre firent un élégant salut auquel Just répondit gauchement car Villegagnon ne lui avait, là-dessus, rien appris. Il se nomma.

— Vous n'avez pas même pu vous rendre à la Cène, hier ? suggéra-t-il avec douceur.

— Je l'aurais bien voulu car j'ai grand besoin du sacrement. Mais si je fais exception pour cette sortie, je serais condamnée à toutes les autres.

Just était aussi indigné qu'elle à l'idée de voir cette pure créature livrée au lourd marchandage qui exposait ces innocentes à la vue de ceux qui voudraient bien les prendre pour femmes.

— Il y a peut-être moyen de vous en dispenser, reprit-il. Je vais parler à l'amiral. Il a d'excellentes relations avec votre oncle et, peut-être…

Aude avait fait une moue et Just craignait trop de lui déplaire pour ne pas s'interrompre aussitôt.

— Excellentes, si l'on veut, dit-elle aigrement. Je ne suis pas sûre qu'elles le demeurent longtemps.

— À cause de vos conditions de logement ? devança Just. Oh ! je le sais, mais croyez que nous allons faire les plus grands efforts.

— Ce n'est pas seulement cela, dit la jeune fille en prenant un air de plus en plus sévère et ses yeux sombres faisaient merveille quand elle affectait la dureté.

Just s'alarma.

— Il faut, ajouta-t-elle gravement, que votre amiral s'amende.

— S'amende ? Mais comment ?

— Il a fait preuve, pendant l'office divin, d'une conduite fort suspecte, à ce que dit mon oncle. Il y a en lui des reliefs d'idolâtrie qu'il devra extirper au plus vite.

— D'idolâtrie !

— Ne s'est-il pas agenouillé sur un carreau de velours pour recevoir la communion ?

— En effet. Mais quel est le mal ?

Aude le fulmina du regard. Mais l'instant d'après, elle fit mine de chasser ces pensées d'un haussement d'épaules.

— Mon oncle, conclut-elle, saura bien faire cesser ces outrances.

Just allait répondre, argumenter mais déjà elle souriait et passait à autre chose.

— Votre bonté me touche, monsieur. Il me semble que, sous votre protection, je pourrais trouver la sécurité pour sortir un peu. Quand aura lieu le prochain office, le savez-vous ?

— Je crois que votre oncle et l'amiral sont en train de disposer la cérémonie de deux mariages, qui seront célébrés en même temps.

— Solange, entends-tu ? s'écria la jeune fille. Bientôt une nouvelle Cène. Oh, si vous saviez, monsieur, comme la communion me réconforte et me manque.

— Je vous accompagnerai, si vous le souhaitez.

— Oh, merci ! merci ! dit-elle en saisissant les mains de Just.

Cet élan n'avait duré qu'une courte seconde. Pourtant, il sentit longtemps contre ses mains la pression tiède de ces longues paumes fines. Le reste de la journée se passa en rêveries.

CHAPITRE 4

Cependant le choc des idées nouvelles se répandait à travers les consciences de l'île. Les premiers colons n'avaient d'abord vu dans l'arrivée des Genevois qu'un secours matériel et en nombre. La promiscuité avait peu à peu atténué cette perception pour laisser place à une autre : ceux qui venaient de débarquer n'étaient pas seulement pourvus de toutes les naïvetés des hommes en bonne santé. Ils avaient aussi des idées bizarres et des croyances singulières. Dans le chaotique enthousiasme de l'arrivée, elles furent accueillies comme le reste : avec un mélange d'empressement et d'inconscience. Mais un beau jour, quelqu'un s'avisa de prononcer le mot de « huguenots » et tout le monde se mit à les regarder avec plus de curiosité.

Certains, parmi ceux que Villegagnon avait tirés de prison, étaient familiers de ces idées. Ils avaient payé de leur liberté la séduction qu'avaient exercée sur eux les écrits de Luther. Mais cette première Réforme, en France, avait été étouffée dans l'œuf vingt ans plus tôt. Eux, qui n'avaient connu que persécution et clandestinité, considéraient avec enthousiasme ces nouveaux huguenots qui gouvernaient à Genève, organisaient des Églises réformées un peu partout en France et venaient librement jusqu'aux Amériques, avec la recommandation des plus proches ministres d'Henri II. Ceux-là se rangèrent volontiers parmi les fidèles de la nouvelle religion.

Mais beaucoup d'autres rechignaient. Il fallait les convaincre, prêcher. Les pasteurs assemblèrent partout dans l'île des groupes auxquels ils enseignèrent la nouvelle doctrine. Des bibles circulaient. On commentait des textes. Saturés de jungle, de mer et de pain de sucre, les colons se lançaient avec volupté dans des discussions théologiques qui leur faisaient retrouver les précieuses divisions humaines et l'essence même de la civilisation.

Mais ce prosélytisme déclenchait l'indignation d'un dernier groupe : celui qui refusait catégoriquement toute idée d'abjurer la foi catholique. Dom Gonzagues était auprès de Villegagnon le porte-parole de cette tendance rigoureuse.

— Jamais, disait-il en laissant trembler sa petite barbe, je n'abandonnerai la Vierge Marie.

Il n'aimait certes pas le clergé et lui trouvait bien des défauts. Mais quand toutes les Catherine et les Marguerite l'avaient si indignement dédaigné, la mère de Dieu, elle, lui avait toujours été secourable et il n'entendait pas se montrer ingrat.

Villegagnon le calmait comme il pouvait. À dire vrai, il jugeait lui aussi pour le moins maladroit que les huguenots exigeassent une profession de foi de la part de ceux qui les rejoignaient. Point n'était besoin de conversion : les croyances étaient si proches. La Réforme n'était-elle pas comme un retour aux origines ? Il l'avait dit au moment de la première Cène et ces paroles avaient semblé contenter tout le monde.

L'amiral se mit à son tour à travailler d'arrache-pied pour armer cette doctrine œcuménique. Il rageait que sa bibliothèque fût si réduite et sa mémoire si faible. Mais avec ce qu'il savait, et il connaissait des milliers de pages par cœur ou presque, il rassemblerait de solides arguments à opposer aux uns et aux autres, afin de les rapprocher.

Il abordait cette bataille avec le même moral qu'un combat armé. C'était ainsi : il ne pouvait rien faire qu'en athlète. Just l'aidait parfois fort tard à lire à la chandelle de vieux textes et à en recopier des fragments. L'amiral était tout heureux de ce brutal retour de la curiosité, de la culture, des spéculations. Ce faisant, il négligeait complètement les travaux de l'île.

Si discrète qu'elle fût, c'est l'arrivée de Colombe qui provoqua la première crise. Le temps qu'elle rentrât de chez Pay-Lo, déjouant les embûches que semaient sur la côte les sbires de Martin et les tribus qu'ils contrôlaient, elle fut de retour quand l'installation des huguenots était déjà presque achevée. En apercevant de loin les nouveaux navires, la masse des renforts que recevait l'île, la bonne santé des voyageurs, Colombe eut d'abord envie de se réjouir. Elle avait beau ne guère partager les rêves de son frère à propos de la France antarctique, elle ne pouvait qu'être heureuse de voir finir le temps de la crainte et des privations. Mais Quintin brisa ce charme en s'agrippant à elle, à peine avaient-ils mis le pied sur la plage.

— Non ! s'écria-t-il, devenant soudain livide. C'est impossible. Ce n'est pas eux. Au secours ! À moi !

Et il s'enfuit à toutes jambes pour se cacher derrière les gabions de sable.

— Que vous arrive-t-il ? demanda Colombe en le rejoignant.

— Ces hommes en noir… bredouillait Quintin, et il claquait des dents.

— Eh bien ?

Colombe se doutait qu'il allait pleurer car chez Pay-Lo il ne s'était pas accordé ce plaisir depuis longtemps. Mais elle ne s'attendait pas à des sanglots si bruyants, à un tel spasme de terreur.

— Je dois retourner en terre ferme, annonça-t-il.

Déjà il marchait vers les barques. Colombe le retint.

— Expliquez-moi. S'il y a un danger, il est pour nous tous.

Quintin parut revenir à lui. Il renifla, passa sur ses joues le dos de sa main où étaient collés des grains de sable et prit une longue inspiration.

— C'était l'année d'avant notre départ, commença-t-il. J'étais à Lyon.

— Je croyais que vous étiez de Rouen ?

— Oui, mais un an avant, j'ai fait ce voyage. Nous étions un petit groupe autour d'un homme extraordinaire. C'était un médecin espagnol, tu ne peux pas t'imaginer à quel point il était bon. Il savait tout. Son latin était pur et ses livres sont des merveilles d'intelligence. Il se nommait Michel.

— Michel comment ?

— Michel Servet, précisa Quintin en ne cherchant plus à interrompre ses larmes. Les Français ont condamné ses livres. Quoi de plus normal dans un pays qui ne comprend rien à la vérité.

— Et les hommes en noir ? demanda Colombe qui ne tenait pas à prolonger cette situation incommode.

— Ce pauvre Servet a cru qu'il trouverait du secours à Genève. Je l'ai accompagné jusqu'à la porte de la cité. C'est là que je les ai vus. Tous ces pasteurs, ces hommes en noir.

— Mais vous aussi, Quintin, vous êtes en noir.

— Non, ce n'est pas pareil. Ceux-là sont les mêmes que j'ai vus à Genève. Un des rameurs me l'a d'ailleurs confirmé.

Il passa la tête sur le côté du gabion. Richer se tenait au débouché de la plage, sur une petite estrade de caisse, et faisait un prêche qu'on n'entendait pas.

— Ils l'ont brûlé, Colombe.

— Qui ?

— Servet. Calvin, qui n'était pas d'accord avec lui, l'a traité plus sévèrement que ne l'auraient fait les Français. Il l'a fait brûler au bûcher, tu m'entends ?

— Je croyais que les huguenots étaient pour la liberté.

— La leur ! Mais l'horrible Théodore de Bèze a écrit l'année suivante une brochure intitulée : *Du droit de punir les hérétiques*. Crois-moi, il faut que je parte. Je ne resterai pas un instant de plus sur la même île que ces gens-là.

Colombe mit près d'une heure à le raisonner. Elle lui promit qu'elle le ferait charger au plus vite d'une nouvelle mission. Finalement, il accepta de se cacher pour ne pas courir le risque de partir seul dans la forêt.

En cherchant Just dans l'île, Colombe fut surprise de ce qu'elle vit. Les travaux du fort avaient avancé mais ils semblaient désormais interrompus. Partout, des groupes discutaient avec animation sur des sujets aussi peu habituels en ce lieu que l'immortalité de l'âme, le salut par la grâce ou la prédestination. Des prêcheurs s'improvisaient sur le chantier. Les solitaires, qui s'égaillaient près du rivage, avaient maintenant une bible à la main. Il semblait que toute la colonie se fût tout à coup plongée dans la méditation.

Mais c'était une méditation qui n'avait rien de pacifique ni de fraternel. De mauvais coups d'œil étaient échangés d'un groupe à l'autre. Le séjour des pasteurs et des huguenots était à l'écart et semblait l'objet d'une surveillance. Loin de conduire à la concorde et à l'optimisme, ce regain de spiritualité semblait accroître l'hostilité, l'isolement et l'inquiétude. Quand elle découvrit finalement Just au gouvernorat, Colombe vit avec dépit que Villegagnon et lui étaient gagnés par la même fièvre raisonneuse.

L'amiral l'accueillit aimablement et lui fit raconter son

séjour chez Pay-Lo. Mais ce sujet ne semblait guère l'intéresser tandis que les observations qu'elle avait faites en arrivant sur l'île lui firent l'effet d'une véritable découverte.

— Corps-saint-jacques ! s'écria-t-il. Tu as raison, Colin. C'est l'anarchie.

Il saisit un paquet de feuilles qu'il avait noircies de notes et se mit à les rassembler des deux mains.

— Tout est clair désormais pour moi, déclama-t-il. Ou presque. En tout cas, dès demain, nous réunirons les pasteurs et nous en débattrons. Il faut clore ces querelles, donner à nos gens des certitudes et reprendre le travail.

Colombe resta dîner au gouvernorat avec Just. Elle le trouva bizarre et changé. Au physique, il était le même, avec peut-être une inhabituelle attention portée à son apparence. Villegagnon lui avait depuis longtemps prêté des rasoirs. Il ne s'en servait pas. Cette fois, il avait les joues lisses et un collier à l'espagnole fort soigné. Surtout, il ne lui prêtait guère d'attention.

Elle était accoutumée à ce qu'il fût taciturne et calme. Mais la qualité de son absence lui paraissait avoir changé, sans qu'elle pût se l'expliquer. Elle eut l'intuition qu'il n'était pas sur la réserve mais plutôt tout entier saisi d'une autre préoccupation, qu'elle ignorait.

L'entrevue solennelle entre Villegagnon, du Pont et les ministres fut d'autant plus rapidement organisée que les protestants, de leur côté, avaient de nombreux griefs à faire entendre et souhaitaient s'en expliquer. Ils se présentèrent au gouvernorat en milieu de matinée. L'amiral avait préféré les recevoir seul car il craignait de dom Gonzagues un éclat sur le point de la religion. Cependant, pour que la conversation eût un témoin, il avait demandé à Just de l'assister.

Dès l'entrée des huguenots, il fut clair que la discussion serait difficile. Ils n'étaient pas revenus au gouvernorat depuis le jour de la première Cène. Du Pont, à voir de quel œil il considérait l'ameublement et la décoration du lieu, nourrissait une évidente haine pour cette pompe, dont il était privé. Décidant de passer outre l'invalidité du gentilhomme, dont il avait fini par être informé, Villegagnon s'assit sur un fauteuil et invita les autres à faire de même. Les pasteurs s'exécutèrent, habitués à ne pas suivre en cette matière l'ascèse que s'imposait du Pont. Il resta donc seul debout.

L'amiral s'enquit d'abord de leur santé et de leur installation. Considérée comme une provocation, cette sollicitude n'éveilla que des grognements.

— Mes chers frères, commença l'amiral en prenant un air grave, je veux vous entretenir de ma préoccupation. En un mot, voilà : le travail n'avance plus. Il me semble qu'il nous faut rétablir l'ordre. On dispute trop, sur cette île. L'ardeur théologique est une grande chose, je l'entends. Mais il ne faut pas qu'elle traverse les exigences de la vie et même de la survie. Car sans son fort, la France antarctique reste à la merci de ses innombrables ennemis.

Richer laissait aller son regard dans la pièce, en affectant l'indifférence. Mais quand il touchait la Vierge du Titien, comme s'il eût été foudroyé par un poisson torpille, il revenait d'un coup vers Villegagnon, en vacillant.

— Parmi les croyances diverses qui existent sur cette île, je pense que se trouvent plus d'accords que d'oppositions. L'essentiel est cette merveilleuse bonne volonté qui fait de l'être humain une œuvre de Dieu. Je crois en l'Homme ; vous aussi, j'en suis sûr. Eh bien, à cet être raisonnable, on peut donner des raisons de croire, en dégageant de nos croyances un socle commun et qui permette à chacun, sans se trahir lui-même, de respecter les autres.

Le silence hostile de ses interlocuteurs conduisit Villegagnon à leur laisser la parole pour tenter de savoir ce qu'ils pensaient.

— Nous partageons volontiers l'idée qu'il faut remettre ici de l'ordre, dit du Pont avec une intonation de mépris. Ce fut d'ailleurs notre impression dès l'arrivée. Mais il faut reconnaître que nous n'avons pas eu la tâche facile. En nous faisant accomplir dès le début des travaux de bêtes, vous avez voulu nous neutraliser. Et vous vous réservez seul l'usage de ce gouvernorat qui devrait pourtant être le symbole d'une autorité partagée. Qu'attendez-vous de nous ?

Villegagnon, quoique mordu d'indignation par ce discours, prit le parti de rester calme.

— Il me semble tout d'abord que les prêches devraient être désormais limités. Il me semble que la moitié d'une heure chaque jour suffit pour rappeler l'homme à ses devoirs envers Dieu. Il m'apparaît aussi que leur contenu doit être modéré. Pour ne pas heurter certains esprits attachés aux traditions, je pense qu'il faudrait bannir toute insulte contre le pape — envers lequel je ne suis pas tendre, vous le savez — ni contre l'Église en général.

Du Pont voulait intervenir. L'amiral fit signe qu'il souhaitait finir.

— Enfin, je crois sincèrement qu'il est inutile d'obtenir des abjurations et des conversions. Mieux vaut réunir tout le monde en Christ que diviser ceux qui croient en lui.

— Nous réunissons ceux qui connaissent et pratiquent la vérité de l'Évangile, objecta sévèrement Richer. Je suis bien d'accord avec vous qu'il faut supprimer le détestable esprit de raisonnement et de doute qui fait obstacle ici au serein accueil de la Parole divine.

— J'étais certain, s'enthousiasma Villegagnon, que nous nous rejoindrions sur ce point.

— Voyez-vous, poursuivit Richer sans partager cette bonne humeur, en présentant la Bible à l'homme, en lui donnant libre accès aux textes sacrés, nous avons pris le risque de le placer devant sa propre nullité. Et en effet, on a vu tout aussitôt des fous égarés prétendre interpréter la Parole à leur manière et tirer des conclusions absurdes de la vérité. Certains sont allés jusqu'à prétendre que si l'homme ne peut se sauver par ses œuvres, il lui est inutile de faire le moindre effort pour s'amender. Qu'il tue, qu'il vole, qu'il jouisse : seul Dieu peut lui accorder Sa grâce et le tirer, s'Il le veut, de cette luxure.

— Je connais ces fanatiques-là, confirma Villegagnon. D'ailleurs, nous avons eu ici même une troupe d'anabaptistes.

— Où sont-ils ? fit du Pont, aussi promptement que s'il allait tirer l'épée.

— Il paraît qu'ils vivent nus dans la jungle et sont retournés à l'état de cannibales.

Un silence horrifié parcourut l'assistance.

— Voilà pourquoi la liberté n'est rien sans l'explication, reprit Richer soulagé que l'évocation des anabaptistes eût aussi naturellement préparé sa conclusion. Nous ne pouvons offrir l'Évangile sans exiger en même temps une profession de foi qui fait entrer le croyant dans la sécurité d'une Église, ordonne sa foi et règle sa conduite.

— Je reconnais volontiers la nécessité d'une Église, dit Villegagnon. Mais vous conviendrez qu'en général et plus encore sur cette petite île, il est superflu d'en avoir deux.

Richer marqua son approbation d'un petit signe de la tête.

— Nous devrions facilement obtenir un compromis en examinant chaque point, poursuivit l'amiral, revigoré par ces premiers échanges. Tenez, par exemple, le célibat des ministres : rien ne s'oppose dans les Évangiles au mariage de prêtres et c'est une décision sur laquelle, raisonnablement, on devrait s'entendre…

— Cessez ces blasphèmes ! coupa du Pont.

On comprenait à son ton, à sa manière de déambuler

comme chez lui dans le gouvernorat, qu'il était désormais assuré de sa puissance et qu'en prenant le parti des huguenots, il parlait au nom d'une force impossible à briser et nombreuse.

— Oui, cessez, confirma-t-il, de nous parler de raison, de débat, de compromis. Dieu n'est pas une affaire négociable. Il n'y a pas de compromis avec l'idolâtrie. La moitié de cette île environ a embrassé la vraie foi. Elle l'a fait librement, c'est-à-dire en reconnaissant la justesse des principes de notre Église et en acceptant de leur obéir. Nous n'allons pas troubler la quiétude de ces âmes sauvées en remettant en examen ce qui est désormais acquis pour être la vérité.

— Permettez, se récria l'amiral. Il ne me semble pas sacrifier en quoi que ce soit à l'idolâtrie et cependant, il est certaines de vos pratiques que je conteste.

— Lesquelles ? demanda Richer sur un ton glacial.

— Eh bien, tenez, commença Villegagnon, tout heureux, au fond, d'entamer enfin la controverse, considérons la communion sous les deux espèces. Si l'on s'en rapporte aux textes des Pères de l'Église, elle est parfaitement légitime. Mais saint Clément, disciple des Apôtres, donne là-dessus une précision : le vin doit être coupé d'eau. Or le vôtre est pur. C'est une pratique qu'il vous faudra accepter de corriger, à moins d'en démontrer le bien-fondé théologique.

Il avait terminé cet exposé avec un fin sourire de rhéteur. Mais les protestants semblaient vidés de leur sang par l'indignation.

— Qui êtes-vous, tonna tout à coup du Pont, pour mettre en question les règles de vérité de notre Église ?

— Et qui êtes-vous pour me les imposer ? riposta l'amiral. Pourquoi devrais-je croire ceci plutôt que cela, si la raison ne me guide pas pour fonder mon choix ? À quoi cela sert-il d'avoir étudié les grands auteurs qui ont donné à l'homme pendant des siècles le secours de leur esprit ?

— À rien, dit lugubrement Richer.

Villegagnon se figea.

— Les auteurs dont vous parlez, précisa tranquillement le pasteur, ne connaissaient pas le Christ. Leur pensée, plongée dans les ténèbres, ne peut nous être d'aucun secours. Il faut croire, voilà tout.

— C'est ce que disent aussi les prêtres et le pape, fit lugubrement l'amiral.

— Oui, confirma Richer avec mépris. Mais la différence, c'est qu'ils ont tort.

Villegagnon regardait avec accablement le petit tas de feuilles qu'il avait préparées. Il avait devancé tous les arguments, trouvé de subtiles parades aux objections prévisibles, construit une synthèse acceptable par tous. Et voilà que l'usage même de cette belle liberté lui était dénié. La Réforme, qu'il attendait comme une délivrance, jetait sur lui un filet de violence où il se débattait en vain. À son tour, il se leva, déambula dans la pièce et, passant devant le secrétaire d'ébène, s'oublia jusqu'à accomplir le geste familier : il l'entoura de ses bras. Aux moments de grand désarroi, c'est là qu'il trouvait son énergie. Les assistants le regardaient avec gêne. Contre son ventre, le plateau d'ivoire et de bois fit passer son écho de majesté. On était à la veille des mariages et les pasteurs pouvaient seuls les célébrer. Villegagnon sentit qu'il devait une fois de plus sacrifier ses sentiments, ravaler son indignation, et ne voir que l'intérêt de la colonie. Il retourna vers ses hôtes en leur souriant.

— Eh bien, soit, conclut-il en faisant un grand effort sur lui-même, laissons pour le moment nos différences de côté et œuvrons pour remettre cette île au travail.

— Comptez sur nous pour combattre l'oisiveté autant que l'idolâtrie, dit du Pont.

Suivirent des exigences interminables concernant leur propre exemption du travail, le droit de réunion pour les pasteurs dans le gouvernorat et l'instauration d'un conseil auprès de l'amiral, où siégerait du Pont.

Villegagnon vit dans ces mesures une atteinte à son autorité mais aussi un renfort qui lui permettrait de compter sur l'obéissance des protestants. Et, finalement, moyennant l'engagement de réduire et de modérer les prêches, il accepta tout.

CHAPITRE 5

Ils étaient les plus benêts, il fallait qu'ils fussent les plus élégants. Les deux premiers mariés, habillés de frais par le tailleur, avaient été choisis à la hâte par Villegagnon. Il avait distingué lui-même ces lauréats, dont il connaissait les vertus sinon les qualités. Son choix s'était porté sur deux de ses laquais point trop voleurs, un Picard et un Provençal, nés sans beaucoup de cervelle et grossiers, mais travailleurs et d'humeur égale. Les jeunes filles élues compensèrent le léger dépit que leur fit éprouver ce parti par la fierté d'être les premières à recevoir le sacrement.

Au jour dit, la cérémonie se déroula sur l'esplanade habituelle. Afin que tout le monde pût s'imprégner de cet exemple, au point de désirer promptement l'imiter, Villegagnon avait fait dresser une petite scène en poutres de cocotiers, où se ferait la célébration. Nulle absence n'était tolérée pour l'occasion. Les esclaves indiens, hommes et femmes, étaient particulièrement appelés. L'amiral les fit installer au premier rang. Ainsi aucun obstacle ne leur déroberait le spectacle qui devait frapper leurs esprits. Les jeunes filles firent leur entrée au bras de deux protestants choisis parmi les plus vieux, qui auraient pu être leurs pères. Rien n'était changé à leur rigoureuse toilette noire mais, pour marquer peut-être le dépit qu'elles en conservaient, une audacieuse fantaisie s'était donné libre cours dans leur coiffure. C'est-à-dire qu'elles avaient enroulé leurs nattes sur les tempes et avaient recouru, non sans craindre quelque admonestation de dernière minute, à l'usage impudique de peignes en ivoire. Placées côte à côte avec leur promis, elles se colorèrent d'un fard naturel très seyant et comme les deux gredins, dont le seul vice avait été la boisson quand il s'en trouvait, pâlirent, garçons et filles offrirent au public attendri une teinte de joues presque semblable, inspirée du jambonneau.

Mais cette harmonie, haussée sur la scène, cachait des mouvements inquiets dans l'assistance et la coulisse. Un jeu de regards subtil unissait trois personnages pourtant séparés. Aude était pudiquement rangée en contrebas de la scène parmi les prochaines candidates à une enchère masculine. Elle gardait les yeux baissés, contrairement à ses oies de voisines qui s'enivraient des regards en vrille lancés sur elles par les colons affamés. Mais, de temps en temps, comme elle avait repéré Just au second rang, sur la gauche, elle pointait sur lui un éclair unique, à la fois douloureux, modeste et lascif. Just balançait entre l'attitude noble qui lui était naturelle, le regard vague, considérant dans l'espace ces Idées dont Villegagnon lui avait démontré l'existence, et, d'autre part, une observation dérobée, inquiète et avide de celle dont il avait désormais le souci. Et il se demandait par quelle bizarre faiblesse de son caractère, tout aussitôt qu'il obtenait la réponse des yeux qu'il recherchait, une force irrépressible l'en détournait et le ramenait au spectacle navrant des vierges bergères et de leurs porcelets.

Colombe, de l'autre côté, pouvait observer en même temps Just et la jeune protestante. Elle perçut tout : l'inquiétude qui habitait Just, l'intérêt qu'elle mettait à répondre, l'effort qu'ils faisaient l'un et l'autre pour ne rien laisser paraître. Elle s'amusa d'abord de ce manège. C'était la première fois qu'elle voyait Just sortir de la chaste réserve chevaleresque qu'il prêchait par l'exemple. Mais le comportement de la protestante lui déplut. Cette façon sournoise de faire comme si elle n'avait rien sollicité, de prendre un air innocent et vaguement irrité quand leurs regards se croisaient, lui fit sentir qu'il y avait là-dessous plus de mensonge que de passion. Elle perçut un danger dans cette duplicité et s'irrita de sentir que Just n'en avait pas le soupçon.

D'où il était placé, Just repéra le premier l'œil clair de Colombe posé sur lui. Et sa surprise fit qu'Aude chercha à son tour de ce côté et la regarda. Dès lors le jeu changea et chacun fit en sorte de marquer le plus de désagrément possible à se sentir observé.

Cependant un drame plus considérable se jouait aussi discrètement au voisinage de la scène. Villegagnon, conformément à son rang, tenait la première place dans l'assistance. La liturgie protestante ne connaissant que les deux sacrements figurant dans l'Évangile, le baptême et l'eucharistie, la cérémonie prit rapidement l'aspect d'une cène. La communion devait la conclure. L'amiral, par fierté, n'entendait pas céder sur le seul point de doctrine qu'il avait évoqué devant le pasteur : il tenait à boire le vin coupé d'eau. Richer n'ayant pas accédé à sa demande, la difficulté fut tournée adroitement. Villegagnon communia, flanqué de son sommelier. Au moment de saisir le calice, celui-ci opéra l'adjonction d'eau qui rendait le breuvage conforme à l'idée que se faisait l'amiral du sang divin. Ce point avait concentré toute la querelle, les heures précédentes. Le voyant résolu, le pasteur se crut hors de peine. C'est alors que survint un incident inattendu et pourtant prévisible. Villegagnon sortit une pièce de velours brodée de sa poche, l'étendit par terre et s'agenouilla. Le mouvement sembla particulièrement goûté des Indiens qui lancèrent des exclamations admiratives.

Mais le pasteur était livide.

— Allons, chuchota-t-il, relevez-vous.

Il tenait l'hostie en main et ne la délivrait pas au communiant.

— Jamais ! murmura l'amiral. Quand paraît mon Dieu, je m'incline devant Lui.

— Quel exemple donnez-vous aux Indiens ? fit le pasteur à voix toujours basse. C'est de la pure idolâtrie.

— J'adore le Dieu présent en personne.

— Vous adorez une hostie de pain.

— Comment ? s'écria Villegagnon en haussant brutalement le ton. Mais alors…

Richer, la main toujours crispée sur le petit disque blanc, regardait autour de lui comme un noyé. Dans ce paysage d'aube du monde, semé de jungles et de rochers, aucun repère humain ne pouvait rassurer l'œil. Ils étaient seuls. De leurs décisions, de leurs échecs, de leurs erreurs, dépendait le petit peuple blotti sur cette place, que des murmures commençaient dangereusement à parcourir. Tout à coup, parmi ces visages confondus, Richer reconnut celui de Du Pont. Le grand politique cligna des yeux, signe que l'intérêt commandait une retraite tactique.

Le pasteur fourra l'hostie dans la bouche avide et mal dentée de Villegagnon et se déplaça vers le suivant.

Dans le petit désordre qui suivit la cérémonie, chacun s'accorda à reconnaître qu'elle avait été réussie. Ces premiers mariages laissaient espérer des temps nouveaux, conformes aux anciens, en Europe, dont on avait la nostalgie : des maisonnées, des enfants légitimes, l'harmonieux concours de l'homme à la femme, la paix.

Dans la bousculade, Colombe chercha Just sans intention particulière, seulement pour être près de lui car, depuis son retour, elle se sentait seule, étrangère et éprouvait le sourd désir de retrouver à son côté l'ancienne sécurité. Elle le rencontra par hasard pendant qu'il parlait à Aude. Il était trop tard pour s'enfuir.

Just bredouillait. Sa souveraineté de manière était comme captive d'une timidité envahissante qui le rendait gauche. Et la jeune protestante, loin de concevoir de la pitié pour la victime de ce combat inégal, tenait l'arme de son visage, de ses yeux, de son parfum pointée contre la gorge de celui qui demandait grâce du regard. L'arrivée de Colombe accrut encore la gêne de son frère.

— Je vous présente... bégaya Just, mon frère Colin. Colin, Mlle Aude Maupin, la nièce du pasteur Richer.

— Votre... frère ? hésita-t-elle en faisant porter le doute sur ce mot. Je suis enchantée.

Aude pointe sur Colombe la lancette de son regard, perça d'un coup le frêle tégument de son habit sale, fouilla sa gorge comme pour la mettre à nu et piqua son cœur jusqu'au premier sang.

— Il fait le truchement chez les sauvages, s'empressa Just, et par là on entendait qu'il voulait excuser la tenue indigne de Colombe, en ce jour de fête.

Elle fut mordue par cette lâcheté mais ne lui aurait pas répondu si Aude, en attaquant à son tour, n'avait pris l'initiative du duel.

— Chez les Indiens, répéta-t-elle avec une mauvaise compassion, le pauvre !

— Et pourquoi devrait-on m'en plaindre... mademoiselle ? se récria Colombe, les yeux dans ceux de la protestante.

— Mais parce que ce sont des sauvages !

Le ton chargé d'ironie disait « et auprès d'eux, on le devient ».

— Pour moi, fit Colombe en s'en voulant de ne pas trouver mieux, ce sont des êtres humains.

— Vous avez raison d'espérer qu'ils le deviennent, soupira Aude. Car heureusement, nous leur apportons la foi.

— Et eux nous apportent le poisson et la farine.

Un silence très bref accompagna un mortel échange de regards. Just ne trouvait rien à dire pour mettre un terme à l'affrontement.

— Belle comparaison ! reprit Aude qui entendait forcer son avantage. Vous assimilez la foi à une marchandise. C'est bien ainsi que la conçoivent les papistes qui font commerce de gestes et de prières. Hélas, voyez-vous, la foi n'est pas affaire de gestes mais de grâce.

— Ceux que vous appelez des sauvages n'en sont pas autant dépourvus que vous le croyez, prononça Colombe.

La soudaine souvenance de Paraguaçu, des cascades et de la maison de Pay-Lo lui fit, pour la première fois, ressentir qu'elle trouverait là plus de réconfort qu'auprès de Just.

Mais Aude n'entendait laisser aucun flou.

— C'est impossible, rétorqua-t-elle. Qui ignore le Christ ne peut avoir la grâce. Mon oncle le dit bien : ces naturels sont sans Dieu.

— Sans Dieu ! s'écria Colombe. Mais il me semble qu'ils en ont au contraire beaucoup plus que nous.

— Pouah ! fit Aude en marquant son dégoût. Des idoles. Non, « monsieur », rien de tout cela n'est le Dieu qui sauve. La véritable grâce ne s'imite pas.

Colombe plongea l'acier de ses yeux blêmes dans le visage à découvert de son imprudente adversaire.

— Ce n'est pas comme la vertu, dit-elle.

Surprise elle-même par cette attaque et voyant la protestante blêmir, Colombe reprit soudain conscience que Just était à ses côtés. Elle lui en voulait suffisamment de sa lâcheté pour ne pas lui donner l'occasion de l'aggraver, en prenant parti contre elle ou pis encore en jouant tout à fait l'arbitre embarrassé. Aussi tourna-t-elle brutalement les talons et disparut dans la petite foule.

*

Colombe avait emprunté au hasard le sentier qui bordait la mer, le long du fort. Depuis leur débarquement, c'était toujours pour elle le lieu de la solitude et de la méditation. Mais le rempart maintenant le dominait, en haut duquel on entendait marcher des sentinelles. Par places, la muraille était creusée de loges étroites, par où s'écoulaient les eaux. Un homme pouvait à la rigueur s'y tenir accroupi. C'est d'une de ces brèches qu'elle vit avec frayeur bondir Quintin.

— Je te trouve ! cria-t-il. Quand partons-nous ?

Elle l'avait un peu oublié.

— Ce matin, gémit-il, j'ai manqué de me faire enrôler de force sur le chantier. Tout à l'heure encore un de ces assassins m'a accroché par la manche comme j'allais chercher de l'eau, en me demandant méchamment si je croyais au purgatoire.

— Qu'avez-vous répondu ?

— J'ai failli lui dire que l'enfer c'est où ils sont et le paradis partout ailleurs, mais on ne plaisante pas avec ces choses. Quand partons-nous, Colombe ?

— Dès que possible, fit-elle.

Et vraiment, elle le pensait.

— J'ai bien observé le port, hier soir. Le soldat qui prend le troisième quart est un gros lourd de Mecklembourgeois. Je le connais bien : il ne peut pas s'empêcher de s'assoupir. Il suffit de monter dans une chaloupe…

— Elles sont attachées par une chaîne, objecta Colombe.

Et vous savez qu'ils ont ordre de tirer s'ils voient quelqu'un s'enfuir.

Quintin connaissait ces obstacles et n'avait rien à leur opposer. Ils se turent.

— Laissez-moi la journée, dit Colombe. Je vais voir ce que je peux faire.

Elle pensait aller parler à l'amiral. Mais dans le moment, elle voulait surtout rester seule. Elle dit à Quintin de se cacher et continua de marcher le long des récifs.

Arrivée à la pointe de l'île, elle tomba sur un groupe d'Indiens captifs qui lavaient leur linge dans la mer. L'eau douce était trop rare sur l'île pour qu'on leur permît de l'utiliser à cet usage. Hommes et femmes s'étaient mis nus pour plonger leur tunique dans l'eau. Ceux qui en avaient terminé attendaient qu'elle sèche au soleil, étalée sur un rocher. La petite fête que l'amiral avait autorisée près du port pour honorer les mariés avait relâché la surveillance. Les esclaves, pour une fois, étaient seuls. Colombe s'approcha d'eux et comme ils faisaient mine de s'éloigner craintivement, elle les rassura par des paroles prononcées dans leur langue.

Elle s'assit au voisinage d'un groupe de femmes et resta silencieuse. Un instant, elle se crut retournée au temps des promenades avec Paraguaçu et elle eut envie de se dénuder comme les autres. Mais elle se rappela qu'elle était sur l'île. De plus ces captifs étaient bien différents de ses anciennes compagnes. Rachetés par Le Freux à leurs ennemis, ils avaient travaillé sur le chantier du fort depuis les débuts. Leur air pitoyable et soumis montrait assez la crainte dans laquelle ils vivaient. On sentait en eux une tristesse que rien ne pouvait soulager. Ce n'est pas qu'ils fussent maltraités. Villegagnon n'avait pas montré jusque-là trop de cruauté envers eux. Mais en les arrachant à leurs tribus puis en les mettant sur cette île d'où toute vie naturelle avait peu à peu disparu, la captivité les avait privés de la forêt, de la chasse, des parures de plumes, bref, de ce qui faisait le cadre spirituel de leur vie. En quelque sorte, ils étaient déjà morts et acceptaient ce surcroît d'existence comme une inéluctable damnation. Colombe, pour dissiper la gêne que suscitait sa présence, sollicita leur avis sur la cérémonie du matin. Personne ne semblait vouloir lui répondre. Enfin une femme plus âgée et ridée dit en tupi :

— Pourquoi ne faites-vous pas plus de bruit quand vous dansez ?

Colombe lui fit répéter sa question et en posa d'autres, pour tenter d'en pénétrer le sens. Il lui apparut enfin que les Indiens, qui n'avaient appris de français que les ordres brefs qu'on leur lançait, étaient restés dans l'ignorance du véritable but de cette célébration. Les parures, la scène, les mouvements des uns et des autres avaient été interprétés par eux comme une fête et ils s'étonnaient seulement du rythme extrêmement lent sur lequel dansaient ces Blancs.

— Ce n'était pas une danse, expliqua Colombe. Mais un mariage.

Mais ce mot, en tupi, évoquait aux Indiens tout autre chose. Deux ou trois d'entre eux secouèrent la tête d'un air incrédule et vaguement réprobateur.

— Et pourquoi habillez-vous vos femmes de la sorte, si c'est pour leur faire des enfants ? demanda la vieille.

La tenue des mariées était sans conteste ce qui avait le plus étonné les Indiennes. Colombe comprit qu'à part elle, qui était vêtue en garçon, elles n'avaient jamais vu d'Européennes dans leurs atours. Aperçues de loin après leur débarquement, c'était la première fois que les protestantes s'offraient librement à leurs regards et d'aussi près.

— Elles sont habillées, dit Colombe, et… elles se déshabilleront après.

Cette explication embarrassée et passablement oiseuse la

fit rougir puis elle éclata de rire et tous les Indiens, timidement d'abord, puis avec un évident plaisir, l'imitèrent.

Quand le silence fut revenu, ils restèrent tous un moment à regarder l'eau qui rosissait en léchant le flanc des récifs.

— Voilà donc ce qu'ils nous veulent ! s'exclama une femme et toutes les autres hochèrent gravement la tête.

Colombe lui demanda ce qu'elle voulait dire. En hésitant beaucoup, elle finit par expliquer que depuis quelques jours les hommes de l'île les harcelaient de nouveau. Au temps de Le Freux, elles étaient contraintes de leur céder, puis avait suivi une longue période où le calme était revenu. Elle ignorait que c'était à cause des ordres de l'amiral. Maintenant que les mariages étaient possibles et même encouragés, elles recommençaient d'être prises à part et forcées.

Colombe éprouva une grande honte à entendre le récit de ces brutalités et sa pensée roula vers Just, qui s'en rendait, sans s'en apercevoir, le complice.

— Ainsi, dit une femme, ce qu'ils veulent c'est nous mettre aussi ces robes noires comme aux autres.

Colombe eut envie de rire de ce raccourci mais la vérité qu'il recouvrait était si poignante et si grave qu'elle s'en retint. Bannies de l'humanité vivante, ces Indiennes concevaient encore des degrés supérieurs dans l'abaissement. Captives, elles restaient libres au moins d'elles-mêmes et pour esclaves qu'elles fussent de tous, elles pouvaient encore craindre de ne l'être que d'un seul, qui accomplirait sa volonté sur leur personne.

— N'avez-vous jamais songé à fuir ? demanda Colombe à voix basse.

Un frémissement parcourut les Indiens qui se regardèrent les uns les autres avec effroi. Loin, du côté du port, on entendait les éclats de voix des fêtards. Un coup d'œil leur suffit à voir qu'il n'y avait toujours pas de garde pour les surveiller. Se détachant du groupe, un homme de grande taille, le ventre couturé de cicatrices, s'approcha de Colombe et lui parla à voix basse.

— Tu connais notre langue et ton œil dit que tu n'es pas mauvaise en esprit, commença-t-il.

Un frisson de joie parcourut le dos de Colombe, comme en répand dans le corps la liberté lorsqu'on décide d'un coup de l'accueillir.

— Tu vois le tronc, là-bas, reprit l'homme en désignant du menton une longue grume de palmier abandonnée en travers des derniers récifs. Nous l'avons creusé chaque nuit en silence. La pirogue est prête.

— Combien d'hommes peut-elle contenir ? chuchota Colombe.

— Dix, mais ce sont les femmes que nous voulons sauver.

— Bien ! s'écria Colombe. Quand partent-elles ?

L'esclave montra tout à coup une gêne inattendue. Il regarda ses pieds et dit lugubrement :

— Pas encore.

— Pourquoi ? s'indigna Colombe. Tout est prêt. Il ne faut pas attendre.

— Sur la terre ferme, avoua finalement le captif, elles sont encore plus mortes qu'ici.

— Que veux-tu dire ? Vous connaissez la forêt. Vous pouvez vous cacher, vous enfuir.

— Pour aller où ? Depuis des lunes et des lunes que nous sommes prisonniers, comment retrouverons-nous les nôtres ? Tous ceux de la côte sont nos ennemis. Nous n'avons pas d'armes.

Colombe pensa aux anabaptistes qui n'avaient pas eu ces craintes et avaient apparemment survécu, sans en connaître autant de la jungle. Mais c'était faire peu de cas de la pensée indienne. Sans le secours des esprits et des présages, sans maracas ni caribe pour interpréter leurs oracles, les Indiens voyaient la forêt comme un lieu de malédiction et de forces hostiles contre lequel ils étaient démunis.

Colombe se leva, marcha un peu vers le fort, regarda au loin l'arbre creux, la côte bleutée si près, de l'autre côté du bras de mer. Elle se souvint des paroles de la protestante. La haine qu'elle ne pouvait éprouver pour son frère, mêlé à cette ignominie, éclata contre elle. Soudain, elle revint vers les Tupi en souriant.

La lumière de l'après-midi l'éclairait bien en face, un léger éblouissement lui mettait une perle de larme sur les cils. Elle se sentait plus Œil-Soleil que jamais et c'est en convoquant tout le mystérieux pouvoir de son regard qu'elle leur lança :

— M'aiderez-vous, si je vous aide ?

Ils n'eurent pas besoin de répondre car on pouvait déjà voir qu'ils l'aimaient.

CHAPITRE 6

La volonté commune de mettre un terme à l'anarchie théologique qui paralysait l'île s'était traduite par une mesure minimale : les prêches étaient désormais limités à une demi-heure, une seule fois par jour et en un lieu convenu. Ils ne comportaient plus ni attaque contre le pape ni blasphème à propos de la Vierge Marie. Cette modération avait contribué à ramener un peu de calme. Mais, du coup, la religion nouvelle ne progressait plus guère et l'autre, fidèle aux dogmes catholiques, avait beau jeu de dire qu'elle avait triomphé. Deux camps se dessinaient, méfiants l'un à l'égard de l'autre, et leur hostilité risquait à tout moment d'éclater.

Il était toujours urgent de proposer une solution qui préserverait l'unité. Une inquiétude au sommet remplaça l'agitation à la base, que la fin des prêches avait apaisée. Car chacun avait de l'unité une conception bien à lui, qui supposait la reddition des autres. Pour dom Gonzagues, que la direction du parti catholique avait revigoré, les nouveaux venus seraient pardonnés dès lors qu'ils entonneraient le Credo. Pour les protestants, seule une renonciation complète à l'idolâtrie était acceptable. Ils s'employaient à renforcer leur camp, à enseigner les nouveaux convertis dans les principes de Calvin et à organiser en leur sein une police capable d'extirper l'hérésie là où elle voudrait trouver refuge. Du Pont était le maître temporel de cette faction et rien ne se faisait, concernant le demi-peuple protestant de l'île, sans qu'il n'eût à se prononcer.

Villegagnon seul n'avait pas abandonné l'idée d'un compromis raisonnable. Afin d'étudier les propositions les plus récentes du réformateur de Genève et de voir s'il était encore possible de les rapprocher de la religion de Rome, l'amiral s'était fait remettre par Richer le dernier ouvrage de Calvin intitulé *Les ordonnances ecclésiastiques*. Cela n'avait d'ailleurs pas été sans mal car le pasteur n'en possédait qu'un exemplaire et craignait que Villegagnon voulût en profiter pour le détruire.

Ce que l'amiral découvrit dans ce texte l'épouvanta. Toute la liberté, l'audace, la lave bouillante de l'esprit qui coulait à travers les premiers écrits protestants s'était figée dans *Les ordonnances*. Sous le prétexte d'y mettre de l'ordre, Calvin semait la mort dans ses propres idées. La Réforme, sous sa plume, devenait règlements, châtiments, police. Villegagnon s'en voulut d'avoir, par ignorance de cette évolution, fait appel à un tel homme. Mais l'erreur était commise ; il fallait en sortir. De nuit, de jour, sans manger, sans sortir ni prendre de repos, Villegagnon hacha fin toutes ces idées, les mêla des aromates tirés des Anciens, farcit le tout de fragments d'Évangile, pétrit, fit revenir, dorer, assaisonna à sa manière rude d'homme de guerre. Cette cuisine théologique l'aida à assimiler les principales difficultés et à bien réduire le problème central qu'il s'agissait de résoudre. Comme il en avait eu l'intuition, tout, finalement, pouvait s'arranger. Le célibat des prêtres n'était pas abordé par l'Évangile, la gratuité du salut n'était pas sérieusement remise en cause par le parti catholique de dom Gonzagues : celui-ci se défiait trop du clergé pour le créditer du pouvoir de sauver. Et l'on était libre toujours de faire dire des prières contre argent sonnant ; elles pourraient aider à la salvation mais non la provoquer. La Vierge Marie constituait un obstacle plus sérieux. Mais l'âme poétique de dom Gonzagues fournissait la solution : on pouvait laisser les catholiques célébrer Marie sans pour autant reconnaître sa nature divine. Après tout, ce ne serait pas la première femme à qui l'on supposerait plus de pouvoir qu'elle n'en avait. Les protestants pouvaient admettre cette tendresse, sans la confondre avec l'idolâtrie. En matière de liturgie, communier sous les deux espèces était conforme à l'esprit des premiers temps ; quant à la pureté du vin, chacun pouvait en décider à sa convenance…

Finalement, le nœud de la controverse, qu'il s'agissait de trancher, le centre même du débat susceptible, selon son issue, de séparer à jamais les deux partis ou n'en faire plus qu'un, était le point que l'amiral avait entrevu au moment de la Cène : le Christ était-il en personne dans l'hostie ? Car tout, en vérité, procédait de là. S'il n'y était pas, l'homme était abandonné. Il pouvait recevoir la grâce divine, peut-être, mais toute communication avec ce Dieu salvateur lui était interdite. Il n'était possible ni de s'adresser à Lui, ni de se nourrir de Sa Vie. Dieu avait envoyé son Fils puis l'avait repris et l'homme n'avait pour lui que la parole laissée par le Sauveur. Dans cette île au bout du monde, Villegagnon savait ce que la solitude voulait dire. S'il n'en avait jamais souffert c'est parce que, par l'étroit canal de la communion, il pensait pouvoir être en tout temps et en tout lieu mis en présence de son Dieu consolateur, source de vie et d'éternité.

Si le Christ est dans l'hostie, le croyant n'est jamais seul, jamais perdu, jamais affamé. Et au jour du Jugement, la résurrection concernerait non seulement l'esprit des morts mais leur chair, rendue vivante par l'absorption effective de celle du Christ. Or rien n'était clair sur ce point. Les catholiques parlaient de transsubstantiation : le pain et le vin devenaient la vraie chair et le vrai sang du Christ. Luther utilisait le mot de consubstantiation : le pain et le vin, sans cesser d'être ces matières profanes, devenaient *aussi* la chair et le sang du Christ. Mais que disait Calvin ? Il semblait rejeter les idées catholiques, comme luthériennes, sur ce point, nier la présence matérielle du Christ. Et cependant, il fustigeait ceux qui, comme Socin ou Zwingli, faisaient de la communion un geste symbolique, vide de Dieu, la pure et triste commémoration éternelle du Sauveur disparu.

Là était le centre du débat. Il fallait sommer les calvinistes de s'expliquer. En les poussant dans leurs retranchements, l'amiral espérait les voir enfin tomber d'un côté ou de l'autre : soit ils acceptaient enfin — même du bout des lèvres — la présence réelle, et Villegagnon se faisait fort d'aplanir tous les obstacles qui restaient encore avec les catholiques, soit ils la rejetaient. Alors ce Dieu inapprochable, qui abandonnait l'homme à la solitude et à la mort, ne pouvait être servi par personne. Les pasteurs étaient donc des imposteurs et les sacrements des momeries. Les huguenots ne survivraient pas à ce ridicule.

Aux stériles conciliabules des ignorants — qui avaient heureusement pris fin — Villegagnon comprit que devait se substituer une joute au sommet, éclairée de toutes les lumières possibles. Les réformés avaient repoussé ses premières velléités de débat : ils ne pourraient se soustraire à celle-là qui serait bien limitée, décisive et surtout obligatoire. Il convoqua maître Amberi pour lui faire rédiger en bonne et due forme une sommation à comparaître.

Du Pont reçut le lendemain la notification du colloque auquel étaient conviés Richer, Chartier et quelques protestants (dix au plus) dont le secours pouvait être jugé utile. La sécurité des participants serait strictement assurée, aucune arme tolérée dans l'enceinte où se tiendrait le débat : les esprits étaient suffisamment échauffés, en particulier du côté de dom Gonzagues, pour ne pas rendre cette précision superflue. Du Pont fit savoir sur-le-champ qu'il s'y rendrait.

*

Sur la courtine presque achevée du fort, il restait à poser de grosses pierres rectangulaires, taillées pour servir de créneaux. Just supervisait cette opération délicate. L'art subtil de la fortification militaire lui était désormais familier. Cette connaissance, en ce qui regardait la mer, n'était l'apanage en Europe que des chevaliers de Malte. Aucune place forte maritime n'était édifiée sans leur conseil. Ils se gardaient de confier à un livre, toujours susceptible d'être ravi, les secrets de cet art. Il ne se transmettait que de maître à élève et Villegagnon n'en avait pas eu de plus attentif que Just.

Le jeune chevalier, malgré tous les malheurs qu'avait traversés la colonie, ressentait une fierté profonde lorsqu'il contemplait ce fort. Chaque détour de muraille lui parlait : il en comprenait l'utilité, admirait l'intelligence de leur disposition, cette manière fascinante qu'a la pensée militaire de convertir le mouvement en géométrie, de prévoir l'attaque, ses axes, sa vitesse et de lui opposer la résistance immobile d'un rempart bien fait. Il n'en était pas à souhaiter que les Portugais vinssent éprouver la justesse de ses calculs. Mais s'ils le faisaient, il avait confiance : la forteresse tiendrait.

Il arpentait ce matin-là le bord de la muraille, là où devait s'interposer bientôt un parapet de pierre. Des grincements de palan, bruits qu'il aimait, accompagnaient la lente montée d'un bloc, à la flèche d'une grue de bois. Ce rigoureux travail qui ferait correspondre exactement les masses roides des matériaux taillés constituait une apaisante diversion aux difficiles entremêlements humains. Dans ces domaines de l'esprit, et plus encore du cœur — mais Just répugnait à y penser —, tout est toujours si imprévisible, si flou, si mouvant. Les intentions se retournaient, les sentiments n'étaient jamais loin de leur contraire, les accords se révélaient instables, les apaisements délicats. Rien ne valait la bonne simplicité d'une pierre au carré pesant sur une autre, en lui jurant fidélité pour les siècles.

Aussi Just fut-il légèrement irrité, au moment où le bloc parvenait à sa hauteur et commençait, sous la traction de deux hommes, à pivoter lentement, quand il vit Colombe approcher sur le faîte du rempart et venir à lui. Il fit quelques pas dans sa direction afin que leur conversation, qu'il redoutait, n'arrive pas aux oreilles des ouvriers. Elle s'arrêta devant lui. Dans cette matinée déjà chaude, la clarté de l'automne astral la lui montrait différente. Il n'aurait su dire en quoi. Peut-être cet air de courroux, cet œil inquiet qui cherchait à l'éviter lui firent-ils redouter quelque trait d'ironie ou de colère. Mais elle lui parla doucement et, contrairement à son habitude, sans sourire.

— Je pars, Just. Il faut nous dire au revoir.

Avec sa musculature d'homme de grand air et d'armes, son visage plus effilé, la lame droite de son nez, ses lèvres encore épaisses que gerçait le vent salé, il était si différent de l'adolescent mal équarri qui avait débarqué deux ans et demi plus tôt… Il semblait s'être construit avec le fort et dans la même matière grave, polie, immarcescible. Colombe aurait voulu tout à la fois s'emplir une dernière fois de ce visage et ne pas avoir à le contempler. Elle craignait de provoquer la douloureuse cérémonie d'un adieu.

— Où vas-tu ? demanda Just.

C'était comme prendre le plus petit outil possible pour manier une substance délicate et peut-être dangereuse.

— Chez les Indiens.

— Encore ! s'exclama-t-il.

Colombe lui en voulut d'abord de comparer sa décision présente à ses précédents voyages, qu'elle avait faits dans un tout autre esprit. Mais aussitôt, elle se dit qu'en rendant l'affaire plus banale, il lui évitait d'avoir à faire l'aveu qu'elle comptait cette fois ne pas revenir.

— Oui, dit-elle. Encore.

Just baissa les yeux. Tout ne lui était pas compréhensible mais il sentait le reproche de ce choix. Faute de concevoir que le monde indien pût être autre chose que la vie sauvage, le contraire abominable de la civilisation, Just percevait ce qu'une telle référence contenait de critique et presque d'insulte. Aimer la forêt, c'était porter sur les efforts de la colonie le regard le plus impitoyable, formuler le jugement négatif le plus radical.

— Allons, Colombe, dit-il avec un mélange de timidité et d'accablement. Tout va finir par s'arranger, ici.

Un instinct double écartelait Just, lui disait à la fois qu'elle avait raison et qu'elle était pourtant dans l'erreur.

— Tu verras, nous y arriverons, ajouta-t-il.

Et dans ce moment, elle sentit ce qu'a d'incomparable l'attachement que l'on peut contracter dès l'enfance pour un autre être. De leurs jeux à Clamorgan, de leur brillante misère d'Italie jusqu'à ces jours noirs de la traversée, ces peurs, ces espoirs, ils avaient su se donner tant d'amour et de courage par ces mots : nous y arriverons. Et le destin de cette phrase magique n'en était que plus cruel, à l'heure où, sans douter qu'ils y arriveraient, elle ne le voulait tout simplement plus.

— Arriver à quoi, Just ? Les esclaves violées, l'île détruite, la haine partout, tu ne vois rien ?

Mais le chemin de ronde bien rectiligne, le bloc qui maintenant commençait de s'abaisser jusqu'au parapet, la fierté des armes, les bateaux au mouillage, toute la baie attendant la conquête et le triomphe de la France antarctique répondaient pour Just. Il se contenta de relever les yeux et d'embrasser ces métamorphoses du regard. Elle comprit.

— Je ne supporte plus de mentir, fit-elle en pinçant sa chemise sans forme.

C'était passer du grand mensonge de la colonie au tout petit, qui la concernait et sur lequel, au moins, ils pouvaient être d'accord.

— On peut avouer la vérité à Villegagnon, hasarda Just.

Mais ce mot-là était faux. Elle le connaissait trop bien pour ne pas le sentir. Dans la délicate situation de la colonie, Just n'avait aucune intention d'ajouter ce tracas au chevalier. Surtout, il avait trop à redouter dans ce moment de tension où tout pouvait tourner à l'orage. Elle se dit qu'il était aussi courageux que jamais sous le feu et le travail mais qu'il manquait encore de cette force qui convertit l'audace extérieure en courage intime. Elle se souvint de ses regards avec Aude et toute la hargne lui revint.

— Je ne serai pas là pour ton mariage, dit-elle sans pouvoir empêcher son œil de sourire et de faire plus mal encore que ses paroles.

— Mon mariage ! se récria-t-il. Mais de quoi donc parles-tu ? Jamais je n'ai…

— Allons, coupa-t-elle en haussant les épaules, au moins, ne sois pas aveugle : tu l'aimes. Tant mieux pour toi.

Elle eut honte d'un coup d'avoir si lâchement appliqué le fer des mots sur la plaie de la vérité.

Désarçonné comme s'il avait reçu une lance, il se troubla, moins de ce qu'elle avait eu l'audace de lui dire que d'avoir été assez lâche pour ne pas vouloir le penser. L'évidence le disputait à l'indignation et il ne savait sous quel empire se placer. Colombe se serait méprisée d'accepter une victoire aussi facile.

— Défie-toi de toi-même, mon Just.

Qui pouvait savoir ? N'était-elle pas secrètement heureuse que cette passion vînt rompre la comédie usée de la chasteté et de la camaraderie virile ? Le malheur n'était pas qu'ils osassent enfin devenir l'un et l'autre ce qu'ils étaient, un homme et une femme, mais qu'en perdant le lien d'enfance qui les unissait, ils ne pussent cependant en nouer un autre ; car ils étaient d'abord, quelque doute qu'elle en eût toujours, un frère et une sœur.

Rompant leur silence embarrassé, un cri retentit derrière eux. En posant trop brutalement le bloc de pierre, les manutentionnaires l'avaient fendu. Just courut vers le palan.

Colombe en profita pour s'enfuir sans se retourner.

*

Le colloque eut lieu dès le lendemain, les huguenots ayant fait savoir qu'ils étaient prêts à la confrontation et n'exigeaient aucun délai pour le préparer.

On s'assembla dans une nouvelle enceinte, attenante au gouvernorat. Villegagnon l'avait fait édifier pour abriter le futur Conseil de l'île, à la constitution duquel il avait sacrifié. Les deux pasteurs et une demi-douzaine de fidèles prirent place d'un côté sur des bancs tandis que du Pont se plaçait en retrait, debout pour son confort. En face, dom Gonzagues conduisait une petite troupe d'artisans en qui il avait fait naître un violent attachement à la Vierge Marie, en même temps que l'espoir d'une bonne place.

Villegagnon s'installa à l'étroit bout de la salle, à égale distance des deux groupes, Just et Le Thoret debout derrière lui, flanquant les portes. Enfin le pauvre notaire Amberi était assis à un petit pupitre au milieu de ces deux lignes d'adversaires et semblait désigné pour être la première victime de leurs échanges. Une hostilité palpable emplissait la pièce. Dans les jours précédents, plusieurs convertis étaient revenus sur leur abjuration. Des pressions s'étaient exercées sur eux, des menaces leur avaient été jetées. Une bagarre avait éclaté sur le chantier. Chacun était désormais sommé de faire allégeance à un camp et devait se déterminer, bien que l'on fût toujours dans l'ignorance de leur exacte différence. On ne savait au juste pourquoi l'on devenait « huguenot » ou « papiste », mais, une fois qu'on avait choisi son espèce, il n'était plus question d'en changer. Dans la salle se marquait de l'impatience. Les cloisons de palmes construites à la hâte laissaient voir au loin des blancheurs de sable et la ligne de jade des eaux. La chaleur suffocante s'était humectée d'un voile de brume, étrange pour la saison, qui cachait le soleil. Plusieurs assistants, mal à l'aise et se demandant encore s'ils ne feraient pas mieux d'enjamber les claustras et de s'enfuir, répandaient dans l'air immobile des fumets d'aisselles inquiètes.

— Êtes-vous prêt, maître Amberi ? s'enquit enfin Villegagnon.

Le signe d'acquiescement du notaire marqua l'ouverture des travaux.

— Messieurs, commença l'amiral en prenant sa voix de barde, propre à déclencher l'allégresse et la fraternité, nous croyons tous en Notre-Seigneur Jésus-Christ. La lumière et la vérité sont entre nos mains, sur cette terre abandonnée dont nous allons faire le jardin du roi de France.

Dom Gonzagues soupira. Le mot de jardin faisait toujours naître en lui des vers car il aimait évoquer poétiquement la Femme, ses cheveux peignés, son fard, ses prunelles sous les espèces métaphoriques d'allées roidement tracées, de parterres de fleurs et de bassins limpides.

— Mais, cria Villegagnon en tirant le vieux chevalier de sa torpeur poétique, face aux dangers qui nous environnent, nous avons le devoir de rester unis et de ne point troubler l'entendement de ceux qui nous sont confiés par des divergences sans importance.

Ce dernier mot souleva des indignations de toutes parts. Les poitrines se bombèrent, plusieurs exprimèrent des raclements de gorge comme s'ils se préparaient à tirer l'épée.

Villegagnon, si à l'aise qu'il voulût paraître, était circonspect. Lui qui avait accueilli les protestants avec joie, croyant que l'esprit de liberté et de saine controverse soufflerait désormais sur la colonie, avait appris à ses dépens que le débat n'était pas pour eux le bienvenu. Il ne fallait pas accepter de croiser le fer sur des vétilles.

— Nous allons nous en tenir à l'essentiel, dit-il. Le restant en procédera. Aussi formulerai-je la question tout droitement : Notre-Seigneur Jésus-Christ est-il oui ou non présent en personne dans la communion ?

Saisissant une simple feuille qu'il avait préparée, il exposa toutes les conséquences de cette présence pour le salut et l'impossibilité, à ses yeux, de fonder un culte qui ne le reconnaîtrait pas. Sur ce point, bien que placé au centre, il se montrait plus près des catholiques. Dom Gonzagues marqua son assentiment. Richer prit la parole avec solennité.

— Oui, prononça-t-il en ménageant son effet. Le Christ est là, pendant la Cène.

Une détente se marqua sur le visage crispé de Villegagnon. Dom Gonzagues redressa fièrement la barbe.

— Comme l'écrit Calvin, cita Richer en lisant à son tour

un papier, « nos âmes sont repues de la substance de Son corps afin qu'à la vérité nous soyons faits un en Lui ».

— Ah ! mon frère, s'écria Villegagnon en se levant, je vous embrasse.

Mais Richer, devant le péril de cette accolade, riposta promptement.

— Laissez-moi achever ! Le Christ y est, ai-je dit…

Villegagnon s'était rassis et souriait de bonheur.

— … mais il n'y est pas.

Un « oh ! » d'indignation secoua le côté catholique et fit blêmir de dépit l'amiral.

— Il n'y est pas, continua Richer en levant la main pour qu'on le laisse poursuivre, parce que Calvin l'écrit : « Il n'y a ici que du pain et du vin. Et ce ne sont pas des choses pour certifier le salut de nos âmes ; ce sont viandes caduques, comme dit saint Paul, lesquelles sont pour le ventre. »

— Corps-saint-jacques ! hurla l'amiral : il faut vous décider. Il y est ou il n'y est pas. Il ne dépend pas de vous de l'en ôter ou de l'y mettre.

— Si, justement. Le Christ est là, parce que nous l'y mettons, expliqua Richer.

Des clameurs montèrent du banc catholique.

— C'est la foi du croyant, continua le pasteur sans se troubler, qui le fait venir en esprit, dans sa nature divine. Mais quant à lui, il est à la droite du Père, aussi éloigné du pain et du vin que le ciel l'est de la terre.

— Ainsi, cria Villegagnon pour couvrir le tumulte du côté de dom Gonzagues, l'homme est abandonné, l'homme créé par Dieu à son image, l'homme qui reflète Sa perfection…

— Cessez ! glapit du Pont qui, jusque-là était resté en retrait. Oui, cessez vos billevesées, amiral, sur la bonté de l'homme. L'homme n'est pas bon. Il est perdu, damné, enchaîné à son destin de vouloir le mal et de l'accomplir.

— Et son corps souillé, renchérit le pasteur les yeux pleins de dégoût, sa chair misérable n'auront aucune part, heureusement, à la Résurrection du dernier jour.

Un grand silence se fit, dont Villegagnon fut la cause. Jusqu'ici, il défendait les thèses catholiques avec sincérité mais modération, cherchant la voie moyenne et l'apaisement. Or soudain, dans ce qu'il venait d'entendre, c'est la foi de l'humaniste, sa conviction la plus intime qui était touchée au cœur. Le coup était autrement grave. Il se redressa d'un bloc et avec une telle force que les murmures cessèrent dans l'instant.

Il regarda tour à tour du Pont et Richer avec une indicible haine. De tous les péchés qui se pussent commettre, ils avaient succombé au seul qu'il ne pouvait leur pardonner : celui de ne pas aimer leurs semblables. S'il voulait, lui, Villegagnon, défendre l'idée que l'homme serait sauvé, c'est parce qu'il était pénétré de sa beauté, de sa grandeur et d'une perfection qui fait toujours de lui le miroir de Dieu, même s'il s'est brisé pendant la chute. Eux se haïssaient eux-mêmes. Il comprenait mieux comment cette religion de l'amour avait pu en même temps produire ces monstres d'anabaptistes. Si l'homme est mauvais et qu'il ne peut rien faire pour se sauver, autant en effet qu'il pèche tout son soûl et se repaisse de sa propre horreur.

— Notez ! gronda finalement Villegagnon en pointant le doigt vers maître Amberi. Notez ce qui sépare ces messieurs de nous et qui les en séparera toujours.

Il commença à proposer une formule de désaccord que Richer contesta, jusqu'à rédiger un véritable constat de divorce. La plume du notaire courait en crissant sur le mauvais papier. Dans un silence accablé, chacun calculait les conséquences de cet événement.

C'est au moment de signer que les cris leur parvinrent. Le moindre bruit, dans cette pièce sans mur, entrait librement. Cette fois, les cris ne venaient pas d'un oiseau et ils étaient proches. Quand ils s'accrurent encore, on reconnut la voix d'une femme. Just, sur un signe de l'amiral, ouvrit l'une des portes. Une caméristе, les cheveux défaits, sa robe noire déchirée qui pendait sur un sein, les yeux hagards, entra en hurlant dans la salle du conclave.

— Eh bien, Solange, qu'y a-t-il ? s'écria Richer.

— Mademoiselle Aude ! Mademoiselle Aude ! hurlait la duègne.

— Allons, allons, parlez.

Alors, à demi pâmée, une main sur la tête du notaire, la pauvre femme lâcha avant de s'évanouir :

— Les cannibales l'ont mangée.

CHAPITRE 7

Deux ans de folie, mais il n'était pas écrit qu'il renoncerait : Mgr Joachim Coimbra avait fait de la reconquête du Brésil une affaire personnelle. Il était le héraut de ce parti, hélas minoritaire, qui voulait que le Portugal ne restât pas aux Amériques dans le seul but d'en rapporter de l'or ou d'y extraire du sucre. Il y voyait le terrain d'une vaste expansion de la foi, d'une nouvelle croisade. Et si dom Joaquim avait une chance, un jour, de porter la tiare, ce serait en menant à bien ce projet qui avait le double avantage d'affaiblir les Français et de servir la chrétienté.

Mais en ces deux années, depuis que Cadorim l'avait mis au fait de l'expédition française, tant d'obstacles s'étaient dressés sur sa route que le prélat avait cru d'abord la partie perdue.

Courant à Lisbonne comme il l'avait dit au Vénitien, mais courant au rythme de son attelage trop lent, il était arrivé après l'abdication de Charles Quint. La première chose qu'il apprit en abordant le Tage fut la trêve signée entre la France et l'Espagne. Le souverain portugais, comme il le craignait, n'avait rien voulu décider aux Amériques qui pût troubler cette concorde européenne. La France, en paix et libérée de son ennemi principal, lui aurait fait payer fort cher.

Coimbra était retourné à Venise maupiteux. Ce fut heureusement pour voir que la paix ne durerait pas. Les affaires italiennes restaient ce qu'elles étaient : une poudrière, et le prélat, l'air bonasse, y jouait assidûment du silex.

On ne s'attend jamais au pire sans connaître tôt ou tard des satisfactions. Elles étaient venues dans cet été béni de 1556, quand parvinrent à l'évêque deux nouvelles. L'une était publique : c'était l'arrivée de François de Guise en Italie, à la tête de treize mille hommes. L'ambition de ce grand capitaine, brûlant du désir de se faire couronner roi de Naples et de mettre son frère sur le trône de Pierre, rompait la trêve européenne. La conséquence, à bref délai, serait la reprise de la guerre entre la France et l'Espagne. Un bon point, qui libérerait les Portugais de tout scrupule aux Amériques !

L'autre nouvelle, plus secrète, il la devait à Cadorim. Le Vénitien, bien contre son gré, avait été remis sur les routes. C'est vers la France, encore, qu'on l'avait fait partir. Il était à Paris, où il espionnait la cour. Coimbra s'était montré avec lui si généreux qu'il continuait de temps en temps à lui envoyer des dépêches. La dernière contenait un renseignement d'importance : le prochain départ de ministres calvinistes pour Rio, avec la bénédiction, si ce mot peut être utilisé pour des hérétiques, du roi de France.

Nanti de ces précieuses nouvelles, Coimbra s'était renfermé dans son carrosse. En brisant trois essieux, un timon et ses nerfs, il était arrivé à Lisbonne dispos malgré tout et sachant ce qu'il devait faire.

Préparant l'offensive avec le confesseur du roi et son entourage jésuite, l'évêque était revenu à la charge auprès du souverain. Il ne pouvait, cette fois, mieux tomber. En ce début de 1557, la rupture entre la France et l'Espagne était consommée. On se battait en Flandre. La voie était libre.

De surcroît pour Joao III, qui était fort dévot, l'entrée de huguenots en son Brésil était, entre toutes, une chose insupportable. Que des Normands y péchassent, passait encore. Mais qu'on présentât aux cannibales une religion qui dénaturait la vérité ne se pouvait ni accepter ni justifier.

Le roi nomma un nouveau gouverneur pour le Brésil, à charge pour lui de partir au plus tôt pour Salvador de Bahia. Sa première mission serait de mettre un terme à l'absurde passivité des colons portugais qui ne pensaient qu'à leurs moulins à sucre. De pauvres jésuites luttaient dans les jungles pour répandre la foi : il était temps de leur porter secours car c'est en eux que résidait la vraie mission du Portugal. Quant à Rio, c'était fort simple : il fallait la conquérir et en extraire toutes les graines diaboliques qui s'y étaient récemment répandues. Les jours de Villegagnon et de ses damnés Français étaient comptés.

Dom Coimbra pouvait rentrer à Venise satisfait. Toutefois, avant de confier de nouveau ses vertèbres à la torture des mauvais chemins, il tenait à avoir un entretien avec le nouveau gouverneur du Brésil. L'homme de guerre, sitôt arrivé à Lisbonne de sa province, se rendit à l'invitation du prélat.

La rencontre eut lieu près de l'église San Francisco, dans un petit cloître paisible aux murs couverts d'azulejos jusqu'à hauteur d'homme. Mem de Sà, le gouverneur désigné, fit une entrée rien de moins que magistrale. C'était un petit homme bancal, si frêle que sa cuirasse, qu'il ne quittait pas, suppléait la faiblesse de son squelette et le gardait de se répandre mollement au sol comme une plante sans tuteur. Mais pour démentir cette débilité corporelle, il tenait dressée une tête énorme, gonflée d'yeux globuleux, de lippes et de tarin. Des cheveux noirs, drus et bouclés comme l'astrakan, desquels dépendaient plusieurs petits archipels aussi vigoureux, sourcils et moustaches, apportaient leur surcroît d'ardeur à cette face outrée d'appétit, de violence et de cruauté.

L'évêque Coimbra accueillit son visiteur avec un double mouvement d'horreur et de contentement : on ne pouvait rêver plus bel ange exterminateur à envoyer aux huguenots.

— Ah ! s'écria-t-il, renonçant avec prudence à tendre son anneau vers la mâchoire d'un tel dogue, comme je suis heureux de vous voir, monsieur le gouverneur !

Un grognement tint lieu de réponse courtoise à Mem de Sà. Et comme un peu de salive, au même instant, lui avait coulé sur la lèvre, il l'ôta d'un revers de main. Coimbra était enchanté de faire un tel cadeau aux Français.

L'évêque fit asseoir son hôte sur un fauteuil de cuir et commença de l'entretenir du Brésil. Il lui retraça toute l'affaire de Rio : les premiers soupçons portugais quand des bruits venus de Paris avaient semblé indiquer une tentative de colonisation rivale ; les renseignements obtenus à Venise ; le départ des réformés. Dom Joaquim nota avec satisfaction qu'à ce mot, Mem de Sà perdait son immobilité et laissait apercevoir des mouvements de nez et d'oreilles qui voulaient dire traque et gibier. Puis avec patience, très simplement, comme on fait répéter quelques mots à un étranger, Coimbra tenta d'obtenir du gouverneur des indications sur ce qu'il allait faire. Mais l'homme de guerre ne semblait pas entendre les points d'interrogation que l'évêque plantait pourtant bien nettement devant et derrière ses phrases. Un certain malaise, une âcre fumée, envahissait la conversation et fit tousser le prélat. Enfin, quand il fit silence à son tour, gagné par un découragement teinté de panique, Mem de Sà ouvrit la bouche, découvrant de fortes dents, roses comme le corail, et dit :

— Il faut faire la guerre, à Rio.

Sa voix avait la gravité ligneuse d'une armoire ventriloque.

Ainsi donc, il parlait. Il parlait et il pensait. De plus, il pensait bien. L'évêque regagna sur-le-champ des couleurs. Justifié par cette réponse, qui montrait qu'il n'avait pas prêché en vain, il entreprit, suavement, avec humour, loquacité et joie sincère, de faire au gouverneur mille commentaires sur le Brésil, les jésuites, les cannibales, la perfidie française, l'aide des Vénitiens, l'insupportable état des routes, la douceur du vin de Douro, le roi, la cour, lui-même. Et parvenu à ce sujet cher entre tous, il soupira et, enfin, se tut.

Le bourdon du clocher sonna les deux coups d'un office, qui résonnèrent dans le silence du cloître.

— Il faut faire la guerre, à Rio, répéta Mem de Sà, dans la même octave que la cloche.

— Oui, fit dom Joaquim en baissant la tête.

Il est des forces auxquelles on doit savoir se soumettre.

Et pour montrer qu'il entendait digérer ces nourrissantes paroles jusqu'à leur dernier suc, il croisa les mains sur le ventre et se tut un long moment.

Mem de Sà attendait toujours patiemment. Par instants, ses lourdes paupières balayaient de leurs cils roides le globe dépoli de ses yeux. Coimbra se dit qu'il avait peu de temps pour aller à l'essentiel et, foin de préliminaires, il s'y dirigea.

— Monsieur le gouverneur, dit-il en détachant les mots. Vous ne disposez que de peu de forces, à Salvador de Bahia. À ce que je sais, le roi n'a pas donné l'ordre de vous adjoindre de nouvelles troupes. Puisque, comme vous le dites si justement et avec tant de clairvoyance, il faut une guerre à Rio…

— Oui, coupa Mem de Sà.

— … en effet, reprit Coimbra en sortant un mouchoir

pour s'éponger le front, eh bien, permettez-moi de vous confier un arrangement, que je dois à notre agent vénitien.

Des hirondelles, avec leur queue fourchue, voletaient très haut dans le ciel pâle. Mem de Sà leva les yeux vers elles et renifla.

— Un arrangement important, précisa Coimbra un ton plus haut car il ne pouvait dissimuler son humeur. Puis-je vous le confier ?

Mais sachant le peu de cas que son interlocuteur faisait des questions, il n'attendit aucune réponse.

— Voici, continua-t-il en se penchant. Vous aurez un homme, chez les Français.

Il rendit compte avec les termes les plus simples possibles de l'existence de Vittorio.

— Le mot de passe pour le trouver, dit-il, est « Ribère ».

Rien ne bougea dans le visage du gouverneur.

— Ri-bère, répéta Coimbra qui suait maintenant à rigoles.

Aucune réaction ne vint. Il reprit son explication. Avisant le verre de porto qui lui avait été servi, Mem de Sà y porta sa main osseuse et en but avidement un grand trait.

— Ribère, termina Coimbra avec un semblant de sourire qui cachait mal son désespoir.

L'heure s'égrena à un autre clocher, plus lointain, aux notes aiguës. Mem de Sà tendit l'oreille et parut compter les coups. Au dernier il se leva, fit redescendre un peu sa cuirasse en se trémoussant et tira sur ses manches.

L'évêque l'accompagna avec empressement jusqu'à la petite porte par laquelle il était arrivé. À cet endroit, Mem de Sà marqua un temps, regarda le prélat et dit d'une voix soudain plus claire :

— Il faut faire la guerre, à Rio.

Puis il se raidit et ajouta comme un cri de guerre.

— Ribère !

Et aussitôt, il disparut par la poterne.

CHAPITRE 8

Allongée sur son lit, Aude, recouverte d'une courtepointe de drap, reçut en gémissant la bousculade des visiteurs alarmés. Son oncle et du Pont venaient en premier mais Villegagnon et Just s'étaient précipités à leur suite. On entendait bourdonner alentour de la cabane un attroupement indigné où se mêlaient les sectateurs des deux partis.

Aude geignait et ce préalable de souffrance bien visible était le tribut à payer aux erreurs de vocabulaire de cette stupide Solange. La camériste, qui accompagnait les visiteurs, tout en s'efforçant de reconstituer sa pudeur derrière ses lambeaux de robe, allongeait le nez.

Il était manifeste qu'elle s'était mal exprimée. Les cannibales n'avaient point, au sens propre, mangé Mlle Aude. Dans les regards étonnés et presque déçus, celle-ci lisait qu'on l'avait crue bouillie et dépecée quand elle était encore vive et capable de s'expliquer. Richer lui demanda gravement de raconter toute l'affaire.

— C'est trop affreux ! sanglota-t-elle, réinjectant un peu de pathétique dans un tableau que les spectateurs auraient pu trouver rassurant, en comparaison de leurs craintes.

— Allons, mon petit, il le faut pour assurer l'ordre, souffla du Pont, en accueillant la main tremblante d'Aude dans le refuge de ses grosses pattes refermées en conque.

— Voilà, commença-t-elle, en faisant violence à sa sensibilité. C'était il y a moins d'une heure. Comme chaque après-midi, avec Solange, nous sommes allées faire quelques pas vers les arrières du fort, le long des rochers.

Un mouchoir, nerveusement pressé sur ses joues, venait contredire l'évidence : quoiqu'elle gardât les yeux secs, Aude tenait à faire accroire que cette confession se faisait dans les larmes.

— J'aimais cet endroit, rêva-t-elle — et, dans l'emploi de l'imparfait, il fallait comprendre qu'elle n'y pourrait jamais retourner —, la mer y est si belle.

— Et c'est bon pour le teint, intervint Solange.

Tous les regards, y compris celui d'Aude, lui intimèrent de ne point troubler l'enquête par ses niaiseries.

— Aujourd'hui, reprit Aude, nous n'avons d'abord rencontré personne. Je crois que tous les hommes de l'île étaient regroupés dans l'attente des résultats de votre colloque, n'est-ce pas, cher oncle ?

Richer acquiesça et Villegagnon, qui dominait tout le monde d'une tête, eut un toussotement de gêne. Car il était, lui, à l'origine de cette assemblée et craignait qu'elle n'eût été indirectement la cause de l'attentat.

— Tout était paisible, continua Aude, et nous avons profité de ce calme pour pousser un peu plus loin, vers la pointe de l'île que nous goûtons tant, parce qu'on y voit tout l'orbe de la baie et la forêt au loin. C'est alors qu'elles nous ont attaquées.

— Qui donc ?

— Mais les Indiennes, précisa-t-elle.

— Nos esclaves ? fit Villegagnon de qui cette troupe captive relevait.

— Oui, ceux qui aident à construire le fort. Ou plutôt leurs femmes, car, pour les maris, il semble qu'ils se soient tenus à l'écart.

— Et qu'ont-elles fait ? insista Richer.

Aude crut opportun de déclencher un sanglot qu'elle cacha de ses deux mains. Ce navrement affirmé, personne ne s'aviserait de rire de sa description.

— Eh bien, commença-t-elle avec répugnance, elles se sont dépouillées de leur tunique en un instant. Elles étaient couvertes d'horribles peintures rouges et noires qui les rendaient semblables à des démons.

— C'est le cas ! s'indigna Villegagnon.

— Elles se sont mises à battre des mains et à danser autour de nous. Il fallait entendre les cris qu'elles poussaient, en particulier deux, plus vieilles, qui ressemblaient tout à fait à des sorcières.

On percevait dans la pièce les hoquets de larmes poussés par Solange.

— Le cercle s'est resserré. Nous étions muettes de terreur. Vous ne pouvez pas imaginer comme elles étaient affreuses à voir et encore davantage à sentir. L'odeur de l'enfer ne doit pas être fort différente.

— Mais que voulaient-elles ? s'enquit Richer.

— C'est ce que nous ne comprenions pas. Nous ne savions même pas si elles avaient un plan, un chef ou si elles étaient seulement prises d'une folie de primitifs.

— Quand même, intervint Solange, il y avait l'autre…

— J'allais en parler, coupa Aude avec humeur.

— Quelle autre ? demanda Richer.

La jeune fille marqua un silence pour ménager son effet et elle lança un bref regard quelque part dans l'assistance, qui toucha son but.

— Il faut en effet vous donner ce détail horrible, combien que je répugne à l'évoquer. Parmi ces monstres droit sortis de la géhenne en était une, la plus jeune, qui appartenait à notre race civilisée.

— Quoi ! Une Blanche, s'écria Villegagnon, et d'où peut-elle venir ?

— Oh ! amiral, vous la connaissez bien.

Un murmure indigné parcourut en vague la petite pièce et les regards se tournèrent vers Villegagnon.

— Elle était couverte des mêmes peintures que les autres mais quand même on pouvait bien la reconnaître. Elle a ces yeux blancs comme des raves qui lui donnent l'air idiot, quoiqu'elle soit bien loin de l'être, hélas.

Villegagnon, incrédule, se tourna vers Just et vit qu'il était livide.

— Avec cela, précisa Aude aigrement, une gorge bien faite et avec laquelle on s'étonne qu'elle ait pu si longtemps se faire passer pour un garçon.

— Qui est-ce ? dit Richer qui n'avait guère remarqué Colombe.

Aude regardait Just.

— Un de mes pages et que j'aimais, dit fièrement Villegagnon.

Il ne souhaitait pas qu'un autre que lui réponde de ce qui était sa responsabilité. Il s'expliquerait avec Just en temps opportun et sans témoins.

— Travesti ? dit Richer avec dégoût.

— Il faut croire, répondit Villegagnon. Je l'ignorais.

Beaucoup, sur l'île, le savaient et la révélation du sexe de Colombe était pour eux moins étonnante que sa participation à l'attentat.

— Et que faisait cette fille avec les Indiennes ? demanda du Pont.

— Elle les commandait. C'était merveille d'ailleurs de l'entendre parler leur langue. La pauvre fille est devenue tout à fait une sauvagesse.

— Et que leur a-t-elle ordonné de faire ? dit Richer.

— Oh ! mon oncle, ne m'en faites pas trop dire. Ce fut déjà pénible de subir ces danses de damnés où elles m'exposaient leurs intimités de façon bestiale ; je ne souhaite pas me souiller davantage en en faisant la description.

On peut toujours faire fond, en la matière, sur l'imagination. Le conteur habile laisse l'auditeur compléter de telles scènes, en fonction de son âge et de ses désirs. Une brise obscène caressa un instant cette assistance d'hommes frustrés et les tint muets, sur le rebord du plaisir et de l'indignation.

— Et ensuite ? fit Richer en avalant péniblement sa salive.

— Ensuite est venu le complet outrage. La Blanche a donné un ordre et les autres se sont jetées sur nous, ont arraché nos vêtements et se sont précipitées sur nos membres avec leurs dents.

— Elles voulaient vous dévorer crues ?

C'était le point qu'Aude redoutait. Car, à un moment, il fallait bien atténuer le drame et laisser voir quelque chose de la farce. Solange et elle n'avaient sur les bras que des traces de dentures peu profondes et dont certaines avaient déjà disparu. Toute la mise en scène des sauvagesses visait à leur faire concevoir la plus grande peur, à la simple évocation qu'elles étaient des cannibales. Mais force était d'admettre qu'elles n'avaient eu aucune intention de leur faire du mal. De toutes, la seule morsure sérieuse était celle du ridicule.

Avec ses suçons le long de ses bras nus et sur les épaules, Aude inspirait plus de pitié que d'horreur. Le sinistre résumé qu'avait fait d'abord Solange en portant l'alarme était là pour accentuer l'impression générale de soulagement et aussi, hélas, faire naître quelques sourires.

— N'avez-vous pas appelé au secours, s'indigna du Pont. Personne n'a pu vous venir en aide ?

Son sourcil froncé indiquait assez qu'il décelait là l'indice d'une nouvelle négligence, peut-être d'un complot.

— Nous avons crié tant et plus, glapit Solange.

Mais Aude ne préférait pas trop évoquer le moment où, les quatre fers en l'air, elles avaient poussé, sous la mâchoire de leurs consommatrices, des cris de basse-cour qui semblaient authentifier leur caractère comestible.

— Tout n'a duré qu'un instant, dit-elle pour clore ce chapitre. À peine étions-nous à terre qu'elles s'enfuyaient, toujours sous la commande de cette Française retournée aux mœurs sauvages.

Just sentait Villegagnon bouillir à ses côtés.

— Et où sont-elles allées ? gronda-t-il, prêt à s'y rendre sur-le-champ pour administrer les châtiments appropriés.

— Tout était prévu, fit Aude en hochant la tête. Un tronc d'arbre, creux en son milieu, flottait le long des récifs. Elles s'y sont précipitées et ont pris la fuite vers la terre ferme en pagayant.

— Et personne ne les a vues, personne n'a donné l'alarme ! Personne ne leur a tiré dessus ! hurla Villegagnon. Que faisaient donc les sentinelles sur la redoute ?

— C'est qu'au même moment, dit une voix derrière, près de la porte, quelqu'un a lancé des pierres contre les chaloupes.

Le Thoret, en sa qualité de chef des gardes, était intervenu pour justifier ses hommes. L'amiral le foudroya du regard.

— Et alors ?

— Alors, mes soldats ont cru que quelqu'un essayait de voler les barques. Ils se sont précipités par là.

— Et qui avait lancé ces pierres ?

— On a vu des Indiens s'enfuir vers les gabions.

— Je comprends, fit Villegagnon. Une diversion pendant que les autres s'échappaient. Combien de fuyards ?

— Neuf Indiennes, dit Le Thoret, et... elle.

Même maintenant, alors qu'elle était hors de danger, il ne pouvait se résoudre tout à fait à dénoncer Colombe. Il y avait longtemps que le vieux soldat savait à quoi s'en tenir à son sujet mais il avait toujours cherché à la protéger. À deux reprises, il était intervenu auprès de ses hommes pour qu'ils taisent ce qu'ils avaient découvert à son propos. Elle ignorait tout des bienfaits de cet ange gardien silencieux.

Il était trop tard. Les coupables, à cette heure, étaient déjà loin. Dans la chambre, on entendait sangloter Solange. Villegagnon mesura un instant la situation, puis s'avançant vers le lit, dit d'une voix caverneuse et solennelle :

— Je vous présente mes excuses, mademoiselle. Que Dieu vous rétablisse et vous garde.

Tournant brutalement les talons, il sortit dans une double haie de visages grimaçants qu'il se prit à haïr tous, sans exception.

*

Une pluie fine, hors de saison, remplissait la plage d'une buée tiède qui ne mouillait pas le sable en profondeur. En sautant de la pirogue, Colombe et les Indiennes riaient encore de la frayeur qu'elles avaient causée aux deux huguenotes. Nue, enduite d'une mince pellicule de sueur, d'embruns et d'eau de pluie, Colombe était encore tout exaltée par l'action et le danger. Elle se sentait heureuse d'avoir acquis sa liberté non seulement dans le vaste espace du monde mais aussi sur le minuscule endroit où elle lui avait été si longtemps refusée. De plus, elle la partageait et voyait avec plaisir les Indiennes perdre leurs gestes de soumission, retrouver les antiques prudences de la forêt, toucher des troncs vivants, des feuilles, des racines, rentrer dans l'univers palpitant de la jungle.

Quintin les avait précédées la veille en accompagnant l'aiguade et en restant à terre. Il les attendait sur l'étroit promontoire que défendait la seule tribu préservée de la tyrannie de Le Freux jadis et désormais de Martin. C'est elle qui, à la demande de Pay-Lo, acceptait encore de fournir de l'eau pour les besoins de l'île.

Mais s'ils se montraient amicaux avec les Français, ces Tupi restaient des Indiens habités de craintes magiques. Quand ils virent s'avancer les femmes captives, ils saisirent les massues, poussèrent des cris et montrèrent leur intention de les mettre à mort. Colombe craignit un nouveau drame. Elle s'interposa puis se jeta à la tête du chef.

— Ces femmes sont innocentes ! s'écria-t-elle.

— Ce sont des Tabajares, grondait l'Indien qui ne les quittait pas des yeux. Ce sont nos ennemis.

— Épargnez-les, dit Colombe. Regardez bien : ce ne sont plus des Tabajares mais de pauvres esclaves à demi mortes de travail.

Les malheureuses étaient blotties les unes contre les autres. Ce qu'elles redoutaient se produisait. On sentait qu'elles n'en concevaient pas de crainte. Peut-être même étaient-elles soulagées de retrouver l'ordre, fût-il impitoyable, qui était le leur.

— Les Tabajares, s'obstina le chef, nous ont tué plusieurs guerriers. Nous ne pouvons pas pardonner. Ce serait contraire à la règle et les esprits nous en voudraient.

— Ayez pitié, répéta Colombe.

Mais elle sentait bien que ce mot n'avait aucun sens dans les circonstances présentes. Déjà les guerriers approchaient pour se saisir des femmes.

— Un instant ! cria Colombe à qui cette dernière extrémité inspirait encore une idée. Elles ne sont pas à vous.

Le chef la regarda sans comprendre.

— Vous les avez vendues aux Blancs, expliqua-t-elle avec véhémence. Elles sont à nous. Si vous y touchez, c'est un vol.

Les Français s'attachaient à revêtir les Indiens d'une petite panoplie morale ; le respect de la propriété en était à la fois l'élément le plus clairement exposé et le plus éloigné de leurs conceptions. Les Tupi ne conservaient rien par-devers eux que leur voisin ne puisse partager sans leur en demander licence. Ils avaient l'instinct de faire de même avec les Blancs, ce qui provoquait leur indignation. Bien qu'ils n'eussent pas tout à fait saisi les ressorts de cette opinion, les Indiens avaient compris que l'acte appelé « vol » par les étrangers était ce qu'ils tenaient en plus grande horreur. Ils plaignaient secrètement ces malheureux que le dénuement, sans doute, poussait à donner tant de prix aux objets inanimés. Ils en voulaient pour preuve le fait qu'ils vinssent chercher jusqu'aux Amériques des choses aussi naturelles et abondantes que le bois.

À l'évocation d'un vol possible, le chef tupi montra un trouble sincère. Il réfléchit, regarda les prisonnières et se dit que le profit qu'il en tirerait serait maigre. Une saine pratique de l'anthropophagie commandait que seuls les hommes pussent être mangés. Que ferait-il donc de ces femmes ? Plus il détaillait ces malheureuses usées au travail, moins il entrevoyait de manière acceptable de les consommer.

— Je te les laisse, dit-il finalement à Colombe avec dégoût. Mais il ne faut pas qu'elles restent sur notre territoire.

Aussi la troupe des fuyards, munie d'une grande musette de peau pleine de gibier fumé et de farine, prit-elle séance tenante la direction de la forêt.

Le crachin d'été enduisait les feuilles d'un vernis neuf

qui exaltait les couleurs. Des troupes de tamanoirs et de phacochères déambulaient dans l'espoir de rencontrer des souilles. Les Indiennes étaient radieuses. Leurs pieds n'étaient plus habitués aux sols divers et dangereux de la forêt : elles bondissaient d'un pas à l'autre avec une crainte délicieuse et l'apparence de danser. Quintin en tenait deux par la main, avec l'exaltante sûreté de celui qui connaît le chemin du paradis.

Ils dormirent deux fois en route, abrités par des rochers. La pluie cessa au deuxième jour. L'été reprit possession du ciel, comme un adulte qui se remet à une tâche après avoir fait mine un moment de la confier à ses enfants.

Pendant toute l'ascension, Colombe se sentit parfaitement heureuse. Non qu'elle fût fière de son dérisoire attentat. Elle avait simplement prévu de faire un peu peur à Aude et s'était laissée entraîner à son inspiration sur le moment en jouant la comédie cannibale. Mais elle était surtout heureuse d'avoir tombé le masque et affirmé doublement sa liberté : en dévoilant son identité véritable et en montrant que, pour être femme, on n'était pas contrainte de s'enfermer dans ces autres prisons que sont la modestie, la fausse pudeur et les robes à volants. En cet instant, courant parmi les bouquets d'euphorbes et de frangipaniers, son corps aguerri et caressé de peintures rituelles, jeune et tendu comme les feuilles turgescentes de caoutchouc, elle se sentait au carrefour de toutes les forces et de toutes les douceurs, de toutes les fermetés et d'autant de tendresses. Aucun lieu du monde, aucune époque n'aurait pu lui donner cette liberté, cette puissance. Tandis que le bleu pâli d'eau de la baie s'ébauchait au-dessus des arbres, elle sentait son âme prendre la même teinte pastel et sans ombre du bonheur.

Colombe connaissait bien maintenant les chemins de la côte. Elle en prit un plus long mais plus sûr, qui grimpait en lacet au milieu de rochers noirs piqués de yuccas en fleur. Vers les hauteurs, ils atteignirent un bois de pins colonnaires, bien reconnaissable sur son promontoire. Il leur suffit alors de suivre une large vallée couverte d'hibiscus et de cormiers pour parvenir en vue de la maison de Pay-Lo.

Le vieillard était assis sur une manière de trône fait de racines torses liées par du raphia. Deux Indiennes très jeunes peignaient doucement ses longs cheveux et sa barbe. À l'odeur de fleurs et de coquillages qu'il répandait, on comprenait qu'il venait de prendre un bain. Il se servait pour cela d'une immense jarre de terre pleine d'eau tiédie au feu dans laquelle il aimait rester assis plusieurs heures.

Colombe lui raconta toute l'histoire de leur fuite. Quand elle en vint aux femmes tabajares, il réfléchit.

— Je connais leur tribu, elle s'est déplacée et il n'y a guère de chances de l'atteindre sans tomber sur des bandes d'Ouatacas qui sont têtus comme des mules et ne se priveront à aucun prix de les mettre en pièces.

Les femmes s'étaient répandues dans le vaste espace d'arbres et de huttes qui faisait le domaine de Pay-Lo. Les Indiens les avaient accueillies avec bonté, leur donnaient à manger et à boire.

— Mais si elles veulent, dit Pay-Lo, elles peuvent rester ici. Ma famille et tous ceux qui vivent avec nous ne leur feront aucun mal.

Colombe, qui s'était assise à ses pieds, la tête sur ses genoux, resta silencieuse un moment tandis qu'il caressait doucement ses boucles blondes.

— J'ai eu des nouvelles de ton amie, reprit Pay-Lo.

— Paraguaçu ? Elle est vivante ?

— Oui, sa tribu est revenue par ici. Ils ont perdu beaucoup de monde pendant l'épidémie.

Colombe eut, pour la première fois, la pensée qu'elle

avait peut-être apporté sans le savoir aux Indiens la maladie et la mort.

— Je peux aller la voir ? s'enquit-elle.

— Elle a dit qu'elle préférait te rendre visite. Je vais lui faire savoir que tu es ici.

Colombe reposa sa tête. Deux toucans, perchés sur un coffre sculpté venu d'Europe et qui avait maintenant pris racine au milieu des fougères et des bougainvillées, fixaient la scène avec gravité.

La disparition du danger, l'épuisement du long chemin, l'excitation qui avait précédé le départ, tout retombait peu à peu dans la calme tiédeur de cette forêt. L'esprit apaisé de Colombe revint vers l'île. Au dégoût qui l'en avait si puissamment détournée, faisait place une brume de nostalgie d'où émergeait la figure aimée de Just. En préparant sa fuite de l'île, elle n'avait pas mesuré à quel point elle brûlait tous ses vaisseaux, s'interdisait de revenir et donc de le revoir jamais. L'ivresse de la délivrance l'abandonna d'un coup à l'idée que, pour se retrouver libre et tout entière, elle s'était amputée d'une moitié d'elle-même. Et elle se découvrait à présent enchaînée au désir de lui être réunie.

CHAPITRE 9

Depuis la funeste journée qui avait vu la rupture avec les protestants, l'agression contre Aude et le départ de Colombe avec les Indiennes, Villegagnon n'était plus ressorti du gouvernorat. Un laquais lui servait le boire et le manger sans le voir ni lui adresser la parole. Plus personne n'était admis auprès de lui et Just n'y faisait pas exception.

L'île retenait son souffle. Le chantier avançait au ralenti et, pour ainsi dire, rien ne s'y produisait. Un temps de chaleur, après le court intermède de pluie, s'accordait à cette oisiveté en lui donnant le caractère épais et alangui du sommeil. Les hommes dormaient dans les coins d'ombre, rêvaient aussi sur les rochers, les pieds dans l'eau. Ils semblaient attendre quelque mystérieux signal, grondement de terre ou des eaux, qui viendrait leur indiquer ce qu'ils devaient faire et surtout pourquoi ils étaient là. Le fort Coligny, beau, imposant, à bien des égards admirable, se dressait devant eux comme une énigme et semblait moins destiné à les protéger d'improbables ennemis que du soleil.

Au soir, l'île s'animait. On était loin cependant des paillardes réjouissances de l'époque de Le Freux. Son cadavre, qui pendait toujours avec celui de son complice au gibet où Villegagnon les avait fait supplicier, ne mesurait pas seulement le temps écoulé à l'aune de sa putréfaction ;

il était le symbole de jours d'ivresse et d'amoureux oubli. Si bien que nul ne passait sous la redoute ouest devant ces spectres sans se découvrir ni renifler.

Depuis le divorce des partis, les nuits ne bruissaient plus de caresses mais de complots, de conciliabules, parfois de rixes. Les catholiques, encore les plus nombreux, se regroupaient dans le voisinage du gouvernorat, sur le port et jusqu'à l'entrée du fort. Ils aimaient se voir en troupe car ils n'étaient supérieurs aux autres que par le nombre. Pour le reste, rien n'allait. On découvrait pêle-mêle dans cette faction des croyants sincères, bien au fait du dogme et des décrets du pape, nostalgiques de la pompe romaine, de la messe, des sacrements variés, en particulier, pour ces grands pécheurs, de la confession. C'étaient les plus rares. D'autres se battaient pour la Vierge ou un saint patron à qui ils se jugeaient redevables d'avoir survécu. Beaucoup étaient simplement là par hasard ; ils auraient été bien embarrassés d'expliquer leur choix. Ceux-là, quoique les moins fanatiques et justement pour leur tiédeur, étaient regardés comme les plus dangereux. Car c'est vers eux que se dirigeait la propagande adverse. Aussi, pour desserrer l'étau de suspicion qui les étouffait, prenaient-ils le parti de crier haut et fort une haine qu'ils ne ressentaient pas d'abord mais dont la célébration collective avait fini par les emplir.

Plus grave était encore l'absence de chef. Dom Gonzagues tenait ce rôle par défaut. Mais il commençait à faire rire et même à inquiéter : un débat un peu long, une veillée moins animée le précipitaient publiquement dans une rêverie poétique qui tournait au ronflement sonore. Pour achever de désarmer ce parti, qui se voulait pourtant l'expression du bon droit et des trônes, une doctrine lui manquait. On savait qu'un grand concile avait été réuni à Trente par le pape mais ses travaux s'éternisaient et il n'avait pas encore livré aux fidèles de l'Église romaine un message clair sur ce qu'ils devaient croire et faire.

La violence était donc le seul espoir et le ciment de ce parti malotru. L'évocation des tourments et meurtres qu'ils feraient subir aux protestants était plus efficace que les prières pour tenir les esprits en enthousiasme. On s'employait à épier les ennemis, à échafauder des plans pour les occire. Ces occupations rendaient à l'affaire la rassurante simplicité d'une campagne de guerre.

Les protestants, moins nombreux mais tout de même en force compte tenu des conversions, s'étaient regroupés de l'autre côté du fort. Sur cette île de dix arpents, où deux centaines de pas séparaient une côte de l'autre, une ligne invisible, que maître Amberi n'avait pas notée sur son cadastre mais dont il avait rédigé l'acte de naissance à l'issue du colloque sur l'eucharistie, marquait le camp des uns et celui des autres. Chez les protestants, les chefs avaient toute leur force : du Pont au temporel, vaquant sans cesse, donnant des ordres, vérifiant leur exécution et Richer au spirituel, armé de la doctrine de Calvin, ayant chassé le doute sinon le démon et capable d'administrer les sacrements, de conduire la prière.

Cependant ce parti n'avait pas souhaité la rupture, même si son intransigeance l'avait causée. L'extension de son influence était entravée par la crise et, désormais, les huguenots se comptaient. La réclusion de Villegagnon, l'incertitude de la situation provoquèrent chez les protestants de longues méditations et des débats au sommet. Richer était pour une attitude offensive, peut-être à cause de l'humiliation subie par sa nièce. Il était partisan de reprendre les prêches, de tenir des oraisons publiques en appelant les indécis à y participer, d'exiger, de brusquer, de provoquer. Le Jéricho du parti catholique ne tarderait pas à s'effondrer devant ce bruit de trompette. Du Pont, bien que ce ne fût pas sa nature, plaidait pour la prudence. Il fallait se renforcer, mener discrètement à leur terme plusieurs conversions bien engagées avec des modérés qui n'avaient pas encore rejoint de camp défini. Entre-temps, il proposait d'envoyer un des bateaux qui les avaient amenés pour demander des renforts à Genève. Et ils n'attaqueraient qu'après les avoir reçus.

Finalement les deux tendances tombèrent d'accord sur un compromis. Il fut convenu tout d'abord que Chartier, le second pasteur, irait à Genève solliciter l'avis de Calvin sur cette crise et, en même temps, recruterait de nouvelles troupes, aussi aguerries aux armes qu'aux prières, propres à tenir aux catholiques le seul langage qu'ils entendissent, c'est-à-dire la force. Mais pour satisfaire la soif d'action de Richer, on décida aussi que les protestants garderaient pendant ce temps l'initiative sur le terrain où leur supériorité était certaine. Puisqu'ils étaient les seuls à compter des femmes et des pasteurs, nul ne pouvait leur disputer la sainte opération des mariages. Richer fit savoir que dans deux semaines de temps, il procéderait publiquement à deux nouvelles unions.

*

Le plus solitaire, en ces jours de rancune et d'attente, était sans conteste Just. Nul n'avait plus que lui le sentiment d'avoir tout perdu. Villegagnon, après le récit de l'attentat, l'avait pris à part et lui avait demandé sur un ton glacial de confirmer sur son honneur ce qui avait été dit concernant Colombe. Just s'était exécuté, la mort dans l'âme. L'amiral n'avait rien voulu savoir des raisons qui les avaient fait mentir si longtemps et Just n'en avait donc rien dit. Le chevalier de Malte s'était retiré avec sur le visage une expression effrayante, faite à la fois de détachement, d'indignation et de mépris. Just en était resté comme écrasé.

Avec cela, il comprenait que Colombe était partie pour de bon. Leur dernier échange lui apparaissait comme une chance ultime qui lui avait été donnée de la retenir. Il regardait la jungle, tout autour de l'île, avec la première horreur qu'il avait éprouvée le jour où ils avaient débarqué. La même impression de grouillement, de présences invisibles, de vies monstrueuses acharnées à se perpétuer dans leur déréliction et leur absurdité lui étreignait la poitrine et l'oppressait. Il s'y ajoutait maintenant le remords de leur avoir livré l'être auquel il tenait le plus au monde. Le choix de Colombe était une décision désespérée, la manifestation d'une déception, et il se voyait la cause exclusive de ce malheur.

Ni le parti catholique, avec les simagrées de dom Gonzagues, ni le parti protestant, qu'il sentait hostile, ne pouvaient lui servir de refuge. Just errait à journées longues sur les remparts, dans la seule compagnie de son chantier abandonné. Cette œuvre humaine privée de sens par les querelles des hommes était un précipité de sa mélancolie. Comme telle, il la chérissait. À certaines heures, quand le soleil était bien haut et que le pain de sucre, toutes les forêts de la côte révélaient leur entrelacs meurtrier, leur désordre, Just sentait la fierté d'appartenir à la seule espèce capable d'ordonner la nature à son idée, de faire exister en pierre et en bois l'image rectiligne, pure, équilibrée de la perfection. Toutes les leçons de l'amiral — qu'elles concernassent Platon ou les fortifications militaires — lui apparaissaient comme le propre de l'homme sur cette terre. Mais à d'autres instants, le soir surtout, quand une grande visière rabattait son obscurité sur le bleu des eaux, Just était envahi de dégoût. Il contemplait tristement l'ombre violette des murailles et le contraste de lumière qui faisait paraître, avant la nuit complète, le relief imparfait de leurs parois, les coups de ciseau sur la pierre, les défauts d'alignement et de taille. De quoi étaient-ils capables, lui et ses semblables, sinon d'édifier des murs, de séparer, de diviser, de contraindre ? En arrivant, ils avaient entrepris le fort puis, pour empêcher les défections, ils avaient entouré l'île de gabions et de sentinelles ; maintenant, les murs servaient de frontière à deux factions. Demain peut-être, c'est pour les conquérir qu'elles se battraient.

Il arpentait la courtine toute la nuit, écoutait les cris, les souffles, conduits de la terre ferme par le vent moite. Était-ce Colombe qui l'appelait ? Quand montait la lune, le fort inachevé prenait des allures de ruines. Il pensait au donjon de Clamorgan, à son lierre, à ses douves vides. Et s'il finissait par s'endormir, blotti contre le parapet, c'était pour échapper à ses mauvais rêves.

Un après-midi, comme il faisait les cent pas, toujours seul, sur le chemin de ronde du côté nord, il entendit des voix claires en contrebas. L'oisiveté plus que la curiosité le fit se pencher. Sur le chemin qui bordait la mer, le sentier des solitudes où il était si souvent allé avec Colombe, marchaient deux femmes. Le temps qu'il reconnaisse Aude et sa gouvernante, il était trop tard, elles l'avaient vu.

Depuis l'affaire de l'attentat, Just n'avait plus rendu visite à la jeune protestante. Faute de pouvoir analyser ses sentiments à son égard, il s'était employé à la chasser de son esprit. Il lui en voulait d'avoir été l'instrument du départ de Colombe et peut-être même son motif. Il ne se souvenait pas sans colère et sans honte de leur conversation après la cérémonie. Mais ce qui le retenait le plus de la revoir, c'était sans conteste le simple commentaire de Colombe quand elle lui avait dit « tu l'aimes ». Il rejetait d'autant plus violemment cette idée qu'il n'était pas tout à fait assuré qu'elle fût sans fondement.

Aude sursauta en apercevant la couronne de cheveux noirs de Just au-dessus des créneaux. Elle serra le bras de Solange et toutes deux s'arrêtèrent. C'est alors que Just remarqua, dix pas derrière les promeneuses, les silhouettes de deux soldats passés aux huguenots et qui leur servaient de gardes du corps. Aude fit mine un instant de parler mais les deux enseignes allaient bientôt les rejoindre ; elle se contenta d'un long regard jeté à Just comme un reproche, une question et une promesse. Puis elle reprit sa promenade d'un pas assuré.

Just pensa le soir à cette rencontre et il s'en voulut d'en être troublé. Après le dîner, qu'il prenait seul derrière le gouvernorat, il était parvenu à chasser Aude de ses pensées et s'en réjouissait. La mélancolie, au moins, n'exige pas de décision. Elle berce et fait de celui dont elle s'empare un nourrisson voluptueusement pendu à son sein. Mais il était écrit, décidément, que cette consolation ne lui serait pas permise. En arrivant — pour y dormir — sur le chantier dont il avait fait son domaine, il trouva l'un des soldats commis à la garde d'Aude qui l'attendait dans l'obscurité, assis sur un bloc équarri.

Le rempart était comme la ligne avancée des deux camps. On y voyait peu de promeneurs mais il était acquis que les sectateurs de l'une et l'autre religion pouvaient s'y déplacer librement. Le soldat ne marquait donc pas d'inquiétude.

— J'ai un message, dit-il à Just.

C'était un soudard de Savoie assez simple et souriant ; il aimait bien tout le monde, sauf Villegagnon qui l'avait rudoyé, et du Pont avait su exploiter habilement ce ressentiment.

— Le pasteur Richer veut s'entretenir avec toi. C'est important, à ce qu'il paraît. Veux-tu me suivre ?

Tout comme au temps de Le Freux, cet appel de l'ennemi présentait autant de séductions que de dangers. Mais désormais, Just n'était plus dans la position de vouloir sauver qui que ce fût. C'est plus par indifférence que par conviction qu'il accepta.

En entrant dans le réduit protestant à la suite du soldat, Just mesura pour la première fois la profondeur de la défiance qui opposait maintenant les communautés. De paisibles personnages, dispersés le long du chemin et qui faisaient mine de rêver ou de dormir, étaient en fait placés en vedette pour donner l'alerte en cas d'incursion ennemie. Un soldat leur lança un mot de passe et c'est à ce prix qu'ils continuèrent leur chemin en paix. Derrière la redoute est, le camp huguenot s'était organisé. Les hommes étaient rassemblés autour des feux de popote, arme au côté, comme des troupes dans un cantonnement de champ de bataille. De mauvais regards suivirent la silhouette de Just car tous connaissaient le bras droit de Villegagnon.

Profitant de l'arrêt du chantier, du Pont avait fait travailler les terrassiers pour son compte. Ils avaient édifié des cabanes en dur et même construit une grande salle qui devait servir pour l'assemblée des chefs. Just nota avec indignation que plusieurs blocs de pierre taillés, destinés à achever le fort, avaient été transportés là et placés dans l'appareil hâtivement édifié de ce contre-gouvernorat. Au grand étonnement de Just, le soldat, parvenu en face de ce bâtiment, le contourna et, prolongeant un peu son chemin, parvint à une petite construction toute neuve, adossée à la muraille du fort et couverte de palmes fraîchement coupées. Une terrasse avait été aplanie entre l'ouverture de cette loge et la mer. Une table et deux bancs y étaient disposés. Éclairée par un quinquet posé sur le plateau, Aude l'attendait là, seule. Elle lui fit signe de s'asseoir en face d'elle et le soldat disparut dans l'obscurité.

Just prit place et regarda un instant autour de lui. La mer était toute proche. On entendait son clapot sur les rochers, à quelques coudées. Du côté de la muraille, la cabane neuve était éclairée et ouverte : on voyait qu'elle était vide. Vers la redoute, la masse des huguenots serrés autour des feux laissait monter un murmure continu de prêches ou de prières. L'endroit était habilement choisi pour une rencontre de cette nature. Il préservait la pudeur, en se déroulant au vu de tous, lesquels pourraient attester de la modestie des acteurs. Mais il était assez écarté et désert pour que les paroles, si elles restaient basses, fussent libres et entendues d'eux seuls.

— Je suis heureuse que vous soyez venu, commença Aude et, pour couper court à toute protestation, elle ajouta : mon oncle est bien celui qui vous a fait mander. Il jugeait nécessaire aussi que je vous voie.

Just n'était guère à l'aise pour répondre. Il se dit que les circonstances expliquaient sa gêne mais la beauté de ce visage si pur, semé d'éclats de lumière et d'ombres profondes, n'était pas étrangère à la sidération de son âme.

— Je voulais vous dire… reprit Aude.

Puis elle marqua une hésitation, pour le rassurer par l'expression du trouble qu'elle éprouvait elle-même.

— … combien j'ai été désolée de cet incident.

Just se redressa, prêt à son tour à exprimer ses regrets mais elle l'arrêta.

— N'en parlons plus, coupa-t-elle. Ce n'est pas le fait que j'évoquais, mais seulement ses conséquences : ma réclusion forcée, votre silence, les reproches qui, peut-être, vous ont été faits. En un mot, sachez seulement que je vous tiens pour innocent et que je vous garde toute mon… estime.

Ce discours, visiblement préparé, était parsemé d'hésitations comme en ajoutent des comédiens qui connaissent parfaitement leur texte mais veulent faire accroire au public qu'ils l'inventent. Et le dernier mot avait été choisi avec la lenteur d'une main qui palpe des fruits dans un compotier.

— J'en suis honoré, dit finalement Just que ce protocole rassurait. Croyez bien que si j'avais pu empêcher cet outrage…

— Le plus grave n'est pas l'outrage sur nos personnes, coupa Aude. Je vous l'ai dit : il est oublié. Mais cet acte irresponsable a précipité la séparation entre les hommes sur l'île. La chrétienté que nous représentons donne le lamentable spectacle de son divorce.

C'était exactement ce que pensait Just. Il en voulait à Colombe de n'avoir rien vu d'autre que ses sentiments, ses amours et ses haines, sans les soumettre à la contrainte supérieure de l'intérêt général.

— Les frères sont prêts maintenant à se déchirer, dit Aude.

Et par ces mots, dans l'esprit de Just, la séparation d'un frère et d'une sœur, qu'il avait si souvent déplorée ces jours-ci, s'éclipsa devant une rupture plus grave de la fraternité : celle qui faisait tenir ensemble la fragile communauté de tous les hommes. Avec sa robe boutonnée, son col de dentelle strict mais d'une finesse délicate, sa pose digne et mystérieuse, la jeune protestante rappelait quelque peu l'ordonnance rigoureuse du fort, avec son drapé de murailles, son godron de créneaux, sa force élégante. Elle faisait un contrepoids à l'abandon vicieux de ces forêts cannibales et sans loi, au désordre desquelles Colombe avait cédé.

— Voyez-vous, reprit Aude, il n'y a pas tant de personnes qui sachent et sentent ce que nous disons là. Si une chance demeure de rassembler un jour tous les chrétiens de cette île, c'est en renforçant les liens entre les hommes de bonne volonté. Vous en êtes un.

Ainsi placé sur ce registre général, Just se sentait à l'aise pour acquiescer et même surenchérir.

— Oui, dit-il, comme vous avez raison ! Tout n'est pas perdu pourvu qu'on oppose un barrage aux fanatiques. L'amiral lui-même, j'en suis sûr, attend qu'on lui prouve que l'amour entre les hommes est plus fort que les querelles qui les déchirent.

— L'amour, c'est cela, confirma Aude en prenant à son tour une expression d'enthousiasme qui redoubla l'éclat de ses yeux, l'amour… entre les hommes.

Just, à ce dernier mot, se troubla. Puis une soudaine détente les fit rire l'un et l'autre avec embarras.

— Ce qu'il faut, reprit Aude pour ne pas laisser à Just le temps de trop s'interroger sur son émotion, c'est prendre les meilleurs de chaque côté, afin de montrer l'exemple.

Et comme son plan consistait à tirer parti de l'urgence, quitte à l'exagérer, elle marqua une imperceptible hésitation, à la manière de quelqu'un qui se résout à entrer dans les flammes, et elle s'écria :

— Mon oncle est décidé à célébrer des mariages quoi qu'il arrive. Il serait dommage qu'ils ne servent pas à rapprocher ce qui est le plus séparé, c'est-à-dire ces deux groupes de chrétiens qui se déchirent contre les commandements d'amour de Jésus-Christ.

Just n'avait pas tout à fait compris.

— Votre oncle sait-il déjà qui il doit unir ?

— Non, précisa Aude, c'est le point. Il célébrera les mariages tels qu'ils lui seront proposés. Mais faute de lien avec… en face… il devra se résoudre à marier des couples n'appartenant qu'à notre religion. Or cela n'aidera en rien au rapprochement.

— Je comprends, approuva Just et il ajouta, contredisant cette affirmation : que puis-je faire pour aller dans le sens que vous dites ?

— Eh bien, trouvez des garçons de votre groupe pour épouser nos filles. Convainquez l'amiral, ou un autre qui a ce pouvoir, de les autoriser à contracter cette union.

Just se rembrunit. Il n'avait aucun accès à Villegagnon et ne voyait pas dom Gonzagues ni les sanguinaires qui l'entouraient souscrire à autre chose qu'à un enlèvement.

— Je crains de n'avoir aucune chance d'y parvenir.

— Sont-ils perdus de haine à ce point ?

Sans répondre, Just fit une mimique qui opinait.

Aude réserva un silence, qu'elle avait prévu. C'est avec naturel et presque soulagement qu'elle entama sa conclusion, qui était aussi son but.

— En ce cas, prononça-t-elle gravement, c'est à chacun de prendre ses responsabilités. Quand la parole n'est plus licite, il faut faire comme le Christ et prêcher par l'exemple.

La mélodie du psaume 104, chantée tout bas par des hommes, montait du côté des feux.

— Si de chaque côté, dit Aude en regardant Just intensément, s'avance l'être le plus beau, le plus sage, le plus audacieux, le plus chargé de pardon et de paix et que leur volonté, à l'un comme à l'autre, soit d'incarner par leur union la paix, l'ordre, la morale et l'amour…

Sa bouche, en formant ce mot, reprit un instant la forme que Just lui avait vue le premier soir, en la portant hors du bateau, et qui lui avait si fortement évoqué un baiser. Puis elle se troubla et, pour finir, dit en hâte, comme murmurant :

— … il me semble que l'île serait sauvée.

Silencieux, baignés du souffle de la mer et de voix sourdes, ils se regardèrent un long instant à travers le halo clair de la lampe. De petites phalènes tournaient autour de la flamme comme d'impatientes âmes d'enfants dansant en farandole dans leurs limbes.

Tout était dit et ce qui ne l'était pas ne devait pas l'être. Aude se leva et, faisant mine de ne plus contenir la forte émotion qui l'habitait, lança un bref adieu et partit d'un pas rapide vers la grande salle où devait se tenir son oncle. Just, tout embarrassé qu'il fût de lui-même, eut le temps de contempler sa taille étroite, le mol drapé de sa robe ample, le délicat affleurement de chair de ses poignets sous les manchettes de dentelle. Blasé qu'il était des grossières et sauvages nudités qui lui faisaient autant horreur que les jungles, il sentit un violent émoi à la vue de cette femme parée. Le génie de la civilisation était tout entier dans cette habileté à épanouir le sexe en le cachant, à révéler en dissimulant, à émouvoir jusqu'à l'âme par la modestie et l'artifice.

Quand le soldat le raccompagna du côté catholique, Just eut la terrible impression de rejoindre un exil.

CHAPITRE 10

Chartier était parti pour l'Europe début juin, profitant des vents favorables. Le bateau qui le portait était le plus petit de la flottille. Les catholiques, trop contents de voir s'affaiblir si peu que ce fût le camp adverse, avaient accepté de le pourvoir d'eau et de vivres. En chantant des psaumes, les protestants accompagnèrent l'esquif des yeux jusqu'à l'horizon déjà chargé de nuages. Tous leurs espoirs étaient désormais en Calvin, auprès duquel le pasteur devait se rendre dès son arrivée. Les pluies n'allaient plus tarder, avec leur cortège de boue, de frissons et de miasmes. Richer, pour délivrer ses troupes du découragement qui les menaçait, insista pour reprendre sans tarder l'initiative. La date des mariages fut hâtée et huit jours suffirent pour organiser la cérémonie.

À l'évidence, le but de cette célébration n'était pas seulement l'union des deux jeunes filles restantes et des deux artisans qui leur avaient été choisis par du Pont. Quoique celles qui les avaient précédées fussent déjà grosses et promissent ainsi d'accroître le parti protestant, il était clair que ce moyen ne pouvait être employé à court terme pour faire masse contre l'adversaire. La véritable valeur des mariages était l'exemple. Il ne s'agissait plus, comme d'abord, de détourner les colons du vice car le conflit religieux avait au moins eu le mérite de les en distraire. L'ambition des chefs huguenots était de montrer à tous et donc surtout aux autres qu'ils demeuraient seuls dans la pleine capacité de convoquer Dieu et d'assurer le salut. En conséquence, il importait que la cérémonie ne fût pas cantonnée au réduit protestant mais qu'elle hissât l'étendard de la vraie foi à la vue de tous. Le seul lieu capable de lui donner cet écho était le fort. Témoin neutre, dominant de sa masse les deux territoires adverses, la hauteur de la forteresse ferait un autel convenable, au plus près du ciel.

Deux jours avant la cérémonie, un garde plus audacieux que les autres et qui ne se savait pas d'ennemis chez les ennemis, fut commis par du Pont à porter au gouvernorat la nouvelle de la célébration. Il y remit une lettre à un Écossais et revint en racontant qu'on lui avait fait bon accueil mais que Villegagnon, à ce qu'il avait compris, demeurait toujours reclus.

Du Pont ne savait trop comment interpréter cette disparition. Certes, elle confirmait l'absence de chef dans le parti adverse et il fallait s'en réjouir. Mais ce silence pesait d'autre part trop lourd pour ne pas être gros de mystères, comme les papistes aiment en concevoir. Et pour les persécutés, les mystères ont toujours un arrière-goût de traquenard.

Quoi qu'il en fût, il était trop tard pour reculer. On ne pouvait même pas en tirer des conclusions militaires et déployer sur le front des hommes en armes. Une convention tacite entre les deux partis voulait que nul ne cherchât à embusquer des soldats dans le fort, sous peine de déclencher les hostilités. C'est donc en troupe débonnaire, le pasteur devant avec du Pont tête nue, les promis suivant puis, derrière, tout ce que le camp protestant comptait de civils, que s'avança de grand matin la procession. Richer eut la satisfaction de voir, en arrivant sur le toit du fort, que du côté catholique une cohue de curieux s'assemblait paisiblement. Plusieurs, quand il parut, mirent le chapeau à la main et se signèrent, ce qui était de bon augure. Les esclaves indiens au grand complet, toujours en mal de distractions, avaient pris place parmi les badauds.

Livrés à leur propre volonté, les huguenots donnèrent à la cérémonie le caractère bon enfant et simple, quoique grave et recueilli, qui était pour eux la manière convenable de s'adresser à un Dieu et non à une idole. Les mariés se disposèrent autour du pasteur et tout le monde fut frappé de leur bonne et naturelle figure, tout au moins en comparaison de ceux qui les avaient précédés dans cet emploi.

Aude était placée au premier rang de l'assistance, assise avec naturel et, comme sous l'effet du hasard, du côté où elle pouvait embrasser du regard le port, le gouvernorat et tout le camp des catholiques. Ses yeux suivaient avec recueillement et tendresse le déploiement de la petite foule autour du célébrant et elle ne paraissait pas voir avec quelle avidité elle était, de toutes parts, dévisagée. En effet, il ne restait plus qu'elle, désormais, à unir. Après, il faudrait convoquer en renfort la troupe de réserve des gouvernantes, ce qui soulevait moins d'enthousiasme. Mais Aude, impavide et pudique, ignorait superbement la concupiscence dont elle était l'objet. Son regard flottait souvent dans le lointain et l'on eût été bien en peine de deviner la précision de ce qu'elle y cherchait et se désespérait de ne point voir.

La cérémonie était déjà bien entamée quand elle eut enfin la satisfaction de voir paraître Just. Il était resté longtemps, dissimulé par la redoute sud, à regarder la côte. On aurait dit qu'il attendait quelque mystérieux signe venu des jungles, un cri qui ne fût pas de singe ou de héron. Mais rien, bien sûr, ne lui était apparu pour faire contrepoids à sa décision. Depuis son entretien nocturne avec Aude, il n'avait pu penser à rien d'autre. Bénéfice de cette fascination, la mélancolie l'avait quitté, ainsi que le désespoir. L'énergie de la jeune fille et ce qu'il ne parvenait pas à appeler son désir l'avaient empli d'une espérance nouvelle. Une issue lui était montrée. À l'affreuse division des hommes, qui minait leur œuvre, ils pouvaient opposer la grâce de leur union. Mais n'avait-il pas d'autres raisons de le vouloir ? En un mot, qu'éprouvait-il pour elle ? Il était résolu à ne pas se poser ces questions, en mettant en avant les motifs généraux et généreux de sa décision. Pourtant, il sentait que, sous ces arguments de raison, s'agitaient des sentiments moins clairs et peut-être contradictoires. La jeune fille en elle-même ne laissait pas à la fois de l'attirer et de le remplir de crainte. Bien sûr, elle était la première femme civilisée qu'il lui avait été donné de rencontrer depuis qu'il était adulte. Tout en elle était beau, juste et bon, reflet de cette idée parfaite de l'Homme que Dieu, comme le disait Villegagnon, a déposée en la femme, pour en faire, malgré ses vices, l'instrument de sa rédemption. Mais, comme la surface vernie de la forêt, toute de moutonnements verts, de purs panaches de sycomores, d'ombrelles de bois Brésil, dissimule au-dedans des odeurs de mort et des combats sans amour, l'allure douce et humble d'Aude laissait sinon percevoir du moins deviner des fonds plus troubles, une moindre patience et peut-être, tout simplement, la violence.

Cependant, dans cette île abandonnée au bout du monde, au bord de la guerre fratricide, Just n'en était plus à chercher le paisible bonheur mais la force d'un idéal, l'élan d'une action. Il n'avait pas à faire un choix de bourgeois, comptable de son aisance et désireux de la répandre harmonieusement dans sa famille. Qu'il y eût en Aude une effrayante énergie n'était pas, au fond, pour lui déplaire. À vrai dire, dès le soir de leur conversation, il s'était déjà engagé face à lui-même. Il l'épouserait. Seule la pensée de Colombe, la certitude d'accomplir ainsi l'acte qui rendrait sa perte définitive, le remplissait de douleur. Mais aucun signe n'était venu, qui l'eût empêché de le commettre.

Par un début de courtoisie que lui avait appris sa sœur, laquelle, cependant, ne la pratiquait guère, Just alla se débarbouiller et ordonna ses cheveux avec une étrille. Il changea sa chemise pour une autre, qui faisait toute sa garde-robe. Celle-ci n'avait pas de col et il pensa malgré lui qu'il avait dégagé sa nuque, comme le condamné à mort. C'est alors qu'il parut aux yeux dévots qu'Aude feignait de promener sur l'horizon.

L'intention de Just était simple. Concevoir ce qu'il avait à faire était un bon moyen de se calmer. Il en avait calculé les moindres détails, jusqu'au nombre de pas pour aller d'un point à un autre. Il prendrait d'abord sa place dans l'assistance, suivrait la cérémonie puis, au dernier instant, avant que le pasteur ne disperse l'attroupement, s'avancerait et lui demanderait solennellement la main de sa nièce. S'il l'obtenait, il ferait alors, de son poste élevé, une harangue aux deux camps dont il espérait la paix. Il remerciait en lui-même Villegagnon de l'avoir pourvu de références cultivées ; en allant d'une citation à une autre, comme le voyageur chemine d'auberge en auberge, il aurait moins de chances de se perdre, ou d'être attaqué en route.

Just entra silencieusement dans le fort, gravit l'escalier qui montait aux remparts et prit place dans la cérémonie. Le cœur lui battait. Il évitait de regarder Aude. Cette précaution était inutile, mais il l'ignorait encore. Car il était écrit que le danger, ce jour-là, ne viendrait ni des âmes ni des regards et qu'il surgirait au moment où on ne l'attendait pas, sous une forme imprévue.

Le célébrant avait entrepris de réciter des textes tirés de

la Parole de Dieu. Tout allait son train de cérémonie, c'est-à-dire qu'un doux assoupissement commençait de saisir l'assistance, volupté qui dispose à accueillir le sacré et à laisser parler son âme.

Les gros nuages immobiles à l'horizon, en robe violette et chapeau blanc, faisaient comme une seconde assemblée, plus vaste que la première et qui l'entourait de sa muette bienveillance. Agités par les orages à venir, des bandes de perroquets volaient en boitant d'une cime à l'autre. Un gros papillon rouge et bleu, qu'un reste d'enfance dans les âmes fit regarder comme un ange, voleta longuement autour du pasteur. Deux des mariés, qui se contenaient mal, en profitèrent pour pouffer.

Richer lut la parabole de Lazare en lançant des coups d'œil vers le parti adverse. Tout le monde comprit qui était ce mort que Jésus pouvait ressusciter. Plus d'un se dit en effet que l'absence de prêtre semait chez les catholiques une véritable mort spirituelle. Une nostalgie de la concorde et de la communion s'emparait doucement des cœurs. Le pasteur la sentait et redoublait d'inspiration pour l'entretenir.

Le bruit soudain qui vint du gouvernorat produisit dans cette paix un véritable choc. Ce furent d'abord des éclats de voix, des bruits de ferraille, de portes. Puis on vit se former un petit groupe sur l'esplanade qui, bientôt, s'avança vers le fort.

On distinguait surtout dans cette escouade la haute silhouette des Écossais. En grande tenue, bonnet de tartan sur la tête, kilt bouclé, hallebarde brandie, les Calédoniens marchaient d'un pas martial mais rassurant car il évoquait plus la cérémonie que la guerre. Au milieu d'eux, sur le devant, dom Gonzagues trottait, la barbe lissée, en camisole de chevalier de Malte, un masque de colère sur le visage, où se lisait aussi la grimace de douleur de ses rhumatismes.

Mais quand le groupe parvint au pied des remparts, il s'ouvrit comme une noix et, du dedans, en fait de cerneau, il évacua le grand corps de Villegagnon qui s'engagea majestueusement dans le fort. Quoique le pasteur eût poursuivi ses litanies sans paraître rien remarquer, nul ne l'écoutait plus. Tous les regards étaient tournés vers le débouché de l'escalier d'où l'amiral émergea lentement. Il était effrayant à voir. Ses longues journées de jeûne l'avaient rendu hâve et presque squelettique. Là où une barbe en broussaille semée de fils gris ne recouvrait pas sa peau, elle apparaissait jaune et luisante, tendue sur des flèches d'os qui manquaient la crever. Dans un cyclone de cernes et de rides, l'œil du chevalier, enfoncé comme celui d'un agonisant, jetait des gerbes de braises.

Mais le plus spectaculaire était sa tenue. Quittant l'uniforme de Malte, dans lequel tous étaient accoutumés à le voir baigner, il s'était glissé dans un costume neuf, confectionné en grand secret par le tailleur les jours précédents. Le pourpoint était cousu dans un siglaton bleu roi qui luisait au soleil, des hauts-de-chausses jaune vif bouffaient sur ses hanches et ses deux jambes amaigries étaient enveloppées au plus juste par des chausses d'estamet vert pomme. Une cape rouge sang et une toque blanche, confectionnée dans une toile de voilure, complétaient le plumage de ce monstrueux perroquet. Mais la longue épée au côté ôtait à quiconque l'envie d'en rire.

Les rangs se fendirent et l'amiral, avec une naturelle majesté, s'installa au premier rang, vis-à-vis de Du Pont. Dom Gonzagues, en traînant la patte, vint se placer à côté de lui. Alors Villegagnon planta ses yeux terrifiants dans ceux du pasteur et attendit. Richer montra son courage en continuant d'officier comme si rien ne s'était passé ou presque mais on voyait sa main trembler en tenant la bible. Le silence était revenu, baratté par un vent moite et les paroles saintes s'y écoulaient comme d'une citerne éventrée. Tout à coup, dominant les mornes intonations du célébrant, s'éleva la voix de Villegagnon. Tous connaissaient assez la puissance de son organe pour comprendre qu'il ne parlait encore que tout bas. On l'entendait pourtant d'une redoute à l'autre.

— Je ne comprends pas, s'étonna-t-il en se penchant imperceptiblement vers dom Gonzagues, où sont les chasubles, les surplis, les ostensoirs ?

Richer, dans son éternel costume noir, se troubla légèrement. Il commençait à entrevoir ce qui allait suivre. On en était au point où il fallait unir les mariés. Il s'avança vers le premier couple, saisit la main droite des deux promis et prononça quelques mots.

— Ah ! s'exclama Villegagnon, Gonzagues, donne-moi le saint chrême, je te prie.

Le vieux capitaine, bien au fait de la mise en scène, tira de sa poche une fiole de terre.

— Voici ! fit l'amiral à l'adresse de Richer. Il est composé selon les règles : une partie de sel, deux d'huile d'olive et une de salive.

Ce disant, il s'était avancé, la petite fiole à la main. Le pasteur recula avec une mimique d'horreur.

— Comment, vous ne les oignez pas du saint chrême ! s'indigna Villegagnon.

Il laissa s'écouler quelques secondes, lui tendant la fiole, l'autre faisant mine de s'en garder. Puis avec un mauvais sourire et un faux air de courtoisie, l'amiral regagna sa place.

— C'est bien étrange, reprit-il à l'adresse de Gonzagues. Un mariage sans onction sainte. Enfin… observons la suite.

Du Pont s'agitait. L'assistance, figée de crainte, voyait le char de la catastrophe dévaler la pente fatale et attendait l'explosion.

Les couples, l'un après l'autre, furent unis à la mode protestante sous le regard de Villegagnon qui feignait la surprise et l'incrédulité. Vint le moment de l'eucharistie. Richer, tout en officiant, calculait mentalement ce qu'il lui était possible de faire pour éviter l'incident. Interrompre à cet instant la cérémonie eût été prudent. Mais sur deux tréteaux avait été dressé un panneau de bois où pain et vin attendaient trop visiblement pour être négligés. Avec plus de courage dans l'esprit que dans les veines, car le grand corps du chevalier faisait masse au premier rang, le pasteur entreprit d'administrer la communion.

— Par la Vierge et tous les saints ! s'écria joyeusement Villegagnon, le corps de Notre-Seigneur Jésus-Christ !

Le pasteur saisit le pain en tremblant tout à fait. L'amiral s'avança vers l'autel et se planta devant, de toute sa menaçante hauteur.

— Avant de me prosterner, dit-il en fixant le pasteur de ses yeux dévorés de jeûne, m'assurez-vous qu'Il est bien là ?

Du Pont jugea qu'il était temps d'intervenir. Il bondit du côté de la table où était Richer et, pour lui prêter son renfort, dit fermement :

— Cessez ce scandale, monsieur ! Reculez. Reprenez votre place.

— Ma place est au premier rang devant Dieu, quand Il me fait la grâce de se livrer à moi.

— Cette grâce ne vous est donnée qu'en proportion de votre humilité, rétorqua du Pont.

— M'assurez-vous qu'Il est bien là ? répéta Villegagnon sans tenir compte d'autre chose que du pasteur et de l'hostie qui frémissait au bout de sa main.

— Il est là en substance, dit Richer qui tentait une ultime feinte théologique.

— En substance ! À la bonne heure, reprit Villegagnon

avec une joie effrayante. Car c'est sa substance que je veux. J'ai faim de Lui, m'entendez-vous, je veux déchirer Ses muscles et boire Son sang, me repaître de Sa chair et sentir dans mes entrailles la chaleur de Son saint cœur.

Il avait prononcé ces mots en criant. Sa voix de basse tonnait comme une tempête et son costume étrange, couleur de ciel d'orage, de sang et d'éclairs, semblait faire de lui un être d'un autre monde tombé là pour exécuter une indicible vengeance sur les hommes.

Richer recula. Tout allait s'effondrer. C'est alors que Du Pont, dans un sursaut, prit la place de l'officiant, bien en face de Villegagnon, et prononça lentement ce seul mot :

— Cannibale !

Le vert brillant des eaux parut se rider sous ce choc. Le pain de sucre lui-même encaissa le coup en s'inclinant, les murailles du fort vacillèrent. Seule la stupeur empêcha la foule de s'enfuir. Villegagnon se raidit comme s'il eût été percé d'outre en outre. Cette immobilité était si terrifiante que quand la violence vint, elle rassura presque.

Dans la stupeur générale, seuls les Indiens, du côté catholique, firent entendre un murmure admiratif. Cette cérémonie leur paraissait moins statique que les précédentes et, pour tout dire, plus conforme à l'idée qu'ils se faisaient d'une fête. Villegagnon leur décocha un regard noir qui les fit taire et, d'un coup, tira son épée. Dom Gonzagues l'imita et les Écossais dressèrent leurs guisarmes.

Seule la présence du calice et des pains, confirmant, mais trop tard, leur puissance sacrée, empêcha Villegagnon de frapper celui qui se tenait derrière eux.

— Je vous ferai rentrer ce mot dans la gorge, hurla l'amiral.

Alertés par ces cris, les soldats huguenots couraient aux armes. On chargeait des arquebuses. Du côté catholique, en contrebas, se fit aussi une bousculade. Mais Villegagnon se tenait toujours immobile, le glaive en main comme un grand oiseau héraldique. Puis, soudain, il formula sa sentence, qui retardait le massacre.

— Disparaissez ! cria-t-il. Imposteurs, hérétiques, assassins du vrai Dieu ! Je vous donne quinze jours pour quitter cette terre que vous souillez et ne jamais y reparaître.

Du Pont connaissait trop le rapport des forces pour se hasarder à donner lui-même le signal du combat. Il peignit sur son visage une expression glaciale d'indifférence et de mépris.

L'amiral, sans rengainer son arme, fit demi-tour brutalement et sortit, accompagné de dom Gonzagues et des gardes. Les protestants, quand il eut disparu, descendirent à leur tour l'escalier.

Just, qui n'avait pas bougé, vit passer Aude devant lui, les yeux baissés. Il ne sut rien lire dans le bref regard brillant qu'elle lui lança.

Il resta seul sur le fort, désemparé, abasourdi, et comprit qu'il devait à son tour quitter ce lieu brûlé par la haine, choisir son camp. Il eut un instant la pensée de Colombe, le désir de se tenir près d'elle, de reprendre leurs antiques jeux, à Clamorgan. Il regarda longuement vers la jungle, puis descendit. Et son pas, malgré lui, le porta vers le gouvernorat.

IV

SIENNE

CHAPITRE 1

Martin régnait désormais sur un empire mais de terreur. La violence qu'il imposait aux Indiens de la côte pour les soumettre était administrée par une troupe de malfrats sans foi ni loi qu'il devait à son tour terroriser. Cinq fois pendant les mois précédents, il avait échappé à des assassinats. Lui, l'homme le plus puissant de cette côte, le plus riche sans doute aussi, n'était pas délivré de son éternelle préoccupation de petit mendiant : survivre, sauver sa peau, rouler dans la fange de combats incertains et d'embuscades déloyales. Il ne dormait que de jour, dans un hamac en coton fin qui lui permettait de distinguer à travers le tissu, s'il était éveillé, l'approche d'ombres menaçantes. Il tenait une dague dans la main droite et un coupe-chou étalé contre son flanc. Les nuits, elles, se passaient en beuveries. En faisant couler le cahouin à flots et en soumettant des femmes aux caprices de ses sbires, Martin montrait, comme chef, sa prodigalité et sa puissance. Mais le bandit traqué qu'il était toujours se rassurait à la vue de ces rivaux corrompus et vomissant qui avaient parfois le tort, au pire de la boisson, de révéler leurs noirs desseins contre lui. Alors, il les abattait.

La vérité était qu'il ne pouvait se faire à l'obscure solitude de cette jungle. Les heures de la nuit étaient pour lui des moments d'affreuse angoisse et de dégoût. Il avait construit sa maison au plus haut de la forêt qui monte au flanc du pain de sucre. Ce promontoire le rassurait parce qu'il échappait à la noirceur terrifiante des fonds de jungle. En s'adossant à la paroi dure et lisse de la montagne, il était sûr de ne rien craindre au moins dans cette direction. Et, dès l'aube, de l'autre côté, il pouvait voir distinctement la mer et l'île d'où ce chien de Villegagnon l'avait chassé.

Construite par des Indiens esclaves et sur les plans des charpentiers qui l'avaient rejoint, sa maison avait un air de ressemblance avec les demeures de marchands du port de Honfleur. Jadis, quand il traînait là-bas, allongé sur les quais entre deux mauvais coups, il s'était souvent imaginé en bourgeois prospère et respecté. Alors, il peuplait en songe une de ces bâtisses à colombages, s'y voyait en drap brodé d'or recevoir les puissants, entendait courir les enfants à l'étage et les domestiques tirer l'eau dans le puits, sur l'arrière. Désormais, il était plus riche que les riches de ce pauvre bourg de Normandie. À ses pieds, il avait la plus grande baie du monde, où ruisselaient les produits d'un continent. Il aurait pu acheter dix maisons sur les bassins de Honfleur. Mais parce qu'il régnait aux Amériques, parce qu'il n'avait que l'emploi d'incapables ou de primitifs, son palais n'était qu'une pâle copie de guingois qui menaçait de s'effondrer à chaque grosse pluie. Il l'avait fait orner des plus beaux objets volés dans les comptoirs ou sur des bateaux mais ce désordre n'avait ni style ni allure. Pour l'essentiel, il tenait ses réunions dans des clairières près de la côte, comme le faisait Le Freux jadis.

Il n'amenait quelqu'un à sa maison que pour lui montrer sa puissance. De nuit, éclairée par des dizaines de flambeaux, chaque pièce desservie par trois esclaves vêtus d'une livrée bleue qu'il avait fait confectionner tout exprès, le rudimentaire édifice prenait des allures presque majestueuses. Martin mettait trois Indiennes à ses pieds qu'il choisissait parmi les plus belles et il s'asseyait dans un grand fauteuil espagnol à pattes de lion. Avec ses yeux longs de cernes, ses gros poings, son nez cassé, il avait l'air mélancolique d'un infant cruel. Mais la scène ne pouvait faire illusion qu'avec un étranger et il en venait rarement. Aussi, dès qu'il avait su, ce matin-là, que le Grec revenait de Salvador avec un émissaire portugais, Martin avait fait préparer, pour les recevoir, cette cérémonie nocturne qui était tout son plaisir.

La nuit était tombée depuis deux heures, bien noire et sans étoiles, ce qui indiquait la présence de mauvais nuages. Mais la saison des pluies n'était pas tout à fait là et Martin espérait qu'elle viendrait le plus tard possible. Sa maison mal construite fuyait de partout. Elle perdait toute sa superbe par mauvais temps. Heureusement, si l'on entendait bruisser le vent en bourrasques dans les jacarandas, l'air était encore sec et chaud. Les visiteurs pénétrèrent par la grande porte et un Indien en tenue de laquais les conduisit jusqu'au maître.

Le Grec avait toujours son visage buté et malpropre de sicaire. C'était un des condamnés à mort rachetés par Villegagnon. Il s'était enfui la nuit même où Le Freux avait attaqué l'île. Martin lui faisait confiance pour remplir les missions violentes et lointaines dont il le chargeait. Mais il n'attendait pas de lui de mimique d'admiration : cette bête ne voyait rien. Il fut plus satisfait du Portugais.

L'homme était petit, malpropre comme celui qui vient de passer plusieurs semaines à la sauvagine, mais derrière cette apparence misérable on reconnaissait les traits de réserve et de gravité d'un personnage bien né. Sa jeunesse — il ne devait pas avoir vécu beaucoup plus d'années que Martin — était alourdie d'une barbe drue et de courts cheveux presque crépus. Un nez extrêmement fin et long, un saillant de pommettes lui donnaient l'air fier et farouche. Martin, qui s'y connaissait en hommes et devait à cette science d'avoir conservé la vie, saisit au premier coup d'œil dans les yeux de son visiteur un éclat d'intelligence, de noblesse et de ruse qui faisait de lui le bienvenu.

— Agostino Alvarez de Cunha, récita l'homme en s'inclinant.

Il marquait à la fois du respect pour le maître des lieux et une sérénité de bon aloi qui affirmait : nous sommes de la même race qui commande. Martin aimait cela.

— Vous me cherchiez, paraît-il, dom Agostino ? prononça Martin en laissant retomber une main hors de son trône et jusqu'à la chevelure soumise d'une esclave.

— N'êtes-vous pas l'homme le plus puissant de cette côte ? Peut-on faire quelque chose ici sans vous ? dit Agostino avec un sérieux de courtisan qui n'excluait pas un sourire de connivence.

Martin n'était pas accoutumé à ces grâces, quoiqu'il eût tout fait pour les inculquer aux malandrins qu'il dirigeait. Il jeta un regard d'aise vers les quatre ou cinq acolytes qui peuplaient la pièce, vautrés sur des escabelles.

— Et qu'avez-vous donc l'intention de faire par ici, monseigneur ? poursuivit Martin sur ce même ton courtois qu'il aurait tant aimé voir adopté par ses meurtriers.

— La même chose que vous, illustrissime seigneur.

Cette dernière expression, littéralement traduite du portugais, était quelque peu excessive. Martin regarda les forbans avec humeur. Nul doute que ces braillards, à la prochaine orgie, allaient se moquer de lui à cause de ce titre.

— Mon nom est Martin, précisa-t-il.

— Je le sais, illustrissime seigneur Martin, confirma cet autre entêté avec son étiquette exagérée.

— Qu'est-ce donc, reprit Martin pour quitter cette

affaire de titre, que vous venez faire ici « comme nous » ? Serait-ce aussi du commerce, la traite du bois et des fruits ?

Il avait pris pour dire cela l'expression mauvaise du négociant qui accueille un concurrent. Mais il n'y croyait guère. Le Grec, en lui demandant de recevoir Agostino, avait laissé entendre que son projet pouvait rapporter beaucoup d'argent à Martin et à son groupe.

— Non, dit dom Alvarez. Nous n'avons aucunement l'intention de gêner vos activités. Notre but est purement politique : nous voulons prendre le fort Coligny et tuer Villegagnon.

Dans un certain monde et pour peu que la violence y soit simple et banale, l'annonce d'un crime peut être accueillie avec la reconnaissance bonhomme et attendrie que l'on marque en recevant un cadeau d'anniversaire. Martin se redressa en entendant ces mots, fit quelques pas vers dom Alvarez et lui prit les mains.

— Superbe ! dit-il en les serrant chaleureusement. C'est une excellente idée.

— Cette terre, reprit l'émissaire, appartient au Portugal en vertu de titres incontestables et anciens. Tous ceux qui la cultivent et y font du commerce y sont les bienvenus.

Il fit un signe de tête aimable à Martin, qui lui répondit de même.

— Mais ceux qui viennent en armes défier notre roi, qui prétendent piller le pays et de surcroît le pervertir avec une religion d'erreur et de sang, nous les en chasserons.

Martin alla se rasseoir et fit avancer des chaises pour le Grec et dom Alvarez. On servit du cahouin et un grand plateau de fruits. Martin voyait tout à coup ses efforts récompensés. Dieu savait combien il avait fallu de leçons pour introduire un semblant de civilité dans cette jungle. Il avait même dû étrangler de ses propres mains un Indien obstiné à fourrer sa main au plus indiscret endroit de sa livrée pendant qu'il servait les boissons. Et, grâce à l'éducation de ce gentilhomme, tout cela prenait pour la première fois un sens.

— Notre roi, reprit dom Alvarez quand ils eurent porté quelques santés, vient d'envoyer à la Bahia un nouveau gouverneur, Son Excellence Mem de Sà. J'ai eu l'honneur de l'accompagner. Nous sommes arrivés à Salvador il y a trois mois. Il m'a chargé de vous adresser ses salutations au nom de la Couronne.

Martin éclatait d'aise. Il avait traversé l'Atlantique à fond de cale, échappé à la mort, conquis un empire par le fer et le sang, mangé de la chair humaine avec les Indiens, engrossé des indigènes, amassé de l'or, tué plus d'hommes qu'il n'en pouvait compter et voilà qu'un roi d'Europe lui faisait tenir son salut…

— Vous me ferez le plaisir, cher dom Alvarez, de lui apporter le mien, fit Martin tout grimaçant de suavité et de soumission. Dites-lui, je vous prie, qu'il n'est rien qu'il ne puisse me demander que je n'exécuterai sur-le-champ, si cela m'est possible.

— Justement.

Martin tressaillit. On en venait au fait.

— Son Excellence Mem de Sà est un homme pieux, reprit le Portugais. Il ne veut plus continuer, comme ses prédécesseurs l'ont fait, à ne défendre que les planteurs et les négociants. Nous ne sommes pas aux Amériques pour le sucre et le coton mais pour la foi et l'honneur. Il est déterminé à lancer sur la baie de Rio de Janeiro une expédition qui anéantira Villegagnon, substituera à son usurpation un pouvoir loyal à notre roi et fera venir à sa suite une puissante armée de jésuites capables de répandre ici la foi véritable. Votre aide, illustrissime seigneur, sera décisive pour y parvenir.

L'heure n'était plus aux simagrées du protocole. Martin se redressa pour penser bien et vite.

— Mon aide vous est acquise, dit-il, mais que puis-je faire précisément ?

— Les forces de nos colonies sont encore limitées. Nous avons à nous garder de deux dangers. Le premier serait d'envoyer une expédition trop faible et que ce chien de Français nous résiste. Nous devons avoir les moyens de l'anéantir malgré ses défenses. L'autre danger serait d'y consacrer trop de troupes et d'affaiblir inutilement notre établissement de Salvador de Bahia pendant le temps que durera cette campagne. Pour cela, nous avons besoin de savoir exactement de quelles forces dispose l'ennemi.

— Ce n'est pas impossible, dit Martin. On peut poster des vigies sur les plages, observer, compter les canons, lever des plans.

— Fort bien, opina dom Alvarez. Mais cela ne nous suffit pas.

Il se pencha en avant.

— Nous voulons connaître ses forces de l'intérieur, fit-il d'une voix plus basse. Et même, si vous voyez ce que je veux dire, faire en sorte que l'ennemi n'ait pas le loisir d'en faire usage.

Martin le regarda fixement.

— Je comprends. Une trahison…

Le Portugais confirma en hochant la tête.

— Ce sera difficile, grommela Martin qui se rembrunit. L'île est surveillée et je n'imagine pas comment y faire entrer quiconque. À moins d'acheter un de ceux qui vont à terre. Mais ils sont toujours en groupe, désormais, et gardés.

— Ne cherchez pas, dit fièrement Agostino. Cette intelligence, nous l'avons.

Martin marqua son étonnement.

— Oui, confirma le Portugais, nous avons un homme

dans la place. Nous vous demandons seulement de prendre attache avec lui, de lui faire tenir ce dont il peut avoir besoin et de nous transmettre ses renseignements.

C'était une nouvelle singulière, presque incroyable. Martin demanda la description de l'espion. Dom Alvarez lui fit le portrait de Vittorio. « Ce gredin ? » pensa Martin, mais il sut se retenir.

— Il répond à un seul signal, dit Agostino. Il faut lui dire « Ribère ».

— « Ribère » ! répéta Martin en ricanant car il pensait à Vittorio et ne pouvait s'empêcher d'admirer son surprenant entregent.

— Donnez-nous votre prix pour cette entremise, dit Agostino.

Le Grec jeta un regard gourmand à Martin. C'était bien ce qu'il avait prédit. Il y avait beaucoup d'argent dans cette affaire. Une opportunité de fortune que Martin, pour sûr, saurait saisir. Mais le jeune chef réfléchissait. Depuis la proposition de dom Alvarez, il avait mesuré la force de sa propre situation : sans lui, les Portugais prenaient un grand risque et l'adresse militaire de Villegagnon pouvait entraîner un désastre. L'avenir de Rio de Janeiro était entre ses mains. Il ne s'agissait plus d'argent. Être puissant dans un pays où il n'y avait rien ne lui suffisait plus. Il était déjà trop riche pour ce qu'il pouvait y dépenser. Ce qu'il voulait, c'était être quelque chose quand ce pays serait tout. Il réfléchit encore longuement en silence puis dit :

— J'accepte, mais voici ma condition.

Dom Alvarez ne bougeait pas. Il s'attendait à une somme et savait ce qu'il pouvait donner.

— Je veux des lettres de propriété pour cette terre où nous sommes. Je l'ai conquise au nom des truchements de la côte, que je commande. Elle nous appartient. Votre roi doit le reconnaître et… me faire duc.

Un vent frais, monté avec la lune pleine, vint de la terrasse. Dom Alvarez, saisi par cette fraîcheur, frissonna de tous ses membres. Troublé autant par ces mots que par le cahouin, il demanda tout à coup à se retirer, pour méditer sa réponse.

*

Depuis qu'il était sorti de sa longue réclusion, Villegagnon ne tenait plus en place. L'altercation avec les protestants avait servi de déclaration de guerre. L'amiral arpentait son camp comme s'il donnait les ordres ultimes avant une bataille. La négligence des dernières semaines, où tout était allé sans chef, avait eu de fâcheuses conséquences sur la discipline, la tenue, le ravitaillement. Villegagnon distribua remontrances et châtiments sans plus faire preuve de l'humanité bourrue qu'on lui connaissait jadis. Passant sous le gibet où Le Freux achevait de pourrir, il eut le désir d'y accrocher de nouveaux fruits. Un colon qui, pendant une corvée d'eau, avait été surpris en train de se polluer avec une indigène fut pendu. Jusqu'au bout, personne ne crut à la réalité de sa peine, pas même le malheureux qui s'avança vers la corde en souriant. Mais l'amiral ôta lui-même le tonneau sur lequel il était monté et c'est plein d'incrédulité, plus encore que de souffrance, que le condamné se débattit au bout de son anneau de chanvre.

Les Indiens furent les victimes suivantes de la nouvelle cruauté de Villegagnon. L'un d'eux, officiellement parce qu'il s'était endormi au travail, mais plutôt peut-être parce qu'il avait ri bruyamment pendant le mariage, avait été condamné au fouet. Jugeant le bourreau trop indulgent, l'amiral lui avait pris la lanière des mains et avait frappé si fort et si longtemps que l'Indien était resté sans connaissance sur le sol.

Tous les ordres avaient été durcis. Quiconque était vu le soir sur la plage sans motif, même s'il ne tentait rien vers les chaloupes, devait être abattu sans sommation. Tout contact avec les protestants était considéré comme un acte de haute trahison et Villegagnon lui-même appliquerait au coupable la sentence qu'il jugerait bon. Par cette formule, on comprenait que la mort serait encore trop peu et qu'il se réservait de la faire précéder d'autres tourments. La prière était désormais obligatoire matin et soir. L'amiral, faute de célébrant consacré, assurerait la lecture sainte et la conduite de l'oraison. Il avait dessiné une série de tenues d'apparat et les couturiers travaillaient jour et nuit pour les lui confectionner. Il alla jusqu'à faire décrocher les tentures du gouvernorat pour y tailler des étoles et des chasubles. Il s'en fit faire en nankin et en soie sauvage, en toile de voile, en tiercelin et jusqu'en cuir d'ameublement. Il ne paraissait plus que dans ces camisoles chamarrées, traînant des capes, arborant des toques froncées, des chapeaux larges, des bonnets piqués de plumes.

Le joueur de saquebute l'accompagnait partout et faisait précéder son entrée d'une sonnerie retentissante. Un savetier, blond et poupin, fut jugé propre à l'emploi de page. Il suivait l'amiral quand il se rendait à la prière en tenant sur le ventre la Vierge du Titien.

Just, en rejoignant le camp catholique, avait d'abord été le témoin muet de ces évolutions. Mais Villegagnon l'avait dès le deuxième jour fait convoquer au gouvernorat. Il l'avait reçu seul dans la grande salle des audiences. Just avait été surpris de trouver l'amiral en simple chemise de batiste. La tenue de cérémonie dans laquelle il avait paradé le matin même était suspendue à un mannequin de bois.

— Entre ! avait commandé l'amiral. Assieds-toi.

Just avait attendu un long moment que Villegagnon

sortît de son mutisme. Il semblait écouter quelque voix venue du ciel.

— Tu m'as menti, avait tonné l'amiral en redescendant sur terre.

Just avait craint d'être emporté lui-même par un châtiment exemplaire. À vrai dire, il était si accablé qu'il n'aurait pas protesté.

— Cela prouve que tu n'es pas meilleur que les autres, reprit Villegagnon sur le même ton formidable.

Puis soudain il s'adoucit et prit place à l'autre bout de la table, sur laquelle il posa un coude.

— Mais tu n'es pas le pire non plus, tant s'en faut.

Il passa sa grosse main sur ses yeux fatigués.

— Au moins, dit-il, tu es courageux et intelligent. Tous les hommes pèchent. C'est ma faute d'avoir cru que tu pouvais échapper à cette loi.

Just ne savait quelle contenance prendre : celle du condamné ou du repenti. Il se contenta de laisser ses deux mains posées sur ses genoux et garda les yeux baissés.

— Je te pardonne, reprit hâtivement Villegagnon. Je te pardonne et je te redonne ma confiance. Ou plutôt, je te la prête car, crois-moi, cette fois, je te surveillerai. Tu commanderas la moitié de l'armée.

Ce dernier mot n'avait guère de sens. Just haussa les sourcils d'étonnement.

— Nous sommes en guerre, l'ignores-tu ?

Just secoua la tête.

— Il n'y a plus ici ni soldats ni colons, ni esclaves ni ouvriers. Il y a une armée. Elle se divise en deux : d'un côté les chevaliers et les anciens militaires. De l'autre, tous ceux dont tu avais l'emploi jadis sur le chantier et que désormais tu commanderas pour la guerre.

— Mais ceux que je faisais travailler ne savent pas se battre, hasarda Just.

— Tu leur enseigneras la discipline et les rudiments du combat. On peut les faire tirer au canon et manier des masses de bois. J'ai demandé à la forge de préparer des coutelas pour chacun d'eux.

Villegagnon avait encore donné une foule de détails quant à ce qu'il attendait de ses nouvelles troupes et de leur chef. L'heure était chaude, en ce milieu d'après-midi étouffé par la grande main d'un lointain orage. Villegagnon montrait moins d'énergie qu'au début de l'entretien. Vint un moment où il prit un ton relâché et vagabond, n'ordonnant plus mais prenant le chemin sinueux de la confidence.

— Je t'ai enseigné que l'homme est bon, dit-il sans attendre de réponse. C'est ma grande erreur d'y avoir cru. Ces protestants m'ont sauvé, à leur manière.

Il regardait la Vierge, que le savetier avait raccrochée de travers, et qui semblait toute rose et heureuse de prendre si souvent l'air.

— La vérité est que l'homme déchu est souillé d'une proportion variable de péché. Certains sont encore perfectibles mais d'autres sont au-delà du rachat. Ils incarnent le mal, voilà tout. Pour perfectionner l'humanité, il faut éduquer ceux qui peuvent l'être… et éliminer tous les autres.

Villegagnon avait fini cette péroraison à voix presque basse. Mais, soudain, il s'était éveillé et mis debout en un bond.

— J'ai vu mon erreur, cria-t-il. Il est *inutile*, comprends-tu, de recourir à la raison pour justifier la foi. Croire, c'est se soumettre, corps-saint-jacques ! Ce sont les prêtres qui l'ont compris. Les hommes ne vont pas à Dieu, ils *se rendent* à Lui. C'est-à-dire qu'ils capitulent devant Sa toute-puissance.

Il était arrivé devant son costume jaune et bleu perché sur sa potence de bois comme un perroquet.

— On ne peut servir Dieu que par la force. Les ornements, la musique, l'art le plus lourd — qui laisse les hommes écrasés de leur nullité —, voilà ce qui peut faire triompher Dieu. Sinon, ce sont les vipères, les maudits...

En disant cela, il levait le nez comme un mâtin dans la direction du fort et, plus loin, du réduit protestant, alléché de vengeance.

— Je ne serai tranquille que quand ces porcs seront partis d'ici, gronda-t-il.

Puis se retournant vers Just, il se calma un peu et reprit le ton pratique du début.

— Tu assureras leur embarquement vers la côte dans dix jours. Je ne veux pas de délai, pas de faiblesse et pas de naïveté non plus : ils seront dangereux jusqu'au bout.

— Mais où logeront-ils sur la terre ferme ? osa quand même Just.

— Où ? ricana Villegagnon. Mais qu'ils comptent sur la providence de leur faux Dieu pour répondre ! Qu'il fournisse ces pourceaux en grottes, en abysses, qu'il les précipite dans sa géhenne et les y rôtisse ! À moins qu'il ne préfère les engloutir dans le ventre des bêtes sauvages, si elles ne les craignent point.

Just avait quitté l'amiral tout enflammé de cette idée de vengeance et repris par une oraison fiévreuse.

Il avait par la suite rejoint le quartier général des chevaliers où l'on prenait des dispositions militaires. Une terrible mélancolie l'étreignait. Sans doute était-il heureux que Villegagnon lui eût pardonné. Mais il ne partageait ni son excitation ni sa haine. Quand il s'était agi de construire la France antarctique, l'ardeur du chevalier l'avait gagné et il sentait la même envie que lui d'offrir sa vie pour défendre une idée, bâtir une œuvre.

Sans doute un enseignement ne fait-il que pincer, dans un jeune esprit, des cordes déjà tendues. Lorsque l'amiral lui avait délivré le message des humanistes, Just y avait reconnu les couleurs claires de sa palette personnelle, des teintes d'azur, des ocres clairs, des parmes, qui lui venaient peut-être de ses années oubliées d'Italie. Tandis qu'aujourd'hui, tout en lui se rebellait contre la noire philosophie que professait l'amiral. L'idée même de prendre l'un des grands commandements de l'île le laissait indifférent et presque honteux. La fuite lui était interdite, l'ardeur inaccessible. Il n'osait même plus penser à Colombe tant il avait honte de se voir avec ses yeux.

CHAPITRE 2

Colombe désormais vivait nue. Elle avait pris cette décision depuis son retour chez Pay-Lo. Au premier désarroi qu'elle avait ressenti en quittant l'île, avait succédé une rage sourde contre tout ce qui en provenait. Puisque ce monde l'avait rejetée, elle le rejetait à son tour. Rien ne lui paraissait grotesque et criminel comme cette dérisoire tentative coloniale. Elle voyait dans Villegagnon un monstre ivre de sa puissance. Sa haine de la femme n'était que l'expression de son effroi devant la vie, la nature, l'amour. En lieu et place de ces douceurs, ce jardinier de l'horreur cultivait la guerre, la destruction, la haine. Peu à peu, pour soulager le manque qu'elle ressentait de son absence, Colombe en vint à inclure Just dans le noir tableau qu'elle se faisait en elle-même de l'île et de ceux qui y vivaient. S'il avait pris si aisément l'empreinte de l'autorité, au point de s'en faire l'instrument, c'était sans doute qu'il était fait d'un métal plus vil et plus mou qu'elle ne l'avait cru. Plutôt que de continuer à souffrir en attendant de lui des nouvelles qui ne venaient pas, elle préféra l'enfouir sous le tas de griefs qu'elle formulait à l'endroit de la colonie.

Ainsi finit-elle par considérer que le destin, en la chassant de cet enfer, lui avait, en vérité, été favorable. Son malheur était une chance, pourvu qu'elle eût l'audace de pousser à son terme les déductions qu'il imposait. La première était qu'elle ne retournerait jamais dans le monde européen. La seconde lui commandait de reconnaître qu'elle appartenait désormais à celui de la forêt des Amériques. Elle devait se laisser aller à sa simplicité et à sa paix. Pay-Lo n'était encore qu'une étape. Un jour, elle rejoindrait une tribu et vivrait parmi d'autres Indiens. Il lui fallait d'ici là combattre tout ce qui en elle pouvait la séparer encore de cette vie naturelle, tout ce que le vieux monde lui avait légué de détestables préjugés et de besoins. Se dévêtir avait été la première étape dans cette direction nouvelle.

Les femmes de Pay-Lo vivaient dans des tenues variées parmi lesquelles la nudité n'était qu'une manière entre les autres de paraître. Elles accueillirent la décision de Colombe avec simplicité, coupèrent ses cheveux à la mode indienne, lui dessinèrent sur la peau des tatouages au roucou. Pay-Lo, la première fois qu'il la vit ainsi, ne montra ni surprise ni réprobation. Il lui dit seulement, comme un tendre et respectueux compliment, que, s'il n'était pas vieux et inerme, il l'aurait épousée. Il lui fit cadeau de bracelets de vignots et de nacre.

Seul Quintin marquait un peu de gêne devant la Colombe indienne. Lui qui, pourtant, avait été le premier à lui enseigner la pieuse simplicité du corps, s'affolait de voir celui-là, peut-être à cause de sa blancheur, dénudé à ses côtés. Le pauvre homme vivait d'ailleurs à cette époque une crise de conscience. Entré dans les parages féminins de Pay-Lo avec une forte ambition missionnaire, il avait d'abord converti à sa religion de l'amour une demi-douzaine des femmes de la maisonnée. Il les embrassait à tour de rôle en leur prodiguant force caresses, le tout pimenté de lectures saintes. Mais il lui était vite apparu que c'était plutôt pour elles un sujet de jeu. Elles s'arrangeaient toujours pour que l'une ou l'autre surprît la leçon en cours de route. Alors l'évangélisée s'enfuyait en riant avec son amie et Quintin restait désemparé.

Un beau jour, enfin, l'une d'elles s'était montrée plus sérieuse. C'était une grande Indienne aux traits lourds nommée Ygat. Son visage carré, plat, marquait les expressions lentement. Elle n'était pas, comme ses compagnes, prompte à rire ni à se moquer. Quintin, en lui présentant l'Évangile, n'avait pas ressenti chez elle cette excitation un peu frivole qui saisissait d'ordinaire les femmes qu'il tentait de convertir. Celle-là n'avait rien subi ni rien imposé : elle avait répondu à ses gestes par d'autres, empreints de gravité et de tendresse. Il s'était abandonné en elle le premier jour, pensant moins à l'Évangile, pour une fois, qu'au sourire d'extase qu'il avait fait naître sur ses grosses lèvres.

Il n'est point de prêcheur entendu qui n'ait envie de se répéter. Quintin avait fini par consacrer à l'éducation d'Ygat l'essentiel de ses forces et de son temps. Plus grave encore, il ne sentait plus en lui le goût de porter ailleurs son enseignement. Cet état le rendait sombre. Il s'était ouvert de ses problèmes à Pay-Lo.

— Et qu'est-ce donc qui vous rend si malheureux dans tout cela ? avait demandé le vieillard.

— Vous ne comprenez pas ? J'ai dédié ma vie à la propagation d'un Évangile d'amour. Et voilà que je me trouve sans force pour remplir mon apostolat.

Pay-Lo avait saisi sa barbe dans sa main osseuse et il la caressait.

— Ne pourriez-vous me faire profiter aussi de cet enseignement ? demanda-t-il naïvement.

— Jamais ! se récria Quintin avec indignation. Je prêche le libre emploi du désir. Et mon désir ne me porte que vers les femmes.

— Ce n'est pas ce que je voulais dire, fit Pay-Lo. Ne pourriez-vous seulement m'expliquer en quoi se manifeste cet amour que vous semble receler le message du Christ ?

— Eh bien, dit gravement Quintin, c'est un langage dont le corps est l'alphabet. Il se décline en caresses, en gestes tendres et se conclut par cette communion des êtres qui les arrache à leurs limites et leur fait entrevoir la vie éternelle.

Pay-Lo avait réfléchi longuement. Puis, tandis que passait près de lui en sautillant un petit écureuil roux auquel il tendit la main, il dit à Quintin :

— Je vais vous provoquer un peu, n'est-ce pas ? Mais il me semble que les protestants ont bien raison de vouloir vous brûler.

— Et pourquoi donc ? sursauta Quintin.

— Mais parce qu'ils dénoncent le salut par les œuvres et que vous le pratiquez.

— Je ne comprends rien à ce que vous dites.

L'écureuil avait grimpé sur les doigts de Pay-Lo et il le souleva jusqu'à lui. L'œil rond de l'animal fixait Quintin avec méfiance.

— Vous accordez trop d'importance aux gestes, mon ami ! lâcha Pay-Lo. Pour prouver l'amour, que comme vous je crois divin, il vous semble suffisant d'en pratiquer les rites. Vous en restez, permettez-moi de le dire, aux apparences.

Quintin baissa les yeux.

— Vous donnez des caresses comme d'autres trafiquent les reliques ou vendent des indulgences pour gagner le paradis.

— Et que puis-je faire d'autre, puisque ce sont nos désirs ? riposta Quintin.

— Oh, je n'ai pas de conseils à vous donner, dit paisiblement Pay-Lo. Il me semble simplement que ce qui vous arrive est une grande chance.

— Une chance ! De ne plus pouvoir répandre l'amour ?

— De ne plus le répandre, peut-être... fit Pay-Lo.

Et, en regardant Quintin avec un sourire désarmant de lumière et de bonté, il ajouta doucement :

— Mais de le connaître.

*

Un beau jour enfin, Paraguaçu arriva. Sa tribu était dans le voisinage et elle avait parcouru le chemin seule, à pied, pour venir voir son amie. Colombe était aux cascades ce matin-là avec les autres femmes. Paraguaçu les y rejoignit et les retrouvailles se firent dans l'eau claire avec des larmes, des cris, des duels de branchages, des couronnes de fleurs.

— Comme tu as changé, Œil-Soleil !

— Changé de vêture ? rit Colombe.

— Non, de corps. Quand je t'ai connue, tu étais un petit chat écorché et regarde la belle femme que tu es. As-tu pris un homme, déjà ?

Colombe fit la moue. La liberté des Indiennes sur ce sujet ne l'embarrassait pas. Elle aurait voulu être comme elles, raconter simplement ses désirs et ses amours. Mais toute parée qu'elle fût désormais à leur image, elle n'avait pas encore quitté les lourdes pudeurs sous le couvert desquelles macèrent en Europe les plaies de l'âme.

— Non, avoua-t-elle.

Paraguaçu rit et Colombe l'imita.

— Et... ton frère ? demanda l'Indienne qui se souvenait de la confidence faite jadis dans le village.

— Il est mort, répondit précipitamment Colombe.

Puis elle rougit mais, comme Paraguaçu semblait profondément émue par cette nouvelle et lui caressait la joue, elle ajouta :

— Pour moi.

Cet aveu la surprit elle-même mais elle n'eut pas le goût

de l'approfondir. Le sujet la gênait trop pour qu'elle poursuivît. Elle entraîna sa confidente dans une autre direction en lui demandant ce qu'elle avait fait pendant tout ce temps.

Paraguaçu avait pris soudain un air pensif et douloureux.

— Ma famille a connu le grand châtiment des esprits, dit l'Indienne. Ils se sont déchaînés contre nous. Ils ont tué mon oncle, mon père, ma mère, tous mes cousins. Pour les apaiser nous avons dû nous enfuir. Mais malgré les sacrifices, les offrandes, les caribes ne sont pas arrivés à calmer les démons. Nous ne sommes plus que six, désormais.

Colombe se souvenait des cadavres qu'elle avait rencontrés dans la forêt et du village désert. Elle prit Paraguaçu dans ses bras et la laissa pleurer un long moment.

Elle n'osa lui demander des nouvelles de Karaya, le jeune homme captif avec qui elle passait ses nuits jadis. Colombe craignait d'apprendre qu'il était lui aussi parmi les morts, dévoré par la maladie, à moins que ce ne fût par les hommes.

Elles n'en dirent pas plus sur ces sujets, revinrent à leurs jeux, à leur bonheur d'être ensemble. Désormais, grâce à Paraguaçu, Colombe pouvait nourrir l'espoir d'entrer tout entière dans le monde indien. Elle s'y sentait prête et le désirait. Quand la jeune fille retournerait dans sa tribu, elle se proposerait pour l'y accompagner.

Le soir, Pay-Lo fit préparer un grand dîner pour le retour de Paraguaçu. Malgré les nuages de plus en plus menaçants, il faisait encore chaud et la journée avait été belle. On servit le repas sur les terrasses tout illuminées de quinquets et de chandeliers. Des plats de venaison, assaisonnés d'épices et accompagnés de manioc, arrivèrent de la cuisine. Préparés sur des feux de bois Brésil dans des jarres indiennes, ces mets étaient servis sur des plateaux d'argent aux armes du roi d'Angleterre récupérés sur l'épave d'un bateau de guerre, pour être finalement consommés avec les mains.

Dans le fouillis des coffres et des commodes qui s'entassaient dans la maison, Colombe avait découvert une flûte de belle façon, fabriquée en Autriche, intacte dans sa boîte en bois de rose tapissée de taffetas. Elle joua quelques morceaux après le dîner. Pay-Lo fermait les yeux, gagné par la nostalgie. Les Indiens se tenaient cois. Plus sensibles au rythme qu'à la mélodie, ils changeaient d'expression selon les registres de l'instrument. Tantôt il les calmait de doux trilles, tantôt les alarmait d'arpèges bas et menaçants. Colombe fit circuler la flûte parmi les Indiens, qui la regardèrent dehors et dedans, finirent par se convaincre que c'était un simple tube de métal. Ils considérèrent Œil-Soleil avec encore plus de respect. Il était clair pour eux que c'était bien en elle que séjournait le mystérieux oiseau auquel son visage l'apparentait et qui recelait l'esprit des morts. Ils ne doutaient pas que ce fût son ramage qu'ils venaient d'entendre.

Une douce torpeur suivit ce concert. Pay-Lo avait souhaité que le dîner se fît au vin de Madère dont il possédait des tonneaux fraîchement échoués vers le Cabo Frio et rapportés à dos d'homme. Au lieu du cahouin qui excite, le vin conduisait les Indiens à un silence peuplé de rêves. La forêt alentour retentissait de bruits d'animaux, caquets, murmures, dévoration. Mais de plus, de différentes directions, parvenaient des rumeurs de fête, sourdes percussions de tambours, grelots de maracas et rires sonores.

À Colombe qui l'interrogeait sur ces bruits, Pay-Lo répondit simplement :

— Les Indiens ont reconstitué leurs forces, depuis l'épidémie. Ils se hâtent, avant le retour des orages, de célébrer leurs sacrifices.

— Leurs sacrifices… ?

— Humains.

Une horreur inattendue saisit Colombe à ce mot. Pour étrange que cela fût, elle n'avait envisagé sa vie indienne que comme un abandon à la douceur et au naturel. Le sinistre nom de cannibale était lié pour elle à la haine et à l'ignorance qui caractérisaient Villegagnon dès qu'il parlait des indigènes. Elle avait fini par exclure jusqu'à l'existence de ces pratiques. Pay-Lo, silencieux, fumait tranquillement devant elle un bâton de pétun. Elle le regarda avec une soudaine méfiance.

— Ainsi, vous aussi, vous le croyez ?

— Quoi donc ?

— Qu'ils sont cannibales.

Il cligna des yeux lentement, peut-être pour chasser la fumée qui environnait son visage.

— Il n'y a pas lieu de le croire ou non. C'est un fait.

— Ils mangent leurs semblables.

— Oui.

— Vous l'avez vu ?

— Bien sûr.

Paraguaçu, assise à côté de Colombe, laissait tomber sa tête et son épaule en regardant fixement les phalènes autour de la lampe. Elle ne comprenait pas le français et aimait se laisser bercer par les douces intonations de cette langue.

— Pourquoi font-ils cela ? demanda Colombe qui tout à coup ressentait sa nudité comme une faiblesse et frissonnait.

— Pourquoi ? reprit-il rêveusement. Qui le sait au juste ? Certainement pas pour se nourrir comme le pensent nos amis de l'île…

Il esquissa un sourire mais, voyant l'expression douloureuse de Colombe, il redevint grave et sa voix prit une intonation tendre.

— Les Indiens, reprit-il, vivent dans la forêt où tout meurt et renaît, où les forces s'échangent en permanence entre le moment de l'agonie et celui de la naissance. Quand ils mangent leurs ennemis, car c'est eux seuls qu'ils réservent à cet usage, c'est pour s'assimiler leur puissance. D'ailleurs, ils commencent par faire vivre longtemps leurs prisonniers au milieu d'eux.

— Mais pourquoi les malheureux ne s'échappent-ils pas ?

— Parce qu'ils partagent les mêmes croyances. S'ils parvenaient à rentrer chez eux, ils seraient traités comme des couards et mis à mort aussi.

Colombe regardait Paraguaçu assoupie et pensait de nouveau à son ancien ami. Elle sentait qu'elle ne pourrait plus désormais s'enquérir de lui, par crainte de ce qu'elle risquait d'apprendre de son amie.

— Alors, dit-elle en feignant le naturel, ils se laissent… abattre comme des animaux ?

— Non, répondit Pay-Lo après un long temps de réflexion, je ne dirais pas cela. Ils se résignent à leur sort mais font montre du plus grand courage. Quand on va les sacrifier, on commence par les attacher huit ou dix jours à un arbre, en ne les liant que par la taille. Ils ont ainsi les mains libres pour jeter tout ce qu'ils trouvent à leur portée sur les villageois qui vont les manger. Ils insultent leur meurtrier jusqu'au bout, jurent que leur famille les vengera et, sur ce point, ils ont souvent raison.

Colombe avait dépassé le dégoût. Elle entrait dans une fascination qui lui faisait avidement désirer de tout savoir.

— Et comment sont-ils mis à mort ?

— Comment ? s'étonna Pay-Lo. Eh bien, les caribes organisent tout un rituel avec des danses et l'oracle des maracas. Et puis l'exécuteur s'avance, avec une massue décorée d'un quadrillage rouge à l'endroit où elle frappera le front…

— Et ils mangent… tout ? demanda Colombe livide qui pinçait les lèvres mais voulait aller jusqu'au bout de ce qu'elle devait savoir.

— Absolument tout. Chaque morceau du cadavre est rituellement destiné à tel ou tel groupe.

En entendant les réponses assurées du vieillard, son ton naturel, Colombe fut prise soudain d'un doute.

— Vous en parlez bien librement, hasarda-t-elle. Auriez-vous…

— Participé à ces cérémonies ? Oui, bien entendu. Je suis ici depuis tant d'années. Mais quant à manger de la chair humaine, jamais je n'y ai cédé. Jamais, répéta-t-il fermement.

Elle ne l'eût peut-être pas moins aimé s'il avait avoué le contraire mais cette réponse la soulagea.

— Je suis tout à fait opposé à la mise à mort. Les Indiens le savent et ceux qui vivent ici ont accepté de renoncer à ces pratiques.

— Eux, peut-être, objecta Colombe, mais les autres, ceux qu'on entend ?

Le bruit des banquets était si proche que le vent ramenait parfois, avec d'ignobles odeurs de graisse, la psalmodie d'un magicien qui semblait provenir de l'immédiat voisinage.

— Mais si l'on va les voir, explosa Colombe, si l'on s'interpose, si l'on crie ?

Elle l'avait presque fait et Paraguaçu, ensommeillée, souleva la tête.

— Eh bien, ils te regardent comme si tu voulais attenter à la vie de leur groupe, puisque c'est en y incorporant la force du mort qu'ils espèrent le protéger et le défendre. Et c'est toi qui risques d'être mise à mort.

— Il me semble que c'est dans ces cas que la force…

Pay-Lo rit silencieusement mais avec de petits spasmes bien longs que Colombe détesta.

— Tu me parais bien partie pour suivre les traces des jésuites de São Vicente. Ils font brûler les villages cannibales ; leur principe est qu'il faut tuer les Indiens pour les empêcher de tuer !

Colombe se tut mais une impatience de nerfs faisait trembler son menton. Elle avait tout à coup envie de s'enfuir. Mais où aller quand le monde dont on vient vous a rejeté et quelle vêture ôter lorsqu'on est nu ?

— Je comprends ta révolte, souffla doucement Pay-Lo, il faut la conserver intacte. Je voudrais que tu saches que la mienne n'a rien perdu de sa vigueur malgré les années. Et pourtant, je crois sincèrement que si l'on veut faire changer les Indiens, il faut d'abord nous forcer à reconnaître... qu'ils ont raison.

Il semblait peser ce mot sur un invisible trébuchet.

— Vois-tu, Colombe, nous sommes l'un et l'autre nés dans un monde où ce qui est normal, c'est de détruire son ennemi. Les Indiens, eux, se l'incorporent. Ils ont l'admirable qualité de se nourrir de ce qui leur est opposé. Tu jettes quatre notes de musique et ils l'absorbent dans leurs mélodies. Tu poses ton chapeau sur une escabelle et ils s'en font une parure pour la fête. Ils ont appris cela de la forêt où tout se compénètre et se féconde, où ce qui n'est pas dévoré dévore. Rien ne leur est plus étranger que notre esprit agricole qui supprime toutes les espèces pour n'en garder qu'une seule, qui lui est utile. Et ce qu'ils s'interdisent de faire pour les plantes, ils ne le font pas davantage avec les êtres humains.

Pay-Lo étendit la main et caressa le front de Colombe. Pour froide et osseuse qu'elle fût, cette chair contre sa chair l'apaisa.

Paraguaçu avait tendu la main vers un plat et pétrissait une boulette de manioc.

— Il faut accepter qu'ils nous changent, si nous voulons les changer nous-mêmes, dit Pay-Lo.

Il était tard pour lui, et, sur ces mots, il se leva péniblement. Une femme le soutint pour qu'il rentrât dans l'obscurité de sa maison.

Colombe resta longtemps à rêver, dans la forêt où, les sacrifices accomplis, était revenue peu à peu la paix.

CHAPITRE 3

Les guerres de religion sont toujours une providence pour les criminels. La violence tout à coup devient sainte ; pourvu qu'ils sachent mimer la dévotion, au moins en paroles, licence leur est donnée par un Dieu d'accomplir les infamies dont ils ont longtemps rêvé. Il n'avait pas échappé à Vittorio tout le profit qu'il pouvait tirer de la lutte des deux factions qui se disputaient l'île. Quand dom Gonzagues, pendant la longue retraite de Villegagnon, avait pris la tête du parti catholique, Vittorio s'était jeté à ses pieds et l'avait conjuré de le laisser s'enchaîner à la cause de la Madone. Cela supposait seulement qu'on lui ôtât les autres chaînes, de fer, que Villegagnon lui avait fait sceller aux chevilles lorsqu'il l'avait gracié après la conjuration de Le Freux. Dom Gonzagues avait facilement accédé à cette demande et le Vénitien s'était montré digne de la confiance qu'il avait placée en lui.

Sa faible corpulence, son expérience particulière des armes, qui le rendait surtout apte à en user face à des adversaires qui en étaient dépourvus, ne préparaient guère Vittorio à prendre place dans les troupes régulières. Mais comme espion il faisait merveille. Il était l'un des rares personnages à pouvoir rôder partout, y compris chez les protestants, auxquels il avait su faire accroire qu'il en voulait à l'amiral de l'avoir injustement condamné avant leur arrivée. Tout ce qu'il y apprenait revenait, grâce à lui, aux oreilles de dom Gonzagues, qui pouvait ainsi connaître les plans de l'ennemi et les traverser.

La rupture consommée, après la terrible cérémonie des mariages, Vittorio s'était trouvé un instant sans emploi car les protestants n'admettaient plus d'étranger chez eux. L'amiral, en reconnaissance de ses services et pour lui donner l'usage de ses qualités, lui avait alors désigné une autre tâche, plus dangereuse mais plus profitable.

Villegagnon était habile. Dès lors qu'il chassait les protestants de l'île, il pouvait craindre un nouveau danger : qu'ils se liguassent contre lui avec les truchements de la côte. Malgré la répugnance que ces misérables lui inspiraient, l'amiral devait donc accepter de se rapprocher d'eux. C'est à cette fin que, tout à sa colère au moment des mariages, il avait gardé assez d'esprit pour se donner quinze jours de répit, en laissant ce délai aux protestants pour plier bagage.

En attendant, il se hâta d'envoyer un émissaire auprès de ce Martin qui commandait, disait-on, les forbans de la terre ferme. Sur la recommandation de dom Gonzagues, il jugea Vittorio propre à cette fin. Le risque était évidemment que l'ancien condamné ne profitât de cette mission pour s'enfuir. Afin de l'amoindrir, il lui fit entrevoir une forte récompense, s'il parvenait au résultat qu'il lui avait fixé.

C'est ainsi qu'un jour, débarqué d'une chaloupe qui allait chercher de l'eau douce au fond de la baie, Vittorio s'était volontairement éloigné jusqu'à laisser croire qu'il était perdu. On l'avait compté manquant au retour et Villegagnon, quand on l'en informa le soir, feignit d'en être contrarié.

Ensuite, le prétendu déserteur avait marché longtemps le long de la plage, sous le maigre couvert des cocotiers. Il attendait un signal venu de la jungle qui lui aurait montré qu'on l'avait repéré. C'est ainsi que faisaient ceux qui s'enfuyaient. Les Indiens de la côte avaient ordre de les capturer en douceur et de les amener à Martin, qui décidait s'ils étaient assez mauvais sujets pour rejoindre sa troupe d'élite. De fait, au petit matin, un contingent de sauvages entoura Vittorio qui s'était paisiblement endormi sur la plage, la tête sur un monticule de sable qu'il avait recouvert de sa veste en toile. Sans un mot et avec autant de douceur qu'il pouvait en attendre de ces primitifs à la lippe percée, le Vénitien s'était laissé conduire par les chemins de jungle jusqu'à une paillote où Martin attendait pour l'examiner.

— Par exemple ! s'écria le prince des truchements. Toi !

— Ah ! Martin, répondit Vittorio avec dans la voix le sincère sanglot de celui qui retrouve l'humanité au sortir des enfers. Quelle merveilleuse surprise !

Et tout encore aux habitudes qu'il avait reprises avec dom Gonzagues et qui lui rappelaient son pays, il se mit à bénir la Madone à genoux. Mais l'étonnement de Martin était encore plus puissant que ces imprécations. L'ancien mendiant regardait Vittorio avec une stupeur qui pouvait se lire comme de l'hostilité.

— Tu croyais peut-être que j'avais été pendu avec Le Freux ? dit le Vénitien pour dissiper les soupçons et commencer à s'expliquer.

— Non, prononça Martin sans atténuer l'inquiétante fixité de son regard.

Puis, soudain, il fit signe aux quelques individus qui musaient dans la cabane et alentour de se retirer hors de portée des voix.

— Nous avons à parler, fit-il.

Vittorio, pour la première fois depuis qu'il avait quitté l'île, commençait à avoir peur. Quand ils furent seul à seul, Martin s'assit vis-à-vis le supposé fuyard.

— Comment savais-tu que nous te cherchions ? lui demanda-t-il.

— Vous me cherchiez ? s'étonna le Vénitien. Je l'ignorais.

Martin le scrutait des yeux. Mais il était impossible de rien lire d'autre sur ce visage d'assassin qu'un noir égarement confinant à la sincérité. Cependant Vittorio s'alarmait au-dedans. Le plan qu'avait élaboré pour lui l'amiral supposait qu'il acquît la confiance de Martin au point que celui-ci lui permette de revenir sur l'île. La suspicion dont il semblait l'objet rendrait difficile cette requête.

— Voilà huit jours, dit Martin, que je me creuse la cervelle pour savoir comment entrer en contact avec toi.

— Avec moi ? s'écria Vittorio soudain très inquiet car son expérience lui avait appris qu'on ne pouvait le rechercher que pour de mauvaises raisons.

— Oui, avec toi, confirma Martin.

Et, plissant les yeux, il ajouta :

— Ne te doutes-tu pas pourquoi ?

Vittorio cherchait, parmi toutes ses mauvaises actions, laquelle pouvait avoir porté ombrage aux truchements. Il n'en trouva point. Pour les bonnes, l'examen fut plus rapide. C'est alors qu'au milieu de cette forêt encore humide des premières pluies, où tout n'était qu'écorce et feuillage, un mot retentit à l'oreille du Vénitien qui fit revenir en lui l'image d'une lumineuse façade au Havre, des scintillements de bateau et la voix douce de Cadorim.

— Ribère, avait dit Martin.

— Comment ? murmura Vittorio plongé dans son rêve.

— Ribère, confirma le brigand en le regardant fixement.

Des larmes, soudain, coulèrent silencieusement sur les joues encombrées de barbe du Vénitien.

— Enfin ! gémit-il.

Martin le regardait avec surprise et ne pouvait s'empêcher d'éprouver pour lui une sincère admiration. Ainsi ce tire-laine qu'il avait négligé, qui payait si peu de mine et ne paraissait propre qu'à d'humbles tâches de larron, était l'homme sur qui les plus puissantes nations d'Europe avaient fait reposer leur politique. Il était, et avait su le celer, l'agent des princes, des évêques, du gouverneur. Nul doute qu'il en sût plus qu'il ne le montrait. Sa présence providentielle en ce lieu était d'ailleurs la preuve d'une supérieure influence à laquelle il continuait d'être soumis, quoique sa modestie et la prudence lui commandassent de le nier.

— Où sont-ils ? prononça Vittorio en revenant à lui.

— Qui donc ?

— Les Portugais.

— Ils ne tarderont plus, répondit Martin, les yeux brillants car il concevait désormais de cette arrivée autant d'espoir que « Ribère ».

L'un et l'autre communièrent un instant dans la pensée de cette délivrance où se mêlaient des visions de gloire et d'or.

— Il va falloir que tu retournes dans l'île, reprit Martin en prenant cette fois son ton pratique et de commandement.

Vittorio fut un peu étonné de cette conclusion. Il s'était toujours imaginé que le jour où il entendrait le mot magique, il serait emporté dans les airs, vers la liberté. Mais puisque le nouvel emploi auquel on le destinait recoupait, bien que pour d'autres raisons, les prescriptions de Villegagnon, il opina.

— J'allais te le dire, confirma-t-il.

Et Martin vit en cette prescience un surcroît de mystère qui forçait le respect.

— Tu devras trouver le moyen que Villegagnon te renvoie ici régulièrement.

— Ce sera d'autant plus facile, dit Vittorio, qu'il m'avait lui aussi chargé d'une mission auprès de toi.

Il raconta dans ses grandes lignes la querelle avec les protestants et leur prochaine expulsion vers la terre ferme. Martin promit de ne nouer avec eux aucune alliance et cette bonne volonté lui coûtait d'autant moins qu'elle dissimulait la véritable offensive, qui viendrait des Portugais.

— Donne-lui ma parole, déclara Martin avec sa nouvelle emphase de futur duc.

— Je le ferai, mais…

— Comment ? N'est-ce pas suffisant ?

— Si, bien sûr, s'empressa Vittorio. Mais il me faudra faire la preuve que j'ai acquis ta confiance.

— Eh bien, rapporte ceci à Villegagnon, dit Martin en tirant un médaillon de sa poche.

C'était une petite miniature encadrée d'une simple moulure arrondie. Elle représentait une femme au visage grave, une coiffe de dentelle sur les cheveux.

— J'ai pris cela sur sa table, le soir de l'attaque. Un porte-bonheur. Quand tout va mal, je vole.

— Moi, dit Vittorio, c'est quand tout va bien.

— Désormais, tu serviras de lien entre nous. C'est du moins ce qu'il croira et la raison pour laquelle il t'enverra. Mais en vérité, c'est dans l'autre sens que tu seras utile. Les Portugais veulent tout savoir sur les défenses de l'île.

Il lui fit le détail des premiers renseignements qu'il importait de collecter.

— Il faudra que je me réfugie ici avant l'attaque, précisa impatiemment Vittorio. Tu me préviendras.

— Oui. Mais tu devras rester là-bas jusqu'au bout. Si tu t'acquittes bien de la tâche, il n'y aura même pas de combat.

Vittorio fit une moue. Tout le plan lui allait sauf cette fin. Mais il se dit qu'il serait temps d'aviser quand l'heure approcherait.

La discussion se poursuivit longtemps. Vittorio fit un premier rapport sur ce qu'il savait déjà. Le soir venu, Martin le conduisit jusqu'à sa maison sur les hauteurs afin de l'éblouir quelque peu de sa puissance. Il lui recommanda, sans donner de détails sur la localisation de ce quartier général, d'en faire dès son retour une description flatteuse à Villegagnon.

Le lendemain, au milieu de l'après-midi, des guetteurs postés par Martin aux abords de la plage annoncèrent une nouvelle chaloupe, qui revenait de charger des vivres. Vittorio alla se placer au bord de l'eau et fit de grands signes en criant. Les matelots approchèrent, le reconnurent et l'embarquèrent. Martin, caché derrière une touffe d'euphorbes, regardait la silhouette noiraude patauger dans l'eau claire et se hisser péniblement en s'agrippant aux dames de nage. Il était bien poignant de savoir que le destin de plusieurs nations, pour une part au moins de leur histoire, reposait sur un être aussi modeste, et aussi valeureux.

*

La veille du jour où les protestants devaient quitter l'île, les premiers orages éclatèrent avec une force inattendue. Il plut toute la nuit et, au matin, c'est à peine si l'on vit l'aube tant le ciel restait assombri de nuées brunes. Le sol était détrempé ; le toit des paillotes gorgé d'eau dégouttait de coulées froides. Just eut l'espoir que Villegagnon surseoirait à l'expulsion. Mais il n'en fut pas question. L'amiral ne voulait pas revenir d'un seul jour sur la sentence qu'il avait prononcée et les bonnes nouvelles ramenées par Vittorio ne l'incitaient à aucune prudence.

Dès le début de la matinée, Le Thoret répartit en divers points du fort et de la plage ses soldats armés jusqu'aux dents. Une ligne d'arquebuses chargées, calées sur des fourches, était disposée sur le parcours qu'emprunteraient les réformés pour gagner les barques depuis leur réduit.

Just fut chargé de confirmer la décision à du Pont et d'organiser avec le parti protestant la marche vers ce second exil. Le point délicat était la fouille. L'amiral était intraitable sur ce sujet : aucune arme ne quitterait l'île. Quelqu'un, en son nom, devait s'en assurer en visitant un par un les expulsés avant leur embarquement.

Du Pont s'indigna du procédé, voulut négocier, clama que seuls les soldats pouvaient s'y soumettre. Just fit un aller-retour au gouvernorat et revint en assurant que Villegagnon n'y consentait pas. Les protestants demandèrent un délai. Just revint une heure après, pour trouver les difficultés bizarrement aplanies.

— Soit, déclara Richer. Nous nous soumettrons à une fouille.

Just respirait.

— Mais à une condition, ajouta le pasteur, que ce soit vous et nul autre qui y procédiez.

Tenté d'accepter cet accommodement sans regimber, Just eut tout à coup la vision des femmes. Était-ce bien lui aussi qui aurait la honte de leur faire subir un tel traitement ? Il posa la question.

— Jugez vous-même si vous êtes libre de les en exempter, répondit du Pont avec mépris.

Hélas, les ordres de Villegagnon étaient formels : nul, quel que fût son sexe, ne devait échapper à la vigilance nécessaire. Just hésita. Puis il se dit que si un tel outrage devait être commis, mieux valait qu'il en fût l'instrument : au moins s'efforcerait-il de le rendre décent et peut-être même, au dernier moment, de l'éviter.

Précédée de grondements formidables, qui ricochaient lugubrement sur les montagnes, la pluie reprit, tiède et lourde. Les protestants étaient tassés à l'entrée de leurs cahutes, de pauvres bagages aux pieds. L'eau gonflait déjà ces ballots et ces sacs, les rendant informes et lourds. Just commença par examiner un à un les soldats. Ensuite, ils partaient en ligne vers le port, en pataugeant dans la boue. Du Pont avait décidé de s'en aller avec eux, afin d'être le premier sur la terre ferme et de préparer un campement sûr pour les suivants.

La pluie ne cessait pas et tombait si bruyamment qu'elle rendait moins paisible le lourd silence que gardaient les expulsés. Just sentait sur lui des regards de haine et il en était presque soulagé. Il ne se considérait pas lui-même avec plus d'indulgence et se méprisait absolument d'avoir accepté une telle besogne.

Heureusement, l'embarquement du premier contingent achevé, un signal, crié du côté catholique, lui commanda de reprendre son sinistre examen. Ainsi aurait-il au moins l'esprit occupé et pourrait-il oublier sa honte et ses doutes. Un nouveau contingent d'hommes s'avançait vers lui les bras en l'air. Il les palpait de haut en bas avec d'autant plus de facilité que l'eau collait leurs vêtements sur la peau et ne laissait rien dissimuler aisément.

L'angoisse lui donnait soif. Il se prit à sourire en lui-même de recevoir cet absurde châtiment : être altéré au milieu de tant d'eau.

Enfin ne restèrent plus que Richer et les femmes.

Le pasteur fit valoir que la dignité de personnes du sexe interdisait qu'on les explorât publiquement. Elles étaient d'ailleurs toujours dissimulées au plus noir de leurs cabanes. Just se présenta devant la première. Quand il y pénétra, il découvrit une des mariées avec son époux plus terrorisé qu'elle. Il s'assura à la hâte et sans presque les toucher qu'ils n'étaient pas pourvus d'une arme. Puis il attendit silencieusement près d'eux que s'écoulât un temps convenable, propre à témoigner au-dehors qu'il n'avait pas bâclé son examen. Il passa ensuite à la deuxième case. Dans la troisième, il rencontra les deux duègnes des mariées qui l'attendaient les mains en l'air, les yeux révulsés comme si elles eussent pris Dieu à témoin de l'inutilité de toute résistance. Elles se rendirent compte avec retard qu'il se contentait de les frôler et ne lui marquèrent aucune reconnaissance pour ce respect. Dans les cases suivantes, les deux plus récentes épousées attendaient sans leurs maris, preuve que, peut-être, l'interruption violente de la cérémonie n'avait pas assuré tout à fait Richer de sa validité. À sa grande surprise, Just découvrit dans la cassine suivante trois caméristes, celles des épousées et Solange. Il lut dans le sourire de cette dernière un message énigmatique qui le troubla.

Quand il ressortit, l'orage redoublait et tournait à la grêle. Un petit tapis de boules blanches était étendu sur la terre détrempée. Des brumes, montées du sol tiède, rampaient au ras des murs. Just hésita un instant et tout à l'émoi de la déduction qu'il venait de faire, en recomptant mentalement les occupantes des cabanes, il constata qu'en effet, dans la dernière, Aude l'attendait seule.

Il est des moments ultimes que la conscience dilate, comme une arche, pour accueillir tous les êtres que le cœur a nourris et qui, par une violence venue du dehors, vont périr. Just sentit qu'il avait pris pied dans un de ces interminables instants où les émotions se bousculent en troupe et affrontent autant de pensées contraires, armées pour les occire.

Aude se tenait debout, très près de l'entrée, si bien qu'en pénétrant dans l'obscurité de la pièce, Just se trouva d'un coup devant elle, à la toucher. Elle était vêtue d'une robe noire dont le col arrondi plongeait vers la naissance de sa gorge. La pâle lueur du dehors entrait par la lucarne dont le rideau était tiré sur le côté. Elle parvenait, épuisée, jusqu'à son visage et dessinait dans l'obscurité un relief de cendre au fond d'un âtre. Seuls brillaient ses yeux grands ouverts et dans cette pénombre moite, il ne semblait pas possible qu'ils fussent aussi vivement éclairés du dehors.

Just sentit contre son visage le souffle fiévreux de la jeune fille et un désir violent le fit vaciller d'émotion. Il resta immobile, interdit, saisi d'un tel dégoût de lui-même, d'une si brutale sensation de néant et d'absence qu'il eut subitement la tentation d'abandonner son corps comme une dépouille. Mais presque aussitôt, il perçut sur ses lèvres le délice tiède d'une béance inconnue. Il fut un instant sans comprendre qu'une bouche s'était posée sur sa bouche. Puis tel un fruit qu'à peine goûté on dévore, il répondit de tout son être à ce baiser.

Le battement des grêlons sur les palmes redoublait autour d'eux, avec un bruit d'envol. La tiédeur humide de l'air se précipitait dans l'étreinte de leurs corps comme un acide qui tout à coup rend visible la substance incolore dans laquelle on l'a versé.

Puis soudain, par une imperceptible pression de ses doigts fins, elle s'écarta :

— Sauve-nous, murmura-t-elle.

Just était encore noyé dans le puits de douceur au bord duquel il venait de se pencher. Son esprit se cognait contre ses parois. Il ne pouvait former une pensée cohérente. Un chaos d'images en tenait lieu. Il se vit avec elle sur le rivage, avec elle dans un bateau, avec elle par un jour de soleil en Italie. Il avait passionnément envie de l'étreindre à nouveau.

— Vite, dit-elle.

Et ce mot, soudain, fit revenir toute l'ombre et tout l'orage, tout le danger et tout le désespoir.

— Que puis-je faire ? répondit-il, résolu à obéir à ce qu'elle aurait conçu.

Un raidissement, tout à coup, se transmit, quoique invisible, du corps qu'il tenait toujours jusqu'à ses mains à lui. Ce fut comme si l'alarme était venue d'elle.

— Tue-le.

Il la regarda sans bouger mais peut-être ses yeux s'ouvrirent-ils davantage et laissèrent croire qu'il rêvait.

— Sauve-nous, répéta-t-elle. Tue-le !

— Qui ?

Le raidissement était devenu crispation. C'était elle maintenant qui le serrait, en agrippant ses deux mains au col de sa chemise trempée.

— Lui ! cria-t-elle.

Et comme si la haine qu'elle exprimait soudain dans ses yeux ne suffisait pas, elle le secoua. Puis elle prononça le nom honni en mettant sur ses lèvres autant de mépris et de dureté qu'elle avait feint d'y déposer tout à l'heure de tendresse et d'abandon.

— Villegagnon !

Just la lâcha.

— Villegagnon, répéta-t-elle d'une voix haute qui redoublait les coups de l'orage. Tue-le et je suis à toi.

— Non, s'écria Just.

Un espace qui ne se pouvait mesurer mais faisait tout l'écart entre l'amour et la haine les séparait.

— Jamais, redit-il avec la fermeté d'un être qui découvre en lui-même une irrémédiable volonté.

Tout était revenu. Le léger froid que l'humidité glisse dans l'air, la pesanteur des objets et des murs, la nausée.

— Maudits soient les catholiques ! lança-t-elle.

D'un coup, aussi soudainement qu'il avait éprouvé sans l'attendre la tiédeur du baiser, il sentit une douleur aiguë mordre son flanc et une humeur inattendue, plus chaude, se mêler au dégouttant affaissement de sa chemise trempée. Il porta sa main au côté.

Aude, déjà, l'avait contourné, pour bondir au-dehors. Just pivota et fut sur le seuil. Il la regarda s'éloigner sous le voile d'eau et se dit que la grêle avait de nouveau fait place à la pluie. Le groupe des autres femmes et de Richer était déjà formé et s'engageait sur le chemin de la plage. Elle les rejoignit. Ils passèrent devant les arquebuses. Des capes jetées sur les armes les faisaient ressembler à d'étranges échassiers dont on voyait luire le canon comme un bec.

Just ne fit pas un geste pour les arrêter et cette immobilité, vue de loin par les soldats, fut interprétée comme un consentement. Au moment où la dernière chaloupe démarrait, Just regarda sa main, vit le sang et comprit. Il se retint autant qu'il put et, quand l'embarcation eut disparu dans la brume, il lâcha la plaie et s'effondra de tout son long dans la boue.

CHAPITRE 4

Appuyé contre le dossier de son fauteuil, Villegagnon regardait s'affairer les trois hommes sur leurs échelles. Au rez-de-chaussée du fort, derrière la grande entrée voûtée, une haute salle au plafond orné de poutres de palmier servait désormais de lieu de réunion et, pendant les pluies, de chapelle pour célébrer les offices. C'est là, sur un des murs qui ne comportaient pas de fenêtre, qu'avait été dressé l'immense panneau de bois. Les menuisiers avaient travaillé plusieurs jours pour scier en long des grumes de sycomores et assembler les planches. Ensuite, il avait fallu étaler sur cette surface monumentale un mélange de poudre d'os et de colle animale, puis le polir à l'aide de petites pierres ponces que l'on trouvait en abondance sur le sol. Et maintenant, l'amiral avait la satisfaction de venir voir appliquer les couleurs.

Les trois peintres étaient des ouvriers de construction, faute d'artistes véritables. Mais ils savaient à peu près dessiner et on leur demandait seulement un travail de copiste. Sur un petit chevalet, trônait la petite toile du Titien représentant la Madone, qu'il s'agissait de reproduire en grand sur le gigantesque support. Les disciples tropicaux du maître vénitien louchaient continûment vers l'original et en reportaient les formes au charbon de bois sur une grande ébauche. La Vierge prenait laborieusement ses nouvelles dimensions. Chacun s'occupant d'une partie du futur retable, les proportions s'accordaient mal. Le visage de la Madone était trop petit, sa poitrine énorme et l'Enfant Jésus disparaissait dans cette houle de mamelles. Il fallut recommencer trois fois. Enfin tout fut à peu près en harmonie et sur le fond rouge garance se détacha la monumentale silhouette de la Mère de Dieu, grâce à laquelle Villegagnon entendait frapper les esprits. Si l'arrivée des protestants avait eu un mérite, c'était bien de faire comprendre à l'amiral ce qu'il avait désormais à accomplir. Il n'aurait pas eu besoin d'en venir au fouet avec les Indiens, ni même d'imposer ses rudesses aux colons, s'il s'était placé plus tôt sous la protection d'images redoutables et adorables, comme celle qui s'ébauchait devant lui.

Dès la fin de la saison des pluies, il ferait creuser les fondations d'une église attenante au fort. En attendant, il continuait seul à conduire les offices religieux, chaque matin, et bientôt il le ferait sous la protection de l'immense Madone qui tiendrait l'assistance en respect de son doux regard divin.

Hélas, en attendant l'achèvement du tableau d'abord et ensuite de l'église, il fallait conserver les méthodes fortes. Depuis la reprise des relations avec Martin et ses truchements, des barques reprenaient le commerce avec les villages proches de la côte. La vigilance, de nouveau, s'imposait quant aux déplorables penchants des hommes. L'amiral avait fait dresser un pilori où il exposait sous la pluie ceux qui avaient été surpris en état d'ivresse. Car le cahouin revenait, avec les marchandises. Ceux qui étaient en charge de ces livraisons étaient de nouveau tentés de se réjouir avec des Indiennes. Mais il était difficile de les prendre sur le fait ; ces chiens, qui étaient en groupe, se couvraient les uns les autres quand il s'agissait de mentir.

C'est pourquoi, au moindre soupçon, Villegagnon faisait désormais pratiquer la question. Il était très fier de la petite salle couverte de crochets, d'anneaux et de pinces que lui avaient aménagée les forgerons. Il avait de plus en plus souvent le réconfort, quand il travaillait dans le gouvernorat, d'entendre par la fenêtre les cris déchirants qui sortaient de cette cave. Il en souriait d'aise : c'était pour lui comme les chansons de marche de la Vérité. Il ne pouvait rester indifférent au bruyant effort qu'un homme, aidé par ses semblables, faisait pour s'amender. On découvrit, par cette méthode, de nombreux coupables qui, sinon, seraient restés dans la tragique solitude de leur péché. Un camaïeu de châtiments variés leur était appliqué, allant de la simple bastonnade jusqu'à la noyade en passant par la flagellation publique et bien d'autres corrections. Seule la pendaison restait pour le moment exclue : le temps était encore trop humide pour que les cordes coulissent convenablement.

À ces pensées de discipline, l'amiral revint à lui. Les peintres achevaient laborieusement des aplats roses sur les chairs saintes de la toile. Il les encouragea à sa manière nouvelle, c'est-à-dire en leur promettant de leur faire arracher les yeux s'ils ne copiaient pas Titien proprement. Puis il sortit. La saison des pluies était bien installée désormais. Elle avait pris ses habitudes : les matinées étaient belles et fraîches, des troupes de nuages s'assemblaient comme des badauds vers midi. Avant que la nuit tombe, ils avaient tout envahi, la chaleur devenait étouffante puis l'orage crevait. Villegagnon était fier de ses nouvelles bottes en cuir de tatou, confectionnées par un vieux cordonnier de l'île. Elles lui permettaient de traverser les flaques sans se mouiller les pieds. L'essentiel en la matière n'était pas le confort mais la dignité. Il voulait ne pas se hâter. La majesté faisait désormais partie de son système de gouvernement, avec la cruauté et la foi.

Depuis le fort, l'amiral gagna l'arrière du gouvernorat où s'ouvraient des chambres. Il entra dans la première, où Just était étendu. Deux personnages à la mine sombre débattaient au pied de sa paillasse.

— Eh bien, messieurs, comment se porte notre malade ? lança l'amiral.

Avec leurs costumes maculés de boue et leurs mains calleuses, les deux hommes avaient plutôt l'air de terrassiers. Et de fait, ils avaient été employés à ces rudes tâches jusqu'à ce que la fuite de l'apothicaire vînt laisser la colonie sans lumière médicale. L'un fit alors valoir qu'il avait été commis chez un pharmacien. L'autre, dont le frère était cocher d'un médecin, se recommanda lui-même de cette prestigieuse référence pour dire qu'il savait guérir. Aucun des deux ne pouvait être accusé d'imposture puisqu'en fréquentant les hommes de l'art, ils s'étaient saisis de leur plus grand secret : arborer des mines d'importance et employer de puissantes locutions latines qui tenaient le mal en respect et le patient plus encore.

— Nous avons renouvelé l'application de terre de vitriol sur la plaie, dit l'un des supposés docteurs. On n'en tire plus de sang.

— Et le vulnéraire opère bien : nous avons imbibé le pansement de teinture d'aloès. Faute d'aristoloche.

— Eh oui, gémit l'autre, et il répéta d'un air navré… faute d'aristoloche.

— À part cela, dit Villegagnon qui respectait la science mais n'y voyait qu'un étroit domaine coincé entre l'art militaire et la religion, comment se sent-il ?

— Il a mal à la tête, précisa un des consultants.

— Nous discutons d'un cucuphe, prononça l'autre sentencieusement.

— Corps-saint-jacques ! s'écria Villegagnon, en est-il à ce point ?

Les deux présumés docteurs prirent un air pincé et dédaigneux.

— Un cucuphe… ! répéta l'amiral épouvanté.

Puis, se rendant compte qu'il n'était effrayé que par un mot, il prit un ton humble pour demander :

— Mais au fait, qu'est-ce au juste, je vous prie, qu'un cucuphe ?

— Un cucuphe, fit avec hauteur le premier médecin, est un bonnet à double fond rempli de poudre céphalique. On l'applique sur la tête du patient quand il souffre de migraines.

— Et cette poudre, en quoi consiste-t-elle ?

— En une décoction d'herbes.

— Nous le recommandons, renchérit l'autre, exclusivement au benjoin, au cinnamome et aux iris.

— Eh bien, qu'attendez-vous ? Posez-lui un cucuphe s'il y peut trouver des bienfaits.

— C'est qu'il nous manque des ingrédients.

— Lesquels ?

— Le benjoin, répondit le premier homme de l'art.

— Le cinnamome, ajouta l'autre.

— Et les iris, termina de mauvaise grâce le premier en baissant le nez.

— Je vois, gronda Villegagnon.

Et il les mit à la porte.

Just était encore faible. Il gardait les yeux clos. L'amiral vint jusqu'à sa couche, sur le côté de laquelle il posa une fesse, manquant d'entraîner sous son poids tout le meuble et le malade avec. Just ouvrit les yeux.

— Manges-tu comme il faut ? bougonna l'amiral.

La vue de son protégé blessé le plongeait dans le chagrin et donc l'embarrassait.

— Tu as perdu beaucoup de sang, reprit-il

— Tout va bien, amiral, je reprends des forces, voilà tout.

— À la bonne heure ! Des forces, crois-moi, il t'en faudra. Nous allons faire de grandes choses. Et d'abord, sois-en sûr, te venger.

Just secoua la tête.

— Quoi ! s'indigna l'amiral. Tu t'obstines à nier l'évidence. À qui feras-tu croire que tu t'es blessé tout seul, comme tu le prétends ? La dague trempée de sang que l'on a retrouvée près de toi n'était pas la tienne, que je sache.

Le blessé leva la main du côté droit et fit le geste d'effacer dans l'air une inutile inscription.

— Tu finiras bien par nous dire qui, au juste, t'a frappé. Cela ne m'importe que pour réserver à ce criminel le châtiment exemplaire que requiert une telle ignominie. Pour le reste, je sais bien à quoi m'en tenir. Le coupable, c'est du Pont et sa troupe d'hérétiques. Voilà tout ce qui compte.

Suivaient immanquablement des litanies remerciant Dieu d'avoir fait glisser la lame sur les côtes. Si Just avait la peau du flanc toute gonflée et noire du sang qui avait coulé au-dedans, c'était sans que les intérieurs fussent touchés. Villegagnon savait d'expérience, par la fréquentation des champs de bataille, qu'aucune blessure n'est bénigne. Il fallait attendre qu'elle fût refermée et le patient debout pour être rassuré. Mais tout de même, il y avait pire.

Si la visite se prolongeait, Just sombrait vite dans le sommeil. Alors, l'amiral sortait le médaillon que Martin lui avait fait tenir. Il regardait longuement le visage adoré de sa défunte mère. Il priait pour son âme. Parfois, quand le dormeur respirait régulièrement et qu'il était gagné par sa torpeur, il se voyait ramené à l'âge de Just, tandis qu'il avait, dans la même posture qu'aujourd'hui, veillé sa mère malade. Il lui semblait à ce moment que la courageuse femme s'en allait affronter Dieu et se hâtait vers son jugement. Il n'avait eu de cesse par la suite, pour l'imiter, que de se lancer dans des combats dont l'audace, jamais, ne lui avait paru comparable à cette agonie.

Quand Just, encouragé par le silence de l'amiral, se fut rendormi, le visiteur ressortit sans bruit. Il marcha lentement jusqu'au gouvernorat en pensant aux décisions à prendre. Le départ des protestants n'était qu'une première étape. Encore voulait-il s'en débarrasser complètement, soit qu'ils périssent sur la côte, soit qu'ils finissent par se rembarquer pour Genève. En tout cas, jamais Villegagnon n'avait été aussi confiant quant à l'avenir de la colonie. La reprise en main spirituelle était en cours, l'achèvement du fort mettrait à l'abri d'une attaque extérieure. Quant à l'alliance avec Martin, pour limitée qu'elle fût encore, elle permettrait d'en savoir plus sur les truchements, pour le jour où, débarrassé des protestants, c'est vers eux qu'il se retournerait. L'amiral avait donné à Vittorio des consignes précises sur ce point et l'espion, avec une louable précision, lui rapportait chaque fois d'inestimables détails sur les forces et les tactiques de Martin.

La bonne humeur qui procédait de ces déductions disposa d'autant moins l'amiral à faire bon accueil à Le Thoret lorsqu'il le trouva planté devant l'entrée du gouvernorat.

— Que me veux-tu ? grogna Villegagnon.

Il le savait bien. Le capitaine s'était mis dans un mauvais cas. L'amiral l'avait châtié et depuis l'énoncé de sa peine, Le Thoret tentait de le faire revenir sur sa décision.

— Je veux une entrevue, dit gravement le soldat.

Vétéran des guerres du Piémont, blessé à Cérisoles et à Caselle, Le Thoret avait le droit de pénétrer chez l'amiral quand il le voulait. S'il demandait une audience, c'était pour marquer à la fois le caractère personnel et exceptionnel de l'affaire.

Villegagnon entra et laissa la porte ouverte pour que l'autre puisse le suivre. Quand ils furent seul à seul dans la pièce d'audience, le taciturne capitaine, debout, la toque à la main, attendit qu'on l'interroge.

L'amiral ôta son pourpoint bleu azur et sa cape jaune, s'assit et enfin le questionna :

— Que me veux-tu encore, Le Thoret ? À ta mine, je vois que tu n'entends pas me parler des seules choses qui m'intéressent : la défense de l'île et l'anéantissement des réformés.

— Non, confirma Le Thoret. Ce n'est pas de cela que je veux te parler.

Il avait le rare privilège d'user, avec l'amiral, du tutoiement propre aux compagnons d'armes.

— Pour la dernière fois, amiral, je te demande de me faire justice.

Grand et maigre, Le Thoret avait un visage tout en longueur qu'un médaillon de barbe accroché à son menton semblait tirer démesurément vers le bas.

— Justice est faite, dit Villegagnon en se versant à boire.

— Ce n'est pas la véritable justice, amiral.

Il avait une voix de basse qui sortait étrangement de son cou étroit où une grosse pomme d'Adam semblait faire du trapèze.

— Tu sais, déclara-t-il gravement, que je n'ai pas offensé La Faucille.

C'était le nom du commandant de la forteresse. Il était en théorie placé sous les ordres de Le Thoret mais un certain flou régissait la hiérarchie, en ce qui concernait le rapport des deux hommes. Sommé par Le Thoret d'exécuter une tâche qu'il refusait, La Faucille avait riposté avec morgue. Le vieux capitaine avait traité l'autre de bellâtre et ils se seraient affrontés à l'épée si leurs hommes ne les avaient pas séparés. L'affaire était venue devant l'amiral. En elle-même, elle n'avait guère d'importance, mais elle révélait le fond délétère d'un climat de violence, de suspicion et de jalousie. En vertu d'un code des armées en campagne datant de Charles VIII, d'une exégèse douteuse de la *Guerre des Gaules* et de sa propre humeur du moment, Villegagnon avait jugé.

— Tu as été reconnu coupable, dit nettement l'amiral, tu subiras ta punition, qui d'ailleurs me paraît bien légère.

Ignorant la sourde menace que contenait cette réponse, Le Thoret fixa dans les yeux son chef et frère d'armes.

— Pour la dernière fois, demanda-t-il solennellement, acceptes-tu oui ou non de revenir sur ce déni de justice ?

Depuis quelques mois, Le Thoret était de plus en plus renfermé et sombre. Son obéissance semblait usée comme un tapis que trop de négligents ont foulé. Lui qui avait servi des rois, marché avec des troupes en campagne, affronté de redoutables adversaires, supportait mal d'assurer la chiourme d'une bande d'artisans désarmés. La lamentable expulsion des huguenots avait achevé de l'écœurer. Pourtant, il n'aurait encore rien dit si la mèche de l'injustice n'avait été allumée inconsidérément dans la poudrière de son désespoir.

— Non, répondit Villegagnon.

Les deux hommes se regardèrent un instant et dans leurs yeux dépouillés de grades, de titres, de préséance passa une fermeté qui n'était, ni d'un côté ni de l'autre, décidée à faiblir.

— Je ferai réunir la colonie dans deux jours pour assister à l'exécution de la sentence, conclut Villegagnon. Comme tu y as été condamné, tu feras amende honorable, chapeau au poing, un genou en terre et tu seras suspendu de ton commandement pour trois semaines.

— À ta guise, répondit Le Thoret en vissant son bonnet sur sa tête.

Le lendemain matin, après l'office, Villegagnon fut appelé en hâte pour examiner des traces suspectes et une caisse d'armes découverte sur une crique de récifs à l'extrémité occidentale de l'île. Profitant de cette diversion qu'il avait organisée lui-même, Le Thoret donna tranquillement l'ordre à ses soldats de détacher une barque dans le port. Il y monta et quatre arquebusiers, qui le suivaient depuis l'Italie, saisirent les rames. Ils s'enfuirent sans être inquiétés.

*

Sitôt parvenus sur la terre ferme, après leur expulsion, les huguenots s'étaient rassemblés sous le couvert des premiers arbres. Mais la pluie, quoiqu'elle eût connu une accalmie à la fin de l'après-midi, avait tout détrempé : les vêtements, le sol et les ramures des arbres. L'eau se concentrait sur les grosses feuilles vernies et tombait en fines cascades comme de petits entonnoirs. La première nuit avait été affreuse, interminable. Les malheureux réfugiés grelottaient de froid et de fièvre, recroquevillés, les genoux dans les bras, pour tenir un semblant de chaleur au-dedans d'eux. Du Pont, en raison de son infirmité, était resté debout jusqu'au milieu de la nuit et il avait fini par tomber de fatigue, étendu de tout son long dans le sable imbibé d'eau.

Aude avait fait confidence à son oncle de l'échec de sa tentative. Bien qu'il n'eût rien voulu savoir des méthodes que comptait employer sa nièce, Richer avait approuvé sans réserve ses initiatives. Elle montrait dans cette affaire un courage qu'il reprochait à du Pont de ne pas avoir eu. Il ne pouvait s'empêcher de regarder avec humeur le vieux gentilhomme. S'il avait suivi ses conseils et s'était montré plus offensif, le projet de supprimer Villegagnon eût été mené à bien depuis longtemps et sa pauvre nièce n'aurait pas été dans l'obligation de se sacrifier, pour sauver l'honneur.

Quand Aude avoua, par surcroît, à son oncle avoir poignardé Clamorgan, il ne l'en plaignit que davantage. Il lui avait confié une dague pour se défendre et ne doutait pas qu'elle n'en avait fait usage qu'en dernière extrémité, pour préserver sa pudeur. Le résultat importait cependant plus que les circonstances. Le fait était que cet attentat allait déchaîner encore davantage Villegagnon. Non seulement ils étaient dans le dénuement et adossés à une jungle hostile, mais encore pouvaient-ils craindre d'être poursuivis, comme les Hébreux, par un Pharaon qu'un bras de mer n'arrêterait certainement pas.

Au matin, par bonheur, ils ne virent aucun mouvement hostile dans l'île, qu'ils apercevaient au loin. Ce fut l'occasion de nouvelles prières. Jamais Richer ne s'était félicité de connaître par cœur une telle quantité de psaumes. Il en avait soutenu ses compagnons toute la nuit, et à l'aube, en avait encore de reste. La clémence de Dieu, qui ne s'était guère manifestée jusque-là, les gratifia toute la matinée d'un chaud soleil qui sécha les vêtements. Mais, comme à l'ordinaire, les nuages s'accumulaient dans le ciel et le jour ne finirait pas qu'ils n'aient crevé. Il fallait donc se hâter de trouver un abri ou de le construire.

Par un surcroît de bonheur, en ce jour décidément faste, ils virent sortir des hommes de la forêt, conduits par un jeune Blanc. Bien qu'ayant eu peu d'occasions de se rendre en terre ferme, les huguenots connaissaient l'existence des truchements de la côte. Ils n'avaient retenu qu'une seule chose de leur sinistre réputation : ils étaient les ennemis de Villegagnon. Une chance subsistait donc de les convaincre qu'ils n'étaient pas les leurs.

De fait, le jeune ladre qui se présenta sous le nom de Martin les accueillit aimablement, quoique avec des mines altières tout à fait déplacées. Ils connaissaient assez les usages de cette misérable contrée pour savoir que l'outrecuidance était une maladie commune à ceux qui en avaient fait leur séjour et ne s'en offusquèrent pas.

— Monsieur, commença du Pont en s'adressant à Martin sur le même ton d'importance, vous avez devant vous de pauvres innocents qu'une main injuste a frappés. Vous n'êtes pas l'ami du coupable, nous le savons. Peut-être accepterez-vous d'être le nôtre.

Martin aimait recevoir les hommages d'un gentilhomme, fût-il transformé en beignet pour s'être roulé toute la nuit dans du sable humide.

— Sachez, monsieur, répondit-il avec superbe, que nul ne vous offensera tant que vous serez sur mes terres. Vous pouvez compter sur ma protection.

Un murmure de soulagement parcourut la troupe transie des expulsés.

— C'est à notre tour de vous dire, surenchérit du Pont exalté par cet accueil, que nos forces, sitôt reconstituées, s'ajouteront loyalement aux vôtres pour combattre cet usurpateur, ce tyran, ce monstre.

Mais Martin n'entendait pas aller jusque-là. L'arrangement qu'il avait feint de conclure avec Villegagnon excluait toute action hostile, tant que les Portugais ne seraient pas dans la baie. Pour l'heure, il importait que Vittorio puisse continuer à passer d'un bord à l'autre, apportant ses précieux renseignements. À vrai dire, Martin n'avait que faire de ces huguenots et il aurait pu tout aussi bien les rejeter à la mer. Toutefois, le sens inné qu'il avait de son intérêt lui commandait de les épargner. D'abord, il comptait tirer un profit de cette protection, car on n'avait jamais vu de tels gens ne pas avoir conservé quelques espèces sonnantes, même au pire de l'adversité. Ensuite, il fallait préserver l'avenir. Si jamais le plan des Portugais venait à échouer, hypothèse peu probable, il importait de ne pas se démunir totalement devant Villegagnon. Et ces alliés dépenaillés, avec leurs puissants appuis en Europe, pouvaient dans ce cas ultime se révéler précieux.

— Allons, mes amis, fit Martin en regardant le groupe encore grelottant des réfugiés, il serait bien cruel celui qui vous demanderait aujourd'hui de combattre. Contentez-vous de survivre et de refaire vos forces. Suivez-moi, nous allons vous accommoder.

En prévision de leur arrivée prochaine, dont il avait été informé par Vittorio, Martin avait fait évacuer la veille le village indien situé à l'orée de la forêt. Il y conduisit les protestants et leur montra les cases de palmes. Quoiqu'elles fussent encore plus rudimentaires que celles qu'ils avaient habitées sur l'île, elles leur parurent d'un luxe et d'un confort sans pareil.

Ils y mirent leurs effets à sécher et se jetèrent sur le repas que les Indiens leur avaient préparé.

Quand l'orage éclata, en fin d'après-midi, ils étaient au sec et heureux. Il ne leur paraissait plus impossible d'attendre là paisiblement le retour de Chartier avec les renforts de Genève. Alors, sonnerait pour Villegagnon l'heure du jugement.

CHAPITRE 5

Bien peu, parmi les Européens qui buvaient du cahouin, savaient comment cet alcool était fabriqué. Ou plutôt, tout en le sachant, ils refusaient d'y penser et surtout d'assister à sa préparation. Ils étaient en cela encouragés par les Indiens qui croyaient fermement qu'un bon cahouin ne peut être cuisiné en présence de mâles. L'idéal, pour le préparer, était de disposer de vierges. Les femmes mariées pouvaient se joindre à elles, à condition de respecter une stricte abstinence pendant les jours de cette opération. Quelques vieilles femmes que leur grand âge avait fait revenir à la chasteté y étaient également admises, pourvu qu'il leur restât des dents.

Colombe aimait beaucoup cette préparation. C'était l'un des moments les plus sereins de cette paix indienne qu'elle goûtait tant. Elle avait un peu oublié ses alarmes anthropophages et le bruit des banquets, chaque nuit, n'était plus pour elle qu'un signe habituel et lointain de fête.

Assise en tailleur autour d'un feu, elle mâchait une rave de manioc ramollie par une première cuisson. Les autres filles tout autour, et d'abord Paraguaçu assise à ses côtés, faisaient de même. C'était une mastication laborieuse, méthodique, dans laquelle il s'agissait de convoquer le plus possible de salive. Il y avait autant de différence entre ce geste intentionnel et le mâchonnement automatique du mangeur qu'entre l'acte de se nourrir, égoïste dans son plaisir, et l'acte de cuisiner, qui destine ses soins aux autres. Quand la racine, bien imbibée de suc, était molle et gluante, il fallait se lever. Un cuvier de terre, haut comme un enfant de dix ans, barbotait sur un petit feu. La racine mastiquée y était soigneusement recrachée, accompagnée d'une traînée de bave aussi longue que possible. Au fil de la journée, la jarre se chargeait jusqu'au col de ce mélange de végétal et de sucs et la fermentation était prolongée à feu doux. Ensuite le précieux breuvage était réparti en flasques. Les femmes, comme bien d'autres secrets de fabrication, conservaient par-devers elles les détails de la venue au monde du cahouin. On le présentait aux hommes tout fini et propret dans de jolis flacons, de la contenance d'une fillette de Bourgogne.

Pendant cette manducation, les femmes pouvaient parler. C'était même recommandé car la mâchoire s'en trouvait déliée et l'eau venait mieux à la bouche.

Après avoir beaucoup plaisanté avec Colombe ce matin-là, Paraguaçu lui fit une annonce inattendue.

— Je vais rentrer demain dans ma tribu, dit-elle.

Les joues gonflées par son ouvrage, Colombe resta coite.

— Déjà ! bredouilla-t-elle.

Puis elle alla cracher sa rave avec un peu d'avance sur l'amollissement requis. Elle avait beau parler couramment le tupi, il n'était pas aisé de rendre les intonations particulières de cette langue avec la bouche pleine.

— Je t'accompagne ! s'écria-t-elle.

Colombe attendait ce moment depuis longtemps. Le séjour chez Pay-Lo n'était pour elle qu'une étape. Aussi fut-elle étonnée et déçue de voir son amie secouer la tête.

— C'est impossible, répondit l'Indienne énergiquement.

— Mais je serai discrète, insista Colombe. Je respecterai vos lois, je travaillerai.

Paraguaçu lui jeta un regard noir qui la glaça. Depuis son retour, elles avaient connu une sincère complicité. Pendant leurs longues conversations, le soir, l'Indienne avait interrogé Colombe sur la France, sur sa vie, sur la conception qu'on se faisait en Europe de l'amour. Paraguaçu était surprise par ce sentiment, non que les Indiens l'ignorassent mais parce qu'ils en faisaient un emploi différent. L'amour était pour eux une aptitude multiple et éclatée qui ne se satisfaisait pas d'un seul être. On aimait ses enfants, on aimait ses parents, on aimait sa tribu, on aimait le soleil et les arbres favorables, on aimait l'eau des cascades et le vent tiède sur les plages, on aimait la terre qui pourvoit aux besoins humains, on aimait la nuit et le jour, le feu et le sel, l'autruche et le tapir. Et dans ce tissu serré d'amour et de crainte, il n'était pas envisagé qu'un seul être accaparât tout pour lui. De surcroît, quand il s'agissait d'un choix aussi lié à l'ordre du monde que celui d'un mari et d'un père pour ses enfants, la préférence de l'individu ne comptait pas et même pouvait être regardée comme criminelle. Il fallait se soumettre aux règles de la tribu. Pourtant, Paraguaçu, par les mille questions qu'elle posait, montrait combien l'image nouvelle que Colombe lui peignait de l'amour la séduisait.

L'intimité de ces échanges rendait d'autant plus incompréhensible le brutal refus qu'elle opposait à la proposition de son amie. Colombe insista encore un peu. Mais chaque tentative allumait dans les yeux de Paraguaçu la même lueur de colère, et une crainte qui confinait à l'épouvante.

— Pourrais-je t'accompagner... une autre fois ? concéda Colombe.

— Oui, Œil-Soleil ! s'écria Paraguaçu soulagée tout à coup par cette idée. Une autre fois et autant de fois que tu voudras. Mais pas maintenant.

Pour étrange que fût ce compromis, Colombe l'accepta et quand elles eurent terminé de mâcher le manioc, elle accompagna son amie jusqu'à la maison. Apparemment, Paraguaçu avait attendu la dernière minute pour annoncer son départ car son petit bissac était prêt. Elle partit séance tenante sans se retourner.

Colombe n'eut guère le temps d'être troublée par cette subite disparition car Pay-Lo, peu après le terrible orage qui avait tout inondé la semaine précédente, tomba gravement malade. La forêt, à la saison des pluies, prenait une vie nouvelle, avec le sursaut du végétal, la mousse qui verdissait au bas des troncs, les cloisons de palmes que l'humidité épaississait. Tous les bruits étaient atténués et cet assourdissement, joint au silence inquiet que chacun gardait dans la maison pour ne pas déranger le patriarche, installait un climat d'attente et d'inquiétude. Toute la vie semblait tendue, armée, vigilante, comme pour faire barrage à l'entrée de la mort qui rôdait.

Colombe fut admise à veiller Pay-Lo, en alternance avec d'autres femmes, car il importait de ne pas laisser le malade seul, de prévenir ses désirs, ses besoins, de ne jamais le laisser face à face avec les esprits malins qui cherchaient à s'en emparer.

Le vieillard était allongé sur son grand hamac, tendu à chaque extrémité par une traverse de bois. Sa chambre, au sol de laquelle couraient des racines nues, était emplie d'objets divers qui tous lui étaient chers. Des cartes jaunies étaient accrochées sur les murs, mêlées à des trophées indiens. Les calebasses décorées voisinaient avec les vases en faïence de Delft. Dans un grand cadre de plumes et de bambou, un petit paysage d'Europe figurait un village sous la neige. Toute une famille de livres reliés en peau était blottie sur une planche ; l'humidité l'avait voilée en même temps qu'elle gonflait les feuillets comme des bourgeons cherchant à éclore.

Pay-Lo respirait difficilement, et de longues quintes de toux l'épuisaient. Mais son esprit était intact et il aimait tenir des conversations, malgré la difficulté qu'il avait parfois à former les mots. Il continuait de recevoir des nouvelles de tous ceux qui passaient chez lui. C'est ainsi qu'il apprit à Colombe l'expulsion des protestants. Mais souvent c'étaient des souvenirs anciens qui lui revenaient et ses propos mêlaient les deux, le passé le plus enfoui et le présent le plus récent.

— Ma vie a changé, dit-il un soir à Colombe, quand j'ai lu Pomponazzi. Jamais je ne serais venu ici sans son grand livre.

Sur sa demande, Colombe était allée sortir l'ouvrage de l'étagère. C'était un petit volume aux pages usées, que Pay-Lo avait surchargé de notes dans les marges.

— C'est un disciple d'Averroès, continua-t-il en feuilletant le livre avec mélancolie. Le seul qui ait résisté à l'influence de Platon.

Ses mauvais yeux ne pouvaient plus lire mais il connaissait si bien le texte que les pages n'étaient plus que le support de son souvenir.

— Pour lui, Dieu est partout. On ne peut pas le séparer des choses. Il est dans chaque être, dans chaque objet. Aucun événement ne survient qui ne soit la marque de sa volonté.

Il soupira et reposa le livre sur son ventre.

— La grande erreur de tous les autres est d'avoir mis Dieu dans le ciel et de l'avoir sommé de ne plus en sortir. Un seul Dieu, c'est bien peu et, de surcroît, il est absent ; on le retrouvera après la mort. Quelle misère !

Soudain, en se soulevant laborieusement dans son lit de toile, il avait pris un ton d'invective que Colombe ne lui avait jamais connu.

— Regarde-les se déchirer pour savoir si Dieu est encore dans l'hostie ou s'il n'est plus nulle part… Ils l'ont chassé de sa création et voilà qu'ils ergotent pour lui accorder encore une petite place.

Tendu par cet effort, il laissa retomber sa tête et soupira.

— Calmez-vous, Pay-Lo, dit Colombe en lui prenant la main.

À ce contact, il s'apaisa un moment et quand il reprit, sa voix était plus sereine.

— Quand j'ai connu les Indiens, il m'a semblé rencontrer enfin un monde délivré de ces folies, un monde respecté.

Il tenait ses yeux ouverts dans la pénombre vide.

— Tout est sacré, pour eux, les fleurs, les rochers, les eaux qui courent dans la montagne. Une infinité d'esprits habitent et protègent les objets, les paysages et les êtres. On ne peut rien toucher qui ne délivre ces forces et limite le mal qu'on peut faire au monde.

Une Indienne était entrée silencieusement en portant une corbeille de fruits. Elle restait debout près du seuil et Pay-Lo, sans la regarder, sourit à cette nouvelle présence, qu'il avait sentie.

— Mais les autres… murmura-t-il, et l'amertume, de nouveau, l'avait saisi. En dépouillant la nature du sacré, ils l'ont laissée sans protection, soumise à la volonté meurtrière des hommes. Il suffit de voir ce qu'ils ont fait de leur île. Plus rien de vivant n'y pousse et c'est eux-mêmes, maintenant, qu'ils déchirent. S'ils sont un jour maîtres de toute cette terre, ils en feront un champ de mort.

Puis, en laissant un temps, il ajouta :

— Ce n'est pas l'homme qui a été chassé du paradis terrestre, mais Dieu. Et l'homme s'est emparé de la création, pour la détruire.

À mesure que passaient les jours, l'état de Pay-Lo restait

identique. Il flottait dans des limbes qui ne semblaient plus tout à fait appartenir à la vie et pourtant ses rêves étaient peuplés de souvenirs et de couleurs, de bonheur et de regrets. Son existence lui revenait et faisait de ces heures précédant la mort comme une quintessence voluptueuse de sa vie tout entière.

Un soir, deux guerriers montèrent de la côte pour annoncer qu'un des lieutenants de Villegagnon s'était enfui et demandait à être reçu chez Pay-Lo, en compagnie de quatre soldats qui l'accompagnaient. Les deux Tupi étaient inquiets et craignaient un piège mais le patriarche leur dit de laisser venir les fuyards. C'est ainsi que Le Thoret fut conduit jusqu'à lui.

Le vieux soldat était tel qu'en lui-même : sec, raide, taciturne. Seule la branche de sa soumission à Villegagnon avait cassé net. Il se présenta devant Pay-Lo avec la dignité farouche d'un prisonnier de guerre qui s'est bien battu. La seule requête qu'il lui soumit fut la possibilité pour lui et ses hommes de rentrer au plus vite en France par un des navires de commerce qui venaient mouiller dans la baie.

— Pourquoi ne restez-vous pas ici ? lui dit Pay-Lo. Les Indiens ont besoin d'un homme comme vous, pour leur enseigner à se battre comme les Européens. Un jour viendra où ils ne devront plus se défendre contre des brigands mais contre des armées.

Le Thoret repoussa cette proposition de la manière la plus nette. Ce n'était pas qu'il méprisât les Indiens : il n'avait aucune opinion sur eux. Mais il était fait pour obéir et n'avait jamais eu l'ambition d'être le chef de personne.

Il répéta qu'il voulait prendre le premier bateau et rentrer. Pay-Lo n'insista pas. Il connaissait assez les Normands des établissements pour recommander Le Thoret auprès d'eux. D'après ce qu'il savait, plusieurs petites caravelles allaient et venaient régulièrement à cette époque de l'année. Il proposa au vieux soldat de se reposer un peu chez lui avant de le faire conduire sur l'autre rive de la baie. Celui-ci refusa et demanda à partir, dès qu'il serait possible à un guide indien de l'accompagner. Date fut prise pour son départ le surlendemain.

Colombe rencontra Le Thoret le soir, en rentrant des cascades. La vision de ce digne chevalier, associé pour elle à Villegagnon, planté dans la grande salle de la maison de Pay-Lo, avec son désordre baroque et ses fientes de perroquets, la surprit comme la rencontre inattendue de deux mondes. Il ne parut pas moins troublé de la voir s'avancer nue, couverte de peintures indiennes et de coquillages, avec un naturel qui pour lui était le comble de l'impudeur. Cependant, malgré cette gêne et en mettant encore plus d'austérité que d'ordinaire sur son visage, afin de chasser toute ambiguïté, Le Thoret manifesta le désir de s'entretenir en particulier avec elle. Colombe lui proposa de partager son dîner. Elle le retrouva un peu plus tard, dans une pièce attenante aux cuisines, et s'y rendit après avoir enroulé autour d'elle un châle qui couvrait l'essentiel de ce qui pouvait incommoder le vétéran. Mais il restait ses yeux, qu'elle n'avait pas pris l'habitude de dissimuler et qui le fixaient de leur éclat pâle.

Le Thoret commença par lui donner des nouvelles de Just. En apprenant sa blessure, Colombe, qui se croyait détachée et sereine, fut envahie d'un coup par une inquiétude douloureuse, et l'exprima par mille questions angoissées.

— Rassure-toi, fit Le Thoret. Il n'est pas en danger. Dans quelques jours, il sera aussi solide qu'avant.

Puis il ajouta avec un mince sourire :

— Et aussi beau.

Jamais, depuis que l'expédition était partie du Havre, il n'avait manifesté ouvertement le moindre intérêt pour Just et Colombe. Il n'était d'ailleurs chaleureux avec personne. Cependant, à plusieurs petits gestes protecteurs qu'il avait eus pour eux, Colombe avait toujours senti qu'ils pouvaient compter sur lui. Quand Just avait commencé à recueillir l'enseignement de Villegagnon, Le Thoret n'avait jamais montré de défiance ni de jalousie. Il l'avait aidé loyalement. Et Colombe avait toujours gardé le sentiment que le jour de sa fuite avec les Indiennes, il aurait pu aisément l'arrêter. Elle l'avait aperçu de loin, sur la plage, armé d'une arquebuse. Mais il n'avait pas tiré.

Tandis que Le Thoret se perdait en nouvelles sans importance à propos de l'île, des huguenots et du fort, Colombe eut le sentiment qu'il avait autre chose à lui dire. Cet homme effacé, qui ne concevait pas de faillir en quoi que ce soit à la discipline, se jugeait sans doute libéré d'un poids de silence. Il avait visiblement envie de lui parler. Peut-être était-ce même la raison de sa présence chez Pay-Lo, car, pour lui être utile, ce détour ne pouvait être considéré comme indispensable. Après tout, il aurait pu fuir directement jusqu'aux établissements du fond de la baie : le risque n'était pas trop grand qu'il y fût mal accueilli.

Colombe tenta de l'aider à cette confession avec beaucoup de patience et encore plus de vin de Madère. Enfin, quand ils eurent épuisé les sujets du moment, et que les grosses gouttes d'un orage eurent commencé de caresser les palmes du toit, provoquant cet incomparable relâchement des sens que la pluie donne à ceux qui en sont abrités, Le Thoret se décida à en venir au fait.

— J'ai servi sous Clamorgan, dit-il, en Italie.

À ce nom, Colombe frissonna. Depuis qu'elle avait fui, elle s'était juré de s'appeler désormais Œil-Soleil. L'espoir de n'être fille de personne ne lui rendait pas impossible le rêve d'être née parmi ce peuple qu'elle aimait.

— Je suis resté avec lui huit ans, ajouta Le Thoret,

comme si cette précision lui donnait autorité pour témoigner.

Pour Colombe, il était de plus en plus clair qu'il n'était pas venu évoquer gratuitement ses souvenirs mais qu'au milieu d'eux, gisait quelque chose d'essentiel qu'il cherchait à révéler.

— Ce qu'on t'a raconté à son sujet est exact, poursuivit-il.

Le « on » impersonnel désignait évidemment ce chef qu'il ne se reconnaissait plus, Villegagnon dont il voulait oublier jusqu'au nom.

— Mais celui qui t'a parlé de Clamorgan ne pouvait le faire aussi complètement que moi, car il ne lui a point obéi.

Dans la bouche du soldat, cela voulait dire : il ne l'a pas aimé.

— Or, il me semble qu'aujourd'hui, étant donné... ce que vous êtes devenus, vous ne devez plus ignorer certains faits.

Colombe se tut ; elle attendait la suite. Le Thoret prit un certain temps avant de choisir la brèche par où il pourrait donner l'assaut.

— C'était après la bataille de Cérisoles, commença-t-il enfin. Clamorgan avait commandé les gens de pied et j'avais combattu sous lui avec ma compagnie d'arquebusiers.

Il s'arrêta un instant, fier du début et rassemblant son courage.

— La situation était confuse. Les Impériaux étaient défaits mais il en circulait encore beaucoup par bandes dans la région. Nous avions pour nous des compagnies de mercenaires que personne ne commandait vraiment et qui se payaient sur la bête. Dans toute la campagne, on voyait monter des colonnes de fumée : c'étaient les villages piémontais que ces pillards mettaient en flammes.

Un gros papillon rouge et beige, que l'orage avait chassé vers la maison, volait lourdement au-dessus d'eux.

— Clamorgan faisait ce qu'il voulait des ordres. Il obéissait à son génie et en avait de reste. À Cérisoles, on l'avait bien vu. Un bon général lui disait : il faut vaincre. Cela suffisait. Mais quand il vit les pillages et qu'on lui ordonna : il ne faut pas s'en mêler, il fit comme s'il n'avait rien entendu. Et il nous a tous envoyés arrêter les écorcheurs.

Colombe ne voyait pas où il voulait en venir. Elle n'avait jamais aimé les récits de bataille et désormais encore moins qu'avant.

— J'étais à ses côtés, poursuivit Le Thoret. La victoire était acquise depuis longtemps et pourtant il exposait encore sa vie dans des embuscades avec les pillards. Car les irréguliers se déchaînaient et n'entendaient pas renoncer à leur butin. On nous tirait dessus. Il y eut encore plusieurs morts dans nos rangs. Chaque fois que nous essayions de protéger un village, la population mettait du temps à comprendre qui lui voulait du bien. Il arrivait que des paysans nous accueillent à coups de fourche et même nous tendent des pièges.

L'évocation du combat rendait le vieux soldat loquace. Ces campagnes régulières, même dans leurs suites incertaines, étaient tout ce qui lui avait manqué, depuis qu'il était aux Amériques. Mais, observant le silence de Colombe, il se calma.

— Un matin, reprit-il plus bas, nous sommes arrivés dans un petit hameau désert, où l'on nous avait signalé des mercenaires. C'était assez haut sur le Piémont ; on voyait briller au loin le sommet enneigé des montagnes. En fait de bourg, il y avait seulement quatre maisons en pierre entourées d'étables. Les bêtes meuglaient, faute de soins. Nous nous sommes postés alentour et nous avons fait des sommations. Mais personne n'est sorti. Alors, avec beaucoup de prudence, nous avons pénétré dans les maisons.

À ce point, Le Thoret baissa les yeux. Sa vaillance avait une secrète limite : il avait horreur du sang. Il aimait combattre parce que la guerre fait affronter la santé, le courage et l'adresse. Mais dès qu'il était en présence de blessés, de prisonniers, de civils, il perdait toute ardeur, à en devenir presque lâche.

— Ce que nous avons découvert était affreux... Tous les paysans avaient été massacrés avant l'aube, dans leurs lits... Les meubles avaient été renversés... on avait fouillé partout... volé ce que leur misère avait épargné...

Ses yeux étaient pleins de visions qu'il ne décrivait pas et qui laissaient autant de blancs entre ses phrases.

— Nous allions repartir quand un de nos soldats a crié. Il avait vu bouger quelque chose dans une resserre. Clamorgan s'est approché et il a aperçu... deux enfants cachés dans une charrette à foin.

Il regarda Colombe.

— L'un d'eux était une petite fille avec des cheveux bouclés. L'autre un garçon.

— Just ! s'écria-t-elle.

Les lampes sourdes jetaient dans l'obscurité de grandes lueurs jaunes qui éclairaient un perroquet.

— Non, dit gravement Le Thoret.

Dans le silence de la pièce, on entendait l'oiseau griffer la planche chantournée qui lui servait de perchoir.

— Clamorgan est ressorti de la grange, un enfant sur chaque bras, et nous avons vu tes yeux briller dans le soleil. Tous les soldats se sont assemblés pour te regarder.

Colombe était bouleversée jusqu'aux larmes mais l'énigme de cet autre enfant, à son côté, faisait écran à son émotion.

— Qui était-ce ? demanda-t-elle.

— Un petit paysan, comme toi et qui certainement n'était pas ton frère car il ne te ressemblait pas. Vous aviez deux ans à peu près, l'un comme l'autre. Dans un village voisin qui avait été pillé quelques jours plus tôt, ils avaient besoin de bras. Ils ne voulaient que du garçon. Et nous le leur avons laissé.

Colombe dans cette nuit indienne traversée de présences inconnues regardait surgir ce passé comme un animal que l'on n'a jamais vu mais dont le cri vous est familier.

— Ensuite, il n'a plus été question de te donner à qui que ce soit. Clamorgan t'avait prise sur son cheval et il t'emmenait fièrement partout. On voyait qu'il t'aimait déjà.

— Et Just ? insista-t-elle, entrevoyant ce que Le Thoret voulait lui dire mais cherchant à en avoir le détail.

— Il faut t'imaginer, reprit le vieux soldat en décidant d'attaquer cette fois dans une autre direction, ce qu'était notre vie pendant ces campagnes d'Italie. Bien sûr, il y avait des batailles et plus souvent des escarmouches. Mais nous connaissions de longs moments d'oisiveté et nous tenions garnison dans des villes. Clamorgan avait des amitiés dans tout le nord de l'Italie.

Il n'était pas bien clair pour Colombe où pourrait mener cette digression. Elle laissa cependant Le Thoret poursuivre, de peur qu'il ne s'impatientât si elle le coupait de nouveau.

— Avant cette dernière campagne, où Clamorgan t'a recueillie, nous avions connu une longue trêve, pendant laquelle ton père avait voyagé en Italie. Il aimait entre tout le Milanais où il était entré quinze ans plus tôt avec François Ier et que nous avions de nouveau perdu. C'est bien compliqué, je te l'accorde.

Il était apparent que Colombe n'avait guère la tête, en cet instant, à ces explications politiques.

— Sache seulement qu'il avait connu là-bas une femme, qui était parente des Sforza, bien qu'éloignée : une grande famille en tout cas et peu importe son nom. J'ai vu un portrait d'elle. C'était une jeune femme aux cheveux noirs d'encre, avec un nez très long mais fin, et c'est bien la seule chose que je puisse trouver de remarquable à dire sur sa beauté, qui était parfaite. Il en avait eu un enfant et l'avait laissé auprès de sa mère quand il était allé se battre en Piémont.

— Lui ? fit-elle.

Mais Le Thoret voulait d'abord qu'elle sût tout.

— Après Cérisoles, Clamorgan t'a laissée à notre garde, dans la garnison. Et il a chevauché jusqu'à Milan. Bien sûr, on était en guerre et il était soldat. Mais il ne faut pas t'imaginer des frontières closes. Un homme seul pouvait se rendre partout, d'autant mieux qu'il avait des amis. Quand il est arrivé à Milan, je ne sais trop ce qui s'est exactement passé. Je n'y étais pas. La jeune femme était-elle morte ? S'était-elle mariée à quelqu'un d'autre ? Le fait est que Clamorgan a ramené son fils en Piémont. Et c'est depuis cette époque que Just et toi êtes ensemble.

Le vieux soldat avait bien fait de distiller ses confidences : l'émotion de Colombe en était atténuée. Restait un simple fait, mais bouleversant et riche de plus de conséquences qu'elle ne pouvait à cet instant le mesurer.

Toute sa vie s'éclairait dans cette nouvelle lumière. Mais quant à l'effet que cette révélation avait sur ses sentiments, il était encore confus. Concevait-elle de la joie ou du déplaisir ? Savoir que Just n'était pas son frère lui donnait-il plus de facilité pour s'en détacher, le juger et peut-être le haïr, ou bien était-ce tout au contraire le signe que le dernier obstacle était levé, qui l'empêchait tout à fait de l'aimer ? Elle aurait été bien en peine de le dire. Seule la fraîcheur de la nuit, glacée par les orages, lui fut immédiatement perceptible. Elle se leva pour saisir une couverture de coton et s'en entoura.

— Avez-vous déjà parlé à Just ? demanda-t-elle.

— Non, dit-il, je n'ai pas pu.

Et en effet sa blessure était survenue presque en même temps que Le Thoret quittait l'île.

— Donc, il ne sait rien de tout cela ?

— Quand il est arrivé de Milan, objecta Le Thoret en secouant la tête, il avait deux ans de plus que toi et je suis sûr qu'il pouvait comprendre.

Une grande bouffée de tendresse la saisit d'un coup ; elle pensait à Clamorgan qui avait voulu à toute force qu'ils fussent élevés comme frère et sœur.

Cependant, Le Thoret, soulagé de sa confession, marquait qu'il avait encore bien des choses à dire ; elle l'interrogea jusqu'à l'aube sur ce père qu'il lui semblait en même temps perdre et découvrir.

CHAPITRE 6

Trois mois avaient passé depuis l'arrivée des protestants sur la terre ferme. Ils s'y étaient organisé une vie régulière faite de prières, de tours de garde en direction de la plage et de la forêt, afin de déjouer une éventuelle attaque de Villegagnon. Mais elle n'était jamais venue. Leur ennemi principal était l'ennui qui livrait les heures redevenues chaudes à une interminable torpeur. Plusieurs membres de la petite communauté avaient été saisis de fièvres. On pouvait se demander, à les voir délirer dans leurs hamacs, s'ils n'étaient pas les seuls à avoir découvert un moyen de se distraire pendant leur sieste.

Quelques femmes aussi connaissaient une certaine activité et marquaient de l'enthousiasme : trois des épousées étaient enceintes et toutes les caméristes s'affairaient à préparer des berceaux et des langes. Aude, elle, regardait ces affaires avec mépris. Depuis son attentat contre Just, elle s'était enfermée dans un mutisme hautain et avait repoussé plusieurs propositions de mariage. La communauté était sans chef. Du Pont, recru d'épreuves, semblait avoir perdu toute énergie pour résister et combattre ; un vilain ulcère contracté sur l'épaule affaiblissait le pasteur Richer et le tenait indisposé. Aude, peu à peu, avait pris sur le groupe l'ascendant qu'une vierge farouche peut exercer sur des hommes, surtout quand ils la savent capable d'assassinat. Elle traitait maintenant d'égale à égal avec Martin, profitant de ce que le brigand la craignait et probablement la désirait. Elle lui marquait clairement qu'elle n'était pas victime, à son endroit, des mêmes faiblesses. Cette dissymétrie lui donnait un empire sur Martin que nul autre, parmi les exilés, n'eût été à même d'exercer. Or tout dépendait de lui. Les tentatives menées par certains protestants, sur l'ordre de Richer, pour se rapprocher des Indiens et en faire des alliés s'étaient soldées par des échecs. Un des artisans, nommé Jean de Léry, avait parcouru les villages de la forêt pour observer les mœurs des Tupi. Il avait cherché en vain une trappe dans leurs âmes, par où la vraie foi eût pu être introduite. Il avait eu un bref espoir en rencontrant un jour un Indien nommé Pindahousou, qui prétendait avoir été converti jadis par Thevet. Il était habillé d'une robe de coton qui mimait l'uniforme des cordeliers, récitait le Notre Père et n'accomplissait aucune action qu'il n'eût précédée d'un signe de croix. Toutefois, quand Léry eut appris un peu mieux le langage tupi, il ne tarda pas à voir que le pauvre Pindahousou était un simple d'esprit qui accomplissait ces gestes sans en comprendre le sens. Il n'avait pas la moindre connaissance de Dieu. Par cette imitation, il marquait seulement l'admiration qu'il avait pour Thevet car celui-ci, par le secours de sa médecine, avait guéri sa fille. Les derniers doutes à son sujet furent levés lorsque Léry recueillit la preuve que Pindahousou, tout chrétien qu'il se prétendît, était demeuré anthropophage.

Ainsi progressa dans les consciences protestantes l'idée que la rédemption des Indiens était impossible. Seuls les papistes, avec leur ridicule façon de se contenter de gestes, pouvaient prendre l'imitation pour la conversion et des simagrées pour les manifestations de la grâce.

Quand ils eurent perdu toute intention d'en faire des

hommes et de les sauver, les réformés se contentèrent d'observer les mœurs des sauvages comme on le fait des bêtes ou des végétaux. Et le respect qu'ils leur marquèrent n'était que le revers d'une indifférence absolue, qui les rejetait hors de l'humanité. On ne se donne pas de peine à faire connaître Jésus-Christ aux antilopes ou aux buffles, quand même on peut trouver quelque intérêt dans leur société…

À mesure que passaient les semaines, il devenait clair aux huguenots qu'ils n'avaient plus aucun secours à attendre, en dehors de ceux qui leur viendraient de Genève. Martin leur fournissait tout juste assez d'eau et de nourriture pour survivre, et encore Aude devait-elle négocier ces rations pied à pied pour qu'elles fussent suffisantes. L'inactivité et les privations affaiblissaient régulièrement les religionnaires. Leur moral était au plus bas. Le moindre incident pouvait les entraîner dans le désespoir. Curieusement, cette alarme redoutée ne vint ni de Villegagnon ni des truchements. Elle n'en fut que plus effrayante.

Un soir, deux artisans qui étaient allés herboriser dans la jungle ne revinrent pas. On les crut égarés. Comme le deuxième jour ils n'avaient pas reparu, Aude fit demander à Martin de les rechercher. Il temporisa et, pour qu'il acceptât, Aude dut le lui commander elle-même, en pointant sur le truchement ses yeux noirs qui le terrifiaient. On retrouva finalement les corps pendus à une branche de cèdre. Les malheureux étaient mutilés d'horrible façon, éviscérés par deux coups de machette qui traçaient une croix sanglante sur leur ventre. Aucun Indien n'aurait agi de la sorte et, dans cette région, ils craignaient trop Martin pour se donner de telles libertés.

Ce crime resta mystérieux jusqu'à ce qu'il fût suivi d'un autre, plus horrible encore, commis non loin du village des protestants. C'est une des épousées, cette fois, qui avait été capturée lorsqu'elle s'était éloignée pour un besoin. On la retrouva crucifiée sur un tronc de sycomore et, par une béance pratiquée au poignard dans son bas-ventre, l'enfant avait été arraché de ses entrailles et en partie dévoré.

Martin, cette fois, fut obligé de révéler ce qu'il savait.

— Ce sont les anabaptistes, avoua-t-il à Aude qui l'interrogeait.

Elle avait, comme tout le monde, entendu parler de cette secte. Mais Richer, pour ne pas répandre plus avant la terreur, était toujours resté discret sur ce sujet.

— Ils vivent dans les parages ? s'étonna Aude, qui n'avait jamais vraiment cru à l'existence de ces illuminés.

— Nul ne le sait. À ce qu'il paraît, ils changent sans cesse de séjour.

— Je croyais que vous étiez le maître, sur ces terres, dit Aude avec un air de mépris.

— Les Indiens ont peur d'eux ; je n'y peux rien, se défendit Martin. Ils sont convaincus que ce sont des esprits et s'enfuient dès qu'ils les aperçoivent.

— Et vos « associés » ?

— En vérité, avoua Martin en hochant la tête, il faut que vous compreniez que personne n'est armé pour combattre de tels monstres. Ces diables-là vont nus. Ils tendent des pièges, des embuscades. Et puis…

Aude attendait, l'air redoutable. Son flair lui faisait traquer la faiblesse et elle la vit sortir du bois.

— … ils ne nous font pas de mal.

— Vous voulez dire qu'ils sont vos alliés ?

— En aucun cas ! se récria Martin. Mais ils ne sont dangereux que si on les attaque. Et, faute de pouvoir les vaincre, nous nous gardons de le faire.

— Et nous, riposta Aude, les avons-nous attaqués ?

— Il faut croire.

Elle était trop jeune pour bien connaître l'histoire tragique des protestants. Elle n'avait pas vécu cette période terrible où l'eau fraîche de la Bible, jetée par Luther sur les esprits bouillant de frustrations médiévales, avait produit des explosions de sectes qui faisaient un usage monstrueux et vengeur de leur nouvelle liberté. Richer, qu'elle interrogea le soir, lui raconta le terrible destin des anabaptistes, leur rage à faire le mal jusqu'à l'extrême, et, pour la première fois, confessa les extraordinaires supplices que ces pauvres hères saisis d'une folle ferveur avaient dû endurer dans toute l'Europe.

Aude, malgré le pathétique de ce récit, n'était pas d'une nature à s'apitoyer longtemps sur quiconque la menaçait. Elle organisa la communauté pour survivre, fit monter des gardes autour du village, donna des ordres pour que nul ne s'éloignât seul et sans motif. Hélas, ces mesures, si elles évitèrent de nouvelles victimes, eurent sur le moral des exilés un effet désastreux. Après une première période de mobilisation, bienvenue pour rompre la torpeur générale, un surcroît d'abattement gagna la communauté. Sans le secours des promenades, les malheureux tournaient en rond dans l'étroit périmètre des cases. Les inimitiés se transformaient en querelles. Une rixe opposa un des maris à un soldat qui avait regardé sa femme.

Finalement, un soir, Aude alla trouver son oncle. Le chancre qui lui dévorait le bras était de plus en plus térébrant. Le visage du pasteur était tordu de souffrance.

— Mon oncle, dites-moi la vérité, commença-t-elle. Pensez-vous que Genève nous envoie jamais des secours ?

Richer réfléchit longuement.

— Calvin ne nous abandonnera pas. J'en suis sûr. Mais…

Aude sentait qu'il ne s'exprimait pas sans répugnance.

— Ne craignez pas de me parler, dit-elle.

Le pasteur savait depuis l'attentat contre Just que sa nièce était d'une force de caractère sans commune mesure avec ce qui faisait l'héroïsme ordinaire des réformés. La même peur qui faisait obéir la communauté aux décrets de cette très jeune femme, rendait Richer tout à fait incapable de résister à sa volonté. Quoiqu'il se fût juré de ne jamais y céder, il laissa paraître une critique à l'endroit de son maître spirituel.

— Calvin, gémit-il, est un homme difficile. Enfin, je veux dire exigeant. Il n'aime pas les échecs. Si notre cause n'est pas bien plaidée devant lui, il se peut qu'il soit fâché contre nous de n'avoir pas su manœuvrer Villegagnon. Pour tout dire, je crains qu'il se borne à nous envoyer une belle lettre de réprimande et de conseils.

— Il nous abandonnerait ?

— Non pas, se récria Richer qui s'en voulait déjà d'avoir écorné l'image de perfection du Réformateur. D'ailleurs, Calvin n'a rien à voir là-dedans. Tout cela est une simple affaire de politique. De deux choses l'une : ou bien Genève est encore à cette heure en bons termes avec la France et on nous recommandera simplement de trouver un compromis avec Villegagnon. Ou bien les guerres religieuses ont rallumé les hostilités entre les deux puissances.

— Et dans ce cas ?

— Dans ce cas, il sera impossible de nous envoyer un convoi. Car le roi de France n'acceptera plus de nous laisser la liberté de ses ports.

— Donc, de toute manière, nous sommes perdus.

Richer réfléchit un instant.

— Mon erreur a été de ne pas y aller moi-même, s'écria-t-il, et l'on voyait que cet aveu soulageait son âme d'une préoccupation douloureuse et continuelle. Chartier est loyal, c'est un bon pasteur et un brave homme mais il n'a pas de diplomatie. Je connais mieux Calvin. J'aurais su le convaincre, lui montrer l'importance de cette colonie, les torts de Villegagnon. Et même si la France avait dressé des obstacles, j'aurais trouvé des appuis en Hollande ou en Angleterre.

— Il n'est peut-être pas trop tard. Partez ! Nous vous attendrons.

— Et que lui expliquerai-je maintenant ? Quand Chartier s'est embarqué, nous étions sur l'île, tout était encore possible. Aujourd'hui, je devrais avouer à Calvin que son Église est confinée dans trois paillotes et que nous avons traversé l'Atlantique à seule fin de nous faire persécuter par une bande d'anabaptistes revenus à la vie sauvage.

— En ce cas, dit Aude, nous rentrons tous.

Le pasteur protesta mais mollement. Il reconnaissait à sa nièce un courage et une autorité dont il était fier, même si les circonstances mettaient ces qualités au service d'une conclusion qu'il lui répugnait de tirer. Cet abandon ne réjouit pas Aude mais au moins la situation était-elle claire : elle savait ce qu'il lui restait à faire.

Elle demanda audience à Martin le lendemain. La décision des protestants le soulagea. Il s'était un peu lassé des tourments que lui faisait subir cette troupe d'oisifs. Les bénéfices qu'il en tirait étaient nuls. Ils n'avaient même plus de quoi payer les commodités qu'il leur fournissait. De surcroît, ils risquaient de troubler l'alliance provisoire qu'il avait établie avec Villegagnon. Vittorio, à chacun de ses passages, insistait sur le fait que l'amiral ne voulait rien tenter d'hostile sur la terre ferme mais qu'il était de plus en plus impatient de voir les réformés disparaître de Guanabara. Leur départ contenterait donc tout le monde.

Martin négocia pour eux un passage sur une vieille hourque bretonne qui trafiquait dans la baie. Le navire était en mauvais état. Il devait rentrer à Brest pour se mettre au radoub. Le capitaine avait eu d'abord le dessein d'y embarquer du bois, mais un tel lest était excessif pour la coque du vaisseau mangée de tarets. Il accepta de prendre des passagers moyennant un paiement à destination. L'avantage, avec une telle cargaison, était qu'on pouvait toujours l'alléger, si une avarie survenait, en jetant quelques personnes par-dessus bord.

Moins d'une semaine s'écoula avant que les protestants rescapés fussent conduits en pirogue jusqu'au navire. Avec le tribut qui avait été payé aux fièvres, les assassinats perpétrés par les anabaptistes et quelques morts naturelles, il restait vingt-deux personnes pour former ce convoi lugubre. À l'inconfort et à la vétusté du vieux bâtiment, s'ajouta pour eux le désagrément de voir qu'il s'appelait le *Sainte-Marie*. Le capitaine les installa sans aménité dans des cales encore jonchées de coulures d'huile, de fruits pourris et de déjections de singes. Lui-même était à l'image de son bateau : grossier et malpropre. Il se tenait toujours torse nu — exhibant de répugnantes mamelles de graisse — et il était couvert de poils sur les épaules et le dos. Aude essaya sur lui son regard noir mais, à la troisième requête qu'elle lui fit concernant la propreté de la cale, il lui administra une paire de claques qui précisait la hiérarchie du bord pour la durée de la traversée. Tout l'équipage était de la même eau.

Dès le démarrage, il apparut que le capitaine ne constituerait pas le danger le plus redoutable du voyage. C'eût été peu de dire que les voiles étaient usées. On aurait cherché longtemps parmi les carrés rapiécés qui les constituaient ceux qui subsistaient de la fabrication d'origine. Le mât était cintré comme un arc et les craquements de la coque semblaient trahir une violente querelle opposant les membrures aux bordages pour savoir lesquels rendraient l'âme les premiers.

Le bateau, parti du fond de la baie, passa prudemment bien au large du fort Coligny, au cas où Villegagnon aurait eu la méchante idée de lui envoyer une canonnade. Malgré l'incertitude de la traversée qu'ils entreprenaient, les protestants étaient heureux de voir s'éloigner ce rivage qui leur avait été si cruel. Le pain de sucre les regarda passer, avec cette stupide indifférence de la nature au malheur des hommes, laquelle décuple leur envie de l'asservir et de la soumettre. Le temps était beau, imposant l'une des deux seules cruautés dont il fût éternellement capable : la violence du soleil, qui faisait suite à celle des orages.

Bientôt la houle se creusa, marquant la sortie de la baie. La hourque gémit et grinça en subissant la poussée de la mer ouverte. Ce fut alors le moment d'un incident qui vint justifier plus tôt que prévu les craintes du capitaine. Une planche de la coque, sur l'avant, se rompit sous la pression de l'eau ; un torrent de mer entra dans le navire. Il fallut placer tout le monde à la proue, pour soulager l'étrave et hausser la voie d'eau au-dessus de la surface. Une réparation de fortune assura un colmatage douteux.

Après un conciliabule avec le charpentier du bord, le capitaine décida qu'il fallait délester. On jeta par-dessus bord plusieurs tonneaux d'eau et de farine. Et tant pour alléger le poids que pour réduire les bouches à nourrir, compte tenu de la quantité restante de vivres, les huguenots furent invités à désigner huit des leurs pour retourner à terre. Le navire n'étant pas pourvu d'annexe, les malheureux devraient s'entasser sur un radeau pour regagner la côte. Après des protestations, des lamentations et la promesse d'augmenter le prix payé à l'arrivée, le capitaine consentit à sacrifier quatre singes en place de deux hommes. Mais il fallait tout de même en trouver six. Cinq artisans et un soldat acceptèrent de se livrer au radeau.

Le bateau reprit sa route, et des cris d'adieu déchirants saluèrent la disparition des six hommes en larmes, à quatre pattes sur leur esquif.

Cependant la côte n'était pas encore très loin et le courant qui pénétrait dans la baie poussa le radeau dans son havre. Les naufragés virent repasser le pain de sucre, toujours aussi indifférent. Incapables de diriger leur embarcation de fortune, ils s'en remirent au mouvement de l'eau pour les échouer à terre. La nuit vint. À mesure qu'ils s'enfonçaient dans la baie, le courant devenait plus faible et le radeau tournoyait comme un bouchon. Faute de lune, ils n'avaient aucune idée de l'endroit où ils allaient finalement aborder. Enfin, vers le milieu de la nuit, un choc mou leur indiqua qu'ils avaient touché un écueil. Le radeau s'avança encore un peu et s'immobilisa dans une petite anse de récifs. Un homme s'aventura sur ce sol coupant qui affleurait l'eau. Il revint au bout de quelques instants en confirmant qu'ils étaient bien sur une terre et ils y débarquèrent. C'est seulement à l'aube, en découvrant une muraille au-dessus d'eux, qu'ils surent qu'ils étaient arrivés dans l'île du fort Coligny.

*

— A-t-il avoué ?

— Tout, amiral, répondit le tortionnaire en tendant fièrement une feuille maculée de sang.

Villegagnon jeta un coup d'œil vers l'homme qui pendait au mur, les deux poignets tenus par des bracelets de fer. Des morceaux de chair sur la poitrine avaient été arrachés très proprement par les pinces en acier chauffées, aux mâchoires desquelles on voyait encore fumer de la peau brûlante. Tout son corps était lacéré de coups de fouet. Sur son cou s'imprimait en rouge la trace d'un garrot que l'on avait serré jusqu'à l'évanouissement.

Sans la haine, la souffrance est un spectacle dépourvu de goût, comme la boisson est sans agrément lorsqu'elle n'étanche pas une soif véritable. Au contentement que l'amiral éprouvait de voir ce parpaillot mis en pièces, il mesurait le progrès qu'avait accompli en lui le dégoût de l'homme. Il en était heureux comme d'un signe de guérison, après tant d'années de niaise indulgence. En cherchant bien, on découvrait toujours le mal dans la créature. Villegagnon se reprochait amèrement de n'avoir pas compris cela plus tôt et de n'avoir pas scruté l'homme avec suffisamment de sagacité. Celui-là, par exemple, et il regardait le supplicié, jadis il aurait sûrement accepté de croire qu'il était bien, comme il le prétendait, un simple naufragé poussé sur l'île par le hasard. Aujourd'hui, il ne se contentait plus de ces chimères : il cherchait mieux. Et donc, il trouvait. La vérité à côté de laquelle il aurait pu passer était inscrite sur cette feuille.

— « Je reconnais », lut l'amiral avec satisfaction, « avoir tenté de m'introduire au fort Coligny pour y semer le désordre et la trahison. Mes amis sont repartis à Genève afin de hâter l'envoi de renforts, qui leur permettront de s'emparer ensuite de la colonie. Ma mission était de préparer leur retour en assassinant l'amiral de Villegagnon et en répandant secrètement des prêches contre Rome et le clergé catholique ».

Le long du mur, l'homme avait perdu connaissance.

Villegagnon fourra le procès-verbal dans sa poche.

— Merveilleux, dit-il à l'adresse du bourreau. Ils sont tous d'accord. Ceux que tu as traités hier ont signé exactement la même déclaration.

Le tortionnaire fit un sourire gracieux et, après avoir essuyé ses mains couvertes de sang sur son tablier, il ébaucha une petite révérence.

— Comme quoi, conclut l'amiral, la vérité est une.

Puis avant de sortir, il se retourna et ajouta :

— Tu le mettras avec les autres. Tâche de lui faire retrouver bonne allure d'ici demain, pour le jugement.

L'esplanade du gouvernorat avait été décorée tout spécialement pour que le procès y fût tenu avec la pompe nécessaire. La saison étant au sec, la copie géante de la Madone de Titien avait été dressée face au port et à la jungle de la côte. Villegagnon était heureux de revêtir pour la circonstance une pelisse doublée de petit-gris que le couturier venait d'achever. Il s'installa sur une manière d'échafaud, côte à côte avec dom Gonzagues, qui était de plus en plus perclus et vénérable. Impropre à toute autre chose, il faisait merveille en sphinx judiciaire, perdu dans de douces rêveries poétiques qui pouvaient passer pour de terribles ruminations de châtiment. Le troisième homme était le doyen des artisans qui, dans ce prétoire, représentait le peuple.

Les six protestants, échoués sur leur radeau, furent jugés un par un. Le tribunal, sans grande surprise, les condamna à une mort que le bourreau leur avait déjà partiellement administrée. Comme il ne convenait pas seulement, par ce jugement, d'édifier les colons mais aussi de les réjouir, il fut décidé plusieurs sortes d'exécutions. On aurait deux pendus, deux décapités et deux noyés. Cette dernière forme de sentence était la plus prisée du public. Les suppliciés, une courte chaîne lestée autour du cou, furent précipités entre les récifs. L'eau claire de la baie permit de suivre leur agonie comme derrière une vitre. Les plus rêveurs purent ensuite attendre au bord de l'eau l'arrivée des murènes.

Jamais Villegagnon n'avait été plus populaire.

CHAPITRE 7

Just s'était assez rapidement remis de sa blessure. Toutefois, il avait continué, bien au-delà de sa convalescence physique, à rester allongé, inerte, sans volonté. Une maladie de langueur avait succédé au navrement du corps, comme si Aude, en le frappant, eût tout de même atteint le cœur.

Les pensées fuyantes de la mélancolie faisaient défiler devant lui des images de sa vie mais il revoyait ces émotions passées sans les éprouver. Ses rêves s'étaient évanouis comme des bulles diaphanes que la dague assassine aurait crevées. Clamorgan, la chevalerie, les nobles combats de son père en Italie, les songes grandioses de la France antarctique, tout lui apparaissait comme des brumes auxquelles il avait absurdement prêté des formes solides. Il n'était plus une seule d'entre elles qui eût pu désormais abuser son regard dessillé. Mais en lieu et place de ces illusions ne revenait pas pour autant le monde prosaïque des apparences. Car elles aussi avaient été transpercées. La surface des êtres, tout autour de lui, s'était ouverte sur des obscurités répugnantes. Aude, d'abord, aimée pour ce qu'elle n'était pas, lui avait montré avec quelle facilité la haine peut se travestir en amour, la noirceur en beauté, la chasteté en corruption et comment les dehors de la tendresse pouvaient dissimuler la sombre volonté du meurtre. Villegagnon ensuite s'était révélé autre que ce que Just avait cru. Depuis sa blessure, le chevalier venait chaque jour rendre visite au malade. Sous couvert de le rassurer, il lui contait ses actions, ses projets et faisait, avec l'intention de l'égayer, d'éprouvantes descriptions de ses cruautés, de ses ruses, de la haine qui désormais guidait ses actes en pleine lumière. Comment Just avait-il pu admirer un tel homme ? Comment s'était-il mépris si longtemps sur sa bonté ? Il ne savait lequel entre eux deux avait changé. Mais Villegagnon ne pouvait laisser s'écouler autant de noire humeur et de méchanceté sans qu'elles eussent été produites en lui depuis longtemps, même s'il se contraignait auparavant à ne pas les exprimer. Just ne le recevait plus sans dégoût ; ce que l'amiral prenait chez lui pour un épuisement du corps était en vérité la révolte d'un esprit qui ne pouvait ni parler ni se taire.

Il n'était personne, dans cette île, dont Just ne fût amené à contempler désormais la face cachée et répugnante. Il semblait que toutes les apparences s'étaient retournées comme des vêtements et présentaient à son regard un envers grouillant et sale. Lui-même n'était pas indemne de cette transformation. Sa vie entière suait la lâcheté, l'indécision et l'erreur. Sous ses poses de noblesse et d'élégance, il n'avait jamais pratiqué que les plus grossiers compromis et supporté les mensonges qu'il s'inventait, en faisant mine de les croire.

Colombe, entre tous, était la seule qui résistât à cette déferlante de nausée. Just pensait à son regard clair qui n'était plus posé sur lui et sa nouvelle lucidité lui semblait une manière de voir enfin par ses yeux. Comment ne l'avait-il pas mieux comprise ? Pourquoi avait-il été assez lâche pour ne pas accepter ce qu'elle tentait de lui dire ? Elle avait vu avant lui le sinistre engrenage de cette colonie vouée au sang et à la destruction. Elle était venue l'avertir de son départ et il ne l'avait pas entendue. Elle avait lu la trahison dans le simulacre d'amour que lui proposait celle qui allait un jour le poignarder.

À tous ces élans de vérité, il n'avait jamais su opposer que le mensonge. Mensonge de ce travestissement qu'il avait accepté pour elle et dont elle s'était défaite par un éclat désespéré. Mensonge d'un projet de gloire auquel il ne croyait pas lui-même. Et mensonge, surtout, de cette fausse parenté qui le protégeait contre les sentiments véritables qu'il éprouvait pour elle. Quand ils étaient enfants, lui faire croire qu'elle était sa sœur était une manière de lui dire qu'il l'aimait. Mais prolonger cette fable n'avait eu pour but sinon pour effet que d'empêcher cet amour de grandir et de devenir adulte, comme eux.

En effondrant ces murs d'illusions et d'erreurs, Aude avait eu au moins un mérite : elle avait fait apparaître, bien au-dessous des coques, des peaux et des pulpes, le seul noyau solide qui était en Just : l'amour qu'il avait pour Colombe. Le malheur voulait qu'il l'eût découvert quand il était trop tard pour le planter en terre et le faire pousser, trop tard pour l'exprimer comme pour le vivre.

Peu à peu, Just s'était remis debout. Il s'habillait, sortait pour marcher sur la plage, en contournant les gibets et les lieux de supplice. Il évitait d'ailleurs le plus possible de poser les yeux sur l'île. Le fort lui-même, dont il était jadis si fier, était maintenant pour lui un spectacle douloureux. Il ne regardait que la mer. Dans les chatoiements de ses verts, où l'éclat bleu des eaux dissolvait en variables proportions la lumière jaune du soleil, il croyait lire le message énigmatique et fluide de ses propres sentiments. Le paysage de son âme, étale et liquide, s'étendait entre un avenir blanc comme le ciel et les abysses violets d'un passé douloureux.

C'est là que Villegagnon, peu après l'exécution des naufragés, était venu le chercher un jour pour lui annoncer sa décision. En voyant l'amiral le rejoindre au bord de l'eau, Just avait d'abord éprouvé la sensation désagréable d'être poursuivi dans l'intimité de ses rêves. Mais Villegagnon, ce matin-là, paraissait moins tourmenté de haine qu'à l'ordinaire. En déambulant le long des récifs, il semblait même qu'il fût gagné lui aussi par le calme de la mer. Sa tenue chamarrée, galonnée de fils d'or, était moins saugrenue dans le voisinage majestueux de la baie que dans le décor apprêté de son meuble d'ébène et de ses tapisseries orientales. Il parlait bas, comme pour lui-même. Just sentait que, depuis sa blessure, il était devenu indispensable à Villegagnon. En le visitant chaque jour, l'amiral avait épargné, dans le fracas de violence qui l'emportait, un petit espace de tendresse véritable. Le malheur voulait qu'il l'eût réservé à quelqu'un qui le jugeait odieux et se sentait désormais incapable de lui rendre son affection.

— J'ai bien réfléchi, commença Villegagnon. Nous sommes dans une impasse.

Ce constat d'échec ne lui ressemblait guère. Et, en effet, il préludait encore à l'action. C'est en redressant fièrement la tête et en regardant l'horizon qu'il annonça :

— Je rentre en France.

Just, malgré la singularité de cette proclamation, avait encore du mal à montrer de l'intérêt.

— Le fort est achevé, poursuivit l'amiral. Il est clair que les Portugais ont manqué l'occasion de nous attaquer quand nous étions faibles. La sécurité de la colonie est désormais acquise. Il nous faut aller plus loin, exploiter le bois en grandes quantités, pénétrer dans les profondeurs de ce continent et découvrir l'or dont il regorge. Maintenant que les protestants sont partis, il est temps d'attaquer les truchements et d'en débarrasser à jamais cette côte. Hélas, ce que j'ai appris de leurs forces montre que pour nous en rendre maîtres il nous faudra une véritable armée, des moyens nouveaux, de l'argent pour acheter des intelligences. Nous ne pouvons rien espérer de tel ici. Je dois aller chercher tout cela à Paris et plaider auprès du roi la cause de notre prometteuse colonie.

Just craignait qu'il ne repartît dans l'exposé des grandeurs de la France antarctique. Il était au-dessus de ses forces de l'écouter. Mais Villegagnon, soudain, changea de direction.

— J'ai bien connu Cortés, à la prise d'Alger, confia-t-il. Je n'ai jamais rien vu d'aussi lamentable que cet homme.

Just avait déjà entendu l'amiral comparer son œuvre brésilienne à la conquête du Mexique et le nom d'Hernán Cortés revenait souvent dans sa bouche. Mais c'était la première fois qu'il évoquait directement sa rencontre avec lui.

— C'était un petit bonhomme tout croche, noir comme un corbeau et plein de tics. Et pourtant, il a donné plus de royaumes à Charles Quint qu'aucun capitaine ne pourra jamais rêver d'en conquérir. Il a vaincu seul l'empereur des Mexicains et a fait crouler l'Espagne sous l'or des Amériques. Quand je l'ai connu, il était déjà en disgrâce et tentait désespérément de se faire remarquer par son souverain.

Des artisans, qui flânaient le long de l'eau, prenaient un air affairé pour déguerpir, en voyant approcher l'amiral. Mais celui-ci ne leur prêtait aucune attention, tout à l'évocation du conquistador.

— On l'avait calomnié, continua-t-il, pendant qu'il risquait sa vie pour soumettre le Nouveau Monde. Des courtisans venimeux l'avaient présenté comme un traître et Charles Quint avait eu la faiblesse de les croire. Cortés rentré en Europe, le souverain l'a traité comme un misérable. L'autre cherchait toutes les occasions pour revenir en cour. Lorsque l'empereur a voulu lancer une espèce de croisade contre Alger, pour débarrasser la Méditerranée de ce nid de pirates, Cortés a sauté sur l'occasion.

Just n'avait plus le cœur, comme jadis, à demander à l'amiral ce qu'il allait faire, lui Français, dans cette expédition espagnole contre des Turcs que François Ier traitait presque en alliés.

— Moi, répondit l'amiral à la question qui ne lui avait pas été posée, j'étais en service commandé pour Malte, qui avait intérêt à voir anéantir les barbaresques.

Puis il ajouta à voix basse, comme pour se garder d'une indiscrétion venue de la mer ou des rochers :

— Et, bien entendu, je renseignais le roi de France.

On était loin des affaires de l'île. Villegagnon s'en rendit compte et se hâta de conclure sa digression.

— Bref, je voulais dire qu'à Alger, quand nous avons débarqué, un orage terrible nous a empêchés d'attaquer. L'expédition était mal préparée, mal menée. Tout le monde voyait que la partie était perdue, même moi qui ai fait un peu de bravade. Mais ce pauvre Cortés, lui, voulait à tout prix se racheter. Il était là, sous la pluie, trempé jusqu'au dernier poil, et Dieu sait s'il en avait, à répéter : « Il faut y aller ! Il faut y aller ! » Et l'empereur le regardait avec plus de mépris qu'il n'en aurait eu pour un bouffon, un fol. C'était pathétique, crois-moi.

L'amiral contemplait la mer en secouant sa grosse tête.

— Cortés a fini dans la misère. On dit même qu'à la fin il s'accrochait au carrosse du souverain pour quémander un secours. Eh bien, je ne veux pas que pareille mésaventure m'arrive.

C'était la première fois que Just l'entendait évoquer l'échec et la solitude.

— Non, corps-saint-jacques ! Je ne laisserai pas des lâches me calomnier. Bien sûr, je voulais que ces huguenots disparaissent, mais maintenant qu'ils ont trouvé le moyen de rentrer vers l'Europe, j'ai tout à craindre, comprends-tu ? L'interrogatoire des naufragés le prouve : ils ont la ferme intention de me calomnier. Ils vont faire une caricature de mon œuvre. Je connais cette engeance : ils gribouillent comme le singe se gratte. Ils vont répandre des libelles contre moi. Et il se trouvera toujours de bons conseillers pour dire au roi de France qu'il ne saurait y avoir de fumée sans feu. Alors, tout sera possible : il pourrait me désavouer. À moins qu'il ne décide de m'envoyer une armée mais en y plaçant un autre du Pont qui, à peine débarqué, annoncera qu'il prend ma place.

Pendant que l'amiral développait ces explications, ils étaient arrivés sous la redoute ouest. Villegagnon se planta face à l'ouverture de la baie, qui donnait sur le grand large.

— Voilà pourquoi, conclut-il, je dois aller présenter moi-même ma défense. Il nous reste un navire. Je l'ai fait préparer. D'ici huit jours, je serai parti.

L'esprit de Just, déshabitué de penser pratiquement, ne savait ce qu'il devait décider pour lui-même : accompagner l'amiral en France ? Envisager une autre solution ?

Il s'attendait à un choix mais c'est un ordre qu'il reçut.

— En mon absence, déclara solennellement Villegagnon, tu prendras le commandement de la colonie.

Just reçut cette décision comme un carreau d'arbalète en plein front. Pourtant, à la considérer, elle apparaissait logique et même inéluctable. Le Thoret avait déserté, Bois-le-Comte était resté en Normandie, dom Gonzagues avait épuisé ses dernières forces dans les luttes religieuses. Les autres officiers étaient de bons soldats mais sans aptitude à devenir des chefs. Villegagnon avait achevé d'éduquer Just comme un dauphin et l'avait pourvu de toutes les qualités pour lui succéder. Il lui en manquait seulement le désir. L'amiral, pour insensible qu'il fût, l'avait perçu mais il pensait que la volonté peut s'armer du dehors, par un ordre ou, mieux, par un serment.

— Jure-moi, prononça-t-il en pointant son doigt ganté de pécari vers le cœur de Just, que, sur la mémoire de ton père, tu garderas cette terre jusqu'à mon retour. Jure-moi que tu en défendras les intérêts contre tous ceux qui pourront venir la menacer et qu'on te trancherait la gorge plutôt que te voir leur céder.

Comme pour tout ce qu'il faisait d'officiel, Villegagnon avait mis dans ces mots une emphase qui confinait au ridicule. Mais, en même temps, sa force, sa taille, l'air à la fois douloureux et menaçant qu'il avait pris pour parler, n'incitaient pas à la plaisanterie ni à l'esquive.

— Je le jure ! prononça Just malgré lui.

Et c'est ainsi qu'il devint le gouverneur de la France antarctique.

*

Pay-Lo faiblissait. Malgré le retour du soleil, l'air bien sec, il toussait toujours et restait allongé. On le portait sur la terrasse et il y demeurait des heures dans son hamac, si immobile parfois que les écureuils venaient, à deux ou trois, s'asseoir sur son corps. Malgré sa faiblesse, il continuait d'écouter les nouvelles qu'on lui rapportait. Il apprit ainsi que Le Thoret, sous bonne garde, était arrivé dans les établissements et avait pu embarquer pour la France. Quelques jours plus tard, des guerriers de la côte étaient venus lui signaler le départ du dernier bateau mouillé près de l'île. D'après la rumeur, Villegagnon était à bord.

Colombe se demanda si Just l'avait accompagné. Depuis les révélations de Le Thoret, l'idée que leurs destins fussent séparés et même opposés progressait en elle. Son principal souci, désormais, était de concevoir sa vie parmi les Indiens, d'y découvrir sa juste place, de forger, à l'aide de son passé tout neuf, un avenir qui la rendît heureuse. Depuis le départ de Paraguaçu, elle séjournait moins parmi les femmes. Elle avait envie de partager la vie des guerriers qui couraient la forêt. Quand elle le leur avait proposé, ils avaient montré une certaine gêne. La règle indienne voulait qu'une femme ne pût se mêler à ces affaires de combats et d'aventures. Mais sur l'intervention de Pay-Lo, les hommes avaient finalement accepté de faire une exception pour Colombe. Deux des fils du patriarche la prirent sous leur protection. Ils lui enseignèrent le maniement du grand arc, ainsi que l'art de tailler les flèches, de traquer le gibier, d'imiter les cris de la forêt. Puis, au cours d'une cérémonie menée par des caribes avec force cahouin et oracles favorables tirés de la consultation des maracas, ils tracèrent sur son corps de nouvelles peintures au génipat destinées à rendre cléments pour elle les esprits des bêtes et des bois. Enfin, ils collèrent sur ses épaules et ses hanches de petites plumes vertes et jaunes. Malgré le désagrément de les sentir sur soi, ces parures avaient le double avantage de rendre invulnérable celui qui en était décoré, et de dissimuler son sexe.

Colombe fit sa première expédition avec un groupe de dix hommes. Ce fut pour elle un complet bonheur. Ils marchèrent dès les premières aubes, jusqu'aux confins des terres de la tribu. Silencieux, éveillés au moindre cri, ils franchirent des cols dénudés, entrèrent dans des taillis couverts de buissons d'orchidées et de cinéraires sauvages. Ils dormirent au pied de grandes falaises noires et remontèrent des ruisseaux si clairs qu'ils confondaient parfois le dos de gros poissons immobiles avec des pierres et tombaient dans l'eau en riant.

La proximité du danger, perceptible à la façon brutale dont parfois l'homme de tête marquait un arrêt et se figeait, prêt au combat, rendait plus délicieuse encore pour Colombe la sécurité du groupe. Jamais, dans ces immensités désertes, elle n'avait éprouvé semblable impression de confiance et de protection. Le soir, ils faisaient de petits feux et mangeaient sans un mot les viandes séchées qu'ils sortaient d'un sac de peau. Un après-midi, ils tuèrent un chevreuil, le dépecèrent et emportèrent les quartiers qu'ils n'avaient pas consommés.

Colombe, pendant ces interminables marches, regardait ses compagnons, sentait l'odeur de leurs corps dans la chaleur, admirait la souplesse de leurs muscles, qui dansaient sous la peau luisante. Elle s'interrogeait longuement pour savoir si elle pourrait jamais être la femme de l'un d'eux. Pourtant, quelque attrait qu'elle pût avoir pour leur beauté, leur douceur et leur force, elle sentait qu'un mystérieux obstacle s'élevait devant cette idée. Elle n'en percevait pas clairement la cause. Peut-être était-ce que cette beauté indienne lui semblait appartenir à un autre ordre, celui de la nature sauvage. Le parfum de ces peaux n'était-il pas comme parent, tout différent qu'il fût, de celui du thym qui poussait sur les escarpements, de la marjolaine, des lentisques ? Et cette souplesse, cette agilité, cette beauté de musculature n'était-elle pas la variété humaine de la force sauvage des léopards et des antilopes ? Mais tout aussitôt, elle écartait cette explication. Elle se sentait elle-même trop près de la terre qu'elle foulait de ses pieds nus, trop en harmonie avec ses minéraux et ses bêtes pour éprouver à l'égard de ces hommes la moindre différence, qui l'eût empêchée de s'unir à l'un d'eux.

Parfois, elle se disait que l'obstacle était là : devoir choisir l'un d'eux quand c'est de tout le groupe qu'elle s'éprouvait l'amie. La reconnaîtraient-ils encore comme l'une des leurs, si elle marquait sa préférence pour un seul. Mais cela non plus ne la convainquait pas. Alors, elle chassait ces préoccupations, gardait ce mystère par-devers elle et revenait à la jouissance sans retenue du moment présent.

Quand ils arrivaient chez Pay-Lo au retour de ces marches, ils retrouvaient avec plaisir le bruit de la maisonnée, les rires sonores, les fêtes. Colombe voyait tout plus tendrement, avec une proximité nouvelle que la distance parcourue lui faisait mesurer et chérir.

En quelques semaines, elle mena, avec divers groupes de chasseurs, plusieurs longues expéditions qui l'épanouirent plus qu'elle n'aurait pu l'imaginer. Pay-Lo la complimentait pour son courage, lui rendait compte du jugement admiratif que les guerriers portaient sur sa conduite, sa résistance, son adresse et qu'ils n'osaient pas formuler devant elle.

Cependant, le vieillard devenait si faible que Colombe, malgré ses encouragements, se résolut à suspendre ses voyages et à rester auprès de lui.

Rien ne paraît immortel comme les êtres que l'on a toujours connus faibles et vulnérables. Pay-Lo était pour Colombe un homme sans âge et donc sans fin, comme s'il avait déjà traversé la mort et lui eût parlé depuis l'autre rive. Mais ses transformations récentes, l'extrême maigreur de son cou et de ses bras, son souffle court, les longues absences pendant lesquelles il tenait la bouche ouverte et les yeux mi-clos commençaient à lui faire manifester qu'il allait bientôt vivre sa fin.

Tout le monde, dans la maison, faisait en sorte de la rendre douce et paisible et nul n'aurait pu prévoir qu'elle allait être aussi tumultueuse et violente. Car l'alerte vint d'un coup, un matin, par un bruit de course dans la forêt et des cris de poursuite. Le temps pour Colombe de se lever de son hamac et de se diriger vers la porte, déjà deux ombres haletantes avaient fait irruption dans la pièce. Le petit matin, dans la forêt, est toujours lent à s'illuminer. Des lambeaux de nuit mauve obscurcissent encore les pièces, quand le ciel est déjà clair. Colombe ne reconnut pas d'abord les deux intrus. Ils se tenaient par la main, l'un plus grand que l'autre et leurs silhouettes nues indiquaient qu'ils étaient indiens. Pay-Lo était étendu dans la chambre voisine, sa porte restait ouverte et une lampe brûlait jour et nuit près de lui. Les cris, au-dehors, approchaient et les fuyards égarés s'engouffrèrent dans la pièce où était le vieillard. Quand la lampe éclaira leur visage, Colombe poussa un cri. Elle avait reconnu Paraguaçu. L'homme qui se tenait près d'elle était le jeune captif, Karaya, dont elle n'avait osé demander des nouvelles et qu'elle croyait mort.

Au même instant, une demi-douzaine de guerriers armés de massues se précipitèrent dans la maison. Ils mirent un instant à s'habituer à la pénombre puis ils aperçurent les fuyards et bondirent vers eux en brandissant leurs armes. Mais quand ils virent entre eux et leurs proies le corps étendu du patriarche, ils s'immobilisèrent et un grand silence se fit. Colombe se glissa à son tour dans la pièce.

— Sauve-nous, Pay-Lo ! s'écria Paraguaçu en se jetant à genoux.

Karaya était resté debout et il avait reculé contre la cloison tressée.

— Qu'arrive-t-il ? demanda lentement Pay-Lo.

Sa voix était faible et il faisait un visible effort pour tenir la main levée, qui avait arrêté les armes.

Un des guerriers, s'avançant alors près du hamac, dit d'une voix respectueuse que coupait encore l'essoufflement de sa course :

— Cet homme est un Margageat. Il devait être sacrifié cette nuit.

Karaya baissa les yeux. On le sentait résigné à la mort. Mais Paraguaçu agissait pour lui et il se tenait sous sa frêle protection.

— Sauve-nous ! répéta-t-elle avec un regard sauvage.

Pay-Lo abaissa la main, cligna lentement les paupières et appela Colombe.

— Aide-moi à me redresser, lui demanda-t-il doucement.

Elle le soutint pour l'asseoir dans le hamac. L'effort le fit grimacer. Sa belle tête, soulevée dans le lit, alla lentement du groupe implorant des fuyards jusqu'aux guerriers qui voulaient leur mort.

— Vous vouliez le manger, est-ce bien cela ?

— C'est la loi, dit le chef des Indiens.

Pay-Lo secoua la tête pour montrer qu'il approuvait.

— Tu as raison, dit-il.

Paraguaçu poussa un petit cri mais le vieillard, d'un geste las de la main, marqua qu'il n'en avait pas fini.

— Depuis combien de temps est-il prisonnier ? interrogea-t-il.

— Vingt lunes, répondit le chef.

Pay-Lo opina gravement. Puis il attendit. Sa bouche était animée d'un mâchonnement que Colombe n'avait encore jamais remarqué.

— Que répondrais-tu, demanda enfin Pay-Lo, si je vous proposais de me manger ?

L'Indien ouvrit de grands yeux qui montraient sa surprise.

— Oui, moi, insista le patriarche avec un visible effort, est-ce que vous accepteriez de manger mon corps ?

Ce disant, il désignait d'un mouvement de barbe la maigre masse de son ventre et de ses jambes, qui bombait à peine les couvertures.

— Pay-Lo ! s'exclama l'Indien avec une indignation véritable.

— C'est bien ce qu'il me semblait, reprit le vieillard avec une étrange alacrité. Vous ne voudriez pas. Mais au moins, sais-tu pourquoi ? Oh ! ne me dis pas que c'est parce que je suis trop maigre ; vous vous en moquez bien. Non, non, il y a une autre raison.

On entendait, dans la pièce voisine, le chuchotement des habitants de la maison qui se pressaient pour voir ce qui arrivait.

— En ce cas, reprit Pay-Lo d'une voix rauque, je vais te le dire, moi. Vous ne voulez pas me manger parce que vous l'avez déjà fait.

L'Indien marquait sur son visage glabre, épilé jusqu'aux cils, un étonnement douloureux et une expression d'horreur.

— Il y a plus de cinquante années que je suis ici, dit Pay-Lo. Calcule : cela fait des centaines de lunes.

Il hocha la tête d'un air désolé.

— Eh bien, pendant tout ce temps, vous n'avez pas un seul jour cessé de me dévorer. Il n'y a pas une parcelle de moi que je ne vous ai livrée. Vous avez mangé mon cœur, mes bras, mon esprit, mes yeux, mon sexe, mon ventre. Tout, vous avez tout mâché, tout avalé, tout digéré.

Cette longue phrase dite, Pay-Lo vacilla un peu de faiblesse. Sa bouche était toujours agitée de ces soubresauts qui lui donnaient l'air de prononcer intérieurement des formules rituelles.

— Celui-là aussi, ajouta-t-il en désignant Karaya d'un petit geste du menton, en vingt lunes, vous avez eu bien le temps de le manger. Il fait partie de vous désormais, vous avez pris sa force et son esprit. Il est un des vôtres. La loi est accomplie.

Le guerrier qui parlait pour les autres était ébranlé. Le respect qu'il marquait à Pay-Lo, l'effort ultime que faisait le vieillard pour s'exprimer, la bonté de ses yeux faisaient obstacle aux objections qu'il formait.

— Les esprits vont se venger, dit finalement l'Indien mais avec une voix soumise où se lisait désormais plus de crainte que de menace.

— Non, répondit Pay-Lo.

On le sentait à la limite de ses forces. Sa tête dodelinait et il faisait un effort pour la tenir droite.

— Non, répéta-t-il. Car je serai bientôt, moi, parmi les esprits. Je serai même l'un d'entre eux. Et je leur dirai ce que je viens de vous dire. Ils comprendront.

Le dos voûté du patriarche semblait écrasé sous le poids de la mort elle-même. C'était elle, par lui, qui formait des mots et si l'on pouvait encore refuser quelque chose à un vivant, il était impossible de s'opposer à cette voix qui n'appartenait plus au monde.

— Comment te nommes-tu ? demanda Pay-Lo en tournant ses yeux voilés vers le compagnon de Paraguaçu.

— Karaya, dit le garçon d'une voix tremblante.

— Eh bien, Karaya, je t'emporte. Ce n'est plus toi qui restes ici. C'est un autre. Dorénavant celui-là se nommera Angathù et personne ne se vengera sur lui.

À ces mots, il laissa reposer sa tête et ferma les yeux.

Tout le monde, dans la pièce, tomba à genoux. Les têtes se baissèrent. Un long moment passa pendant lequel on entendit, de plus en plus faible, le souffle de l'agonisant. Puis ce fut le silence. Et tandis que la mort emportait Pay-Lo, tout ensemble avec l'âme de celui qu'il venait de racheter, la pièce s'emplit d'un bruit de vent ou d'ailes, nul ne savait.

Quand les assistants relevèrent la tête, ils virent seulement le regard de Colombe briller près du mort. Au désespoir de perdre Pay-Lo se mêlait en elle l'inoubliable amertume de la dernière leçon qu'il venait de lui donner. Elle comprenait soudain ce qui, malgré son attachement au monde indien, la retenait de s'y dissoudre tout à fait. Jamais Pay-Lo n'aurait pu sauver Karaya s'il n'avait conservé cette souveraine indépendance qui le faisait respecter. Les Indiens, certes, l'avaient mangé, mais, en élève fidèle de leur philosophie anthropophage, il les avait mangés à son tour jusqu'au point de leur imposer une clémence qu'ils jugeaient contraire à leurs lois.

Reconnaissant dans les yeux de Colombe le regard du grand oiseau sacré qui retient l'âme des morts, les Indiens comprirent que Pay-Lo survivait en elle.

CHAPITRE 8

Villegagnon parti, Just était resté le maître, mais de rien. Il fallut peu de temps pour s'apercevoir que l'énergie de l'amiral, ses foucades et ses cruautés, pour insupportables qu'elles fussent, avaient au moins le mérite de pourvoir l'île en événements. Son absence faisait retomber le quotidien dans un calme extrême auquel les colons finirent par donner son nom : l'ennui. Les travaux du fort étaient achevés. On avait enduit ses pièces basses de torchis et de badigeon blanc ; une grosse porte avait été fixée à son entrée ; les canons étaient disposés sur les remparts. Il était impossible de trouver quoi que ce fût d'autre à lui ajouter. La chapelle, édifiée pour contenir le monumental tableau de la Madone, n'avait pas pris longtemps à bâtir pour des hommes accoutumés aux durs terrassements de la forteresse. Toutes les améliorations possibles avaient été apportées au gouvernorat, où vivait Just.

Il restait donc seulement, pour s'occuper, à régler le permanent ballet des sentinelles. Mais quelque menace que parussent brandir les jungles et les mornes, il était devenu clair à la longue qu'on pouvait, hélas, compter sur leur clémence. Aussi, les escouades débraillées qui patrouillaient sur le fort négligeaient le plus souvent de charger leurs arquebuses. La contemplation muette de la mer, le cri familier des perroquets et des guenons noires faisaient monter dans les âmes de l'île une langueur qui valait en violence tous les assauts.

L'autorité de Just s'usait contre cet étiolement des énergies. On connaissait ses qualités ; il révéla ses défauts. Tout d'abord, il se montra impuissant à divertir les exilés par l'administration de châtiments. Dans la salle de torture, les instruments rouillaient ; les gibets ne donnaient plus de fruits ; ceux qui étaient tentés de désobéir étaient découragés d'avance par sa clémence. Just n'était pas non plus capable de renouveler le grand spectacle des oraisons où Villegagnon paraissait dans des tenues bigarrées, toujours plus alourdies de couvre-chefs. L'amiral, avant de partir, lui en avait pourtant légué une collection qui allait du simple bonnet jusqu'à de véritables tiares. Mais si Just s'était coiffé de telles couronnes serties de béryl et de topaze, il eût provoqué plus de rires que de soumission.

Un moment, il avait eu l'idée de reprendre l'exploitation du bois sur la terre ferme. Mais Martin, à qui Vittorio avait transmis cette demande, s'y était opposé, craignant de trop grands mouvements de colons hors de l'île. De surcroît Villegagnon était parti avec le dernier bateau : on n'aurait donc plus le moyen d'exporter les grumes.

Il fallait se résoudre à l'attente et au désœuvrement. Dans un premier temps, il fut d'ailleurs le bienvenu, après les immenses efforts de ces années pionnières. Une aimable civilité revint entre les hommes. Ils jouaient aux cartes et aux dés, reprenaient des forces, chantaient. Mais rien n'use plus promptement que les vacances, quand elles se prolongent. Sans travail, ni prières ni châtiments, faute de protestants à étriper, d'amiral à craindre et de Portugais à combattre, les désespérés offrirent finalement leurs corps à la distraction de la maladie. Quelques-uns donnèrent l'exemple, en se déclarant patraques. À force de les visiter, les autres s'engagèrent dans la même voie, en ayant à cœur d'y faire valoir leur singularité. Chacun cultiva son mal, qui des maux de tête, qui des vertiges, qui des relâchements de ventre. Et, finalement, sur cette population prête pour l'accueillir, une épidémie véritable vint donner à ces faiblesses une gravité bien réelle. Un uniforme de symptômes revêtit la troupe des alités. Tout commençait par des plaques rouges étendues sur la peau, puis venaient la fièvre, les vomissements et une torpeur extrême qui, dans les cas les plus graves, menait au coma et à la mort. Le carré des tombes, derrière la redoute est, se couvrit de monticules fraîchement retournés. Cinq décès survinrent la première semaine. Cruelle, l'épidémie eut cependant la bonté d'emporter d'abord les deux charlatans qui faisaient office de guérisseurs. En sorte que si les colons eurent à subir les tourments de la maladie, ceux de la médecine leur furent épargnés.

Just s'alita deux jours mais parce qu'il n'avait jamais cédé, fonction oblige, à la langueur générale, il se remit rapidement et sans conserver de séquelles. Cependant, il voyait, impuissant, le mal décimer les rangs des défenseurs. Les Indiens moururent tous. Parmi les Français, un sur deux était touché et rares étaient ceux qui, malades, trouvaient l'énergie de survivre. Plusieurs dizaines de corps furent ensevelis dans le sable rouge. Dom Gonzagues fut un des seuls à ne pas être mordu par le mal : dans le monde poétique d'où il ne sortait plus guère, les miasmes de la contagion avaient sans doute trouvé devant eux un air trop pur.

Quand, finalement, au bout de quelques semaines, le mal, repu, s'éloigna, les rangs de la colonie étaient dangereusement clairsemés. Il ne restait plus assez d'hommes pour mettre le fort en état de défense sur tous ses côtés. Les canons étaient en plus grand nombre que ceux qui pouvaient les servir.

Just voyait quel péril courait l'île à être si peu défendue. Il mit son énergie à reconstituer les forces défensives de la colonie. Parmi tous les moyens envisageables, il arrêta son choix sur deux actions : tout d'abord entrer en contact avec les établissements normands. L'amiral ne l'avait jamais accepté mais Just avait moins d'orgueil que lui. Les négociants du fond de la baie, pour ce qu'il en savait, n'étaient guère nombreux et répugnaient à la guerre. Au moins pourraient-ils, peut-être, fournir des Indiens pour renforcer les troupes. Ensuite, Just devait informer l'amiral de la nouvelle situation, pour qu'il hâtât l'arrivée de renforts.

Cela supposait d'intercepter des bateaux de commerce qui entraient ou sortaient de la baie. Selon leur destination, il leur confierait l'une des deux lettres qu'il avait préparées, pour les négociants ou pour l'amiral.

Il fit donc prendre le guet à une vigie afin de surveiller l'apparition de voiles dans la passe. Une chaloupe se tenait prête, quelle que fût l'heure, pour filer à toutes rames vers le premier navire qui paraîtrait. Le temps était au calme et il fallut deux semaines pour en apercevoir un, qui venait de la haute mer et passait le pain de sucre. Debout dans la barque, Just encouragea les rameurs et, en moins d'une heure, ils étaient bord à bord avec le bateau.

C'était une vieille galéasse hors d'âge qui disposait pour se mouvoir d'une petite voilure et de rames. Just fut admis à y monter, pour parler au capitaine. Le tillac était dans un indescriptible désordre. Un fouillis de cordages mal lavés, de paniers, de tonneaux gras, de filets recouvrait presque tout l'espace du pont. Des hommes épuisés étaient vautrés le long des rambardes. Des remugles d'ammoniac montaient des cales et cette odeur si peu marine évoqua confusément à Just des souvenirs anciens, sur lesquels il ne parvint pas à mettre un nom. Tiré de sa sieste, le capitaine sortit du château arrière en se frottant les yeux. Avant que Just ait eu le temps de se présenter, l'homme lui demanda :

— Où sommes-nous ?

— Mais… dans la baie de Guanabara.

— Et vous m'avez l'air français ! s'écria le marin en reprenant un semblant d'espoir.

— Je le suis, confirma Just.

— Ainsi, nous n'avons pas à craindre de Portugais dans cette anse ?

— Non.

— À la bonne heure, fit le capitaine.

Pour fêter cette nouvelle, il invita Just à le suivre sur le pont arrière. Il le fit asseoir mais s'excusa de n'avoir rien à lui offrir à boire. Heureusement, par précaution et pour s'attirer les bonnes grâces de ceux qu'il allait aborder, Just avait fait munir la chaloupe d'un tonnelet de madère, qui restait de la réserve de l'amiral. On le hissa sur le bateau et le capitaine, tirant deux gobelets d'étain malpropres d'un vieux coffre, se hâta de trinquer et d'avaler le sien cul sec.

— Dieu que c'est bon ! s'exclama-t-il. J'avais presque oublié ce goût-là.

C'était un petit homme au visage plat. Un ancien embonpoint, dont la traversée était venue à bout, faisait pendre ses chairs comme un vêtement trop large sur le corps d'un convalescent.

— Avez-vous donc épuisé tous vos vivres ? s'enquit Just.

— Tous, dit l'homme, et depuis longtemps. À vrai dire, il y a trois mois que nous devrions être arrivés. Nous allions dans les Antilles.

— Mais vous êtes au Brésil !

— Je le sais bien, fit le capitaine d'un air navré. Nous avons subi des tempêtes, sur le tropique, qui nous ont poussés à l'équinoxiale.

— Pourquoi n'avez-vous pas redressé votre cap ?

Le marin vida un troisième gobelet avant de répondre.

— Quand nous avons vu la terre, mon pilote, qui est mort de fièvre la semaine dernière, nous a dit que c'était la côte de São Salvador. Nous avons viré pour remonter vers le nord mais, dans cette direction, nous avions le vent en face. Avec ce vieux sabot, nous n'allions pas vite. C'est alors que des Portugais ont foncé sur nous.

— Des marchands ?

— Non, une escadre armée en guerre. Une flotte énorme, cinquante bateaux peut-être.

Just pâlit.

— Et d'où venaient-ils ?

— Ils sortaient de la baie de tous les Saints et gagnaient le large. Et nous, nous étions sous le vent de cette armada ! Il fallait la doubler, en tirant des bords. Vous imaginez la panique !

Just était blême mais le capitaine, tout à son aventure, continuait son récit avec bonne humeur.

— Heureusement pour nous, ils étaient nombreux. Il y avait dans le tas des barques qui n'avançaient pas trop vite et, comme ils étaient en convoi, les gros navires ne portaient pas toute leur toile. Alors, j'ai pris la décision de nous remettre vent arrière. Nous nous sommes enfuis jusqu'à ce qu'ils aient perdu notre trace. Quand j'ai vu l'entrée de cette baie, que j'avais d'abord prise pour un fleuve, je me suis dit que nous pourrions nous y cacher. Et nous voici !

— Mais, demanda Just qui commençait à comprendre, où allaient-ils, eux ?

— Les Portugais ? Plein sud.

— C'est-à-dire…

— J'ai fouillé dans les papiers de mon pilote, coupa fièrement le capitaine. D'après ce que j'y ai trouvé, j'ai compris que le Portugal a une autre possession, plus au sud, qu'ils appellent la terre du Morpion.

Il était moins que probable qu'une escadre en guerre fût allée paisiblement à São Vicente.

— Non, objecta Just qui voyait maintenant le désastre. C'est à nous qu'ils en veulent.

Il fit rapidement le récit de la colonie au capitaine qui pâlit à son tour.

— Mais alors, s'écria celui-ci, nous ne sommes pas en sûreté dans cette baie, s'ils viennent pour la conquérir ?

— Je le crains, en effet.

— Ainsi, gémit le marin au désespoir, il va nous falloir repartir. Sans rien à boire ni à manger.

Puis, saisi d'une idée, il s'anima.

— Écoutez, dit-il en agrippant Just par le bras, ne pourriez-vous pas nous fournir rapidement des vivres et de l'eau. Je vous donne en échange tout ce qui reste de ma cargaison. Elle nous alourdit et, de toute manière, nous ne pourrons pas la mener à bon port.

— Que transportez-vous ?

— Des chevaux, pour les plantations de Saint-Domingue. Il en a crevé les trois quarts. Et les autres ne vont pas tenir bien longtemps.

C'était donc là l'odeur étrange qui venait des soutes, une odeur de crottin, qui rappelait Clamorgan.

— Que voulez-vous que nous en fassions, dit Just, un peu déçu. Notre île est minuscule et il n'y pousse rien.

— Je vous en conjure, supplia le capitaine. Délivrez-nous de ces bêtes. Elles sont folles là-dedans. Les hommes ne veulent plus aller dans les stalles. Ils se font mordre et piétiner. Et quand elles crèvent, c'est pis. Voilà deux mois que nous mangeons cette barbaque et j'en vomis rien que d'en imaginer le goût.

— Combien vous en reste-t-il ?

— Cinq.

Just prit pitié pour les chevaux, qu'il aimait. Il pensa les confier aux Indiens, à l'endroit de la côte où ils lui étaient favorables. Quand la colonie reprendrait sa vigueur, après le retour de Villegagnon, on pourrait toujours en avoir l'emploi.

— Combien de temps croyez-vous avoir d'avance sur les Portugais ? demanda-t-il au capitaine que ces nouvelles et le vin avaient plongé dans une torpeur épouvantée.

— Au train où ils vont, gémit-il, je pense qu'ils ne seront pas ici de huit jours.

Just réfléchit. Toute la langueur de ces journées d'inaction l'avait abandonné. Les hypothèses se pressaient dans son esprit et, soudain, il vit clairement ce qu'il avait à faire.

— Appareillez jusqu'à ce promontoire, qu'on voit en amont de la baie, dit-il. Je vais transmettre un message aux Indiens. Ils prendront vos bêtes et vous fourniront de l'eau et du manioc. Ensuite, vous irez où vous voudrez.

Sans attendre des remerciements, car il n'avait plus de temps à perdre, Just rembarqua sur la chaloupe et retourna dans l'île. Il envoya immédiatement deux matelots prévenir les Indiens et il fit appeler les principaux responsables de la colonie. L'attaque portugaise, à l'heure où la garnison du fort venait d'être décimée par la maladie, provoqua une véritable panique. Certains parlèrent de complot, d'empoisonnement. Tous se regardaient avec méfiance, comme si l'ennemi n'eût pas été extérieur et redoutable mais tapi au milieu d'eux, susceptible d'être éliminé d'un coup de poignard.

Just les rappela à la réalité. Son calme, dans de telles circonstances, faisait merveille. Il donna des ordres fermes et précis, qui rassurèrent tout le monde. Cet apaisement n'en rendit que plus formidable la surprise qu'il provoqua en annonçant qu'il allait partir le soir même. Les dignitaires de la colonie, que le choix de son successeur par Villegagnon avait toujours laissés sceptiques, marquèrent un soudain recul, comme si Just, par ces paroles, se fût désigné comme le traître qu'ils recherchaient.

Mais tout était si clair, si bien ordonné maintenant dans l'esprit de Just, qu'il trouva aisément les mots pour s'expliquer et convaincre. L'audace de son plan, malgré ses risques, emporta les réticences. Il eut d'ailleurs beau jeu de demander à ses quelques contradicteurs de proposer autre chose. Finalement, tout le monde se rangea derrrière lui. En embarquant sur une chaloupe, à la tombée de la nuit, Just eut même la conviction que son absence était admise désormais comme la marque suprême de son autorité. Délivré du souci de l'île, il lui restait à se concentrer sur la dernière carte qu'il s'apprêtait à jouer.

*

Le lendemain matin chez les Indiens, Just assista au débarquement des premiers chevaux. Les Tupi avaient accepté de faire ce que Just leur avait demandé mais ils marquaient une grande frayeur à la vue des bêtes étranges qui grattaient du sabot sur la plage. Trois d'entre elles étaient de grandes haquenées si maigres qu'on voyait saillir leurs côtes. Just fit préparer pour elles un fourrage de capim et des rations de farine. Elles s'en repurent avidement. Les deux autres étaient des étalons bais couverts de morsures sur les épaules et au garrot. Just montra aux Indiens comment les saisir sans danger par le licol et les fit attacher à l'ombre d'un jacaranda qui bordait la côte.

Le chef des indigènes donna deux guerriers à Just pour lui servir de guides et il lui confirma qu'il avait envoyé un coureur la veille pour prévenir de son arrivée. Ils se mirent en route presque aussitôt.

Just n'avait eu que rarement l'occasion de se rendre en terre ferme et toujours au voisinage du littoral. En pénétrant dans l'intérieur, il retrouva d'abord le plaisir oublié de la nature et des bois. Pourtant, malgré l'agréable sensation que procurait l'ombre du couvert, il ne pouvait se déprendre d'une crainte et d'un dégoût qu'il s'expliquait mal. Peut-être provenaient-ils de l'idée que, dans ces parages obscurs, se dévoraient des hommes. L'idée cannibale continuait, sous l'influence de Villegagnon, à gouverner l'opinion que Just se faisait du monde primitif. Il dormit dans la forêt d'un sommeil inquiet, peuplé de mauvais rêves.

Ils marchèrent encore une journée, passèrent une nouvelle nuit, plus fraîche, dans les hauteurs. Et, au soir du second jour, ses guides lui désignèrent au loin la masse déjà obscure de la forêt de Tijuca.

CHAPITRE 9

Un grand serpent de lumière illuminait la forêt. Sa lueur éclairait le bas des gros pins. Just vit, en approchant, que de petites mèches à huile avaient été déposées sur les marches en rondin. Elles brûlaient dans des moitiés de noix de coco séchées. Leur pâle éclat, deux par deux, dessinait toute la volée du long escalier de bois qui montait en sinuant le long du dernier versant de la montagne. Les Indiens étaient effrayés par le spectacle de la forêt piquée de petites flammes. Si l'obscurité leur paraissait receler des esprits, cette lumière inhabituelle ne pouvait qu'exciter leurs mauvais appétits. Just, en voyant leur crainte, monta le premier. Il aperçut de loin deux torches qui enroulaient leurs feux autour d'un seuil. Quand il le franchit, et mit le pied sur le carrelage de l'entrée, il fut frappé de voir briller dans l'obscurité des reflets de porcelaine et des pommeaux d'argent.

La maison était silencieuse et pourtant, elle ne lui inspirait pas de crainte. La familiarité des objets déposés en grand désordre dans les pièces rendait moins menaçante l'ombre dans laquelle ils étaient enchâssés. De petites lampes jetaient leur éclat sur ce décor et en écrasaient les reliefs, comme si ces espaces étroits eussent été bordés par un étrange ouvrage de champlevé, mêlant des scintillements d'émaux à la noirceur d'une fonte ouvragée.

Il progressa à pas prudents et déboucha dans une pièce de plus vastes proportions, au milieu de laquelle, debout, se tenait Colombe.

La veille, prévenue par le coureur qui était monté de la côte, elle avait fouillé dans les malles entassées chez Pay-Lo ; certaines contenaient des vêtements que nul n'avait eu l'idée de sortir depuis le naufrage qui les avait déposées au Brésil. Elle y avait découvert cette longue robe de velours bleu à la mode anglaise. Son décolleté ovale, brodé de perles, évoquait la cour d'Henri VIII ; il se portait avec un large collier de diamants et, comme elle n'en avait pas, elle avait disposé sur sa gorge un double rang nacré de coquillages.

Ses cheveux blonds, tressés en nattes, étaient savamment enroulés, à la manière florentine. Deux chandeliers l'éclairaient de côté mais sans recherche particulière car elle était incapable de prendre une pose immobile. Just l'avait surprise alors qu'elle tournait impatiemment dans la pièce, en l'attendant.

Tout à l'urgence de sa course, il ne s'était pas préparé pour une telle rencontre. Il n'avait pas quitté le gilet de velours que Villegagnon lui avait fait coudre pour l'arrivée des protestants. Mais le désordre de ses cheveux noirs, la danse de ses veines gonflées par l'effort de ce long escalier, le relief amaigri de son visage, accentué par les nuits de veille, lui donnaient une grâce sans apprêt, qui rappelait l'enfance.

Ils se sourirent mais la gêne de se voir réunis, tout à la fois en l'ayant désiré et sans l'attendre, les tint d'abord silencieux.

La vie pratique vient au secours des émotions, lorsqu'elles provoquent trop d'embarras. Colombe, d'une voix mal posée, demanda à Just s'il était fatigué, s'il avait soif. Sans écouter la réponse, elle saisit, en tremblant un peu, une carafe de cristal et remplit deux verres d'un liquide rutilant.

Ils burent, moins pour se désaltérer que pour donner prétexte à leurs lèvres de ne pas former tout de suite des mots.

Puis Just, reposant son verre, regarda avec un étonnement appuyé le décor hétéroclite de la salle.

— Je te croyais chez les Indiens… dit-il.

Elle rit et quand son œil se tourna vers la triple flamme des flambeaux, il y reconnut la pâleur familière et mystérieuse qui la rendait si singulière.

— On ne peut pas l'être davantage, répondit-elle en riant de l'étonnement de Just.

— C'est une belle maison, fit-il, un peu marri de ne pouvoir trouver mieux à dire.

— Je suis heureuse qu'elle te plaise. Tiens, si tu veux, je te la montre tout entière.

Elle l'entraîna à sa suite et ce mouvement, en rompant leur gauche immobilité, les soulagea l'un et l'autre quelque peu.

Dehors, sur la terrasse, deux lampes sourdes rendaient visible le plancher de poutres mais laissaient l'œil libre de percer au loin l'obscurité, jusqu'à la surface laiteuse de la mer qu'éclairait la lune. Ils la contemplèrent un instant puis entrèrent dans une autre pièce.

— C'était la chambre de Pay-Lo, précisa Colombe.

— De qui ?

— Le maître de cette maison. Je regrette que tu ne l'aies pas connu. Il est mort le mois dernier.

Depuis ce temps, la vie de la maisonnée n'avait pas changé, mais tout rappelait l'absence du patriarche. Colombe était restée et, par l'effet d'un invisible testament, c'était elle, désormais, à qui les guerriers venaient apporter leurs nouvelles et dont ils sollicitaient les avis.

La chambre de Pay-Lo était restée intacte, avec son hamac vide. Ils passèrent ensuite dans d'autres pièces et revinrent à la grande salle. Soudain, au moment où ils y pénétraient, Just poussa un cri. Colombe se retourna et le vit aux prises avec une ombre qui plantait ses longues griffes sur sa chemise.

Elle bondit vers lui, tendit les bras et saisissant l'assaillant poilu qui avait tant effrayé le jeune chevalier, retira de ses épaules un animal de la taille d'un singe.

— Ah ! tu plais bien au haüt, s'écria-t-elle en riant.

— Au haüt ? dit Just en frottant l'endroit, près du cou, où l'animal l'avait écorché.

La bête que Colombe tenait par les bras poussa à cet instant un soupir profond, à fendre l'âme.

— Tu ne connais pas le haüt ? s'étonna Colombe. Celui-ci vit dans la maison depuis des années.

Elle le posa sur un meuble. Avec ses quatre membres de même longueur, sa face mélancolique et ses longues griffes, l'animal ne ressemblait à rien de ce que Just avait vu. Il s'agrippa lentement à un angle de buffet et parut s'endormir.

— Les Indiens l'appellent la bête qui se nourrit de vent, dit Colombe. On ne le voit jamais ni boire ni manger. Pay-Lo disait que c'est le dieu de la paresse.

Ils rirent, et cet incident, en accaparant leur attention, avait tout à fait ôté la gaucherie de leurs manières. Ils allèrent s'asseoir en bout de la grande table qu'éclairaient les chandeliers.

— Comment va ta blessure ? demanda Colombe.

Just fut troublé qu'elle l'eût apprise et, en pensant aux circonstances où il l'avait reçue, il rougit.

— Bien, dit-il, je ne la sens plus.

En lui rappelant cet accident et Aude qui en avait été la cause, Colombe lui fit songer qu'il voulait s'excuser. Mais dans ce décor si beau, et en la voyant resplendissante, il jugea que ce sujet serait déplacé et qu'ils n'avaient en somme, là-dessus, plus rien à dire.

Colombe avança un grand saladier d'étain où elle avait fait préparer des ignames. Tout alentour des viandes en sauce et des fruits étaient disposés sans ordre.

— Tu as faim, je suppose ?

Mais Just avait encore la gorge nouée de sa première émotion. Il se contenta de boire de nouveau une longue gorgée et refusa toute autre chose.

— Le coureur m'a dit que tu voulais me voir en grande urgence, dit Colombe.

Son regard fixait Just. Il n'aurait pas su dire s'il contenait de l'ironie, de la colère ou simplement cette fermeté à laquelle il ne pouvait pas se soustraire, jadis. Il prit une grande inspiration de courage et quelque crainte qu'il conçût de la réponse, il se rassura en récitant le petit discours qu'il avait mentalement préparé.

— Les Portugais arrivent, Colombe. Ils seront là dans trois ou quatre jours, avec une escadre. Depuis le départ de Villegagnon, c'est moi qui ai le commandement de l'île. Mes hommes sont morts de fièvre, ces dernières semaines. Nous ne sommes pas en état de résister.

Elle l'écoutait sans bouger.

— Je suis venu te demander de nous sauver.

— Vous sauver ! Et comment ?

Elle gardait sur lui un sourire énigmatique.

— Tu connais les Indiens. Tu peux les entraîner à venir combattre avec nous.

Comme elle restait silencieuse, Just ajouta, sur un ton pressant :

— Je sais que nous ne nous sommes pas bien conduits avec toi. Mais je suis seul, maintenant. Et je voudrais vraiment que tu reviennes.

Just parlait-il encore de la menace portugaise ou bien y avait-il, dans ce dernier cri, un autre appel ? Colombe fit attendre sa réponse un temps suffisant pour qu'il pût se poser lui-même cette question.

— Vous sauver... dit-elle pensivement.

Elle détourna son regard vers les éclats de cristal qui brillaient sur la table.

— Sauver quoi, Just ? La France antarctique ?

Elle prononça ces derniers mots en faisant un effort, comme on use maladroitement d'un outil que l'on vient d'emprunter.

— Écoute, Colombe, reprit-il, j'ai bien pesé la situation ces derniers jours. De quelque côté que l'on se tourne, je ne vois que la mort. En Europe, le fanatisme se déchaîne, des factions se déchirent pour un Dieu. Et ici, c'est le monde cannibale, avec ses horreurs.

Colombe laissait courir ses longues mains sur le rebord de la nappe.

— Je ne sais pas, dit-elle doucement. Tout ce que tu dis est peut-être vrai mais je n'ai pas d'avis sur ces choses abstraites. Je sais seulement que je suis bien ici et que j'ai envie d'y rester.

— Eh bien, nous sommes tout à fait d'accord. Je te demande de m'aider à protéger un lieu où nous serons libres... et heureux.

— L'île ?

— Oui.

Colombe baissa les yeux. Elle laissa passer un long moment de silence qui fit espérer à Just un acquiescement. Aussi marqua-t-il un peu de dépit quand il l'entendit lui dire, sans mettre d'interrogation dans la voix :

— Villegagnon va revenir, n'est-ce pas ?

— Il en a l'intention, en effet, admit Just de mauvaise grâce.

— Et il va ramener de nouvelles troupes, j'imagine ?

— Oui.

Elle reporta soudain son regard sur Just. Il n'était plus gai ni sûr de lui mais désemparé et triste.

— Quelle différence y a-t-il, selon toi, entre l'amiral et les Portugais ? demanda-t-elle.

Faute de s'être jamais posé cette question, Just conçut une réponse très simple, qui le surprit lui-même.

— L'amiral, dit-il, c'est la France.

Il sentit bien que cette affirmation appelait d'autres questions et que tout au bout de ces raisons emboîtées, il y avait quelque chose qui ne pouvait tout à fait le satisfaire.

— J'ai juré de défendre cette terre, dit-il. J'ai juré au nom de Père que je combattrais, comme lui, pour la France.

Tendant la main jusqu'à une corbeille de fruits, Colombe piqua deux grains de raisin noir et les porta à sa bouche.

— Le Thoret est passé ici, avant de s'embarquer, fit-elle.

Just s'alarma de cette diversion inattendue.

— Il m'a parlé de Cérisoles.

Il tressaillit.

— Et d'une enfant de deux ans qu'on a trouvée dans une grange, ajouta-t-elle.

Sa main tremblait un peu. Elle agrippa son verre sans y boire.

— Tu le savais ?

— Oui, dit-il.

Cette ombre vaste semée de coffres vermoulus et de souvenirs naufragés aurait pu être le donjon de Clamorgan. Ils étaient ramenés au temps de leur intimité mais avec ces grands corps d'adultes, pleins d'ombres aussi, où frémissaient des désirs.

— Il m'a parlé de sa mort, à Sienne, reprit-elle.

— La mort... de Père.

Elle opina silencieusement. Voyant que Just attendait, elle comprit que sur ce point-là il ne savait rien.

— L'Italie était en paix, reprit-elle avec le soulagement d'une idée claire à formuler, quand tout le reste était si trouble encore. Mais le roi de France, qui voulait reprendre la guerre, a envoyé des provocateurs, pour soulever la Toscane. Clamorgan a tout fait pour empêcher leurs manœuvres.

Just avait tressailli au nom de Clamorgan, quoiqu'il fût naturel, désormais, qu'elle ne dît plus « Père ».

— Il savait que les Français, en excitant Sienne à se soulever, cherchaient seulement un prétexte pour revenir en Italie. Mais ils n'avaient aucun moyen de défendre la ville. En somme, ils la conduisaient à la mort.

Just commençait à voir la vérité. Il respirait difficilement. Pas un muscle de son visage ne bougeait.

— Clamorgan, reprit-elle, aimait vraiment l'Italie. Il y était allé pour combattre mais ce qu'il y avait découvert l'avait conquis. Il aimait la beauté de ses paysages et de ses tableaux, l'Antiquité qui renaissait dans les œuvres du présent, il aimait ses jardins, sa musique, sa liberté.

Colombe parlait sans quitter Just des yeux mais, pour une fois, l'éclat de son regard semblait brouillé, comme si elle n'eût pas contemplé ce qu'elle avait devant elle mais une vision du dedans. Enfin elle se reprit et, d'une voix soudain froide, vint à sa terrible conclusion :

— Quand le roi a su qu'il allait faire échouer ses plans, prononça-t-elle, il l'a fait assassiner.

Une émotion violente qui confinait aux larmes et tout en même temps les retenait s'empara de Just. Le noyau de son âme, qu'il croyait être la fidélité, se fendait en deux parts opposées, qu'ils incarnaient l'un et l'autre. Et il comprit qu'elle, Colombe, avait choisi la meilleure.

L'hoirie de Clamorgan n'était ni un domaine, ni un pays, ni un nom, mais cet amour de la liberté qui n'acceptait ni dogme ni frontière, ni l'injustice ni la soumission.

Colombe se leva et fit quelques pas sur la terrasse. Quand elle revint vers lui, Just la contempla tout entière, dans sa robe de velours. Elle était, à elle seule, toute l'Italie bleue, la source où puisaient ses artistes, une parente, par sa chevelure tressée, de ces beautés romaines dont le marbre seul parvient à rendre la frémissante splendeur.

Il se leva à son tour et ils se firent face à moins d'un pas. Pour la première fois, la retenue de Just, sa réserve et sa crainte étaient dissoutes par une force nouvelle qui le faisait sourire. Avec cet être qui ressemblait tant à son désir, qu'il connaissait depuis si longtemps et dont il éprouvait pourtant la découverte, il avait la sensation de ne faire qu'un depuis toujours. Aussi fut-ce moins pour s'en rapprocher que pour reconstituer l'unité naturelle et perdue qu'il tendit la main vers elle.

Il frôla son cou, son épaule, son bras nu. Immobile, elle ferma les yeux, plongée dans le délice de cet instant rêvé et unique, mystérieusement familier tant il avait été désiré et qui, si innombrablement qu'il se reproduise par la suite, n'aurait plus jamais le goût incomparable de cette première fois.

Enfin elle s'approcha ; collée à lui, elle reposa sa tête au creux de son cou. Just sentait l'odeur blonde de cette peau. Autour de sa bouche flottait le caressant duvet de sa nuque. Il sentait les bras de Colombe entourer sa taille et ses deux mains effleurer son dos. Elle s'écarta légèrement et sa bouche entrouverte s'offrit aux lèvres de Just qui la saisirent. Toute leur vie, la nuit brésilienne et la peur vaincue s'engloutirent dans cette longue réunion de leurs visages, dans la douceur incomparable de cette intimité de chair qui annule et couronne l'amour en lui donnant non plus deux corps mais un seul.

Cette barrière franchie, ils n'eurent plus devant eux que l'espace ouvert de la volupté où ils entrèrent avec toute leur fougue. Ils se serraient, se caressaient, s'embrassaient fiévreusement. Just, lentement, défit le lien qui, derrière le col, retenait la robe de velours. Mais quand la gorge de Colombe apparut, un brusque sursaut le figea. Sur la peau blanche et tendre, elle avait fait tracer la veille encore de larges peintures de guerre noires et rouges qui dessinaient des éclairs et des étoiles.

Dans les yeux de Just revint tout à coup l'horrible souvenir des cannibales. Le rêve d'Italie était tout éclaboussé de ce sang. Il s'écarta.

Colombe attendait cet instant et même l'avait voulu. Elle éprouva un immense plaisir à voir s'arracher d'elle ce beau visage qu'elle aimait. Au moins pouvait-elle une dernière fois le contempler. D'un geste bref, elle acheva de faire tomber à terre sa robe tout entière. C'était ainsi qu'elle voulait qu'il la vît et l'aimât. Car pour imprégnés qu'ils fussent de l'Italie, ils n'y étaient pas.

— Allons, dit-elle en se rapprochant, ne crains rien... Laisse-toi... manger...

Just marqua une hésitation puis les images en lui se fondirent de la parfaite élégance d'Europe et de la puissante beauté indienne. Il sourit, se rapprocha d'elle et la reprit dans ses bras. Avant de plonger dans le plaisir, il regarda l'œil de Colombe et y vit l'image renversée du monde : un soleil dans lequel brillait un grand ciel bleu.

Et sans plus rien redouter, il s'y élança.

CHAPITRE 10

Jamais les Portugais n'avaient ressenti pareille impression de puissance. En Europe, ils étaient trop petits pour défier quiconque et, aux Amériques, ils n'avaient jamais occupé que des côtes désertes ou presque. Tandis que cette fois, ils allaient combattre.

La centaine de vaisseaux de l'escadre avait fière allure, du moins quand on la regardait de loin. Car pour un navire de guerre, on en comptait deux de commerce sur lesquels avaient été ficelés à la hâte des canons. S'y ajoutaient une trentaine de barcasses de pêche qui avançaient comme elles pouvaient et retardaient tout le monde.

Mem de Sà, pour ne pas voir ces éclopés, demeurait à la proue du navire de tête et regardait droit devant lui. Sombre de constitution, il craignait le soleil et gardait vissé sur la tête un chapeau à large bord sous lequel la sueur dégoulinait. Une ombrelle était brandie par un page au-dessus de lui. Enfin, pour s'assurer qu'aucun rayon du soleil ne le toucherait, le gouverneur du Brésil avait fait dresser un dais de toile sous lequel il restait assis.

L'Atlantique, soumis à son implacable volonté, restait aussi calme qu'un esclave prosterné. Les côtes escarpées que l'on voyait au loin se tenaient immobiles et roides comme pour une parade.

Tandis que les autres navires résonnaient de chants et de beuveries, une fierté muette emplissait celui du gouverneur. Une valetaille militaire se tenait respectueusement à distance du chef suprême, prête à bondir au premier grognement qui en émanerait. Un prêtre en surplis, quelques jésuites tout en noir et la tourbe des moinillons et des enfants de chœur restaient blottis sur le pont avant, au pied de la grande croix de poutres que les charpentiers y avaient dressée.

Le plan de l'expédition consistait à dépasser la baie de Guanabara vers le sud jusqu'à atteindre les îles Honnêtes. Là, l'armada principale venue de Bahia devait faire jonction avec quelques renforts envoyés de São Vicente et de la baie des Rois. Avec une heureuse précision, la rencontre se fit au jour dit, dans une crique aux eaux merveilleusement claires au fond desquelles on voyait danser un gravier rose.

Grossie de ce renfort, l'escadre mit de nouveau le cap au nord, jusqu'à la baie de Rio. Un doute subsistait sur l'opportunité de faire entrer tous les navires en même temps dans la passe. Bien qu'elle fût large, elle était à portée d'une canonnade. Si les Français de Fort-Coligny s'avisaient de les accueillir par un feu nourri, le risque n'était pas négligeable de voir les meilleurs vaisseaux touchés avant d'avoir pu se mettre en condition de riposter. Mais le gouverneur trancha l'hésitation des stratèges par une des formules frappantes dont il avait la spécialité.

— Il faut qu'ils aient peur, dit-il.

En conséquence de quoi, il entra le premier dans la baie, encadré des plus gros navires. Les barques suivaient en désordre.

Ainsi, en ce 25 février, par un temps de grand soleil et d'air limpide, une croix géante se balança sur les flots à l'entrée de Guanabara. Vingt navires de conserve, toutes leurs voiles gonflées du peu de vent qui venait de la mer, firent une entrée terrifiante dans les eaux calmes de la baie.

Mem de Sà n'avait pas ôté son chapeau car il craignait davantage l'insolation que la guerre. Il se tenait droit sous le grand mât de sa caravelle et embrassait d'un regard carnassier ces terres qu'il lui revenait de soumettre.

Rien ne bougeait du côté du fort Coligny. On y apercevait seulement, flottant comme une insulte dont ils n'allaient pas tarder à répondre, le drapeau blanc à fleur de lis des usurpateurs.

Par une concession à la prudence les attaquants suivirent une route écartée de l'île aux Français. Ils longèrent la côte nord de la baie, en gagnèrent le fond, puis redescendirent mouiller à l'abri d'un cap qui les protégeait des tirs qui pourraient leur être destinés. Là se feraient les préparatifs de l'assaut.

À la tombée de ce premier soir, une dizaine de pirogues venues de la terre ferme gagnèrent le flanc du vaisseau amiral. Au signal convenu, on fit monter à bord une délégation de truchements, conduite en majesté par Martin lui-même.

L'ancien mendiant avait plus de manières que ce pauvre Le Freux, auquel il avait succédé. Il n'était pas assez stupide pour faire l'erreur de se présenter, comme lui, dans une tenue grotesque faite de plumes. D'ailleurs son commerce, habilement mené, le fournissait d'abondance en étoffes de prix. Il parut devant Mem de Sà dans ce qui lui semblait être l'appareil requis par la dignité dont il n'allait pas tarder à être revêtu. Conformément à l'idée qu'il se faisait d'un duc, il portait un pourpoint de soie sauvage bleu ciel chamarré d'or, des hauts-de-chausses en taffetas violet et un toquet à soufflets. La seule plume qu'il s'était autorisée était d'autruche, piquée dans ce couvre-chef. Il fut fort satisfait de voir qu'il était, et de loin, le personnage le plus élégant du bateau où il était accueilli. Avec un peu d'imagination, et la nature l'en avait pourvu, il pouvait lire dans les yeux écarquillés de l'équipage une sincère admiration.

Quand Martin fut conduit devant Mem de Sà, il ressentit une légère déception de voir le grand homme aussi mal attifé. Un muet examen, rempli d'étonnement de part et d'autre, fut le long et premier abord des deux hommes. Enfin, l'un des jésuites, le père Anchiéta, qui s'était abîmé en prières depuis l'entrée dans la baie, arriva pour servir d'interprète car il savait le français.

Martin fit une longue péroraison, pour souhaiter la bienvenue aux libérateurs. Il y plaça habilement des paroles de mépris à l'égard des mutins du fort Coligny, une profession de foi touchante, concernant la soif supposée qu'éprouvaient les Indiens d'être délivrés de toute hérésie ; enfin, il termina par une description favorable de sa propre influence sur les terres qu'il jurait d'administrer désormais pour la seule gloire de la couronne portugaise.

Mem de Sà répondit en se mouchant bruyamment dans sa manche.

Un peu désarçonné par cet accueil mais y reconnaissant volontiers la marque de prudence d'un fin politique, Martin demanda avec une voix de conspirateur s'il lui serait possible de s'entretenir seul à seul avec le gouverneur. Il avait à lui livrer les dernières informations en sa possession concernant les effectifs de l'ennemi et leur armement.

D'un signe du museau, Mem de Sà fit reculer tous les assistants vers l'arrière, à l'exception du père Anchiéta.

Des cris de singes, venus du couvert de la côte, irritèrent Martin et lui firent venir des envies de palais silencieux, où la haute diplomatie se ferait dans le seul murmure de discrets jets d'eau.

— Voici, Excellence, commença-t-il, l'état précis des

défenses du fort, selon les ultimes renseignements fournis par l'agent Ribère.

Mem de Sà haussa le sourcil. Pour Martin, qui savait observer, cette marque d'intérêt fut jugée d'un grand prix.

— Soixante-douze hommes, peut-être moins, car, à la dernière visite de Ribère, il a noté quelques malades. Trente et un canons, dont quatre rouillés et cinq couleuvrines trop anciennes pour faire grand mal. Peu de munitions et une sainte-barbe trempée par les pluies.

Mem de Sà haussa le deuxième sourcil.

— De l'eau douce pour trois mois au plus. Des vivres pour quatre.

En donnant cette précision, Martin se troubla.

— J'ai tout fait, Excellence, croyez-le bien, pour qu'ils ne puissent se ravitailler. Mais ils sont parvenus à tourner ma vigilance, grâce à quelques naturels, qu'il faudra châtier.

Le gouverneur, à ces mots, fourra sa main droite dans l'échancrure de sa chemise et entreprit de se gratter l'aisselle. Martin y vit une perplexité qu'il prit en devoir d'apaiser sur-le-champ.

— Rassurez-vous, s'écria-t-il, ces réserves ne leur seront d'aucun usage. L'agent Ribère ne leur donnera pas le temps de tenir un siège, hé ! hé !

Il partit d'un mauvais rire et Mem de Sà, signe qu'il partageait cette allégresse, découvrit les dents.

— Permettez-moi maintenant, Excellence, de vous exposer le plan qui me paraît convable pour une victoire glorieuse mais économe. L'agent Ribère en a été tenu informé et sa participation est acquise. Voici : le premier jour, vous leur envoyez une grêle de boulets, reprit Martin en jetant autour de lui des regards de conjuré. La nuit, ils se terrent, étourdis par la canonnade. Vous débarquez des troupes dans l'obscurité. Et peu avant l'aube, Ribère se glisse jusqu'au portail pour l'ouvrir. Le fort est à vous avant que le soleil n'ait complètement paru.

Martin se tut, au comble de la satisfaction. Cela valait un duché, il le savait. Reculant un peu, par modestie, il attendit le jugement du gouverneur.

— Il faut dormir, grogna Mem de Sà.

Le père Anchiéta montra une certaine gêne à traduire cette conclusion. Il se permit d'ajouter que le gouverneur avait pour habitude de se coucher peu après le soleil. Douze heures de sommeil suffisaient à peine pour réparer dans son cerveau les dommages qu'y causait l'incessante industrie de sa pensée.

— Je comprends, dit Martin, gagné lui aussi par l'admiration.

Il prit congé le plus dignement possible, aussi chancelant et bouleversé qu'après une orgie de cahouin. Et tandis qu'il redescendait dans sa pirogue, il lâcha à ses lieutenants préoccupés ces deux mots énigmatiques :

— Quel chef !

*

Il fallut deux jours pour prendre toutes les dispositions nécessaires à l'attaque. Chaque embarcation reçut des consignes précises quant à la position qu'elle devrait tenir et à son rôle. Seuls les vaisseaux les mieux armés participeraient à la canonnade du fort. Un détail tactique avait cependant demandé de longues précautions. Compte tenu des faibles dimensions de l'île, il ne fallait pas que les bateaux portugais qui allaient l'encercler se bombardassent les uns les autres par-dessus le fort. Les pilotes calculèrent la distance qui devait, par sécurité, séparer les navires. Enfin, tout fut prêt.

Au matin du troisième jour, le premier attaquant pointa

lentement son beaupré hors de la côte escarpée qui l'avait dissimulé. Une douzaine de monstres, à sa suite, firent voile vers le fort, en le tenant toujours par le travers, sabords ouverts et canons chargés. Quand ce mur de bateaux fut bien en place autour de l'île, Mem de Sà, abattant une torche de sa grosse main, mit le feu à la poudre du premier canon. La hausse était insuffisante et la pièce lâcha son boulet dans l'eau. Mais, à ce signal, tous les autres navires se mirent à tirer. Fumant d'explosions, les bordages semblaient être la cible des tirs alors qu'ils en étaient le point de départ. En revanche, là où tombaient les boulets, au loin sur le fort, on ne voyait rien. Seul le bruit sourd des impacts contre les épaisses murailles résonnait dans l'air immobile. Après les terribles salves du début, les Portugais, par un ordre venu du vaisseau amiral, se mirent à tirer moins vite. La canonnade prit un aspect régulier, chaque bordée succédait à une autre en sorte de maintenir sur les défenseurs une menace constante.

La tension qui avait précédé l'assaut avait disparu chez les hommes de Mem de Sà. Malgré les armements dont ils disposaient, les Français n'avaient pas tiré un seul coup de canon en réponse à l'attaque qu'ils subissaient. Il fallait qu'ils fussent vraiment terrorisés ou très couards. Cette réputation effondrée, la seule chose qui tînt encore sur l'île était les murailles du fort. Il fallait reconnaître qu'elles étaient bien construites et selon des angles qui rendaient l'assaut délicat. Il était bien possible que les défenseurs eussent choisi d'attendre le débarquement des attaquants pour les massacrer.

Toutes ces incertitudes n'empêchèrent pas que, le soir venu, quand les navires mouillèrent sur leurs positions, chaque équipage trinqua à une probable et imminente victoire. Nul n'était informé de la suite du plan, mis à part les troupes de pied qui embarquèrent dans les chaloupes au milieu de la nuit. Les Portugais, gens de mer, ont moins d'expérience que des combattants terrestres. Aussi Mem de Sà avait-il fait placer parmi ceux qui allaient débarquer tout ce qui se trouvait dans l'expédition de continental et de mercenaires : des Suisses égarés, des aventuriers allemands, cinq captifs hollandais et même une trentaine d'esclaves indiens, gentiment offerts par Martin. Au total, cinq bateaux à rames vomirent sur les flancs obscurs de l'île cent vingt hommes décidés à ne pas faire de quartiers. Tapis sur le sable tiède des plages, ils attendirent les premières lueurs de l'aube. Le ciel dans un grand bâillement ouvrit au levant une gorge rose. Le petit vent du matin prit les combattants à revers, tandis qu'ils marmonnaient des prières dans le sable et ils frissonnèrent. Enfin quand la lumière fut suffisante pour apercevoir le portail de la forteresse, les attaquants, incrédules, virent qu'il était largement ouvert. Sur l'ordre d'une enseigne, ils s'élancèrent en poussant des cris affreux, moins propres à effrayer les autres qu'à les rassurer eux-mêmes. Et ils s'engouffrèrent dans le fort.

La cavalcade des assaillants résonna sous la voûte qui menait à la cour de la forteresse. Dans l'obscurité, les hommes se bousculaient ; on les entendait piétiner, tourner en rond, jurer dans diverses langues. Un petit contingent monta sur les remparts, courut sur le chemin de ronde. Le temps qu'avait duré cette invasion, la lumière du jour, encore blême, éclairait de mauve les murs et les corridors. Ce retour de la clarté apaisait les esprits. Les combattants marchaient calmement, chuchotaient entre eux. Aucun coup de feu n'avait encore été tiré. Étonnés de leur si prompte conquête, les hommes s'assemblèrent dans la cour du fort et attendirent. L'enseigne qui les commandait ressortit, et, parvenu sur la plage, fit de grands signes vers les bateaux pour dire que tout était fini.

Mem de Sà débarqua peu après à la tête d'une large

escorte. Il portait un énorme pistolet dans son ceinturon, pour se donner la liberté d'utiliser ses deux mains à gesticuler des ordres et à se fouiller le nez.

L'enseigne qui avait mené l'avant-garde vint lui faire son rapport avec une simplicité qu'alourdissait seulement l'étiquette portugaise.

— Tout est entre nos mains, Illustrissime Seigneur Gouverneur.

Et, après s'être raidi de fierté, il ajouta :

— Nous avons fait un prisonnier.

Un murmure admiratif parcourut l'escorte de Mem de Sà. Un seul prisonnier voulait dire que tous les autres étaient morts. Les artilleurs avaient accompli un beau travail.

— Puis-je vous mener jusqu'à lui, Illustrissime Seigneur Gouverneur ?

Avec un plissement du nez, Mem de Sà exprima son auguste assentiment. L'enseigne prit les devants et toute la troupe entra dans la galerie qui menait à travers les murailles jusqu'à la cour.

Le prisonnier, tenu par quatre gardes, ne montrait guère de dispositions à s'enfuir ni à rien tenter d'hostile. En voyant entrer le généralissime, il illumina son visage hirsute d'un grand sourire. Quand Mem de Sà fut devant lui et eut ordonné d'un geste de le lâcher, le captif tomba à genoux et d'une voix encombrée de larmes, s'écria :

— Pitié, Monseigneur, ô plus grand capitaine de tous les temps, nouveau César des Amériques, libérateur de ce fort…

Il voulait en dire plus mais Mem de Sà se détourna de cette négligeable prise et se mit à regarder alentour. Il s'étonnait de ne voir ni cadavres, ni prisonniers, ni canon entre les créneaux du fort.

— Nous avons retrouvé trois morts, déclara l'enseigne pour devancer une question.

Le gouverneur le suivit jusqu'à un escalier puis monta sur le chemin de ronde. Là il vit la dépouille d'un vieux chevalier de Malte, la poitrine enfoncée par un boulet. L'homme était figé dans un masque de dignité et d'oraison, sa petite barbe pointue dressée vers le ciel. Il tenait dans la main droite une feuille de papier. Mem de Sà la saisit et la tendit au père Anchiéta qui l'avait suivi pour servir d'interprète avec les prisonniers. Le jésuite lut le court texte qu'une main avait griffonné à la hâte.

— C'est un poème, dit-il en rougissant. Adressé à une certaine Marguerite.

— Les deux autres sont en bas, dans la grande salle, intervint l'enseigne. Il semble qu'ils se soient donné la mort avec un poison.

L'étonnement et un début de colère étaient peints à grosse brosse sur le visage noir du gouverneur. Il regardait les fûts d'artillerie sur le rempart qui ne soutenaient plus aucun canon, à l'exception de deux lourdes bombardes toutes rouillées. L'air furieux, il redescendit l'escalier. Le jésuite, courant derrière lui, comprit qu'il allait falloir tirer du prisonnier l'explication de ces mystères.

Quand il vit revenir vers lui la troupe de Mem de Sà, le prisonnier comprit qu'il allait enfin pouvoir s'expliquer. Il s'adressa au jésuite, qui parlait sa langue, et lui choisit un titre propre à se le rendre favorable.

— Pitié, cardinal, pitié ! implora-t-il.

Et il ajouta dans un sanglot :

— Je suis Ribère.

Que ce petit bonhomme trop évidemment simplet fût l'agent Ribère, celui sur lequel tant de puissances avaient fait fond, parut aussi incroyable au père Anchiéta qu'à

Mem de Sà, qui, pour une fois, n'avait pas eu besoin de traduction.

— Toi ? Ribère ? s'écria le jésuite.

— Oui, renifla Vittorio avec un air à la fois accablé et fier, comme en arbore un combattant que sa victoire a mis en guenilles.

— Admettons, concéda le jésuite en prenant un ton courroucé. En ce cas, tu vas pouvoir t'expliquer. Tu nous as fait dire qu'il y avait soixante-douze personnes pour défendre ce fort. Où se cachent-elles ? Et où sont les canons, les arquebuses, toutes les armes ?

Vittorio voyait son affaire progresser. Déjà on l'avait cru. Il lui restait à se justifier. La seule difficulté était qu'il devait s'en tenir pour une fois à la vérité, exercice qui lui demandait toujours beaucoup d'attention.

— Ah ! cardinal, c'est affreux, affreux ! gémit-il.

— Quoi ? s'impatienta le père Anchiéta. Qu'est-ce qui est affreux ? Vas-tu t'expliquer ?

Vittorio hésita sur le point de savoir s'il devait tomber de nouveau à genoux ou s'il était prudent de se réserver cette mise en scène pour la suite. Il resta debout mais trembla.

— J'étais enfermé ici avec les autres... dit Vittorio d'une voix implorante. Je n'ai pas pu faire passer de message à Martin quand tout a commencé.

— Tout quoi ?

Avec le désespoir d'une Schéhérazade, Vittorio se lança dans un récit qui, tant qu'il durerait, lui donnerait au moins la vie sauve.

— D'abord, commença-t-il en soupirant, il y a eu cette épidémie, qui a emporté les trois quarts de la garnison en moins d'une semaine.

— Et le restant, où est-il ? s'impatienta le jésuite, qui traduisait de cette manière les grondements de Mem de Sà.

Vittorio fit signe qu'il y arrivait. L'impatience des auditeurs était la marque heureuse de leur intérêt.

— C'était deux jours avant votre entrée dans la baie. Un rafiot chargé de rossinantes nous a prévenus de votre arrivée. C'est alors que le jeune chef que Villegagnon avait laissé sur l'île est parti chez les Indiens.

Le père Anchiéta traduisait les phrases au fur et à mesure. Vittorio tenait de mieux en mieux son public.

— Il est rentré trois jours plus tard. Je n'ai pas entendu ses ordres personnellement. J'ai seulement compris ce qui se passait quand j'ai vu descendre les canons. Ils ont rassemblé toutes les pièces d'artillerie ici même, dans cette cour. Ensuite, ce jeune Clamorgan, maudit soit-il à jamais lui et les siens, par la Madone et Notre-Seigneur, nous a réunis dans la grande salle que vous voyez là-bas. Il a proposé à ceux qui le voulaient de le suivre sur la terre ferme. Dom Gonzagues, un saint homme, paix soit sur son âme, a refusé de trahir la parole donnée à l'amiral. Il ne s'est trouvé que deux braves pour refuser de s'enfuir et défendre le fort avec lui. C'étaient deux vieux soldats de Malte et, au dernier moment, ces fanatiques ont préféré s'empoisonner plutôt que de tomber entre vos mains. Moi, que pouvais-je faire, je vous le demande, cardinal ? Si je partais, je n'étais plus en condition de vous ouvrir le fort et si je restais, je courais le risque de vous voir me traiter comme un traître.

Vittorio connaissait assez le bel canto pour savoir qu'au moment de pousser cette pointe, il était opportun que le ténor tombât à genoux. Il se laissa choir bruyamment et joignit les poings.

— Pitié ! implora-t-il en mettant dans sa voix la belle sincérité d'un homme brisé par la tragédie du destin.

Mem de Sà, en entendant ces nouvelles, avait été gagné par une colère bien à lui, c'est-à-dire muette et violente. Ainsi il avait conquis une île vide ! La force de ces chiens de

Français était intacte. Il avait désarmé la Bahia pour rien, et qui pouvait savoir si d'autres ennemis n'étaient pas, à cet instant même, en train d'attaquer là-bas ? Déjà, il touchait le large pommeau de son pistolet, prêt à faire feu sur le grotesque prisonnier, messager de ces mauvaises nouvelles. Mais au moment d'abattre cette pitoyable proie, il conçut un dégoût qui lui en ôta par avance le plaisir.

Au moins, il avait le fort. La vision consolante de ces murailles bien faites, l'idée de ce qu'elles avaient dû coûter de peines aux ennemis, la satisfaction d'acquérir cette place pour le Portugal, lui mirent dans le cœur sinon sur le visage une satisfaction qui faisait un peu oublier le reste. Après tout, ce Ribère avait fait ce que l'on attendait de lui. Il regarda le brigand et, en haussant les épaules, fit signe de le relâcher.

Suivi de sa troupe, il entreprit alors de visiter toutes les salles de l'ouvrage et remonta sur les murailles. Une petite bousculade, en contrebas, vint à ce moment troubler cette paix acquise sans la guerre : Martin arrivait, suivi de trois autres truchements, toujours attifé en gentilhomme. Il grimpa l'escalier en grande hâte et planta devant le gouverneur ce visage de reître frotté de courtoisie qui lui déplaisait tant.

— Magnifique, Votre Seigneurie ! s'écria Martin. Quelle victoire ! Quel triomphe !

Mem de Sà le foudroya du regard mais l'autre ne vit dans cette expression hostile que la farouche modestie d'un homme habitué à vaincre.

— Tout ceci est à votre roi, désormais, reprit Martin en embrassant la baie d'un large geste du bras.

Le silence du grand beau temps vibrait sur les roches du pain de sucre et la paille jaunie des roseaux, vers les marécages. Deux hérons, par un cri bref, marquèrent la satisfaction qu'ils avaient d'être de nouveaux sujets du roi du Portugal. Martin, souriant toujours de contentement, tira de sa poche un rouleau de papier, fermé par un ruban.

— Excellence, dit-il fièrement, j'ai fait préparer la patente de propriété des terres que vous venez de libérer et que j'administrerai loyalement au nom de votre souverain.

En entendant la traduction de cette requête, faite d'une voix neutre par le père Anchiéta, Mem de Sà, écrasé entre l'enclume du mépris et le marteau de l'indignation, se redressa sous le choc.

— La grande faveur que j'ai à vous demander, reprit le truchement, est de m'accorder ici même ce que vous avez bien voulu me promettre. Un titre acquis sur le champ de bataille est la plus grande gloire dont on puisse jamais rêver.

Martin était sincère. Mais, de plus, il se jugeait extrêmement habile pour ce discours. Il avait l'avantage de presser une décision que l'enthousiasme de la victoire rendrait plus naturelle. S'il attendait, des jeux d'intrigues ne manqueraient pas de provoquer des retards, voire des obstacles, un revirement était toujours possible...

— Duc de Guanabara, annonça-t-il avec sérieux, me paraît la titulature la plus appropriée.

Le père Anchiéta traduisit. Il ajouta un mot tout bas à l'oreille du gouverneur, afin de lui remettre en esprit la conversation qu'il avait eue deux jours plus tôt avec le truchement. Mem de Sà semblait en effet ne pas comprendre de quoi cet individu pouvait bien parler. Quand il eut enfin saisi, il fit un mauvais sourire. Toute la rage qu'il ressentait d'avoir laissé échapper les Français se reportait sur celui-là qui était, au fond, l'un d'entre eux et peut-être même leur servait d'agent double.

— À genoux, dit-il.

Le père Anchiéta traduisit la réponse.

Tout à son triomphe, Martin mit un genou en terre à la

manière des chevaliers et se découvrit pour recevoir l'honneur qu'il attendait. Le duc, dans sa tête, avait déjà pris toute la place. Lui qui ne s'était jamais désarmé devant personne, qui était sans cesse sur ses gardes et avait échappé aux plus sournois attentats, comprit au dernier instant son erreur. En reniant l'ancien mendiant qu'il avait été, il abandonnait la vigilance qui l'avait fait survivre. Le temps de relever les yeux et de sentir bondir en lui l'animal traqué, déjà le canon du pistolet le touchait et Mem de Sà lui avait brûlé la cervelle.

Un grand silence se fit après qu'eut résonné sur les murailles le seul coup de feu tiré au cours de la prise du fort. Le cadavre de Martin, agité d'ultimes secousses, gisait désarticulé sur le sol de la courtine.

Mem de Sà, l'arme encore fumante à la main, releva le nez et se figea soudain dans une attitude inquiète. Il semblait écouter un bruit lointain et tout le monde, autour de lui, tendit l'oreille. De la baie immobile montaient les murmures habituels du végétal traversé de brises chaudes. La détonation avait suspendu les cris d'animaux, ôtant les seuls sons aigus qui troublaient d'ordinaire le silence. C'était donc dans les basses qu'il fallait scruter l'inattendu. Et, en effet, derrière les souffles qui naissaient dans les ramures, derrière le sourd clapot des vagues, on percevait un bruit régulier, comme un frottement, né en diverses parties de la côte. Il avait un rythme singulier, que seul l'humain pouvait y mettre, un rythme lent mais qui tendait à s'accélérer. Deux, trois, dix foyers de ce grésillement régulier apparurent. Bientôt ce fut comme si les forêts eussent laissé entendre la pulsation d'un gigantesque cœur de sable.

— Les maracas, souffla Vittorio qui était le seul à connaître les calebasses sacrées que brandissaient les caribes.

De toutes les tribus de la baie montait maintenant la voix de ces oracles assourdissants.

Soudain, l'oreille tendue des vainqueurs fut déchirée par le bruit de la première explosion.

*

C'était miracle qu'ils eussent pu tout transporter en deux nuits. Hisser les canons sur les barques et les mener jusqu'à la côte n'avait pas été le plus difficile. Il fallait ensuite les tirer sur le sable jusqu'au lieu où les Indiens fidèles à Pay-Lo pouvaient les mettre à l'abri. Sans le secours des chevaux que Just avait achetés, ils n'y seraient jamais parvenus. Mais les bêtes attelées à la hâte avec des colliers de bois avaient fait des merveilles. Traînées le long de la plage, les pièces étaient toutes à destination à l'aube de la première nuit.

Ensuite, Just avait indiqué aux Indiens comment les disposer en différents points stratégiques. Une dizaine de couleuvrines, portées à dos d'homme, avaient été installées sur les hauteurs qui dominaient la baie. Des messagers, envoyés dans les tribus par Colombe, avaient fait affluer des guerriers vers le littoral.

Quintin, malgré sa répugnance pour les armes, avait accepté de mettre à feu l'une de ces batteries, à la condition qu'elle fût braquée vers l'eau. Il lui revint l'honneur de tirer le premier coup. Sitôt le boulet éjecté, il s'était jeté dans les bras d'Ygat, la seule compagne à laquelle il consacrât désormais toute sa force de conversion. Il pleurait dans ses larges bras, et ne savait pas si c'était de peur, de reconnaissance ou de bonheur.

Paraguaçu et Karaya, juchés sur un petit morne près du pain de sucre, allumèrent chacun en riant une des deux couleuvrines placées en batterie et dont ils avaient la charge. Dix autres pièces tonnèrent à la suite.

Aucune ne toucha l'île car Just n'avait pas voulu mener une offensive. Il entendait seulement montrer aux Portugais que s'ils possédaient désormais le fort, la baie ne leur était pas acquise. Par l'adroite disposition des batteries, ils comprendraient qu'ils avaient en face d'eux une force organisée, redoutable et qui ne les laisserait pas en repos. C'était, évidemment, très exagéré encore. Mais d'ici peu, Just était bien convaincu qu'il serait parvenu à donner aux Indiens le savoir-faire nécessaire pour répondre à armes égales à ceux qui prétendraient les soumettre.

À l'intelligence des canons, qui parlaient le langage des Européens, s'ajoutait celle des guerriers qui, partout dans les tribus, répondant à l'appel de Colombe et aux oracles des maracas, ruisselaient vers la côte. Une vingtaine d'entre eux étaient déjà formés au maniement des arquebuses. Sur un signe d'un des fils de Pay-Lo qui dirigeait ces gens de pied, ils délivrèrent une charge de plomb vers les navires, effondrant quelques espars et semant la panique sur les ponts.

Just et Colombe, côte à côte, assistèrent à ce simulacre d'assaut en applaudissant à chaque coup. Ils étaient près de l'île, sous le couvert des cocotiers, montés chacun à cru sur un cheval. D'où ils étaient, le fort leur apparaissait minuscule, vulnérable, dérisoire. Les chevaux frottaient leurs encolures l'une contre l'autre et, quand ils se rapprochaient, les jambes des cavaliers se touchaient. L'île dévastée semblait un petit ulcère sans gravité sur le corps immense de la baie, qui, dans l'heureuse santé de toutes ses couleurs, resplendissait de majesté et de paix.

Colombe tendit la main vers Just et saisit ses cheveux. Il se pencha pour l'embrasser. Quand le silence fut revenu, après la canonnade, ils piquèrent leurs montures et parurent sur la plage. Après un dernier salut à l'île, ils prirent le galop sur le sable et rejoignirent les Indiens.

Leur bonheur désormais appartenait à cette terre, une terre qu'ils défendraient toujours mais ne chercheraient jamais à posséder.

ÉPILOGUE

Le chevalier de Villegagnon arriva en France au moment du sinistre incident resté dans l'histoire sous le nom de « tumulte d'Amboise ». La répression qui suivit cet attentat protestant fut sanglante et l'ancien maître du fort Coligny s'y illustra par sa férocité. Décapiter, pendre, noyer les réformés fut une activité frénétique qui dura tout un mois. « Les rues d'Amboise », écrit Régnier de la Planche, « étaient coulantes de sang et tapissées de corps morts en tous endroits : si bien qu'on ne pouvait durer par la ville pour la puanteur et l'infection. »

Devenu par ses cruautés l'« homme à tout faire des Guises », Villegagnon partagera son temps entre les actions sauvages qu'il mènera contre les huguenots et la rédaction de libelles destinés à justifier son action au Brésil. Mais la France, désormais liée à l'Espagne dans le but d'éliminer le péril protestant, se souciait peu de conserver ses conquêtes en Amérique du Sud. Villegagnon n'obtint qu'une lettre de marque contre le Portugal et il négociera à Lisbonne, moyennant trente mille écus, la renonciation définitive de ses droits sur Guanabara.

Quand les guerres de Religion enflammeront la France, il y sera d'autant plus à l'aise qu'elles se dérouleront en suivant les mêmes étapes qui avaient marqué leur avant-première brésilienne. Récompensé de sa brutalité, Villegagnon recevra une commanderie de Malte à Beauvais en Gâtinais. Et il y finira ses jours paisiblement — quoique à jamais brûlé de haine — et léguera tous ses biens aux pauvres de Paris.

Richer, du Pont et les protestants rescapés de Rio parvinrent en France au terme d'une traversée de cauchemar. Les vivres manquèrent à tel point qu'il fallut se résoudre à manger jusqu'aux perroquets. Aude revint à Genève, s'y maria avec un pasteur et ne quitta plus la ville.

Mais bien des protestants qui avaient survécu à cette aventure furent éprouvés par les guerres de Religion. Jean de Léry se fit, vingt ans plus tard, le chroniqueur de ce terrible « voyage en la terre du Brésil ». Malgré l'horreur dont il témoigne pour le cannibalisme, il eut le désagrément d'en être réduit, pendant le siège de Sancerre, à voir ses coreligionnaires manger à leur tour de l'homme.

À Guanabara, les Portugais se maintinrent et construisirent la ville de Rio. Les truchements de la côte, après la disparition de Martin, continuèrent à trafiquer. Mais certains revinrent en France et c'est l'un d'entre eux que Montaigne employa comme secrétaire. On lui doit d'avoir inspiré le célèbre chapitre XXXI du Livre premier des *Essais* intitulé « Des cannibales » qui devait avoir une si profonde influence sur les philosophes des Lumières, en créant le mythe du bon sauvage.

Mais dans tout le reste de la baie, la résistance des Indiens demeura vive. Grâce aux techniques militaires que leur apportèrent les Français et quelques Anglais, ils harcelèrent longtemps les colons portugais. Le blocus imposé au Cabo Frio, au début du XVIIe siècle, fut le dernier acte de cette résistance. Elle avait duré plus d'un demi-siècle. Ensuite, les Tupi furent repoussés vers l'intérieur et le nord, où leurs soutiens français les accompagnèrent. Quand les Portugais fondèrent Natal, à la Noël de 1597, ils dénombrèrent cinquante arquebusiers français dans les rangs des tribus indiennes.

Nombre de ces Européens se fondirent par la suite dans le creuset brésilien ; d'autres préférèrent prendre la mer. Ils devinrent pirates et corsaires, pillant les convois et faisant régner longtemps la terreur sur les routes de l'Atlantique.

Les Tupi de la côte ont aujourd'hui disparu ; on ne connaît d'eux que ce qu'en rapportent les récits d'époque, rédigés à leur retour par les voyageurs. Ils décrivent en détail leurs coutumes et leurs mythes. Le plus attesté de ceux-ci met en scène un déluge que le grand dieu Toupan aurait infligé aux hommes qui l'avaient courroucé. Toute l'humanité y périt, à l'exception d'un frère et d'une sœur. De leur union devait naître la nouvelle race humaine.

Cette légende est d'interprétation difficile. Les ethnologues sont partagés sur sa signification. Mais nous, qui connaissons cette histoire, avons là-dessus notre idée. Et personne ne pourra nous empêcher de voir, derrière ces deux héros du mythe, la trace de deux personnages que nous avons aimés, tout ce qui reste de Just et de Colombe.

À PROPOS DES SOURCES DE *ROUGE BRÉSIL*

Le plus surprenant dans cette histoire est qu'elle soit vraie. Non qu'elle paraisse invraisemblable : la Renaissance est riche en aventures plus extraordinaires encore. Ce qui fait son étrangeté, c'est l'oubli quasi total dans lequel est tombé cet épisode de l'histoire de France. Pourquoi de tels événements n'ont-ils laissé pratiquement aucune trace dans la mémoire collective ? Sans égaler en gloire un Christophe Colomb ou un Marco Polo, les noms de Jacques Cartier, de Cavelier de La Salle, d'Argo, de Dupleix éveillent en nous quelques échos, fût-ce en raison des rues ou places qui leur sont dédiées. La Louisiane, les colonies du Saint-Laurent, l'Indochine, Pondichéry sonnent comme des lieux de présence française ; le Brésil, lui, n'évoque rien de tel et le nom de Villegagnon est tombé dans un oubli total.

J'ai eu pour la première fois l'idée de ce livre lorsque je vivais au Brésil voici dix ans, et plus précisément le jour où je visitais à Rio un petit musée du centre-ville appelé le Paço Real. Ce bâtiment de l'époque coloniale portugaise est aujourd'hui asphyxié entre des autoroutes et des gratte-ciel. Il faut faire un effort particulier d'imagination pour parvenir à se le représenter dans son environnement originel. Pour aider l'esprit à s'abstraire encore davantage du Rio contemporain, le musée avait exposé de grandes peintures qui figuraient la baie au moment de la découverte. On y voyait, à la place des blocs de béton de Copacabana, les marécages blonds où volaient des échassiers ; les jungles intactes de la rive remplaçaient les favelas. Seuls les mornes célèbres, dont le pain de sucre, qui sont tout ce qu'il reste aujourd'hui de sauvage dans la baie, étaient reconnaissables.

L'évocation poétique de ces premiers moments m'a irrésistiblement attiré. J'y ai reconnu le thème qui m'obsède entre tous : celui de la première rencontre entre des civilisations différentes, l'instant de la découverte qui contient en germe toutes les passions et tous les malentendus à naître. Ce moment éphémère et unique recèle une émotion particulière ; bien qu'elle concerne des sociétés, elle s'apparente à l'élan amoureux qui peut saisir deux êtres lorsqu'ils sont mis en présence pour la première fois.

Malheureusement, en Europe en particulier, ces moments fondateurs sont ensevelis sous les constructions — et les ruines — de l'Histoire. Rares sont les lieux où on les voit encore affleurer. C'est le cas en Éthiopie, pays qui m'a retenu au long de deux livres. En Asie centrale également, car la rencontre des civilisations ne semble rien pouvoir y édifier de durable et se renouvelle régulièrement avec toutes les apparences de la nouveauté. Mais nulle part comme en Amérique latine, on ne trouve proche, encore vivant, presque visible lorsque l'on contemple les paysages côtiers, la trace de ce premier et dramatique accostage, par lequel une civilisation a pris pied dans une autre. Dans le cas de l'Amérique centrale et andine, ce contact a donné lieu à une confrontation sanglante entre des sociétés élaborées, complexes et, à certains égards, comparables. Au Brésil, rien de tel : le monde indien y était dispersé, archaïque, faible. Par bien des aspects, le débarquement occidental s'y est effectué dans ce qui pouvait apparaître comme la nature vierge. Je suis d'abord parti dans cette direction, m'attendant à découvrir une sorte de huis clos de notre société face à elle-même, dans le vide de ces terres nouvelles.

Or, ce vide devait, au fil de mes recherches, s'avérer un plein.

Plein d'événements, d'abord. J'avais cru et craint que cette situation d'isolement ne soit statique, pauvre en actions, marquée par la torpeur et le doute. Au contraire, j'allais découvrir le caractère extraordinairement riche de cet épisode historique. Toutes les figures qui le peuplent sont héroïques et romanesques, incroyablement vivantes, de cette vie si particulière au XVIe siècle, pleine de liberté, de charme, d'originalité. Et ce qui pouvait paraître une aventure lointaine, coupée du reste du monde, m'est vite apparu comme une extension outre-océan d'enjeux historiques fondamentaux. Insérée dans la rivalité continentale de la France et de l'Empire, cette tentative de colonisation du Brésil est également une répétition générale des guerres de religion. Par le détour de Montaigne, elle se trouve à l'origine des idées philosophiques sur le bon sauvage et l'état de nature.

Plein de textes, ensuite. L'oubli dans lequel est tenu cet épisode historique tient au refus d'en cultiver la mémoire et non à l'absence de documents. Plusieurs textes contemporains sont disponibles, écrits plus ou moins tôt par les protagonistes eux-mêmes. La plupart ont été réédités à notre époque ; citons, en rapport direct avec l'événement, les deux ouvrages majeurs : *Voyage faict en la terre du Brésil*[1] (1578) par Jean de Léry, un des protestants de l'expédition de Villegagnon ; *Les singularitez de la France Antarctique, autrement nommée Amérique*[2] (1557) d'André Thevet, cosmographe d'Henri II, ainsi que sa *Cosmographie universelle*[3] (1575). On peut y ajouter des témoignages indirects tel celui de Hans Staden, prisonnier des Indiens anthropophages pendant plusieurs années et qui a pu leur échapper : *Nus, féroces et anthropophages*[4] (1557). Mais au-delà de ces sources aisément disponibles existe une vaste littérature d'époque accessible dans les fonds anciens : les nombreux Mémoires et libelles écrits par Villegagnon lui-même, la réfutation du pasteur Richer (dont le titre lui-même donne l'ambiance : *La refutation des folles resveries, execrables blasphèmes, erreurs et mensonges de Nicolas Durand, qui se nomme Villegaignon*), les lettres des jésuites portugais…

À cette littérature, s'ajoutent de très nombreuses études historiques et anthropologiques modernes. Je citerai, au XIXe siècle, le *Villegagnon* d'Arthur Heulhard, les ouvrages de Ch.-A. Julien sur la colonisation des Amériques ainsi que les publications contemporaines de Jean-Paul Duviols[5] et Philippe Bonnichon[6]. Jean-Marie Touratier[7] a, quant à lui, franchi les limites de la fiction dans son beau roman *Bois rouge*, tout en restant au plus près des sources historiques et ethnographiques (notamment dans les dialogues en langue tupi).

À l'intersection du littéraire et de l'historique, une place particulière doit être réservée aux travaux d'une exceptionnelle qualité de l'historien français Frank Lestringant. Spécialiste de la littérature du XVIe siècle, cet auteur a mis sa prodigieuse érudition au service de ce sujet très difficile qu'est la querelle religieuse dans le Nouveau Monde. *Le huguenot et le sauvage. L'Amérique et la controverse coloniale, en France, aux temps des guerres de religion*[8], *Une sainte horreur ou le voyage en*

1. Réédition Bibliothèque classique Livre de Poche. Texte établi par Frank Lestringant, précédé d'un entretien avec Claude Lévi-Strauss, 1994.
2. Réédition Chandeigne, 1997. Édition intégrale établie, présentée et annotée par Frank Lestringant.
3. Extraits réédités in *Les Français en Amérique pendant la deuxième moitié du XVIe siècle*, t. 1, « Le Brésil et les Brésiliens », par A. Thevet. Choix de textes et notes par Suzanne Lussagnet. Introduction par C.-A. Julien, P.U.F., 1953.
4. Réédition Métailié, 1979. Préface de J.-P. Duviols et Marc Bouyer.
5. Éd. Bordas, 1978.
6. Éd. France-Empire, 1994.
7. Ainsi que Gilbert Pastor, *Le valet d'aventure*, roman, Balland, 1991.
8. Aux amateurs de livres, dif. Klincksieck, 1990.

Eucharistie, XVIe-XVIIIe[1], *Le cannibale, grandeur et décadence*[2] sont des textes absolument nécessaires pour quiconque veut appréhender l'esprit de cette époque complexe et féconde. Lestringant rapproche, compare, explique de façon lumineuse et très novatrice. Grâce à lui, le personnage de Villegagnon a gagné en complexité et en vérité. Loin d'être, comme le voulait la littérature de combat de chaque camp, un protestant renégat ou une victime des huguenots, Villegagnon devient ce « moyenneur » pour qui la réforme est d'abord un idéal proche de l'humanisme, une tendance à retrouver la foi simple des origines. Et c'est en lui que va s'opérer la fracture qui brisera par la suite toute la France et tout le siècle et opposera jusqu'à la mort deux factions cléricales inconciliables. Je soulignerai en outre qu'au bonheur de comprendre, Frank Lestringant ajoute le plaisir de lire : quoique sacrifiant à la rigoureuse discipline des écrits scientifiques, ses ouvrages sont tous magnifiquement écrits.

Une telle abondance de travaux consacrés à ces sujets a produit sur moi un double effet de frustration et de paralysie. Frustration, parce que, malgré leur qualité, aucune de ces approches ne correspondait à la représentation imaginaire que je m'étais faite de ces événements. Aucune ne comblait l'envie que j'avais de raconter cette histoire à ma manière, en résonance avec ma propre vie, mes idées, mes rêves et surtout en tissant les liens nécessaires avec l'époque présente. Paralysie, parce qu'une telle bousculade de faits, de héros et d'ouvrages a vite fait d'apporter plus de gêne que de confort. Ce qui pour l'historien est une fin — décrire des faits — n'est pour le romancier qu'un début : il doit passer du thème à l'intrigue, des événements d'ensemble aux actions particulières. Pour cela, il lui faut de l'air, de l'espace, bref, de l'inconnu. Et surtout de l'émotion.

Dans cette histoire marquée par la politique, l'aventure, la théologie, peuplée de guerriers, de fanatiques, de trafiquants, je désespérai de découvrir jamais le frissonnement d'un affect et je la gardai longtemps par-devers moi. Il faudrait toujours s'imposer cette digestion, à la suite de laquelle on voit plus clair. C'est après ce jeûne de quelques années que je tombai un jour, en rouvrant Léry, sur ces deux lignes : « Dans l'autre (navire) qui s'appeloit Rosée, du nom de celuy qui la conduisoit, en comprenant six jeunes garçons, que nous menasmes pour apprendre la langue des sauvages. »

Ces six enfants arrachés à leur orphelinat pour servir d'interprètes au milieu des tribus indiennes me firent quitter d'un coup l'espace

1. P.U.F., 1996.
2. Éd. Perrin, 1994.

aseptisé de l'Histoire, les abstractions de la politique ou de la religion. Avec eux, venait la vie, la leur, bien sûr, mais aussi la mienne et celle de tout être humain : qu'est-ce donc que ce grand drame qui clôt toujours l'enfance, sinon un embarquement forcé vers un monde effrayant dont on est sommé d'apprendre la langue ?

Just et Colombe étaient nés et avec eux *Rouge Brésil*.

Leur nom, Clamorgan, m'a été inspiré par Emmanuelle de Boysson que je remercie. Elle met en scène dans son livre *Le cardinal et l'hindouiste*[1] cette illustre famille en la personne de Madeleine Clamorgan, épouse Daniélou, fondatrice des écoles Sainte-Marie, son arrière-grand-mère. Cette famille n'a évidemment rien à voir avec les faits racontés dans cette histoire mais ce beau nom rare aujourd'hui en France me semblait évoquer dans toute sa force la tradition de ces familles illustrées depuis le Moyen Âge, lancées avec passion dans les guerres d'Italie, et dont la trace se retrouve puis se perd dans la fondation des sociétés du Nouveau Monde.

Enfin, je tiens à remercier pour leur lecture attentive et leurs conseils mon fils Maurice, Mme Paule Lapeyre, Jean-Marie Milou et Willard Wood qui a magnifiquement traduit *L'Abyssin* en anglais.

J.-Ch. R.

1. Albin Michel, 1999.

Cet ouvrage a été achevé d'imprimer
sur Roto-Page
par l'Imprimerie Floch
à Mayenne
pour le compte de France Loisirs, Paris
en mai 2002

Dépôt légal : mai 2002
N° d'édition : 36718. N° d'impression : 54275
(Imprimé en France)